OÙ L'AMOUR DEMEURE

Titre original : *Still Life*

Traduit de l'anglais (Royaume-Uni) par Jacqueline Odin

76, boulevard Pasteur
75015 Paris – France
www.editionscharleston.fr

ISBN : 978-2-38529-176-1
Maquette : Patrick Leleux PAO

Sarah Winman

OÙ L'AMOUR DEMEURE

Roman

Traduit de l'anglais (Royaume-Uni)
par Jacqueline Odin

CHARLESTON

Pour maman

Pour Patsy

Pour Stella Rudolph (1942-2020)

Pour maman

Pour Patsy

Pour Stella Rudolph (1942-2020)

« Deux personnes qui se tirent mutuellement vers le Salut est le seul thème valable à mes yeux. »

E. M. Forster, *Commonplace Book* (*Journal*)

« Un voyage en Italie se fait, en général, avec l'idée d'acquérir une certaine connaissance de ses trésors artistiques. Même les gens dont les activités habituelles sont d'une nature extrêmement prosaïque deviennent ici, à leur insu, des admirateurs de l'art et de la poésie. En effet, dans ce pays, les arts s'entrelacent si bien aux scènes de la vie quotidienne que le voyageur rencontre leur influence à chaque pas et qu'il s'ouvre spontanément aux impressions esthétiques. »

Karl Baedeker,
Italie septentrionale ; manuel du voyageur, 1899

L'HOMME COMME MESURE DE TOUTES CHOSES

1944

QUELQUE PART dans les collines toscanes, deux célibataires anglaises d'un certain âge, Evelyn Skinner et une Margaret trucmuche, prenaient un déjeuner tardif sur la terrasse d'un modeste *albergo.* C'était le 2 août. Une belle journée d'été, à condition de pouvoir oublier qu'une guerre sévissait. Elles étaient assises à l'ombre pour l'une, dans la lumière pour l'autre, en raison de l'angle du soleil et du treillage parsemé de vigne au-dessus de leurs têtes. Le menu servi était réduit mais elles fêtaient la progression des Alliés avec de grands verres de chianti. Un bombardier volant bas dans le ciel les plongea quelques instants dans une demi-obscurité. Elles empoignèrent leurs jumelles et examinèrent son emblème. Un des nôtres, dirent-elles, et elles agitèrent la main.

— Le lapin est délicieux, dit Evelyn, et elle attira l'attention de l'hôtelier, qui fumait près de la porte. *Coniglio buonissimo, signore !* lança-t-elle.

Le *signore* mit sa cigarette entre ses lèvres et leva le bras – moitié salut militaire, moitié signe de la main, difficile de savoir.

— Crois-tu qu'il soit fasciste ? murmura Margaret.

— Non, je ne crois pas. Quoique les Italiens soient très indécis sur le plan politique. Depuis toujours.

— Il paraît qu'à présent, ils les abattent, les fascistes.

— Tout le monde abat tout le monde, dit Evelyn.

Un obus siffla sur leur droite et explosa sur une colline lointaine, déracinant un bouquet de petits cyprès.

— Un des leurs, dit Margaret, et elle maintint la table pour protéger son appareil photo et son verre de vin des ondes de choc.

— Il paraît qu'ils ont retrouvé le Botticelli, dit Evelyn.

— Lequel ? demanda Margaret.

— *Le Printemps.*

— Oh, Dieu merci.

— Et *La Vierge d'Ognissanti* de Giotto. *Nymphes et satyres* de Rubens, et un autre... (Evelyn réfléchit intensément.) Ah, oui, dit-elle. *Le Souper à Emmaüs.*

— Le Pontormo ! Des nouvelles de sa *Déposition* ?

— Non, pas encore, dit Evelyn, retirant un petit os de lapin de sa bouche.

Un feu d'artillerie embrasa soudain le ciel au loin. Evelyn leva les yeux et dit :

— Je n'aurais jamais pensé revoir ceci à mon âge.

— Ne sommes-nous pas du même âge ?

— Non. Je suis plus vieille.

— Ah bon ?

— Oui. De huit ans. J'en aurai bientôt soixante-quatre.

— Vraiment ?

— Oui, confirma-t-elle, et elle reversa du vin. Remarque, je plains les hirondelles, ajouta-t-elle.

— Ce sont des martinets, dit Margaret.

— Sûre et certaine ?

— Oui, dit Margaret. Ceux qui crient sont des martinets.

Elle se cala contre son dossier et produisit un son affreux qui ne rappelait en rien les martinets.

— Un martinet, répéta Margaret, enfonçant le clou. L'hirondelle est, bien sûr, l'oiseau de Florence. C'est un passériforme, un oiseau percheur. Au contraire du martinet, en raison de ses pattes. Il a des pieds faibles, de très longues ailes. Il appartient à la famille des apodidés. Apode, « sans pied » en grec. Au sujet des hirondelles, note qu'il existe deux espèces principales : l'hirondelle rustique, à queue fourchue et à tête rouge, et l'hirondelle de fenêtre, à gorge, croupion et ventre blanc.

Seigneur, pensa Evelyn. *Cela n'en finira-t-il jamais ?*

— Les hirondelles, continua Margaret, ont une espérance de vie de huit ans à peu près.

— C'est déprimant. Pas même un nombre à deux chiffres. Crois-tu qu'une année pour une hirondelle soit l'équivalent d'une année pour un chien ? demanda Evelyn.

— Non, je ne crois pas. Jamais entendu dire. Les martinets sont brun foncé mais semblent noirâtres dans les airs. Les revoilà ! hurla Margaret. Là-bas !

— Où ?

— Là ! Il faut suivre, ils sont très rapides. Ils font tout en vol !

Soudain, jaillissant des nuages, deux faucons fondirent sur un martinet et lui déchirèrent le corps avec violence.

Margaret en eut le souffle coupé.

— *Faisaient* tout en vol, dit Evelyn alors qu'elle regardait les faucons disparaître derrière les arbres. Cette goutte de *classico* est exquise, déclara-t-elle. L'ai-je déjà dit ?

— Déjà, en effet, répliqua sèchement Margaret.

— Oh. Eh bien je le redis. Une année d'occupation n'a pas amoindri la qualité, et elle attira l'attention de l'hôtelier, montra son verre. *Buonissimo, signore !*

Le *signore* ôta la cigarette de sa bouche, sourit et leva de nouveau le bras.

Evelyn se carra dans son siège et posa sa serviette sur la table. Les deux femmes se connaissaient depuis sept ans. Elles avaient été brièvement amantes au début, puis le désir avait laissé place à un goût commun pour la proto-Renaissance toscane – évolution satisfaisante pour Evelyn, mais moins pour Margaret trucmuche. Qui s'était lancée dans l'ornithologie. Par chance pour Evelyn, le déclenchement de la guerre coupa court aux assiduités. Simple répit. Deux semaines après l'entrée des Alliés dans Rome, Evelyn avait ouvert la porte de la villa de sa tante donnant sur la Via Magento et s'était trouvée face à l'inattendu. Surprise ! s'était exclamée Margaret. On ne se débarrasse pas de moi aussi facilement !

« Surprise » n'était pas le mot qui était venu à l'esprit d'Evelyn.

Evelyn se leva et se dégourdit les jambes.

— Je suis restée assise trop longtemps, souligna-t-elle, en ôtant les miettes accrochées à son pantalon en lin.

Debout, elle avait une présence saisissante ; ses yeux intelligents étaient aussi prompts à l'énigme qu'à la plaisanterie. Dix années auparavant, elle avait voué sa tignasse grisonnante à la blondeur et n'avait jamais renié ce choix. Elle s'approcha du *signore* et, dans un italien parfait, lui demanda une cigarette. Elle la plaça entre ses lèvres et lui immobilisa la main tandis qu'elle se penchait vers la flamme.

— *Grazie*, chuchota-t-elle, et il lui mit fermement le paquet dans le creux de la paume, lui faisant signe de le prendre.

Elle le remercia encore et revint vers la table.

— Stop, dit Margaret.

— Quoi ?

— La lumière sur ton visage. Tes yeux sont si verts ! Tourne-toi un peu de mon côté. Reste comme ça.

— Bon sang, Margaret.

— Fais-le. Ne bouge pas, et Margaret prit son appareil photo puis tripota la bague de diaphragme de l'objectif.

Evelyn tira théâtralement sur la cigarette (clic) et souffla la fumée vers le ciel de l'après-midi avancé (clic), remarquant la couleur différente, le soleil moins haut, un martinet solitaire qui décrivait des cercles inquiets. Elle écarta de son front une boucle de cheveux (clic).

— Qu'est-ce qui te ronge, ma belle ?

— De la vermine, sans doute.

— Ça sent l'Evelyn chagrine, dit Margaret. À quoi penses-tu ?

— Qu'appelle-t-on vieillesse ?

— Je jurerais voir un ours en cage, dit Margaret. Nous ne pouvons pas avancer, nous ne pouvons que nous replier.

— C'est la vieillesse, ça, dit Evelyn.

— Et les mines allemandes, nigaude !

— Je veux seulement entrer dans Florence. Agir. Me rendre utile.

L'hôtelier s'approcha et desservit leur table. Il leur demanda en italien si elles désiraient un café et de la grappa et elles répondirent, Volontiers, et il leur dit de ne plus aller flâner, et ajouta que sa femme monterait dans leur chambre plus tard et fermerait les volets. Oh, et aimeraient-elles des figues ?

— Oh *sì, sì. Grazie,* répondirent-elles.

Evelyn le regarda s'éloigner.

Margaret dit :

— Je voulais te demander. Robin Metcalfe m'a dit que tu avais rencontré Forster.

— Qui ?

— Celui *Avec vue sur l'Arno.*

Evelyn sourit.

— Oh, très bien.

— À entendre Robin Metcalfe, toi et Forster étiez d'excellents amis.

— Ridicule ! Je l'ai rencontré autour d'une table de salle à manger, si tu veux tout savoir, pendant des dîners avec du bœuf bouilli au menu, à l'horrible *pensione* Simi. Nous étions un pauvre petit navire sur les berges de l'Arno, cherchant désespérément la véritable Italie. Et pourtant, il y avait à la barre une patronne cockney, paix à son âme.

— Cockney ?

— Oui.

— Pourquoi cockney ?

— Je n'en sais rien.

— Je veux dire pourquoi à Florence ?

— Je n'ai jamais posé la question.

— Maintenant, tu la poserais, dit Margaret.

— Maintenant, je la poserais à coup sûr, dit Evelyn, qui prit une cigarette et la glissa entre ses lèvres.

— Elle était sans doute venue comme bonne d'enfants.

— Oui. Sans doute, répondit Evelyn, ouvrant la boîte d'allumettes.

— Ou comme gouvernante. Ça doit être ça.

Evelyn frotta une allumette et inspira.

— Savais-tu qu'il écrivait un livre ? demanda Margaret.

— Grand Dieu non. Il était tout juste sorti de la matrice universitaire, si je me rappelle bien. Empêtré dans le placenta ; timide, gauche, tu vois le genre. Il entrait dans le monde sans aucune expérience.

— N'étions-nous pas tous comme cela ?

— Si, je suppose, dit Evelyn, et elle prit une figue et appuya ses pouces contre la peau douce, souple. Je suppose, répéta-t-elle doucement.

Elle rompit le fruit et baissa les yeux vers le spectacle érotique de sa chair éclatante. Elle rougit et voulut rejeter la responsabilité sur le passage à la lumière du soir, sur l'effet du vin, de la grappa et des cigarettes, mais dans son cœur, dans la partie invisible, la plus secrète d'elle-même, un souvenir la mit à nu, lentement – très lentement –, comme un effeuillage.

— Étrangement charismatique, pourtant, dit-elle, de retour dans le présent.

— Forster ? demanda Margaret.

— Quand il était seul, oui. Mais la présence de sa mère l'asphyxiait. Chaque réprimande était une pression appliquée à l'oreiller. Relation bizarre. C'est ce dont je me souviens le plus. Elle avec une ombrelle et des sels, lui avec un Baedeker écorné et un costume mal ajusté.

Margaret tendit la main vers la cigarette d'Evelyn.

— Je me souviens qu'il apparaissait dans des moments de calme. On ne l'entendait pas, on le voyait seulement. Grande silhouette dégingandée dans le coin. Ou dans le salon avec un carnet. À griffonner. À simplement observer.

— N'est-ce pas ainsi que cela commence ? dit Margaret, lui rendant la cigarette.

— Quoi donc ?

— L'écriture d'un livre.

— Si. Je pense.

— Ces petits moments que personne d'autre ne remarque. De petits moments sacrés du quotidien.

Elle prit son appareil photo (clic).

— Comme ce moment-ci (clic). Ou celui-là.

— Bon sang, vas-tu arrêter maintenant, Margaret ? Qu'est-ce qui t'arrive ?

Margaret baissa l'appareil.

— Tu ne vois pas ce que je vois, dit-elle, enjôleuse.
— Tu as quelque chose entre les dents.
— Pourquoi tu ne me l'as pas dit ?
— Je te l'ai dit. À l'instant.

Margaret se détourna et dissimula sa bouche derrière sa main. Elle passa sa langue dans un sens et dans l'autre sur ses incisives.

— C'est mieux ? dit-elle, retroussant les lèvres.
— Oui.

Margaret changea soudain de place le cendrier, les figues et le verre de vin. Elle modifia l'ouverture du diaphragme (clic). Elle déplaça un verre de vin, le paquet de cigarettes (clic) (clic) (clic) (clic).

— J'avais vingt et un ans la première fois que je suis allée à Florence, dit Evelyn. L'ai-je précisé ?
— Oui, je crois que nous le savions tous, dit Margaret.
— Oh.

Evelyn continua :

— La patronne de la pension Simi avait une domestique qui faisait les tâches les plus diverses. Elle était toujours présente dans la salle à manger, dans l'angle, pendant que nous dînions. Toujours vigilante. Attendant de servir, attendant de débarrasser. S'employant à nous déchiffrer.

(Clic.)

— Elle attirait l'œil, dit Evelyn. Elle était perspicace. Jolie.

(Clic.)

Margaret se rassit.

— Jolie à quel point ? demanda-t-elle.
— Un Léonard de Vinci, répondit Evelyn.
— Lequel ?
— La *Dame à l'hermine.*
— Oh, dit Margaret, haussant un sourcil.

— Pas dans sa tenue vestimentaire, bien sûr – principalement du noir et du blanc le soir, du blanc pendant le service du petit déjeuner. Très guindée, mais c'était l'époque, bien sûr. Nous l'étions tous, je pense – mais sa peau et ses yeux. Ses cheveux lissés en bandeaux. Le rose de ses joues.

— Il semble que tu étais très charmée par elle.

— Tout le monde était charmé par elle, dit Evelyn.

— Même Forster ?

— Non, ma chère. Il aime les hommes.

Evelyn interrompit son récit. Elle secoua la cendre de sa cigarette et Margaret la regarda avec intensité.

— Il n'était pas là le soir auquel je pense, reprit Evelyn. Le soir de mon anniversaire. Il n'était pas encore arrivé.

— Comment s'appelait-elle ? l'interrompit Margaret.

— Je ne m'en souv...

— Oh, donnons-lui un prénom.

— Hors de question.

— Quelque chose comme Béatrice !

— Bon sang de bonsoir, Margaret ! Il ne s'agit pas d'un prénom. Il s'agit d'un moment. C'est tout. Il ne s'agit pas de son prénom.

— Pardooonnn, dit Margaret, reculant théâtralement et se repliant avec le reste de sa grappa. Veuillez continuer, très chère.

Evelyn continua :

— Elle savait que mon anniversaire approchait car notre groupe en discutait depuis des jours et, même si elle parlait peu anglais, elle comprenait ce que nous disions. Une singulière connaissance du monde. Elle ne disait rien mais comprenait tout. Et elle a demandé à la *signora* cockney si elle pouvait se charger de la cuisine ce soir-là, pour nous offrir à tous – à moi, en réalité – un festin sans pareil. La *signora* cockney était ravie, bien sûr, et elle s'est retirée tôt.

— Ce qui n'était pas une grande perte, dit Margaret.

— Absolument pas, renchérit Evelyn. Je me souviens de l'excitation que j'éprouvais lorsque j'ai descendu l'escalier et...

— Ne voyageais-tu pas avec quelqu'un ? l'interrompit Margaret.

— Non. Sans chaperon jusqu'à Rome.

— Sans chaperon ? Comment donc ?

— Margaret. S'il te plaît. Nous étions une famille non conformiste. Le scandale était un rite de passage. M'autorises-tu à continuer ?

Margaret fit signe qu'elle l'y autorisait.

— J'aurais dû me rendre compte que quelque chose d'exceptionnel se préparait, dit Evelyn. Je suis entrée dans le salon et il y a eu un silence. Constance Everly me souriait, elle m'a pris la main et...

— Constance Everly ?

— Oui.

— La poète ?

— Oui. Constance Everly la poète, Margaret.

Evelyn s'appuya contre son dossier, exténuée. Il n'était jamais possible d'aller d'une traite au bout d'une histoire.

— Et ? dit Margaret.

— Et quoi ?

— Constance Everly t'a pris la main... ?

— Et. L'a. Serrée, dit Evelyn.

— Pourquoi parles-tu bizarrement ?

— Au cas où tu voudrais m'interrompre à nouveau. Je laisse des blancs. Entre. Les. Mots. Pour que tu puisses t'y glisser, et ne pas perturber le...

— Oh, raconte-moi cette satanée histoire, Evelyn.

Evelyn rit. Elle dit :

— Constance m'a conduite dans la salle à manger. Des bougies ornaient la moindre surface et, au centre des tables, étaient disposés de petits bacs de violettes de Parme – tellement rares, si tôt dans la saison – et des brins de romarin ; il flottait un parfum enivrant. Ce décor avait été réfléchi, son effet sur ceux qui y pénétreraient était ménagé. Il y avait du vin dans de larges cruches en terre cuite, et des *fiaschi* – des bouteilles entourées de paille –, et la jeune femme m'a versé du vin et m'a priée de m'asseoir. Les autres pensionnaires ont suivi et se sont extasiés devant notre moment de beauté, de *bellezza.* Notre soirée, enfin, de grâce et d'authenticité italienne. Elle nous a apporté de simples *pappardelle al ragù*...

— Elle a sans doute utilisé le bœuf bouilli, dit Margaret.

— Et du lapin avec des haricots blancs, et des feuilles amères qu'elle avait dû ramasser au bord de la route à Fiesole ou Settignano, qu'elle avait cuisinées dans le style *ripassati* avec de l'ail et de l'oignon. Et une fois que nous avons tous été servis, elle s'est avancée hors de la cuisine et tenue dans l'angle, dans les ombres, et nous a regardés manger. Notre plaisir était son plaisir. Je ne pouvais pas détacher les yeux d'elle. J'avais vingt et un ans lorsque ce moment m'a été donné. Ce cadeau dépassait ma compréhension. Plus tard seulement je me suis rendu compte de ce qu'elle offrait.

— Oh ? Et qu'offrait-elle ?

— Une porte d'entrée dans son monde. Inestimable.

Margaret reprit de la grappa et la sirota. Elle pinçait les lèvres.

— Tu ne m'as jamais raconté cette histoire jusqu'à présent, dit-elle.

— Ah non ?

— Je crois que je m'en souviendrais. Pourquoi maintenant ?

Oui, pourquoi maintenant ? pensa Evelyn, et elle dit :

— Le lapin.

— Le lapin ?

— Oui.

— N'avais-tu pas mangé de lapin depuis ?

— Et la musique.

— Quelle musique ?

— L'ouverture de *La Vestale* de Spontini. Le *signore* l'a jouée ce matin. Un simple souvenir du Teatro Verdi.

— Et l'histoire se termine ainsi, c'est ça ?

— Presque, dit Evelyn. Après le dîner, les pensionnaires se sont retirés comme à leur habitude. Il y avait le son étouffé d'un piano dans le fond. J'ai dit à Constance que je voulais rester et remercier la jeune femme, elle s'est donc dirigée vers le fumoir. Et je me suis tenue là, entre le cimetière des verres et les morceaux ratatinés de bougies. La domestique est sortie peu après. Je crois qu'elle ne m'a pas remarquée au début. Elle semblait avoir chaud et être assez troublée. Mais ensuite elle m'a vue. Elle a cueilli une violette et me l'a tendue. *Per voi,* a-t-elle dit. Pour moi. La soirée était pour moi. Je le savais. Je l'ai remerciée. J'ai pris la violette dans ses doigts et quitté la pièce. Plus tard, j'ai pressé la fleur entre les pages de mon Baedeker.

— Tu l'as toujours ?

— Le Baed…

— La violette.

— J'en doute. Tellement d'années, Margaret. Pourquoi l'aurais-je encore ?

Evelyn alluma une cigarette et elles demeurèrent silencieuses. Elle sentait le regard de Margaret la tourmenter. Le tranchant émoussé de la jalousie.

— Quelles aventures tu as eues, dit Margaret, glaciale.

Le soleil déclinait. Les ombres s'allongèrent. La température céda superficiellement à la brise. Un son de machine à coudre venant de l'intérieur : la *signora* qui raccommodait des draps. Une radio fonctionnait en sourdine. Un canal clandestin qui maintenait le contact entre les Alliés et la Résistance.

Margaret dit :

— Je crois que je vais rentrer lire. Et toi ?

— Je reste un peu ici. Le temps de finir ma clope. De boire encore une goutte.

— Ne pars pas te promener.

— Je n'en ferai rien. J'irai seulement au bord de la route là-bas. Je m'y tiendrai. Docile. Avec l'espoir qu'un cheval attelé à une charrette me piétine.

Evelyn regarda Margaret franchir le seuil de la maison. Elle sentait la tension s'atténuer dans ses épaules. Elle se leva, siffla son verre et marcha jusqu'au bas-côté de la route. Le ronronnement soudain des véhicules des Alliés au loin orienta son regard vers la lisière des terres. Elle observa aux jumelles. Les collines de cyprès étaient déjà dans l'ombre. Il ne faisait pas froid mais la lumière oblique, la teinte mauve du paysage lui causèrent des frissons. Presque quarante-cinq ans auparavant, elle était tombée amoureuse d'une jeune domestique prénommée Livia. Le grondement lointain des canons roula comme le tonnerre. Des éclairs d'artillerie déchirèrent le ciel. Bien sûr, elle avait gardé la satanée violette.

Dans un bois, quelque part entre Staggia Senese et Poggibonsi, des troupes alliées attendaient d'investir Florence. Le crépuscule était imminent et parmi les arbres s'élevait le son d'un accordéon volé dans une usine aux alentours de Trieste.

Immobile près de sa Jeep, la moitié inférieure du visage couverte de savon, un jeune homme avait les yeux rivés sur un miroir cassé. Il passait la lame avec précaution le long de sa lèvre supérieure, évitant la cicatrice qui était apparue deux ans auparavant.

Ses cheveux blonds, sous le soleil du début de soirée, présentaient des reflets roux. Personne dans la famille ne savait d'où venait ce roux, car il n'y avait que des bruns d'un côté comme de l'autre, et son père racontait souvent par plaisanterie que, l'hiver où son fils avait été conçu, il avait mangé son soûl de carottes. Elles t'ont teinté, aimait lui dire son père.

Ses traits étaient ceux de sa mère : un nez droit et mince, un peu plus long qu'il l'aurait fallu pour un visage d'un équilibre parfait du front au menton. Des sourcils pointant vers le haut suggéraient une grande capacité d'écoute et ses oreilles, sans être excessivement décollées, étaient absolument vigilantes. Quand il souriait, ce qui était fréquent, une fossette se creusait dans chacune de ses joues – effet désarmant immédiat.

Sa femme, Peg, disait qu'il aurait dû être plus beau puisqu'il avait hérité du meilleur de sa mère. Elle l'entendait comme un compliment, pourtant ses paroles oscillaient, ambiguës, soufflant le chaud et le froid, mêlant caresses et piques, mais ça, c'était Peg. Nul ne le savait, il connaîtrait son apothéose des années plus tard. Il serait un assez bel homme d'âge moyen. Puis un vieil homme splendide.

Les cris perçants des oiseaux dans le ciel le réjouirent. Lui et eux avaient parcouru des centaines de kilomètres vers le nord contre vents et marées pour arriver dans ce lieu à temps – les martinets fin mars, lui en juin – et le nombre de fois où il s'en était fallu d'un cheveu et où il l'avait échappé belle durant sa traversée de l'Afrique, de la Sicile et sa remontée de l'Adriatique aurait pareillement étonné les prêtres et les astrologues. Quelque chose avait veillé sur lui. Pourquoi pas un martinet ?

Il regarda sa montre et se rinça la figure. Il lança son sac et son fusil dans la Jeep à l'instant où le sergent Lidlow sortait de la tente du mess.

— Vous allez où, Temps ?

— Chercher le capitaine, sergent.

— Rapportez-nous une bouteille ou deux, entendu ?

Ulysses tourna la clé de contact et la vieille Jeep démarra du premier coup.

Il s'enfonça dans les collines, laissant derrière lui les silhouettes des chars et des hommes. Il dépassa différentes divisions alliées, des jeunes gens comme lui usés de fatigue. La lumière douce l'accompagna à travers les bosquets et les prés, jusqu'au moment où le ciel ne conserva plus que des ondulations roses et la nuit envahissante. Il avait essayé de cultiver l'ambivalence envers ce pays, mais c'était inutile. L'Italie le stupéfiait. Le capitaine Darnley avait veillé à cela. Ils avaient parcouru le territoire ensemble, des missions de reconnaissance surtout, mais parfois de pures flâneries. Dans des villages reculés, à la recherche de fresques et de chapelles haut perchées.

Un peu plus d'un mois auparavant, ils avaient roulé jusqu'à Orvieto, une ville construite sur un énorme rocher qui dominait la vallée de la Paglia. Ils s'étaient assis sur le capot de la Jeep et avaient bu du vin rouge à leurs gourdes pendant que des bombardiers vrombissants se dirigeaient vers le mont Cetona, aux confins de la Toscane. Entrés dans la cathédrale, ils étaient tombés sur la chapelle San Brizio, où se trouvait le chef-d'œuvre de Luca Signorelli, le *Jugement dernier.* Même s'ils n'étaient croyants ni l'un ni l'autre, les images leur avaient demandé des comptes.

Darnley dit que Sigmund Freud avait visité ce lieu en 1899 et qu'il avait mystérieusement oublié le nom de Signorelli. Il avait appelé cela le mécanisme de refoulement et c'était devenu fondamental dans son ouvrage *L'interprétation des rêves.* Mon Dieu – mais vous le savez sans doute déjà, hein, Temps ? Et sans attendre de réponse, le capitaine était sorti d'un pas résolu sous le vivifiant soleil de juin, laissant Ulysses exalté par ce tourbillon d'informations et la foi inébranlable de Darnley en lui.

La route devint droite et, depuis les arbres au loin, un miroitement vacilla devant ses yeux. Il ralentit et s'arrêta, moteur allumé. Il se baissa pour prendre ses jumelles et vit que c'était une femme immobile sur le bas-côté qui l'observait également aux jumelles.

Elle lui fit signe avec une cigarette éteinte et, lorsque la Jeep s'immobilisa, elle s'écria :

— Oh Dieu merci ! La huitième armée ?

— Rien qu'une minuscule fraction, hélas, dit Ulysses, et elle tendit la main.

— Je suis Evelyn Skinner.

— Soldat Temper, dit Ulysses. D'où venez-vous, Miss Skinner, si je peux me permettre ?

— De Rome, dit-elle.

— Quoi ? À cette heure-ci ?

— Bonté divine, non ! De cet *albergo* derrière les arbres. Je suis arrivée il y a une semaine avec une amie, après une halte à Cortone pour évaluer les dégâts causés au Francesco di Giorgio. Indemne, miraculeusement. Depuis, nous ne faisons qu'attendre.

— Attendre quoi ?

— J'essaie de contacter l'AMGOT, le gouvernement militaire allié.

— Dans quel but, Miss Skinner ?

— Pour la liaison avec les officiers de la section Monuments, Beaux-arts et Archives. Ils savent que je suis ici, mais ils semblent m'avoir abandonnée. Je suis historienne de l'art. J'ai pensé que je pourrais être utile une fois qu'ils auraient localisé toutes les œuvres des musées et des églises. Elles ont été séquestrées parmi ces collines, vous comprenez. Tous les chefs-d'œuvre, au grand complet, même ce cher vieux Cimabue. Mais j'imagine que vous le savez, n'est-ce pas ?

Ulysses sourit.

— J'ai en effet entendu une rumeur, Miss Skinner.

— Avez-vous du feu ? demanda-t-elle.

— Je vous le déconseille. Regardez ce qui m'est arrivé, et il montra la cicatrice au coin de ses lèvres. Un tireur embusqué. Il s'en est fallu d'un cheveu.

Evelyn le dévisagea.

— Mais la balle vous a touché, dit-elle.

— Pas dans la partie capitale, répliqua-t-il, se tapotant la tête. N'empêche, elle a failli m'arracher les lèvres. Imaginez à quoi vous en seriez réduite.

— À me démener pour prononcer les occlusives, soldat Temper. Bon, allumez-moi cette cigarette. S'il vous plaît.

Ulysses se pencha et frotta une allumette.

— Merci, dit Evelyn, soufflant un rond de fumée parfait.

Elle leva le bras et regarda les alentours.

— Vous voyez ? Pas de tireurs. Donc, pensez-vous pouvoir m'aider ? Je ne vous gênerai absolument pas. Et de mes lèvres totalement intactes ne s'échappera aucun secret. Qu'en dites-vous ?

— Vous me mettez un peu dans le pétrin, Miss.

— Oh, je suis sûre que vous connaissez ce genre de situation.

— Croyez-vous au destin, Miss Skinner ?

— Le destin ? C'est un don. Selon Dante, du moins.

— Un don ? Ça me plaît. Alors d'accord, Miss, montez.

— Oh, arrêtez avec ce « Miss », bon sang, dit Evelyn, s'asseyant à côté de lui. Je me prénomme Evelyn. Et vous ?

— Ulysses.

— Ulysses ! Merveilleux ! Et y a-t-il une Pénélope qui attend votre retour ?

— Ah non. Juste une Peggy. Et je doute qu'elle attende.

Sur quoi il tourna la clé de contact et la Jeep repartit.

Le bombardement ignoble qui avait accompagné l'après-midi avait cessé et une paix douce, presque incroyable, s'étendait sur les collines boisées et les refuges en hauteur, sur la symétrie sombre des vignes cultivées en terrasses le long des pentes.

Ulysses alluma une cigarette.

— Alors, dit Evelyn, parlez-moi un peu...

— Londres. Vingt-quatre ans. Marié. Pas d'enfants.

Evelyn rit.

— Vous avez déjà pratiqué cet exercice.

— Il faut être rapide, non ? On pourrait être mort demain. Vous ?

— Le Kent. Soixante-quatre ans. Pas mariée. Sans enfants. Et votre vie avant tout ça ?

— Les globes, dit-il. Mon père les fabriquait et je les vendais. Ensuite, il est mort et je les ai juste fabriqués.

— Vous faisiez tourner le monde !

— Procurez-vous un globe Temper & Son et vous trouverez le prénom de ma mère caché quelque part à sa surface.

— Une ville qui s'appelle... ? demanda Evelyn.

— Nora.
— Très romantique.
— Charmant, non ?
— Pareil entre vous et Peggy ?
— Ah non, Peg et moi, c'est l'opposé. Il ne tiendrait qu'à moi, je donnerais son prénom à des étoiles. On s'est mariés pendant une beuverie, seule façon possible. Quand elle s'est réveillée et qu'elle a vu l'alliance, elle m'a envoyé son poing dans la figure. N'empêche, le plus beau jour de ma vie. Ensuite, je me suis engagé dans l'armée et on ne s'est pas revus.
— N'échangez-vous pas de lettres ?
Il secoua la tête.
— On sait à quoi on est occupés tous les deux, dit-il. Le truc, c'est que ça a toujours été nous une fois les autres partis. Toujours cette étincelle une fois les lumières éteintes. Est-ce de l'amour ?
— Oh, ne me regardez pas. Je ne suis pas restée longtemps sur ce cheval-là.
— Jamais ?
— Une ou deux fois, peut-être.
— Une fois suffit. Nous avons seulement besoin de savoir ce dont le cœur est capable, Evelyn.
— Et savez-vous ce dont il est capable ?
— Oh oui, je sais. De grâce et de fureur.
Evelyn sourit et aspira une goulée de tabac.
— Donc ça – et elle désigna sa lèvre – c'était Peg et pas un tireur embusqué.
— Non, c'était incontestablement un tireur. Regardez, dit-il, et il leva le bras droit pour montrer la cicatrice le long de son poignet. Un shrapnel.
Il pencha son crâne vers elle.
— Un tireur embusqué, dit-il.
Il remonta la jambe de son pantalon. Evelyn grimaça.

— Un tir d'artillerie. Les plaies se sont infectées. Et puis ça, et il déboutonna sa chemise.

— Bon sang, dit Evelyn. Une autre fois où il s'en est fallu d'un cheveu ?

— Où je l'ai échappé belle, répondit-il. Il y a une différence.

— Comment ça ?

— Tout est dans la tête. Ma vision de la vie à ce moment-là. Cette dernière blessure, c'était à Trieste, et il n'y a rien eu depuis. Maintenant, je sais que je ne vais pas mourir. Et je suis beaucoup plus heureux.

— Je vous demande pardon ? dit Evelyn.

— Pas mourir ici, je précise.

— Ici, en Italie ?

— Ici, à la guerre. C'est comme avoir une dette qui plane au-dessus de vous. Vous savez que vous devrez vous en acquitter mais la question c'est la forme que l'acquittement prendra. Vous comprenez, toutes ces occasions de m'occire. Je suis encore vivant. Il y a une raison à ça.

— Des types qui visent mal, peut-être...

— Vous êtes drôle, Evelyn.

— Et vous êtes un jeune homme très optimiste.

— Je sais, dit-il, je suis content que vous l'ayez remarqué.

Puis il expliqua que son optimisme venait de son père, Wilbur, dont le sage conseil « La vie est ce que tu en fais, mon fils » était fortement ancré en lui depuis son plus jeune âge.

— L'homme était un rêveur, dit-il. Il avait une chance de perdant, un sourire irrésistible, et n'était heureux que quand il avait une vibration dans les tripes qui signifiait de l'argent dépendant du résultat des courses. Une sensation qu'il assimilait souvent à l'amour.

« Mais un jour, c'est arrivé pour de vrai. Il est entré dans le pub, a grimpé sur une table et déclaré qu'il était tombé follement amoureux et tout le monde a pensé qu'elle serait une jolie jeunette, mais non. Elle était presque aussi vieille que lui, cinquante ans bien sonnés. Un visage fatigué, bienveillant, avec les yeux bleus les plus intenses qui le regardaient comme s'il était un pré de fleurs sauvages. Et deux mois plus tard, contre toute attente, elle lui a dit qu'ils allaient avoir un enfant, une première pour eux deux.

« Les mots les plus beaux du monde, dit Ulysses.

— Avoir un enfant ? demanda Evelyn.

— Contre. Toute. Attente.

« Cette reconnaissance d'une double chance – une femme, et un môme en incubation – a suscité chez William Temper le retour d'un goût familier, comme suçoter une pièce de monnaie.

« Et ses paumes lui picotent, dit Ulysses, ses plantes de pied aussi, et il connaît cette sensation parce que c'est la gagne et on ne peut jamais laisser passer une sensation de gagne parce que ce serait contre nature. Donc il va voir ma mère et lui explique ce qu'il a besoin de faire. Dernière fois, dit-elle. Dernière fois, promet-il.

« Or, son copain Cressy lui a parlé d'un rassemblement de lévriers illégal là-bas dans l'Essex, ultrasecret et juteux, et ils s'y rendent ensemble, et il griffonne dans son carnet une belle constellation de nombres, soustractions, additions, une formule de chance algébrique. Dernière course. Je mise tout sur le noir. C'est ce qu'il avait coutume de dire. Tout ou rien. Et il joue sa vie et ses économies sur un chien brun clair et blanc nommé Ulysses' Boy à la cote de cent contre un.

« Le reste appartient à la légende. Le chien arrive premier, assurant ainsi deux choses : une somme suffisante pour monter une modeste maison de globes artisanaux, et un prénom mémorable pour son seul et unique héritier.

— Vous avez reçu le nom d'un lévrier ? s'exclama Evelyn.

— Un lévrier gagnant, Evelyn. Gagnant.

La présence massive des canons d'artillerie et de l'infanterie apparut bien avant la villa. Au poste de contrôle, on leur fit signe de passer. Le long de l'allée, ils voyaient des sentinelles et des civils italiens poser des pancartes « Accès interdit » à chaque entrée de l'édifice ornementé. Le capitaine Darnley les attendait dehors. Il essuyait ses lunettes avec un pan de sa chemise. Au son de la Jeep, il leva la tête et plissa les yeux. À cause de ses cheveux bruns qui grisonnaient prématurément sur les tempes, il semblait plus âgé que ses trente ans, et ses yeux noirs, enfoncés et cernés, lui donnaient un air soucieux perpétuel. Du genre dernier panda face à l'extinction. Il remit ses lunettes et s'approcha de la Jeep.

— Temps ! appela-t-il. Temps !

Ulysses se gara et sortit de la Jeep.

— Qu'est-ce qui arrive, mon capitaine ? dit-il.

— Nous avons trouvé une cave. Les Boches ont dû la rater. On a bu toute la sainte journée. Je crois que j'ai bu au point de dessoûler.

— Oh non, pas encore, mon capitaine. Mon capitaine, voici Miss Evelyn Skinner. Miss Skinner, le capitaine Darnley.

Ils se serrèrent la main.

— Enchanté, Miss Skinner, dit Darnley.

— Pareillement, capitaine, dit Evelyn.

— Miss Skinner est historienne de l'art, dit Ulysses. Elle essaie de contacter les officiers des Monuments par l'intermédiaire de l'AMGOT. J'ai pensé qu'il y avait de fortes chances qu'ils soient là.

— Eh non, pas encore, déplora Darnley. Mais n'ayez crainte, Miss Skinner, nous vous obtiendrons votre contact. Dans l'immédiat, suivez-moi. Venez aussi, Temps.

Il les conduisit en direction de la villa et expliqua :

— C'est un sacré butin. Découvert il y a vingt-quatre heures seulement.

Et, tandis qu'ils traversaient la cour et passaient près des sentinelles, Evelyn demanda :

— Êtes-vous en train de dire ce que je crois que vous êtes en train de dire, capitaine Darnley ?

— Par ici, indiqua Darnley, et il poussa les grandes portes en bois baroques qui ouvraient sur le *salone.*

La puanteur assaillit leurs narines.

— Ma parole ! s'exclama Evelyn, se bouchant le nez.

— Pardon, Miss Skinner, j'aurais dû vous prévenir, dit Darnley. Les Allemands aiment chier partout avant de se retirer. Faites attention où vous mettez les pieds. Ce sont de véritables égouts là-dedans.

À part les formes sombres des meubles, on ne distinguait rien. Les volets étaient fermés, l'air immobile et les mouches surexcitées. Sous les semelles, des bruits de verre cassé et de dalles brisées. La poussière de brique tourbillonnait.

— Attendez ici, ordonna Darnley pendant qu'il se dirigeait vers une lampe à pétrole à l'autre bout de la pièce.

Il se pencha, frotta une allumette et brandit la lampe d'un geste théâtral. La lumière inonda la pièce et, au milieu, émergeant de la puanteur et de l'obscurité, se dessina un grand panneau d'autel intact.

— Oh mazette, chuchota Evelyn.

— Ulysses Temper, Miss Evelyn Skinner, je voudrais vous présenter la *Déposition* de Pontormo.

— Pensez-vous qu'ils nous laisseraient la prendre maintenant, capitaine Darnley, et leur éviter cette peine ? demanda Evelyn.

Darnley rit et répondit :

— Si nous leur posions la question ?

— Qu'est-ce que c'est, au juste, mon capitaine ?

— L'un des extraordinaires retables figurant la vie du Christ, Temps. Je ne me trompe pas, Miss Skinner ?

— Vous avez raison, capitaine. Destiné à être suspendu au-dessus de l'autel de la chapelle Capponi dans l'église Santa Felicità. Terminé en 1528. Grosso modo. Peint dans le style que nous appelons premier maniérisme, Ulysses. En d'autres termes, une rupture avec la tradition, s'éloignant du classicisme de la haute Renaissance et de tout ce qui lui était associé. Vous voyez que c'est un refus délibéré du style réaliste, que c'est calculé, artificiel. La lumière – vous le constatez – est théâtrale.

Puis elle expliqua la différence entre une déposition et une mise au tombeau. L'utilisation onirique de la couleur, le dépouillement de l'image, la danse.

Elle souligna :

— Il s'agit de sentiments, Ulysses, c'est tout. De gens qui essaient de comprendre quelque chose qu'ils ne comprennent pas.

(Un faible bruit de rires fit intrusion dans la pièce.)

— C'est simplement le corps sans vie d'un jeune homme que l'on présente à sa mère, dit Darnley.

— L'histoire la plus vieille du monde, compléta Evelyn.

— Qui est…

— Le chagrin, Temps. Un foutu chagrin immense.

Ils s'enfoncèrent davantage dans la villa. Des sentinelles et des administrateurs italiens passaient près d'eux, transportant des reliques et des statues religieuses. Ils s'écartèrent pendant que des hommes déplaçaient l'*Annonciation* de Filippo Lippi comme si ç'avait été une chaise longue.

Darnley s'arrêta sur le seuil d'une petite porte en bois.

— Nous y voici, dit-il. Le secret le plus mal gardé de Toscane. Prêts ?

Des bougies répandaient de la lumière sur les bords étriqués d'une cage d'escalier. Il y avait une odeur prononcée de pierre humide et de suif, et le taux d'oxygène diminua au fur et à mesure de leur descente. L'escalier finit par déboucher sur une vaste cave éclairée par des lampes à pétrole. Le sol paraissait ensanglanté aux endroits où des dizaines de fûts en chêne avaient trouvé la mort. Livres et documents étaient éparpillés ; des madriers soutenaient le plafond. Un chemin avait été dégagé parmi les débris jusqu'à un mur tapissé d'étagères, qui était en réalité un magnifique trompe-l'œil. De plus près, Ulysses discerna le cadre incongru d'une porte.

— Abracadabra, dit Darnley.

— À combien d'autres lapins blancs pouvons-nous nous attendre, capitaine ?

— Le chapeau est vide désormais, Miss Skinner. Après vous, je vous en prie.

Darnley ouvrit la porte et un flot de conversation et de musique se répandit. La pièce était un long corridor étroit, avec des ombres caravagesques dans les coins où la lueur des bougies, trop faible, ne parvenait pas. Du verre brisé jonchait le sol et deux murs de bouteilles de vin dévalisés se perdaient dans les profondeurs. De la fumée flottait au-dessus de tables occupées par des officiers alliés et des conservateurs de musées italiens et le seul air venait d'une grille au plafond, qui refoulait sporadiquement l'atmosphère viciée.

— Qu'est-ce que vous désirez, Miss Skinner ? Un rouge ?

— Étonnez-moi, dit Evelyn.

Darnley s'approcha du casier, plia les doigts et empoigna une bouteille. Il lut l'étiquette et leva le pouce en signe de victoire.

— Un Carruades de Lafite 1902. Pauillac ! cria-t-il. Divin ! (Mot qu'il employait beaucoup, étrange pour un homme dont l'idée de la vie après la mort était le sommeil éternel.)

Ils s'assirent à une table libre et un soldat sortit des ombres, apportant trois verres à pied en cristal, un tire-bouchon et une petite assiette de pecorino coupé fin.

— Vous voyez, Miss Skinner. Il n'y a vraiment pas grande différence avec le Garrick Club.

Evelyn rit.

Darnley fit le service. Un joli petit bruit sec, l'odeur du bouchon et le glouglou réconfortant de la boisson qui coulait.

— À quoi allons-nous porter un toast ? s'interrogea Darnley. Qu'en pensez-vous, Temps ?

— À ce moment, mon capitaine.

— Oh, très bien, dit Evelyn.

— *À ce moment.*

La conversation s'engagea aussitôt sur l'amour d'Evelyn et de Darnley pour Florence. Darnley expliqua que son père avait été – pendant une courte période, du moins – vicaire à l'église anglicane Saint-Mark.

— Des jours heureux, raconta-t-il. Des étés aux Offices ont fait mon éducation. Lorsque j'ai terminé mes études, seul l'art ou presque m'intéressait. Bref passage à Chelsea. Bref passage à l'Académie royale. Et nous voici. Je suis un cliché de la classe privilégiée, Miss Skinner.

— Oh, je crois que nous l'avons tous été, capitaine…

— Qualifié pour rien à part l'œnologie et une attribution d'œuvre de temps en temps.

Sur quoi Darnley fouilla dans la poche de sa veste et en sortit un carnet marbré et un petit bout de crayon.

— Ça ne vous ennuie pas ? De simples notes sur le vin – pour me souvenir, vous savez. Des pensées. Des broutilles.

— Non, non, pas du tout, dit Evelyn. Allez-y.

De longs doigts fins. Des cheveux lui retombant sur le front. Une attitude très enfantine. Il lui rappela Forster et elle se pencha vers Ulysses pour le lui dire.

— Qui est Forster, Evelyn ?

— Qu'est-ce qui est quoi ? demanda Darnley, relevant la tête.

— Je disais à Ulysses que vous me rappeliez E. M. Forster.

— Vous le connaissez, Miss Skinner ?

— Je lui ai acheté son premier *bombolone* et prêté mon Baedeker.

— Juste ciel ! Des gens se fiancent pour moins que ça ! et Darney tira une cigarette de son paquet, la leur proposa. Comment était-il ? voulut-il savoir.

— Plutôt agréable, répondit Evelyn. Il n'aimait pas Rubens et était très dévoué à sa mère.

— Il aurait pu être mon jumeau, dit Darnley, allumant sa cigarette et vidant son verre. Vous avez le temps de boire autre chose, Miss Skinner ?

— J'ai tout mon temps.

— Et la musique, Temps ? Quelque chose de plus doux pour aller avec le vin, s'il vous plaît.

— Entendu, mon capitaine, et Ulysses se dirigea vers le phonographe.

Il commanda aussi une nouvelle assiette de fromage.

La deuxième bouteille était un Château Margaux 1900 accompagné par Joan Merrill chantant « There Will Never Be Another You ». Une association singulière, de leur avis à tous trois. Darnley servit le vin. Le nez perçut des arômes de tabac, truffes, cèdre et fraise. Chacun leva son verre. *À ce moment.*

— J'avais vingt et un ans, dit Evelyn. Pas beaucoup moins que vous, Ulysses. C'était mon premier séjour à Florence. Je voyageais sans chaperon et j'étais prête à tomber amoureuse.

— Et est-ce arrivé, Evelyn ?

Evelyn s'interrompit pour goûter le vin.

— Il se trouve que oui, répondit-elle. Je suis tombée amoureuse de quelqu'un, d'une part, et de la ville elle-même, d'autre part. Vous avez tout cela devant vous, Ulysses. Ouvrez votre cœur. Des choses se produisent ici, à condition que vous le leur permettiez. Des choses merveilleuses.

Soudain, la cave chancela vers la droite alors qu'un tir d'artillerie frappait la terre au-dessus. Evelyn étouffa une exclamation. De gros morceaux de plafond se détachèrent et firent s'éteindre les bougies ; des hommes maintinrent leurs tables du bras, certains préférèrent se jeter dessous. Verres et bouteilles furent précipités sur le sol.

— Putain, c'est pénible ! vociféra Darnley, protégeant sa bouteille de Château Margaux.

Ulysses tendit les bras sur le plateau de la table pour prendre les mains d'Evelyn. Il se mit à lui parler, même à chanter pour elle. Il chantait toujours lorsque le tir de barrage s'acheva. Le faible cliquetis d'une platine qui ralentissait jusqu'à son arrêt inéluctable. La chute légère d'une poussière blanche dans l'intervalle de silence. Darnley qui riait.

Une fois sortis dans la nuit, ils respirèrent un air frais bienvenu. Darnley s'installa sur la banquette de la Jeep, Evelyn à l'avant, et ils démarrèrent au milieu des saluts et des soldats ivres qui couraient à côté d'eux en criant qu'on se reverrait à Florence !

Les routes étaient bordées d'arbres, et la lune gibbeuse brillante qu'ils entrapercevaient éclairait leur chemin en l'absence de phares. L'obscurité les enveloppa. Le surplomb épais des arbres et la courbe inclinée de la route leur donnaient l'impression de ne plus être à la surface de la terre mais de se diriger lentement vers ses profondeurs boueuses, boisées. Il flottait une forte odeur végétale. Bientôt Darnley sombra dans un sommeil aviné et ses ronflements trépidants perforèrent l'air. Ulysses relâcha l'accélérateur et ils roulèrent tout doucement le long du relief ténébreux.

Evelyn se pencha en arrière et regarda le visage de Darnley.

— Plein de fanfaronnades, hein ? dit-elle. Regardez-le. Ce n'est qu'un gamin, en fait. Vous n'êtes tous que des gamins. Vous avez de l'affection pour lui, n'est-ce pas ? demanda-t-elle.

— J'en ai, Evelyn. J'en ai beaucoup, dit-il, et il se gara pour laisser passer un convoi allié.

Le bruit les agressa et ils restèrent à observer le défilé des camions, les pâles visages de marbre des soldats qui les fixaient des yeux à leur tour. Il y avait une atmosphère lugubre.

— Ils seront bientôt dans la ville, je me trompe ? demanda-t-elle.

— D'ici deux jours maximum. Les Néo-Zélandais d'abord. Les Sud-Africains. Puis nous.

— Est-ce que ce sera terrible ?

— Sans doute, dit-il. C'est toujours terrible.

Le dernier nuage de poussière soulevé par le dernier camion se dissipa enfin. Ulysses alluma deux cigarettes. Il dit :

— Ce tableau ? De Pont…

— …ormo, termina-t-elle. La *Déposition* de Pontormo ?

— Ouais, et il lui tendit l'une des cigarettes. Darnley a dit qu'il l'avait étudié avant la guerre et j'ai dit, qu'est-ce qu'il y a à étudier ? C'est seulement une peinture, non ?

— Seulement une peinture. Et vous avez bel et bien raison, dit Evelyn. Les historiens de l'art ont érigé des hommes en dieux.

— Alors ?

— Alors… dit Evelyn.

— Tout ce tintouin ?

Evelyn rit.

— Le tintouin, comme vous dites, peut assurément être exagéré. Mais il s'agit toujours, pour moi, d'une réaction. C'est un tableau qui exige de nous une réaction. Les meilleures œuvres en exigent toutes.

— Quelle réaction ?

— À vous de me le dire.

— Je ne sais pas ce que ça signifie.

— Vous étiez impressionné par le nuage. Il vous a sollicité. Il vous a intéressé.

— Il semblait séparé de la peinture.

— Spectateur du drame qui se déroule au-dessous, peut-être. Un symbole céleste ? Le Saint-Esprit ? Ou un simple rappel que la scène a lieu dehors. Tout cela constitue une réaction, Ulysses. Ce n'est pas plus compliqué que ça.

Bien sûr, nous pouvons mentionner ensuite la facture de l'œuvre (le savoir-faire du peintre), son histoire, sa provenance, et nous pouvons aborder le sujet de la valeur. Mais la valeur pour moi sera toujours de l'ordre d'une réaction. Comment l'œuvre d'art nous touche.

— Et ça la rend digne d'être sauvée ?

— Je pense que oui. Je le pense vraiment. Garantir qu'elle sera là pour une autre génération. Parce qu'elle est importante, Ulysses.

— Plus importante que les gens ?

Evelyn souffla un long ruban de fumée. Elle déclara :

— Ils vont ensemble. C'est ce que nous avons toujours fait. Laissé une trace dans une caverne, ou sur une page. Pour montrer qui nous sommes, partager notre vision du monde, la vie qu'il nous faut supporter. Notre confusion est révélée dans ces visages peints – tantôt de manière tendre, tantôt de manière grotesque, mais l'art devient un miroir. Tout le symbolisme et le paradoxe, à nous de les interpréter. C'est ainsi qu'il devient une part de nous-mêmes. Et, en contrepoint à notre souffrance, nous avons la beauté. Nous aimons la beauté, n'est-ce pas ? Quelque chose d'agréable à l'œil nous réconforte. Agit en nous sur le plan cellulaire, nous permet de nous sentir vivants et plus riches. Une belle œuvre d'art ouvre nos yeux à la beauté du monde, Ulysses. Elle modifie notre vision et notre jugement. Capture à jamais ce qui est fugace. Une maigre tache dans les corridors de l'histoire, voilà tout ce que nous sommes. Une petite éraflure. Il y a cent cinquante ans, Napoléon respirait le même air que nous aujourd'hui. Le bataillon du temps poursuit sa marche. L'art par opposition à l'humanité n'est pas la question, Ulysses. Ils n'existent pas l'un sans l'autre. L'art est l'antidote. Cela suffit-il à le rendre important ? Eh bien oui, je le pense.

Parmi les oliviers, l'*albergo* se dessina.

— Nous voici arrivés, murmura Evelyn, et la Jeep ralentit et s'arrêta.

Le tic-tac d'un moteur en train de refroidir. Le lointain appel d'une chouette. La respiration bruyante de Darnley.

— Regardez, dit Ulysses alors qu'une faible lumière apparaissait dans une pièce à l'étage. Une fête de bienvenue ?

— Oh, j'en doute, dit Evelyn, descendant de la Jeep.

Elle s'inclina vers l'oreille de Darnley et posa une main sur son épaule.

— Capitaine Darnley, chuchota-t-elle.

Il se réveilla, hébété.

— Il est l'heure de se dire bonne nuit.

— Miss Skinner.

— Non, non, ne bougez pas, dit-elle, et elle lui offrit une poignée de main. Merci. Pour ce soir. Évitez les ennuis et restez chez les vivants, s'il vous plaît.

Darnley sourit.

— Prenez soin de vous, Miss Skinner. J'ai été ravi de vous rencontrer.

— Moi aussi.

— Et je donnerai un coup de pouce à l'AMGOT, promis.

— Merci, et Evelyn se tourna vers Ulysses. Je ne crois pas pouvoir vous faire mes adieux, jeune homme.

— Alors abstenons-nous, Evelyn.

Ulysses sortit de la Jeep et lui tendit la main. Elle la prit dans la sienne.

— Un don, exact ? dit-il.

— Un don, en effet. Dante Alighieri. Vous le trouverez à Florence, devant Santa Croce. Il a l'air assez bougon. N'empêche, transmettez-lui mes amitiés.

— Je n'y manquerai pas.

— Et restez invincible, dit-elle.

Il la salua. La regarda s'éloigner à pas lourds dans l'herbe desséchée en direction de la terrasse.

Les ténèbres étaient trop denses pour qu'il la voie se retourner et braquer les yeux sur lui, mais elle le fit. Elle le regarda remonter dans la Jeep, le regarda disparaître dans le virage. Elle dit quelque chose à voix basse, pas exactement une prière, juste une petite formule pour le protéger.

Dans l'est de Londres, Peggy Temper se réveilla avec un mal de tête carabiné. Elle avait une heure de retard pour l'installation de la salle, en avait passé la majeure partie au-dessus du lavabo à chercher un souvenir de la soirée précédente. Un bavardage de charretiers dehors : elle écarta le rideau et le soleil l'éblouit. Elle regarda Col décharger des fûts de bière et il jeta un coup d'œil vers sa fenêtre ; elle recula en vitesse mais il la vit, elle en était sûre.

Elle s'approcha du miroir et gémit. Elle se mouilla les doigts et tâcha d'encourager une boucle de cheveux ici, une boucle de cheveux là, avant de les fixer dans un brouillard de laque. Un coup de gant de toilette et un petit nuage de parfum l'amenèrent à l'habillage et elle fuma la moitié d'une clope pour s'éclaircir les idées.

Elle descendit l'escalier en chancelant et rendit l'atmosphère fébrile. Dans le bar, elle dit :

— Pas de commentaire, Col, bordel, et il obéit et poussa vers elle un gin sec. Merci, dit-elle, et elle le but d'un trait. Oh bon Dieu, s'exclama-t-elle, et Col envoya le seau de lavage dans sa direction.

Elle était un boulet, mais un boulet séduisant, au moins. Sa bouche et son visage attiraient les soldats et, même quand elle vomissait tripes et boyaux, elle le faisait avec style. Son cul pointait à chaque spasme et offrait la délicieuse vision fugitive de ses bas. Col sentit la poussée d'une érection contre le tissu de son slip. Il descendit chercher une bouteille de rhum à la cave. Quand il remonta, Peggy était près des doseurs d'alcool, un verre à la main.

— On rallume la chaudière ?

Rallumer la chaudière, pensa-t-elle ; il lui faudrait des litres de combustible pour se mettre en route ce matin. Où est-ce qu'elle avait la tête, putain ?

— Déduis-le de mes pourboires, dit-elle, et elle s'assit et alluma une cigarette.

Il s'approcha et se joignit à elle.

— La soirée a été bonne ? dit-il.

Elle le regarda et rit aux éclats.

— T'es unique, Peggy, dit-il, et elle eut ce fameux sourire et les merlebleus chantèrent.

— Col ?

(Oh bon Dieu, quoi encore ? Quel visage elle avait…)

— Quoi, Peg ?

— Ce samedi.

— Pas question, Peg.

— Je sais, je sais, mais il est important, celui-ci.

— Ils sont tous importants, rétorqua Col, qui vida son verre et se leva. Tu as du ressort, je dois le reconnaître.

— C'est une bonne chose, non ?

Et Peggy se dressa et commença à danser devant lui.

— C'est une bonne chose, non, Col ?

— Allez, Peg, on est ouvert. Et fais gaffe à ne pas marcher sur cette saleté que tu traînes avec toi.

Peggy s'immobilisa et regarda derrière elle.

— Quelle saleté ?

— Ton foie. Maintenant, ouvre cette fichue porte.

L'air tiède du matin entra avec nonchalance, répandant la puanteur de la poussière de brique et du macadam. Ginny Formiloe, la môme de Col, revenait de la boulangerie en tenant un gros pain serré contre sa poitrine comme un bébé. Ginny lui fit coucou. Peg fit coucou à son tour. Ginny adorait Peg, le lui disait tous les matins de sa drôle de voix nasillarde. Ginny était une femme par le corps et une enfant par l'esprit. Elle ramassait les verres au pub et servait parfois une pinte, mais elle s'occupait principalement des verres et du comptage des pièces de monnaie à la fin de la soirée. Délicieuse, délicieuse petite, avec son cerveau étrange, les jambes de sa mère et sa jolie robe à fleurs. Elle ressemblait beaucoup à l'épouse de Col, ce qui brisait le cœur de Col dans les premiers temps. Ginny n'était pas née avec un retard mental, mais quelque chose se produisit, sans doute cette fièvre dont elle faillit mourir. La femme de Col quitta la maison parce qu'il buvait, mais la vraie raison était autre et elle partit avant le début de la guerre. Monta en Écosse, dans les Hébrides extérieures, chez sa sœur qui avait une ferme. Personne ne dit le fond de sa pensée, car quelle horreur cela avait-il pu être pour qu'elle se retrouve sur un roc de granit dans l'Atlantique nord ?

Col ne renonça pas à l'alcool quand sa femme s'en alla, mais il but moins. De plus, face à sa fille, sa colère se changea en guimauve. Il devint un ivrogne sentimental, larme à l'œil et chansons patriotiques aux lèvres, parce que c'était son genre.

Ginny s'arrêta au bord du trottoir. Elle regarda à gauche à droite à gauche à droite avant de traverser.

— Peggy ! hurla-t-elle.

Peggy ouvrit les bras et Ginny se jeta à son cou.

— Je t'adore, Peggy.

Ginny dégageait une forte odeur de sang menstruel et Peg lui dit :

— Viens, Ginny, allons te changer.

Lorsque la fin de l'après-midi arriva, Peg était crevée. Le pub s'était transformé en morgue et elle fit sa pause dehors. Elle promena les yeux sur la rue avec ses perrons blanchis et une quantité de ragots suffisante pour combler un égout. Elle se laissa tomber sur une chaise tournée vers le soleil. Des gamins de huit ans, pas plus, passèrent à vélo et sifflèrent.

— Ça roule, Peg !

Elle leva le bras.

— Ouais, ça roule, gamin, singea-t-elle.

Elle avait fermé les paupières depuis peu lorsque le vieux Cresson arriva. Elle savait que c'était lui qui cachait le soleil, qui essayait d'attirer son attention. Cresson était le rocher de Peg. L'avait toujours été, le serait toujours. Il la considérait comme la plus belle femme du monde et il était prêt à tout pour elle. Même à lui décrocher la lune, s'il pouvait. (Et qu'est-ce que je ferais de la lune, Cressy ? Tu l'échangerais contre le soleil. Sois ambitieuse, ma fille.)

— T'es bien rentrée dans tes pénates ? dit-il.

— C'est toi qui m'as ramenée dans mes pénates, bougre d'idiot. Je ne me souviens sans doute pas de grand-chose, mais ça, je m'en souviens.

— Tu peux me servir une pinte à l'intérieur ?

— J'ai fini, et elle montra l'écriteau *FERMÉ*. Col bricole les tireuses et moi je prends un bain de soleil.

Dès qu'il fut parti, Peg remonta sa robe au-dessus des genoux. Avec le soleil qui lui chauffait l'entrecuisse, elle se sentait remplie de désir et d'excitation, pareil que lorsqu'elle avait posé les yeux sur le beau gosse américain.

Il était bon danseur. Elle avait d'abord remarqué ça. Meilleur que son copain, même si à les voir ils auraient pu être frères. Le copain s'écarta en direction du bar et les yeux d'Eddie se fixèrent sur les siens. Comme une collision d'étoiles, lui dit-il. Et puis ils enchaînèrent les danses célestes jusqu'à ce que leurs vêtements soient humides et leur appétit dévorant et ensuite, dans un café d'Old Compton Street, ils mangèrent un triste plat de patates et de viande impossible à identifier.

Eddie avait des cheveux magnifiques (épais, brillants, bruns) et Peg passa la main dedans et dit qu'ils étaient doux comme de la soie et Eddie rougit parce qu'il n'était encore qu'un garçon malgré son âge. Eddie lui expliqua qu'il irait à la fac après la guerre pour pouvoir reprendre le commerce de son père et Peg demanda, Quel commerce ? et Il répondit, Les oranges. Peg dit qu'elle n'avait pas mangé d'orange depuis deux ans et Eddie répondit qu'il allait devoir y remédier. Eddie demanda s'il pouvait la voir samedi et Peg répliqua, Essaie de m'en empêcher, tiens ! et Eddie éclata de rire. Eddie avait aussi de bonnes dents. D'une blancheur américaine. Un peu trop saillantes lorsqu'il lui donna un baiser, mais rien qui ne puisse être résolu avec de la pratique. Eddie paya la note et demanda s'il pouvait venir chez elle et elle dit, Pas ce soir mon chou, et il dit, J'adore ton accent et elle dit, Toujours pas ce soir. C'était à ce moment-là qu'Eddie avait parlé d'une chambre d'hôtel pour la nuit de samedi et que les genoux de Peg auraient pu céder sur-le-champ. Je vais te traiter comme une princesse, avait-il dit.

Une musique venant de la platine à l'intérieur. « Un jour mon prince viendra. »

— Putain de comédien, Col ! cria Peg, et elle se leva et retourna dans le bar, envahie par une humeur sinistre.

Toute la semaine, tôt levée, elle épongea les tables et vérifia les doseurs d'alcool. Elle était sobre et charmante et continuait à rendre les gens fébriles.

— Qu'est-ce qui arrive à Peg ?

— J'en sais foutre rien, disait Col, la contournant comme si elle était un volcan prêt à entrer en éruption.

Pourtant elle n'explosait pas. Elle fumait seulement. Elle fit les comptes, passa les commandes, emmena Ginny jusqu'au canal pour trouver les chatons qui étaient nés cette semaine-là, selon Cresson. Le jeudi soir, Peg astiqua le comptoir avec une nouvelle couche de produit et Col dit qu'il brillait comme une boule de cristal.

— Je vois samedi soir, déclara-t-il. Je vous vois, toi et le petit prodige, de sortie en ville.

Peg réagit avec un temps de retard.

— Qu'est-ce que tu racontes ? dit-elle.

— Tu as bien entendu, dit Col.

Et Peg lui sauta dans les bras et lui enserra la taille de ses jambes robustes, et il sentit à nouveau la poussée d'une érection vraiment forte.

— Ça va ça va ! dit-il, car il avait besoin de descendre à la cave pour se finir.

Lorsque samedi soir arriva, il arriva chaud et jaune, et le canal scintillant d'un million d'étoiles insensées fit aboyer les chiens.

Clac clac clac les talons de Peg descendant l'escalier. Col la sentit avant de la voir, et elle avait un parfum de France et de fleurs, pure séduction. Elle entra dans le bar, yeux bleus, lèvres rouges, chevelure blonde et jupe serrée.

— J'espère qu'il en vaut la peine, dit Col.

Et Peg répondit :

— Il est américain, Col. Il en vaut la peine.

Col lui tendit un gin tonic.

— Prudence, Peg. Va pas t'attacher.

— À l'attachement et au grand amour, dit Peg, et elle leva son verre.

— Tiens, dit Col. Kathleen l'a déposée pour toi.

Il poussa une enveloppe sur le comptoir. Peg l'ouvrit et empocha l'argent.

— Il dit quelque chose ? demanda Col.

— On ne s'écrit pas de lettres, Col, tu sais qu'on ne s'écrit pas. L'argent dit qu'il est vivant et c'est tout ce que je veux savoir. On réglera tout le reste quand il reviendra.

— C'est un bon gars.

— Je sais. Ne veille pas jusqu'aux aurores, ajouta-t-elle.

— Peg ?

Elle se retourna.

— Quoi ? dit-elle.

— Tu es mieux qu'eux tous.

C'était un restaurant chic. Des violons jouaient et un serveur lui déplia sa serviette et la plaça sur ses genoux. L'appela même madame, ce qui était un sacré cran au-dessus. Eddie lui fit un sourire radieux, dents brillantes et haleine d'une fraîcheur de menthe. Sa beauté l'émoustilla instantanément.

Il poussa deux paquets vers elle.

— Ouvre, dit-il. Pour que tu saches que je suis sérieux avec toi.

Peg sentit les autres tables la regarder. Elle ouvrit le plus gros paquet et en sortit une orange. La plus parfaite des oranges. Elle ferma les yeux et la huma. Elle aurait pu mordre dedans illico, et pourtant lorsqu'elle entendit quelqu'un rire le moment fut presque gâché.

— L'autre, lui suggéra Eddie.

Elle s'apprêtait à feindre la joie devant le coffret mais, lorsqu'elle souleva le couvercle, la broche était magnifique, alors elle n'eut pas à simuler. Eddie lui prit le bijou des mains et le haussa vers la lumière.

— Le camée est en coquillage. Tu savais ça ?

— Bien sûr que oui, dit Peg (même si elle n'en savait rien).

— Moi non, dit-il, et il mit la broche contre son oreille.

— Tu entends la mer ? demanda-t-elle.

Il secoua la tête.

— Non. Juste une petite voix, répondit-il en grimaçant.

— Qu'est-ce qu'elle dit ?

— Allons chez toi, et Eddie éclata de rire.

Peg ne rit pas.

— Mais on ne peut pas, Eddie. Je t'ai averti. Je croyais qu'on allait dans un hôtel.

— C'était la broche ou une chambre. Et j'ai pensé que tu aimerais la broche.

Peg but au-delà des limites du romantique et se retrouva contre un mur sous la voûte d'une voie ferrée. La nuit était monochrome et des fragments de clair de lune se répandaient sur les pavés noirs et soulignaient des bribes de la chair blanche de Peg. Son soldat américain lui donnait des baisers passionnés et il lui avait promis une chambre, au lieu de quoi il lui avait acheté une broche, et ils étaient là, debout contre un mur, un bouquet de fleurs bon marché à leurs pieds.

Il tâtonnait à la recherche du front ouest, et elle lui dit qu'il devrait aller plus au sud pour le trouver.

— Nous y sommes, dit-elle, et il gémit.

Elle aimait sa manière de lui dire : Ma poupée. Sa manière de lui dire : Je n'ai jamais rencontré une fille comme toi, Peg. Sa manière de la baiser. Mais elle ne réussissait pas à oublier qu'il lui avait promis une chambre, et elle s'efforçait de chasser cette pensée mais plus il la pressait contre le mur, plus la chambre revenait la narguer.

— Tu m'as promis une chambre.

— Je sais, je sais, dit-il, d'un ton très affairé. La prochaine fois.

— Je ne signe pas pour une prochaine fois, dit-elle soudain, et elle laissa retomber sa jambe. Arrête, ordonna-t-elle. Je suis vannée, et elle tira sur ses cheveux de garçon riche.

— Nom de nom, Peg ! Qu'est-ce que tu fabriques ?

— J'ai dit arrête !

Un train passa au-dessus d'eux, et les pierres tremblèrent. Peg ramena sa jupe et fila vers le trottoir d'en face.

— Peggy !

Son prénom résonna entre les briques. Le bruit des pas d'Eddie derrière elle.

— Pourquoi on ne peut pas aller chez toi ? Tu es mariée ou quelque chose dans ce genre-là ?

— Non. Je ne suis pas « mariée ou quelque chose dans ce genre-là ». Je loge au-dessus d'un pub. Où je travaille. Je te l'ai déjà dit cent fois. Tu m'as promis une chambre et soudain tu fais les choses au rabais.

— Cette broche n'était pas...

— Appelle-moi quand tu auras retenu la piaule, Eddie. Mais pas de ça, qui frise le tapin. Trop proche.

Elle descendit vers le canal, une expression impitoyable sur son visage, et même les rats l'évitèrent. Le banc était vide. Elle s'assit et alluma une cigarette. Un ivrogne tituba le long du chemin de halage et allait lui parler, mais elle dit, Putain, t'avise pas de l'ouvrir, et sa voix était comme une lame, alors il renonça. Elle pouvait se débrouiller toute seule, l'avait toujours fait, et la ville ne l'effrayait jamais, en particulier la nuit. Le canal attirait les solitaires et les rêveurs, et dans ce moment elle était les deux.

Elle voulait un billet pour ailleurs et le beau gosse américain était son billet pour ailleurs. La Californie. Le Nouveau Monde. Une Nouvelle Vie. Elle tenait ce rêve dans ses mains réunies, attentive à ne pas en perdre la moindre goutte.

Elle se massa le pied. Elle avait un début d'oignon comme sa mère. La femme avait eu de gros durillons ensanglantés de chaque côté des pieds ; pourvu que la ressemblance ne remonte pas vers le haut... Elle frotta une allumette et regarda sa montre. Une heure dix. Hors des ténèbres, ce visage bien connu.

— Tu viens souvent ici ? dit Cresson.

— On est en train d'en prendre l'habitude, toi et moi, dit-elle.

— Tu veux rentrer dans tes pénates ? Alors en route, et il la hissa sur ses pieds.

Elle le dépassait d'une tête. Cressy lui avait raconté un jour qu'il avait rêvé d'être jockey, à cause de sa taille, mais qu'il s'était retrouvé sur les docks. Et rien qu'une fois, avait-il dit, rien qu'une fois il aurait voulu s'être embarqué sur un de ces bateaux.

Tu n'es pas obligé de parcourir le monde pour en avoir l'expérience, avait-elle dit.

Tu trouves que j'ai l'expérience du monde ? avait-il demandé.

Comme personne. C'est ce qui est là-dedans qui compte, et elle avait montré son ventre. L'amour, il sort de nos tripes, avait-elle dit.

Ils remontèrent les marches jusqu'à la rue.

— Tu aimes ce gars d'Amérique ? demanda-t-il.

Mais Peg ne répondit pas.

— Allons, ma fille, t'es plus une gamine.

Peg s'arrêta et enfila ses chaussures.

— Ouais, je l'aime. Genre je mourrais sans lui.

— Mince alors, tu l'as dans la peau.

— Donc ne pose pas la question.

— Tu lui racontes des trucs ? dit Cresson.

— Je ne lui raconte rien.

— Dis-lui des choses. Des mots, Peg. Il ne sera peut-être pas ici éternellement.

— On te raconte des trucs, à toi ?

— Pas tellement. Mais les mots sont de la poussière d'or pour un vieux con décrépit comme moi.

— Tu n'es pas décrépit, dit-elle, et elle ouvrit son sac à main. Tiens, prends une orange.

— Oh, regarde-moi ça, dit-il, et il la leva sur le fond noir du ciel. Tu sais comment ce fruit a été conçu, Peg ?

— Deux nombrils pendant un week-end cochon ?

Il rit.

— Il est l'enfant naturel d'une mandarine et d'un pomelo.

— C'est quoi, ça, un pomelo ?

— *Citrus maxima.*

— T'en as déjà vu ?

— Non. J'ai juste lu un bouquin sur le sujet. Ça ressemble à un gros pamplemousse avec une peau épaisse et beaucoup de ziste.

— Un peu comme Col, alors, dit-elle tandis que les contours sombres du pub apparaissaient.

— Tu le revois quand ?

— Après-demain.

— Bon, raconte-lui des trucs, Peg. Donne-lui de l'espoir.

Une semaine après la libération du quartier de l'Oltrarno à Florence, Ulysses et Darnley se trouvaient dans les jardins de Boboli, derrière le palais Pitti, où ils s'étaient occupés d'un convoi de ravitaillement la matinée entière. Darnley se tenait sur un mur surplombant la ville. Le son de coups de feu ricochait sur l'Arno et de la fumée montait des rues en contrebas. Ulysses était caché dans un buisson, son arme braquée sur le fort du Belvédère où un tireur embusqué fasciste avait semé le chaos tout le matin.

— Vous êtes toujours d'accord avec ça, mon capitaine ?

— Oui, oui, répondit Darnley. Si je meurs ici, je mourrai heureux. C'est bon si je fume ?

— Tout ce qui vous plaira. Vous êtes là uniquement pour appâter.

— Je suis là pour appâter. Avant d'être réduit en chair à pâté, et Darnley rit et frotta une allumette. Cette vue. Miracle du bon moment et du bon endroit. « *Luce intellettual, piena d'amore.* »

— Ce qui veut dire, mon capitaine ?

— « Lumière de l'esprit, pleine d'amour. »

— Joli.

— N'est-ce pas ?

— C'est de vous, mon capitaine ?

— Non ! De Dante. La certitude qu'une association de l'intellect et de la beauté peut rendre le monde meilleur. Vous voyez notre tireur ?

— Pas encore, mon capitaine, répondit Ulysses, essuyant une goutte de sueur tombée dans son œil. Il mange un morceau, sans doute.

— Sans doute, dit Darnley, soufflant un long ruban de fumée.

Il reprit :

— Et là au centre, représentant la gloire de la ville elle-même…

— Qu'est-ce que vous montrez, mon capitaine ?

— La cathédrale. Le dôme de Brunelleschi. Qui a inauguré la grande période de l'humanisme de la Renaissance. Construit en majesté afin que les gens assis au-dessous de lui puissent recevoir Dieu. Et pourtant, d'abord et avant tout, il témoigne de l'ordre et de la beauté de l'univers. Un univers sensible et ne jugeant pas, Temps, et dans lequel l'humanité a une place : l'homme comme mesure de toutes choses. Et les poètes et les artistes œuvraient avec cette conviction. La composition en perspective fut organisée autour de la figure humaine. Le cercle et le carré devinrent le socle de l'architecture du XVe siècle et, s'inspirant de Vitruve, Léonard de Vinci plaça l'homme à l'intérieur des deux. La science et la théologie vivaient côte à côte, Temps. Le don de l'intellect et la réussite artistique reçus de Dieu autant que la foi. Quel prodigieux moment où ces esprits non conformistes se réunirent. Ce fut de courte durée, oui, et alors ? L'explosion d'énergie de cette époque détruisit mythes et superstitions et révéla les cieux tels qu'ils étaient. Sujets au déclin et à la mutabilité. Exactement comme nous tous.

Darnley jeta la cigarette. Il dit :

— Je pensais… Après la guerre, nous pourrions…

— On ne s'occupe pas de l'après, si, mon capitaine ?

— Oh bon Dieu de bois, non, bien sûr que non. Désolé. C'est cette vue. Elle me fait rêver.

— Plus de rage, mon capitaine, s'il vous plaît.

— Plus de rage ?

— Oui, s'il vous plaît, répéta Ulysses. Et beaucoup plus de volume. Gesticulez.

— Comme ceci ?

— C'est parfait. Ah, ça y est, je le vois…

— Ma vie est entre vos mains, Temps…

— Toujours, mon capitaine, et Ulysses retint sa respiration.

Il visa soigneusement l'homme et la détente bougea sans difficulté. Le bruit discordant d'un coup de feu retentit et, au loin, un corps tomba de la tour, puis un *panino* quelques instants plus tard. Darnley applaudit et sauta au bas du mur. Ulysses rampa hors du buisson et brossa son uniforme.

— Discernez-vous une odeur, Temps ?

— Oui, mon capitaine. De mort et de crasse humaine, je dirais.

— C'est précis, commenta Darnley tandis qu'ils montaient en direction de la fontaine de Neptune.

— Et un soupçon d'ordinaire, ajouta Ulysses.

Lorsqu'ils arrivèrent à la fontaine, des femmes nettoyaient leurs enfants et leurs vêtements dans la même eau fétide.

Darnley secoua la tête.

— Nom de Dieu ! s'exclama-t-il. Niccolò di Raffaello di Niccolò dei Pericoli se retournerait dans sa tombe.

— Oh, je doute qu'il puisse remuer, mon capitaine, son nom doit tenir toute la place.

— Ça me fait mal physiquement, Ulysses, dit Darnley. De voir ces jardins traités ainsi.

— Je sais, mon capitaine.

— Vous comprenez ?

— Oui, je comprends.

— La population ne s'y intéresse-t-elle pas ?

— C'est difficile de s'intéresser quand on n'a pas de pain, mon capitaine. Ni d'eau.

Darnley soupira.

— Venez, Alexander St John Darnley. Allons chercher une Jeep pour vous ramener.

La puanteur de la misère sordide les assaillit lorsqu'ils pénétrèrent dans la cour. Les lieux grouillaient comme un taudis napolitain. Des milliers de gens traumatisés, avec une seule source d'eau, comme s'ils avaient subi un siège. Ulysses et Darnley avancèrent à grand-peine dans la pénombre en direction du convoi de ravitaillement. À leur gauche, une dispute éclata au sujet de l'attribution de la farine. Des draps et des habits pendaient aux balcons supérieurs du palais et, sous le portique, à l'abri du soleil, des gens étendus sur des matelas tenaient contre eux de maigres possessions. Des réchauds à charbon de bois improvisés répandaient des émanations âcres. C'étaient là les gens qui avaient habité aux alentours de l'Arno. Forcés d'évacuer leurs maisons avant que l'armée allemande en retraite ne fasse sauter les ponts. Tous à l'exception d'un seul, faut-il préciser.

Le Ponte Vecchio devait son salut à un Führer sentimental, qui avait visité la ville en 1938 et conçu de l'affection pour le célèbre monument. Darnley dit que ça prouvait le goût atroce de l'individu.

— Comme envahir la Pologne, ajouta Ulysses. Allons-y, mon capitaine ! cria-t-il.

Darnley monta dans la Jeep et ils roulèrent dans la chaleur, laissant derrière eux la façade imposante de l'ancienne résidence ducale. Au pied de la pente, le long de la Via Guicciardini, des décombres hauts de dix mètres barraient l'accès au Ponte Vecchio. Ulysses fit demi-tour et se dirigea vers l'ouest. La pestilence des égouts éventrés et des conduites de gaz fissurées grillait sous le soleil d'août. L'air miroitait comme un liquide.

Ils n'étaient encore qu'à la Piazza del Carmine lorsque Darnley cria soudain :

— Arrêtez la voiture !

— Mon capitaine ?

— Arrêtez la voiture, répéta Darnley.

Des foules de Florentins de retour chez eux passaient, traînant des charrettes à bras.

— Qu'est-ce qu'il y a, mon capitaine ?

— Il faut que vous découvriez un peu cette ville, Temps. Je l'ai promis à Miss Skinner, n'est-ce pas ? Zou, sortez. Mais rentrez avant la tombée de la nuit.

Ce n'était pas à négocier. Ulysses empoigna son fusil et descendit de la Jeep, Darnley se mit au volant.

Ulysses le regarda s'éloigner, sans bien savoir ce qui venait de se produire. Il dévissa le bouchon de sa gourde et but. Le soleil dans le ciel était torride. La vaste étendue de la piazza n'offrait aucune zone ombragée et les pierres étaient chauffées à blanc. Ulysses s'écarta de l'église et suivit un cycliste qui progressait avec lenteur vers une rue entièrement à l'ombre.

Il se sentit revigoré par la fraîcheur et les heures de liberté devant lui. Des hommes continuaient de lui serrer la main comme s'il était l'unique libérateur de leur ville et des femmes lui donnaient des baisers, laissaient des traces de rouge à lèvres sur ses joues, mais ça ne le dérangeait pas. Personne là-bas en Angleterre ne pourrait comprendre ce que l'occupation faisait à un peuple. Les privations du corps et de l'âme. Le choix quotidien de la survie mais à quel prix et parfois à quel prix pour les autres. Il recula et salua au passage de tanks alliés. Un soldat lui fit signe qu'il était un branleur. Il rit. C'était le cadet de ses soucis.

La rue le mena au coin d'une place bordée d'arbres, dominée par une église dans le fond. Il se fraya un chemin parmi une foule qui s'était rassemblée devant un café. Les cloches sonnèrent. Il s'installa sur un banc à l'ombre près d'une fontaine, s'attendant presque à entendre un gargouillis familier, mais l'approvisionnement en eau de la ville était coupé depuis longtemps. Il alluma une cigarette et observa la trajectoire des martinets à travers le campanile, d'un côté à l'autre du dôme ocre brun, ce complément parfait au ciel azur. Un chien hurla. Un cycliste passa. Le sentiment accablant qu'il y avait eu là quelque chose de terrible, et que c'était cette chose qui augmentait la tension.

Il s'aperçut qu'un groupe de gens faisait des gestes frénétiques. Il se leva et les rejoignit, suivit leurs regards vers un volet qui oscillait en hauteur. Au-delà du volet, une silhouette noire, solitaire. Il aurait pu s'agir d'une statue, excepté le léger balancement du bras de l'homme pour assurer son équilibre. Il se déplaçait petit à petit sur le toit et, lorsque le vide apparut, il se figea. Le chapeau de l'homme s'envola dans la brise et commença une descente en spirale. Il fut très facile à Ulysses de tendre la main et de rattraper le feutre mou anthracite Borsalino pincé sur le devant.

Il se précipita, fut surpris de trouver le bâtiment fermé à clé. Il tenta d'entrer tour à tour dans chacun des bâtiments voisins, jusqu'à ce qu'une porte s'ouvre et le conduise dans un vestibule de pierre très ancien. Il enfila l'escalier quatre à quatre et lança une séquence d'événements que les habitants du quartier récapituleraient de bon cœur dans les jours à venir.

De multiples versions de la montée des marches au pas de course seraient narrées plus tard dans le café, mais ce furent en fait Signor et Signora Mimmi, un couple d'amoureux d'une soixantaine d'années, n'ayant regagné leur appartement au dernier étage que depuis peu, qui ouvrirent la porte au *soldato* et qui reçurent donc la permission exceptionnelle de relater l'histoire telle qu'elle était, sans interruption ni embellissement de la part des nombreux conteurs fantaisistes qui fréquentaient la place.

— Il cognait à notre porte, dirent-ils à l'unisson.

— Mais pas comme quand les Allemands sont arrivés, ajouta la *signora.*

— Pourriez-vous nous faire une démonstration ? suggéra le prêtre, et elle ferma le poing et se mit à cogner sur le comptoir.

Ils furent tous d'avis que le ton n'était pas coléreux mais qu'il exprimait au contraire une certaine considération.

— Oh oui, dit Signora Mimmi, il était très poli. Il a essuyé ses bottes sur notre paillasson. Il a dit *Buongiorno*, mais ses connaissances en italien s'arrêtaient là. C'était un soldat à l'air gentil, avec des sourcils charmants et des fossettes. Il pointait sans cesse le doigt vers le plafond, tâchant de nous faire comprendre ce qu'il voulait. Il transpirait. Nous n'avions pas d'eau, alors nous lui avons offert un grand verre de vin qu'il a bu d'une traite. Nous l'avons emmené dans la cuisine et, lorsqu'il a vu l'échelle, il a commencé à grimper vers la terrasse, où mon mari cultive deux figuiers et recueille l'eau de pluie. Mais il n'a pas plu depuis des semaines et les figuiers sont morts.

— Le mien aussi, dit le boucher.

Ce fut à cet instant, Signor et Signora Mimmi confessèrent-ils tous deux à l'auditoire, qu'ils perdirent de vue le soldat, lorsqu'il passa de la terrasse au toit.

— Cela ne vous intéressait-il pas ? demanda le marchand de fruits et légumes.

— Non, dirent-ils. Nous voulions faire l'amour.

Donc, Ulysses était là. Sur le toit dans les agréables petites vapeurs du vin, perché à trente mètres avec un inconnu dangereusement proche du vide et cible aisée pour le tireur le plus incompétent qui soit.

— *Signore ?* dit Ulysses, il semble que j'aie votre chapeau.

Et Ulysses tendit le feutre d'une façon naturelle, dénuée de menace. Cette entrée en matière, estimait-il, déterminerait si l'homme était capable de (a) parler et (b) comprendre l'anglais. Le silence consécutif prouva sa double incapacité. Ulysses laissa le chapeau vers la terrasse et s'avança lentement sur la faible pente. Les respirations des spectateurs étaient audibles. De plus près, il constata que l'homme avait la cinquantaine, qu'il portait – entre toutes les tenues possibles – un costume et une cravate, l'habit de son enterrement. *Je me demande ce qui vous a amené là en haut,* pensa Ulysses, et il sourit parce que tout le monde lui disait qu'il avait le plus désarmant des sourires.

En bas sur la place, Michele, le patron du café, avait miraculeusement acquis une paire de jumelles et rendait compte de la situation à la foule passionnée qui grossissait de minute en minute.

— Il sourit, dit-il.

— Arturo ?

— Non, le soldat. Maintenant, il allume une cigarette.

— Arturo ?

— *Madonna mia,* le soldat !

Et Michele fit un grand geste et baissa les jumelles.

Sur le toit, Ulysses porta la cigarette à ses lèvres et examina la situation. C'était un bel après-midi d'été.

Le soleil dans son dos répandait un éclat brillant sur les toits, la lumière prenait une teinte rose sur la Torre di Bellosguardo et le Duomo, et les collines miroitaient dans la brume. La gratitude inondait Ulysses. Si la vie devait se terminer là, qu'il en soit ainsi. Il sentait son père à son côté. Et le père de son père. Il était relié à une longue lignée de Temper, tous des hommes honnêtes, doux, qui n'avaient jamais demandé grand-chose sinon une bonne cote de loin en loin. Il s'interrogea : le nom dérivait-il de Templar, le prêtre guerrier ? Combattant au nom de la foi et de l'amour, même s'il se fourvoyait. Les actes avaient des conséquences, bien sûr...

Telles étaient ses pensées avant qu'il ne déloge une tuile qui le précipita vers le vide.

Les spectateurs furent pétrifiés.

— *O mio Dio !* s'écria la femme de Michele, Giulia. *O mio Dio !*

Le prêtre se signa maintes fois, et un étranger au quartier, qui avait des tendances fascistes, croisa les doigts et souhaita le pire.

L'embarras, pour autant qu'Ulysses puisse en juger, n'était pas qu'il était moitié sur le toit, moitié en dehors, mais que le canon de son fusil était bloqué dans la gouttière. Lui-même était immobilisé dans une position plutôt inconfortable, les testicules n'étant pas réputés pour leur aptitude à supporter des charges. Ulysses se tourna vers l'homme et, restant confiant dans la possibilité d'une conversation en l'absence de langue commune, dit :

— Alors écoutez-moi, *signore*...

Et il entreprit d'expliquer qu'il s'était déjà trouvé une fois dans des circonstances comparables et que, hormis l'inconfort physique, qui était extrême, il gardait l'espoir d'une issue heureuse, si seulement – sa voix, en cet instant, était calme et mesurée, sans une once d'imploration :

— Si seulement vous pouviez vous courber et dégager le canon du fusil.

Le *signore* fronça les sourcils.

— Le fusil.

Ulysses braqua ses yeux sur le fusil.

— Bang, bang !

Il suffisait, poursuivit-il, d'un petit mouvement. D'une inclination en avant, d'un léger accroupissement et d'une main tendue. Un acte qui ne nécessitait rien de plus qu'un contrepoids corporel.

— Comme vous le feriez, par exemple, pour tirer un enfant d'une mare. Rien de plus.

En bas, Michele expliqua à la foule :

— Le canon du fusil du soldat est coincé dans la gouttière.

Un murmure d'incrédulité s'éleva.

— Il semble qu'ils discutent, dit Michele.

— Comment peuvent-ils discuter ? objecta la vieille *contessa*. Arturo ne parle pas anglais ; le soldat ne parle pas italien. C'est une catastrophe. Faites quelque chose, idiot.

Michele s'avança et, avec son fort accent, cria :

— Ohé, Arturo ! Le canon du fusil est coincé ! Il faut que tu dégages le fusil de la gouttière !

La foule se mit à crier :

— Dégage le fusil ! Dégage le fusil ! Dégage le fusil !

Arturo se baissa.

— Non, ne fermez pas les yeux, dit Ulysses.

Arturo le regarda.

— C'est ça. *Sì, sì.* C'est ça. Vous y êtes presque. Presque…

— Il a dégagé le fusil ! hurla Michele en contrebas.

Les spectateurs lancèrent des hourras et des applaudissements.

— Bravo, Arturo ! crièrent-ils, et ils se mirent à scander son prénom.

Arturo baissa son regard vers eux, déconcerté. C'était la mort qu'il avait recherchée, pas des acclamations.

Ulysses lui fit signe que tout allait bien avant de préparer promptement la suite. Il découvrit que le poids de son corps avantageait beaucoup plus le toit que le vide et se mit à l'écoute du bâtiment. De sa solidité aguerrie. Des tuiles en terre cuite séculaires. De la gouttière. Des vies vécues jadis à l'intérieur. Et cet acte d'écoute contenait une question simple : Puis-je te faire confiance ? C'était une question qu'il posait silencieusement au sujet de chacun dans les minutes postérieures à une rencontre. Peggy : cruelle mais digne de confiance. Evelyn Skinner : digne de confiance. Le capitaine Darnley : je le suivrais jusqu'en enfer.

Il regarda un insecte se promener sur son bras et pensa que c'était la meilleure réponse qu'il pourrait sans doute obtenir, alors il se mit à balancer la jambe et la gouttière trembla. D'arrière en avant jusqu'à ce que l'élan lui donne assez d'énergie pour se propulser – suspendu quelques secondes entre le toit et le ciel – et, lorsqu'il toucha les tuiles, il n'y eut qu'un léger vacillement vers l'arrière qui arracha un cri au prêtre. Mais ce fut principalement l'adhérence qu'il sentit sous sa botte ; une belle résistance. Il s'épousseta, rajusta ses roubignoles, et un crescendo d'applaudissements s'éleva de la place.

À cet instant, trois immeubles plus loin, les Mimmi regardèrent par la fenêtre dans l'ignorance totale du drame qui s'était déroulé au-dessus d'eux, car ils avaient fait des galipettes sur le canapé comme des adolescents.

— Venez, Arturo, dit Ulysses. C'est fini.

Et il lui offrit son bras, et Arturo le prit, et ils remontèrent le toit ensemble, vers le chapeau, la petite terrasse, l'appartement tranquille au-dessous.

L'euphorie d'avoir échappé à la mort fit place à un calme las et Ulysses laissa Arturo à la table de la cuisine pour essayer de trouver les toilettes. Des W-C s'exhalait une forte odeur d'ammoniaque qu'il eut le regret d'accroître.

Dans le couloir, la première pièce sur la gauche était une chambre à coucher. Ulysses s'allongea sur le lit ; l'édredon abondamment brodé était frais et attirant. Au-dessus de lui s'étendait une fresque. Quelque chose de classique, non religieux, et il reconnut les feuilles d'acanthe que Darnley lui avait montrées au cours des mois. L'effet de trompe-l'œil des corniches, un ciel dégagé et des oiseaux en vol. Un petit vent soufflait et les volets grinçaient. Il entendit l'homme dans la cuisine, et c'était un son triste, solitaire.

Trois autres chambres partaient du couloir, deux donnant sur l'église et la place, l'autre sur un cortile à l'arrière. Elles avaient la même simplicité de décor, une somptueuse aisance de goût et de style, des fresques au plafond, mais uniquement des lignes courbes et des grappes de feuilles, bleues et blanches, ou blanches et roses, fanées par le temps ou un pinceau habile.

Dans le séjour, deux murs de livres isolaient la pièce et des tapis étaient étalés sur le carrelage en terre cuite. Deux gros canapés, orange dans la lumière déclinante, accentuaient l'atmosphère conviviale ; pas de ces têtières, de ces lourdes chaises en bois bien trop souvent présentes dans les maisons florentines. Des tableaux recouvraient les murs, des images de fruits et de tables de cuisine, des ingrédients éparpillés à différents stades de décomposition, des scènes domestiques ordinaires dans lesquelles il aurait pu placer sa mère.

Il s'assit au bureau derrière une machine à écrire et tapa son nom plusieurs fois de suite. Les touches faisaient un violent bruit de percussion dans l'atmosphère tranquille. Il prit le livre posé à côté de la machine à écrire, regarda le texte compact et les vieilles photographies de tableaux. En grand sur la couverture, *Il Restauro dei dipinti.* Il feuilleta le volume et s'arrêta devant l'une des images.

Sur le seuil de la cuisine, il maintint le livre ouvert et dit :

— Je l'ai vu.

Arturo se retourna.

— *La Deposizione del Pontormo ?*

— Ouais. Je l'ai vue, répéta Ulysses, son doigt passant de l'œil à l'image puis à la fenêtre.

— *Dove l'ha visto ?* demanda Arturo.

— Au sud d'ici, dit Ulysses, et il tira une chaise et posa son sac par terre.

Il plaça le livre entre eux.

— Il s'agit de chagrin. L'histoire la plus vieille du monde.

Et il posa la main sur le bras d'Arturo.

— Ils essaient de comprendre quelque chose qu'ils ne comprennent pas. Des gens représentés au moment précis où Jésus descend de la croix. Et ce moment contient de l'énergie et de l'émotion. C'est un peu comme l'interruption d'une danse. Il ne reste plus que le silence. Et la peine. Et le cœur qui bat à toute vitesse.

Arturo le fixa longuement des yeux. Il finit par se lever, écarter sa chaise et se glisser sous la table. Il ôta deux carreaux du sol : l'ouverture sombre d'un réduit apparut, un garde-manger caché qui, pendant un an, avait permis de survivre. Il en tira une bouteille de vin, une bougie et un petit morceau de fromage.

— Quel festin, dit Ulysses, et il tendit le bras vers son sac et sortit du jambon en boîte qu'il posa sur la table.

À cet instant, Arturo fondit en larmes.

— Ce n'est que du jambon, dit Ulysses.

Et, durant deux heures, le vin fut versé, le fromage coupé, et les deux hommes parlèrent. De quoi ? Qui sait ? De l'amour, de la guerre, du passé. Ils écoutèrent avec le cœur plutôt qu'avec les oreilles et, dans la cuisine éclairée à la bougie au troisième étage d'un vieux *palazzo*, la mort fut mise en attente. Pour une nouvelle nuit, journée, semaine ou année.

Ulysses s'en alla alors que le crépuscule commençait à envahir la place. Au bruit sourd de la porte qui se refermait, un chien lança des aboiements. La façade saisissante de l'église rougeoyait et les derniers martinets se livraient à un ultime ballet aérien fougueux. Quelques traînards flânaient sans but mais, dans l'ensemble, la place se vidait avant la nuit. Il allait devoir se dépêcher pour regagner le camp dans le respect du couvre-feu. Il traversa la place en courant au lieu de tourner à gauche et déboucha près de l'Arno. L'eau était basse et un escadron de moustiques voltigeait au-dessus, avide de sang. Les vieux édifices qui surplombaient auparavant le fleuve avaient tous disparu. Les balcons, voûtes et tours constituaient maintenant des monceaux de maçonnerie en miettes qui encombraient le quai ou reposaient dans le lit du fleuve. Un pont Bailey en construction enjambait les restes dévastés du Ponte Santa Trinità et les tirs sporadiques qui retentissaient dans le nord de la ville incitaient à raser les murs, où l'ombre était la plus épaisse. Sur la rive d'en face, des chars allemands descendaient le *lungarno*. Leurs formes massives, dans le demi-jour, pareilles à des éléphants près d'un point d'eau. Et l'éclat de cigarettes allemandes dans des bouches allemandes ; cela n'aurait pas dû l'être, mais c'était beau, d'une beauté audacieuse. Ulysses s'enfonça dans les rues sombres et marcha vers l'ouest jusqu'à retrouver le vaste espace de la Piazza del Carmine, puis continua dans la même direction pour arriver au niveau des jardins de Boboli. Il savait qu'en les gardant sur sa gauche, il finirait par atteindre la Porta Romana et une unité alliée, puis la lente route vers le camp.

Il entendit le son de voyelles anglaises plus loin et pressa le pas. C'étaient des retardataires d'un bataillon revenant d'une maison close et, le nombre apportant la sécurité, ils franchirent le poste de contrôle et la menace de la cour martiale et montèrent d'un pas chancelant vers la villa où ils étaient cantonnés. La nuit devint odorante et des fleurs de tilleuls se répandirent sur le mur. Le parfum les enveloppa et combla l'espace entre eux, les grisa comme des abeilles.

Darnley attendait dans le verger près de la tente d'Ulysses. La silhouette voûtée bien connue, le geste furtif pour porter la cigarette à la bouche, le front ridé éclairé par la froide lumière bleue de la lune. Darnley se tourna au bruit de ses pas.

— Joli chapeau, Temps.

— Merci, mon capitaine, et Ulysses l'ôta pour le lui montrer.

Darnley l'invita à le suivre et ils marchèrent en bordure des arbres jusqu'à la partie la plus éloignée du jardin, à l'abri des oreilles indiscrètes.

— Nous partons, dit Darnley.

— Quoi ?

— Demain. Retour vers l'Adriatique. La cinquième armée ne bouge pas.

— Merde.

— En effet.

— Un peu brutal. Ça va, mon capitaine ?

— Non. Pas vraiment.

Et Darnley passa la main sur le ruban du chapeau.

— Je ne sais pas. Quelque chose cloche. Il fait plus frais ce soir, ou c'est moi ?

— Un peu plus frais, mon capitaine, mentit Ulysses.

— Il me semblait bien, dit Darnley, et il replaça le Borsalino sur la tête d'Ulysses.

— J'ai sauvé la vie d'un homme cet après-midi, mon capitaine.

— Vous sauvez la mienne chaque jour sans exception, Temps. Vous rentrez ?

— Dans un moment, mon capitaine.

— Alors bonne nuit, Temps.

Et Darnley, sans réfléchir, prit congé à la manière italienne. Il y eut une pause, néanmoins, avant la deuxième bise et dans cet espace intime flottait un Brunello di Montalcino 1937. Décanté. Et dans cet espace intime flottait quelque chose d'inexprimé. Fini « mon capitaine ». Et la guerre est terminée.

— Vous êtes très beau, dit Darnley avant de disparaître parmi les arbres en direction de la villa.

Le lendemain, 11 août, la *campana del popolo* du Palazzo Vecchio carillonna sans interruption, encourageant toutes les autres cloches de Florence à faire de même. Le son repoussa les Allemands vers Fiesole et les collines environnantes.

Au modeste *albergo*, Evelyn Skinner, Margaret trucmuche et le *signore* se tenaient sur la terrasse, tout ouïe.

— *Gloria. Gloriosus. Glorieux,* déclara Evelyn.

Margaret ne dit rien parce qu'elle n'avait toujours pas digéré la *Déposition* de Pontormo et s'était installée dans l'annexe la veille au soir, dans une chambre un peu plus petite et fraîche.

— *Liberazione !* s'exclama le propriétaire.

À plus d'un titre, pensa Evelyn.

Elle alla avec lui chercher des bouteilles de *frizzantino* et, submergé par l'émotion de la matinée, il tenta de l'embrasser dans la vieille étable (pas un euphémisme, dirait-elle un jour). *Oh et puis qu'importe,* pensa-t-elle, et elle lui offrit sa bouche. Il était étonnamment tendre, mais le baiser renforça son idée que les hommes n'étaient toujours pas pour elle et, après l'avoir remercié dans un italien parfait, confirmant que ce baiser serait leur premier et dernier, elle se retourna… et vit Margaret trucmuche immobile dans l'embrasure tachetée de lumière, les lèvres pincées comme si une guêpe avait involontairement trouvé l'entrée de sa bouche.

— Comment as-tu osé ? chuchota Margaret.

— Ressaisis-toi, rétorqua Evelyn, passant prestement devant elle et filant vers la terrasse.

Le propriétaire fit sauter le bouchon et manqua de peu une hirondelle qui ne se méfiait pas.

Evelyn porta un toast d'une voix forte :

— À la liberté et à tous ceux qui voguent sur ses eaux !

Les cloches guidèrent Darnley et Ulysses hors de la ville comme s'ils étaient des rois.

Darnley demanda à Ulysses de se garer sur une portion de route qui offrait les vues les plus spectaculaires, et il se leva et nomma chacun des monuments et des églises qu'il voyait.

Ulysses le regarda saluer la ville : sa relation la plus longue, la plus ardente, avec quoi que ce soit.

— Bien, Temps, allons-y ! dit Darnley.

Et la Jeep démarra et rejoignit le convoi roulant vers l'est. Le soleil était haut, les ombres rares. Il y avait une odeur de poussière et de fleurs de tilleuls, et d'hommes. Darnley jacassait au sujet d'un sculpteur obscur dont l'œuvre avait été attribuée à quelqu'un d'autre.

— Je crois que vous êtes l'un des meilleurs hommes que je connaisse, mon capitaine, dit Ulysses. Le meilleur homme du monde, mon capitaine.

Darnley se tourna vers lui et sourit. (Clic.) Immortalisé.

Le capitaine Darnley fut tué au combat le 9 septembre 1944 sur la crête de Coriano. Trois jours avant son trente et unième anniversaire.

Ce jour-là, Ulysses se mura dans le silence. Il ne parlerait plus de lui pendant des années.

QUELQUE PART ENTRE UN ATOME ET UNE ÉTOILE

1946-1953

EN CE DÉBUT NOVEMBRE, le vieux Cresson contemplait un petit arbre ornemental. Un *prunus serrulata,* un cerisier japonais. Nul ne savait qui l'avait planté, parce que les platanes dominaient à cet endroit, mais un petit génie avait eu un jour une idée géniale et lui avait donné un chez-soi ici, dans un acte de rébellion joyeuse. Ou peut-être qu'un oiseau avait jadis excrété la graine qui s'était transformée en cette merveille saisissante. Mais quelle qu'ait été la cause, l'arbre était devenu, pour Cressy, un symbole de tout ce qui était bon.

Ce qui le stupéfiait le plus au sujet de cet arbre, c'était qu'il avait survécu au Blitz, et aussi à l'explosion d'un missile V2 qui avait emporté l'usine à gaz Imperial qui avait emporté les fenêtres des rues alentour, éparpillant du charbon qu'il n'y avait plus qu'à emporter. Au milieu du mugissement des sirènes et d'un grand mur de flammes, Cressy avait posé sa main sur le tronc de l'arbre, lui assurant que le pire était passé. Car il n'y avait plus grand-chose d'intéressant à bombarder dans le quartier. Même l'église avait disparu.

Ce fut après ce dernier acte de destruction que Cressy se chargea de nourrir l'arbre. Celui-ci, avait-il lu, était originaire des forêts de l'Asie centrale, et Cresson trouvait qu'il s'était lancé là dans un formidable voyage. Cresson avait cette profondeur d'esprit. Il l'arrosait donc, et lui parlait à chaque fois. Ça n'avait pas d'importance qu'il produise des fruits au goût désagréable, parce que les cerises lui dérangeaient l'estomac, ce depuis toujours ; un problème d'irritation légère dans son intestin grêle. Il était en terrain plus sûr avec les pommes.

Tous les mois d'avril, alors que de grosses grappes de fleurs blanches et roses pendaient, lourdes et basses, et que les habitants de la rue étaient intarissables sur elles, Cressy marchait méthodiquement, à la manière zen, avec un verre de stout de chez Col et s'asseyait sous l'arbre fleuri, accomplissant sciemment le rituel japonais du *hanami* – qu'il avait découvert dans des livres à la bibliothèque. Les passants riaient, mais Cresson fermait les yeux et écoutait le chant de la brise parmi les capitules. Il ne prêtait attention à rien sauf à ce moment. Des fleurs de cerisier et un verre de stout. Difficile de faire mieux.

Le vieux Cresson n'avait jamais été le jeune Cresson. Né Alfred Cresswell, il n'avait pas tardé à devenir « Crâne d'œuf » en raison de sa calvitie précoce. « Œuf et Cresson » avait suivi, à cause de ce mariage culinaire typique, mais c'était le « Cresson » qui restait. Il savait tout réparer, tout trouver ; pour quiconque dans le besoin, l'homme vers qui se tourner. Cresson n'avait pas su lire avant l'âge de trente ans. Beaucoup de honte dans le vide qui avait précédé.

Peg détestait l'hiver.

Elle détestait les odeurs de laine humide et de fumée de charbon. Elle détestait le soir qui tombait à trois heures et les journées qui levaient à peine la tête de l'oreiller. Elle détestait cette invariable et sempiternelle, invariable et sempiternelle grisaille que l'hiver apportait. Elle détestait les lieux bombardés, le manque et les miroirs qui ne mentaient jamais. Elle détestait les magazines qui montraient la vie américaine avec des plaines immenses, des voitures de luxe et un panneau Hollywood qui vous faisait rêver de mieux. Elle détestait les femmes bronzées avec leurs grandes lunettes de soleil devant de grandes maisons à clôture blanche, et les publicités pour des cigarettes avec des cowboys renfrognés et des beautés aux lèvres rouges. Elle détestait qu'Eddie Clayton ait disparu deux ans auparavant. Elle détestait le vent qui lui sifflait entre les dents, et elle détestait que l'été soit trop loin et que Noël la sépare d'une nouvelle année.

En descendant l'escalier, elle fit un accroc à son bas et s'assit sur la dernière marche. Peggy ne versait jamais de larmes parce qu'elle gardait le sel pour ses reparties, mais ça ne signifiait pas qu'elle ne ressentait rien. Parfois elle avait envie de mourir, mais qui veut entendre ça ?

Clac clac clac le long de la rue. Le petit air de Peggy.

— Ça va, Peg ? dit le vieux Cresson, debout sous son arbre.

Peg hocha la tête et continua son chemin.

— Ce n'est jamais aussi horrible que...

— C'est une putain d'horreur aujourd'hui, Cresson, alors garde ça pour toi.

Col se tenait sur le seuil du pub et fumait. Bonté divine, la solitude dans son âme. Elle se manifestait par un reflux gastrique et c'était l'hiver qui apportait la longue brûlure dans son œsophage, avec les sombres journées brumeuses et une brumeuse nostalgie de la femme qui avait été son épouse. Agnes Agnew, avec son nom et ses gènes huguenots : une ascension pour Col.

Qui était-il alors et qui était-il maintenant ? Il n'allait pas plus loin sur les sentiers détournés et les échaliers de sa réflexion existentielle. Il savait que quelque chose s'était détraqué, mais il ne savait absolument pas comment y remédier.

Agnes était toujours là-bas, quelque part. Sur un rocher, en train d'élever des moutons ou peut-être des chèvres. Les gens l'auraient plaint davantage si elle était morte, et il aurait bien aimé ça – qu'on le plaigne un peu plus. Dieu merci, il avait Ginny pour le maintenir sur le droit chemin. Ah, Ginny. Elle avait l'allure d'Agnes à présent. Cressy la disait captivante et elle était captivante, jusqu'à ce qu'elle ouvre la bouche et qu'une gamine s'en échappe. Ginny filait sans cesse loin de son regard (l'acide commençait à s'agiter lorsqu'il pensait aux absences de sa fille). Il y avait eu un micmac pendant le Blitz, quand il l'avait surprise en plein bécotage avec un matelot. Matelot n'avait pas compris quand Col l'avait roué de coups en répétant, Elle n'a que dix ans, espèce de salaud. Sa permission à terre, Matelot l'avait passée à l'hôpital.

Col déballa une pastille de menthe. Un brusque dégagement de gaz gronda dans son intestin grêle comme un train souterrain.

Tel était le Londres où revint Ulysses. À l'hiver 1946, deux mois avant les grosses chutes de neige. Une ville grise qui se débattait dans les difficultés, comme un vieux sans-logis devant la Mission, tout suppliant et décati.

Ulysses prit le bus vers l'est et descendit à Kingsland Road, marcha derrière le flot de la circulation jusqu'au lieu bombardé où l'atelier de son père se trouvait jadis. Cressy l'avait informé de l'explosion, lui avait envoyé en Afrique du Nord une lettre qu'il avait écrite comme un télégramme :

Ulysses. STOP. Atelier de ton père touché. STOP. Un globe et les cuivres sauvés. STOP. Aucun tué. STOP. Espère Afrique intéressante. STOP. Cresson.

Il était vrai que son paternel n'était pas mort dans les bombardements ; il avait rendu l'âme quelques années avant, alors qu'on lui avait diagnostiqué un cancer du sang rarissime.

Au moins ce ne sont pas mes poumons, avait-il dit lorsqu'ils étaient sortis de l'hôpital royal ensemble.

Deux semaines plus tard, les médecins l'avaient rappelé.

Ce sont vos poumons, avaient-ils annoncé.

Son père Wilbur croyait qu'il allait vaincre « le cancer », comme il disait, avec la même certitude malavisée qui lui avait fait perdre des milliers de livres sterling, et plusieurs amis loyaux, durant son existence. Je sens que je suis en veine, mon fils, voilà ce qu'il avait affirmé. Un signe précurseur du désastre s'il en fut.

C'était le mois de septembre, et ils allèrent chez Tubby Folgate tous les deux pour faire un ultime pari : que son père demeurerait en vie jusqu'à la nouvelle année. Tubby éclata de rire et dit qu'il lui aurait donné une meilleure cote sur un Noël blanc.

Ce soir-là, ils s'assirent dans la petite cour de brique. Ils ne savaient quels mots se dire l'un à l'autre. La voix de soprano de Mrs Ashley s'élevait du W-C voisin et elle jouait son rôle et ajoutait une douceur exquise à cette scène du père et du fils au bord du précipice des adieux. Tellement tendre.

Wilbur sortit son carnet et murmura :

— J'ai fait mes calculs, fiston, et les résultats concordent.

Son doigt frêle se déplaça sur la page, suivant le mystère illisible de la chance.

— Tu vois ?

Puis son bras pointa vers le ciel nocturne, révélant sa peau affreusement diaphane.

— Regarde, dit-il.

Et là, une soudaine déchirure du brouillard, comme si le velours du firmament avait été écarté exprès pour lui. Le même doigt frêle se déplaçant sur l'architecture céleste. Sur les constellations, qui étaient la limitation et les espoirs de chaque être humain.

— Du parieur au philosophe, dit-il, j'ai vécu sous le mouvement inconstant de l'aventure planétaire. J'ai rencontré de longues nuits sombres où hurlent les sirènes. Mais dès que les étoiles s'alignent, et que le vent qui a tourné souffle, doux, au matin, alors le mystère devient savoir et la fortune devient amour…

Nora pointa la tête par la porte d'entrée :

— De quoi parle-t-il, mon chéri ?

— J'sais pas, maman. Je crois que c'est la morphine.

— ... et la trajectoire de vol dépose un petit oiseau à mille kilomètres de chez lui avec de la chaleur sur ses ailes et une joie tranquille devant cette maîtrise de la navigation.

Wilbur dépérit dans le mois ; ses poumons faisaient un bruit de ferraille comme une chaudière trop utilisée, et il ne fut plus que dents, os et essence. « Je mise tout sur le noir » furent ses dernières paroles. Il mourut au milieu de la nuit sur le canapé du rez-de-chaussée.

Ulysses veillait dans le fauteuil à côté de lui et, lorsqu'il jeta un coup d'œil, son père rayonnait sur le siège. L'éclat d'un réverbère s'était introduit à travers le rideau et illuminait le paternel comme un saint médiéval.

La veillée funèbre eut lieu chez Col. Stout, whisky et thé. Peg beurra le pain des sandwichs et oublia de mettre la garniture, et Ginny pleura parce qu'elle était et serait toujours une enfant. Ce fut une belle cérémonie de départ. Tubby Folgate envoya une couronne, payée avec l'argent du dernier pari de son père, et une carte qui disait : « Tu auras une cote d'enfer au paradis des parieurs. »

Fin d'une époque, dit Cressy à Ulysses. C'est à toi maintenant, mon garçon.

Ulysses avait dix-sept ans. Des mots pesants pour des épaules fluettes.

Ulysses tourna au coin de la rue et le pub de Col apparut. *L'Hermine et le Perroquet* était une taverne géorgienne miteuse qui n'avait jamais connu des jours meilleurs. Des drapeaux en lambeaux restés du 8 mai de la victoire pendaient à la gouttière et il y avait assez de fientes de pigeons sur les briques pour faire une sérieuse concurrence à la colonne de Nelson. Durant des années, le pub s'était appelé L'Hermine, avant que l'oiseau éponyme pénètre par la cheminée et refuse de quitter les lieux, provoquant ainsi un ajout hâtif et sans soin à leur dénomination.

L'enseigne se balançait dans le vent, un grincement d'indolence fatigué. Entre ou décampe, entre ou décampe.

Ulysses poussa la porte, et le feu sur sa droite dégagea une vieille odeur âcre, tout en aigreur et en irritation corporelle. Les vieux étaient blottis autour du foyer exactement comme il les avait laissés ; mêmes visages, moins de dents. Et au-dessus du feu, sur une étagère étroite, l'hermine empaillée, qui avait exactement le même air que le jour où elle était morte : furieuse et incrédule.

Là-bas près du bar, le grand perroquet amazone à front bleu surveillait la caisse avec une lassitude morose. Ulysses posa son sac de voyage à côté du tabouret et caressa la poitrine du perroquet.

— Salut Claude, dit-il. Tu te souviens de moi, mon gars ?

Mais Claude le considéra, muet, les yeux ternis par le stress post-traumatique. Soudain, il se baissa et se mit à donner des coups de tête contre une cloche. Col arriva de l'arrière-salle.

— Eh ben, regardez-moi qui est là ! Ça fait plaisir de te voir, Tempy. On pensait que tu nous avais oubliés.

Ils se serrèrent la main.

— Peg est par ici ? demanda Ulysses tandis qu'il ôtait son chapeau et lissait ses cheveux dans le miroir derrière le bar.

— Ah non. Elle travaille plus ici, mon bonhomme.

— Peg travaille plus ici ?

— Non. Depuis un moment. Elle est montée en grade. Dactylo. Soixante mots à la minute et ça, c'est juste son clapet. T'es allé chez Kathleen ?

— Pourquoi je devrais aller chez Kathleen ?

— Pour rien.

(Les gens le regardaient maintenant.)

Col lui tira une pinte.

— Tiens, mon pote.

— Santé, Col, et Ulysses but.

Il regarda le perroquet.

— Je suis surpris qu'il soit encore vivant, Col.

— Moi aussi, mon garçon, moi aussi. Plus l'oiseau est gros, plus sa vie est longue, à ce qu'il paraît. Et ce perroquet-là est du genre mastard. Je crois qu'il a soixante ans pile. Il m'enterrera.

— Il parle plus du tout ?

— C'est du jour où l'usine à gaz a sauté. Il a perdu ses plumes et la voix, subitement. Le stress de l'explosion. Il était une vraie mocheté. Un faisan prêt pour l'enfournage. Ginny l'a sorti de l'abîme. Des mains de guérisseuse, cette petite. Moi, je voulais qu'il crève, bien sûr. J'ai toujours pensé qu'il était pour quelque chose dans le départ d'Agnes.

— Vraiment ?

— Il a pris parti, Temps. J'peux pas oublier un coup pareil.

Col se servit un petit whisky et leva son verre.

— À toi, mon pote. Content de te retrouver.

— Merci Col.

— Tu sais ce qui est bizarre ?

— Dis-moi.

— Le dernier truc que cet oiseau a dit avant sa grande mue : la miséricorde ne se commande pas. « Miséricorde ». Un mot bizarre dans le bec d'un perroquet, non ? Où il a pêché ça, selon toi ?

— Chez Shakespeare.

— Tu crois ?

— Je le sais.

— Hum.

Ils burent en silence, observant l'oiseau.

Ulysses promena son regard sur la pièce.

— Tu t'es débarrassé de la sciure, alors ?

— Ouais, il était temps. Elle attirait la mauvaise clientèle.

— Le papier peint est pareil.

— Ouaip. Mais tu sais ce qu'on dit. Tant que ça tient le coup…

Sauf que ça ne tenait plus le coup, pensa Ulysses. Ce fichu intérieur tombait en ruine du sol au plafond. Le papier peint se décollait sur les bords et les lumières tremblotaient comme si un orage approchait. Effet accentué par les petits carreaux verts dans le haut des fenêtres, qui donnaient une pâleur aquatique à la clarté de l'après-midi. Et, bien sûr, un perroquet qui ne parlait pas.

— En fait, dit Col, y a un changement. Je me suis diversifié. À présent, je vends de l'aspirine et des timbres. Une adresse unique.

— Magistral, Col.

— C'est ce que je pensais. T'as des projets ?

— Une autre pinte après celle-ci, s'te plaît.

— Elle arrive, mon garçon, dit Col, le regardant pardessus ses lunettes. Tu m'as l'air en un seul morceau. T'es indemne ?

Ulysses fit oui de la tête.

— Y a toujours un boulot pour toi ici, tu sais ça, dit Col, et il poussa la pinte vers lui. Aux frais de la maison.

Ulysses souleva le verre.

— Nom de Dieu ! lança Col. Ça me tape sur le système. Il faut que tu ailles chez Kathleen. Désolé, mon gars, mais…

Ulysses reposa la pinte et s'essuya la bouche.

— Que personne ne touche à ça.

— Personne n'y touchera, mon pote, répondit Col, et Ulysses se détourna et sortit à pas lourds.

Il descendit la rue. Prit à gauche sur la place des villas gothiques, puis à droite. S'arrêta devant une maison bien entretenue dans une rangée de masures.

— Kathleen ! cria-t-il, et il frappa à la porte. Kathleen !

Une solide rousse dans la cinquantaine ouvrit.

— Eh ben, regardez-moi qui est là.

— Col a dit qu'il fallait que j'aille te voir.

Elle rit.

— Bien sûr qu'il a dit ça !

— Où est Peg ?

— Pas ici.

— Qu'est-ce que ça signifie ?

— Tu veux entrer, mon lapin ?

— Je veux savoir de quoi il retourne.

— Six ans, voilà de quoi il retourne. Elle ne t'a pas attendu, Tempy.

— Je n'ai jamais imaginé qu'elle m'attendrait. On a toujours la maison dans la rue en arc de cercle ?

— Tu parles ! Les Mason en ont eu besoin après le bombardement qui a détruit la leur. Tout le monde est sur une liste.

— Nom de Dieu, murmura-t-il.

Une petite enfant sortit des jupes de Kathleen.

— T'es grand-mère à présent ?

— Pas encore, bêcheur.

— Comment elle s'appelle ?

— Tu ne sais pas ?

— Ouais, je suis devin aussi. Avertis Peg que je suis revenu.

Et il commença à s'éloigner.

— Dis-lui.

— C'est la môme de Peg, Temps.

Il se figea.

Kath désigna l'enfant de la tête.

— La môme. C'est celle de Peg.

— J'ai entendu.

— Tu ne vois pas la ressemblance ? Père amerloque.

— Peg va bien ?

Kathleen haussa les épaules.

— La môme s'appelle Alys, dit-elle.

— Bien.

Cinq minutes plus tard, les portes du pub s'ouvrirent et Ulysses réapparut.

— T'as été chez Kathleen ?

— J'y ai été.

— T'es un bon gars. Donc t'auras besoin d'un boulot et d'un endroit où loger, non ?

Col poussa vers lui sa pinte de bière.

— Personne n'y a touché, hein ?

— Absolument personne, répondit Col.

Ulysses but. Il s'essuya la bouche et ajusta son chapeau dans le miroir.

— Joli chapeau, dit Col.

Ulysses l'ôta et le lui montra.

— Fabrication italienne. Tu vois ? Si jamais quelqu'un par ici porte ce chapeau, tu sauras qu'il l'a fauché. Aussi simple que ça. C'est mon chapeau. Personne n'y touche.

— Comme personne touche à ton verre ? dit Col.

— C'est ça.

— Tu devrais mettre ton nom dedans.

— Peut-être.

— Dès que t'auras envie de discuter, fiston, dit Col, et il lui lança les clés et repartit dans l'arrière-salle.

Ulysses descendit vers le canal. Aussitôt l'odeur familière du lieu, le halètement glacial du smog, les gazomètres gigantesques et altiers. Il s'assit sur un banc. Le passage lent d'une péniche puis le silence. Il regarda le monde presque immobile. *Donc il y a une môme*, pensa-t-il et, avant qu'il puisse poursuivre sa réflexion, il aperçut le vieux Cressy qui dévalait les marches en l'appelant. Ulysses se leva. La tête de Cressy sentait la poussière de charbon et le sirop pour la toux.

— Tu es entier, mon garçon ? dit Cresson, lui tenant le visage.

— Quasiment, dit Ulysses.

— Dieu merci, dit Cresson.

Et le vieux bonhomme lui boxa légèrement les deux bras, un gauche-droite gauche-droite espiègle, parce qu'il était très ému.

Ils s'assirent et Cressy empoigna son sac.

— Le voici, le seul qui a survécu, et il sortit avec précaution un globe de la taille d'un ballon de foot. Une sacrée nuit, Temps. À ce qu'on m'a raconté, tous les globes se sont envolés quand la bombe a atterri. Ils ont tournoyé, en suspension dans le courant ascendant chaud. Un univers miniature éclairé par les flammes. Ça devait être un spectacle fascinant ! À propos, elle est au Nicaragua.

— Qui ça ?

— Ta mère. Je l'ai cherchée. Il m'a fallu plus d'un mois. Mais je l'ai trouvée. Au Nicaragua. Près de Managua.

— Peg a une môme, Cresson.

— Ce n'était absolument pas à moi de te le dire, mon garçon.

— Je sais, Cresson, je sais.

Ulysses prit son paquet de cigarettes.

— Tu connais le type ?

— Un Américain. Ici un temps. Puis disparu.

— Tu l'as vu ? dit Ulysses, frottant une allumette.

— Personne ne l'a vu. Elle ne l'a pas amené, jamais. C'était convenable de sa part.

Cressy prit une cigarette.

— Il y avait des sentiments, fiston. Le gars n'était pas un irresponsable.

Ulysses hocha la tête.

— Peg va mal ?

— Elle s'arracherait la langue plutôt que de l'avouer, répondit Cresson, qui souffla un ruban de fumée et se débarrassa d'un brin de tabac.

— Est-ce que je devrais aller la voir ?

— Laisse-la tranquille. Elle a un jeu pourri et elle bluffe depuis le début. Ton retour signifie qu'elle va être obligée de montrer ses cartes. Mais ça se fera selon ses conditions à elle. Comme toujours. Tu as oublié comment elle fonctionne ?

Ils regardèrent un cygne solitaire voguer sur l'eau jusqu'à ce qu'il devienne invisible sous le pont.

— Hé, dit Cresson, poussant Ulysses du coude. Un sujet de réflexion pour toi. Une chose que j'ai lue.

— Vas-y.

— L'échelle de l'homme – sur le plan spatial – est environ à mi-chemin entre l'atome et l'étoile.

Ulysses lui jeta un coup d'œil et fronça les sourcils.

— Un atome et une étoile ?

Cresson approuva de la tête.

— Sur le plan spatial, répéta-t-il.

— Il y a de quoi se torturer les méninges.

— N'est-ce pas ? Je n'ai pas profité d'une bonne nuit de sommeil depuis.

— Oh, forcément, non ?

— Même si un meilleur candidat pour la position médiane serait sans doute un hippopotame.

— Qu'est-ce que ça signifie, d'après toi ?

Cresson réfléchit un instant.

— La connexité, je pense.

Et, cette fois, ils approuvèrent tous deux de la tête.

Ils prêtèrent attention au canal au moment précis où le cygne ressurgissait.

— Tu es revenu, dit Cresson. Je crois que je dormirai bien cette nuit.

— T'as vu qui est revenu ? dirent-ils à Peg lorsqu'elle rentra du bureau des dactylos.

Mrs Lundy la boulangère avait informé le boucher qui avait informé les Crane qui étaient propriétaires du café. Gloria Gosford qui vendait de la mercerie buvait un thé dans le café et entendit le boucher informer les

Crane. Elle alla droit chez Mr Bellingham qui vendait des meubles.

— Et, bien sûr, Mr Bellingham m'a informée, dit Linda, qui avait, au vu et au su de tous, une liaison avec cet homme.

Leurs jacassements accompagnèrent Peg au long de la rue.

— Ouais, ouais, ça devient assommant, dit Peg à chacun d'eux sans exception.

Elle fut contente de glisser la clé dans la serrure et de fermer la porte.

Plus tard, autour d'un gin, Kath dit qu'Ulysses avait paru raisonnable.

— Il a toujours été foutrement raisonnable, répliqua Peg, et Kath dit qu'il paraissait un peu plus beau, et elle rétorqua que ce n'était pas difficile.

— Méchante, lui dit Kath.

Et elle se détesta d'être aussi vache, parce que quel mal lui avait-il fait ? Il l'avait seulement épousée au cas où il mourrait. Tu toucherais de l'argent, Peg – voilà ce qu'il avait dit. Toujours à se préoccuper d'elle.

Elle monta l'escalier jusqu'à sa chambre et quitta ses chaussures à talons. Vingt minutes à bouger les doigts au clavier de la machine à écrire. Elle devenait bonne en dactylo, bonne en sténo aussi. Elle gagnerait son propre argent en Amérique quand Eddie viendrait la chercher.

— Il ne reviendra pas maintenant, avait dit Kath.

Putain, qu'est-ce qu'elle en savait ? Il lui avait payé le cours Pitman : il avait dit qu'elle pouvait choisir ce qu'elle voulait, et il croyait qu'elle allait répondre un manteau de fourrure ou un bijou, mais elle avait répondu un cours de dactylo, et elle avait remarqué ce jour-là qu'il la regardait différemment, comme si elle avait des rêves elle aussi. Comme si elle valait quelque chose.

— Il viendra parce qu'il m'aime, avait-elle dit à Kath.

— Je n'ai jamais dit qu'il ne t'aimait pas.

— Tu t'en es rendu compte, exact ?

— Je m'en suis rendu compte, avait affirmé Kath.

La môme remua à côté d'elle. La môme qui ressemblait à Eddie. Mêmes épais cheveux bruns et brillants, mêmes yeux vifs. Certains soirs, la ressemblance aurait pu lui déchirer les tripes. Elle n'avait jamais voulu d'enfant et sa mère n'avait jamais voulu d'elle. Pauvres connasses évaporées. Et maintenant Tempy est revenu.

Dans le miroir, elle avait une mine épouvantable. Sa mère aurait adoré la voir comme ça. Maintenant, tu sais ce que je ressens, aurait-elle dit. Tu croyais avoir tout compris, hein ? Tu croyais que tu vaudrais mieux que moi, hein ?

C'est ce que vous, les hommes, nous faites à nous, les femmes, pensa Peg. *Vous nous faites nous détester. À cause de votre absence. De vos mensonges. De votre violence.*

Elle se leva et alla à la fenêtre. *Je suis toujours ici, Eddie. Et je sais que tu es quelque part là-bas.*

Durant une semaine entière, le pub fut sur des charbons ardents, attendant que Peggy la flingueuse entre en ville et dézingue la paix. Ulysses ouvrait et les habitués fonçaient à l'intérieur dans leurs manteaux sentant la naphtaline et se plaignant d'avoir été mis au placard. Puis ils s'arrêtaient et regardaient autour d'eux.

— Elle s'est pointée ?

— Non, pas encore, disait Col.

— Qu'est-ce qu'elle mijote, cette fille ?

— Qu'est-ce qu'elle a toujours mijoté ? disait Col.

La tension couvait. Le pub n'avait jamais connu un tel silence. Mr Mason eut une crise cardiaque pendant l'attente et la mort l'avait déjà étreint lorsqu'il heurta le plancher, mais au moins il s'était passé quelque chose.

Ils savaient tous que Peg apparaîtrait tôt ou tard, mais la question, c'était comment elle allait le faire. Quatre soirs après, elle ne les déçut pas. À une heure dix de la fermeture, alors que Pete Piano était bien en train, elle poussa les portes et se tint dans le contre-jour d'un réverbère particulièrement lumineux. Un vrai prélude MGM ; le lion rugit. Elle lâcha sa cigarette et l'écrasa sous sa chaussure.

— Voyez-moi ça, dit Col.

Et Ulysses leva la tête du comptoir.

— Tout doux, mon gars, chuchota Col. Tout doux.

Le balancement de ses hanches, le bruit de ses talons sur le plancher. Pete le comique martelant un *do* bémol au rythme de ses pas jusqu'à ce qu'elle se dirige vers lui, et il dut mettre un bémol au *do* bémol. Elle feuilleta les partitions, mais elle savait ce qu'elle allait chanter.

— Celle-ci, dit-elle tout bas, et elle tendit ses instructions à Pete. Lentement, chuchota-t-elle. Très lentement.

Et Pete lui fit plaisir, doigts agiles sur les touches, cendre tombant de ses lèvres humides, fumée irritant ses yeux injectés de sang.

Ulysses observa chaque geste de Peg. Il avait connu des femmes en Italie, mais aucune comme elle. En avait même aimé certaines, mais pas comme elle. À Naples, il avait observé les femmes qui marchaient vers le camp américain. Les Amerloques étaient pleins de fric, pleins de charme, les femmes étaient belles et tristes. *Quelle association*, pensait-il. Il n'avait pas la moindre chance.

Il sentit la main de Col sur son épaule. Col savait qu'il n'avait aucune chance.

Peg, il suffisait de la regarder pour savoir qu'elle était née pour mieux. Elle le savait et il le voyait. Elle nageait à contre-courant, luttait contre une marée méprisable, mais nom d'un chien elle essayait. Elle ne chantait pour personne. Ne rencontrait le regard de personne. Se concentrait sur un coin vide de la salle où flottait un fantôme qui la hanterait jusqu'à la fin de ses jours. Les boissons demeuraient intactes et les joues étaient vernissées de larmes. Elle hypnotisait parce que c'était le sortilège Peggy. Elle avait de la classe. Elle l'avait peut-être volée, mais elle en avait. Et elle vous le disait quand elle chantait, parce qu'elle chantait pour sa vie, et aussi pour la vôtre, parce que le monde ne tournait jamais comme vous vouliez. Il tournait simplement. Et vous vous accrochiez.

Les dernières notes retentirent. Sa voix se brisa. Pete Piano pleura. Le public debout, des acclamations, des applaudissements, et fichtre qu'elle avait l'air modeste, un air qu'elle avait préparé avec soin. Le vieux Cressy lui fit apporter un gin et elle leva le verre pour lui, et il leva le sien pour elle, et elle but d'une traite. Puis elle se tourna vers le bar. Le son de trente têtes qui la suivaient. Crac crac crac, firent les cervicales. Hanches ondulantes, bras ondoyants, et nom d'un chien ces cartes étaient sur la table maintenant. Selon Cressy elle avait un jeu pourri, mais chacun d'eux voyait que c'était elle qui possédait les atouts.

— Relax, Max, dit Col avant de disparaître dans l'arrière-salle.

Ulysses et Peg se regardèrent dans les yeux, et c'était du connu, il y avait un passé, et une trêve aussi.

Elle s'approcha du comptoir. On aurait entendu une mouche voler.

— Salut soldat, dit-elle, et elle lui toucha la joue.

— Salut toi, dit-il, et il lui toucha la main.

— Je… dirent-ils à l'unisson.

— Toi d'abord, dit-elle.
— Non, toi, dit-il.
— D'accord, dit-elle. Je veux divorcer, Tempy.
— Mince alors, dit-il.
Le son de trente bouches qui soufflaient. Le son de Claude qui frappait sa cloche du bec comme un dément.

Le lendemain matin, Peg se réveilla dans le lit d'Ulysses parce que c'était leur manière de faire. Elle gémit bruyamment et le serra fort avec les cuisses avant qu'il devienne mou. Elle roula sur le côté et dit :
— Je suis contente que tu ne sois pas mort.
(Peggy atteignait là le suprême degré du romantisme.)
Elle sortit des draps et il s'assit et la regarda. Son cul dans la lumière du petit matin, lune et soleil ensemble. Son bras en travers du ventre, cachant les marques qui étaient apparues depuis qu'il était parti.
— Dis-moi quelque chose que personne ne m'a jamais dit jusqu'à présent, demanda-t-elle.
— Tu es parfaite, dit-il.
Elle rit et s'habilla et il regarda.
— Je pourrais t'aider avec la môme…
— C'est pas ta responsabilité, Temps. (Elle devant le miroir maintenant, à se recoiffer.)
— Mais on peut toujours s'occuper l'un de l'autre. Veiller l'un sur l'au…
— Tu es trop bon. (Elle mettant son rouge à lèvres.)
Il sourit.
— Non, Temps. Tu es trop bon. Ce n'est pas un compliment.
Et, une main sur la poignée de porte, prête à partir, elle se tourna et dit :
— À la prochaine.
— Même heure demain ?

— On ne refera pas ça.

— On verra, dit-il, et il lui envoya un baiser.

Il écouta le bruit de ses pas dans l'escalier. Le son de la porte d'entrée qui s'ouvrait et se refermait. Ginny qui l'appelait. Il se leva et alluma le radiateur électrique. Il s'enveloppa dans un drap et se tint près de la fenêtre et regarda Peg traverser la rue. Il se demanda pourquoi il était revenu si ce n'était pas pour elle.

Ginny qui courait dehors maintenant sans son manteau et Peg qui lui frictionnait les bras, son inquiétude adorable. Cressy qui tournait à l'angle en traînant un gros pin derrière lui. Une enseigne de pub rouillée qui oscillait dans le souffle rauque de décembre, et un perroquet traumatisé trop loin de chez lui. Désormais c'était le monde d'Ulysses. Situé quelque part entre un atome et une étoile.

Lorsque février 1947 arriva, la neige tomba.

De grosses congères encombrèrent la ville et le canal gela. Ulysses passait ses journées à déblayer des chemins et à entretenir les feux du mieux qu'il pouvait. Le charbon manquait et le givre recouvrait les fenêtres. Les rues étaient silencieuses, les nuits ensevelies sous la blancheur.

— Les Esquimaux ont cinquante façons de dire neige, déclara Cressy en regardant par la fenêtre de la cuisine.

— Et moi une seule de dire idiot, répliqua Col. Le spécimen se tient devant mes yeux. Je croyais que tu préparais du ragoût ? J'ai neuf lapins dans la glacière qui font des bonds en attendant une marmite pour le repas de demain.

Ulysses renifla le lait et le versa dans sa tasse de thé.

— Qu'est-ce qui te fait rire ? dit Col.

— Rien, répondit Ulysses.

— Tu ressembles à un singe.

— Un macaque, dit Cressy.

— Un quoi ?

— Un macaque. Il ressemble à un macaque.

— Arrête de répéter ce foutu mot « macaque ». Nom de Dieu. Des milliers de gens ont besoin d'un boulot et je me retrouve avec vous deux.

— Tu t'es levé du pied gauche, hein, Col ?

— Non, en fait, Temper. Au contraire.

— Une nouvelle petite amie, chuchota Cresson.

Ulysses grimaça.

— C'est le premier jour du reste de ma vie, dit Col.

— Et qu'est-ce que sera demain, Col ? De nouveau le premier jour, ou le deuxième ? demanda Ulysses.

Col réfléchit. Rota.

— Bien vu, dit-il.

— Nom de Dieu, Col. Tu empestes.

— Saucisse au pâté de foie, dit-il, levant son sandwich. Je l'ai eue pour pas cher.

— Tu rends les chiens fous, non ?

— T'as vu Ginny ? dit Col.

— Elle est pas en haut ? dit Ulysses.

— J'aurais pas posé la question, si ? dit Col, et il plaqua la main sur son ventre, assailli par un reflux gastrique.

— Je m'en occupe, dit Ulysses, et il finit son thé, empoigna son manteau et ses bottes et fila dehors.

Il commença par la boulangerie, et Mrs Lundy répondit que Ginny était venue et avait acheté un gros pain comme d'habitude. Il fit un crochet par l'arbre de Cressy, mais elle n'était pas là non plus. Il descendit vers le canal même si elle n'était pas censée y aller seule.

C'était le calme là en bas. Quelques péniches qui crachaient de la fumée, des canards qui se reposaient sur la glace. Il souffla dans ses mains puis les enfonça dans ses poches.

— Ginny ! appela-t-il.

Il parcourut le chemin de halage. Suivit des empreintes fraîches dans un récent amas de neige. Le lent mouvement d'une péniche transportant du charbon défila et brisa la glace. Au poids, il était maintenant plus cher que l'or. D'après Col, en tout cas.

— Ginny !

Elle était un peu plus loin, sur un banc.

— Ginny, dit Ulysses.

Il s'assit à côté d'elle et l'entoura du bras.

— Ça caille, hein ? T'as assez chaud ?

— Le pain est chaud, Uly, dit-elle de sa curieuse voix nasillarde, serrant la miche contre sa poitrine.

— Qu'est-ce que tu fais là en bas ?

— Je donne à manger aux canards.

Il y avait un trou dans le pain.

— Tu es gentille, dit-il, et il lui déposa un baiser sur la tête. Tu parles à des gens ici ?

— J'ai défense de parler aux inconnus.

— Bien sage.

Il alluma une cigarette. Il souffla la fumée et s'aperçut que Ginny l'imitait.

— J'aime bien descendre ici, dit-elle.

— Moi aussi.

Elle appuya du doigt sur la cicatrice à sa lèvre.

— T'as eu mal ?

— Pas beaucoup.

— Menteur.

Il tint son doigt et sourit.

— Tu sais tout, pas vrai ?

— Peg m'a appris.

Il y a pire, comme prof, pensa-t-il, et il jeta sa cigarette.

— Tu aimes Peg ? demanda Ginny.
— Bien sûr que je l'aime.
— T'es son petit ami ?
— C'est compliqué, Ginny.
— Parce que t'étais parti ?
— Pas seulement pour ça.
— T'as l'air triste, dit-elle.
— Ouais.
— Mes pieds sont gelés, Uly.
— Pas étonnant. Viens, on y va, Gin Gin. Rentrons au chaud.
— Porte mon pain.
— Bien sûr, dit-il. Alors ?
Ginny se tourna.
— Merci pour la conversation.
— Quand tu veux Uly. Je suis toujours à l'écoute.
Il rit et la serra contre lui.

C'était une semaine avant le grand dégel. Une soirée d'habitués, avec les mêmes vieilles têtes qui venaient prendre les meilleures places autour du feu. Ils s'enhardissaient, apportaient leurs sandwichs à eux, et Mrs Lovell introduisait en douce un morceau de rôti sous du papier d'alu. Ils absorbaient la chaleur comme des lézards et laissaient tous les autres frissonner sous leurs manteaux. Col avait hâte qu'ils meurent.

Dans l'arrière-salle, deux flics remplis d'arrogance empêchaient les grossièretés de langage. Col versait des doses excessivement généreuses pour encourager une prolongation de la soirée au-delà de l'heure légale, un stratagème pour écouler la pile de sandwichs à la saucisse qui empestaient sur le comptoir.

Pete Piano s'échauffait avec un peu de Beethoven. Il avait joué durant l'après-midi entier pour un cours de claquettes, niveau débutant, qui était plein de deux pieds gauches. Ces cours étaient le furoncle infecté de sa vie gâchée. Pete aurait pu aller à l'Académie royale, tout le monde le savait. Il passa en souplesse à Wagner, signe infaillible que sa soirée devenait amère.

— Une gigue, Pete, dit Col, qui avait reconnu le changement d'humeur.

Et Pete vira au virevoltant et le pub glissa de l'aridité à la soif.

La tournure guillerette du choix musical eut un effet sur chacun, mais le plus notablement sur Claude. Le perroquet se lança dans une parade aéronautique exceptionnelle et sa démonstration finale de voltige asymétrique complexe suscita un tonnerre d'applaudissements chez la clientèle des buveurs d'ordinaire très peu impressionnés.

— Cet oiseau se donne en spectacle, dit le vieux Cresson. Cet oiseau est amoureux.

— Tu débloques, dit Col.

Mais Cressy s'y connaissait en ornithologie. Et Claude finit devant le miroir, à se frotter avec vigueur contre une bouteille de rhum.

— Dégoûtant, dit Col.

— Qu'est-ce qu'il fait ? demanda Ginny.

— Il soulage son cloaque gonflé, répondit Cresson.

— Voilà un mot qu'on n'entend pas souvent, dit Ulysses.

— Est-ce qu'on doit vraiment ? dit Col.

Lorsque onze heures sonnèrent, la prolongation clandestine était devenue officielle et les flics avaient foutu le camp avec deux ou trois billets dans la poche. C'était une nuit du genre l'homme contre les éléments et Ulysses descendit à la cave chercher un carton de bougies.

Assis dans un coin, Pete Piano avait sérieusement entamé une bouteille de whisky.

— Ça va, Pete ?

— Pas mal, Temps. Et toi ?

— Pas mal. Tu veux que je dise que je sais pas où tu es ?

— Si ça t'ennuie pas, Temps. Tout d'un coup j'ai perdu confiance.

Ulysses sourit. Il aimait bien Pete. Depuis toujours. Pete était totalement insaisissable. Aurait pu être riche ou être pauvre. Aurait pu avoir grandi dans un château ou sous un pont. Pete avait été objecteur de conscience et avait fait un peu de prison. Pete était meurtri mais il était gentil.

— Tiens, Pete, dit Ulysses, et il l'emmitoufla dans une couverture réglementaire de l'armée.

Il posa une bougie éclairée à côté de lui.

— Je remonterai dans une minute, dit Pete.

— Reste où tu es, dit Ulysses.

— Merci beaucoup, dit Pete.

À l'étage, Ulysses plaça les bougies dans des soucoupes, une sur chaque table. Il éteignit les lampes, et les vieux se plaignirent, mais il les ignora. Il mit sur la platine un disque que Cresson lui avait donné. Je crois que ça pourrait être épatant, avait-il dit. Quelque chose de spécial, tu sais. Et il avait raison. La femme chantait en italien et sa voix ramena Ulysses à un tableau, un autre pays et une autre version de lui-même. Col sortit de l'arrière-salle en ridiculisant la voix de la femme. Il n'arrêtait pas de faire des imitations ce soir-là, et il prit une voix aiguë avec des trémolos. C'était l'attitude de Col quand il ne comprenait pas : il tournait la chose en ridicule et la rabaissait à un niveau acceptable – sous la ceinture, en général, pour pouvoir pisser dessus. Peg était un peu comme ça, et Ulysses aurait dû la voir venir, mais il avait l'esprit un peu rêveur et lent à cause de la musique, de la lumière des bougies et de la neige qui tombait doucement contre les vitres.

Peg éclusait avec fougue, et il y avait une tension chez elle, un éclat cruel dans ses yeux. De tels soirs, la beauté la mettait mal à l'aise, comme s'il n'y avait de place que pour la sienne. Elle fit signe à Ulysses et, dès qu'il s'assit, elle commença à parler d'Eddie. Lui raconta ce qu'elle prévoyait de faire quand Eddie viendrait la chercher.

— J'étais tout pour cet homme, et il était tout pour moi.

Elle abusait de la provocation blessante. Ulysses buvait sa bière et restait indifférent. Puis elle le poussa du coude et dit :

— Tu as rencontré quelqu'un à un moment ?

Il réfléchit à la question, aux deux voies qui en partaient, au non ou au oui qui éveillerait la pitié ou le dédain. Il dit qu'il avait fait une rencontre. Et il parla d'Evelyn avec naturel. Et Peggy se moque de lui maintenant, le harcèle, les femmes plus âgées ceci et cela, et il dit que ce n'était pas ça, qu'il s'agissait de qui elle était, de ce qu'elle disait et de ce qu'elle connaissait. Et Ulysses savait qu'il n'aurait pas dû mais il le fit quand même, parce que la musique offrait une lucarne sur une aube différente. Il évoqua l'art, les tableaux et l'Italie, des choses qu'Evelyn lui avait racontées, des choses auxquelles il avait souvent pensé dans les bruits conflictuels de la nuit.

C'est alors que Peg frappa.

Elle lança :

— Tommy Bruskin est pas revenu. Mick Dodds est pas revenu. John Baines a perdu une jambe. Gary Castle a tourné dingo. Et tu parles d'art ? Quel genre de guerre t'as passé ? T'as passé une guerre peinarde, hein, Tempy ? Une putain de guerre peinarde ?

Tous les regards braqués sur eux à présent. Tous la même pensée : voilà qui est mieux, une explosion de fureur plutôt que des sonates.

Ulysses posa lentement son verre. Il leva les yeux et dit :

— J'ai esquivé les balles pendant six ans, Peg. Les tiennes, c'est de la tarte.

Clac clac clac ses talons sur le plancher. Elle fracassa le verre contre la porte.

— Tu devras payer ça, mon pote, dit Col en riant.

— Je paierai, dit Ulysses, et la musique continua.

Le lendemain matin, Ulysses pelletait la neige pendant que Col et Cresson inspectaient la réparation qu'il avait faite à la porte. Soudain, de l'intérieur, une grande ombre s'approcha à travers les petits carreaux.

— Oh bordel ! s'exclama Col, et il empoigna le marteau et le brandit.

C'était Pete qui arrivait, dans sa meilleure incarnation de Lazare.

— J'ai l'impression d'avoir tout perdu, Temps. Les jours, les semaines...

— Tu me fais peur, Pete, dit Col. Regarde-moi.

Pete le regarda, les yeux et la bouche encroûtés de bave.

— Tu seras rétabli après une bonne nuit de sommeil, dit Ulysses.

— Et n'oublie pas, dit Col, aujourd'hui est le premier jour du reste de ta vie.

Pete avait du mal à comprendre et il se mit à pleurer.

— C'est seulement le whisky en train de s'évacuer, dit Col. Tu te sentiras mieux dans une heure. Laisse le flot couler, mon pote.

— Viens, Pete, dit Cresson, je vais te raccompagner. Appuie-toi sur moi, fiston.

Col les regarda partir.

— L'aveugle guide l'aveugle... Tiens, tiens, dit-il alors qu'il soufflait une épaisse volute de fumée. La voici.

— Tire-toi, Col, dit Peg en s'avançant.

— Je me tire illico, répondit-il, retournant au chaud.

Penaude et transie, Peg avait de petits frissons et une énorme gueule de bois.

Elle dit à Ulysses :

— Ça va ?

Il savait que c'était sa manière de s'excuser.

— Pas mal, dit-il. Et toi ?

— Oh, tu sais. (Épaules voûtées, mains dans les poches, grosse ride entre les sourcils.)

Il continua à pelleter et elle l'étonna en chuchotant le mot.

— Comment ? dit-il.

— Tu as entendu, dit-elle.

— Non. Vas-y. Répète.

— Désolée, chuchota-t-elle.

— Répète encore ?

— Désolée.

Elle éclata de rire et lui donna une bourrade, et il planta là son pelletage et l'empoigna.

— Peg, tu m'as horriblement manqué et tu commences par me causer du chagrin.

— Je sais, je sais, dit-elle.

— Je reviens alors que des tas ne sont pas revenus.

— Je sais, je sais, dit-elle.

— Et des trucs m'ont aidé. J'ai appris des choses, j'ai rencontré des gens et je suis fier de ce que j'ai eu l'occasion de découvrir.

— Je sais, je sais, dit-elle.

Et il l'entraîna dans une danse, et elle rit encore – il avait oublié que la meilleure chose du monde était de la faire rire. Ils s'arrêtèrent de danser et reprirent leur souffle. Peg semblait avoir plus chaud ; ses joues étaient roses.

— Tu veux toujours divorcer ? demanda-t-il.

— Ça t'ennuie ?

— Ah, non.

Donc ils le firent. Ils divorcèrent et devinrent plus amis. Ils partagèrent même la môme prénommée Alys. Peg garda le nom Temper parce qu'elle refusait catégoriquement un retour à Potts. Et les semaines et les mois se déroulèrent devant eux et l'ordinaire se rétablit. La neige fondit, le soleil brilla de nouveau et tout le monde se plaignit de la chaleur, jugea que l'hiver valait vraiment mieux. La môme prénommée Alys grandit et la nouvelle petite amie de Col se prénommait Denise. Peg trouva un poste de dactylo dans une compagnie d'assurances près de Tottenham Court Road et Ulysses s'habitua à la vie civile.

Lorsque l'été 1948 arriva, Londres était prêt pour les Jeux olympiques. Col se félicitait que ni le Japon ni l'Allemagne n'aient été invités à participer et Denise approuva, disant que l'Angleterre aurait sans doute de meilleures chances maintenant aux épreuves de tir.

Col voulait augmenter sa clientèle pendant la quinzaine et ce fut Cressy qui suggéra l'idée d'une télévision. Il dit qu'il connaissait quelqu'un qui connaissait quelqu'un qui avait accès à de la fauche et un petit poste arriva dans l'arrière-salle, recouvert d'un tissu pour donner l'illusion d'une cage à oiseaux. Il y avait à l'intérieur le son délicieux d'un téléviseur Pye neuf pouces. Le stade de Wembley n'avait jamais paru aussi petit.

Une semaine avant la cérémonie d'ouverture, Cresson entra dans le pub, le visage hébété et le regard absent.

— T'as l'air de planer un peu, mon pote, dit Col.

— Je plane, répondit Cresson.

— Tiens, assieds-toi, dit Ulysses, qui lui tira une chaise et lui tendit un petit verre de bière.

— Alors qu'est-ce qui se passe ? demanda Col.

— J'ai eu une vision.

— Jésus Marie Joseph ! s'exclama Col.

— Non, pas eux. Fanny Blankers-Koen.

— Qui ?

— Une athlète hollandaise, dit Ulysses, donnant une noix du Brésil à Claude.

— Elle faisait le ménage, dit Cresson.

— Et elle t'est apparue ? À toi, Alfred Cresswell ? Parmi tous les êtres humains de la Terre ?

— Elle m'a regardé et elle a dit : quatre.

— Quatre ?

— En réalité, elle a dit : *vier*. Qui signifie quatre en néerlandais. Vier ou quatre. Et puis elle m'a montré une alliance. Alors je suis allé chez Tubby et j'ai engagé un pari.

— T'as parié qu'elle se marierait quatre fois ? dit Col en riant.

— J'ai parié qu'elle gagnerait quatre médailles d'or.

— Combien t'as misé sur elle ? demanda Ulysses.

— Tout.

— Bon sang, Cresson.

— Pas grand-chose, alors, dit Col, disparaissant dans l'arrière-salle.

— C'est un pari sûr, Tempy. Ton père était près de moi. Je sentais sa présence. Je sentais son odeur…

— Une poignée de petite monnaie ?

— C'est ça. Tu mises la somme que tu peux te permettre, fiston. La victoire est garantie. Fais-moi confiance. Tout sur le noir encore une fois.

Ainsi fit Ulysses. Alla chez Tubby pendant sa pause, misa ce qu'il avait dans son portefeuille et tout ce qu'il avait accumulé dans sa boîte en fer.

Dans les jours qui suivirent, la foule augmenta dans l'arrière-salle alors que la nouvelle du pari de Cressy se répandait. Des gens l'arrêtaient dans la rue et lui souhaitaient bonne chance. Néanmoins, il ne s'agissait absolument pas de chance, il le savait. C'était le destin.

Le 2 août à seize heures quarante-cinq minutes et douze secondes, Fanny franchit la ligne d'arrivée du 100 mètres et remporta la médaille d'or. Ginny et la môme firent des bonds, et Pete hurla et crut qu'il avait craché une de ses amygdales.

— C'est possible, ça, Temps ?

— Je crois pas, Pete.

Sur le tableau, Ulysses inscrivit : *Et d'une ; encore trois.*

— Tu rêves, mon pote, dit Col. Ça se produira pas. Jamais de la vie.

Le 4 août à seize heures onze secondes et deux dixièmes, Fanny franchit la ligne d'arrivée en premier et remporta le 80 mètres haies. La foule était moins nombreuse que pour la course précédente en raison de l'heure, et Col dit :

— Ouais, mais qui ça intéresse vraiment, la course de haies féminine ?

— Moi, répliqua Denise, remontant un peu sa jupe et valdinguant sur un tabouret de bar.

Ulysses prit la craie. *Et de deux ; encore deux*, apparut sur le tableau.

— T'es plus très loquace, Col, dit Ulysses.

— Dégage, tête de linotte.

Le 6 août à seize heures trente minutes vingt-quatre secondes et quatre dixièmes, Fanny remporta le 200 mètres et Cresson calma l'arrière-salle et exhorta chacun à lever son verre en l'honneur de Fanny. De sa foulée fluide et de sa détermination. De ses trente ans. De sa beauté modeste. De sa ténacité. De sa…

— Qu'est-ce qu'il a avec cette femme ? dit Col.

— J'en sais rien, dit Ulysses.

— Bravoure, conclut Cresson.

— À Fanny ! dirent-ils tous, verres levés.

Et de trois ; plus qu'une, apparut sur le tableau.

Ce soir-là, des gens passèrent et serrèrent la main de Cressy. Lui souhaitèrent bonne chance pour la grande course du lendemain comme s'il allait assurer une partie du relais lui-même. Un journaliste de la *Hackney Gazette* se présenta pour faire un article sur lui, qui commença bien. Ulysses apporta des pintes à leur table et entendit Cressy dire :

— Deux fois déjà, elle avait été privée de Jeux olympiques à cause de la guerre. Et la plupart des gens lui disaient de rester chez elle et de s'occuper des gamins. Expliquez-moi ce qu'il y a de bien dans cette façon de penser.

Ulysses mit le nez dehors. Le ciel était maussade, la promesse d'un bel été n'avait pas tenu. Il pensa que, s'il gagnait de l'argent, il pourrait peut-être partir, ou aider Peg, plutôt. Faire quelque chose pour la môme, payer une semaine au soleil. Cresson et le journaliste sortirent dans la rue en se disputant.

— Évidemment qu'il n'y a rien d'antipatriotique dans mon soutien à Mrs Blankers-Koen ! cria Cressy. Le talent, c'est le talent. Et vous êtes un abruti.

L'article ne paraîtrait jamais. Ulysses retourna à l'intérieur pour changer un fût.

Le lendemain était un samedi. Les nuages avaient fichu le camp vers Hammersmith et laissé en héritage un ciel bleu et un soleil vif, pur simulacre et absence de chaleur. Les gens se rassemblèrent autour du pub comme si un mariage allait avoir lieu. La télé s'animait et Col se crut malin de faire payer l'entrée. Néanmoins, personne ne se plaignit et, lorsque le vieux Cressy arriva, tous les spectateurs dans l'arrière-salle l'acclamèrent et le conduisirent jusqu'à un siège au premier rang.

Ulysses chercha Peg des yeux. Il demanda à Col s'il l'avait vue et Col secoua la tête, le traita de gros imbécile, il n'avait toujours pas pigé ? La porte s'ouvrit bruyamment et Peg, Ginny et la môme entrèrent en trombe, toutes agitées et désolées, à l'instant précis où les équipes du relais prenaient leurs marques. Le pub se tut. Et à seize heures quarante seul retentit le son de l'histoire en train de s'écrire.

Pan !

Lorsqu'elle empoigna le témoin, Fanny Blankers-Koen avait quatre mètres de retard sur l'Australienne. Col répétait qu'elle n'allait pas y arriver, pas y arriver, et Ulysses supportait à peine de regarder. Peg et Pete hurlaient, la môme sautait sur place et Claude n'arrêtait pas de lâcher des fientes. Mais Cressy, eh bien Cressy demeurait placide, sans la moindre goutte de sueur sur le visage. Fanny Blankers-Koen franchit la ligne d'arrivée la première, quarante-sept secondes et cinq dixièmes après le coup de pistolet du starter. C'était la quatrième médaille d'or de Fanny. Cressy fut porté en triomphe comme un roi et, à cinq rues de là, Tubby jura et envoya son poing dans la figure de son fils aîné parce qu'il avait eu le malheur d'accepter le pari.

Col se glissa jusqu'à Ulysses et chuchota :

— Tu crois qu'il a gagné combien, alors ?

— Une sacrée fortune, répondit Ulysses, rien que pour lui pomper l'air.

La somme que le vieux Cresson avait gagnée entra dans la légende et continuerait de la nourrir longtemps après la disparition du pub. Personne ne savait à combien elle s'élevait, pas vraiment, même si les suppositions allaient bon train. Cresson s'offrit un bermuda qu'il acheta sur le marché à un ancien combattant, un modèle bien ample, couleur sable, qu'il mettait avec une veste et une cravate et parfois un pull-over sans manches ; ce fut, sembla-t-il, son unique acquisition après la grande victoire. Tout le monde se demanda ce qui était arrivé au reste. Ceux qui l'avaient acclamé quelques mois auparavant succombèrent bientôt à la dérision. C'est la nature humaine, non ?

Bien sûr, Tubby connaissait le montant. Il sentait la douleur de cette perte à chaque heure qui passait et quelqu'un devrait payer un jour. Tubs chargea un homme avec une clé magique de fouiner dans la bicoque de Cressy, mais Cresson s'en apercevait toujours parce qu'il voyait quand un inconnu avait dérangé l'atmosphère.

Cresson ignorait pourquoi il avait gagné tout cet argent à son âge. En vérité, il pensait qu'il était trop tard pour entreprendre les changements qu'un homme plus jeune aurait pu envisager. Mais il s'asseyait sous son arbre et écoutait. Il admirait ses jambes qui sortaient de son bermuda et se disait qu'elles étaient ce qu'il y avait de mieux chez lui : c'étaient en effet les jambes de sa mère. Penser à sa mère le faisait pleurer.

1950 s'annonça et la nouvelle décennie reçut un chaleureux accueil. Au diable les années 1940, qu'est-ce que vous nous avez apporté de bon ? Col alluma la dernière fusée des feux d'artifice qui devaient inaugurer une décennie d'espoir.

— Franchement, à quel point ça peut être pire ? dit-il, implorant le ciel plein d'explosions.

Ouais. On ne perdait rien pour attendre.

Les appelés du contingent britannique ne tardèrent pas à être envoyés en Corée et l'absence et le déchirement figurèrent à nouveau au menu. Ulysses rejoignit Pete Piano à une manifestation contre la guerre et s'enivra ensuite dans un pub de Soho dans une démonstration muette de chagrin. La môme devint une petite personne bavarde, à la bouche pleine de dents américaines, et elle appelait Ulysses Ulysses, et lui l'appelait la môme. Peg eut une promotion au travail et la joua tranquille, mais Ulysses voyait qu'elle était ravie. Rien qu'un échelon plus haut, l'air semblait plus frais, le panorama plus vaste. Cressy aida Ginny à cultiver des pommes de terre et des carottes dans le jardin derrière le pub et elle offrit sa première récolte à Mrs Kaur qui tenait l'épicerie de quartier simplement parce qu'elle l'aimait bien et que sa couleur de peau lui plaisait. Pete Piano eut un coup de chance dans un spectacle du West End. Il interprétait un pianiste de saloon qui buvait trop, petit rôle néanmoins très visible. Comme il n'apparaissait que dans le premier acte, il pouvait continuer à remplir ses obligations au pub. Le cours de claquettes pour débutants, lui, pouvait aller se faire foutre. Col échangea Denise contre Elaine mais, au bout du compte, elle ne tint pas longtemps. Il jeta alors son dévolu sur une ambulance des années 1930 parce qu'il en avait toujours voulu une. N'avait jamais cessé depuis le jour où il avait regardé l'une d'elles emmener sa mère. Bon sang, dit Peg. Je demandais juste.

La chaleur augmenta en ce premier été de la décennie. Rendit les vieux flageolants et les chiens timbrés. Les files d'attente pour la piscine s'étirèrent le long de Whiston Street, mais en bas près du canal les gamins se jetaient à l'eau comme le font les gamins, avalant une quantité de pisse de rat, mais rien que pour sentir une légère brise sur sa peau mouillée ça en valait la peine.

Peg appela Ulysses de loin. Il leva la tête et agita le bras. Elle dégringola les marches, le rejoignit sur le banc. Ils regardèrent les gamins dans leurs dessous, bras et jambes maigres battant l'air, pousser des cris perçants et se défier les uns les autres, et des gerbes d'eau éclaboussèrent le chemin de halage jusqu'à leurs jambes et leurs chaussures, mais ils ne bronchèrent pas ni ne s'en préoccupèrent.

— On faisait ça, dit-il, ajustant son chapeau. Il n'y a pas si longtemps, ajouta-t-il.

Peg soupira.

— Un autre monde, dit-il.

Adolescents, ils s'étaient pelotés dans les buissons sur leur gauche, sans se soucier de la puanteur des crottes de chiens et des capotes anglaises usagées. Elle était sa première, il n'était pas son premier mais ils avaient tous emprunté les uns aux autres pour s'exercer et pour se sentir bien. Peau pâle au clair de lune. Peg était la gardienne de leur histoire. Elle connaissait les noms de ceux qui étaient morts depuis longtemps, savait qui avait fait quoi et qui avait aimé qui.

— L'insouciance pure, dit Ulysses.

Quelle remarque étrange, pensa Peg. Jamais elle n'avait connu l'insouciance pure. Ni à cette époque-là, ni aujourd'hui. Elle était une boule d'énergie survoltée, ce depuis toujours, qui propulsait du sang et des lipides dans un maudit circuit perpétuel. Elle se souvint de lui jeune garçon. Petit et trapu, avec des yeux très vifs, constamment à souligner le bon côté des choses. Elle lui avait taillé des pipes juste pour voir sa gratitude. Avec le temps, il s'était étoffé. Avait eu des avant-bras qui excitaient toutes les filles. Et ses yeux étaient devenus plus bleus, ses parents étaient morts, il avait fabriqué des globes qu'il faisait pivoter sur son majeur. Et il avait déclaré : Je veux être quelqu'un un de ces jours, Peg, t'en dis quoi ?

Mais que pouvait-elle dire ? Un de ces jours, c'était trop loin.

Elle se baissa et ajusta sa chaussure. Elle dit :

— J'ai rencontré quelqu'un.

Ulysses se tourna vers elle et dit :

— Ah oui ?

Se retourna pour regarder les gamins.

— Je crois que c'est sérieux.

Il hocha la tête.

— J'y vais doucement. Je voulais juste que tu l'apprennes par moi.

— Merci, Peg.

Elle se leva. Elle l'observa. Toujours lui. Il fallait qu'ils arrêtent de coucher ensemble. Elle le lui dit.

— C'est malhonnête vis-à-vis de Ted.

— Ted, c'est ton mec ?

Et elle fit un signe affirmatif.

— D'accord, dit-il.

Mais il savait qu'ils n'arrêteraient pas.

— Est-ce que je peux emmener Alys à la galerie d'art demain ? demanda-t-il.

— Bien sûr.

— Le matin, ça va ?

— Toute la journée si tu veux.

Il rit mais il savait qu'elle ne plaisantait pas.

— T'es une bonne mère, Peg.

— Non, pas du tout, mais c'est gentil à toi de le dire. Ta mère était une bonne mère, Temps. Voilà ce qu'est une bonne mère. La mienne était une rivale.

Le lendemain, la Whitechapel Gallery donnait une sensation de fraîcheur à l'abri du soleil. Alys se précipita devant Ulysses et promena les yeux sur les tableaux en sachant ce qu'elle cherchait. Elle s'installa finalement par terre à un endroit où personne ne la dérangerait. Elle ouvrit son carnet à dessins et sortit son taille-crayon de sa socquette. Ulysses s'agenouilla. Il réunit les copeaux au creux de sa main et les fourra dans sa poche parce que c'était son travail. Et, pendant une heure et demie, du coin de l'œil, il regarda la môme réaliser sa propre version d'un tableau de Joan Eardley : des enfants assis sur un trottoir qui lisaient une bande-dessinée. Un monde qu'elle comprenait.

Elle avait cinq ans. Se souviendrait-elle de ce moment aussi complètement qu'il le voyait ?

Non, sans doute. Mais elle se souviendrait de la journée parce que, des années plus tard, elle en parlerait à des gens. La fraîcheur du sol contre ses jambes nues, les lignes qu'elle avait tracées sur la page. Elle se souviendrait qu'un matin était devenu un après-midi, que les visiteurs contemplaient les tableaux accrochés au mur et les commentaient d'un ton sérieux. Que le doux murmure s'était mué en un bruit de fond apaisant. Que le regard d'Ulysses la poussait à se croire quelque chose, du moins un petit peu. Qu'elle éprouvait de la joie à être loin de sa mère. Qu'elle avait vu une femme habillée en homme et s'était dit que la vie pouvait être très intéressante, pourrait l'être. Le genre de journée qui lui montrait où sa personne se terminait et où le monde commençait.

Ulysses laissa la môme dessiner. Il déambula dans la salle de peintures. Sheila Fell, Eva Frankfurter. Dorothy Cunningham.

Depuis sa conversation avec Evelyn pendant le long trajet de retour nocturne à l'*albergo*, il avait beaucoup réfléchi à la galerie. Au fait qu'Evelyn avait ri du snobisme de l'art, avait affirmé que la responsabilité des privilégiés devait toujours être d'élever les autres. Se trouvant là maintenant, il relia cette conversation à l'espace autour de lui. Des peintures faites par des écoliers du quartier étaient exposées sur le mur d'en face, et il pensa que c'était peut-être ce dont Evelyn avait parlé. Tout près, une artiste se mit à présenter son travail.

Vue de dos, la femme aurait pu être un homme avec ses cheveux courts, ses manches de chemise retroussées et son pantalon à taille haute, mais sa voix était indubitablement féminine. Les gens l'appelaient Miss Cunningham – Dorothy Cunningham, supposa-t-il. Il fut attiré par l'explication fouillée de son art, son visage intelligent et ouvert aux questions qui fusaient du public. De la spontanéité réfléchie à la spontanéité pénétrante, ainsi décrivit-elle sa nouvelle œuvre. Il fit rouler ces mots sur sa langue.

Ulysses regarda du côté de la môme. Toujours dans son monde tranquille, elle suçotait un crayon.

Une bribe de la conversation d'un couple qui passait et une brève mention de l'Espagne le ramenèrent en 1938 : un an après la mort de ses parents et l'année où *Guernica* de Picasso était venu à la galerie. Le tableau avait déjà voyagé à travers le monde, permettant de recueillir des fonds pour les insurgés qui combattaient Franco. C'était la raison pour laquelle Ulysses y était allé – sa toute première exposition – séduit par une idée romantique et fallacieuse de la guerre. La galerie constituait un siège de campagne et, en guise de droit d'entrée, ceux qui n'avaient pas de quoi payer devaient apporter une paire de bottes. Il était revenu le lendemain et avait déposé des bottes de son père près du seuil. Sur la languette de cuir, il avait écrit : *bonne chance.*

La voix de Dorothy Cunningham l'entraîna vers une confluence de date et de pensée.

— Oui, disait-elle, j'ai vu *Guernica.*

Il sentit un courant électrique lui parcourir l'échine.

— Je suis d'accord, dit-elle. Nous avons appris à nos dépens. Qu'il faut toujours opposer des arguments moraux à la marche du fascisme.

Ulysses se demanda quelle serait sa réaction au tableau s'il le voyait maintenant.

— Pas du tout, dit Dorothy Cunningham. Il n'y avait aucun héroïsme dans la représentation que Picasso donnait de la guerre. Aucune victoire, seulement l'horreur.

— Le bombardement délibéré d'une population civile un jour de marché, dit Ulysses.

Dorothy Cunningham se tourna vers lui.

— Nous n'étions pas sans tache, continua-t-il. Ils n'ont pas été les seuls à commettre des crimes. Nous avons fait des choses répréhensibles, nous aussi.

Tout le monde le regardait. La môme le regardait.

Et c'est cela dont elle se souviendrait : de sa voix sonore dans le silence. Des gens qui l'écoutaient, le respectaient. Elle se leva, se dirigea vers lui d'un pas décidé et lui prit la main. Son exquis moment d'appropriation. Le jour où il devint sien.

Ils quittèrent la sérénité de la galerie et furent immédiatement assaillis par le bruit de la rue commerçante. Ulysses lui acheta une limonade avant qu'ils montent dans le bus.

— C'est la meilleure journée de ma vie, déclara-t-elle.

— Il y en aura d'autres, dit-il.
— Je sais. Je n'ai que cinq ans.

Ce soir-là, Peg regarda la môme dormir. Son visage encore enflammé après une journée de sortie avec Temps. Temps avait un don avec elle, mais Peg en était loin. Elle s'assit sur le lit et feuilleta le carnet à dessins de la môme. Elle eut mauvaise conscience, comme si c'était un journal intime, mais elle ne culpabilisa pas au point de le refermer. Un portrait de Temps, la cicatrice pareille à un chiffre sur sa lèvre. La môme avait du talent, et elle ne l'avait pas reçu de Peg. D'Eddie, bien sûr. Toutes ces choses qu'elle ne savait pas. Par exemple, s'il était mort ou vivant ou s'il lui arrivait de penser à elle et à leurs nuits ensemble. Cresson lui avait dit un jour qu'elle devait raconter des choses à Eddie. Les mots sont de la poussière d'or, voilà ce qu'il avait dit. Alors elle avait raconté des trucs à Eddie, des trucs dont elle aurait eu honte à présent. Elle avait étalé son cœur sur le lit et l'avait ouvert, une autopsie amoureuse complète. Voilà à quoi une chambre d'hôtel pouvait vous conduire. Les ébats dans des draps soyeux et le service d'étage. Les projets. Et pendant tout ce temps la guerre écoutait aux portes.

Peg se leva. Elle renversa du gin sur les couvertures. Parfois c'était insupportable de regarder la môme. Rappel constant de la vie qu'elle avait perdue.

En ce mois d'avril 1952, le vieux Cressy se trouvait sous son *prunus serrulata*, son cerisier japonais. C'était le soir, et les grosses grappes de fleurs blanches et roses pendaient, lourdes et basses, et reflétaient l'or flamboyant d'un soleil déclinant sur l'East End. Assis avec un verre de stout de chez Col, Cressy écoutait les secrets de la Terre-Mère Gaia.

La voix de Ginny fit naître un sourire sur son visage.

— Tu fais quoi, Cressy ?

— J'accomplis le rituel japonais du *hanami*, bichette.

— C'est quand on plie du papier ?

— Pas exactement, ma chérie. Viens t'asseoir avec moi, et il se leva et lui donna sa chaise.

— Y pleut, dit-elle.

— Ça commence à peine, dit Cressy, jetant un coup d'œil. Mais ça ne durera pas très longtemps. Attendons ici, d'accord ?

Ginny hocha la tête.

— Ça sent, dit-elle.

— C'est le pétrichor.

Ginny répéta le mot plusieurs fois de suite.

— L'odeur qui monte de la terre sèche quand elle reçoit des gouttes de pluie, expliqua Cresson, et il but une gorgée de stout.

— Elle veut pas partir, dit Ginny.

— Elle partira bientôt, bichette.

— La marque.

— Quoi ?

Et Cresson se tourna vers elle. Elle avait écarté le haut de son corsage pour montrer un petit suçon, semblable à une empreinte de pouce, entre sa clavicule et son sein.

— Elle veut pas partir, Cressy.

Cressy sourit.

— Elle s'effacera, ma chérie, si tu la recouvres et que tu ne la montres à personne. Tu l'as montrée à ton papa ?

Ginny secoua la tête.

— Alors ne lui montre pas. Ça vaudra mieux. Elle s'effacera plus vite s'il ne la voit pas.

— Merci, Cressy. Maintenant j'ai plus peur.

Il se pencha et lui toucha la joue.

— C'est bien, dit-il. Inutile d'avoir peur.

Mais Cresson s'inquiétait, lui. Il ferma les yeux et sentit les racines sous ses chaussures s'enfoncer dans la terre sombre et humide. Dépasser les morts, puis les vestiges romains, et atteindre les chuchotements.

— Y pleut plus, dit Ginny.

Lorsque Cresson et Ginny entrèrent dans le pub, Ulysses leva la tête et dit :

— Alys est en haut, Gin.

Elle se glissa sous l'abattant du comptoir et disparut.

— Je pensais pas te revoir si tôt, Cresson, dit Ulysses. Ça va ?

Cresson hocha la tête et déposa son verre vide.

— Rejoins-moi demain matin sous l'arbre, mon garçon. À l'heure habituelle. Et amène Peg.

Le lendemain, Ulysses se tenait devant le pub, profitant du soleil en attendant Peg. Il leva la main lorsqu'elle apparut à l'angle, sa démarche ondulante lui causant un petit pincement familier dans les tripes.

— Alors pourquoi tu veux me voir, Tempy ?

Mais avant qu'il puisse répondre, une ambulance verte, croix rouge et compagnie, descendit la rue, moteur toussant.

— Nom de Dieu, dit Peg.

— Il l'a ramenée de Swindon.

— Ils ont arrêté d'envoyer leurs épaves à la casse ?

Col gara l'ambulance devant le pub et s'apprêtait à en sortir quand la sirène se mit soudain à mugir.

— Putain de nom de Dieu de foutue saloperie ! hurla Col, martelant le tableau de bord.

Et voilà le vieux Col, pensa Ulysses.

La sirène se tut. Col ferma tout doucement la portière derrière lui et s'approcha d'eux à pas feutrés.

— Qu'est-ce que vous en pensez ? dit-il.

— Je suis sans voix, répondit Ulysses.

— Peg ?

— Plutôt crever que monter là-dedans, Col. Sans vouloir te vexer. Mais ce que t'as là, c'est une lobotomie du charisme.

Col eut l'air offensé mais il ne l'admit pas.

— Demain, j'emmène Fionnula dans la forêt d'Epping pour une nuit dans les bois, dit-il.

— Si tu te pointes chez elle dans cette bagnole, elle va croire que tu l'emmènes là-bas pour l'enterrer.

— Stop, stop, j'ai compris. Je vais l'inviter ici dans l'après-midi pour qu'elle la voie. Casse-couilles, grommela-t-il tandis qu'il entrait dans le pub, furibard.

Peg donna le bras à Ulysses et ils s'éloignèrent.

— T'as remarqué que Col fait ses conquêtes par ordre alphabétique ? dit-il.

— C'est à propos de ça que tu voulais me voir ? demanda Peg, puis elle se figea. Mince alors, c'est vrai, dit-elle. Denise, Elaine, Fionnula…

— G, la prochaine fois.

Ils trouvèrent Cresson sous le dais de fleurs et une intimité soudaine les enveloppa. Cresson avait l'air préoccupé. À voix basse, il annonça :

— Ginny a un petit ami, et il leur parla du suçon.

— Oh non, merde, encore ? dit Peg.

— Tu es sûr que c'est pas des gamins qui la tripotent, Cresson ? dit Ulysses, et Cressy haussa les épaules.

— Je sais pas, mon garçon. Je sais juste qu'elle a besoin d'être un peu maternée.

Et les deux hommes regardèrent Peg, et Peg lança un juron parce que le maternage n'était pas son truc.

La nouvelle au sujet de Ginny assombrit l'humeur de Peg et elle fut vache avec la môme tout l'après-midi, non ceci et non cela, et la môme se tint à distance ; pas étonnant, hein ? Le soir venu, la môme voulut qu'elle lui lise une histoire, et tendit *Le petit prince*, le livre qu'Ulysses lui avait donné la semaine précédente.

Et comment je suis censée faire ça ? avait demandé Peg à ce moment-là. Et Ulysses avait répondu : C'est facile, Peg. Il suffit de t'asseoir sur le lit et de lire à voix haute.

Donc elle s'assit sur le lit et se hasarda d'un ton incertain, peu convaincant, mais la môme était enchantée et elle finit par s'endormir. Peg continua sa lecture. L'enfance. Ça vous flingue le cœur.

Le lendemain soir, l'ambulance partit pour la forêt d'Epping, suivie par une volute de l'après-rasage de Col. Il avait préparé le lit à l'arrière et emporté un petit réchaud à gaz, deux boîtes de soupe – à la tomate – et du thé et du lait pour le petit déjeuner. Le petit déjeuner était sa destination et ses roubignoles étaient aussi lourdes qu'un sac de charbon. Il y avait tellement longtemps qu'il n'avait pas eu une vraie femme, une femme qui ne le plaignait pas.

L'ambulance n'avait pas dépassé l'arbre de Cressy lorsque la sirène se mit à mugir. Cresson pointa la tête hors des fleurs et vit Col le teint cramoisi. Fionnula regardait par la vitre, l'air sidéré comme un otage.

Le sillage d'un bateau du canal brillait dans la lumière du soir et des goélands s'élevaient au-dessus des gazomètres. Peg et Ginny suivaient le chemin de halage, main dans la main, et pour des étrangers, ceux qui ne savaient pas, elles auraient pu être des camarades de travail, des égales sans aucun doute. Mais un canard dissipa l'illusion. Ginny se précipita, agitant les bras, jusqu'à ce que le canard regagne l'eau d'un bond. Peggy rit.

— Viens t'asseoir ici avec moi, Ginny.

Ginny s'assit.

— Comment tu vas, Gin ?

— J'suis heureuse. Et toi, Peggy ?

Peggy hocha la tête.

— Ouais. Heureuse.

Elle sortit de son sac un sachet de chips et Ginny l'ouvrit, chassa un pigeon curieux.

— Qui est-ce que tu rejoins ici, Ginny ?

— J'ai défense de descendre ici.

— Je sais, mais je sais que tu le fais quand même, et Peg s'appuya contre elle et la poussa du coude. On est tous descendus ici. J'avais un petit ami qui plaisait à personne, et je le rejoignais ici et on se promenait jusqu'à Islington. Il faisait très sombre sous les ponts. Juste lui et moi. Certaines fois, je le rejoignais le soir, Ginny, et c'était la meilleure des sensations parce que j'échappais à toutes les règles et ce gars, mon petit ami, il était plus âgé que moi, alors je me sentais plus âgée aussi. Comme si j'étais dans le monde, enfin. La manière qu'il avait de me regarder.

Ginny écoutait.

— Je pouvais lui faire faire n'importe quoi, Gin. Fou amoureux d'une lycéenne. Jamais il m'a dit qu'il était marié.

Peg prit l'une des chips de Ginny.

— Je sais que tu as un petit ami toi aussi, Ginny.

Ginny secoua la tête.

— Mais si. On a toutes eu interdiction de le dire, mais on est toutes passées par là. Il est sympa avec toi, Gin ? Il est gentil ?

Ginny fit oui de la tête.

— Est-ce qu'il s'appelle Travis ? (Travis ? Pourquoi avait-elle repensé à ce prénom ?)

— Non, bêtasse, dit Ginny, et elle se leva du banc, fit coucou au passage d'une péniche.

Elle dit quelque chose que Peg ne comprit pas très bien.

— Davy ? C'est ce que tu as dit ? Davy est là-dessus ? demanda-t-elle, montrant la péniche.

Ginny parut désorientée.

— Non.

— Comment il est, Davy, Ginny ? Il ressemble à ton papa ou à Ulysses ?

— Non.

— Il est pas comme eux du tout ?

Signe de tête négatif.

— Différent.

— Différent comment ?

— Arrête, Peggy, j'suis trop fatiguée.

Ginny s'inclina et se reposa sur les genoux de Peggy. Peg lui caressa les cheveux.

— Le sang, y coule plus, Peg.

— Depuis quand, Gin ?

— Beaucoup de temps, dit-elle.

Peg tendit le bras et mit la main sur le ventre de Ginny. Il y avait un petit renflement ferme sous sa robe bouffante.

Cette nuit-là, Peg dormit au pub. Elle était là le lendemain matin avec le vieux Cressy et Ulysses lorsque l'ambulance tourna au coin de la rue, sirène hurlante. Col était seul à l'avant.

Il se gara et claqua la portière. La sirène se tut en même temps que le moteur.

— C'était comment ? dit Ulysses.

— Va te faire foutre, marmonna Col alors qu'il entrait dans le pub.

Les trois autres le suivirent à l'intérieur. Col marcha droit vers les doseurs. S'enfila deux gins cul sec.

— Si atroce que ça ? dit Peg.

— J'veux pas en parler, dit Col.

— T'en meurs d'envie, rétorqua-t-elle.

— J'avais oublié l'ouvre-boîte, dit-il. Le pied à perfusion lui est tombé dessus au moment où on se couchait…

— Quel pied à perfusion ? demanda Peg.

— Il l'a tapée juste là, dit Col, désignant le coin de son œil. Et au milieu de la nuit, ce qu'elle a pris pour mon orteil était en fait un rat.

— Bordel, dit Peg.

— Mais la façon qu'elle a eue de me regarder, Peg. Le pire, c'était ça. Comme si j'appartenais à la plus primitive des espèces vivantes.

— Les *Porifera*, dit Cresson.

— Quoi ?

— Les *Porifera. Pori…*

— Putain, arrête de répéter le mot *Porifera* !

— C'est la plus primitive des espèces animales, dit Cresson. Les éponges.

— Je crois pas que je pourrais me sentir plus mal, dit Col.

— Eh si, tu pourrais, répliqua Peg. Ginny est enceinte.

Pub fermé en raison d'un événement inopiné.

Ulysses balaya un chemin au milieu des débris. Sous ses semelles, le crissement du verre cassé ; à sa gauche, un tas de chaises en morceaux près de la cheminée.

L'assaut avait été prompt, furieux et heureusement écourté, en raison de l'hypertension de Col et de sa mauvaise forme physique. Il s'était écroulé sur les genoux, haletant et rotant, tandis que le reflux gastrique lui brûlait l'œsophage par vagues successives. Dans l'embrasure de la porte, Ginny observait la scène, aperçu d'une possible raison du départ de sa mère.

Ulysses empoigna une table et la redressa. Des spirales de poussière et des plumes bleues montaient dans un courant d'air. Claude avait souffert d'une nouvelle mue subite qui ne lui avait laissé que les plumes des ailes et de la queue. Il était l'un des innocents. Tout comme l'hermine empaillée. Un cendrier dans la mâchoire inférieure avait eu pour résultat une mandibule qui ne tenait littéralement qu'à un fil marron.

Ulysses alluma une cigarette.

Dehors, un murmure grandissant de voix. Surtout les vieux, en proie à une soif agressive. Il regarda sa montre. Le pub aurait dû être ouvert à cette heure et on les avait vus déclencher une émeute pour moins que ça.

Il entendit Mrs Lovell dire : « inopiné » signifie inattendu. Puis il entendit : inattendu ? Quoi ? Un décès ? Col ne fermerait pas à cause d'un décès. À moins que Col soit décédé. Quoi ? Col est décédé ?

Telle était l'origine de la rumeur.

Soudain, toc, toc ! à la porte. Toc, toc ! de pianiste : rythme juste, toucher léger. Le long visage de Pete scrutant à travers les petits carreaux colorés.

Ulysses le fit entrer. Par l'entrebâillement, il repoussa Mrs Lovell et son morceau de rôti.

— Nous serons ouverts ce soir, Mrs Lovell, dit-il. Je vous le promets.

— Col est-il décédé ? demanda-t-elle, savourant son rôle de porte-parole.

— Pas la dernière fois que j'ai vérifié, répondit Ulysses, et il referma la porte, mit le verrou.

Pete regarda autour de lui, estomaqué. Il dit :

— Je passais simplement lorsque j'ai vu la foule dehors. Col a eu l'une de ses crises ?

— Tu sais comment c'est. Tu vas bien, Pete ?

— Pas mal, Temps. Et toi ?

— Pas mal, Pete.

Et Pete le suivit à l'intérieur sur la pointe des pieds.

— Je ne veux toucher à rien au cas où j'aggraverais les choses, dit-il.

Ulysses rapporta le tabouret de velours jusqu'au piano.

— Je redoute de te demander… dit Pete.

— Il est miraculeusement intact, le rassura Ulysses. Peg s'est interposée. Col avait le tisonnier levé au-dessus de la tête. Elle a crié, T'avise pas de faire ça, Col ! T'avise pas ! Et elle s'est jetée en travers du clavier.

— Sacrée Jeanne d'Arc, dit Pete. Qu'est-ce qui s'est passé ensuite ?

— C'était comme s'il était hypnotisé. Il a lâché le tisonnier, il s'est mis à cligner des yeux et il a plaqué les mains sur son ventre.

— Et après ?

— Il s'est écroulé par terre, exténué.

— Peg lui a botté les fesses ?

— Non, Pete. Elle est en haut avec lui à présent.

— Il est sous sédatifs ?

— Comme un cheval.

— Où est Cresson ?

— À la cave, il cherche des réserves. La plupart des alcools forts ont dérouillé.

Pete hocha la tête, mesurant l'ampleur des dégâts. Il s'assit sur le tabouret et souleva le couvercle du piano. Ses doigts dansèrent le long des douze gammes majeures.

— Alors ? dit-il, faisant craquer ses articulations. Qu'est-ce que je peux te jouer, Temps ?

— Quelque chose d'apaisant, Pete.

— Bien sûr. J'ai exactement ce qu'il te faut, et il alluma la première de deux douzaines de cigarettes.

Ulysses lui dit, juste avant de se détourner :

— Ta veste est ravissante, à propos, Pete.

— Cette vieillerie ? Je l'ai depuis des années.

Tout l'après-midi, la salle du pub *L'Hermine et le Perroquet* reçut des soins et jamais il n'y eut patient plus reconnaissant. Les *Nocturnes* de Chopin guidèrent la transformation et Pete joua avec la même passion que lors de son audition dans le West End. Les tables furent réparées au marteau et les tableaux retrouvèrent les murs. Le feu engloutit les éclats de bois et, bientôt, un chaud rougeoiement se répandit dans la pièce et la tira des portes de la mort. Ulysses sortit chercher d'autres chaises et en rapporta quatre séries de quatre. Il descendit le globe de son père et le posa sur le comptoir pour qu'il serve de perchoir à Claude. Cresson cuisina un ragoût de bœuf et de pommes de terre et en prépara assez pour la clientèle du soir aussi. Pete dit que Cresson ferait un excellent compagnon de vie et tout le monde approuva. Cresson emmena Peg, Ginny et la môme dehors et elles revinrent avec des brassées de fleurs de cerisier. Cresson devait en souffrir mais il ne l'avoua pas. Il avait sans doute conclu un accord avec l'arbre. La môme et Ginny décorèrent les étagères de cruches pleines de fleurs roses et blanches, Peg banda la mâchoire de l'hermine et, lorsqu'il fut dix-huit heures trente, ils s'écartèrent tous, impressionnés. Ils avaient réussi. Le pub était prêt pour l'ouverture. Il avait l'air branlant mais aimé, or, aimé, il ne l'avait jamais été.

Claude sur son épaule, l'hermine couchée dans ses bras, Ulysses s'avança pour ouvrir le bar avec cinq minutes de retard sur l'horaire habituel du soir. Mrs Lovell fut la première à franchir le seuil. Elle regarda Ulysses des pieds à la tête et jugea de la situation.

— Nous sommes touchés mais pas coulés, Mrs Lovell, dit Ulysses.

— Vous ferez l'affaire, dit-elle, et elle entra d'un pas résolu.

Par l'ouverture de la porte, Ulysses aperçut la Jaguar noire Mark V de Tubby Folgate qui passait, flairant les ennuis et calculant les chances. *Il n'a pas fallu longtemps pour que la nouvelle lui vienne aux oreilles*, pensa Ulysses.

Assise dans la chambre de Col, Peg veillait sur lui, ses sentiments bloqués quelque part entre la rage et la pitié – mais la plupart des femmes éprouvaient cette ambivalence vis-à-vis de Col. Heureusement, depuis toutes ces années qu'elle le connaissait, jamais elle ne s'était retrouvée au pieu avec lui. Petite consolation.

— Peg ?

Col remua et repoussa la couverture.

— Col.

— Ça fait combien de temps que je suis ici ?

— Des jours, répondit-elle.

Il se redressa aussitôt.

— Je blague, dit-elle, et elle lui alluma une cigarette. Le pub est ouvert. C'est pas grâce à toi.

— Je devrais descendre.

— Non, pas encore.

(Du bruit venant d'en bas.)

— Je sais pas ce qui est arrivé, dit-il, donc Peg lui raconta.

— Ginny, ça va ?

— J'sais pas, Col, est-ce que ça va ?

— Peg…

— Est-ce qu'elle est enceinte ou est-ce qu'elle est tellement abominable que tu veux la faire enfermer ? Ou lui faire honte.

— Peg.

— Ou la secouer ? Tu te souviens de ça ? De l'avoir secouée ?

— Tais-toi, dit Col, se cachant le visage dans les mains.

— Un air de déjà-vu, hein, Col ? Je croyais qu'on avait dépassé ce stade.

— Je voulais seulement savoir. Je veux toujours.

— Elle te dira pas.

— Elle a peur de lui.

— Elle a peur de toi ! L'histoire d'Agnes qui recommence.

(Agnes disait qu'il détruisait tout ce qu'il aimait. Agnes disait qu'il causerait sa propre perte. Agnes disait, Agnes disait...)

— Donc, dis-moi si ça va pour Ginny.

Col se rallongea, épuisé.

— Ça va, dit-il.

— Alors redonne-lui ton affection. Elle n'a que toi.

— Qu'est-ce que je vais faire, Peg ?

— D'abord, tu descends et tu leur annonces. Tu leur annonces, voilà. Impossible de cacher ça. Ensuite, tu demandes calmement si quelqu'un sait quelque chose.

— Et si personne sait ?

— Tu oublies et tu t'abstiens de commettre une bêtise.

— Tu me tues, Peg.

— Ouais, peut-être. Mais tu n'as que moi.

Peg ne pénétra pas immédiatement dans le bar mais regarda depuis l'embrasure de la porte. Elle avait besoin d'un instant de répit, d'une baisse du taux de cortisol. Ulysses tirant une pinte fut le baume. Lui et son perroquet. Elle avait toujours pensé que les Temper étaient des gens naïfs avec leurs fossettes, leurs sourcils, leurs oreilles et leur conviction que la vie se montre clémente quand vous vous y attendez le moins. Elle aurait tout fait pour avoir une mère comme Nora. Nora n'était que douceur et gentillesse. Peg pouvait être gentille, mais elle n'avait pas assez de cette qualité en elle pour que ce soit son habitude. C'était pareil avec son argent de la semaine. Dès le jeudi, il n'en restait plus.

Elle s'approcha derrière Ulysses et lui prit les bras, et il ne se retourna pas car il savait que c'était elle. Ils formaient un assemblage parfait – ils étaient assortis. Elle le huma, et il ne sentit même pas la légèreté du baiser sur son dos. Claude le vit, lui. Le perroquet ouvrit le bec comme pour dire quelque chose. Peg mit un doigt sur ses lèvres. Notre secret, signifiait son clin d'œil.

À vingt heures, ce qu'ils attendaient tous se produisit. Col entra à pas traînants, moitié invalide moitié Ancien Testament, une couverture sur les épaules et une mite lui tournant autour de la tête. Il ouvrit le silence comme les eaux d'une mer antique. Il avala un gin et se frotta le front. S'avança jusqu'au milieu de la pièce, tous les yeux braqués sur lui.

— Respecte le texte, Col, lui dit Peg, et il acquiesça.

Il s'éclaircit la voix et déclara :

— La vie nous met à l'épreuve de nombreuses façons. (Pause.) Ginny est enceinte.

Les gens se regardèrent. Une seule exclamation étouffée, un froncement de sourcils ici et là, mais dans l'ensemble ce fut l'absorption muette de l'information qui emplit la pièce. Rien de plus, rien de moins.

— Je veux juste savoir qui a fricoté, continua Col.

Silence.

— Vous pouvez me le dire maintenant ou plus tard. En face ou anonymement.

Silence.

— Quelqu'un ? dit Col, haussant le ton.

— Assieds-toi maintenant, Col, dit Peg. Col ! dit Peg avec sévérité. *Assieds-toi.*

Col s'assit.

— Y a une foutue atmosphère de morgue là-dedans, dit-il.

— La faute à qui ? rétorqua Peg.

— Où est Pete ? demanda Col.

— Aux chiottes.

— Tu nous chantes quelque chose, Peg ?

— Excuse-moi, Col, je me sens pas vraiment d'attaque.

— Temps, tu nous fais un tour de magie ? Celui avec l'œuf.

— C'était pas moi, Col.

Pete revint, se séchant les mains.

— Bordel de Dieu, Pete, fais quelque chose, dit Col. On crève ici.

Ce que Pete ne savait pas au sujet d'un auditoire ne valait pas la peine d'être su. Il ferma les yeux et huma l'inspiration. « Unité » fut le mot que lui souffla la muse. Avec un accent nord-irlandais, bizarrement.

Le micro grésilla. Un épais nuage de fumée bleue entoura le piano.

— J'aimerais dédier cette chanson à l'amour, dit Pete. Je l'ai écrite quand j'étais en Yougoslavie.

— Quand est-ce que Pete était en Yougoslavie ? demanda Ulysses, se penchant vers Peg.

— Elle parle de regret, dit Pete. Elle s'intitule « Si j'avais su ce que je sais maintenant ».

— Sagesse rétrospective, chuchota Cresson.

— Quoi ? dit Col, se contractant.

— Sagesse rétrospective, répéta Cresson. Si j'avais su alors ce que je sais maintenant. C'est la sagesse rétrospective.

— Boucle-la, putain, dit Col, et Pete se mit à chanter.

D'une manière très inattendue, une teinte de pardon colora la nuit sombre et pénétra dans le pub. Guettant depuis les coins poussiéreux, des fantômes d'occasions ratées, des rancunes tenaces et des mots inexprimés furent effacés. Les dos se redressèrent, les articulations se détendirent et les cœurs devinrent légers. Le vieux Cresson plongea profondément à l'intérieur de lui-même, dans un endroit intime, un endroit luxuriant. Ulysses regarda de l'autre côté du comptoir en direction de Peg et elle se tourna pour le regarder, et leurs yeux se fixèrent dans une étreinte fortuite, lente dans son mouvement. Col entraperçut la vie sur la route infinie et son estomac s'apaisa. Soudain, Peg jeta un coup d'œil vers la porte et là se tenait Ted. M. Assurances, M. Ennemi-du-risque, qui avait peut-être une épouse.

Peg et Ted en train de danser maintenant. Claude sur l'épaule d'Ulysses, lui caressant l'oreille du bec. Cresson au comptoir faisant tourner le globe comme une roulette. La porte d'entrée s'ouvrant comme sous l'effet d'une bourrasque. Tubby Folgate debout sur le seuil telle une tache d'encre, allumant un cigarillo, saisissant la scène, oscillant sur la mélodie moelleuse de Pete.

La chanson se termina et comment n'y aurait-il pas eu une ovation, public debout ? Pete avait donné son maximum. Peg lançait des acclamations, Ted battait modestement des mains, Col sifflait, mais ensuite, comme une soudaine cascade de dominos, l'attention dévia vers Tubby et les applaudissements cessèrent.

— Ne vous gênez pas pour moi, dit Tubby, ne vous gênez pas pour moi.

Mais il les gênait, et la salle sombra dans le silence.

— Très beau, dit Tubby, son coup de glotte aussi tranchant qu'une lame.

Tubby traversa la pièce en boitant. Une vraie démarche de scélérat. L'épaisse botte renforcée à son pied gauche était faite sur mesure par un cousin – les cordonniers se succédaient de ce côté de la famille, des gens plutôt agréables en comparaison. Tubby s'arrêta devant la table du propriétaire et se glissa aisément dans la douleur de Col, sa présence même remuant le couteau dans la plaie. Il souffla de la fumée et considéra Col de son œil valide, celui que le crochet de charge n'avait pas crevé toutes ces années auparavant.

— J'ai appris que vous aviez quelques ennuis, Mr Formiloe ? dit-il. Vous avez besoin de parler, mon brave monsieur ?

— Pas à vous, espèce de salaud.

Col, Peg et Tubby se tournèrent vers le comptoir. Jamais il n'y avait eu moment plus inopportun pour qu'un perroquet retrouve sa voix.

L'automne marqua le retour des journées courtes, des nuits tombant tôt et des perpétuels feux de charbon ronronnant dans l'air. Ginny fut envoyée à Bristol chez la sœur de Col pour accoucher et le pub ne fut plus le même sans elle. Alys resta auprès d'Ulysses pendant que Peg se décidait pour Ted. Toutes les semaines, Tubby venait discuter seul à seul avec Col.

— Qu'est-ce que tu fais à le fréquenter ? disait Peg.

— Il doit manigancer quelque chose, disait Ulysses.

— Ça va mal finir, disait Cresson.

Mais Col n'écoutait pas. Col secrètement à l'affût de Davy.

Et puis l'événement eut lieu.

Un vendredi. Début décembre. Sur le plan météorologique, un peu bizarre. Il n'y avait pas de vent, une couche d'air froid s'était trouvée piégée sous une couche d'air chaud et, comme la journée avançait, un épais voile de brouillard jaune marron descendit et ne bougea plus. Lorsque le soir arriva, Londres empestait les œufs pourris, l'immobilisation avait frappé la ville et les rues étaient désertes.

Il n'y avait aucune navigation sur la Tamise et Peg expliqua que les receveurs marchaient devant les bus en tenant des lampes torches. Seuls trois vieux arrivèrent jusqu'au pub, la respiration sifflante après leur brève marche, le visage noirci comme des mineurs de fond. Ils repartirent avant huit heures, et l'établissement ressembla à un vaisseau fantôme.

Cresson et Ulysses sortirent du pub. Les trottoirs étaient gras sous leurs pieds, et Cresson demanda :

— Tu me vois pour le moment ?

— Je te vois encore, dit Ulysses.

— Et maintenant ?

— Tout juste.

— Et là ?

— Non.

— Deux mètres, dit Cresson, redevenant visible. Un phénomène remarquable.

Un faisceau de phares tourna au coin de la rue. Cresson et Ulysses regardèrent la forme sombre de la voiture passer puis disparaître. La voiture s'arrêta dans les ténèbres. Un bruit de moteur au ralenti. Une porte qui s'ouvrait et se refermait. Une autre porte. Deux séries de pas et une conversation à voix basse. Un boitement perceptible. Une autre porte qui s'ouvrait et se refermait et ce qui sonnait comme un sac de patates tombant au sol.

Ulysses chuchota :

— Pars, Cresson. Je te trouverai si j'ai besoin de toi.

— Je refuse de te laisser, fiston.

— Il le faut. Allez !

Cresson se détourna ; au bout de trois pas, sa silhouette s'évanouit.

Ulysses était allongé sur le lit, poste de radio allumé. La musique d'un big band à faible volume et un petit Scotch dans la main. Le radiateur électrique soufflant de la chaleur et le murmure de voix au rez-de-chaussée. Lorsqu'il avait vu Tubby à la porte, Col avait dit à Ulysses que ça suffisait pour ce jour-là, il avait donc regagné sa chambre. Il éteignit la radio et s'approcha de la porte. Oreilles frémissantes et cœur battant la chamade aux manigances en bas.

Soudain, le démarrage d'une voiture. Ulysses se précipita vers la fenêtre et la souleva. Réverbères presque inutiles contre la purée de pois, feux arrière rouges disparaissant. Il referma vite la fenêtre, mais la puanteur du soufre entra tout de même.

— Temps ! (C'était Col.) Temps ! Descends, mon pote !

Ulysses mit ses chaussures, enfila un pull et, au bas de l'escalier, entra dans le bar plongé dans le noir.

— Col ?

La lumière du feu qui dansait, et une cigarette qui rougeoyait dans la bouche de Col.

— Col, mon pote ?

— C'est fait, Temps. La justice a été rendue en cette nuit parmi les nuits odieuses.

Et Col pointa sa cigarette sur le foyer et la forme sombre d'un corps.

— Bordel de merde, Col ! Qu'est-ce que t'as foutu ?

— Rien. Je suis blanc comme neige. J'assure l'enlèvement des ordures, voilà tout. Et ça c'est Davy.

C'était Davy, plutôt, parce que l'homme était absolument mort, tête pointant hors d'une bâche crasseuse.

Ulysses fit le tour du cadavre.

— Comment tu sais que c'était Davy ?

— Parce que Tubby a dit que c'était Davy, donc c'est Davy, morbleu, lança Col, et il se resservit un verre.

— Où est Claude ?

— Dans les parages.

Ulysses se dirigea vers la cuisine.

— Il est pas là ! cria-t-il.

Il s'approcha de la porte d'entrée et ramassa une plume bleue. La leva.

— Où il est, Col ?

— Il a dû suivre Tubby dehors.

— Qu'est-ce que tu lui as fait ?

— Rien.

— Qu'est-ce que t'as fait ?

— Le clair est noir, le noir est clair.

— Tu quoi ?

— C'est ce qu'il m'a dit. Et il a ajouté : Planons dans le mauvais air. Le mauvais air. Franchement, comment il le sait ? Cet oiseau me fout les jetons.

Soudain, à la porte, un visage se dessina, énorme, et les deux hommes hurlèrent.

— C'est seulement moi, dit Cresson à travers le carreau coloré.

— N'entre pas, dit Ulysses.

— Laisse-le entrer, cria Col.

— Laissez-moi entrer, dit Cresson, et Cresson pénétra dans la pièce.

Il se plaça près d'Ulysses et de Col, considéra le corps et demanda :

— D'où il vient ?

— De Tubby, dit Ulysses. C'est Davy, paraît-il.

— Comment ça, paraît-il ? rétorqua Col. Paraît-il toi-même.

— M'a pas l'air d'être un Davy, affirma Cresson.

— Que le ciel me vienne en aide, dit Col.

Soudain, le feu s'éteignit.

— Le clair est noir, le noir est clair, dit Ulysses.

— Nom de Dieu, dit Col. Sortons-le d'ici.

Col, Ulysses et Cresson étaient assis à l'avant de l'ambulance ; le contact était mis et les phares entamaient à peine l'obscurité dense.

— J'y vais, dit Ulysses, et il noua un mouchoir sur son nez et sa bouche puis alluma la torche électrique.

Il marcha devant le véhicule, le guidant à travers Nicholas Square jusqu'à Hackney Road, où il réintégra l'habitacle. Quelques voitures passèrent, un camion aussi. Col attendit et réussit à se glisser derrière un trolleybus qui roulait vers Leyton. Les trois hommes se détendirent un peu.

Cresson rompit le silence.

— La mort, ultime frontière, dit-il.

— Sans blague, Einstein, dit Col.

— On t'accorde un dernier repas, Temps, dit Cresson. Qu'est-ce que tu choisirais ?

— Très bonne question, Cressy, et Ulysses réfléchit un instant. De la poitrine de bœuf, répondit-il. Sans aucun doute. Mais quand j'étais en Italie, une femme m'a cuisiné des spaghettis et je n'avais jamais rien mangé de pareil. Légèrement épicé. Une riche sauce tomate. Ce plat signifiait tout pour moi. Peut-être parce que je pensais sincèrement que ce serait le dernier repas de ma vie. Je me disais que j'étais l'homme le plus heureux du monde.

Col et Cresson hochèrent la tête. Se demandèrent comment ça pouvait être de se sentir l'homme le plus heureux du monde. Et ils fixèrent leur regard devant eux sur l'inconnu. Leurs yeux suivant deux faibles faisceaux de lumière qui n'allaient nulle part.

— Mon dernier repas serait entre les jambes d'une femme, dit Col.

— Je crois que tu as raté le carrefour, dit Ulysses.

Col jura. Il se rangea brutalement et fit marche arrière.

Ils atteignirent les abords de la forêt d'Epping un peu après deux heures du matin et Dame nature courut se cacher. Les arbres avaient filtré une grande partie de la saleté : le brouillard paraissait plus blanc, plus céleste, et ornait les troncs d'une nappe vaporeuse. Col coupa le contact et les plongea dans la nuit. Le son d'un hibou. Le son d'un moteur cliquetant. Le son de l'estomac de Col.

— Je suis venu ici avec Fionnula, dit-il. À cet endroit précis. J'ai l'impression que ça fait une éternité.

— Tu es venu ici avec Fionnula ? dit Ulysses.

— Ouais. Cet endroit précis. Personne à des kilomètres à la ronde. Même à ce moment-là je me suis dit que ça serait le lieu parfait où enterrer un corps.

— Ne laisse personne te dire que t'es pas romantique, dit Cresson.

Ulysses noua une deuxième fois le mouchoir sur son visage et annonça :

— Bien, je vais commencer, Col ; montre-moi où exactement.

Ce fut le signal pour Col et Cresson de s'entourer la bouche d'une écharpe et pour eux trois de sortir et d'allumer leurs torches. Col alla vers l'arrière du véhicule et ouvrit la portière.

— Il est toujours mort ? demanda Cresson.

— Idiot, dit Col.

Il tira le fardeau de l'ambulance et celui-ci heurta le sol forestier.

Col le parcourut comme un prospecteur, palpa la consistance de la terre, la fouilla du pied.

— Ici, dit-il à Ulysses. C'est le lieu idéal.

Et Ulysses dégagea la première motte.

Le sol était humide, des siècles de terreau de feuilles et des vers pour l'essentiel, un monde organique de mouvement lent et constant.

— Ma mère redoutait la poitrine de bœuf, dit Col.

— Désolé de l'apprendre, dit Ulysses.

— Elle avait des angoisses sur des tas de choses. Les bibliothèques. Les orages. La poitrine de bœuf. Le monde était accablant pour elle. Elle s'est ôté la vie.

— Col ? dit Ulysses, levant soudain la tête. Tu sais que tu as dit que c'était le lieu idéal pour enterrer un corps ?

— Ouais. Exact.

— Eh bien, quelqu'un nous a devancés. Y a déjà un cadavre ici.

Col braqua sa torche sur la fosse et regarda.

— Oh, pas croyable… Tant pis. Balançons-le dessus.

Ce qu'ils firent.

Cresson jeta une poignée de terre et murmura quelques mots.

— Tu te fous de moi ? dit Col.

— C'était le fils de quelqu'un.

— Il abusait du fils de quelqu'un, plutôt.

Et Col retourna vers l'ambulance.

Ils regagnèrent le pub au lever du soleil. Non qu'on ait pu affirmer que le soleil s'était levé, parce que le brouillard était encore plus épais, plus marron et plus visqueux qu'auparavant. Ils ne rencontrèrent personne lorsqu'ils se garèrent, ni lorsqu'ils poussèrent la porte du bar.

Col servit de grands whiskys à chacun, leva son verre et dit :

— Ce qui s'est passé dans la forêt d'Epping restera secret.

Et ils trinquèrent en répétant le serment.

Ulysses s'enferma ensuite dans sa chambre pendant plusieurs jours. Il ne voulait voir personne, rentra un peu en lui-même, ainsi Cresson le décrivit-il à Peg. Il n'en dit pas beaucoup, mais Peg n'était pas stupide, elle savait de quoi il retournait.

— Vous n'avez pas commis de bêt…

— Non, on n'a rien à se reprocher, Peg, je te promets, dit Cresson. Ce garçon est sensible, c'est tout. Il croyait avoir oublié toutes ces absurdités.

En février 1953, Ginny fut de retour. Elle revint sans son bébé parce qu'elle l'avait donné à quelqu'un d'autre qui en était très heureux. Telle fut la version qui sortit de la bouche de Ginny, et les gens se sentirent déconcertés, donc la plupart l'embrassèrent juste en disant : Ça fait plaisir de te retrouver, bichette.

Col avait une poupée prête à lui offrir, mais Peg dit, Putain, t'avise pas, donc il s'abstint. Elle le regarda comme s'il appartenait à la plus primitive des espèces vivantes et le mot « éponge » resurgit, torturant. Tubby continua ses affaires dans l'arrière-salle et même Col se demanda comment il pourrait se débarrasser de lui.

Claude ne revenant pas au pub, Ulysses grimpa sur l'échelle et rétablit l'enseigne d'origine, L'Hermine.

— Peins un arbre par-dessus l'oiseau, dit Col.

Ce que fit Ulysses. Il peignit un grand chêne.

Et, avec le premier vent d'est de l'année, l'enseigne du pub se balança, selon son refrain favori bien connu.

Lorsque le 1er mars arriva, peut-on affirmer sans crainte, le pub connaissait un retour à la normale.

Le 5, néanmoins, Claude fut aussi de retour. Il entra par la fenêtre de la chambre d'Ulysses et se posa sur sa poitrine. Le coup de foudre, à nouveau. Ulysses était au comble du bonheur. Il emmena Claude au rez-de-chaussée.

— Oh, bordel de Dieu, lança Col.

Dès l'après-midi, Ulysses, remonté sur l'échelle, peignait un grand perroquet amazone à front bleu par-dessus le chêne pédonculé anglais. Ce fut lorsqu'il en descendit que le policier tourna au coin de la rue.

— Voici, monsieur l'agent, dit Ulysses, poussant vers lui un verre de panaché.

Le policier sortit une photo de sa poche et dit :

— Vous l'avez déjà vu par ici ? Ça fait maintenant trois mois qu'il a disparu.

Ulysses regarda le visage et sentit son cœur lui cogner.

— Je m'en ficherais, en toute franchise, s'il était six pieds sous terre, dit le policier. C'est un mauvais individu.

— Jamais vu, dit Ulysses. Alors qui est-ce ?

— Le frère d'un ami de Reggie et Ronnie, les jumeaux gangsters. C'est la raison pour laquelle ça cause des embêtements. Il répond au nom d'Eric Davy.

Cresson entra.

— Un problème ? dit-il, et Ulysses lui tendit la photo.

— Tu as déjà vu ce gars, Cresson ?

Cresson examina la photo.

— Jamais, répondit-il.

Col entra.

— Tu as déjà vu ce type, Col ? dit Ulysses, lui montrant la photo. Eric Davy, dit-il. Le frère d'un ami de Reggie et Ronnie. Ça fait maintenant trois mois qu'il a disparu.

Col regarda la photo. Ses joues pâlirent un peu, un petit tic agita sa lèvre supérieure, sa main se plaqua sur son ventre.

— Jamais vu, dit Col, déballant une pastille de menthe, et avant même qu'il finisse sa phrase, Tubby arriva de l'arrière-salle.

Col lui tendit la photo et dit :

— Dénommé *Eric* Davy. Vous l'avez déjà vu, Tubby ? *Eric* Davy.

Tubby regarda la photo et sourit.

— Ouais, je le connais. C'est le frère d'un ami de Reggie et Ronnie. Un sale con. Carrément malhonnête. Il me devait un paquet de fric.

— Ah bon ? dit Col.

— Ouais. Il est mort, hein ?

— Nous ne savons pas, dit le policier, finissant son panaché.

— Le monde ne pleurera pas, dit Tubby.

— Bon, si vous entendez parler de quelque chose, alertez-moi, dit le policier, puis il reprit la photo et s'en alla, croisant Peg qui entrait.

— Tiens tiens, dit Tubby. Voilà une femme en mission.

Mais Peg l'ignora et s'approcha de Col.

— Une chose qu'il faut que tu saches, dit-elle.

— Vas-y, dit-il.

— Tu veux avoir cette conversation ici ?

— Pourquoi pas ? On est entre amis.

— T'en es sûr ?

Col éclata de rire.

— Davy est revenu, dit-elle.

Arrêt sur image : Col en plein hurlement, bondissant vers Tubby, visant le cou. Le sourire de Tubby devenu grimace. Tubby tombant en arrière, botte renforcée à hauteur de la taille parant l'attaque de Col. Le genou de Col entre les jambes de Tubby, à côté de sa liasse de billets. Un jet d'eau giclant de la gauche. Le vieux Cresson réquisitionnant le siphon d'eau de Seltz comme s'il s'agissait d'une arme. Claude en l'air, envergure impressionnante, pas de mue mais une série de fientes. Ulysses sur le dos de Col, essayant de l'écarter. Peg vidant un cendrier dans la bouche de Tubby.

Soudain, la porte d'entrée s'ouvrit et un gentleman apparut.

— Je cherche un monsieur Ulysses Temper ! cria-t-il.

Il empoigna une chaise et frappa le plancher avec.

— Un monsieur Ulysses Temper ! Quelqu'un parmi vous ?

La bagarre cessa. Des plaintes et des halètements s'élevèrent du désordre des corps, et cinq têtes pivotèrent vers lui.

— Roland Burgess, à votre service, dit-il avant de soulever son chapeau.

Ulysses se redressa et lui tendit la main.

— Je suis Ulysses Temper.

Mr Burgess sourit et chassa une plume bleue tombée sur son épaule.

— Mr Temper. Vous n'imaginez pas combien je suis ravi de vous rencontrer.

Ulysses conduisit Mr Burgess dans les deux escaliers miteux jusqu'à sa chambre. Il referma la porte derrière lui et pria Mr Burgess de s'asseoir à la table.

— Désolé pour tout ça, Mr Burgess, dit Ulysses.

— Des petits ennuis ?

— Oh, non. Une vieille histoire longuette.

Ulysses s'assit en face de lui.

— Alors, que puis-je pour vous, monsieur ?

— Voici ma carte, dit Mr Burgess, ouvrant sa serviette.

— Notaire ?

— Vous avez fait l'objet d'une longue recherche ayant abouti à l'église italienne de Clerkenwell, Mr Temper.

— Vraiment ?

— Oui. J'ai souvent travaillé pour la communauté des fidèles là-bas. En particulier après la guerre. Période épineuse, comme vous pouvez l'imaginer. Ils m'ont donc sollicité pour cette petite entreprise. Et je vous ai retrouvé.

— Retrouvé, Mr Burgess ?

— Oui. Arturo Bernadini, ça vous dit quelque chose ?

Ulysses secoua la tête.

— Je ne le connais pas, monsieur. Je ne vais pas à l'église italienne. Enfin si, j'y suis allé pendant la procession, mais pas…

— Non, non, je vous embrouille. Mr Arturo Bernadini de Santo Spirito à Florence. Pas St Peter's à Clerkenwell. Est-ce que ce nom…

— Attendez une seconde, dit Ulysses. Arturo Arturo ?

— Je pense que ça doit être lui. Arturo Bernadini est mort il y a un an – et Mr Burgess tira de sa serviette un tas de documents – oui, nous y voici. Ceci, Mr Temper, est une copie du testament d'Arturo Bernadini.

Il fit pivoter la feuille pour la montrer à Ulysses.

— En quoi suis-je concerné, Mr Burgess ?

— Oh, en tout, Mr Temper, en tout, et il souleva la feuille et lut : Je laisse l'ensemble de mes biens terrestres à Mr Ulysses Temper de l'armée britannique.

Ulysses le regarda fixement.

— Vous êtes l'unique légataire de sa succession, Mr Temper. Donc vous voyez, il était indispensable que je vous retrouve.

Silence.

— Je ne sais pas quoi dire, murmura Ulysses.

— Je ne suis pas certain que quelqu'un le saurait.

Ulysses se leva, se dirigea vers une bouteille de scotch.

— Biens terrestres ? demanda-t-il.

— Une propriété et les meubles à l'intérieur. Ainsi qu'une somme d'argent déposée sur un compte en banque.

Ulysses tendit un verre de whisky à Mr Burgess.

— Croyez-vous au destin, Mr Temper ?

— C'est un don, hein ? Selon une de mes amies.

— Un don ? Ça me plaît. Alors, levons notre verre au destin. Et avant que j'oublie, ajouta Mr Burgess, voici également une lettre.

Il fouilla dans sa serviette et tendit une enveloppe à Ulysses.

Ulysses l'ouvrit.

— Elle est en italien, dit-il.

— Voudriez-vous que je la traduise ?

— S'il vous plaît, monsieur.

Et Mr Burgess, prenant la lettre, commença :

Mon cher Ulysses,

Si vous lisez cette lettre, c'est que je suis mort.

Neuf ans se sont écoulés depuis notre brève rencontre. Et l'image de vous attablé en face de moi n'a cessé de m'accompagner.

Ai-je suffisamment changé ma vie pour rendre la bienveillance que vous m'avez témoignée en cet étrange après-midi d'août ? Je ne sais pas. Je l'espère. À ma modeste façon, j'ai peut-être réussi. Aucun acte de générosité ne demeure isolé. Ses retentissements sont nombreux.

Et que vous ont apporté ces années ? Le bonheur, j'espère.

En vous léguant ma maison, je vous offre une chance autant que je vous pose un dilemme, je le sais. Mais ces pièces furent jadis une bonne maison pour ma mère et moi, et d'heureux événements ont eu lieu ici. Vous en faites partie.

Vous aurez été informé qu'il y a assez d'argent pour couvrir vos frais de voyage, quelle que soit la manière dont vous souhaitiez revenir. Il y a de nombreuses possibilités. Assez d'argent pour amener une épouse, aussi, et des enfants, bien sûr, parce que j'imagine que vous avez une vie remplie.

Quel que soit votre choix, je l'approuve.

Et ainsi, je conclus.

Je vous souhaite une longue et fructueuse vie, Ulysses Temper. Et je remercie vos parents de vous avoir donné ce prénom. Je ne vous aurais jamais retrouvé sans lui.

[En effet, commenta Mr Burgess.]

Votre ami,

Arturo.

Santo Spirito, Florence

Le soleil bas embrasait le canal d'une vive flamme rose et or. Des canards et des foulques rasaient la surface et deux hommes, assis sur un banc, réfléchissaient intensément.

— L'ensemble de ses biens terrestres ? dit Cresson.

— Ouais. Tout.

— Ma parole !

Ulysses se leva. Il fit semblant de jeter une pierre dans l'eau.

— Qu'est-ce que je vais faire, Cresson ?

— Qu'est-ce que tu veux faire ?

— Je ne sais pas, je ne sais pas.

Il se rassit et mit ses mains derrière sa tête.

— Je pourrais autoriser Mr Burgess à tout vendre.

— C'est ce que tu veux ? L'argent ?

— Comme n'importe qui, non ? Ce serait agréable.

Cresson alluma une cigarette.

— L'argent, ça vient, ça s'en va.

— Qu'est-ce que tu en penses ? demanda Ulysses.

Cresson remonta ses manches et tendit ses mains devant lui.

— Une chance autant qu'un dilemme, c'est ce qu'il a dit, exact ? Tu dois le voir pour ce que c'est.

— Et c'est quoi ?

— La réponse à un vœu. Tu as fait un vœu. Tu ne le sais peut-être pas. Mais c'est le cas. Tu as souhaité quelque chose et tu l'as obtenu. Toi seul sais ce que tu as souhaité.

Ulysses se leva et donna un coup de pied dans une bordure d'herbe.

— C'est à propos de Peg et de la môme, je me trompe ? dit Cresson.

— Et de toi, dit Ulysses.

— Rien n'est éternel, dit Cresson, et il souffla un ruban de fumée. Alors, cette ville de Florence, à quoi elle ressemble ?

Et Ulysses répondit :

— Elle ressemble à ça, répondit Ulysses, et il montra les couleurs reflétées dans le canal, la sérénité miroitante, la lumière irisée.

— Et la propriété léguée ? demanda Cresson.

— Des chambres à coucher. De l'espace. Une terrasse.

Et les deux hommes se turent.

— Que ferait mon père, Cresson ?

— C'est facile, fiston. Tout sur le noir, dit-il, et il jeta sa cigarette. Mais tu vas me manquer, nom d'un petit bonhomme.

— Viens avec moi, Cresson.

— Je suis trop vieux. Tout sur le noir, fiston.

Dans les jours qui suivirent, la nouvelle de l'héritage se répandit. Elle éclipsa tout reste de commérages à propos de la grossesse et de Davy.

Au pub, Mrs Lovell dit :

— Deux demis de stout et qu'est-ce que vous allez faire ?

— Je ne sais pas, Mrs Lovell. Qu'est-ce que vous feriez à ma place ?

— Je prendrais l'argent et j'enverrais ces Ritals balader.

— C'est une possibilité, sans aucun doute, Mrs Lovell. Voici pour vous, et Ulysses poussa deux verres de stout sur le comptoir.

Peg et la môme entrèrent à toute berzingue. Une pointe de tristesse lui perça la poitrine.

— Oh, mes rayons de soleil, leur dit-il.

La môme sourit.

— Où est Ginny ?

— En haut, répondit-il, et elle se glissa sous l'abattant et disparut.

Peg demanda :

— Tu as pris une décision ?

Il secoua la tête.

— Est-ce qu'on peut parler ?

— Je peux pas maintenant, Temps…

— Non, non. À un autre moment. Mais juste nous.

— Ça va ?

Ulysses haussa les épaules.

— Merci de t'occuper d'elle.

— Je l'adore.

— Je sais, dit Peg. Vendredi, ça te conviendrait ?

— Vendredi ? Tu seras pas de sortie ?

— Je rentrerai tôt, et Peg finit son verre. Vendredi, on parlera, dit-elle. Juste toi et moi.

La semaine passa lentement jusqu'au vendredi. Col s'employait à encrasser les canalisations.

— Faut que vous compreniez, ils sont pas comme nous. (Col pérorant après le travail.) Tout ce sang étranger.

Cresson se tenait au bar avec Pete, qui souffrait d'un accès de morosité, mine allongée comme jamais depuis des mois.

— Je te trouve un peu sévère, dit Pete. J'achète des partitions à un Polonais charmant.

— On vit sur des planètes différentes, Pete. Il y a nous. Et il y a eux.

Col se servant du globe comme d'un accessoire.

— L'Europe continentale. Et la Grande-Bretagne. Entre les deux, la Manche. Elle est là pour une bonne raison. Un fossé reçu du ciel. Alors on lève le pont-levis et on leur dit de se casser. Et on garde nos coutumes. Regarde le putain de gâchis qu'ils ont causé. Tu devrais le savoir, Temps, t'étais là-bas. Qu'est-ce qu'ils nous ont donné à part des tonnes de chagrin ?

Le silence qui suivit plut énormément à Col ; il aurait pu le baiser deux fois et lui préparer le petit déjeuner.

— Les horloges, dit Cresson.

— Quoi ?

— Qu'est-ce qu'ils nous ont donné ? Je réponds, les horloges mécaniques.

— La belle affaire !

— Oui, plutôt, dit Pete. Il s'agit du temps.

— Le cognac, dit Ulysses. Les violoncelles.

— Les verres, dit Cresson.

— D'accord, d'accord. Mais vous ratez l'essentiel.

— Voici un point essentiel : la photographie, dit Pete, se sentant soudain enhardi par sa contribution.

— Commence pas, Pete.

— Le cinéma, dit Cresson.

— Les sous-marins, dit Ulysses.
— Les clarinettes.
— La télévision.
— Je vais me coucher.
Et Col s'en alla d'un pas furieux.
— Les parachutes, dit Claude.
Col revint et observa le perroquet.
— Qu'est-ce que tu m'as dit ?
— Les pa-ra-chutes, dit Claude, bec contre nez.
— Et un télescope, dit Cresson.

Donc, lorsque le vendredi soir arriva, Ulysses poussa un soupir de soulagement et finit sa journée à vingt et une heures.

— Qui a dit que tu pouvais faire ça ? demanda Col.
— Toi, répondit Ulysses.

Il mettait la dernière main à sa chambre lorsque Peg arriva. Sur le seuil, il vit ce qu'elle voyait : qu'il avait fait un effort. Des bougies sur la table, une bouteille de champagne ruisselante de condensation, un bol de chips, des jonquilles dans un pot à lait. L'air était suave et transportait le parfum de ses joues. Les draps étaient propres et repassés.

Ça n'en restait pas moins une chambre au-dessus d'un pub. Où un vieux costume civil triste était suspendu, bien visible. Où la suie noircissait les vitres au bout de deux jours. Où il entendait les disputes à l'intérieur et aussi celles à l'extérieur. Les histoires de lutte. Les vagabondages nocturnes de Ginny. Les grognements acides de Col.

— Tu as fait les choses bien, dit Peg, refermant la porte.

Elle alla droit devant le miroir et repoussa de son front une mèche de cheveux.

— Trente-trois ans, dit-elle. Qui l'eût cru ?

Ulysses s'occupa du bouchon. Un petit bruit sec.

— C'est du vrai ? demanda-t-elle.

Il hocha la tête. Il était content d'avoir dépensé cette somme. Il lui tendit un verre et dit :

— À trente-trois ans de plus. Bon anniversaire, Peg.

— C'est mon cadeau, ça ?

Nouveau signe de tête.

Peg devint timide, secoua l'enveloppe et dit :

— Qu'est-ce qu'il y a dedans, alors ?

Et Ulysses répondit :

— Ouvre-la.

Peg sortit un plan. D'un côté figurait une photo de rivière, d'un pont avec des constructions dessus. Un rameur disparaissant dessous. Une lumière dorée. *FIRENZE* écrit dans le ciel.

— Viens avec moi, dit Ulysses.

Peg posa précautionneusement le plan sur la table.

— Viens avec moi, répéta-t-il.

Elle prit son verre et but.

— Viens avec moi, Peg.

Elle, tout bas :

— Je ne peux pas. Je suis avec Ted.

— Tu ne l'aimes pas.

— Ce n'est pas nécessaire.

— Viens avec moi. Toi, moi, Alys. On pourrait vivre là-bas. C'est tellement beau, Peg. On pourrait recommencer.

— Apprendre l'italien ?

— Pourquoi pas ? Les gens apprennent de nouvelles langues. Mrs Kaur a dû apprendre l'anglais, Mr Wassily aussi ; ils ont tous réussi. Nous aussi, on pourrait. On n'est pas différents.

— Tu rêves.

— Je ne rêve pas. C'est une réelle chance pour nous.

Et Ulysses s'assit, déplia le plan.

— Peg.

Il tendit le bras vers elle. Il était tendre et elle s'adoucissait.

— Regarde cette porte ici, dit-il. C'est le côté sud, par où on est entrés pendant la guerre. On est venus jusqu'à ce palais, et ces jardins. Immenses. Des fontaines et...

Elle regardant son émerveillement, son émerveillement de petit garçon resté intact ; yeux vifs, manches retroussées, mains expertes qui pouvaient tout attraper – un ballon, une étoile filante – et elle aimerait pouvoir lui dire oui mais son imagination ne veut pas aller aussi loin, ne peut pas s'étendre aussi loin, pas depuis Eddie...

— Et ils campaient tous là, dit-il, tous les gens. Et plus par ici, tu vois ? Cette place. Une église, et ici, où on habiterait. En hauteur. Une terrasse, aussi. On pourrait faire pousser des choses. Et on regarderait dehors le matin, on verrait des montagnes, imagine ça ! Et l'air, Peg. L'air est pur et...

— Emmène Alys.

— Quoi ?

— Emmène Alys, répéta-t-elle.

— Non.

— Offre-lui la vie que tu veux m'offrir.

— Elle a besoin de sa maman.

— Elle a besoin de quelqu'un qui l'aime. De quelqu'un qu'elle aime.

— Peg. (Il dit son prénom avec une extrême tristesse.)

— J'ai été elle un jour. Je vois comment elle est près de toi. Si c'est une vie belle à ce point, offre-lui cette vie-là. Il n'y a rien pour elle ici.

Et Peg lui saisit les mains et les embrassa.

— Je quémanderais, si tu...

— Arrête, Peg.

— Emmène-la, s'il te plaît. Montre-lui des choses et apprends-lui des choses. C'est le cadeau que tu me feras. Dis-moi que tu acceptes.

Peg ne dormait pas, quelque part dans la transition entre la nuit et le matin. La courbe de son corps contre la courbe du corps d'Ulysses. Elle l'avait eu à l'usure, elle le savait. Elle n'en éprouvait aucune fierté, se sentait seulement vide. En quatre heures, sa vie avait changé. Comme en 1944. Tous ces quatre et les ragots à venir. Elle défroissa sa jupe et son chemisier. Elle reprit ses chaussures et son manteau ; Ulysses ne bougea pas, et elle ne voulait pas le réveiller. Il avait promis d'emmener la môme. Elle se sentait nauséeuse, la tête lui tournait et elle avait besoin d'air. Elle ferma la porte et descendit l'escalier sur la pointe des pieds.

Dans le couloir, émergeant de l'obscurité, une petite voix nasillarde.

— Ginny. Qu'est-ce que tu fais debout, ma chérie ?

— T'as l'air triste.

— Peg est jamais triste. Viens, dit-elle et, prenant Ginny par la main, elle l'entraîna dans le bar.

Claude ouvrit les yeux.

— Rendors-toi, Claude, lui dit Peg.

Elle approcha un verre des doseurs d'alcool et empoigna le paquet de clopes de Col à côté de la caisse. Elle s'assit sur une banquette ; Ginny se pelotonna près d'elle. Il faisait froid dans la pièce, mais le corps de Ginny était chaud. Aimer Ginny était facile. Aimer Ginny était plus facile qu'aimer sa propre môme. Derrière la vitre, le ciel s'éclairait sur le bord dentelé. Le faible son d'un merle, d'une charrette tirée par un cheval, mais le petit matin apportait surtout le silence, méditatif et conflictuel à la fois. *Pourquoi tu ne peux pas aimer ta propre môme, hein, Peg ?* Elle sortit une cigarette du paquet et la mit entre ses lèvres. *Parce qu'elle me ressemble trop.*

Ginny frotta l'allumette et la tendit vers Peg.

— Tu bois quoi ?

— Du tord-boyaux.

— Pourquoi ça s'appelle tord-boyaux ?

— Je veux pas y penser, et Peg lui fit un bisou sur la tête.

— Peg pleure, dit Ginny.

— C'est la faute à la fumée, Gin Gin.

Dehors, une bruine légère accueillit Peg. Non plus froide mais apaisante, le clair de lune illuminant les gouttes dans ses cheveux. Elle respire maintenant. Elle rejette la tête en arrière et ouvre grand les bras. Elle chante doucement, dans un murmure, d'une voix de fumeuse entrecoupée.

Peggy Temper qui marche, fière, dans les rues de son territoire. Qui chasse la souffrance d'un mouvement de poignet cinglant et la jette dans le caniveau parmi des milliers d'autres histoires déchirantes. Droite, gauche, droite, gauche, ses hanches se balancent comme un rêve lubrique et des braises orangées flamboient sur sa bouche sans fard. On pourrait se pendre à ses lèvres et beaucoup d'hommes ont essayé. Le bruit de ses pas au long des rues. La forme sombre des gazomètres et toujours l'odeur de la poussière de charbon et un canal fétide clapotant. Tels sont les éléments de son décor quotidien. Et elle sait qu'elle ne partira jamais. Juste au cas où, vous savez, Eddie…

— Vas-y en voiture, dit le vieux Cresson.

C'était la mi-avril, et Ulysses et Cresson, assis sous le cerisier, élaboraient un plan de départ. Mr Burgess s'occupait des passeports et de la tutelle d'Alys, et c'était maintenant à Ulysses de décider comment ils voyageraient jusqu'en Italie.

— Vas-y en voiture, dit Cresson pour la deuxième fois.

— Toc, toc, dit Pete Piano à l'extérieur du dais des merveilles.

— Entre, Pete, répondit Cresson, et Pete s'avança avec trois petits verres de bière.

— Tenez, les gars.

— Jolie cravate, Pete.

— Merci, Temps. Soie française.

— Je lui ai recommandé la voiture pour aller en Italie, dit le vieux Cresson.

— Bon conseil, Cresson. De cette manière, ton état émotionnel peut s'harmoniser avec le paysage. De Douvres à Calais, Dijon, Poligny, Saint-Cergue, Genève – peut-être une boucle autour du lac –, Lyon, Milan, Bologne. Et Florence est dans la poche.

Ulysses et le vieux Cresson le regardèrent, stupéfaits.

— C'est très précis, Pete, dit Ulysses.

— Une ancienne petite amie a fait une balade comparable en 1948. Chouette itinéraire pittoresque. Tu as besoin d'une bagnole ?

— Ça pourrait être utile.

— Je vais voir si sa vieille Betsy pourrait être à vendre. Elle se passionne pour les motos à présent. Elle préfère cette liberté.

Donc, deux semaines plus tard, Pete arriva devant le pub au volant de Betsy – une camionnette Jowett Bradford, d'un bleu attrayant.

Ulysses souleva le capot.

— C'est une beauté. Combien, Pete ?

— T'occupe, dit Cresson. Fanny a tout résolu. Alors : j'ai fait une inspection rapide et quelques réglages.

Consommation moyenne de huit litres aux cent, vitesse maximale de quatre-vingts kilomètres à l'heure. Elle a cinq ans mais elle reste fiable. Elle vous amènera jusque là-bas.

— Et elle connaît le chemin, bien sûr, dit Pete.

Avant qu'Ulysses puisse ajouter quoi que ce soit, Col s'arrêta à leur hauteur dans l'ambulance et klaxonna pour réclamer sa place de stationnement.

— Circule, traître ! cria-t-il.

Lorsque la mi-mai arriva, la plupart des gens s'étaient désintéressés du futur départ d'Ulysses pour s'attacher à l'événement plus heureux que serait le couronnement de la reine Elizabeth II. Un attirail patriotique ornait l'extérieur du pub, aux bons soins de la nouvelle petite amie de Col, Gwyneth. Elle était fleuriste et fana des étalages. Ginny apprit à utiliser la caisse enregistreuse de Mrs Kaur et Mrs Kaur déclara qu'elle était un précieux atout dans son épicerie en expansion. Peg souffrait en secret de la perte imminente de son meilleur ami et de sa môme, et elle se mit à boire et garda le silence le soir où Ted la frappa. Ulysses prit peur et dit à Cresson qu'il ne savait pas s'occuper d'une môme ni recommencer. Il dit qu'il n'avait pas recommencé ici après la guerre, il s'était contenté de revenir à une forme de stagnation qui l'avait enlacé parce que c'était ce dont il avait eu besoin. Le soleil se leva, le soleil se coucha et il fallut changer les fûts de bière. Cresson prodigua des paroles apaisantes, bien sûr. Si seulement tu venais aussi, Cresson, dit Ulysses, mais Cresson était trop ému pour prononcer un mot. Enfin, une semaine avant le départ, Mr Burgess se présenta avec les papiers de la tutelle et une montagne de lires italiennes.

Dimanche soir. La môme mangeant une assiettée de spaghettis en haut dans la chambre d'Ulysses.

— Alors est-ce que je suis à toi maintenant ? dit la môme.

— Non. C'est plutôt qu'on s'emprunte l'un à l'autre, répondit-il.

La môme réfléchit.

— Qu'on veille l'un sur l'autre, ajouta Ulysses. Pour quelque temps. Qu'on voit si ça marche. On pourra toujours revenir, si tu te languis de ta maman.

— Je ne me languirai pas d'elle.

(*Impitoyable*, pensa-t-il.)

— Ou d'ici.

— Je ne me languirai de rien.

— Même pas de Ginny ou de Cresson ? dit-il.

— Ils pourront nous rendre visite. Et Pete vient pour Noël.

— Ah bon ?

Ulysses riant.

— Pour l'instant, ce sera toi et moi. Tu penses que ça suffira ?

— Ça sera plus que suffisant, dit la môme.

Le matin du départ était morne et froid. Un petit groupe s'était réuni devant le pub pour les adieux.

Ulysses, vêtu de son costume civil, déposa précautionneusement dans le coffre les cuivres de son père bien enveloppés. Il lança les sacs de couchage sur la banquette.

— Col ? T'as vu Cressy ?

— Il pouvait pas te faire face, certainement. Il se sent trahi.

— Nom de nom, Col, arrête un peu.

Les derniers sacs allèrent dans la camionnette. Pete sortit du pub avec le globe d'Ulysses, qu'il mit dans le coffre.

— Merci, Pete.

— Je suis pas doué pour dire au revoir, Temps. Je l'ai jamais été…

Et il se jeta au cou d'Ulysses et fondit en larmes. Il reprit :

— Je serai là-bas à Noël, Temps, si je décroche pas le concert au Palladium.

— Rosemary Clooney, je crois ?

— Ouais, la gloire. Il faut que je garde mon aplomb sur ce coup-là.

— Il va se dégonfler, comme d'habitude, dit Col.

— Qu'est-ce que t'as fait de Claude ? demanda Ulysses.

— Me regarde pas, dit Col.

— Si, je te regarde. Je voulais lui dire au revoir.

— À un putain d'oiseau ? rétorqua Col, et il secoua la tête et grommela une indécence, sur quoi il disparut dans le pub.

Ulysses se tourna et dit :

— Hé, hé, les voici !

Ginny et la môme courant vers lui. Peg clac clac clac derrière elles, se mordant la lèvre.

Il empoigna la valise que portait Peg et la chargea dans la camionnette.

— Fin prêt ? dit-elle.

— Ouais. Tu as vu Cresson ? demanda-t-il.

— Il est pas là ?

Ulysses regarda sa montre.

— Il faudrait qu'on y aille.

— Laisse-lui encore une minute, dit Peg.

— Je croyais que vous seriez partis à l'heure qu'il est, dit Col, ressortant. J'ai une livraison qui arrive. Ils auront besoin de la place.

— Col ?

— Quoi ?

— Arrête.

— Quoi ?

— Arrête. Serre-moi la main. Serre-la, bon sang.

Col la lui serra.

— Fais attention à toi, mon pote, dit Ulysses.

Et Col dit :

— Merci, Temps.

Il voulait ajouter quelque chose sur l'amitié et la distance, mais l'émotion et le reflux gastrique l'en empêchèrent, et un horrible son visqueux s'échappa de son nez. Il regagna le pub à pas chancelants, mains crispées sur le ventre, muette loque chiffonnée, hantée par un regret toujours grandissant.

Ulysses promena son regard sur la rue, à la recherche de Cresson.

— Peg, il faut que je parte. Dis à Cresson…

— Je lui dirai.

Ils s'étreignirent. Il chuchota :

— On s'est tout dit ?

— Bien sûr, répondit-elle.

— Je veillerai sur elle.

— Je te fais confiance.

Les doigts de Peg en travers de sa bouche.

— Chut. Fini maintenant.

— Viens, Ulysses !

La môme le tirant par la veste.

— On y va.

— Partez, dit Peg. C'est maintenant ou jamais, hein ?

— Au revoir, Ginny !

— Au revoir, Uly !

Le claquement des portières. Une inspiration profonde et le silence. Ulysses se tourna vers la môme.

— Prête ?

— Prête, dit-elle, et elle lui donna le signal du départ.

Il hocha la tête et tourna la clé de contact. Le moteur démarra immédiatement. Même la camionnette était impatiente de se barrer.

Il fit le tour du pâté de maisons, étirant au maximum l'élastique du temps, ayant peine à croire que le vieux bonhomme ne soit pas venu leur souhaiter bon voyage. Peg n'avait pas semblé inquiète, avait dit qu'il n'avait peut-être pas réussi à faire face, tu sais comment il est. Peg vérifierait plus tard que tout allait bien pour lui, mais quand même. Ulysses repassa près du cerisier, qui était le témoin modeste et silencieux des allées et venues de ce petit coin de terre. Dans les années futures, il se recroquevillerait lorsque le boulet de démolition oscillerait, affronterait sa propre mort comme de nombreux arbres avant lui, avec grâce et humilité devant cette invariable et sempiternelle, invariable et sempiternelle indifférence humaine.

Ulysses s'éloigna du pub, du grincement rouillé de l'enseigne, des banderoles du couronnement déjà pendantes comme un feston de dentelle décousu. Il passa à la vitesse supérieure, quitta la rangée de maisons où se trouvait l'ancien domicile de ses parents et roula en direction du canal. Un ultime coup d'œil à la recherche de Cressy avant de franchir le pont et de rouler vers le sud.

Il y a des moments dans la vie, capitaux et tranquilles, dont le souvenir ne peut jamais être rappelé sans que la gorge se serre ou que le cœur batte à un autre rythme. Ne peut jamais être rappelé sans effarement à l'idée que ce moment a bien failli ne pas se produire du tout.

Et lorsque Cressy apparut dans le rétroviseur, Ulysses vécut l'un de ces moments-là. Il écrasa la pédale de frein et ouvrit brusquement la portière.

— Cressy ! cria-t-il.

— Cressy ! cria la môme.

Cressy courant vers eux avec sa valise, bermuda sable claquant.

— Attendez ! criait-il. Attendez ! J'ai changé d'avis !

L'ÉTOFFE DES RÊVES

1953-1954

PENDANT QUE BETSY ROULAIT en direction de la côte, Cresson éluda les pourquoi et les comment grâce à une version des événements qui fit rire Ulysses et la môme. Ou qui leur coupa le souffle. La vérité, pourtant, était plus silencieuse que l'amusement. Contenait plus de sentiment, comme le vieux bonhomme aurait pu le dire lui-même.

Cette version avait commencé trois mois plus tôt, lorsque Cresson était assis avec Ulysses sur un banc près du canal. Le soleil bas embrasait l'eau d'une vive flamme rose et or. Ulysses venait d'exprimer sa peur de quitter Londres, et Cresson avait dit :

— C'est à propos de Peg et de la môme, je me trompe ?

Et Ulysses avait dit :

— Et de toi.

Et de toi.

Ces trois mots avaient embarrassé Cresson parce qu'il n'avait jamais reçu beaucoup d'amour. La satisfaction profonde d'entendre ces mots et la tristesse de les avoir si peu entendus jusque-là formaient une alliance malaisante qui l'avait incité à ajouter :

— Rien n'est éternel.

Réponse banale et clichée à la déclaration d'affection d'un jeune homme.

— Alors, cette ville de Florence, à quoi elle ressemble ? avait-il dit.

— Elle ressemble à ça, avait répondu Ulysses, et il avait montré les couleurs reflétées dans le canal, la sérénité miroitante, la lumière irisée.

Puis il avait demandé :

— Que ferait mon père, Cresson ?

Et Cresson avait répondu :

— C'est facile, fiston. Tout sur le noir, et il avait jeté sa cigarette.

Alors, Ulysses avait prononcé *la phrase.*

— Viens avec moi, Cresson.

— Je suis trop vieux, avait dit Cresson.

Trop d'amour en une journée. *Je suis trop vieux.* Point final.

Les nuits qui avaient suivi cette conversation n'avaient guère apporté le sommeil à Cresson. Trop de « et si » occupaient l'oreiller, ils étaient durs et tenaces et ils poussèrent le vieux bonhomme dehors à la recherche de réponses.

— Trop vieux ? dit le cerisier. C'est un peu fort ! L'un de mes ancêtres a plus de mille ans et il se sent toujours d'attaque. Ta conception du temps est obtuse.

— Tu crois ?

— Ce n'est que mon avis.

Une brise se glissa entre les branches et fit frissonner le *prunus serrulata.*

— J'adore ce petit vent, dit l'arbre. Autre chose : il m'a toujours semblé que tu voulais un passeport. Tu en parles depuis des années.

C'était vrai, en effet.

Cresson déposa donc une demande et, deux mois plus tard, début mai pour être précis, un passeport arriva au courrier, dont la reliure grinça distinctement lorsqu'il l'ouvrit.

Mais la décision continuait à le turlupiner.

L'arbre dit :

— Tu as le temps, et tu as encore l'argent.

Cresson hocha la tête – c'était vrai, il avait les deux.

— Et depuis des années tu as envie d'un changement.

— En effet.

— C'est cette Peg, je me trompe ? finit par dire l'arbre.

Et les épaules de Cressy se voûtèrent.

— Ouais, dit-il. C'est elle.

Cresson la retrouva au bord du canal quelques jours après. Clac clac clac elle descendit l'escalier.

— Tu t'es décidé ? demanda-t-elle, et il secoua la tête. Tu veux que je décide pour toi ? demanda-t-elle, et il fit un signe affirmatif. Pars, dit-elle. Tu as toujours voulu découvrir le monde. Pars, tu t'occuperas d'eux pour moi. Tu les protégeras.

Et Cresson lui prit la main et dit :

— J'irai. Je ne supportais pas l'idée de ne jamais te revoir.

— Bon sang, Cresson, c'est l'Italie, pas la Lune.

Et elle se leva, lui fit un baiser sur la tête et ne se retourna pas.

Le lendemain, Cresson se rendit à l'agence Thomas Cook dans le West End et acheta son billet. Il avait noté l'heure du ferry d'Ulysses sur un morceau de papier qu'il présenta à la jeune femme au comptoir.

— Douvres Calais, dit-il. Un aller simple.

— Un aller simple ?

Sourire de la jeune femme. Cresson hocha la tête. Il y avait quelque chose de royal dans la manière dont la vie se déroulait.

— Alors quand est-ce que tu pars ? dit l'arbre.

— Après-demain, dit Cresson.

— Ooh zut, c'est bientôt.

Cresson hocha la tête et sirota sa stout.

— Tu as beaucoup à faire ?

— Deux ou trois trucs.

L'arbre dit :

— Merci pour tout. Ça a été un plaisir de te connaître.

— Toi aussi, dit Cresson. Tu t'en sortiras ?

— Je suis un arbre. Ça m'est déjà arrivé des centaines de fois.

— Quoi donc ?

— De dire adieu.

— Vraiment ?

— Réfléchis. Mes feuilles.

Douvres apparut juste avant le déjeuner et la Jowett Bradford s'engagea sur les docks, où flottait une odeur de gasoil et de sel. Au-delà des grues et des embarcadères s'étendait la mer et il y avait une forte houle. La journée était froide. Elle faisait sa meilleure imitation de novembre.

Ils se garèrent dans le hangar de la douane et se dégourdirent les jambes. Ulysses dit à Cresson de laisser la petite valise avec le reste des bagages, mais Cresson insista pour la garder avec lui. Et ce furent peut-être les habits insolites de Cresson, ou les allers simples qu'ils avaient au départ de l'Angleterre, en tout cas le contrôle rapide des autres véhicules devint une fouille minutieuse du leur. La môme trouva l'activité enthousiasmante et suivit avec une attention extrême le douanier dénué d'humour, qui en fut très agacé.

— Avez-vous regardé là-dedans ? dit-elle. Et ici ? Peut-être qu'il y a quelque chose de caché dans les pneus ?

Un ultime regard dans la grande valise de Cressy ne révéla que quelques vêtements – deux chemises à col ouvert, caleçons et maillots de corps, un costume en flanelle –, un nécessaire de rasage, une brosse à dents et du dentifrice, des aiguilles à tricoter et de la laine, de la pommade, de vieilles bottes et trois livres : le Baedeker de 1899 *Italie septentrionale ; manuel du voyageur*, le guide de conversation complet anglais-italien de Bradshaw et un roman – choix rare chez Cresson l'amateur de faits – *Avec vue sur l'Arno* d'E. M. Forster. Première édition, mais dont la quatrième de couverture manquait.

— Cresson ? dit Ulysses.

Cresson continuait à raconter au douanier sa course de dernière minute pour rattraper la voiture.

— Cresson ? répéta Ulysses. C'est fini. Tu peux remballer tes affaires, ça n'intéresse pas le gars.

Cresson rabattit le couvercle de sa grande valise et mit les fermoirs. Le double fond qui contenait plusieurs centaines de livres sterling issues de la victoire olympique était demeuré caché. Chose plus importante encore, nul n'avait examiné la petite valise au bout de son bras.

— De quoi as-tu l'air aussi content ? demanda Ulysses.

Cresson haussa les épaules et marcha, très zen, en direction de la voiture. La môme grimpa à l'arrière et Cresson s'assit, la valise sur les genoux. *Ça valait la peine de consacrer des heures de lecture à la magie psychophysique*, pensa-t-il. Rendre le visible invisible avait été l'une de ses plus grandes réussites.

Ulysses s'installa et tourna la clé de contact.

— Calais, nous voici ! dit-il.

Il lança son chapeau sur la banquette et regarda Cresson à côté de lui. Même s'il ne pouvait en être sûr, il lui sembla que Cresson tenait la valise avec autant de délicatesse que s'il s'était agi d'un bébé.

Sur le pont, la sirène retentit et le vent souleva quelque chose de pourri. Ils saluèrent de la main les falaises blanches. Adieu l'Angleterre ! Adieu définitif ! Ulysses pensa à Peg, Cresson pensa à Peg, et la môme pensa au déjeuner. Ils descendirent au chaud et mangèrent des sandwichs et des chips tandis que l'eau grise battait avec force le flanc du navire. La môme avait les yeux rivés sur un homme vomissant dans un coin et Cresson serrait sa tasse de thé anglais comme si elle devait être sa dernière.

Ils touchèrent le sol français à quatre heures de l'après-midi. Le ciel était noir, bas et chargé de pluie. Des panneaux inconnus se succédaient et les voitures roulaient du mauvais côté. Lorsque Betsy eut quitté le terminal, Cresson demanda à Ulysses de s'arrêter dès qu'il pourrait et, le croyant pris d'un besoin pressant, Ulysses se rangea illico sur l'herbe au bord de la route. Mais Cresson ne bougea pas. Des voitures passèrent et un rideau de pluie cingla le pare-brise.

— Ça va, Cresson ?

Mais Cresson restait silencieux et concentré comme un moine. Il plia les doigts et respira fort par la bouche. Il appuya sur les fermoirs de la petite valise et ouvrit le couvercle. Sur le dessus, il y avait un pull en shetland orange, qu'il écarta prudemment. Dessous, endormi ou mort, se trouvait un grand perroquet amazone à front bleu.

— Claude ! dit la môme.

— Nom d'un chien, Cresson, comment…

— Chut, dit Cresson. Il n'est pas encore tiré des portes de la mort, et Cresson chercha le pouls. Rien, dit-il gravement.

Il approcha le perroquet de son oreille.

— C'est faible mais il respire.

Et il entreprit de masser la poitrine de l'oiseau.

— Tu vois une pipette d'eau dans la valise, Temps ?

— Oui. Tiens, dit Ulysses, et Cresson glissa la pipette dans le bec de Claude. Il boit, dit-il. C'est bon signe.

— Mais comment diable as-tu...

— J'ai lu un ouvrage vétérinaire sur les dosages, répondit Cresson. Le transport des poulets, principalement. Mais j'ai supposé qu'à poids égal j'avais sans doute affaire à une structure génétique comparable. J'ai pris le risque, Temps. Je ne pouvais pas le laisser seul avec Col, si ? Cet oiseau n'aurait jamais survécu à une autre mue. Si je venais, il venait itou. C'est pour ça que j'avais un tel retard. Il ne voulait pas s'endormir.

— Je peux le prendre, Cressy ? dit la môme.

— Bien sûr, et Cresson enveloppa l'oiseau dans son pull et tendit le paquet vers la banquette. Fais bien doucement, dit-il. Tiens-le droit et donne-lui l'eau. C'est ça. Et caresse-lui la poitrine de temps en temps. Voilà.

Claude ouvrit les yeux et cligna des paupières, désorienté. La lente prise de conscience qu'il était à environ deux cents kilomètres du pub sans avoir battu des ailes. Or cela, pour un perroquet, n'était pas facile à assimiler.

— Est-ce qu'on arrivera bientôt ? dit-il, et tous trois rirent, et Ulysses lui lança un clin d'œil dans le rétroviseur.

Claude se sentit plein d'amour avec une soudaine tendance à se frotter. Il revit dans un éclair les graines fermentées que lui et ses compagnes absorbaient jadis en Amazonie. *Heureuse époque*, pensa-t-il. Il sombra de nouveau dans le sommeil, imaginant qu'il était recouvert d'un léger duvet rose.

Ils roulèrent trois heures durant au milieu des plaines de Picardie. Comme ils approchaient de Laon, Ulysses dit à Cresson et à la môme de guetter le village de Soutigny, un lieu dont Pete avait promis qu'il ne les décevrait pas. Mais lorsqu'ils atteignirent les abords de ce village quelconque, la pluie n'avait pas cessé, les rues désertes étaient inondées et il était difficile d'imaginer comment l'endroit pourrait ne pas décevoir. Ulysses s'arrêta et regarda à travers le pare-brise sur lequel allait et venait l'essuie-glace.

— Qu'est-ce que Pete a dit exactement ? demanda Cresson.

— Qu'il avait passé « bien des soirées heureuses dans un bijou de cachette sur la place principale ».

Cresson ferma les yeux et se polarisa. Place principale place principale place principale.

— Tout droit, dit-il, rouvrant les yeux.

— Sûr ?

— Sûr et certain, affirma-t-il.

Et, à l'instant où les cloches carillonnaient huit heures, la Jowett Bradford s'avança sur la place principale – l'unique place, fallait-il reconnaître – et s'immobilisa devant un bistrot avec des rangées de lumières blanches et une enseigne au néon rouge qui annonçait *Chambres.*

— On a trouvé le bijou, dit Ulysses.

À la réception, Claude donna un coup de bec dans la sonnette et, de derrière le rideau poussiéreux, une aubergiste d'un certain âge apparut, comme si elle était le dénouement séduisant d'un numéro de magie.

— Bienvenue, *welcome* ! susurra-t-elle. (Pas de *Willkommen*, car la guerre demeurait trop récente pour que les Allemands soient les bienvenus dans le village.)

Elle dit qu'il lui restait une chambre et qu'elle fournirait un lit de camp pour la môme et un journal pour le perroquet. Elle appuya sur un interrupteur derrière la réception et l'enseigne rouge s'éteignit.

— Complet, dit-elle fièrement.

Elle les conduisit dans la salle à manger, pleine de la fumée et des conversations de représentants de commerce. Des photos décoraient les murs : ses nombreux amants et maris, expliqua-t-elle. C'est du moins ce qu'ils crurent comprendre tandis que leurs oreilles s'efforçaient de saisir des bribes de son anglais hésitant.

— Bœuf bourguignon et frites ? dit-elle.

— S'il vous plaît, approuvèrent-ils.

Elle les installa à une table surveillée par l'atone Denis, un champion de boules local à la moustache immense et au trophée impressionnant.

Elle apporta une carafe de vin rouge et des graines de tournesol pour le perroquet et fit de l'œil à Cressy d'une façon telle qu'il regretta d'être en bermuda.

Lorsqu'elle se fut éloignée, Cresson servit le vin et la môme tendit son verre en disant :

— Allez, remplis-le, Cresson.

— Tu es trop petite, répliqua Cresson. Il faudra patienter.

Et la môme dit :

— Alors c'est la manière dont ça va se passer ?

— La manière dont quoi va se passer ?

— Parce que ça, je l'entends à la maison, et la môme recula sa chaise et bouda.

Et voilà Peg, pensa Ulysses.

Une demi-heure plus tard, la môme était endormie sur une assiette de frites.

Ils quittèrent la salle à manger en dernier. L'aubergiste apporta de l'eau-de-vie offerte par la maison et Ulysses dit à Cresson qu'ils se sentaient comblés de l'avoir avec eux. Cresson ne sut pas quoi faire d'une telle déclaration, tout cet amour à nouveau. Ulysses paya la note et souleva la môme sans la réveiller.

En s'en allant, il s'arrêta net devant la photo la plus proche de la porte.

— Tiens, Cresson, regarde celle-ci, dit-il.

Cresson plissa les yeux.

— Fichtre ! Il s'agit vraiment de qui je pense ?

— Ouais, confirma Ulysses souriant.

— Ça par exemple.

C'était Pete à un piano pris dans une étreinte avec l'aubergiste. Il portait un grand béret. Et presque rien d'autre.

— Je ne l'avais jamais vu avec un couvre-chef, dit Cresson.

— Moi non plus, dit Ulysses. Le couvre-chef en question serait encore mieux sur sa tête.

La môme fut mise au lit et Ulysses éprouva un attachement accru ce soir-là, un besoin plus grand de veiller sur elle. Cresson revint de la salle de bains avec le devant de son pyjama trempé.

— Le robinet d'eau chaude coule froid, le robinet d'eau froide coule chaud et il y a beaucoup de pression dans les tuyaux. Je me suis dit qu'il valait mieux t'avertir, chuchota-t-il.

— Merci, Cresson.

— Ça m'a un peu tourneboulé.

— Bien sûr, quand on ne s'y attend pas.

— Toute cette nouveauté…

— Élargit l'esprit.

Cresson prit le côté gauche du lit et s'allongea.

— Quand j'étais môme, couché comme ça, je me disais qu'il existait un vaste monde dehors. Et à présent, je suis dedans, Temps.

— C'est magnifique, hein ?

— C'est sensationnel.
— On part tôt demain, Cresson.
— T'inquiète pas, je serai là.

Huit jours, leur faudrait-il.

Huit jours pour traverser trois pays et d'innombrables paysages. Ils consultaient parfois une carte, mais il y avait surtout une sensation de vacances dans l'air, de spontanéité, et c'était grâce à Cressy. Que Cresson se joigne à eux avait tout changé. Il regardait par la vitre avec la compréhension silencieuse que sa vie aurait été moindre s'il était mort sans connaître un autre coin de la planète. La môme ne levait les yeux de son carnet à dessins que quand l'odeur des terres arables envahissait la voiture par vagues nauséabondes.

Ils dormaient à la belle étoile dans des sacs de couchage, sous le vent d'un feu encore fumant pour éloigner les moustiques. Les réveils étaient matinaux, dès le lever du soleil, et la toilette se faisait dans une rivière fraîche. Une visite au village le plus proche apportait du pain, de la confiture et du café, boisson à laquelle la môme prit goût et qu'elle additionnait de lait. Ils choisissaient des repas chauds à midi, mais le soir c'était pain, fromage et vin au menu, et beaucoup de fruits à noyaux parce que les fruits étaient abondants et sucrés. Cresson eut la diarrhée et, le lendemain, ils voyagèrent lentement. Perdirent un peu de temps pendant que Cressy creusait des trous dans le Jura montagneux. Des forêts sombres, des ruisseaux argentés aux eaux vives et des étendues de silence omniprésent. Il y a pire décor où se torcher le derrière. Ce fut ce jour-là qu'ils découvrirent la vérité à propos de Davy.

La môme collait une carte postale dans son carnet à dessins. Les endroits qu'elle avait vus, une idée de sa maman. Elle tourna les pages et un dessin attira l'attention d'Ulysses.

— C'est Ginny, non ? dit-il.

La môme hocha la tête.

Sur l'image, Ginny tenait la main d'un garçon qui portait des lunettes. Sourires identiques. Taille identique. Le garçon avait la peau foncée.

— Et là, c'est toi ? dit Ulysses, montrant le plus petit personnage.

— Ouais, et là c'est le...

La môme s'interrompit brutalement.

— Je sais que Ginny a un petit ami, dit Ulysses. Cresson le sait aussi.

— Quoi donc ? dit Cresson, de retour dans la conversation.

— Le petit ami de Ginny, dit Ulysses.

— Ah oui. Davy, dit Cresson.

La môme roula les yeux.

— Devy, rectifia-t-elle.

— Devy ? demandèrent en chœur Cresson et Ulysses.

— Devyan. Il est pareil que Ginny. Il est grand mais c'est un môme. Il habite ailleurs. Mrs Kaur, c'est sa tantine.

— Mrs Kaur ? dit Ulysses. (Et la dernière pièce du puzzle s'emboîta.)

— Qu'est-ce qu'il y a ? demanda la môme.

— Tu pourrais me donner ce dessin ? dit Ulysses.

— Pourquoi ? dit la môme.

— Je voudrais l'envoyer à Peg.

— Tu crois qu'il lui plairait ?

— J'en suis sûr. On le mettra dans une enveloppe avec une carte postale. Pour lui montrer où nous en sommes du voyage.

Ils écrivirent tous au dos de la carte. Écrivirent tous : *On aimerait bien que tu sois là.* Et Ulysses ajouta un petit mot explicatif pour compléter le dessin. En Suisse, Ulysses posta la lettre et la môme reçut ses premières lunettes de soleil en remerciement. Elles étaient trop grandes pour elle, mais peu lui importait. Cresson dit qu'il les attacherait avec un cordon, et la môme dit qu'il aurait intérêt à être joli. Et ils flânèrent le long du lac et regardèrent les bateaux à vapeur qui allaient et venaient sur ses eaux. Et l'air sentait la classe et le luxe. Les cimes des montagnes jetaient une lumière perçante et des touristes en vêtements à la mode s'arrêtèrent pour les photographier.

(Clic.) Deux hommes, dont l'un en bermuda, une fillette et un perroquet. Voilà une histoire à raconter.

Le neuvième jour, ils passèrent d'Émilie-Romagne en Toscane. Les oliviers étaient couverts de fleurs blanches, les hirondelles et les martinets s'appropriaient le ciel. L'herbe avait une odeur sèche et les coquelicots foisonnaient. Une bouffée occasionnelle de romarin ou de lavande poussant au bord de la route constituait un accompagnement capiteux. Pour Ulysses, chaque effluve était un fantôme.

Roulant vers le sud, ils sortirent d'un brouillard dense de cyprès et Florence apparut soudain dans la vallée de l'Arno, resplendissante sous la lumière dorée de juin. Ulysses arrêta la voiture et descendit. Il souleva son chapeau et salua la ville comme Darnley l'avait fait jadis. Claude s'envola, et le bleu de ses plumes qui se détachait sur les toits ocre brun était un spectacle électrisant.

Ils avaient parcouru plus de mille six cents kilomètres, avaient mangé vingt assiettées de spaghettis, neuf ragoûts, dix-sept baguettes de pain, une récolte d'abricots et une meule de fromage. Ils avaient bu quarante cafés ainsi que huit bouteilles de vin, sept bières et deux verres d'eau-de-vie. Nuits dans un lit : une. La première. Ils avaient vu des sangliers, des faucons, des étoiles filantes au-dessus des Alpes. Et ils avaient appris à compter les uns sur les autres parce qu'ils n'avaient qu'eux trois.

Le notaire, ou *notaio*, avec lequel ils avaient rendez-vous se trouvait dans le nord de la ville, quelques rues derrière la Piazza della Santissima Annunziata, d'après le plan du Baedeker de Cressy. Ulysses se gara sur la place splendide, au-dessus d'une grande statue équestre dont Cressy dit qu'elle représentait Ferdinand Ier.

— Qui est Ferdinand Ier ? demanda la môme.

Et Cresson répondit que c'était un homme qui avait eu beaucoup d'influence dans beaucoup de domaines.

Ils laissèrent Claude garder la voiture. Les rues étroites grouillaient de vélos et de piétons et, subitement, des chariots passaient avec fracas, surchargés de cagettes de vin ou de légumes. L'atmosphère était un mélange entêtant de café, d'ail et d'égouts. Il y avait tellement à voir ! À sentir ! À entendre !

— Par ici ! cria Cresson qui marchait en tête, son plan à la main.

Et, à cinq heures, ils étaient arrivés devant l'étude de Signor Massimo Buontalenti. La môme actionna la sonnette dans la plaque de cuivre et la porte du modeste bâtiment du XVIIIe siècle s'ouvrit immédiatement.

L'étude était au deuxième étage. Signor Buontalenti les attendait en haut de l'escalier avec un plateau de café. Il leur plut d'emblée. C'était un petit homme élégant, de quarante ans peut-être, au sourire affable et dont les cheveux noirs en bataille donnaient l'impression qu'il venait de recevoir une décharge électrique. Néanmoins, il parlait un anglais formidable.

— Signor Temper ! s'exclama-t-il. Enfin ! Je vous guettais ! Cela fait deux jours que j'attends.

— Nous avons été retenus dans les Alpes, *signore*, répondit Ulysses – phrase qu'il ne prévoyait absolument pas de prononcer.

Ce fut une opération simple, en un rien de temps les papiers furent signés et les titres de propriété transférés. Signor Massimo dit qu'il accompagnerait Ulysses dans les jours à venir pour ouvrir un compte bancaire sur lequel l'argent restant pourrait être déposé. Il replaça le capuchon sur son stylo à plume – un cliquetis net et luxueux – et le rangea dans la poche de sa veste. Il sourit et dit :

— *Allora* ?

Et Cresson, pensant que le moment n'était pas plus mauvais qu'un autre pour s'essayer à la langue du pays, dit aussi :

— *Allora* ?

— Qu'avez-vous besoin de savoir également, Signor Temper ?

Et Ulysses dit :

— J'ai fait une liste, *signore*.

Il la tendit à Massimo. Celui-ci examina la feuille.

— *Lavanderia* – blanchisserie, oui, oui, je vous conseille Manfredi. (Marmonnements et marmottements.) Écoles ?

— Qui a parlé d'école ? chuchota la môme.

— Chut. On en discutera plus tard, dit Ulysses.

— Je ne suis pas venue ici pour l'école, répliqua-t-elle. J'ai ça à la maison.

— Tu aimes les glaces, *signorina* ?

— Qui ne les aime pas ? répliqua la môme.

— Ici, les glaces font partie du quotidien.

— Continuez, dit la môme.

— Deux adresses pour toi : Perché no ! et Vivoli.

La môme se tourna vers Ulysses.

— T'as compris ?

— J'ai compris.

Massimo poursuivit :

— Le cimetière où Arturo est enterré ? Je crois que c'est là-haut à San Miniato al Monte – il examina des papiers – oui, oui, c'est ça. Dans le caveau de famille au *cimitero delle Porte Sante.* Quoi d'autre encore ? Ah, le téléphone. Facile. Il vous faut des jetons – *gettoni* – pour les téléphones publics et, au bureau de poste, vous pouvez appeler l'Angleterre. Vous voulez appeler l'Angleterre tout de suite ?

— Est-ce possible ?

— Vos désirs sont des ordres.

Et lorsque le café fut terminé, il les emmena dans un bureau où une jeune femme composa le numéro et établit la communication.

— *Un momento,* dit-elle avant de tendre le combiné à Ulysses.

Ce fut Col qui reprit :

— Putain, quoi, *un momento* ?

— Col ? C'est moi.

— Je sais que c'est toi. Et heureusement. Cressy a disparu. J'ai dit aux flics de curer le canal. Pauvre vieux gus.

— Cressy est avec moi.

— Quoi ? Qu'est-ce que t'as fait ? Tu l'as kidnappé ?

— Non, je l'ai pas kidnappé.

Cresson se pencha vers le combiné pour dire :

— Je suis venu volontairement, Col. J'en profite bien.

— Traîtres. Toi et lui. T'as ce foutu perroquet aussi ?

(Grand silence.)

— Qu'est-ce qui te fait croire que j'ai le perroquet ? demanda Ulysses.

— J'y crois pas. C'était une blague. Pete pense que Tubby l'a mangé.

— Pourquoi est-ce que quelqu'un mangerait un perroquet ?

— Pour me montrer de quoi il est capable.

— Et de quoi, précisément ? D'une alimentation variée ?

— Il doit avoir un goût de poulet, dit Cresson.

— Qu'est-ce qu'il dit ? demanda Col.

— Cressy dit que le perroquet doit avoir un goût de poulet.

— Au secours, dit Col.

— Les cobayes ont un goût de canard, dit Cresson.

— Qu'est-ce qu'il dit cette fois ? demanda Col.

— Quelque chose sur les cochons d'Inde.

— Nom de Dieu. Juste au moment où le vieux bonhomme commençait à me manquer. Tubby aurait dû le manger en premier. Bon, Temps, qu'est-ce que tu veux ? Je sais que tu m'as pas appelé pour me dire quel temps il fait.

— Chaud et ensoleillé.

— Ta gueule.

— Dis à Peg qu'on est ici.

— Laisse-moi noter ça : Dire… à Peg… que Temps…

— Ouais, très drôle. Et occupe-toi d'elle pour moi.

— C'est pas ce que je fais en permanence ?

— Ginny, ça va ?

(Ulysses l'entendit déballer une pastille de menthe.)

— Très bien. Elle est chez Mrs Kaur. Je connais pas le secret de cette femme, mais elle la rend heureuse.

— Col. Il faut que j'y aille. Prends soin de toi, d'accord ? Et oublie pas Peg.

— J'oublie jamais Peg.

Ulysses raccrocha.

Massimo leva un trousseau de clés en disant :

— Allons-y, voulez-vous ?

Et il les conduisit dehors.

— Vous pourrez me parler du perroquet et du cobaye dans la voiture, ajouta-t-il.

Malgré son apparence extérieure, Massimo était au fond un homme non conformiste. Depuis toujours. Et se trouver sur le siège passager d'une voiture anglaise nommée Betsy avec un perroquet sur l'épaule était ce que la vie pouvait offrir de meilleur. Il donnait des indications claires pour les guider vers le sud de la ville :

— À gauche ici. Attention au tram, Signor Temper. À droite ici. Le tram, Signor Temper !

Et il adressait un signe de tête et souriait aux piétons qui le dévisageaient, comme pour leur confirmer que leurs yeux ne les trompaient pas et que oui, c'était bien lui, Signor Massimo Buontalenti, notaire apprécié et juriste complet, révélant sa part bohème tenue secrète.

Ils franchirent l'Arno à l'orée du soir : l'eau flamboyait de couleurs et les bâtiments abandonnaient leur image au miroir paisible du fleuve. Un rameur solitaire passa sous le pont et Cressy en eut le souffle coupé.

— Regardez, dit-il. Regardez là. Quelle merveille.

Un labyrinthe de rues étroites conduisit la Jowett Bradford jusqu'à l'arrêt le long d'une église dans l'angle nord-est d'une piazza bordée d'arbres. Les derniers *contadini*, les paysans, étaient partis ; il ne restait du marché quotidien que de la paille, du crottin d'âne et des fruits abîmés qui rendaient les mouches surexcitées. En face, des gens étaient rassemblés devant un café, comme ils l'avaient été neuf ans auparavant. Ulysses ouvrit la portière et sortit de la voiture. Il s'appuya contre le capot et embrassa la scène du regard. Il était attentif au souvenir. Un vélo traversa l'étendue dallée, des cadres dorés empilés sur le guidon.

— C'est ce bâtiment là-bas, dit Massimo, désignant l'immeuble crème et marron qui dominait le côté sud de la place.

— Prêt, mon garçon ? demanda Cressy.

— Fin prêt.

— Alors qu'est-ce qu'on attend ? dit la môme, mettant ses lunettes de soleil. Allez ! lança-t-elle.

Et elle souleva le globe et sa valise.

Ils prirent autant de bagages qu'ils le purent à eux tous et traversèrent la place, à leur insu, par ordre croissant de taille. Les vieilles femmes sur les bancs de pierre levèrent les yeux de leurs tricots et les observèrent. Des garçons vers la fontaine rirent et montèrent le perroquet en disant *pappagallo*. Un groupe d'hommes sortit du café et Ulysses entendit les mots *soldato* et *arrivato*.

— Par ici, dit Massimo, maintenant ouverte avec le pied la grande porte en bois.

Le vestibule était frais et contenait l'odeur persistante des pierres et des vidanges, dont Massimo dit qu'elles étaient les deux saintes patronnes de la puanteur florentine. Derrière eux, une élégante porte en verre ouvrait sur un cortile quadrillé de cordes où séchait du linge.

— Voici votre boîte aux lettres, Signor Temper, dit Massimo en montrant celle qui n'avait pas encore d'étiquette. Et maintenant, grimpons.

Il les précéda jusqu'à un palier lumineux aux carreaux noirs et blancs, où végétait une plante en pot. Il attendit qu'ils se regroupent pour poser la main contre la porte et déclarer :

— La voici donc. Votre nouvelle maison.

— Le début de notre nouvelle vie, dit Cresson.

Il y eut un bref instant de constatation – sourcils levés, pour l'essentiel – avant que Massimo ne glisse la clé dans la serrure et ne disparaisse dans le couloir sombre et privé d'air.

Ils le suivirent tels des aveugles de la Grande Guerre. Lorsque leurs yeux commencèrent à s'habituer, ils distinguèrent les diverses housses blanches qui recouvraient les meubles. Le faible rayon de jour qui pénétrait par une lame cassée ici ou là. Signor Massimo battit des mains, appuya sur les interrupteurs et la lumière inonda le couloir et la salle de séjour. Cresson lâcha ses bagages.

— Bigre, Temps ! C'est immense !

On ouvrit les fenêtres, on repoussa les volets et les bruits de la place affluèrent. Ulysses regarda autour de lui. Presque rien n'avait changé et le cours du temps s'inversa et il se trouva là, de nouveau jeune et invincible, devant une machine à écrire qui lui avait offert son nom.

La môme hurla et courut partout avec Claude, cherchant sa chambre, pendant que Cresson continuait à commenter la taille et l'élégance des lieux.

— Regarde-moi tous ces livres et ces tableaux, Temps !

Massimo souriant face à leur joie. Massimo, l'un des donneurs de vie, qui deviendrait bientôt un ami. Un piano droit, aussi, servant de desserte à en juger par les candélabres et les objets décoratifs qui parsemaient le dessus.

— Signor Temper ? dit Massimo, tirant Ulysses de sa stupeur. Poursuivons, voulez-vous ?

Et, ensemble, ils ôtèrent les housses qui protégeaient deux canapés de velours, l'étoffe orange ternie remplacée depuis la guerre par une neuve, ferme et bleu vif.

Des tomettes en terre cuite s'étendaient sous leurs pieds et, au-dessus d'eux, des fresques, des roses et des bleus pâles, des feuilles d'acanthe et des oiseaux en vol et un ciel étoilé avec des constellations qui, au moment propice, dans la lumière propice, ressemblerait à la nuit. Quatre chambres à coucher, non pas trois comme Ulysses en avait gardé le souvenir, deux donnant sur la place, deux sur le cortile à l'arrière. Une salle de bains, qui encore une fois contredit la mémoire d'Ulysses en étant beaucoup plus grande, à moins qu'elle n'ait été agrandie dans les années écoulées depuis sa première visite.

Et la cuisine.

— Un réfrigérateur ! cria Cresson. Qui a un réfrigérateur ?

— Nous ! dit la môme, qui continuait à courir.

Deux fours, l'un à gaz, l'autre à charbon, vieux et inutilisé, et l'esprit de Cressy s'efforçant de comprendre le fonctionnement d'un nouveau système.

— La boîte à fusibles est ici, dit Signor Massimo. La chaudière est dans la cave. Tout est très simple, vraiment.

Massimo tourna le robinet d'arrêt et les tuyaux et la citerne des toilettes se mirent à gargouiller. Il quitta la pièce ; la môme arriva en courant et dit qu'elle avait trouvé une longue-vue.

— Viens voir, Cressy.

Et Cressy alla voir.

Puis le silence.

Ulysses seul. Sur le seuil de la cuisine, il se souvint d'avoir maintenu ouvert un livre de peinture et donné une explication hésitante au sujet du chagrin et d'une danse, des choses qu'Evelyn et Darnley avaient expliquées avec tant d'éloquence – tant d'aisance. Lui aurait-on demandé à l'époque s'ils en sortiraient tous indemnes, il aurait parié sa vie. Aurait placé son corps et son âme sur le tapis vert pendant que la roulette tournait.

Il s'accroupit sous la table et tâtonna à la recherche du bord saillant d'un carreau. Des dépôts granuleux se prirent sous ses ongles et il ébranla le carreau jusqu'à le faire céder. Il plongea le bras dans le réduit et se demanda si, avec le temps, ce n'était pas devenu un nid de souris ou de rats. Ces pensées s'effacèrent pourtant lorsque sa main rencontra le contour lisse et froid d'une bouteille de vin. Il la haussa dans la lumière. Contre le flanc était collée l'image de la *Déposition* de Pontormo, extraite du livre de peinture. *Vous saviez que je viendrais*, pensa-t-il.

Il sortit sur la terrasse. Lui et un oranger qui dépérissait, attendant les soins d'un vieil homme. Des martinets aux cris perçants dans le ciel tandis que les collines couvertes de cyprès devenaient brumeuses et s'assombrissaient. Les odeurs de cuisson montant des cuisines au-dessous. La lumière violette tombant sur la ville, la jetant dans l'éternité. Il enjamba la balustrade et marcha sur le toit. En bas, devant le café, un gros homme en tablier l'observait.

Le toit n'était pas aussi incliné que dans son souvenir, toutefois il s'arrêta à mi-pente près d'une cheminée car il savait qu'il n'était plus invincible.

— Tout va bien, Signor Temper ?

Massimo l'appelant depuis la terrasse derrière lui.

Ulysses hocha la tête.

— Alors ne laissez pas l'une des plus grandes aventures de ma vie finir ici. Revenez à l'intérieur, s'il vous plaît. Immédiatement.

Ils se réunirent dans le couloir alors que le soleil déclinait à l'ouest et que les dernières ombres s'étiraient sur le sol. Ulysses tendit la main et remercia Massimo pour tout.

— Avec plaisir, dit Massimo. Mais nous avons encore une affaire à conclure avant de nous séparer. Nous devons descendre.

— Descendre ?

— Oui. À l'étage en dessous, Signor Temper. Vous ne le saviez pas ? Il vous appartient aussi.

Il était tard, la môme dormait et Cresson et Ulysses étaient assis à la table de la cuisine dans le silence qu'avait laissé le départ de Massimo. Les deux hommes étaient épuisés d'opulence.

— Si c'est ce que les gens riches ressentent, dit Cresson, pas étonnant qu'ils soient malheureux.

L'appartement du dessous avait un agencement comparable à celui-ci mais une décoration plus simple. Il avait été donné à loyer jusqu'à l'année précédente, et Massimo avait promis d'aider Ulysses s'il décidait de faire pareil. Ou de le vendre.

— Je ne sais pas ce qu'il faut que je fasse, avait dit Ulysses, et Massimo lui avait tapoté l'épaule en riant.

— Appelez-moi, avait-il dit.

Le son de ses pas s'était éloigné dans l'escalier.

Ulysses alluma une cigarette et la tendit à Cresson.

— Nous sommes de l'étoffe dont les rêves sont faits, dit Claude.

Ils se tournèrent vers le perroquet.

— Où est-ce qu'il les pêche ? dit Ulysses.

Cresson haussa les épaules.

— Aucune idée.

Ils fumèrent. Ils écoutèrent le murmure de l'eau dans les canalisations, le ronron du réfrigérateur. Ulysses alla jeter un coup d'œil à la môme et, lorsqu'il revint, demanda :

— Qu'est-ce qu'on va faire, Cresson ?

— Maintenant ? Ou dans un mois ? Ou…

— Maintenant.

Cresson réfléchit un instant.

— Observer et apprendre, je crois. Mais d'abord, tu vas déboucher le vin et je vais sortir le fromage et le saucisson que j'ai gardés pour les situations d'urgence.

Ulysses se leva et chercha un ouvre-bouteille.

Cresson reprit :

— Nous nous engageons dans un monde de nouveaux systèmes et de nouvelle langue. Un monde de regards insistants, de malentendus et d'humiliations, et nous subirons chacun d'eux, mon garçon. Mais nous ne devrons pas laisser notre incapacité à savoir de quoi il retourne nous amoindrir. Parce qu'elle essaiera. Nous devrons rester curieux et ouverts. Trois mots pour toi : lignes de Ley.

— Lignes de Ley ?

— Un réseau de lignes d'énergie électromagnétique qui relient des sites terrestres particuliers, qui attirent les hommes et les femmes, et les idées, vers leur pulsation mystérieuse. Nous avons été attirés ici, Temps. C'est impossible autrement. Comme beaucoup avant nous. Ce guide Baedeker, tu sais ce qu'il disait ?

— Vas-y.

— Je cite : « Même les gens dont les activités habituelles sont d'une nature extrêmement prosaïque deviennent ici, à leur insu, des admirateurs de l'art et de la poésie. » Est-ce que ça serait si mal ? De devenir des admirateurs de la poésie et de l'art ? En attendant de réussir à comprendre.

— Ça n'aurait rien de mal, Cresson.

— D'être imprégnés de tout ce que la ville peut offrir et qu'elle a offert au cours des siècles ? Notre objet se révélant comme le lent épanouissement d'une fleur d'iris.

Ulysses eut un large sourire.

— Elle a déjà commencé, Cresson.

— Quoi donc ?

— La poésie.

Cresson rougit et se leva.

— Je vais chercher le fromage, dit-il.

Le lendemain matin, la place était en effervescence. Vous avez vu qui est revenu ? dirent-ils tous lorsqu'ils entrèrent dans le café de Michele. Clara la boulangère avait informé le boucher qui avait informé le prêtre pendant sa confession. Gloria Cardinale qui vendait de la mercerie allumait un cierge dans l'église et elle avait entendu le boucher informer le prêtre. Elle s'empressa d'informer son voisin le tripier qui informa Signor Malfatti le fromager.

— Et, bien sûr, Signor Malfatti s'est empressé de m'informer, dit la vieille *contessa*, qui avait, au vu et au su de tous, une dispute avec cet homme sur le poids controversé d'une boule de ricotta. Alors ? dit-elle, se penchant au-dessus du comptoir de Michele et buvant son premier expresso de la journée. Une môme et pas d'épouse ?

— Que voulez-vous que j'y fasse ? demanda Michele.

— C'était une simple remarque, dit la *contessa*, prenant à la cuiller les dernières gouttes de son café. Et un perroquet, ajouta-t-elle. Et ce bermuda.

— Le perroquet portait un bermuda ? demanda Giulia, la femme de Michele.

La *contessa* lui lança un regard noir.

Signora Mimmi entra et, avant qu'elle puisse prononcer un mot, Giulia dit :

— On le sait, signora : il est revenu !

— Il fait moins jeune, non ? dit Signora Mimmi. Les traits un peu plus tirés ici, et elle passa la main sur sa joue. Mais il a toujours ses fossettes. Et est-ce son père avec lui ? Son père a un certain…

Le prêtre entra précipitamment :

— Vous avez vu qui est revenu ?

— *Madonna mia*, marmonna Michele, s'enfilant son quatrième expresso de la matinée.

La vieille *contessa* fut en fait la première personne que le groupe d'Anglais aux yeux troubles rencontra ce matin-là. Ils descendaient l'escalier au moment où elle le montait. Claude poussa un cri perçant et elle s'arrêta, bouche bée à la vue de ses nouveaux voisins.

— *Buongiorno*, dit Cresson avec un petit salut de la tête.

— Vraiment ? dit la *contessa*, se hâtant de réintégrer son appartement au premier étage.

— Elle a l'air sympathique, dit Cresson.

Et, à l'instant où les cloches carillonnaient neuf heures, ils sortirent sur la place ; en matière d'entrée, ce fut très théâtral. Le soleil éblouissait, dardant ses rayons sur le stuc crème de l'église. Le ciel était bleu, les toits étaient rouges, les arbres verts. Durant des années, ils avaient évolué dans une palette de gris et de privations. Et maintenant ceci…

L'air était saturé des bruits et des odeurs du marché et la vapeur parfumée de l'étal du tripier surgissant au coin de la place les frappa en plein ventre. Claude s'envola vers la statue de marbre blanc de Cosimo Ridolfi et se posa au sommet. Il resterait là toute la matinée, à le couvrir de fientes.

Des yeux les suivirent alors qu'ils s'avançaient sur les dalles, et Ulysses entendit à nouveau le mot *soldato*. La môme fila en direction d'un âne et Cresson s'exclama devant la multitude de produits – « corne d'abondance de délices » furent ses mots exacts, Cresson le classique. Ulysses alla droit vers une table à la terrasse de Michele et s'assit. Il alluma une cigarette et se demanda comment il pouvait faire sienne la vie d'un autre homme.

— Par ici ! cria-t-il lorsque le café fut sur le point d'être servi.

— J'arrive ! répondit Cresson, qui venait d'acheter une pastèque aussi grosse que sa tête.

Ainsi attablés à la terrasse de Michele, ils se coulèrent dans la vie italienne. Apprécié des gens du quartier comme des visiteurs, un juke-box jouait matin et soir, et des photos de stars de cinéma et des affiches Campari apportaient une touche glamour aux murs tachés de nicotine. Des assiettes de nourriture allaient et venaient sous le regard attentif de Giulia – une touche glamour en elle-même – et, peu à peu, des noms devinrent reconnaissables : par exemple *faraona* – pintade, dit Cresson. Et *fiori di zucca fritti* – beignets de fleurs de courgettes, dit la môme.

Ils apprirent que de la fauche – cette denrée ubiquiste – apparaissait au marché une fois les carabinieri partis, notamment tout un tas de reliquaires ecclésiastiques et des postes de radio. Pas différent de l'Angleterre, donc. Et le panier descendu d'une fenêtre à l'étage était destiné aux chaussures quand le cordonnier était fermé. Aux Offices, ils apprirent à distinguer un Botticelli d'un Léonard de Vinci.

— Lequel ? demanda Cresson.

— Botticelli, répondit Ulysses.

— Faux, dit la môme.

Et ils apprirent que les vieilles femmes se réunissaient tous les jours sur les bancs de pierre pour tricoter et échanger des commérages.

La môme eut bientôt cent cinquante-deux mots d'italien et une trace d'argot à son actif et se mit à fusiller les gens des yeux comme une autochtone. Elle mangea pour la première fois des *coccoli*, boules de pâtes à pain frites, et déclara que c'était la deuxième meilleure journée de sa vie. Le *citrus aurantium*, l'oranger amer ornemental qui dépérissait à l'ombre, fut ramené à la vie par un simple rempotage et quelques mots gentils. Le soir du 24, des feux d'artifice fusèrent dans le ciel sans qu'ils sachent pourquoi. *Festa di San Giovanni*, dit l'arbre à Cresson.

Et un après-midi, Ulysses trouva un vélo dans la cave et roula de San Niccolò à l'est jusqu'à San Frediano à l'ouest. Il découvrit des ateliers en tout genre : des réparateurs de meubles anciens, des sculpteurs, des doreurs, des menuisiers, mais aucun fabricant de globes. Il remarqua que les hommes italiens ne portaient pas de chaussettes dans leurs chaussures et que leurs pantalons se terminaient juste au-dessus de la cheville. Les femmes étaient belles, mais pas plus belles que Peg. Et, toujours, des regards insistants le suivaient.

— Les regards ne sont pas malveillants, expliqua Massimo un mois après qu'Ulysses eut obtenu son compte bancaire italien.

Ils descendaient ensemble la Via dei Calzaiuoli et, pour Massimo, avoir à nouveau le perroquet sur son épaule ajoutait un élément de chic à son conformisme quotidien. Il faisait sensation partout où il allait. En vérité, il se sentait vivant comme jamais depuis qu'Ulysses était entré dans son existence.

Il expliqua à Ulysses qu'il s'était mis à fréquenter Santo Spirito uniquement pour écouter les conversations et mesurer l'impact de l'arrivée d'Ulysses dans le quartier.

Il dit que les bains publics de la Via Sant'Agostino étaient devenus une bonne source d'information, et il se toucha les cheveux en prononçant ces paroles.

Ils quittèrent la rue principale et s'arrêtèrent à un petit café avec des tables à l'extérieur. L'air puait et la chaleur de juillet multipliait les spores. Ils allèrent chercher leurs expressos au comptoir puis s'assirent dans un coin ombragé souverain. Massimo continua son explication :

— Il s'agit des *San Fredianini*. Ils ont l'esprit de clan.

— Vous n'êtes pas comme ça, dit Ulysses.

— Non. Mais ma famille est originaire d'Émilie-Romagne. Chaque *quartiere* de Florence est différent et chaque *quartiere* a ses coutumes. Santa Croce est complètement différent de Santo Spirito, Santo Spirito est complètement différent de Santa Marina Novella, et ainsi de suite. Et, dit-il avant de s'interrompre pour boire son café, certains n'apprécient pas votre bonne fortune.

— Comment puis-je changer ça ? demanda Ulysses.

— Vous ne pouvez pas. Le temps y remédiera. Un jour, vous vous réveillerez et tout sera différent, et il claqua des doigts mais ne produisit aucun son car ses mains étaient moites.

Il alluma une cigarette et Claude poussa un cri perçant.

— En plus, vous avez un réfrigérateur, ajouta-t-il vite.

— Est-ce la raison ?

— Il faut que vous compreniez. Au bar de Michele, il y a officieusement une armoire frigorifique commune. Les gens mettent leur lait ou leur viande du dimanche à côté de ses *gelati*. Et vous… vous vous êtes arrivé sur la place et vous avez un réfrigérateur.

— Arturo avait un réfrigérateur.

— Soyez patient, mon ami.

Sur quoi Massimo termina son café et se leva.

— Allons-y, voulez-vous ?

Ils regagnèrent la Via dei Calzaiuoli.

— Avez-vous réfléchi à ce que vous voulez faire ? demanda Massimo.

— Pas encore, répondit Ulysses, s'arrêtant devant la vitrine d'un tailleur. J'aimerais recommencer à fabriquer des globes, dit-il, distrait par les mocassins et les styles vestimentaires à la mode.

— Ah, *mappamondi ! Bellissimi !* s'exclama Massimo. Ce pantalon vous plaît ?

— Oui. Et la chemise. Et ces chaussures, compléta Ulysses, puis il se retourna vers Massimo. Je devrais d'abord trouver un atelier. Pour les globes, je veux dire. Et j'aurais besoin de me procurer le bon papier.

— Rien de plus facile, mon ami.

— Et d'avoir quelqu'un pour imprimer les fuseaux.

— Nous trouverons quelqu'un. La Lune ou la Terre ?

— Je n'ai fabriqué que la Terre jusqu'à présent.

— Le Palazzo Castellani, dit Massimo. L'Institut d'histoire de la science. Vous y trouverez des globes célestes et terrestres. D'une beauté minutieuse. Vous voulez voir pour ce pantalon ?

— Ça ne vous ennuie pas ?

— M'ennuyer ? Faire des emplettes est mon autre grande passion.

— Après quoi ?

— Danser.

Massimo coinça un gamin des rues et eut une conversation énergique à propos de Claude. Ils se serrèrent la main et Massimo se tourna vers Ulysses :

— Je lui ai dit que, s'il attendait ici avec le *pappagallo*, je le paierais bien. Mais que s'il s'enfuyait, vous le traqueriez et lui feriez la peau. *Bene.* Entrons.

Ulysses gravit derrière Massimo un étroit escalier qui sentait le cuir et la fumée aromatique. En haut les attendait Piccolo Nico, un petit (évidemment) tailleur ratatiné qui avait un mètre ruban autour du cou et un *sigaretto* au coin de la bouche.

Massimo expliqua ce que désirait Ulysses et, en un clin d'œil, le tailleur l'avait mesuré pour un costume, un pantalon supplémentaire et deux chemises. Puis il fronça les sourcils et dit, *Un momento,* avant de disparaître dans son atelier. Il revint en tenant un pantalon de coton crème décrit comme « d'été léger » confectionné deux mois plus tôt pour un jeune homme qui était mort subitement.

— Exactement les mêmes mensurations que les vôtres, semble-t-il, dit Massimo. Nico vous le cédera à un prix avantageux si vous n'êtes pas superstitieux.

— S'il me va bien, je ne serai pas superstitieux, répondit Ulysses, et il emporta le pantalon dans la cabine d'essayage.

Le pantalon lui allait bien. Il l'assortit de mocassins en cuir marron souple sans chaussettes et se sentit transformé.

— Heureusement pour vous, l'homme avait bon goût et de mauvais gènes, dit Massimo.

— Heureusement pour moi, confirma Ulysses. Je prends tout, *signore.* Et le pantalon et les chaussures.

Vingt minutes après, il sortit de la boutique habillé comme un Italien, ses vieux vêtements pliés dans du papier kraft sous son bras ; le costume et les deux chemises seraient prêts en septembre.

Lorsqu'ils traversèrent le Ponte Vecchio, Claude les précéda et Ulysses dit :

— Je pensais, Massimo, pourquoi pas un téléphone ?

Massimo s'arrêta.

— Pourquoi pas un téléphone ?

— Et si nous en faisions installer un ?

— Oh non, non. Trop tôt.

— Trop tôt ?

— Croyez-moi. Trop tôt. Pas après le réfrigérateur.

Ils pénétrèrent sur la place à temps pour l'*aperitivo.* Claude vola d'arbre en arbre et donna un spectacle aéronautique impromptu pour un groupe de touristes américains revenant de la chapelle Brancacci. Ils s'attablèrent chez Michele et Giulia sortit les saluer. Elle était toujours aimable et toujours élégante, habillée ce soir-là d'une robe d'intérieur noire et verte qui accentuait ses larges hanches rumba dont Massimo dit qu'elles avaient propulsé deux filles dans la danse du monde vingt-trois ans auparavant. Ses cheveux étaient retenus par des peignes ambre qui appartenaient jadis à sa grand-mère préférée.

— Comment savez-vous tout cela ? s'étonna Ulysses.

Mais Massimo ne put répondre car Giulia dit quelque chose qui le fit rire. Elle prit leur commande de Campari soda et repartit vers le bar.

Lorsqu'elle se fut éloignée, Massimo se pencha audessus de la table :

— Elle vous trouve très beau dans vos nouveaux vêtements.

Ulysses rougit et alluma une cigarette. Il offrit la dernière de son paquet à Massimo.

— Merci, dit Massimo. Et vous êtes en effet très beau.

Des gens du voisinage commencèrent à arriver. Les vieilles femmes s'installèrent sur leurs bancs de pierre et demandèrent au jeune serveur un plateau de vermouth.

— Vous voyez la femme à gauche ? dit Massimo. Vous la reconnaissez ?

— Non.

— C'est Signora Mimmi. Elle vous a reconnu tout de suite. Elle et son mari vous ont ouvert la porte pendant la guerre. C'est leur cuisine que vous avez traversée pour accéder au toit.

— Vraiment ?

Massimo hocha la tête et porta la cigarette à ses lèvres.

— Son mari est mort peu après, paraît-il. À côté d'elle se trouve la vieille *contessa*. Ils étaient tous présents, vous savez. Quand vous étiez là-haut (Massimo montra le toit), Michele les a encouragés à crier de dégager le fusil. Et ce prêtre là-bas. Il a prié. Regardez ces gens, Ulisse. Le facteur. La boulangère. Son mari. Ils vous connaissaient tous avant que vous ne les connaissiez. Vous ne le sentez peut-être pas, mais vous avez une place ici. Laissez les choses se tasser. Encore quelque temps avant le téléphone.

— Quand je vous appelle, chacun d'eux écoute.

Massimo rit.

— C'est ainsi que les informations se transmettent. Que les gens apprennent à vous connaître. C'est constitutif de cette société. Je vous l'ai dit.

— Quelqu'un m'a interrogé sur les calculs rénaux de votre mère.

— Lui avez-vous dit qu'ils ont été éliminés ?

— Le problème n'est pas là, Massimo. Et il faut que j'appelle l'Angleterre. J'aimerais pouvoir parler un peu en secret.

— Venez à l'étude quand vous voudrez.

Giulia posa leurs boissons sur la table.

— *Grazie, signora,* dit Ulysses, incapable de la regarder.

— *Prego,* Signor Temper.

Ulysses sourit. La manière dont elle dit Temper lui plut. La manière dont elle roula le *r*.

— Qu'est-ce qu'il y a ? demanda Ulysses à Massimo. Pourquoi vous me regardez comme ça ?

— Le secret, c'est pour le confessionnal.

Ils trinquèrent :

— *Salute* !

— Ce qui, enchaîna Massimo, m'amène à l'autre question que tout le monde pose. L'église.

— L'église ? répéta Ulysses en riant. Jamais de la vie, et il se leva et se dirigea vers le café.

À l'intérieur, lui et Michele se saluèrent. Ulysses demanda un paquet de Camel et Michele les lui lança par-dessus le comptoir en marbre. Ulysses laissa une poignée de pièces et se détourna. Il souleva son chapeau pour s'éponger le front, la chaleur étant déjà intense, le ventilateur au plafond à nouveau en grève. Il se fraya un chemin parmi les hommes et la puanteur d'ail et l'air frais le frappa tel un coup de poing.

— Je suis un idiot, Ulisse ! s'écria Massimo, fouillant dans la poche de sa veste. Je suis désolé ! Une lettre. Arrivée ce matin à l'étude. Tenez…

Ulysses baissa les yeux vers l'enveloppe, espérant que c'était Peg. Mais ce n'était pas son écriture et l'enveloppe avait une très forte odeur de cigarette.

Cher Temps,

J'habite au pub après avoir été inondé par mon voisin du dessus. Le pauvre type est mort. Trois fois, comme il se trouve. Col a dit qu'on ne peut mourir trois fois mais j'ai répondu que le gars en est la preuve : il a eu une crise cardiaque dans son bain, a tendu le bras vers le rebord, s'est fait électrocuter par le radiateur, est retombé dans l'eau et s'est noyé. S'il y a un Dieu (et je ne sous-entends absolument pas qu'il y en a un), je me dis qu'il s'est montré un peu dur. Le gars venait d'emménager pour prendre un nouveau départ. Belles obsèques, en revanche. Joli ajout du trompettiste.

Hier, Col m'a envoyé sur l'échelle avec un pinceau et le pub est redevenu L'Hermine. Mais Gwyneth, qui refaisait la déco, a jeté l'hermine et acheté des coussins, parce qu'elle préfère les plumes aux poils. Quand il a découvert ça, Col a crié : Comment on peut s'appeler L'Hermine si on n'a pas de putain d'hermine ? Pourquoi ne pas l'appeler La Tête de la reine ? a dit Gwyneth. Ou plutôt Les Jambes de la reine ? a dit Col. Ouverture permanente. Tu me dégoûtes, Colin Formiloe, elle réplique. Fiche le camp ! crie Col. Et emporte ces foutus coussins. Et c'est ce qu'elle fait, tu sais, Temps. Elle les empile un par un dans ses bras. Elle en a même retiré un de dessous les fesses de Mrs Belten, et tout le monde a compris qu'elle l'avait mauvaise.

Et, comme si ça ne suffisait pas, Peg est venue ce soir-là. J'ai vu à sa figure qu'elle mijotait quelque chose. Elle fonce jusqu'au piano et je me dis : Oh-oh… Un seul mot de sa part : Gershwin. Bon sang, Temps. Elle est unique. Au bout de trois mesures, il n'y a plus un œil sec dans la salle. Alors la femme de Ted arrive. Peg n'arrête pas de chanter, elle place juste la barre plus haut. On aurait entendu une mouche voler à Luton. Et la femme – note bien – la femme fond en larmes. Alors Ted arrive. Sa femme se tourne vers lui – et voici le plus extraordinaire – l'expression sur son visage signifie : Tu as gagné, je capitule. Sur quoi elle s'en va. Peg termine sa chanson, épaules en arrière et lumière des étoiles. Peg prend son verre et Ted s'approche et elle lui dit, T'avise pas. Et puis elle se tourne vers moi et dit, Prêt à me raccompagner chez moi, Pete ? Bien sûr, je réponds.

C'était une de ces rares soirées d'été où l'Angleterre n'est pas si mal. Elle et moi en bas près du canal en train de chanter « My Heart Cries for You ». Mais mon cœur pleurait pour elle. Ce gars Eddie. Il lui a fait quelque chose, Temps. Te parler de lui est gênant, je sais, mais quelque chose s'est brisé en elle quand il n'est pas revenu. Ce pont vers le bonheur a disparu.

L'arbre de Cressy conserve la dignité du vieux bonhomme. Il y a une énergie apaisante qui monte de ses racines comme s'il voulait bavarder. Je me suis assis dessous un matin et j'ai écrit une nouvelle composition, « Désolé n'est qu'un mot ». Elle s'est écrite toute seule.

À mon audition pour la tournée d'Annie Get Your Gun ils n'ont pas aimé ma version de « There's No Business Like Show Business » et je crois que j'étais un peu déprimé ce jour-là. Amer, c'est le terme qu'ils ont employé. Donc j'ai recommencé à jouer pour le cours de claquettes niveau débutants. Au fait, j'ai retrouvé l'hermine, dehors près des poubelles. Il lui manque les pattes arrière ; elle n'est plus qu'un torse et une mâchoire bandée. Je pense qu'un rat s'est attaqué à elle. Je l'ai rapportée dans le bar et calée à côté d'une bouteille de Fernet-Branca. Difficile, quelquefois, de ne pas me voir moi-même dans cette existence étriquée.

La vie n'est plus pareille depuis votre départ, mais vous êtes mieux là-bas en Italie.

Si je ne décroche pas le concert de Rosemary Clooney, tu sais où je serai en décembre. Bois un cocktail bicicletta ou deux pour moi.

Au revoir, Temps.

Ton ami,

Pete

PS : Méfie-toi. Le soleil d'août a des crocs. Il a failli m'arracher la peau des épaules quand j'étais à Palerme.

Août arriva et toujours aucune nouvelle de Peg. La chaleur augmenta comme Pete l'avait annoncé et accentua l'odeur crasseuse des gens. Les nuits étouffantes rendaient le sommeil impossible et une sensation de somnolence perpétuelle s'installa. Les bruits d'ébats amoureux cessèrent parce que personne n'avait envie d'une telle proximité. Les glaces fondaient avant d'atteindre les bouches et les touristes se maudissaient de ne pas être venus au mois de mai. Massimo s'en alla dans la maison parentale sur l'île de Giglio et son absence pesa. Claude broyait du noir et avait des difficultés à respirer à cause des répulsifs anti-moustiques qui brûlaient jour et nuit. Les hommes criaient après les femmes et les femmes criaient après les enfants et les enfants donnaient des coups de pied aux chiens pour la seule et unique raison que leur sang bouillait. Puis, tous les deux ou trois jours, les nuages s'amassaient au-dessus des collines et les bras se levaient d'exultation lorsque de violents orages éclataient. Et, pendant une courte période, il y avait un répit.

Alors que le mois se traînait vers son milieu, Ulysses s'impatienta. La chaleur lui tapait sur les nerfs, Cresson et la môme le constataient tous les deux, et chaque matin il guettait une lettre de Peg. Il envoya même une carte postale qui disait : *Tu te souviens de nous ?* Cresson dit qu'il n'aurait pas dû faire ça, et il vit qu'il n'aurait pas dû et le regretta immédiatement, mais qu'y pouvait-il ? Cresson dit que c'était sans doute le manque de fiabilité du service postal italien. Ulysses dit qu'il s'inquiétait pour la môme et Cresson lui répondit que la môme allait bien.

— Elle nous dira ce qu'il lui faut.

— Tu crois ?

— Je le sais, assura Cresson.

Et, un après-midi à la terrasse de Michele, Ulysses se trouva à dire :

— Je me demande s'il fait aussi chaud qu'ici, là-bas chez nous.

Cresson reposa son Baedeker, notant le contexte et l'utilisation subtile de l'expression « chez nous ». C'était le premier défaut dans la cuirasse docile du garçon.

— Viens, dit Cresson, lissant le tissu froissé de son bermuda. Partons en promenade.

Il laissa une poignée de lires sur la table et Ulysses appela la môme. Elle parlait avec un garçon près de la fontaine.

— Bien sûr que c'est mon perroquet ! s'exclama-t-elle, et elle cracha par terre.

Claude arriva et se posa sur son bras.

La môme bavarda durant tout le trajet jusqu'au palais Pitti. Elle dit que Signora Giulia avait voulu savoir ce qu'ils faisaient le soir.

— Qu'est-ce que tu as répondu ? demanda Ulysses.

— J'ai répondu qu'on chantait des chansons et qu'on jouait aux cartes pour de l'argent.

— Tu lui as dit ça ? s'alarma Ulysses.

— Et que certaines fois on parlait de la vie, des bons et des mauvais moments, et qu'on buvait des alcools forts.

— Tu as tout le vocabulaire italien pour dire ça ? demanda Cresson, un peu jaloux.

— Ouais, affirma la môme, qui se tenait maintenant en équilibre sur un muret. J'ai dit que tu es propre et que tu te sens seul.

Cresson et Ulysses se figèrent.

— Lequel de nous ?

La môme désigna Ulysses.

— Toi, tu te sens seul.

— Tu lui as dit ça ?

— Oui, et elle s'élança et quitta le muret d'un bond.

— Pourquoi tu lui as dit ça ? reprit Ulysses.

— Parce que c'est vrai, répliqua-t-elle.

Un touriste passa près d'eux et leur lança des pièces de monnaie.

— *Grazie !* dit la môme, qui se baissa et ramassa les lires.

Dans la cour du palais Pitti, en haut de l'escalier de pierre, ils trouvèrent la brise. Hirondelles, martinets et cloches dans l'air. Des Florentins sortis en nombre – c'était ce qu'ils faisaient pendant les mois d'été, ici ou au parc des Cascine. S'éloigner des rues, de la poussière, des odeurs et des disputes harcelantes était capital dans cette période. Le temps s'écoulait différemment, comme si la chaleur le déformait lui aussi ; passé et présent fusionnaient en une danse torride indomptable.

Ils gravirent la pente jusqu'au sommet vers le Casino del Cavaliere alors que des nuages d'orage franchissaient la crête mais ne crevaient pas. Quelle belle lumière ! Sur leur gauche, les vieux remparts se frayaient un chemin dans les oliveraies et le ciel était d'un gris violet pesant. Tout autour, l'art et la vie s'entrelaçaient. Cresson brandit son pavé de livre et dit, Baedeker ! comme s'il s'agissait d'une nouvelle religion. Et, tandis qu'ils promenaient leur regard sur le paysage urbain, il déclara :

— C'est chez nous là en bas, Temps. Qui l'aurait cru ?

— Pas moi, en tout cas, dit la môme. Pincez-moi, j'ai l'impression de rêver.

— Tu vois ? chuchota Cresson à Ulysses. Elle va bien.

Une lumière dorée rayonna sur le pourtour des nuages anthracite et Cresson parla de « beauté outrancière » en décrivant le jardin. Cresson devenait poétique. Alors qu'ils descendaient, il demanda à se retirer dans la *limonaia,* lui seul entouré de cédrats et de sentiment. Une jolie phrase, l'une des envolées lyriques de Cressy. Il dit qu'il les rejoindrait plus tard à l'appartement.

Il s'assit sur un siège en bois et Claude but dans un pot de fleurs tout proche. À partir de là, les racines de Cressy s'enfoncèrent dans l'obscurité labyrinthique jusqu'à l'antique pierre de carrière et la rhyparographie de vies depuis longtemps éteintes. Il perçut la montée de ceux qui avaient disparu auparavant. Les poètes Browning, Everly, Shelley. Cresson espérait perdre peu à peu sa peur de la poésie, en particulier celle qui ne rimait pas. Cresson était un amateur de faits et les faits étaient de la pierre. La poésie, au contraire, était du sable. Toujours comparée aux étoiles dans son infinité granulaire. Toujours changeante.

La môme entraîna Ulysses à l'écart pour jouer à cache-cache dans l'allée de cyprès et resta cachée pendant une demi-heure. Une peur atavique tenace le prit et il se rendit compte que cette peur logeait maintenant au cœur de sa vie et qu'elle y demeurerait à tout jamais. Il chercha la môme avec acharnement mais il ne la trouva pas. Elle était juste en face de lui, pourtant il ne la voyait pas. Il vivait son pire cauchemar et ce fut le fou rire de l'enfant qui finit par l'en libérer. Elle avait grimpé dans un buisson comme un oiseau, observé un silence absolu. Elle était très contente d'elle-même et il la félicita à l'excès uniquement pour étouffer un sanglot.

Ils marchèrent main moite dans main moite jusqu'à l'*isolotto* et s'arrêtèrent devant la sculpture de Persée à cheval, galopant au milieu de l'eau.

— J'aimerais faire ça, dit la môme.

— Moi aussi, dit-il.

Il pensa qu'ils n'avaient pas été préparés du tout à l'été et se jura que ce serait la dernière fois.

— Je vais nous trouver une piscine, annonça-t-il.

— Promis ? dit-elle.

— Promis, dit-il.

Ils s'assirent à l'ombre, regardèrent les canards et partagèrent un morceau de chewing-gum qu'il avait retrouvé dans sa poche.

— Je crois que cet endroit plairait à ta maman, dit-il.

— Je n'en suis pas sûre, dit-elle.

(*Impitoyable*, pensa-t-il.)

— Est-ce que je lui ressemble ? demanda-t-elle.
— Pas tellement. Sauf quand tu souris.
— À qui je ressemble alors ?
— À Eddie, je suppose.
— Tu le connais ?
— Non.
— Moi non plus, dit-elle.
— Tu es certaine que ça va ?
— Ouais. C'est une bonne journée.
— Je veux que tous les jours soient de bonnes journées, dit Ulysses.
— Ça, c'est irréaliste, dit la môme. Tu n'as pas à compenser l'absence de Peg.
Il rit.
— C'est ce que je fais ?
— Détends-toi dans ton rôle, je te conseillerais.
— Autre chose ?
— Trouve-toi une petite amie, peut-être.
— Vraiment ?
— Quelqu'un comme Signora Giulia. Ou Signora Giulia elle-même.
— Elle est avec Michele.
— Il a de l'hypertension et une angine de poitrine. Il pourrait mourir à tout moment.
— Comment tu sais tout ça ?
La môme se tapota le nez.
— Autre chose ?
— Tu te débrouilles très bien.
— Merci.
— Et je ne veux être nulle part ailleurs.
— C'est bon à savoir, dit-il.
Ils partirent quand les grilles commencèrent à se fermer. Les gens devant les cafés avaient une odeur de savon et de fraîcheur nocturne. Sur la place, ils

s'arrêtèrent pour écouter un homme jouer de la guitare sur les marches de l'église.

— Je ferai comme lui un jour, dit la môme.

— Je sais, dit Ulysses. Tu veux grandir vite.

— C'est une mauvaise chose ?

— Seulement pour moi.

— Voilà Cressy ! s'écria la môme, montrant leur terrasse.

Cresson avait guetté leur retour à la longue-vue. La môme agita le bras.

— Cresson connaît beaucoup de choses, hein, Ulysses ?

— Cresson connaît tout.

— Il n'est jamais allé à l'école.

— Je sais. Mais imagine s'il y était allé.

Deux jours plus tard, le *postino* à vélo passa devant chez Michele et leur distribua au vol une carte postale. Elle tomba image vers le haut sur la table, révélant une vue de forteresse et de village toscan cerné par des remparts. Ulysses la retourna. Elle venait de Massimo.

La principale nouvelle était que Massimo s'était fait couper les cheveux, ce qui avait diminué sa taille de sept centimètres et l'avait plongé dans un embarras extrême. La mesure s'était imposée après que son neveu lui avait transmis des poux. Il disait que les calculs de sa mère étaient réapparus. Mais que voulez-vous ? Elle ne boit pas d'eau. Il disait que ses nouveaux amis lui manquaient et priait Ulysses de lui téléphoner immédiatement et laissait un numéro tout en bas.

Giulia les resservit en café et en *biscotti.* La môme expliqua en italien que la carte postale venait de Massimo puis elle montra la photo.

— Ah, Giglio ! dit Giulia, et elle demanda comment se portait la mère de Massimo.

— Les calculs sont réapparus, dit la môme. Mais elle ne boit pas d'eau alors que voulez-vous ?

Et la môme haussa les épaules d'un air dédaigneux et sirota son café.

Ulysses prit à la carte et alla à l'intérieur. La chaleur qui s'échappait de la cuisine était déjà intense et le ventilateur au plafond à nouveau en panne. Ulysses se dirigea vers le téléphone et composa le numéro. Massimo décrocha sur-le-champ, comme s'il avait attendu toute la matinée près de l'appareil. Ce qui, en réalité, était le cas.

Il parla vite et avec précision de crainte que la communication coupe. Il dit que sa mère avait quitté les lieux en raison des problèmes rénaux et avait emmené sa sœur et le neveu infesté de poux. L'un de ses frères avait décidé d'aller sur l'île d'Elbe et son autre frère n'arriverait que dans quelques jours. Donc – et c'était le point essentiel :

— La maison est vide. Venez me voir pour *Ferragosto* !

— Quoi ? Venir en visite à...

— Giglio. Roulez jusqu'à Grosseto, puis Porto...

Michele tendit à Ulysses un stylo et un bout de papier.

— Porto ? dit Ulysses, remerciant Michele d'un signe de la tête.

— Porto Santo Stefano, dit Massimo. Laissez la voiture là. Prenez le ferry du matin pour l'île de Giglio.

Ulysses nota tout.

— Il faut que vous partiez demain à cause du week-end de *Ferragosto.*

— De ferra quoi ? demanda Ulysses.

— Le week-end férié. Sinon, vous serez bloqu...

La communication coupa. Un bruit de jetons avalés. Ulysses raccrocha et retourna dans la salle. Les clients s'étaient tus. Ils le regardaient tous, et tous n'étaient pas contents. Quelqu'un dit :

— Vous allez à Giglio maintenant ?

Ils partirent tôt le lendemain matin, comme préconisé. Le soleil éclairait à peine le ciel à l'est lorsqu'ils sortirent de l'immeuble. Ils traversèrent la piazza, tenant sacs à dos et bouteilles d'eau, et Claude les précéda jusqu'à Betsy.

Ils roulèrent plein sud au milieu de la Toscane tandis que le soleil se levait ; le paysage de petites villes perchées sur des collines laissa finalement la place à d'épaisses forêts de châtaigniers et des champs de tournesol, et cela valait le coup d'œil. Cresson se pencha par la portière et la môme dit :

— Le premier qui voit la mer a gagné !

Mais la mer l'avait vue depuis longtemps. Vêtue de son seul maillot de bain neuf, le visage tout contre la vitre, la môme dévorait le spectacle des yeux.

À Orbetello, ils franchirent la lagune et gravirent le sauvage Monte Argentario, un promontoire rocheux entouré par la mer Tyrrhénienne. Les routes étaient environnées de forêts, il y avait une odeur d'herbe et de sel et, au pied des grandes falaises, on entrevoyait des criques et des plages.

Le surplomb vert sombre des arbres s'éclaircit lorsque la route vira en direction du port, les séquelles des bombardements de la guerre toujours évidentes. Ulysses se gara en retrait de la route principale et ils empoignèrent leurs sacs pour courir jusqu'au ferry. Ils furent les derniers à embarquer et la sirène mugit et le moteur projeta des nuages de fumée noire dans le ciel immaculé. Jamais ils n'avaient vu eau si turquoise et cristalline. Claude s'envola librement. La lumière leur inonda le front et le nez dans le doux vent contraire et la môme mit ses lunettes de soleil. Elle n'était encore jamais allée sur une île et elle se leva soudain et brandit joyeusement les poings.

L'île de Giglio, quand elle apparut, refléta le long parchemin chaud de l'été. Seules des touffes de *macchia mediterranea* coiffaient les rochers de granit escarpés. Lorsqu'ils se rapprochèrent du port, la sirène retentit, un croissant de sable brillant se dessina, ainsi que de modestes maisons de pêcheurs, et des ânes prêts à transporter les bagages sur les pentes raides. C'était comme remonter le temps, la scène entière recouverte de sépia. Et, le ferry arrivant au mouillage, ils cherchèrent Massimo alentour. Mais ce fut Claude qui l'aperçut d'abord, debout sur un petit bateau et faisant des signes frénétiques de la main.

— Vous avez eu le ferry ! cria-t-il. *Mio Dio !* Vous avez réussi.

Quelle bonne mine... alors cette chaleur... votre coiffure me plaît... vous avez encore des poux... non non tous éliminés... j'ai un maillot de bain neuf... Cressy regarde tout le temps le banc de pierre... *signore.*

— Prêts ? dit Massimo, reprenant son souffle.

— Prêts, dirent-ils, reprenant le leur, et Massimo tira le cordon, et toute paix qui avait pu s'installer dans le port et toute conversation qui devait encore se tenir furent englouties par le beuglement d'un moteur à deux temps.

Le bateau longea la courbe de l'île, qui se révéla davantage aux visiteurs enthousiasmés : des vignobles à flanc de coteau, des figuiers de Barbarie chargés de fruits et des escaliers de granit à partir desquels nager. La môme se pencha par-dessus bord pour recevoir chacune des vagues frappant la coque. Enfin, le moteur se calma et le bateau dévia vers la droite en direction d'une vaste plage de galets. Ils entrevirent une maison dans le fond, protégée par des pins indigènes et des eucalyptus. Massimo bâcha le moteur et la petite coque glissa sans peine jusqu'au rivage.

Cressy fut le premier à toucher l'île, ne lui manquait qu'un drapeau à planter. Il regarda autour de lui la générosité de l'existence, pleine conscience dans la plante de ses pieds.

— Par ici ! cria Massimo.

Sur les galets, le déferlement métronomique des vagues coïncidait plus ou moins avec l'appel des colombes. Massimo marchait devant, agitait les bras d'une façon très étrange. Il était nerveux, timide, n'ayant jamais eu de visiteurs jusque-là – n'ayant jamais invité qui que ce soit, en vérité –, et il se sentit soulagé lorsque l'étendue de galets se termina et que la maison se dressa dans son incongruité charmante. Moitié villa, moitié cabane.

— Nous y voici, dit-il. Allez vous trouver une chambre pendant que je prépare le repas, et il leva un sac en toile rempli de provisions.

Plus rien ne les séparait maintenant de trois journées de vacances.

La môme se précipita sur la plage, les galets chauds sous ses pieds nus, Ulysses pas loin derrière. Elle n'avait jamais nagé dans la mer auparavant, assurément nulle part où les poissons étaient aussi rayés qu'elle. De l'eau jusqu'à la taille à présent :

— Absolument pas froide ! fut son constat.

Elle se pinça le nez, disparut sous la surface puis émergea en postillonnant.

— Encore, dit-elle.

— Je te suis, dit-il.

Elle plongea.

Il plongea.

Ils firent surface ensemble avec un petit bond. Massimo leur criant que le déjeuner était prêt.

— Je n'ai pas besoin de déjeuner, dit la môme.

— Si, tu en as besoin, répliqua Ulysses. Viens, et ils pataugèrent dans les hauts-fonds jusqu'à leurs serviettes de bain.

— Regardez tous l'appareil ! cria Massimo tandis qu'il déclenchait le retardateur et courait rejoindre les autres.

(Clic.) Immortalisés.

En partant de la gauche, le vieux Cresson se trouve à côté de Massimo avec Ulysses sur la droite. Ils se tiennent par les épaules. La môme est devant Massimo, Claude sur son bras. Claude a choisi de déployer ses ailes. Derrière eux, on aperçoit la terrasse. Des pots de géraniums, une table à tréteaux avec des restes de spaghettis *al pomodoro*, pommes de terre et *baccalà*. Et deux bouteilles de vin blanc vivifiant du cépage local *ansonica*. L'une des bouteilles est remplie aux deux tiers. Au-dessus d'eux, de la vigne offre une ombre abondante et des grappes de raisins pendent. La môme porte son maillot de bain et ses lunettes de soleil. Elle n'a jamais rien possédé de mieux. Le maillot est encore humide après sa baignade et, le soir venu, il lui irritera les fesses. Ce sera inconfortable mais ça vaudra le désagrément. Cresson porte une chemise bleu clair et un bermuda sable. Il est pieds nus et a conscience de la longueur de ses ongles. Excepté ce petit écart, il se sent courageux et comblé. Il sait qu'il rattrape le temps perdu. Massimo arbore une tenue bleu marine. Un bermuda en coton et lin de la même couleur que sa chemise à manches courtes bien repassée. Avant l'arrivée de ses amis, il s'était senti gêné à cause de ses cheveux et du fait qu'il avait pris du ventre. Mais Ulysses lui avait dit qu'il était très distingué – Tu es un beau gars, Mass, furent les mots qu'il employa – et parfois il n'en faut pas plus pour retrouver un peu de prestance. Massimo ne se laissera plus pousser les cheveux. Ulysses porte un short blanc qui se termine juste au-dessus du genou. Il a de jolis genoux et l'ourlet du short les met en valeur. Il porte un tricot de corps blanc d'une manière qui n'est pas sans rappeler celle de Marlon Brandon dans *Un tramway nommé désir.* Ulysses n'a pas vu le fim. Son tricot est serré parce qu'il a rétréci au lavage. Son sourire est plus désarmant que jamais. Ses sourcils pointent vers le haut en raison du soleil et le bord de ses oreilles rougit.

Ce serait la première d'une longue série de photos prises au cours des années sur l'île de Giglio. Elle serait accrochée au mur du séjour entre deux fenêtres où des rideaux blancs se gonflent sous l'effet d'une brise gorgée de sel. Par les fenêtres, les eucalyptus dégagent un intense parfum.

Ils étaient sur l'île depuis environ trente-six heures et vingt-sept minutes. Pas longtemps, mais Cresson les aurait décomposées et évaluées en mille moments parce que c'était dans son caractère.

Comme leur dernière journée approchait, un petit coup de Cresson se produisit – il était temps.

Massimo venait de servir du café et demandait à Ulysses s'il avait une idée de ce qu'il voulait faire de l'appartement du dessous lorsque Cresson sortit sur la terrasse d'un pas chancelant.

— Je sais ce qu'on va faire de l'appartement du dessous, annonça-t-il.

— Extraordinaire, dit Massimo. Est-ce que ce genre de phénomène se produit souvent ?

— Assez, répondit la môme.

Cresson but une gorgée d'eau et s'écroula sur une chaise.

— J'ai eu une vision, déclara-t-il, puis il se lança dans une description précise de ce qui lui était arrivé quelques instants auparavant. Je venais de finir mon café - à propos, il était délicieux, Massimo, dit-il, interrompant son récit - et je m'étais installé dans ce charmant fauteuil pour commencer le roman que j'ai apporté d'Angleterre. La fiction étant pour moi, vous le savez tous, un terrain inconnu. (Cresson but une autre gorgée.) J'ai ouvert le livre et je me suis mis à lire. Et j'ai eu l'impression qu'un grand index céleste se tendait au firmament et pointait droit sur moi, Alfred Cresswell. Comme dans la *Création d'Adam* de Michel-Ange, où Dieu pointe le doigt et donne vie, en l'occurrence, à une idée.

— Alors ? dit Ulysses.

Cresson leva son exemplaire d'*Avec vue sur l'Arno.*

— Un précédent existe, Temps. (Il tourna les pages du livre.) Je cite : « Et elle est cockney par-dessus le marché ! »

(Silence.)

— Qui ça, elle ? demanda Ulysses.

— Il y avait une patronne cockney à la *pensione* Bertolini.

— La *pensione* Bertolini ?

— Une pension de famille, expliqua Cresson. Principalement pour les Anglais. Des gens affreux, remarque. Et, en toute honnêteté, la nourriture ne vaut pas grand-chose. Il n'empêche.

Ulysses prit le livre et le feuilleta.

— Une patronne cockney a tenu une pension de famille à Florence il y a une cinquantaine d'années, c'est tout ce que nous avons besoin de savoir. Nous pourrions être cette histoire, nous aussi, affirma Cresson. Utiliser les chambres. Nous fixer un certain but.

— Et gagner un peu d'argent, dit la môme.

— Une *pensione* ! s'exclama Massimo. Quelle merveilleuse idée !

— Je suis partante, dit la môme.

— Temps ? Tu veux y réfléchir ?

— C'est tout réfléchi. Faisons-le.

Massimo dit qu'il contacterait un collègue après *Ferragosto* pour parler d'autorisation et d'enregistrement et Cresson invoqua le dieu de l'hospitalité. Il n'arrivait pas à noter les idées assez vite : des serrures aux portes, des draps supplémentaires, des serviettes de toilette, du savon, un service de blanchisserie – peut-être acheter une machine à laver.

— Trop tôt pour une machine à laver, Massimo ?

Massimo dit qu'il retournerait écouter les rumeurs qui circulaient.

— Tu retourneras aux bains publics ! dit la môme.

Et Massimo s'empourpra et fit un geste vers ses cheveux – mais ses doigts rencontrèrent le vide, bien sûr.

Ils sortirent ramasser des figues, des abricots et des câpres cet après-midi-là et, au passage, Ulysses dit qu'il trouvait toujours accueillant un compotier de fruits collectif.

— Attention délicate, commenta Massimo.

Cresson nota : *compotier de fruits.*

— Et des fleurs, ajouta Massimo.

Fleurs, écrivit Cresson.

— Et pourquoi pas un chariot de boissons à disposition ?

— À disposition ?! se moqua Claude un peu à la manière de Col.

— Doucement, Claude, intervint Ulysses. On n'est pas comme ça ici, et Claude eut honte et présenta ses excuses.

— Et pourquoi pas de la publicité ? dit Massimo.

Cresson siffla devant l'énormité du mot.

— Est-ce qu'on ne pourrait pas simplement attendre à la gare avec une pancarte et venir à la rencontre des voyageurs qui descendent des trains ? Les ramener dans la Jowett ?

— Ça pourrait être mon rôle, proposa la môme. Qui dira non à une fillette adorable et à un perroquet ?

— Personne, dit Massimo. Absolument personne. Et vos pensionnaires, avez-vous l'intention de cuisiner pour eux ?

Cresson eut l'air décontenancé.

— Leur cuisiner quoi ?

Dans la cuisine au milieu d'un nuage de vapeur, Massimo déclara :

— Si je dois vous apprendre une seule chose dans votre vie, ce sera celle-ci. La bonne proportion d'eau bouillante et de sel pour les pâtes. Quand ajouter le sel – des quantités. Quand ôter les pâtes du feu. Si vous le faites bien, vous mangerez toujours comme des rois.

— Si vous le faites de travers, dit la môme, on se retrouvera avec cette bouillie appelée *pappa al pomodoro*. Compris, Cresson ?

Massimo dit :

— Un simple ajout d'ail, d'huile d'olive et de piment. Tenez, goûtez ça. Vous sentez la résistance des spaghettis ? C'est ce qu'il faut obtenir à chaque fois.

Cresson et Ulysses s'écartèrent et prirent des notes. La môme, elle, mangea.

— Vous êtes prêts pour ça, tous les deux ? demanda-t-elle.

— Peut-être qu'on pourrait simplement donner aux pensionnaires des bons à utiliser chez Michele, dit Cresson.

— Voilà une suggestion raisonnable, dit Claude.

La nuit tombait sur la terrasse. Au loin, le ferry fendait la mer sombre selon une trajectoire lumineuse régulière.

— Nous demain, dit la môme, encore excitée d'avoir plongé au milieu des oursins.

Ulysses haussa une bougie vers son visage et alluma une cigarette. Sur la table, des coquilles de noix éparpillées et des assiettes à salade vides. Massimo versa le vin et Claude projeta de dire quelques mots, mais le moment passa.

La lune, des chauves-souris, la pulsation d'une mer paisible, l'amitié, le début d'une nouvelle aventure. Rien à dire de plus.

Sauf…

— Il vous faudra un nom, dit Claude, mâchant un bout de pastèque.

— Pourquoi pas Bertolini ? dit la môme. Si ça marche ?

Ils éclatèrent tous de rire, et la môme se sentit heureuse comme un poisson dans l'eau et un petit peu fatiguée.

Ainsi la *pensione* Bertolini (numéro deux) fut-elle adoptée. Cresson raconterait ensuite cette anecdote à tous les pensionnaires qui voudraient l'écouter. Un petit morceau d'histoire à emporter. Un petit morceau de lui-même, en réalité.

Il alla se coucher tout rayonnant ce soir-là. Si brillant qu'on l'aurait vu de l'espace.

Ils rentrèrent à Florence revigorés. L'île avait fait de son mieux. Les avait ancrés et initiés à un mode de vie auquel ils aspireraient et reviendraient. Cresson répara le ventilateur au plafond chez Michele et, quand le grand courant d'air se déplaça avec constance dans le bar, tout le monde applaudit. Michele souleva Cresson et, pour les spectateurs, on aurait dit un ours en train d'étouffer un chevreau. Ulysses alla au Palazzo Castellani, à l'Institut d'histoire de la science, et passa du temps devant les globes de Coronelli. Ils étaient plus beaux qu'il l'avait imaginé, et il pensa aux mondes que son père avait créés, ces sphères aux couleurs vives où l'Empire figurait en rose. Il peindrait le monde différemment, bien sûr. Le vert représenterait les forêts, le blanc les glaces, le marron les terres et le bleu les mers. Il rectifierait les frontières et rendrait leurs noms aux pays.

Puis, le jour exact de l'anniversaire d'Alys, arrivèrent trois lettres de… devinez qui ? Peg ! Dans la lettre datée de juin, elle avait indiqué son nouveau numéro de téléphone en bas de la page et Ulysses et la môme coururent à l'étude de Massimo.

— *Un momento,* dit la jeune femme qui transmit leur appel.

— J'ai huit ans, dit la môme, repoussant sa frange. Qui l'aurait cru ?

Et elle dit à Peg qu'Ulysses et Cresson lui avaient offert une guitare, Massimo un masque de plongée, et que Signora Giulia lui avait préparé des *cannoli.*

— Elle vient de Sicile, précisa-t-elle.

Un beau butin, tout bien considéré.

La môme mit la main sur le combiné et se tourna vers Ulysses :

— Peg dit qu'elle m'a envoyé de l'argent.

La môme semblait ravie.

Ulysses entendit Peg chanter « Happy Birthday » et il sortit de la pièce pour laisser un peu d'intimité à la môme, mais en vérité c'était parce qu'il en avait gros sur la patate. Il attendit dans le couloir jusqu'au moment où la môme l'appela.

— Peg veut te parler, dit-elle en lui donnant le combiné.

La môme s'éloigna avec la jeune femme pour apprendre les secrets de l'expresso.

— Je suis désolé, dit-il.

— À propos de quoi ? demanda Peg.

— « Tu te souviens de nous ? »

— Si c'est le pire que tu puisses m'infliger, Temps, je m'en tire à bon compte.

— Le boulot, ça va ?

— Ted veut que j'arrête.

— Tu continueras, hein ?

— Il veut que je l'épouse.

— Refuse, dit-il.

— Quoi ? De lâcher mon boulot ou de l'épouser ?

— Refuse totalement, Peg, et Ulysses alluma une cigarette.

— Alys paraît heureuse.

— Elle l'est. Viens voir par toi-même. Elle t'a parlé de la *pensione* ?

— Une *pensione*, quésaco ?

Il rit.

— Un petit hôtel.

— Vous avez tant de chambres que ça ?

— C'est dingue, hein ? Tiens, Peg, tu as un stylo ? Note ce numéro... C'est un café. Tu peux toujours laisser un message... Tu as noté ?

— J'ai noté.

— Au fait, qu'est-ce qui s'est passé pour Ginny ?

— Tu n'as pas lu la lettre, Temps ?
— On est venu ici illico. Pas pris le temps de lire.
— J'ai informé Mrs Kaur pour elle et Devy.
— Tu lui as dit ?
— J'étais obligée. Mais je lui fais confiance. Elle me rappelle ta mère. Elle est très gentille et calme, et elle traite Ginny comme quelqu'un de sa famille. C'est vraiment adorable, sa manière d'être avec eux. Le garçon est adorable aussi. J'informerai Col quand il sera prêt à écouter.
— On t'aime, Peg.
— Pardon ?
— J'ai dit…
— Tu es toujours là, Temps ? Temps ?

Lorsqu'il arriva, le mois de septembre apporta des nuits plus fraîches et les longs adieux des hirondelles. Ulysses disparut lui aussi, pour la journée uniquement. C'est une chose qu'il ferait année après année, au point que Cresson et la môme finiraient par ne plus lui demander où il allait. La môme et Cressy fabriquèrent une lanterne colorée et participèrent à la procession de la *Festa della Rificolona*, qui célébrait la naissance de la Vierge Marie.
La môme dit :
— On ne peut pas être vierge et enfanter, si, Cresson ?
Et Cresson répondit :
— Non, on ne peut pas.
— Je vérifiais juste que je n'avais pas raté un truc, dit la môme.
Dans les vignobles toscans, les vendanges commencèrent, et dans les boulangeries apparut la fougasse sucrée traditionnelle nommée *schiacciata all'uva*. Les restaurants qui avaient fermé durant le mois d'août

rouvrirent, proposant de nouveaux menus où les *porcini* étaient omniprésents.

Et enfin, même si Alys s'évertuait à éluder le sujet, septembre apporta l'école.

La veille de la rentrée, la môme inquiète ne voulait pas aller se coucher. Elle trouva Cressy sur la terrasse, installé avec son arbre.

— Qu'est-ce que tu fais, Cresson ?

— Je parle avec ce petit monsieur.

La môme s'assit à côté de lui et tendit l'oreille.

— Il ne dit pas grand-chose, si ?

— Tout se passe dans les racines, expliqua Cresson. Les racines disent des choses aux autres arbres.

— Quoi, par exemple ?

— Par exemple où trouver de l'eau. Où commander une bonne tasse de café.

— Peuh ! dit la môme.

— Ils s'avertissent, aussi.

— De quoi ?

— De la vie. Des problèmes. Des dangers. Ils sont un peu comme nous : sociaux. Ils ressentent l'abandon et la douleur.

— Est-ce que j'ai des racines ?

— Des racines robustes. Alors, tu es prête pour l'école demain ?

— Et si je ne me fais pas d'amis ?

— Tu as Ulysses et moi, répondit Cresson. Et Massimo. Ça fait trois. Et Giulia. Et Claude. Et voilà, tu as un verger !

Cresson prit son verre de bière.

— Je peux boire une gorgée ? dit-elle.

— Bien sûr, dit-il parce qu'il savait qu'elle détestait ça. Regarde autour de nous, enchaîna-t-il. Le système solaire. Il s'est formé il y a quatre milliards six cents millions d'années. Et nous voici. Soixante-dix-sept ans à nous deux. Comme nous sommes jeunes ! La Terre a une vitesse de rotation de quatre cent soixante-cinq mètres par seconde et fait un tour complet sur elle-même en vingt-quatre heures. C'est ce par quoi nous sommes gouvernés, Alys. L'espace, le temps et le mouvement. Les heures, les jours, les saisons. Nos vies segmentées en une série de moments. Tu vois, là-bas, cette faible tache de lumière ? C'est la nébuleuse d'Andromède. Quand nous la regardons, nous regardons un passé vieux de neuf cent mille ans.

— Des nombres gigantesques, Cresson.

— Oui, ma chérie, ce sont des nombres gigantesques. Voilà pourquoi dix ans d'école passeront en un clin d'œil.

— Je vois ce que tu as fait là, dit-elle.

— Je pensais bien que tu le verrais.

— Huit ans, dit la môme. Pas plus.

— Entendu, dit Cresson. Pas plus de huit ans, et il fit semblant de cracher dans sa paume avant qu'ils n'échangent une poignée de main.

Le lendemain matin, il y avait des nuages bas et une atmosphère fraîche. La môme portait le sarrau sombre que tous les mômes portaient, avec col et nœud papillon énorme, et elle dit qu'elle ressemblait à un clown.

— En effet, confirma Ulysses.

Sur la place, elle dit au revoir à Cresson et Giulia, puis elle grimpa sur la barre du vélo d'Ulysses.

— Tu as encore le temps de changer d'avis, tu sais, dit-elle.

— Ouais, répondit-il, et il pédala au milieu de la circulation en direction de San Frediano à l'ouest.

Il ne se faufila pas entre les charrettes à bras et les motos, cette fois-ci, et resta à une distance respectable des trams. Ils passèrent devant le tripier et les hirondelles perchées sur des cordes à linge en attendant de partir.

— Au revoir, les oiseaux ! À l'année prochaine ! cria la môme.

Plus loin, des enfants se rassemblaient près du portail de l'école ; Ulysses ralentit et la môme sauta à terre. Il poussa le vélo à côté d'elle.

— Ça ira ? demanda-t-il en lui tendant le cartable.

— Bien sûr, répliqua-t-elle.

Une institutrice sortit et agita la cloche et les enfants commencèrent à se diriger vers l'intérieur.

— À tout à l'heure, dit-il, et il se pencha pour l'embrasser, mais elle s'écarta.

— Ne fais pas une scène.

Il s'éloigna jusqu'à un endroit où elle ne le voyait plus et la regarda entrer. Petite silhouette trapue, les épaules en arrière et la mine froncée. D'autres mômes bavardaient entre eux mais pas elle – tout le portrait de Peg. Il aurait pu tuer quelqu'un pour elle. Il le savait depuis quelque temps. Il était là, dissimulé dans une embrasure de porte, pareil à Col. Il revint par le chemin le plus long, s'arrêtant dans des boutiques d'art et des magasins d'antiquités avec l'espoir de trouver un moule pour un globe.

Dans l'appartement, il fit du café et ouvrit un paquet de *biscotti.* Il repoussa les canapés contre la cloison et alluma la radio. Il alla dans sa chambre, sortit les cuivres et les posa les uns à côté des autres sur le sol du séjour. Il y en avait six, de cinquante centimètres par un mètre quarante environ. Des centaines d'heures du travail exigeant de son père.

Avant de partir pour la guerre, Ulysses les avait nettoyés et astiqués, enduits d'une petite couche de vaseline pour les protéger. Il les avait enveloppés dans du papier et du carton puis avait joint à chacun une feuille imprimée qui représentait les douze fuseaux gravés à l'eau forte – les segments aplatis de la surface courbe d'un globe – dans leur succession. Pour finir, il avait noué de vieilles couvertures autour, parce que les cuivres étaient à ses yeux d'une valeur inestimable.

Il s'agenouilla près du plus proche, dénoua l'étoffe et souleva l'imprimé. Il suivit du doigt la présence stable de l'équateur qui passait par le point le plus large de chaque fuseau, coupant les méridiens qui allaient du nord au sud. Les principaux parallèles – le cercle arctique, les tropiques du Cancer et du Capricorne et le cercle antarctique – traversaient chaque segment selon une courbe régulière. Il se pencha davantage. La Perse au lieu de l'Iran. Constantinople, pas Istanbul. Mais la Russie toujours la Russie. Il aurait daté cette carte de la fin des années 1920.

Son père Wilbur avait coutume de décalquer une carte du monde et c'était ainsi que cela commençait. Des noms de villes, de pays, de montagnes, de rivières, d'océans, tout ce qui lui plaisait. Et toujours le prénom Nora quelque part. Quand il avait terminé, Wilbur retournait le papier calque pour que le monde et ses inscriptions apparaissent à l'envers. Il traçait un quadrillage sur le papier puis, à partir de ce modèle, reportait les informations de chaque carré sur un fuseau quadrillé lui aussi, progressant scrupuleusement dans les douze sections de la Terre. Une compréhension instinctive et artistique de la déformation qui se produisait entre la surface plane et la courbe.

Toutes les fanfaronnades du champ de courses s'apaisaient dans ces moments, la fièvre du pari disparue. Et la main du vieux bonhomme se calmait à mesure que cette image inversée passait du papier calque au cuivre.

Ulysses acheva ses propres décalque et gravure à l'eau-forte quelques mois seulement avant la mort de son père. Les pays, les lignes de latitude et de longitude, mais aucun nom. Il se remémora le sentiment de réussite lorsque la feuille imprimée roula hors de la presse. Le hochement de tête approbateur de son père. Le découpage des fuseaux et l'indication de leur ordre. La peinture de la mer et des terres. L'odeur de colle. Le positionnement du premier fuseau – l'équateur se superposant à la ligne de circonférence qu'il avait tracée autour de la sphère. La sensation d'intense chagrin lorsque le papier s'était trop étiré et déchiré.

Il se redressa et tendit la main vers son café. La boisson était froide mais peu lui importait. Il repensa aux moules et au moyen de s'en procurer. Ceux de son père étaient en Bakélite, des œuvres d'art à part entière. Il alluma une cigarette et s'installa confortablement.

— Oh, nom d'un chien ! s'écria-t-il, se rendant soudain compte de l'heure.

La môme attendait seule devant le portail de l'école et il s'arrêta dans un crissement de freins.

— Tu appelles ça quelle heure ? dit-elle, se tapotant le poignet.

— Désolé, dit-il, et il se pencha pour l'embrasser.

— C'est à cause d'une femme ?

— D'une gravure à l'eau-forte.

— Typique.

— Comment ça a été ? demanda-t-il.

— Je m'y habituerai, j'imagine.

— Tu as faim ?

— À ton avis ?

Ils allèrent chez le tripier et mangèrent un sandwich au *lampredotto.* La môme lui faucha une gorgée de vin :

— Après la journée que j'ai eue, qui pourrait me le reprocher ?

Leur repas terminé, il la hissa sur la selle et poussa le vélo le long de la chaussée.

— Il faut que tu te fasses couper les cheveux, dit-elle, lui donnant une petite tape sur l'oreille.

— Merci, dit-il.

L'école structura la vie de la môme d'une manière qu'il n'avait pas prévue. Elle dormait quand elle le devait et se réveillait avec le soleil, reposée. Sa consommation de café fut limitée à une tasse le matin avec du lait pendant la lecture d'un livre ou l'étude de la grammaire italienne. Elle redoublait sa classe en raison de la langue mais cette situation serait corrigée à la fin du troisième trimestre. Être la plus âgée du groupe mit en évidence son souci des moins capables ou des moins fortunés, qui étaient nombreux. Elle avait de l'avance en arithmétique, en dessin et dans l'apprentissage de poèmes ; écrire des histoires n'était pas très difficile. Elle se la coulait douce et elle le savait, mais quelle importance ?

Ses cheveux bruns la rendaient invisible parmi une troupe d'autres chevelures brunes. Elle voulait que personne ne la remarque, surtout les garçons, mais de temps en temps ils la taquinaient pour attirer son attention, elle apprit donc à jurer en argot et à riposter. Parfois elle essuyait des réprimandes, parfois elle recevait des compliments. Pas si mal, aurait-elle dit.

Lorsque le vendredi de cette première semaine arriva, Ulysses, Cresson et Massimo la retrouvèrent à la sortie de l'école et l'emmenèrent directement au cinéma voir *I Vitelloni* de Fellini.

— Ce film lui vaudra l'attention du monde, déclara-t-elle pendant l'entracte.

Comme l'automne avançait, Massimo leur apporta une bouteille d'huile d'olive de la nouvelle récolte, qui fut très appréciée. Il les informa en outre que les formalités administratives étaient accomplies et que la *pensione* pouvait maintenant commencer son activité. Une semaine plus tard, il amena un prêtre afin qu'il bénisse le projet et Ulysses eut soin de tenir prêt un bon *rosso di Montecalcino.* Le prêtre resta jusqu'à ce que la bouteille soit vide et bénit tout le monde, y compris Claude. Deux fois.

Le temps se rafraîchit et Cresson remit un pantalon. Ulysses trouva un atelier près de la Via Maggio. Dans ses lettres à destination de l'Angleterre, il décrivit cette période comme une période magique, une période stable. *Je crois que nous avons franchi un cap,* écrivit-il.

— Je suis navrée d'apprendre que la mère d'Alys est morte, dit l'institutrice.

C'était fin octobre. Devant le portail de l'école. Pluie incessante.

La stupeur sur le visage d'Ulysses dut passer pour de l'affliction car l'institutrice en eut les larmes aux yeux. Elle se dit très admirative du fait qu'il élevait seul une enfant et lui tendit un gâteau au chocolat qu'elle avait préparé la veille au soir. Troublé, il essaya de le refuser, mais elle insista. Il retourna, chancelant, vers la môme qui attendait près du vélo, plus veuf que jeune célibataire robuste.

— Tu as une mine affreuse, dit-elle, et elle grimpa sur la barre et prit fièrement le gâteau.

Ils firent le trajet, cirés claquant, et allèrent directement chez Michele pour le repas. Il faisait chaud à l'intérieur et une flaque d'eau s'était formée sous le portemanteau. Michele salua Ulysses et fit un commentaire au sujet du temps. Ulysses exprima son accord. Il pouvait désormais soutenir une conversation en italien. Il suivit la môme vers le fond et posa le gâteau au chocolat mortuaire entre eux sur la table. La môme commanda une assiette de *ragù di manzo* avec des *pappardelle* et un verre de *chinotto.*

— Alors ? lança-t-elle au bout d'un moment. Tu as l'air de vouloir dire quelque chose, mon petit coco.

Il hésitait sur l'entrée en matière.

— Peg n'est pas morte, dit-il. (Maladroit.)

— Je sais bien, répondit la môme, et elle se mit à manger.

— Dans ce cas, pourquoi raconter aux gens qu'elle l'est ? Alys ? Regarde-moi, ordonna-t-il. Pourquoi tu as dit que ta maman était morte ?

Attitude de défi chez la môme. Peg jusqu'au bout des ongles.

— Alys ? On peut y passer la soirée si…

— Parce que c'est mieux que la vérité.

— Qui est ?

— Qu'elle m'a abandonnée.

Le visage de la môme s'empourpra soudain, elle était en colère, il y avait de la honte et elle fondit en larmes parce qu'elle ne savait pas comme expliquer tout cela. Trop jeune pour connaître la profondeur de cela. Elle n'arrêtait pas de penser à la fille dans la cour de récréation qui n'avait pas de chaussures. Alors Alys lui avait dit qu'elle n'avait pas de mère. Quelle différence ? Chaussures ou mère, le manque est le manque et il fait mal.

— Pleure pas, pleure pas, je t'en supplie, dit Ulysses, et il essaya de l'étreindre mais elle s'enfuit vers Giulia.

Et voilà ce que je ne suis pas, pensa-t-il. *Des formes douces et des bras qui savent quoi faire.* Il alluma une cigarette.

Comment n'avait-il pas deviné ? Comment diable n'avait-il pas deviné ce qui se passait dans sa tête ? Après tout ce temps ? Il attira l'attention de Giulia et elle lui sourit pour signifier que ça allait. Pourtant ça n'allait pas, se disait-il.

Au bout de quelques minutes, la môme revint et s'assit à côté de lui.

— Je suis dans le pétrin ? demanda-t-elle.

— Absolument pas.

— Je peux avoir du gâteau, alors ?

— Non. Ta maîtresse nous l'a offert pour une fausse raison et on devra le rendre demain.

— Ce sera gênant.

— Je m'en chargerai. (Il le fit, et gêne il y eut.)

La môme demanda si elle pouvait avoir du *budino* à la place et il répondit bien sûr.

Il lui donna une pièce pour le juke-box. Elle mangea la crème renversée en écoutant « Here in My Heart » d'Al Martino.

Ce soir-là, Ulysses resta allongé près d'elle jusqu'à ce qu'elle s'endorme. Il promena un regard sur sa chambre. Elle l'avait choisie à cause du papier peint vert et rouge qui représentait des aras et des arbres, une bonne vieille jungle. C'était là le genre de décision qu'elle, fillette de huit ans, prenait. La manière dont son esprit fonctionnait, ce qui l'intéressait. Là-bas, une patère à laquelle étaient accrochés son maillot de bain et son masque de plongée. La petite table où elle posait ses lunettes de soleil et son carnet à dessins. La coquille desséchée d'un oursin sur la coiffeuse. Sa guitare au pied du lit. La pancarte qu'ils avaient fabriquée ensemble pour annoncer la *pensione. Ces objets résument sa vie actuelle ; et elle grandira et partira*, pense-t-il. *Elle tracera sa route et ne se souviendra plus de moi. La vie dans toute son exaltation et sa complexité la dévorera. Elle aimera profondément à l'exclusion de tout le reste.* Et il veut tout connaître d'elle avant que cela ne se produise, mais il se demande si l'on peut jamais connaître véritablement quelqu'un.

Du côté du couloir, Ulysses entend la respiration bruyante de Cresson et croit qu'il dort.

Mais en réalité, le vieux bonhomme pleure.

Cresson vient de terminer le roman de Forster et il y a beaucoup à saisir. L'intellect par opposition à la sensation, et Cresson est entièrement sensation et amour. C'est aussi l'adieu au Baedeker, car l'ouvrage est devenu ridicule à travers les yeux de Forster. Le lendemain matin, Cresson le laissera sur le plancher du séjour où il fera un honorable butoir de porte et demeurera durant des années. Cresson en tricot de corps et en short se tient devant le miroir et répète maintes fois : Je suis énergique.

Le lendemain, Cresson reposa sa longue-vue et s'essuya le front.

— Alors, mon gars, dit l'oranger ornemental. Tu vas faire quoi ? C'est maintenant ou jamais.

— Ah bon ?

— Allez : mets une goutte d'eau de Cologne sur tes joues lisses et montre-leur ce qu'elles ont raté. Conseil de vieille branche.

(Silence.)

— Il s'agit d'une image, à propos.

— Je sais, dit Cresson.

Cresson entra dans sa chambre et fit ce que l'arbre préconisait. Il inclina son panama neuf de manière guillerette et changea de chaussures. Au contraire d'Ulysses, il restait partisan des chaussettes.

Nerveux, il descendit l'escalier à l'instant où la vieille *contessa* le remontait à grand-peine avec un cabas rempli de provisions. Il voulut l'aider à le porter, mais elle le chassa d'un injurieux *idiota*, mot qui, même pour Cresson, ne nécessitait guère de traduction.

Il dit *Buongiorno* aux mômes qui traînaient près de la statue et ils lui répondirent *Buongiorno* en ajoutant *Signor* Cresson.

Signor Cresson, pensa-t-il. *Comme un personnage de la littérature.*

Ulysses l'appela depuis chez Michele, mais Cresson se trouvait dans un pur état zen. Giulia se planta près de la table d'Ulysses pour regarder. Même le prêtre interrompit sa marche à travers la piazza pour se signer.

Cresson sentait la tension monter dans sa poitrine. Il s'approcha du banc de pierre et les vieilles femmes levèrent les yeux et se turent. Il toucha le bord de son panama et prononça une formule de salut tarabiscotée pour laquelle il s'était bien entraîné et qui les étonna. Il s'assit à l'extrémité du banc, une fesse en équilibre précaire au-dessus du vide, et tira son tricot de son sac, quatre modestes rangs marron foncé. Les vieilles femmes se poussèrent du coude et chuchotèrent.

Cresson leva ses aiguilles et dit :

— *Sto lavorando a maglia un maglione senza maniche.*

La phrase le plongea tête la première dans les nombreux pièges de la prononciation italienne car, au lieu d'informer les femmes qu'il tricotait un pull sans manches, il leur dit en réalité que c'était un melon sans manches. Mais cela fit l'affaire. Un petit rire mêlé à autre chose, et ce fut cette autre chose qui incita Signora Mimmi à se pousser afin de lui laisser plus de place. Geste inestimable. Il passa deux heures avec elles cet après-midi-là, se contentant d'écouter, savourant leurs parfums et leur pétulance de conteuses. Il leur dit même, dans un italien hésitant, que chez les Moken, un peuple maritime nomade, des expressions telles que « je veux », « le mien » ou « prendre » n'existaient pas. Ces propos furent accueillis par un silence. Mais de nature émerveillée.

— Imaginez un monde pareil, dit-il.

— Imaginez ! dirent-elles, et Signora Mimmi leva la main et commanda un plateau de vermouth chez Michele.

Pension Bertolini
Belles chambres
Bon prix
Emplacement idéal

Ulysses et la môme attendaient depuis trois heures dans le hall et s'apprêtaient à jeter l'éponge lorsque le train de Venise entra en gare. En jaillit un couple assez âgé originaire de Manchester (ils l'apprendraient plus tard) qui paraissait très à l'aise dans le chaos de l'Europe. C'étaient Mr et Mrs Bambridge (« Appelez-nous Des et Poppy »).

Des était un homme d'affaires qui n'avait jamais renoncé à un bon prix de sa vie. Il s'immobilisa devant la pancarte et dit :

— Bon comment ?

— Vous donnerez ce que vous voudrez, répondit Ulysses.

— Ce n'est pas une façon de gérer une affaire, jeune homme.

— Il n'en a jamais géré jusqu'à présent, expliqua la môme.

— Viens, Poppy, ces deux-là ont besoin de notre aide. Je vais téléphoner au Benito pour annuler.

— Vous avez une belle vue, dit Cresson, ouvrant cérémonieusement la porte de leur chambre.

Les cloches de Santo Spirito retentissaient, une divine odeur de *bistecca* s'élevait de chez Michele et la douce lumière du soir avait une couleur jaune. Des et Poppy étaient en extase.

— Le Benito ressemble à une cambuse en comparaison, dit Des.

— Regarde les fresques des *amorini* au plafond, Des !

— Et la qualité du linge ! C'est stupéfiant.

Cresson reprit son topo.

— Les serviettes de toilette, les couvertures supplémentaires et les oreillers sont rangés là, indiqua-t-il. La salle de bains est au bout du couloir. Eau chaude à volonté, etc., etc. Boissons de bienvenue dans le séjour à votre convenance. Je laisse vos clés ici, et il s'inclina légèrement alors qu'il partait.

Des et Poppy séjourneraient une semaine.

Vers la fin de laquelle le caractère d'heureux hasard de cette rencontre devint manifeste.

Ce fut au moment où Ulysses remontait l'escalier après une journée à l'atelier que Des passa la tête par la porte d'entrée et dit :

— Envie d'une bière, mon garçon ?

Ulysses le rejoignit dans le séjour où Cresson avait déposé, quelques instants auparavant, plusieurs bouteilles réfrigérées sur le chariot des boissons. Des expliqua :

— Poppy est en train de se pomponner pour notre dernière soirée. Nous allons manger des saucisses de sanglier chez Michele. Quelle excellente recommandation. À la vôtre, mon garçon, dit-il.

— À la vôtre, Des. Et merci d'avoir logé chez nous.

Ils choquèrent leurs bouteilles de bière.

— Tout le plaisir est pour nous.

Puis Des observa :

— Un jeune homme qui élève tout seul une môme. C'est la faute de la guerre ?

— Oui, en quelque sorte, répondit Ulysses. N'empêche, on se débrouille bien.

— Je vois ça. Mais je veux vous aider. Ce que je ne connais pas sur les affaires, vous pourriez l'écrire sur le cul d'un moucheron. J'ai réussi par mes propres moyens : millionnaire à quarante ans.

Ulysses siffla d'admiration.

— Les plastiques, dit Des. Trois mots : moules à gelée.

Les oreilles d'Ulysses se dressèrent.

— Est-ce que vous pouvez mouler n'importe quoi, Des ?

— N'importe quoi. Votre tête. Ma chaussure.

— Et deux demi-sphères qui se réunissent pour former un ensemble parfait ?

— Considérez que c'est fait. Combien en voulez-vous ? Cinquante ? Cent ?

— Une.

— Un prototype. Raisonnable.

— Trente-six centimètres de diamètre.

— En pouces, s'il vous plaît, mon garçon.

— Quatorze virgule dix-sept.

— Précis. Le genre d'homme que j'aime.

Le matin du départ, Des et Poppy leur remirent une enveloppe pleine de billets. Cresson regarda à l'intérieur et s'exclama :

— Nom de Dieu, Des !

— Ça les vaut complètement, affirma Des. Et je vous ai préparé un plan de développement élémentaire. Une analyse de ce que vous devriez facturer, basée sur cet hôtel Bandini à l'angle.

— Des y a fureté hier, dit Poppy. Il a fait semblant de vouloir l'acheter.

— Ils ont l'avantage supplémentaire d'une salle à manger, bien sûr.

— On n'est pas prêts pour ça, Des.

— Je vois, mon garçon. Donc, ce que je vous suggère. Des tarifs différents pour des chambres différentes. Des rajustements saisonniers. Apprendre à connaître votre marché. Le bouche-à-oreille est un instrument puissant. Et j'ouvrirai la bouche en votre faveur à la moindre occasion. La touche personnelle, je n'ai jamais connu que ça. Ne changez rien. Installez un téléphone quand vous pourrez et – il regarda sévèrement Ulysses – équipez-vous d'une machine à café digne de ce nom. L'odeur seule vaut un million. Ensuite vous pourrez proposer le petit déjeuner. Un vrai plus. Poppy et moi adorons un café et une pâtisserie au saut du lit.

— En effet, Des.

— Voici mon numéro. Je contacterai Michele quand le moule sera prêt et que vous pourrez l'attendre. Maintenant, montrez-nous le livre d'or. Nous avons une dissertation à rédiger.

Après Des et Poppy vinrent les Willoughby : de jeunes mariés de Pennsylvanie. Cresson dépassa la mesure avec les pétales de roses. La nouvelle année apporta les deux gentlemen Mr Rakeshaw et Mr Crew. Ils étaient drôles, ils plurent à tout le monde. Les Ashley leur succédèrent. Puis Gwendolyn Fripworth et sa nièce, qui se présentèrent spécialement pour la saison des asperges et des petits pois.

Et ce serait selon ce scénario que, du moins pendant environ un an, les premiers pensionnaires viendraient séjourner. Une entrée progressive dans le monde complexe de l'hospitalité, ainsi Cresson le décrivit-il. Jusqu'au moment où le bouche-à-oreille se répandit et où, de mars à octobre, les chambres furent le plus souvent occupées et rapportèrent un modeste revenu qui leur fournissait tout ce dont ils avaient besoin. Chaque année, le prêtre bénissait les lieux et la longueur de sa visite se mesurait à la qualité du vin disponible. Quatre heures pour un Brunello particulièrement bon.

Finalement, Ulysses attendit novembre avec impatience, quand la majorité des touristes s'en allaient et que la météo devenait anglaise pendant trois mois : beaucoup de pluie, un peu de neige fondue et des nuits étoilées qui déposaient un manteau de gelée blanche. Les seuls pensionnaires, à cette période, étaient des solitaires ou des passionnés d'art, au fond pas gênants du tout.

Mais nous brûlons les étapes.

C'est encore 1953. Décembre. Les arbres ont bel et bien perdu leurs feuilles et une petite neige arrive parfois des Apennins. Les Florentines mettent leurs fourrures et l'odeur de la truffe blanche se mêle à l'arôme des châtaignes grillées. Un *presepio*, une crèche, s'installe devant l'église et le guitariste remballe son blues. Après la fête de l'Immaculée Conception, l'attention de la ville bascule et tous, tous, tous les voyants sont au vert pour Noël.

La très grande nouvelle à la *pensione Pappagallo* – nom sous laquelle on la connaissait désormais – était que les moules de Des étaient arrivés. Six paires, non pas une, parce que Des était ce genre d'homme. (Il ne fait jamais les choses à moitié, disait Poppy, montrant ses deux bagues de fiançailles.) Et, quelques heures plus tard, Ulysses était dans son atelier, des bandes de jute et du plâtre de Paris jusqu'aux coudes. Il travaillait vite, étalant une couche de liquide au creux du moule, ajoutant du jute pour renforcer, puis renouvelant les couches afin d'obtenir une demi-sphère mince. Ses premières tentatives furent grossières, il s'en servit donc pour s'entraîner en vue des fuseaux. Pour déterminer quelle colle tenait mieux sur quel papier. Quel papier s'étirait trop, quel papier tenait bien, quel papier absorbait le mieux l'aquarelle et la colle. Le processus était lent, difficile. Son instinct esthétique s'était émoussé après une décennie de procrastination et le sol de son atelier se transforma en cimetière de planètes Terre abandonnées. Au bout de deux semaines, néanmoins, deux hémisphères devinrent une sphère presque parfaite. Il prit une journée pour effacer l'épaisse jointure et poncer la surface au papier de verre – il ne pouvait cesser de la regarder. Il aurait dû, pourtant. Il était à nouveau en retard.

Ulysses se précipitant à travers la place :

— Désolé, Mass ! Désolé, Cresson !

Giulia sortit du café, portant un plateau de café. Elle était enveloppée dans un cardigan vert, avait les cheveux coiffés en chignon haut et une écharpe marine autour du cou. Elle écarta de son front une mèche qui s'était échappée.

— Six mois que vous êtes ici, Signor Temper, dit-elle.

— Déjà ? (Il avait toujours du mal à la regarder.)

— C'est vrai, dit Massimo. Presque jour pour jour.

— Six mois, Cresson. Tu en dis quoi ? On reste six mois de plus ?

— Je ne vais nulle part, fiston. Enterre-moi ici.

Lorsque Giulia fut trop loin pour les entendre, Ulysses se pencha et dit :

— Qu'est-ce que tu sais de l'angine de poitrine, Massimo ?

— Pas grand-chose. Mon oncle en a souffert.

— Il est encore en vie ?

— Non. Un sanglier l'a tué.

— Un sanglier ? s'étonna Cresson.

— C'est plus fréquent qu'on ne le pense.

— Aucun rapport avec l'angine de poitrine, alors ?

— Ça l'a peut-être ralenti. Tu as une angine de poitrine, Ulisse ?

— Non, non. Je me demandais juste…

— Laisse. Je te taquine. Je sais que tu parles de Michele.

— Comment tu sais pour Michele ? dit Ulysses.

— Alys m'a informé.

— Elle m'a informé aussi.

— Personne ne m'informe jamais, dit Cresson.

Le facteur à vélo passa et distribua au vol une carte postale, image visible sur la table. Une photo de Big Ben.

— Ici Londres, dit Massimo.

Ulysses retourna la carte.

— Mince alors ! dit-il. C'est Pete. Sacré coup de théâtre : Rosemary Clooney a tout bonnement annulé. Il arrive.

Une folle activité suivit l'annonce de Pete. Cresson alla au marché avec la môme acheter un sapin et en acquit deux en raison de la *pensione.* Ils trouvèrent dans la cave un carton contenant les décorations d'Arturo et, même si l'effet était modeste, il y avait de l'élégance dans les simples fils de perles argent et or qui ornaient les deux appartements. À l'étage du bas, le sapin avait une étoile au sommet et celui du haut un grand perroquet amazone à front bleu qui valdinguait de temps en temps. Cresson et la môme ajoutèrent une note naturelle – des branches de houx et d'eucalyptus – et le parfum était divin, dit Cresson.

« Divin ». Le mot frappa Ulysses. Il n'avait jamais entendu Cresson l'employer jusque-là, l'adjectif ayant uniquement vécu dans le royaume de Darnley. Ulysses resta hanté l'après-midi entier par des souvenirs de l'homme.

— Ça va, mon garçon ? ne cessait de demander Cresson.

Cresson savait qu'il était rentré en lui-même, comme s'il avait élu domicile à l'extrémité d'une longue-vue.

— Ça va, répondait Ulysses.

Mais la môme observa :

— Même si ça n'allait pas, il nous le cacherait.

Lorsque la nuit tomba et qu'il fut seul, il sortit sur la terrasse. La pâle façade inachevée de l'église brillait comme un gigantesque monolithe et il se demanda ce que Darnley en aurait pensé.

— Hé, Temps, l'entendait-il dire. Jamais les choses n'auraient dû être ainsi.

— Je sais.

(Darnley tira sur sa cigarette.)

— Je parle de cette place. Si Brunelleschi en avait décidé. Elle aurait dû être construite sur l'autre rive. Elle se serait étendue jusqu'au fleuve et on serait arrivé à l'église en bateau. Cela n'aurait-il pas été divin ? Comme Venise.

— Je ne connais pas, mon capitaine.

— Vous ne connaissez pas ? Alors nous irons. Ce sera un projet. Oh, et aussi, Temps : vous m'appellerez Alex, à ce moment-là.

Trois jours avant Noël et toujours aucune nouvelle de Pete. Le temps était devenu glacial et Ulysses sommeillait sur le canapé après une journée à se geler dans son atelier avec pour tout chauffage deux petits braseros en faïence. Claude fredonnait en haut du sapin et le pot-pourri de chants de Noël et de chansons de marins n'était pas désagréable à l'oreille. Mais bientôt, un autre son prit de l'ampleur, un son qu'Ulysses pensait, espérait même ne plus jamais entendre, ni ici ni ailleurs.

— Qu'est-ce que...

Il se leva d'un bond et arriva à la fenêtre au moment précis où l'ambulance anglaise verte des années 1930 pénétrait sur la place, hurlant comme un abattoir. Claude s'envola, se posa sur son épaule... et commença à se déplumer.

— Tout doux, mon grand. On n'est pas encore certains que ce soit lui.

Mais le temps qu'Ulysses dévale l'escalier, le tas de tôle de Col avait déjà attiré l'attention de ses voisins. La vieille *contessa* se tourna vers lui et cria :

— Un quelconque rapport avec vous ?

— Peut-être, dit Ulysses.

— *Tipico*, ironisa-t-elle avant de se détourner.

Pete quitta la place du mort, tout chancelant. Il avait le visage plus blême que d'habitude. Il s'écroula dans les bras d'Ulysses et dit :

— Il m'a ligoté à une chaise, Temps. Retenu prisonnier tant que je n'ai pas accepté qu'il vienne. J'ai passé une semaine avec lui dans cet espace minuscule.

— Bon sang, Pete, quelle histoire.

Le bruit de Col qui criait et frappait du poing le tableau de bord.

— Pourquoi il est ici ?

— Ginny veut pas se séparer de Mrs Kaur. Peg est partie avec Ted. Il s'est brouillé avec sa sœur. Et moi je venais ici.

— Qui s'occupe du pub ?

— Hayley Manners, sa nouvelle nana. Elle gérait le Victory d'une main de fer.

— Joli manteau, pour changer de sujet.

— Cette vieillerie, Temps ? Je l'ai depuis des années.

Soudain, la sirène se tut. Col sortit du véhicule côté conducteur et referma doucement la portière.

— Qu'est-ce que tu fais ici, Col ?

— Bienvenue à toi aussi.

— Tu sais ce que je veux dire.

— Je voulais juste voir à quoi ça ressemblait. C'est un crime ?

— Bien sûr que non.

— Mais renverser cet homme à Milan, ça l'était, intervint Pete.

— T'en parles encore ? Je l'ai à peine touché, dit Col, longeant l'ambulance.

Contre son dos était collé un écriteau *Bottez-moi le train* en trois langues. Ulysses lui botta le train.

— Putain, pourquoi t'as fait ça ?

Ulysses décolla l'écriteau et le lui montra. Col se tourna vers Pete.

— J'te déconseille de fermer les yeux cette nuit, lui dit-il.

— J'ai pas fermé l'œil de la semaine, répliqua Pete.

— Des bagages ? demanda Ulysses.

Pete leva son fourre-tout.

— Quelques sous-vêtements et des chaussettes pour moi, dit-il.

Col ouvrit l'arrière de l'ambulance.

— Une valise, trois cartons.

— Qu'est-ce qu'il y a dans ces cartons, Col ?

— Du pâté de foie, répondit Pete. Il en a mangé continuellement. J'ai eu l'impression de dormir à côté d'une bête morte.

Ulysses fourra Col dans la *pensione* en bas et Pete vint loger avec eux à l'étage. De manière à être proche du piano, prétextèrent-ils, mais en vérité Pete n'aurait pas supporté de passer une minute de plus cloîtré avec le type. Et lorsqu'il entra dans le séjour et aperçut Claude, Pete eut le souffle coupé.

— J'aurais jamais pensé le revoir, dit-il. Comment donc…

— Aucun rapport avec moi, Pete, dit Ulysses. Tout ça, c'est le génie de Cresson.

— Un tel prodige porte la signature de Cresson, Temps.

— Qu'est-ce qui porte ma signature ? demanda Cresson, s'avançant dans la pièce.

— Serre-moi la pince, Cressy ! dit Pete, et les deux hommes se donnèrent une poignée de mains.

— Pete ! cria la môme.

— Bonjour ma chérie.

— Regarde ce que j'ai ! dit-elle, lui présentant sa guitare d'un geste décidé. Je veux jouer du blues.

Pete lui plaça les doigts sur les frettes – territoire classique en *mi*.

— C'est un bon endroit où commencer, dit-il.

Claude prit son vol et accomplit une petite magie aéronautique.

— Au diable le Palladium ! scanda-t-il en boucle.

— Regardez ça, dit Pete.

— Il nous réserve sans cesse des surprises, dit Ulysses.

— On le croirait trop lourd pour ce genre d'acrobaties, dit Cresson.

Soudain, Col entra :

— J'le savais ! Ce foutu oiseau ! Qui aurait voulu en bouffer ?

Claude sursauta et fonça droit dans la vitre. Il tomba à terre comme un sac de noix.

— Claude ! cria la môme.

— Pourquoi t'as fait ça ? dit Cresson.

— Fait quoi ? dit Col.

— Personne pourrait survivre à ça, dit Pete.

Mais Claude survécut.

Et, après cette malheureuse interruption, la suggestion de dîner chez Michele relança instantanément les réjouissances. La môme ouvrit la marche.

— Voilà qui est charmant, dit Pete alors qu'il ouvrait la porte sur la chaleur, la bonne odeur et l'ambiance italienne.

— Je comprends toujours pas, dit Col, regardant le perroquet à plat ventre dans les bras d'Ulysses. Comment il est arrivé ici ?

— Il nous a suivis.

— Suivis ?

— Comme un pigeon voyageur, dit Ulysses.

— Un pigeon voyageur est censé revenir au pigeonnier, non ?

— Il faut nuancer, dit Cresson.

— Oh, allons-y, docteur Dolittle.

— Le pigeon revient au lieu qu'il considère comme son territoire. *Ergo*...

— Ergo ? Ergotage ?

— *Ergo*, « donc » en latin, clarifia Cresson. Son territoire, c'est nous.

Giulia les conduisit jusqu'à une table dans le fond et Ulysses expliqua que le perroquet venait de souffrir d'une *concussione* (il essaya de deviner le mot). Elle étouffa une exclamation et posa la main sur sa poitrine. Il regretta de ne pas avoir à dire qu'il souffrait lui-même d'une *concussione*. Il lui demanda quel était le plat du jour et elle s'approcha de son oreille.

— *Tortellini in brodo*, susurra-t-elle.

Il n'avait pas vécu de moment aussi érotique depuis des années. Pris d'un vertige, il trébucha contre la chaise.

— Rattrape l'oiseau ! cria Cresson. Rattrape l'oiseau, Pete !

Pete se précipita et saisit le perroquet à quelques centimètres du désastre.

— Tu as la paire de mains la plus sûre que je connaisse, dit Cresson.

Les *tortellini in brodo* de ce premier soir furent un plat dont ils parleraient pendant des lustres. Oh, combien il les nourrit et leur plut, leur donna du ressort pour tous les événements inattendus à venir !

— Cette saveur salée de cochonnaille et de poulaille, dit Col dans un rare instant d'éloquence épicurienne.

— Et ces pâtes farcies flottantes qui offrent la plus douce des résistances, dit Pete.

— *Al dente,* dit Cresson.

— Qui ça ? demanda Col.

— C'est une expression, expliqua Cresson. *Al dente.* Ça veut dire ferme sous la dent. *Al dente.*

— Arrête de répéter ce foutu *al dente,* dit Col, essuyant son écuelle avec un gros morceau de pain. Juste quand je recommençais à bien t'aimer.

Ulysses donna une pièce pour le juke-box à la môme.

— Cette chanson est pour Pete, dit-elle.

Ella Fitzgerald, « My One and Only ».

Pete alluma une cigarette et attira leur attention sur l'accompagnement au piano.

— Vous entendez ça ? Ellis Larkins, dit-il, et il joua note après note sur des touches imaginaires.

Michele sortit de derrière le comptoir.

— Signor Temper, dit-il tout bas. *Telefono.*

— Pour moi ? dit Ulysses, et il suivit furtivement Michele jusqu'au bar.

Il revint peu après.

— Qu'est-ce qui se passe ? demanda Cresson.

— C'était Peg.

— Peg ? dirent-ils à l'unisson.

— Elle vient, dit Ulysses.

— Elle vient ? Où ?

— Ici.

— Ici ?

— Demain. Ils sont à Rome.

— Ils ?

— Elle et Ted.

— Oh non, pas ce fichu Ted, dit Col.

— Sur leur trajet pour Venise.

— Il va falloir que tu restes calme, dit Pete.

— Jamais été doué dans ce domaine, Pete.

— Moi non plus, Temps. Je me demande pourquoi j'ai dit ça. Je vais chercher à boire.

Il se leva et commanda une tournée de *biciclette.*

La môme paraissait inquiète. Elle se pencha vers Ulysses et dit :

— Pourquoi est-ce que Peg vient, Uly ?

— Pour te voir, bien sûr ! lui répondit-il.

Et la môme eut un sourire radieux.

— Elle logera chez nous, Uly ?

— Non, môminette, pas cette fois. (Il garda un ton léger, mais il était incapable de la regarder en face.)

— *Vous logerez chez nous, Peg ?*

— *Non. Ted veut aller dans cet hôtel à l'angle.*

— *Le Bandini ?*

— *C'est ça. Un ami d'un ami d'un ami y a logé.*

— *Recommandation du tonnerre, Peg.*

Elle rit.

(Silence.)

— *J'aurais aimé que vous logiez chez nous, ajouta-t-il.*

— Ouais. Mais tu connais Ted.

— Pas vraiment, dit Ulysses. On avait de la place pour vous, Peg.

— Je ne savais pas.

— Tu aurais dû demander. La môme aurait adoré ça.

— Elle sera contente de me voir ?

— Tu ne te doutes pas à quel point.

Le lendemain après-midi, la température baissa, le ciel prit une teinte jaune et la neige menaça. Ulysses souffla dans ses mains et ajusta son écharpe alors qu'il attendait près de la fontaine dans la lumière déclinante comme un gros ballot irrécupérable. Les mots de Col, bien sûr. Mais il ne pouvait pas s'en empêcher : il était enthousiasmé de voir Peg, en toute franchise, et seul cet enthousiasme éloignait la puanteur d'une gueule de bois. Il regarda sa montre. Ça ne serait plus très long maintenant, il en était sûr. La porte de l'immeuble s'ouvrit et la môme sortit en courant.

— J'ai changé d'avis, dit-elle.

Chez Michele, le juke-box beuglait « I Believe » de Frankie Laine. La môme et Ulysses chantèrent en chœur. Une voiture apparut sur la place, le bruit sourd de ses gaz d'échappement accentué par l'air glacial. Ulysses serra avec force la main de la môme, mais la voiture n'était pas un taxi et elle continua sa route dans la Via Mazzetta.

— J'ai cru que c'était elle, dit la môme.

— Moi aussi.

— C'est marrant qu'on ait cru la même chose.

La môme se mit à danser pour se réchauffer.

— Tu devrais essayer, conseilla-t-elle.

— D'accord, je tente.

Peg et Ted parlèrent peu dans le taxi. Comment pouvaient-ils aller à Rome et Venise sans faire étape à Florence ? Le petit jeu de Ted.

— Regarde la lumière, dit Peg lorsqu'ils franchirent le fleuve.

— C'est juste de la lumière, dit Ted, relisant son quotidien vieux de trois jours.

Dix minutes plus tard, le taxi entra dans Santo Spirito et s'arrêta devant le Palazzo Guadagni. Des arbres nus, des lumières de Noël, une église rayonnante et la symétrie parfaite des bâtiments. Et au milieu, un homme et une môme qui dansaient près d'une fontaine dans le crépuscule d'un rose chaleureux. L'homme et l'enfant riaient, leur souffle formait de la vapeur. Ils avaient l'air heureux et c'était tout ce que Peg avait besoin de voir. Elle pourrait dormir maintenant, réussirait peut-être même à se pardonner. Elle aurait dû laisser les choses en l'état, aurait dû dire au chauffeur de taxi de rouler, mais soudain la môme et l'homme cessèrent de danser et se tournèrent vers elle. L'homme pointa le doigt vers eux, agita la main. Ted paya le chauffeur de taxi et dit :

— Pas question de manger avec eux ce soir.

Peg ouvrit la portière.

— Tu m'entends ? dit Ted.

— Ouais, ouais, dit-elle.

L'air lui picota les narines. Fumée de feu de bois, ail et quelque chose de crasseux. Elle lissa ses bas et sortit du véhicule, s'emmitoufla dans son manteau de fourrure. Elle agita la main et la môme s'élança vers elle et la môme était tout le portrait d'Eddie. Ces yeux, cette bouche, ces cheveux. Peg s'agenouilla pour l'accueillir mais en fait c'était pour s'éviter de tomber.

Clac clac clac à travers la place. Le petit air de Peg. Elle venait vers lui. Hanches ondulantes, bras ondoyants, clope entre ses lèvres rouges maquillées. Autre main serrant la môme. Un pincement familier dans les tripes d'Ulysses. Ted laissé en plan sur le trottoir avec les valises, horripilé que Peg se soit éloignée (sans lui demander la permission). Ulysses s'avança vers elle. Elle jeta sa cigarette. Les cloches de la basilique se mirent à sonner.

— Elles sont pour moi ? dit Peg.

— Qui d'autre ? dit-il. Ça m'a coûté un bras et une jambe à organiser. Je vacille encore de l'amputation.

Peg rit. Ils se regardèrent dans les yeux, et c'était du connu et il y avait un passé. L'haleine de Peg tiède sur son visage, pas très fraîche mais non sans attrait.

— Viens ici, dit-il.

Dans les bras l'un de l'autre maintenant. (Les gens qui regardaient. La vieille *contessa* à une fenêtre à l'étage. Michele et Giulia sur le seuil du café.)

— Tu as l'air italien.

— Mon pantalon, sans doute.

— Tes cheveux ont foncé.

— Tu trouves ?

Elle y passa les doigts.

— Ça te va bien, dit-elle.

— Et tu as ton air à toi.

Il lui tint les mains et s'écarta pour saisir l'effet dans toute son ampleur. Il siffla.

— Hé ! les interrompit la môme. Là, c'est notre immeuble. Et c'est notre café. Et c'est Signor Michele et Signora Giulia. Fais coucou ! Et c'est notre fontaine.

Peg riant. Ted l'appelait.

— Je devrais... commença-t-elle.

— Et c'est notre Cressy.

Peg se tourna. Cœur douloureux en le voyant.

Le vieux bonhomme lui sourit ; il semblait ému, les yeux rougis.

— Appelez la police ! dit-il. *Qualcuno ha rubato tutta la bellezza.* Quelqu'un a volé toute la beauté.

— Les mots sont de la poussière d'or, Cresson ?

— Quoi d'autre ? dit-il. Tiens, une orange pour toi.

Il lui tendit une *tarocco* sicilienne. Elle la prit. Perça la peau avec son ongle et l'approcha de son nez. Des souvenirs vivaces.

— Viens, dit Cresson. Il y a un piano, un verre de champagne et un perroquet évanoui qui t'attendent.

— Ça me paraît bien, dit-elle.

Ted l'appelant. Peg exaspérée.

— Allez, dit Ulysses. Montez tous les trois. Je vais aider Ted.

Lorsqu'ils furent entrés, Ulysses courut sur les dalles de la place.

— Ça va, Ted ?

Les deux hommes, également polis, échangèrent une poignée de main.

— La môme voulait montrer sa chambre à Peg, dit Ulysses. Je savais que ça ne vous dérangerait pas, et il empoigna l'une des valises. Bon voyage ? demanda-t-il. (Ted se plaignant.) Ah, ouais, c'est la période de l'année qui veut ça.

Peggy Temper montant l'escalier de pierre comme si elle était dans un film. Prends la lumière, Peg, prends la lumière. L'écho de ses talons, marche après marche après marche. La ligne séduisante de la couture de ses bas, comme une note de musique, ta da, ta da, ta da. Une vieille femme au premier étage jeta un coup d'œil par sa porte entrebâillée. Peg eut ce fameux sourire et fichtre qu'il était communicatif : quatre ans que la vieille chouette ne s'était pas déridée. La môme adorable devant, causant de ceci et cela dans un flot de volubilité italienne. Intelligente petite personne. Héritage complet d'Eddie, aurait souligné sa mère. *Rien* de toi. L'atmosphère confinée, un peu comme un musée. Peg hors de son terrain de prédilection mais elle ne savait plus où celui-ci se terminait.

— Quoi ? dit-elle.

Cresson s'était arrêté ; il la regardait.

— La vérité, dit-il. Bonne ou mauvaise ?

Elle savait à quoi il faisait allusion.

— Couci-couça, dit-elle.

Ses cuisses remplies de force par la montée, son cœur battant la chamade.

— J'ai promis d'épouser Ted.

Cresson secoua la tête et reprit l'ascension de l'escalier.

— Nous y sommes, dit Alys. Ma maison.

Deux mots qui n'auraient pas dû affecter Peg, mais ce fut bien le cas.

— Par ici, dit la môme.

Peg déboutonna son manteau. Senteurs capiteuses de vin chaud, d'épices, d'oranges et de clous de girofle. Fumée et miroirs dans le vestibule, portes ouvrant sur des lits et des broderies exquises. Une légère odeur de charbon en provenance de la cuisine. Dans le séjour elle entra sans bruit et se débarrassa de sa fourrure comme si c'était le printemps. Son soutien-gorge neuf mettait en valeur deux pics remarquables. Du Peg classique. Avancée vers le sapin où son parfum se mêla aux effluves résineux. Pete au piano éclairé par des bougies. Col disant quelque chose au sujet de l'idiot qu'il avait heurté avec la voiture à Milan. Rien ne change. Et pourtant...

Certaines choses changent bel et bien. Elle se tint près de la fenêtre. La myriade de lumières jaunes s'écartant depuis les volets, le campanile, la crèche et le jaillissement sombre des oiseaux à travers un ciel marbré de marine et de magenta. Temps et la môme. Elle les avait perdus au profit de ceci. Et dans ses oreilles enfla un son grondant comme des vagues. Cresson lui donna un verre de champagne. Elle le vida d'un trait et le son disparut. La musique et les rires reprirent. La môme lui tendit le perroquet emmailloté dans un drap. Pete disant :

— C'est comme regarder l'enfant Jésus et Marie.

— Et vous êtes les rois mages, vous trois ? répliqua Peg. Simplet, Grognon, Dormeur ?

Claude ouvrit les yeux.

— Peg, dit-il tout bas.

— Qu'est-ce qu'il y a, mon chou ?

Et elle s'inclina vers lui.

— Qu'est-ce qu'il y a ? (L'oreille contre son bec maintenant.) Quoi ?

— N'épouse pas Ted.

— Quelqu'un a vu Peg ? demanda Ulysses.

C'était le 24 décembre et, attablés chez Michele, ils buvaient un *caffè corretto* de dernière minute avant la fermeture pour deux jours de l'établissement.

— La voilà ! dit Cresson, pointant le doigt vers l'extérieur.

Ulysses remarqua qu'elle portait des lunettes de soleil.

— Et pas de Ted ! ajouta Col.

— Voilà Ted, rectifia Ulysses.

— Et merde, grommela Col.

La môme offrit un cadeau à Giulia et Michele : une photo dédicacée d'Ingrid Bergman. Ils étaient enchantés.

— C'est moi qui l'ai signée, dit la môme.

Ils prévoyaient une visite de la ville à pied, mais Peg n'avait apporté que des chaussures à talons ; Ulysses annonça donc qu'il les emmènerait tous à San Miniato al Monte dans Betsy. Ted tira sa révérence.

— Oh, quel dommage, dit Col.

Ulysses les conduisit vers l'est en empruntant le quai. Avec le fleuve sur leur gauche, la môme et Cresson montrèrent les monuments. Les Offices, la Bibliothèque nationale, le Palazzo Vecchio, l'Institut d'histoire de la science.

— Les premiers appareils de chronométrie sont là, dit Cresson. Les premiers télescopes, astrolabes et instruments maritimes. Les premières représentations portatives du ciel étoilé ; et puis, bien sûr – Cresson reprit son souffle –, Galilée. Le père de la physique moderne.

Peg se tourna vers Ulysses et lui fit un clin d'œil.

— Ça m'a manqué, chuchota-t-elle.

Cresson expliqua :

— Contrairement à ce que les gens croient, Galilée n'a pas inventé le télescope mais la manière de l'utiliser. Il a expérimenté. Il a observé. Il a déduit. Sa découverte des satellites de Jupiter a prouvé l'exactitude de la vision copernicienne selon laquelle la Terre était en réalité un satellite du Soleil.

— L'héliocentrisme, dit Pete.

— Et le grand bouleversement qu'il a provoqué, ajouta Cresson.

— J'ai écrit une chanson là-dessus, dit Pete. Elle s'intitule « Tout ne tourne plus autour de toi ».

Pete fredonna le refrain pendant que Betsy se faufilait de l'onduleuse Viale Michelangelo à la très opportune Viale Galileo.

Depuis l'église de San Miniato, le groupe admira la ville. Peg ôta ses lunettes de soleil pour chasser de son œil une particule de mascara et Ulysses fut soulagé de voir le léger rouge des larmes et pas une marque de coup. Cresson se mit à parler d'Arnolfo di Cambio.

— Architecte, sculpteur, dessinateur, urbaniste, dit-il.

— Mais est-ce qu'il savait préparer un sandwich au bacon ? intervint Col.

— La ferme, Col, dit Peg.

Cresson l'ignora et continua :

— La vision d'Arnolfo de 1284 contenait ce que nous avons devant nous. Le tracé, là-bas, de ses remparts. (Vous voyez ? On voit, répondirent-ils.) Non seulement cette nouvelle limite de la ville soulignait l'importance du fleuve et des ponts, mais elle incluait les églises des ordres mendiants. Les points cardinaux – ou la croix, disons : Santissima Annunziata au nord, Santo Spirito au sud, Santa Maria Novella à l'ouest, Santa Croce à l'est. Et là au centre, dans toute sa majesté, attirant le regard : la cathédrale. *Il Duomo.* Représentant la gloire de la ville elle-même.

Peg trouva Ulysses dans le cimetière.

— C'est lui ? dit-elle.

— Ouais. Arturo Bernadini.

Elle s'assit à côté d'Ulysses.

— Tu viens souvent ici ?

— Rarement. Un peu de calme de temps en temps. Il a changé ma vie, Peg.

— Tu as sauvé la sienne.

— Je n'en suis pas sûr.

— Mais c'est de toi qu'il s'est souvenu. Toi plus que n'importe qui. Voilà l'effet que tu as sur les gens, Tempy.

— Ah, je ne sais pas, dit-il, et il alluma une cigarette. Merci d'être venue, ajouta-t-il. Je sais que ça te coûte.

Peg silencieuse. Elle prit la cigarette et dit :

— Tu me connais plus que personne.

— Quelle impression ça te fait ?

Peg ne répondit pas.

— Noël demain. J'espère qu'il va neiger, dit-il.

— Ted déteste la neige.

Elle se pencha vers la tombe.

— Faites qu'il neige, Arturo. Faites qu'il neige pour le garçon ici présent.

Ce fut Cresson qui ramena Peg et Col en voiture à la *pensione*. Pete voulait marcher, la môme voulait être avec Pete, Ulysses les guida donc dans la descente des escaliers vers San Niccolò. La ville s'emmitouflait. Les trams étaient bondés, les derniers acheteurs se précipitaient avec des paquets ou des cabas de nourriture. La môme parlant à Pete de la *Befana*, la vieille femme qui apporte des cadeaux aux enfants.

— Mais pas le jour de Noël, Pete. À l'Épiphanie, le 6 janvier. Mais moi, j'aurai les miens à Noël, pas vrai, Ulysses ?

— En effet.

— Et si les enfants sont vilains, dit-elle, ils reçoivent un morceau de charbon.

— C'est un peu cruel, dit Pete. Un peu limite, ça.

Ils s'arrêtèrent le long du quai et se penchèrent pardessus le mur. Le Ponte Vecchio plus loin. Le lent mouvement du fleuve au-dessous. Les collines environnant la ville étaient sombres, avec des lumières éparses. Quelque part, de la musique. Ulysses alluma deux cigarettes et en tendit une à Pete. Il aimait bien être avec Pete. Pete avait des moments tranquilles.

Ils tournèrent dans la Via Guicciardini et Pete dit :

— Ça t'ennuie si j'entre là, Temps, et que j'allume deux ou trois cierges ? C'est la seule période où l'église et moi sommes en paix.

— Bien sûr que non, dit Ulysses, et ils déviérent en direction de la porte ouverte, passèrent près du sapin en sentinelle et pénétrèrent dans la pénombre.

L'église conservait la chaleur des gens ; la forte odeur de l'encens persistait. Pete trempa les doigts dans les fonts baptismaux et se tapota le front.

— On n'a jamais trop de bénédictions, dit-il.

— Je veux faire ça aussi, dit la môme, et Ulysses la souleva et elle plongea la main dans le bassin.

Elle projeta de l'eau vers Ulysses, qui essaya de l'esquiver. Ce faisant, il aperçut un tableau derrière elle et son cœur tressaillit. Le tableau était donc là ! Après toutes ces années. La môme se glissa hors de ses bras et s'éloigna avec Pete. Ulysses tira une pièce de monnaie de sa poche et, en un clin d'œil, la chapelle fermée par une grille flamboya de lumière et de couleurs éclatantes. Darnley disant :

— *Ulysses Temper, Miss Evelyn Skinner, je voudrais vous présenter la* Déposition *de Pontormo.*

— *Pensez-vous qu'ils nous laisseraient la prendre maintenant, capitaine Darnley, et leur éviter cette peine ?*

Ulysses s'appuya contre les barreaux de la grille. *Bonjour à nouveau, Evelyn. Vous souvenez-vous de moi ?*

La môme derrière lui.

— J'aime bien ce tableau, dit-elle.

— Moi aussi, dit-il en souriant. J'aime bien le nuage.

— Tu veux allumer un cierge ? demanda la môme. Pete m'a montré comment on fait. Il faut penser à quelqu'un qu'on aime bien. Tu crois que tu pourrais faire ça ?

— Je crois que je pourrais.

Ils s'approchèrent d'un autel.

— Pete a allumé ceux-ci, indiqua la môme.

(Il devait y en avoir au moins cinquante.)

— Mince alors, dit Ulysses.

— Toutes ses femmes, dit la môme. Expier, ça veut dire quoi ?

— Réparer ses fautes, répondit Ulysses, qui prit un cierge et déposa une pièce dans le tronc.

— Tu as pensé à quelqu'un ? demanda la môme.

— Oui.

— Est-ce que c'est une femme ?

Il sourit.

— Ouais, une femme.

— Très bien, dit-elle. Maintenant, allume-le. Voilà. Et tu penses à la personne vraiment fort. C'est ce que tu es en train de faire ?

— Précisément.

— Vraiment fort ?

— Oui oui !

— Maintenant, tu peux planter le cierge sur le support. Le mien est là. Tu peux le planter à côté si tu veux.

— Crois-tu que la personne sache que j'ai pensé à elle ?

— Pete dit que c'est comme un appel téléphonique spécial et qu'elle le reçoit même si elle n'est pas chez elle.

— Est-ce exact ?

— De quel droit je pourrais le contester ?

La nuit tomba tôt. La môme et Pete reprirent le chemin de la *pensione* tandis qu'Ulysses s'engageait dans la Via dello Sprone pour rejoindre son atelier. Il traversa la Piazza dei Sapiti et, quelque part au milieu des éclairages de Noël, le son d'un violon parlait de solitude. Il enfonça la clé dans la serrure et poussa la lourde porte en bois. Il alluma la lampe et des grains de poussière s'agitèrent dans le faisceau de l'ampoule au plafond. Trois sphères en plâtre, telles des lunes, sur l'étagère du haut. L'image était comme il l'avait laissée. Il avait trouvé un imprimeur à San Frediano après avoir emmené la môme à l'école et avait fait réaliser une gravure de l'un des cuivres de son père. Douze fuseaux. Début des années 1920. La qualité du papier ne convenait pas pour un globe mais était parfaite pour un tableau. Il l'avait fait encadrer dans le quartier, quelque chose de joli et de simple. Il passa un chiffon sur la vitre, un petit peu de cire pour soulever le cadre. Il l'enveloppa dans du papier kraft et l'attacha avec de la ficelle. *Pour Massimo,* écrivit-il.

Via Maggio, il acheta à la dernière minute une bouteille de mousseux avant de regagner la place. Quelques touristes avaient la tête levée vers son immeuble. Les fenêtres étaient ouvertes, et il aperçut Cresson près du sapin, Pete et Peg qui offraient une chanson à la nuit. Et il pensa : *On aurait envie de les rejoindre, si on était là en bas à les regarder. On aurait envie d'être des leurs.*

Il grimpa les marches deux à deux et s'arrêta sur le palier du premier. Il laissa la bouteille de *spumante* devant la porte de la vieille *contessa.* Il appuya sur la sonnette mais n'attendit pas.

Personne ne l'entendit entrer. Il se tint sur le seuil du séjour et retira son écharpe. Peg chantant « That's All ». Pete, clope au bec, courbé au-dessus des touches du piano, les emmenant, tendre, vers une autre dimension. Col à côté de Cresson sur le canapé, leurs mouvements coordonnés – main portée à la bouche avec une cigarette, verre porté à la bouche avec le vin – et la môme assise par terre, caressant le perroquet. Ted debout près de la fenêtre, pareil à lui-même. Moitié dedans, moitié dehors. Maladroit, guindé, riche. Ils étaient une bande de gens sacrément bizarres, n'empêche qu'il avait de l'affection pour eux. Il emporta dans sa chambre le paquet pour Massimo et lâcha son manteau sur le lit. La voix de Peg le suivant au long du couloir. Dans la cuisine, l'odeur du poisson et de la sauge cuits au four. Il se servit un verre de vin et retourna se poster sur le seuil. Il ne pouvait détacher ses yeux d'elle. Il ne le pourrait jamais. Cresson appelait cela une malédiction et un bienfait d'aimer quelqu'un aussi totalement et peut-être qu'il avait raison. Ulysses porta le verre à ses lèvres et but. Il avait depuis longtemps renoncé à essayer de comprendre ce que Peg voyait chez les autres hommes. Comme elle arrivait à la fin de la chanson, elle le regarda ; sourit uniquement pour lui. Personne n'avait ce qu'ils avaient, pensa-t-il. Pas vraiment. Il leva son verre pour lui faire honneur. Les dernières mesures appartinrent à Pete. La douce fioriture. L'émotion nouant la gorge.

Les cloches de minuit sonnèrent et les sombres collines solennelles en renvoyèrent l'écho. Depuis la terrasse, ils regardèrent les fidèles sortir à la file de la basilique et se réunir sur la place. Cresson expliquant que les célébrations commencent après la messe. Alors viennent le festin, l'ouverture des cadeaux, le...

— C'est très important, Noël, hein ? dit Pete.

— Et voilà l'annonce du siècle, ironisa Col.

— Je voulais dire ici en Italie.

— Florence, dit Ted, puis il se tut pour boire une gorgée.

— Florence quoi ? dit Col.

— Rien, dit Ted. Ici nous sommes à Florence.

Col plaqua sa main sur son ventre et déballa son ultime pastille de menthe.

Ulysses arriva avec une nouvelle bouteille de *spumante* et des tranches de *panforte*.

— Un morceau, quelqu'un ?

— Impossible d'avaler une bouchée de plus, dit Pete.

— Comment elle va ? dit Peg.

— Elle dort à poings fermés, dit Ulysses. Tu veux la voir ?

Ted déclara :

— Florence n'est pas Rome, bien sûr.

— Ah bon ? répliqua Col.

Même Peg fut obligée de sourire.

Elle suivit Ulysses dans la cuisine. Il posa deux cafetières sur le fourneau.

— Par ici, indiqua-t-il.

Hors de la cuisine, vers le bout du couloir. Le murmure venu de la terrasse diminuant.

Ils regardèrent la môme dormir. Une taie d'oreiller remplie de cadeaux au pied de son lit. Ulysses tira la couverture bien haut sur elle.

— Allons dans ta chambre, dit Peg.

Il ferma silencieusement la porte au verrou derrière lui. Peg remonta sa jupe ; c'était une soirée de la catégorie sans petite culotte. Ils baisèrent contre le mur et l'affaire fut conclue le temps que les cafetières arrivent à ébullition.

Peg lui tint le visage.

— Quoi ? dit-il.

— Le café ! cria Cresson.

— Vas-y en premier, dit Ulysses, respirant fort.

Mais il ne ressortit pas cette nuit-là. Les laissa sur la terrasse avec les cloches, l'alcool et les querelles de coqs de Col et Ted. Il se mit sous les couvertures et ferma les yeux. Il entendit Peg et Ted s'en aller. Cette brusquerie dans la voix de Ted, le silence de Peg avec les hommes, une chose nouvelle. Lorsque tout le monde fut endormi, il alla dans la salle de bains et se lava. Il savait que la môme lui bondirait dessus à l'aube.

En ce jour de Noël, Cresson buvait du café sur la terrasse.

— Et te voici ! s'écria Massimo, apparaissant dans l'entrée.

— Tu as échappé à ta mère, Mass ? dit Cresson.

— Elle me croit encore dans la salle de bains. *Buon Natale*, mon ami.

— Joyeux Noël, Mass !

— Tiens, dit Massimo, et il lui tendit un petit paquet.

— Qu'est-ce que c'est ? demanda Cresson.

— Un terrain inconnu supplémentaire pour un amateur de faits.

Cresson le déballa.

— Ça par exemple !

— De la poésie, dit Massimo. Sur une histoire d'amour dans cette ville.

Sur le dos, Cresson lut le titre : *Toute chose.*

— Constance Everly, dit-il.

Il tourna quelques pages et s'arrêta. Il lut :

Ils trouvèrent un lieu de solitude assez propice.
Grimpèrent sur la berge dans l'ombre d'un pont,
Les mains touchèrent les joues, les doigts les lèvres,
Et là ils s'embrassèrent
Parce que les yeux de la ville ne les atteignaient pas.
Les cloches, faibles, prononçaient l'heure.
Mais quelle heure ? Le temps avait cessé.
Quelque part dans l'air le silencieux lancer d'un appât
Fouetta l'eau et envoya des ondulations à leurs pieds.

Pete, qui avait la sensibilité à fleur de peau et la gueule de bois, se déplaça lentement du canapé au piano. Il régla le tabouret et prit une gorgée de grappa. Il s'était réveillé avec la muse et la tenait respectueusement dans ses bras. Il s'inclina vers les touches et, de la main gauche, produisit la douce mélodie, une série d'accords répétitifs qui se jouèrent d'eux-mêmes au bout d'un moment. La main droite faisait une délicate improvisation, où qu'elle l'emmène. Un chant de beauté qui dévoilait l'âme, tel fut ce que Pete offrit ce jour-là. Le nomma « La chanson de Cressy » après qu'il eut figé sur place le vieux bonhomme.

La musique conduisit Cresson à sa mère. Six mômes, pas d'argent et une vue seulement depuis l'évier. Noël semblable à n'importe quel autre jour. La fois où il apprit qu'elle aussi avait des rêves. Difficile d'accepter cette douleur. Il a fallu toute une vie et le but n'est pas encore atteint.

Peg sur la terrasse avec sa môme, se délectant de sa ressemblance avec Eddie. *Il y a neuf ans*, pensa Peg. *Et elle est la preuve que ces mois ont été réels.*

La môme regardant Peg. Tellement à comprendre.

— J'aime quand tu chantes, dit-elle.

Peg sourit. La môme chercherait toujours ce sourire chez les femmes.

Et Pete continuait de jouer.

Col près de la fenêtre donnant sur la place. Ginny aurait adoré cet endroit, mais Ginny était avec Mrs Kaur et son neveu. Col savait tout maintenant. (Son estomac se crispa.) *Mais si je la laisse partir, alors qu'est-ce que je deviens ?*

Massimo déballant le monde en douze segments. Ulysses se penchant pour lui montrer le prénom de sa mère caché en Russie.

— C'est beau, dit Massimo.

Il ne voulait surtout pas perdre cet ami, pourtant des choses restaient tues. Elles pouvaient attendre une journée de plus. Une année de plus, même.

Et Pete continuait de jouer.

Ulysses marchant dans le couloir. Il voit Col près de la fenêtre dans le séjour. Cresson sur le seuil qui regarde

Pete. Ted passant près de lui en direction de la salle de bains. Il ouvre le réfrigérateur et sort une bouteille de *spumante*. Il remplit un verre. Il va sur la terrasse. Peg et la môme, Claude qui s'envole. Il tend le verre à Peg. Lui murmure :

— Je t'aiderai à retrouver Eddie. Massimo m'a retrouvé, je suis sûr qu'on…

— Il ne s'appelait pas comme ça, Temps. Ce n'était pas son vrai nom. J'ai essayé, dit-elle.

Et Pete cessa de jouer.

Le crépuscule assombrissait la pièce et les constellations au plafond, presque invisibles durant les heures du jour, prenaient vie dans la lumière déclinante. Pete se leva et alluma les lampes.

— Hé, il neige, dit-il.

Ils se réunirent près de la fenêtre.

— Oh, ça alors ! dit Ulysses.

— Je déteste la neige, dit Ted.

— Elle vous aime pas beaucoup, dit Col.

Peg sourit.

En bas sur la place, Signora Mimmi attendait.

— C'est Signora Mimmi ! s'écria Cresson. Je me demande qui elle attend.

— Toi ! dirent-ils.

— Mais je n'ai rien pour elle.

— Toi ! dirent-ils.

Il empoigna le manteau le plus proche, qui se trouvait être la fourrure de Peg, et allait se précipiter dehors lorsque…

— Où est mon livre de poésie ?

Depuis la fenêtre en hauteur, Ulysses et Peg côte à côte regardèrent Cresson pénétrer sur la place vide. Lui et Signora Mimmi se prirent la main et marchèrent en direction d'un banc. Cresson ôta la neige qui le recouvrait et ils s'assirent l'un en face de l'autre. Cresson ouvrit son livre de poésie et ses mots se transformèrent en vapeur.

Noël 1953 fut consigné dans le livre d'or. Ils écrivirent tous une version de *Nous reviendrons !* mais ils ne reviendraient pas, pas de cette manière.

Ils partirent le lendemain, Peg et Ted aussi tôt que la décence le permettait, et la marge était faible en la matière. Peg embrassa maladroitement la môme et Ulysses dut détourner les yeux. Ted sortit charger le taxi.

— N'oublie pas ce que j'ai dit, rappela Claude.

Peg n'oublierait pas, mais elle n'écouterait pas le conseil. Ted et Peg se marieraient en juin et deviendraient Mr et Mrs Holloway. Ils passeraient leur lune de miel à Paris. (Aucun endroit qui vaille la ville lumière, dirait Ted.)

Col partit ensuite.

— Tu n'es pas obligé de t'en aller, dit Ulysses.

— Oh, si, dit Col.

Ginny lui manquait, en toute franchise. Et l'Angleterre.

— Je pige rien ailleurs que dans ce petit coin de Londres. Je suis un de ces gars qui ont besoin de savoir de quoi il retourne. Pâté de foie le mardi, poisson le vendredi.

— On fait ça ici, assura Ulysses. On n'est pas différents.

Col lui tendit la main.

— Salut, Temps. Donne des nouvelles.

— Au revoir, Col.

— Cresson, mon vieux.

— Merci d'être venu.

— Tu es sûr que je peux pas te faire changer d'avis ? dit Col, s'adressant à Pete.

— Non merci, Col. J'ai besoin de voyager seul cette fois.

Col s'installa sur le siège du conducteur. Dès que la clé de contact fut enfoncée, le hurlement de l'ambulance remplit la place. Col se pencha par la vitre.

— Au fait, le pâté de foie est à la cave !

— Ouais, ouais.

Puis la voiture s'éloigna.

— Comment tu vas rentrer, Pete ? demanda Ulysses.

— En stop, Temps. J'ai besoin de temps pour réfléchir. La liberté de la route infinie et tout ça. J'en ferai au moins une chanson.

(« La liberté de la route infinie » remporta un grand succès dans les clubs un an plus tard.)

— Tu as toujours ta place ici, Pete. On a besoin de toi.

Pete s'effondra dans les bras d'Ulysses.

— Un jour, Temps, dit-il. Tu es pour moi le frère que je n'ai jamais eu. J'en avais un, mais on ne s'est jamais vraiment…

— Je vois de quoi tu parles, Pete.

Pete mit son fourre-tout à l'épaule et pointa le pouce. Une minute plus tard, un marchand de vin qui allait à Bologne le prit en stop.

Alors ils furent seuls : deux hommes, une môme et un perroquet.

— Écoutez, dit Cresson.

Ils écoutèrent.

— Le calme, dit-il. Agréable, hein ?

— On se débrouille bien, non ? dit Ulysses. Rien que nous ?

Ils se dirigèrent vers chez Michele, dont les lumières venaient de s'allumer.

— Et donc une nouvelle année approche, déclara Cresson.

— Je me demande ce qu'elle apportera, dit Ulysses.

— Pareil que ces derniers temps, proposa la môme. Qui est d'accord ?

Alors, 1954 ? Pareil que les derniers mois écoulés ? Non, pas vraiment.

Cresson devint propriétaire d'une moto Guzzi Falcone rouge équipée d'un side-car. Sa confiance vis-à-vis de Betsy avait diminué. Il avait besoin d'un véhicule pratique pour transporter le linge le plus lourd chez Manfredi, mais également rapide et attrayant. Il l'acheta avec une partie des gains de Fanny à un homme qui avait récemment perdu un bras. Il obtint un bon prix.

Un petit attroupement se forma sur la place l'après-midi où Cressy s'arrêta sur sa machine. Son sourire brillait sous son casque tandis que les gens s'attardaient pour bavarder avec lui. Il n'avait en général aucune idée de ce qu'ils racontaient mais, par la grâce des dieux, il en comprenait l'essentiel. Un peu oracle, notre Cressy.

La môme ? Elle développa de robustes racines et une fureur qui aurait pu alimenter un feu. Elle travailla la guitare et se mit au chant et la voix qui sortit appartenait à Peg. Elle noua des amitiés à l'école mais, en dehors, elle resta seule. Elle écrivait à Peg une fois par mois même s'il lui arrivait de faire plutôt un dessin. Peg envoya une photo d'Eddie. C'était la seule qu'elle avait et elle recommanda à la môme de la garder en lieu sûr. La môme la cacha à Ulysses parce qu'elle ne voulait pas le peiner.

Et Ulysses enrichit son vocabulaire italien tout en continuant de parler avec des intonations de l'est de Londres. Il ne savait pas rouler les *r* et ne réussirait jamais. Certains persistaient à l'appeler *soldato*, terme dont il aurait préféré être débarrassé, mais il demeurait magnanime.

En mars, deux choses notables. Il colla le dernier fuseau sur une sphère et créa un globe. Il entreprit de chercher des menuisiers capables de fabriquer des supports. En outre, il coucha avec une touriste américaine dans un hôtel de la Piazza dei Ciompi. L'expérience fut merveilleuse et n'avait que trop tardé. Il se sépara d'elle au petit matin et s'en revint à travers une ville déserte. Quelque part, une fleuriste installait son kiosque. L'aube emplie de parfums, difficile de faire mieux. Et comme il se tenait sur la vaste étendue de la Piazza Santa Croce, les premières lumières d'un café s'allumèrent, le premier son d'un âne et d'une charrette parcourant les rues avec les produits de la nouvelle journée retentit. Le soleil se levait quelque part derrière le Casentino, et la lune, ce beau satellite, brillait, blanche, pleine et enchantée. Et il prit conscience de l'univers, cette voûte infinie de hasard et de merveille. Il s'appuya contre la statue de Dante Alighieri, alluma une cigarette.

— Il y a déjà longtemps, dit-il, que je suis censé venir vous transmettre les amitiés de quelqu'un, alors je le fais maintenant. Elle s'appelle Evelyn. Evelyn Skinner.

LE PLUS INVRAISEMBLABLE DES DUOS

1954-1959

EVELYN SKINNER, vue pour la dernière fois en 1944 devant le modeste *albergo*, était bien vivante et absolument florissante. Chose qu'elle attribuait à la nage en eau froide et à une dose quotidienne d'huile de foie de morue. En 1954, elle avait repris depuis longtemps déjà son poste d'enseignante à la Slade School of Fine Art et avait volontiers échangé les semaines dans le Kent contre son studio à Bloomsbury (même si elle rejoignait le comté la plupart des week-ends). Elle avait soixante-treize ans et en paraissait dix de moins. Son esprit était vif, sa curiosité plus intense que jamais. Elle était très appréciée de ses collègues et ses étudiants l'adoraient. Elle les amenait à l'art comme personne jusqu'alors…

— Non, Mr Fitzgibbon, ce n'est pas tout à fait exact. Goya prend le relais de Vélasquez et poursuit avec enthousiasme.

« Mr Gunnerslake, Rome est la capitale de toutes ces rencontres du XVIIIe siècle. Et Rubens à Rome a tout changé.

« J'aimerais aussi ajouter, Miss Shaw, qu'il y a une immédiateté dans l'art. On se trouve soudain face à un moment d'extase. C'est en cela que l'art porte. L'art capture de façon permanente.

À la fin de chaque trimestre, elle allait déjeuner avec ses étudiants au café de Beppe, non loin à pied. Ils étaient onze à envahir les quatre tables du fond, Evelyn placée de façon aussi centrale que cette disposition le permettait. Ils dégustaient le plat du jour – en général, un plat de pâtes préparées par la mère de Beppe – qu'ils accompagnaient de thé corsé.

— Regardez ceci, déclara Evelyn, se tapotant les lèvres avec une serviette en papier. Regardez autour de vous. C'est tellement harmonieux. Ce pourrait être un tableau. Des rayures cramoisies et crème, du bois. Tout le monde habillé de tenues monochromes. Le savoir-vivre et la joie en abondance. Un déjeuner et l'amitié. La perfection, vraiment.

Et elle leva sa tasse de thé.

— *Incipit vita nova.* Ainsi commence une vie nouvelle.

Quand Evelyn était revenue de la guerre, la vie n'avait rien d'harmonieux. Le sentiment de solitude saisissant qui s'était emparé d'elle l'avait poussée au chenil de Battersea : elle y avait adopté un gros basset nommé Barry. Ou plutôt il l'adopta, n'était-ce pas dans ce sens en réalité ? Mais elle préférait toujours raconter l'histoire sous forme de poème burlesque : Il était une fois un basset de Battersea / Qui rencontra une vieille dame de Bloomsbury… Il fut un merveilleux compagnon durant cinq ans. Ouvertement paresseux, il n'avait besoin que de peu d'exercice pour entretenir sa nature cynique. Sa méthode consistait à s'asseoir devant le feu et à boire du lait concentré arrosé de whisky. Il venait avec elle aux soirées d'attribution d'œuvres qui se déroulaient de temps en temps et aimait lâcher des vents lorsqu'il était prêt à prendre congé, comportement dont Evelyn dit à ses amis qu'elle finirait par l'adopter aussi. Ils étaient bénéfiques l'un pour l'autre. Des années de bonheur.

Dans sa salle de cours à la Slade, il dormait sur une couverture sous le bureau tandis que des diapositives de la haute Renaissance défilaient au-dessus de lui. Il mourut paisiblement pendant une longue séance ennuyeuse sur Giorgio Vasari. Evelyn s'étonna qu'ils n'aient pas été plus nombreux à succomber.

— Ce n'était pas l'une de mes meilleures, avait-elle dit.

Au beau milieu, même elle avait tâté son pouls.

Par un après-midi de la fin mars, Evelyn se tenait sur l'estrade. Elle avait fière allure dans son pantalon bleu pâle et son chemisier blanc.

— Oh non, non, dit-elle. Michel-Ange a été un tremblement de terre. Il a inauguré le maniérisme avec ses poses. Très bizarres, vraiment. Profondément irritant car nous en savons beaucoup sur sa personnalité. Nous continuons de manœuvrer dans l'architecture des *Vies* de Vasari. Qui aurait été ravi, bien sûr. Il était ce genre d'homme.

Ses étudiants étaient captivés. Leurs visages éclairés par l'écran de projection derrière elle.

— Alors ? dit-elle, étirant la dernière voyelle. Où en étions-nous ?

Elle avait recommencé. S'était si extraordinairement éloignée du *Baptême du Christ* de Piero della Francesca qu'elle jeta un coup d'œil vers la porte pour s'assurer que son collègue Bill Coldstream ne traînait pas dans le coin. Elle consulta sa montre. Écourtée, encore une fois, par la faux du temps.

— Je dois vous laisser partir, mes chers jeunes messieurs-dames. Mais pour récapituler. Les fondements mathématiques de la beauté et de l'harmonie. L'amour de Piero pour la géométrie. Son style unique dans le début de la Renaissance. Le moment sacré est aussi le moment expérimental. Très bonne fin de trimestre à vous tous. Allez, apprenez, aimez !

Les lampes se rallumèrent et Jésus disparut ; un brouhaha d'exaltation joyeuse monta de la classe. Des livres furent flanqués dans des sacs et des chaises grincèrent tandis que les étudiants se dirigeaient vers la porte. Des « Au revoir, Miss Skinner ! » résonnèrent dans le couloir.

— Au revoir, dit Evelyn. Vous aussi, ma chère. Je vous suggère de lire Roberto Longhi. Ou Carlo Ludovico Ragghianti.

« Oh oui, oui, j'espère, dit-elle. Merci, Mr Cornwallis, j'essaierai en effet. Au revoir.

Puis il y eut le calme. Et c'était délicieux. Elle ferma les yeux et accueillit la fin du trimestre par une respiration yogique. Au bout de cinq bonnes minutes, la présence d'un autre emplit l'air. Elle rouvrit les yeux, contente de voir Jem Gunnerslake toujours à son pupitre. Lui le jeune homme à la chevelure indisciplinée et aux manières raffinées.

— Jem, dit-elle. (Le prénom pour les gens qu'elle appréciait.)

— Miss Skinner.

— Tout va bien ?

— Très bien, répondit-il en se levant. J'ai quelque chose pour vous. Je l'ai trouvé chez un bouquiniste de Charing Cross Road. Je sais à quel point elle comptait pour vous.

Evelyn prit le sac en papier kraft qu'il lui tendait. À l'intérieur, un livre recouvert d'une toile bordeaux, *Niente/Nulle chose* en lettres d'or sur le dos.

— Première édition, ajouta Jem.

— Oh mazette ! C'est merveilleux.

Elle tourna les pages jusqu'à l'instant où elle s'arrêta sur un poème – au sujet des trams, des lumières sur l'Arno et des ramasseurs de sable – et fut ramenée à l'âge de vingt et un an, à l'aube d'une histoire d'amour avec une ville qui durerait une vie entière. Elle passa les doigts sur le nom décoloré de Constance Everly et dit :

— Son influence sur moi fut considérable, Jem.

— Comme la vôtre l'est sur nous, Miss Skinner.

Jem la regarda et sourit. Il ne souriait pas souvent à cause de ses dents abîmées.

— Eh bien, je le garderai précieusement, dit Evelyn, serrant le livre contre sa poitrine. J'ai perdu mon exemplaire dans un train à destination de Rome. Une découverte magnifique pour un autre voyageur, ai-je pensé à l'époque.

— Et maintenant ?

— Négligente et distraite par le premier amour. Vous savez comment c'est.

Mais Jem Gunnerslake l'ignorait. Le premier amour devrait attendre.

Ils quittèrent la salle de cours ensemble et, dans l'escalier de pierre, rencontrèrent, chose rare, l'artiste du jour et occasionnel professeur.

— Bonsoir, Lucian, dit Evelyn. Allez-vous bien ?

— Oh, oui, Miss Skinner !

Et il fila, rempli d'ardeur.

Lorsqu'il ne fut plus susceptible de les entendre, Evelyn dit :

— C'est un véritable homme à femmes, paraît-il. Quelque peu une menace.

— Avez-vous lu *L'interprétation des rêves* ? demanda Jem.

— Oui, en effet, répondit Evelyn. Lors de ce premier voyage à Florence, mon ami Mr Collins me l'a recommandé. Nous étions sur la Piazza della Signoria (j'en ai un souvenir très net), nous buvions du vermouth (ma boisson préférée en ce temps-là) et discutions de *L'enlèvement des Sabines* de Giambologna, et je me rappelle, très distinctement, son affirmation selon laquelle ce livre était la voie à suivre.

Evelyn s'arrêta près de la porte d'entrée.

— L'Église n'a pas de langue pour décrire les variations de notre humanité. Pour cela, nous devons nous tourner vers Freud. La psychanalyse est la voie à suivre. C'est ce qu'il m'a dit, Jem. Et je crois vraiment qu'il avait raison. J'ai lu la première traduction en anglais.

Ils laissèrent derrière eux l'odeur rassurante de l'huile de lin et s'avancèrent dehors. Il y avait une accroche herbacée dans l'air printanier, le roulement lent d'une tondeuse à gazon qui sillonnait méthodiquement la cour. C'était la saison de la pousse des feuilles et des fleurs, et les branches nues semblaient déconcertées par l'éclat de la livrée naissante.

Un sifflement admiratif perça l'air.

— Pas pour moi, Mr Gunnerslake. C'est l'appel de la jeunesse.

Jem promena un regard alentour. Mais alors, une assez belle femme d'un certain âge sortit de derrière un arbre et, la voyant, Evelyn agita la main.

— Dieu du ciel, dit Jem. S'agit-il de qui je pense ?

— Oui, confirma Evelyn, c'est elle.

Dorothy « Dotty » Cunningham, la célèbre peintre abstraite.

Les cercles de l'art ont tendance à se superposer, comme les cercles de la littérature : Dotty et Evelyn s'étaient rencontrées plus de trente ans auparavant par l'intermédiaire du père d'Evelyn, le peintre H. W. Skinner, et de sa muse et maîtresse d'alors, Gabriela Cortez. Assez âgée pour être la mère de Dotty, Evelyn guida sa jeune protégée sur les affluents au cours rapide de la vie lesbienne. Jamais amantes mais éternellement amies. Lors de cette première rencontre, elles dirent : J'ai l'impression de t'avoir toujours connue. Une existence plus tard, c'était presque le cas.

Dotty, les bras croisés, s'appuyait contre l'arbre et penchait la tête d'un air effronté, pose qui signifiait « Dis m'en plus » ou « Déshabille-toi » selon les circonstances et l'heure de la journée. Elle était aussi célèbre pour ses tenues masculines et ses cheveux courts que pour sa peinture. Cet après-midi-là, elle arborait un pantalon de velours côtelé usé, un chemisier en lin ondulant et le genre de foulard à pois désinvolte le plus souvent associé aux ouvriers agricoles à la période des moissons. Paradoxalement, Dotty détestait la campagne. Hampstead Heath était pour elle un trou perdu.

— Prête à aller te baigner, ma chérie ? lança-t-elle à Evelyn.

— Prête comme jamais.

Elles s'embrassèrent familièrement et, lorsqu'elles s'écartèrent, Jem Gunnerslake surgit entre elles, disant à Dotty combien il admirait son œuvre. Il énonça une prompte et très satisfaisante critique de trois des tableaux les plus renommés de Dotty : *Artisane*, *Maria* et *Temps arrêté*.

Dotty le remercia et se passa les doigts dans les cheveux, le dessous des ongles colorés par les restes de son récent travail.

— J'ai hâte de vous revoir, dit-il avec l'assurance d'un homme d'âge moyen sur le point de s'embarquer dans sa première liaison. Bonnes vacances, Miss Skinner, ajouta-t-il.

— Vous aussi, Jem. Et merci, dit Evelyn, levant le sac en papier kraft qui contenait le livre.

Elles le regardèrent franchir les grilles en direction de la station de métro, en direction d'un train pour le

Northumberland, où il passerait une semaine à tailler le laurier de sa mère.

Dotty adressa un regard interrogateur à son amie.

— Jem Gunnerslake, dit Evelyn. Une âme en peine, mais d'une gentillesse incroyable. Il serait le dernier à monter dans la chaloupe. Je l'aime beaucoup. Je le vois bien abandonner l'art pour étudier la médecine.

— Un grand saut. Mais bon, Léonard de Vinci était à mi-chemin.

— Et il tolère mes histoires du passé.

— Nous les tolérons tous, ma chérie, dit Dotty, lui prenant le bras. Viens. Allons faire trempette.

Elles trouvèrent un taxi dans Gower Street et l'exubérance de la première salutation fit place à un résumé calme des semaines écoulées depuis la dernière fois où elles s'étaient vues.

— Gunnerslake ? dit Dotty. Il n'a aucun lien de parenté avec cette critique de théâtre américaine, si ?

— Qui ?

— Jem. Ce n'est pas sa mère, si ?

— Qui serait sa mère ?

— Penelope. Ils se ressemblent.

— Je n'ai pas la moindre idée de qui tu parles.

— Mais si. Penelope Gunnerslake. Nous sommes allées voir cette pièce.

— Quelle pièce ?

— Dans le West End. Il y a quatre ans à peu près. Charlie nous a emmenées.

— Wetherall ?

— Oui. Charlie Wetherall nous a emmenées voir cette pièce où le pianiste de saloon qui buvait trop volait la vedette à ses partenaires.

— Oh mon Dieu, oui ! Un petit rôle néanmoins très visible. Il était merveilleux. Tellement réel.

— Eh bien, Penelope Gunnerslake est la femme à côté de laquelle nous étions assises, dit Dotty.

— La rousse au collier de perles ?

— La rousse au collier de perles, confirma Dotty.

L'air devint plus frais alors que le taxi pénétrait dans le havre ombragé d'Hampstead.

— Nous sommes presque arrivées, dit Evelyn.

— Elle le portait au lit, tu sais. Ce collier.

— La critique de théâtre ?

— Je te l'ai raconté à l'époque.

— Tu ne me l'as très certainement pas raconté, répliqua Evelyn, qui ouvrit son sac et en tira son porte-monnaie.

Elle se tourna vers Dotty :

— A-t-elle fait ta critique, ma chérie ?

— Elle a été assez élogieuse, en vérité, dit Dotty.

Le taxi s'arrêta dans Highgate West Hill. Evelyn paya et ferma la portière.

— Elle n'a pas dit : La magnifique fioriture de la fin ne pouvait guère rattraper un début terne ? demanda Evelyn.

— Oh, très bon ! s'exclama Dotty dans un rire.

— Élan perdu au deuxième acte ?

— Je suis contente que tu t'amuses, dit Dotty.

— Je m'en donne à cœur joie, dit Evelyn. Trois rappels, c'étaient deux de trop ?

Elles coupèrent droit vers la lande et parcoururent le sentier durci jusqu'à la grille, la végétation odorante dans l'agréable chaleur de l'après-midi.

— Je suis allée au Colony Room Club hier soir, raconta Dotty. Tu as le bonjour de Muriel.

— Ah, Muriel, dit tendrement Evelyn.

Elles installèrent leurs affaires dans le pré voisin de l'eau et allèrent se changer dans la cabine. Evelyn en sortit vêtue de son fidèle maillot noir avec short, et rajusta la bretelle sur son épaule. Son corps avait peu changé au cours des années, hormis la bande capitonnée autour de sa taille, accumulation du cocktail de dix-huit heures, un rituel aussi exact que Big Ben pour marquer le temps légal. En comparaison, le maillot de Dotty tenait plus, disons, du costume de cirque.

— Il remplit son office, assura-t-elle.

Elles traversèrent avec précaution le caillebotis mouillé et déposèrent leurs serviettes près des marches. Dotty fit des assouplissements préalables, selon son habitude. Elle tendit les bras sur sa poitrine et s'échauffa les cuisses par de bonnes tapes. Elle invita Evelyn à suivre son regard. Au bord de l'eau, une femme montrait des signes d'indécision. Dotty croyait depuis longtemps qu'il existait une relation directe entre la manière dont une personne entrait dans un étang et la manière dont elle faisait l'amour.

— Absurdité complète, rétorqua Evelyn. En général, je me bouche le nez puis me laisse tomber.

— Exemple typique, dit Dotty, accomplissant un élégant saut de l'ange avec un minimum d'éclaboussures.

La froideur liquide familière frappa Evelyn. Treize degrés alors que l'air ambiant approchait de trente, le saisissement intérieur et le lâcher prise. Elle nagea les yeux au ras de l'eau verte tandis que la brise dérangeait les nuages et que le soleil crêtait les vaguelettes.

C'étaient là les journées préférées d'Evelyn, son réveil printanier. (Le long des nénuphars à nouveau, et des joncs.) La lumière tachetée sur les troncs des arbres en surplomb apportait du mouvement aux monstres statiques, et les draperies des saules rejoignaient leurs reflets éclatants. Evelyn respirait régulièrement par le nez. Les canards s'harmonisaient à l'aisance pesante de sa brasse. Un héron s'éleva majestueusement du rivage et vola non loin au-dessus d'elle. Elle était au paradis.

Un groupe de très jeunes femmes, lunettes de soleil et lèvres rouges, se rassembla sur le ponton, possible équipe de natation synchronisée. Quelle joie procurait leur présence ! Lorsque Dotty les aperçut, Evelyn sut qu'elle allait revenir en arrière et s'extasier de leur entrée en scène, ce qu'elle fit. Qu'elles plongent toutes ensemble poussa Dotty à regarder du côté d'Evelyn et à hausser les sourcils. Oh Dotty, plus ça change…

Evelyn se hissa hors de l'eau, heureuse que les muscles de ses bras aient encore de la force. Elle récupéra sa serviette et l'étala sur ses épaules, remonta à pas prudents la partie boueuse jusqu'à l'herbe et laissa le soleil la sécher.

Elle s'allongea entourée par le chant du merle, l'appel du pigeon ramier et les abeilles dans le trèfle. Elle pensa que toute l'existence était un poème dans cette transe bucolique. Intemporelle, solide, universelle. L'image se répétait au fil des décennies : des femmes cherchant la consolation, un abri, des corps dévêtus et protégés par la nature. Toutes les femmes pour lesquelles elle avait eu de l'affection l'avaient accompagnée ici à un moment ou à un autre. Pas Livia, bien sûr : cette belle fleur de pissenlit légère, qui avait déposé les graines du premier amour à travers sa vie.

Elle était d'abord venue ici avec Constance, à l'ouverture officielle des étangs. Elle avait alors quarante-cinq ans, Constance en avait plus de soixante-dix ; sans doute le même âge, pensa Evelyn, qu'elle maintenant. À cette date, Constance avait remporté un succès modéré avec son recueil de poèmes intitulé *Toute chose* – la suite de *Nulle chose.* Le troisième recueil, *Quelque chose,* ne paraîtrait jamais. Elle eut une crise cardiaque sur la ligne de chemin de fer du Saint-Gothard lors de ce qui se révéla être son ultime voyage vers Florence. Traverser le viaduc de Kerstelenbach vous coupait le souffle, mentionnait-on souvent, et ce fut exactement ce qui se produisit. On la découvrit, un stylo dans la main. Ultimes réflexions sur l'amour, au bout du compte : « Je demeurerai étonnée. »

Elle avait des disciples militantes qui voulaient inscrire cette phrase sur sa pierre tombale une fois qu'elles auraient obtenu l'autorisation de la faire enterrer dans le cimetière anglais de Florence, aussi près d'Elizabeth Barrett Browning que possible. Bien sûr, ni l'un ni l'autre ne se réalisa. Seule Evelyn avait connaissance de ses dernières volontés. La crémation. Une sortie en bateau sur l'Arno, au petit matin, avec l'un des *renaioli,* les ramasseurs de sable. Le soleil, la brume, les souvenirs. Ses cendres furent dispersées dans le reflet tranquille d'un *palazzo.* Pas une ondulation. En accord. En paix. Chez elle.

Evelyn leva la tête et s'abrita les yeux avec la main. Dotty, qui marchait dans sa direction, lui fit signe. Elle semblait un peu songeuse.

— L'apéritif du soir, ma chérie ? proposa-t-elle.

— C'est déjà l'heure ? dit Evelyn, tendant le bras vers sa montre.

— Les aiguilles tournent un peu vite.

— Bien. Je vais me changer.

Les dieux envoyèrent un char à Highgate West Hill, une Austin FX3 noire qui fila vers le sud jusqu'à ce que la verdure cède la place aux lisières blanches de

Bloomsbury et aux vastes immeubles d'habitation en brique rouge de Fitzrovia.

Evelyn avait remarqué tout l'après-midi que quelque chose préoccupait Dotty. Elle lui prit la main et y déposa un baiser.

— Qu'est-ce qui te tracasse, mon adorée ?

Dotty soupira.

— Ma peinture s'est à nouveau retournée contre moi. Je suis allergique.

— À quelle substance ?

— Au blanc de titane. L'éternel fauteur de troubles. Je me sens plutôt abattue, Lynny.

— Oh, Dotty.

L'Austin quitta Oxford Street pour gagner Soho Square, où les cloches de St Patrick les saluèrent. Des acteurs se dirigeaient vers Shaftesbury Avenue et des prostituées faisaient une petite promenade de début de soirée avant que le travail ne les étende pour la nuit. L'odeur du café s'introduisit par la vitre, de même que le fracas des chariots de légumes fonçant vers les portes des cuisines humides. Des Italiens et des Maltais fumaient devant des bars ; la musique des juke-box animait leurs orteils. L'identité gay se cachait dans les ombres de ces rues obscures et les deux femmes avaient, à un certain moment, laissé l'empreinte de leur corps sur un lit inconnu ; un ajout de promesses, faites pour une vie mais destinées à une nuit seulement.

Le taxi tourna dans Dean Street et s'arrêta devant l'établissement de Leoni, Quo Vadis. Le restaurant ne devait ouvrir qu'une demi-heure plus tard, mais le gérant reconnut les larges sourires de ses fidèles clientes et vint les accueillir. Il les installa à la meilleure table, près d'un mur couvert de tableaux, d'où elles pourraient observer librement quiconque entrerait. Cinq minutes après, un plateau de Negroni et un bol d'olives s'approchaient d'elles. Evelyn se leva :

— Mon cher monsieur, vous faites plaisir à voir !

— Ceci va vous requinquer, dit le serveur avec son doux accent celte chantant.

— Espérons, dit Dotty, empoignant un verre comme si son talent en dépendait.

Les femmes trinquèrent et, avant de se caler dans son siège, Dotty sortit ses lunettes et examina l'un des tableaux au-dessus de leur table.

— Je t'ai bien représentée, n'est-ce pas ? dit-elle à Evelyn. Qui tu étais à l'époque. Qui tu devenais. Je considère ce portrait comme mon unique vraie réussite.

— N'y en a-t-il pas eu d'autres ?

— Pas comme celui-ci, répondit Dotty, l'ôtant du mur. Pas comme celui-ci.

Peinte l'été après leur première rencontre – 1924, peut-être ? –, c'était une étude désolée d'Evelyn naufragée sur un oreiller romain. Affligée, face au spectateur. Robe blanche, draps blancs, visage brillant et bronzé. Sa main protégeant ses yeux de la lumière éblouissante. Dotty avait puisé directement dans le tube pour peindre le soleil.

— Pourquoi étais-je aussi triste ? demanda Evelyn. T'en souviens-tu ?

— Livia ?

— Oh non. Livia était partie depuis longtemps. Comme le cœur est étrange.

— Écoute ça, dit Dotty.

Au dos de la toile, elle avait noté une description de la journée, qu'elle lut à haute voix :

— « Ambiance sonore : cloches, le cri des martinets, la tante Maria disant son rosaire. Moment : milieu de la matinée. Atmosphère : soleil éclatant, aucun répit, aucun nuage. Suffocant. »

Elles logeaient chez la tante italienne d'Evelyn, dont la mauvaise santé chronique, le célibat et la richesse avaient garanti un lien ininterrompu avec l'Église catholique. Elle avait l'oreille de Dieu jour et nuit. Elle avait aussi une belle villa avec de hauts murs à l'abri du regard de la ville. En raison de cela, la tante Maria avait longtemps constitué une destination privilégiée pour les deux femmes, jusqu'à son lent déclin et finalement sa mort durant l'hiver 1943. C'était Evelyn qui avait fermé les paupières de la vieille femme. La villa fut léguée, sans surprise, à une communauté de nonnes cloîtrées – extrêmement érotique, de l'avis de Dotty. La collection de natures mortes, sous-estimées et attribuées à tort, revint à Evelyn.

Au moins, tu as les fruits de la famille, lui écrivit Dotty à l'époque.

— Redis-moi pourquoi tu as passé toute la guerre en Italie, demanda Dotty, terminant son Negroni.

L'absence d'Evelyn du Londres des années de guerre était sa taquinerie répétée.

— Je m'occupais de ma tante. Je te l'ai expliqué cent fois, femme effrontée ! Je vais là où on a besoin de moi. Depuis toujours. Conséquence du fait d'avoir été élevée par une mère souffrante, critique.

— C'est ton père qui t'a élevée.

— Une artère ombilicale me reliait à elle.

— Espionne, affirma Dotty, souriante.

— Foutaise.

— Espionne, espionne, espionne, dit Dotty, contente d'elle-même, commandant une autre tournée de cocktails. Espionne, murmura-t-elle et, formant un revolver avec les doigts, elle tira dans la corbeille à pain.

La tenue vestimentaire des deux femmes était terriblement inadéquate au dîner et il émanait d'elles une faible odeur d'étang, mais leur intention de s'en aller fut contrecarrée par Peppino, le propriétaire, qui insista pour qu'elles restent en débouchant une provoquante bouteille de bardolino et en chuchotant des suggestions croustillantes venues de la cuisine. Lorsqu'il s'éloigna, Evelyn demanda :

— Voit-on à ma tête que je suis pompette ?

— Inutile de me poser la question, très chère, répondit Dotty. Depuis une heure, je parle et à toi et à ton double. Santé, ma chérie.

Les convives d'avant le théâtre les observèrent d'un œil soupçonneux, bien sûr, jusqu'au moment où se répandit la nouvelle de qui était Dotty. Sa notoriété éclipsa tout intérêt pour les spécialités du chef et ce furent les femmes dans leur élégance et leurs perles qui désirèrent attirer la curiosité de Dotty. Se présentant comme la prochaine muse, le prochain sujet de toile, la prochaine conquête. Dotty se délecta de l'attention, surtout maintenant qu'il y avait de la place.

— Je l'ai quittée, annonça-t-elle, fourrant une olive dans sa bouche.

— Ah. Je me demandais, dit Evelyn, poussant un soupir sonore.

La femme dont il s'agissait était Caroline Beevor-Candy. Ce n'était pas son vrai nom, évidemment, car Dotty était trop discrète pour révéler l'identité de ses amantes. Mais l'histoire suivait un schéma bien connu – celui du penchant de Dotty pour les jeunes femmes mariées. Le subterfuge donnait un regain d'énergie fort nécessaire à l'arrière-pays ménopausé de la répétition créative. Malgré toutes ses protestations quant à la différence d'âge (souvent considérable), Dotty tombait invariablement amoureuse de l'amour et de l'inspiration qu'il apportait. Voir une belle femme se tordre de jouissance sous elle la rendait incroyablement productive, et il y avait avalanche de toiles sur Cork Street dans ces premiers jours de luxure. Evelyn se demandait souvent si la galerie d'art elle-même ne fournissait pas de potentielles maîtresses à son amie, garantie contre l'équivalent chez les peintres du syndrome de la page blanche des écrivains.

Il fallait en général six mois pour que les maris en manque d'affection et les enfants en proie aux coliques deviennent l'inévitable réalité, comme la première chute de feuille dans le bâillement étouffant de septembre. La teinte rose cédait le terrain au vert de Prusse ou au bleu noir, et de vastes paysages marins de ruine recouvraient *Membres avec sueur estivale.*

Dotty regarda de nouveau le portrait de son amie.

— Je n'ai jamais peint aussi bien, affirma-t-elle avant de raccrocher le tableau au mur.

Elle avala un verre de grappa comme si c'était de l'eau et commença à se dégonfler tel un poumon perforé.

Evelyn savait ce qu'elle avait à faire. Et elle savait qu'elle était la seule à pouvoir le faire. Elle tendit les bras, saisit les mains de Dotty.

— Que dis-tu de Florence ? proposa-t-elle.

Et, les yeux vitreux, un peu éméchée, Dotty répondit :

— Est-ce qu'elle me plairait ?

Le lendemain, elles étaient à l'agence de voyages Thomas Cook de Mayfair.

— Allez, ma chère Dotty, fais plaisir à la vieille dame que je suis. Changer de décor t'aidera.

Dotty alluma une cigarette anti-gueule de bois et toussa. Sur ce, leur escapade fut conclue : le train français à partir de Calais, puis le Gotthard Bahn et le franchissement des Alpes. Trois jours à Florence, trois à Rome et un retour à Londres en avion. Que pouvait-il y avoir de plus agréable ? La caisse enregistreuse tintinnabula.

Cette nuit-là, un coup de téléphone. Evelyn sortit du lit.

— Je prends mon chevalet, dit Dotty.

Dotty était en voie de guérison, pensa Evelyn.

— Enthousiasmant ! s'écria-t-elle.

— Des fusains et des crayons uniquement. Retour aux fondamentaux. Qu'est-ce que tu en penses ?

— Merveilleuse idée.

— Ça ne t'ennuie pas ?

— Je l'aurais suggéré si j'avais cru que tu m'écouterais.

(Rire rauque au bout du fil.)

— Dotty ? Tout est toujours là, tu sais. Qui tu étais quand tu m'as peinte.

— Merci, ma chérie.

— Maintenant, dors.

Evelyn reposa le combiné. Elle était à nouveau bien réveillée. Elle se remit au lit et but un verre d'eau. Elle prit l'ouvrage d'Eleanor Clark sur Rome. Elle le lut en écoutant la pluie contre la fenêtre.

Cinq jours plus tard, Evelyn et Dotty partirent pour l'Europe continentale, formant le plus invraisemblable des duos : l'une portait le vêtement de travail d'un chalutier, l'autre une cape blanche et un turban. Elles prirent le ferry à Folkestone et profitèrent d'une traversée calme, ciel bleu, eau bleue et mouettes blanches voltigeuses.

À Paris, elles allèrent de la gare du Nord à la gare de Lyon, empruntant un taxi en raison du chevalet, puis s'installèrent dans un bistro du quartier qu'Evelyn avait connu pendant la guerre. L'établissement, Jules, était accessible à pied depuis la gare et très apprécié des familles riches qui se dirigeaient vers le sud. Une solide carte des vins constituait son épine dorsale et nul ne montait dans le train-couchettes complètement réveillé.

La halte de trois heures passa vite. Le soleil déclinant devint crépuscule et finalement nuit alors que des plateaux de coquilles Saint-Jacques et d'huîtres étaient dévorés à belles dents avec une gouleyante cuvée maison dont Dotty jura qu'il s'agissait de pouilly-fumé. Comme elle avalait le dernier des bivalves, Dotty dit :

— Margaret trucmuche.

Et Evelyn répliqua :

— Oh seigneur. Pourquoi elle ?

— T'arrive-t-il de la voir ?

— Non, jamais, heureusement, dit Evelyn. Pas depuis la débâcle à Florence. Qu'est-ce qui a bien pu te faire penser à elle ?

— Ne te retourne pas, mais il y a une femme derrière toi qui lui ressemble drôlement. J'ai dit ne te retourne pas !

— Oh diantre, diantre ! Regardez qui est ici ! glapit Margaret trucmuche à travers la terrasse, avec une stridence qui incita les Français à détester encore un peu plus les Anglais.

Le sourire d'Evelyn se figea en rictus.

— On dirait que tu as eu une attaque, observa Dotty.

— C'est peut-être en train de se produire, chuchota Evelyn.

Margaret écarta une chaise et se pencha maladroitement au-dessus de la table, mettant la carafe de vin en péril. (Dans des instants comme celui-ci, Dotty avait d'excellents réflexes.)

— Evelyn Skinner, dit Margaret. Ça fait combien de temps ? Dix ans ? Tu n'as pas pris une ride.

— Tu connais Dotty, n'est-ce pas ? dit Evelyn comme si elle venait d'apprendre à parler.

— Oh oui. Encore à faire des tiennes ?

— Comme on dit, ce n'est pas à mon âge que…

— Tu es vilaine de ne pas m'avoir contactée après Florence, dit Margaret, regardant à nouveau Evelyn. Mais je ne suis pas rancunière. Tu ne retournes pas là-bas, si ?

— Oh non, répondirent en chœur Evelyn et Dotty. Non non non.

— Eh bien, moi, je rentre d'une petite virée, dit Margaret. Merveilleuse visite de l'exposition Verrocchio, vous savez ? Je voyage avec une nouvelle (pause) *amie.*

Se tournant vers sa table, elle sourit à une adorable agnelle blonde et sage. Le mot « sacrifice » vint à l'esprit d'Evelyn.

— Quoi ? dit Margaret.

— Quoi ? dit Evelyn.

— Tu as dit sacrifice, dit Margaret.

— Ah bon ?

— Eh oui.

— Oh, je voulais dire, ce n'est pas Meredith Sacrifice, si ?

— Non, non. Myrtle Forbright. Nous partageons l'amour de l'ornithologie. Qui est Meredith Sacrifice ?

— Je ne sais pas, dit Evelyn.

— Mais tu viens de la mentionner.

— Evelyn croit qu'elle est en train d'avoir une attaque cérébrale, dit Dotty, donnant un léger coup à Evelyn sous la table.

— Vraiment ? dit Margaret.

Evelyn hocha la tête.

— Mais c'est grave, non ? demanda Margaret.

— Pas si c'est une petite, affirma Dotty, finissant son verre de vin et allumant une cigarette.

— Devrait-on faire quelque chose ? dit Margaret.

— Sans doute, dit Dotty, soufflant une longue volute de fumée.

Elle se tourna vers Evelyn et tint la cigarette à une proximité tentante.

— Peux-tu… ? l'encouragea-t-elle.

Sur quoi Evelyn tendit le bras, saisit la cigarette et aspira une bouffée.

— Elle va s'en sortir, affirma Dotty.

— Ouf, dit Margaret. Où en étions-nous ?

— Euh, je ne sais pas trop où tu en étais, dit Dotty en consultant sa montre, mais nous, nous avons un train à prendre. Salut, Margaret ! Bon retour au pays.

À neuf heures précises, le train s'ébranla dans les ténèbres et quitta les lumières de Paris en direction de la Suisse.

Dans le wagon-lit, Dotty monta par l'échelle jusqu'à la couchette supérieure et s'y glissa, vêtue de son pyjama en soie. Evelyn inspecta son matelas à la recherche de puces et fut contente de ne pas trouver d'autre occupant qu'elle. Elle versa deux verres d'eau-de-vie avant l'extinction des feux.

— Et Margaret trucmuche ? demanda Dotty. Où avais-tu donc la tête ? dit-elle, braquant le projecteur sur Evelyn et ses liaisons moins que réussies, pour une fois.

— La tête dans les vapes, dit Evelyn. Nous nous sommes rencontrées peu après le décès de Gabriela. Lors d'une ennuyeuse soirée d'attribution d'œuvres et de muscadet. J'étais incroyablement ramollie ce soir-là et Margaret était… elle était… eh bien, elle était…

— Un stimulateur cardiaque ? suggéra Dotty.

— Oui. Oui, c'est le mot. Et elle était plutôt vigoureuse dans sa manière de faire l'amour. Ça m'a réveillée, en quelque sorte.

— Littéralement ? Métaphoriquement ?

— Un peu les deux, je crois. J'étais plongée dans le chagrin.

— Je sais.

— Il y a si longtemps aujourd'hui. Elle avait l'habitude de m'acheter des fleurs qui tenaient bien.

— Des œillets ?

— Oui.

— Alors, que ça te serve de leçon. Bonne nuit, ma chérie. Rendez-vous en Suisse.

Le sommeil gagna vite Evelyn et apporta non pas un rêve, mais un souvenir net, sur l'oreiller : un dîner avec son père au Quo Vadis. L'atmosphère était toujours aussi conviviale, malgré un changement radical des relations père-fille après que sa muse et maîtresse, Gabriela Cortez, avait conçu un attachement passionné pour Evelyn. Evelyn était toujours aussi obligeante et enthousiaste dans cette nouvelle alliance. Elle n'avait jamais connu un tel bonheur. Père et fille trinquèrent et, à la fin du dîner, Evelyn tendit à son père une lettre qu'elle avait écrite à Florence, vingt-cinq ans auparavant. Elle ne pouvait expliquer pourquoi il ne la recevait qu'à cette date. Elle l'avait égarée. Et ils s'étaient égarés l'un l'autre de nombreuses fois au cours des années. La lettre parlait d'amour. Il la lut sur-le-champ. Il demeura silencieux et pensif. Il tendit le bras, déposa un baiser sur la main de sa fille, et aucune autre parole ne fut prononcée.

Le lendemain, il l'emmena dans le petit appartement de Gabriela avec ses valises.

— Tu as ma bénédiction, dit H.W. Mais s'il te plaît, deux conditions.

— Primo ?

— Que tu ne discutes pas de moi l'homme, uniquement de moi le peintre.

Elle roula les yeux et rit.

— Secundo ?

— Que je vous peigne toutes les deux.

— Pas en flagrant délit, répondit-elle sévèrement.

— Post coïtum ? dit-il.

Les conditions furent remplies, et le tableau fut couvert de louanges et acheté par la National Gallery après un généreux legs d'un défunt Lord Machin-ou-Chose.

Evelyn et Gabriela vécurent dix ans ensemble. Elles habitaient dans un nid bien décoré sur le pourtour de Bloomsbury, où Evelyn continuerait de résider. En 1937, Gabriela Cortez mourut en combattant Franco. Elle serait le dernier grand amour d'Evelyn. Peu après les obsèques, un week-end de mai, Evelyn se tint devant le tableau dans une National Gallery fourmillante et pleura. Dotty était à son côté.

Au milieu de la nuit, Evelyn se réveilla, consciente que le train était à l'arrêt. Elle jeta un coup d'œil au coin du store et suivit une lanterne qui se déplaçait le long du quai, jusqu'à ce que deux hommes se rejoignent. Elle pensa qu'ils devaient s'agir des veilleurs de nuit. Elle ne put identifier la ville – du pareil au même, les petites gares dans le noir – mais c'était la moitié du plaisir. Le compartiment parut froid soudain, et elle remonta très haut la couverture, s'enveloppa la tête dans le pull de Dotty. S'installa dans la sonorité agréable du profond sommeil de son amie. Elle savait qu'à son prochain réveil, la Suisse se presserait contre la vitre.

Le train respecta les horaires et, comme annoncé, passa la frontière à six heures le lendemain matin. Un air de montagne vivifiant se mêla à l'odeur du café, des œufs et...

— Est-ce de la saucisse ? demanda Evelyn depuis la couchette inférieure.

— Du porc, sans aucun doute, répondit Dotty.

Et, poussées par des années de pénurie, les deux femmes furent debout, lavées et habillées lorsque les tranches de viande suivantes se mirent à grésiller dans la poêle noircie.

La vue continuellement changeante des montagnes, des ravins et des prés les stupéfia, les porta à une intériorité qu'elles partageraient plus tard – à Florence, peut-être, ou à Rome. Rendue silencieuse par les Alpes magnifiques, par le chef-d'œuvre de génie civil qui franchissait le col du Saint-Gothard, Dotty se retira dans une partie déserte du wagon avec un carnet à dessins et des fusains, et les heures s'évanouirent en une série de lignes et d'ombres soigneusement tracées, de versions abstraites des formations rocheuses ou des fortes pentes, les détails microscopiques apparaissant souvent tel un visage ou un coquillage dans la maestria de son art.

Evelyn laissa son esprit vagabonder, pétillant, en l'occurrence, de faits et de fables parce qu'elle connaissait très bien le trajet. Pouvait se représenter d'avance la moindre déclivité ou le moindre changement de vitesse. Le train pénétra avec fracas dans le tunnel du Saint-Gothard. Evelyn ferma les yeux et accueillit l'obscurité par de l'obscurité. À ce qu'elle imagina être le point médian, le nom de Louis Favre surgit, l'homme dont la compagnie avait commencé la construction du tunnel long de quinze kilomètres en 1872, huit ans avant qu'elle ne naisse. Deux équipes avaient dynamité et creusé la roche depuis les côtés opposés de la montagne, dans l'intention de se rejoindre à sept kilomètres et demi en dessous et, lorsqu'elles finirent par se rejoindre en effet, le décalage entre les galeries n'était que de trente centimètres. Favre était alors décédé depuis quatre mois. Le stress et la faillite l'avaient tué. Mais, au point de jonction, une boîte métallique contenant sa photo fut passée par le trou. Accomplissement de la promesse qu'il serait le tout premier à traverser le tunnel.

Evelyn restait immergée dans l'intelligence éclatante de tout ceci lorsqu'un bruyant écart la secoua, et le soleil illumina de nouveau ses paupières. Le train était sorti du tunnel. Elle chassa de son pull sombre les petits grains de suie, se retourna et fit un signe de la main à Dotty. Elle ouvrit une bouteille d'Evian et but. Elle se sentait si exaltée, si revigorée ! L'aventure, le meilleur remède.

Aux alentours de cinq heures cet après-midi-là, le train arriva en gare Santa Maria Novella. Evelyn fut l'une des premières sur le quai et s'exclama, comme toujours : *Firenze ! Amore mio !* Et la ville, bien sûr, répondit par un carillonnement de cloches.

Dès dix-sept heures quinze, les deux femmes étaient dans un taxi se dirigeant vers les modestes charmes de la *pensione* Picci, petit hôtel le long du Lungarno Corsini, et, dès dix-sept heures trente, elles entraient dans leur chambre à deux lits avec vue, avec en outre une salle de bains attenante récemment installée. (Ça alors ! dit Dotty.)

Dès dix-huit heures trente elles avaient défait leurs valises et, dès dix-neuf heures, ayant approché deux chaises en osier inconfortables, elles regardaient les nuages flotter, nonchalants, au-dessus du dôme de San Frediano in Cestello, écoutaient le roulement des trams et les pétarades des Vespa en contrebas.

Elles étaient fatiguées par le voyage et, tandis que le soleil continuait sa course vers l'ouest, projetant des ombres et étirant des couleurs sur l'eau, elles sirotèrent un *spumante* d'une fraîcheur parfaite proposé gratis à chaque pensionnaire qui revenait.

— Parce que nous savons que vous avez le choix, dit Enzo, le propriétaire, avec son accent florentin guttural.

— Pas à ce prix, souligna Evelyn.

Le lendemain, Evelyn se réveilla tôt, ouvrit les volets tout grands et loua la lumière. Dotty souleva la tête de l'oreiller.

— Bonté divine ! Qu'est-ce qui se passe ?

— C'est le matin, répondit Evelyn.

Elles prirent leur temps et, lorsqu'elles finirent par descendre, elles furent contraintes d'aller se restaurer ailleurs après une altercation à la table du buffet au sujet du dernier œuf dur. Evelyn connaissait un café du quartier non loin de la *pensione* Simi, quoique celle-ci eût depuis longtemps fermé ses portes. Et, attirées par le petit déjeuner, elles partirent le long du fleuve en direction des Offices et de la première journée de dessin de Dotty. Le chevalet, en léger équilibre sur son épaule, effleurait le panama cabossé qu'elle avait trouvé lors d'une excursion à l'Alhambra. Evelyn portait le tabouret de pêcheur pliant contre sa poitrine. Elle ne cessait de se plaindre qu'il sentait la carpe.

Sous la colonnade des Offices, Dotty installa ses affaires dans le coin au-dessous des statues de Galilée et Pier Antonio Micheli pendant qu'Evelyn se mettait en quête d'un *carabiniere* à soudoyer, de sorte que Dotty n'ait pas d'embêtements durant son travail.

Lorsque Evelyn revint, le chevalet était dressé, le grand carnet à dessins placé dessus, et Dotty gardait l'incognito grâce à son panama bien enfoncé. Elle comptait offrir les portraits.

— L'art pour l'art, dit-elle : un acte de joie, de savoir-faire et de générosité. Non signé, en revanche, évidemment, ajouta-t-elle.

— Évidemment, dit Evelyn, qui griffonna une explication de la démarche en italien et en anglais, pour encourager les premiers modèles avant que la nouvelle de la gratuité ne se répande.

Evelyn laissa Dotty à son premier portrait, un mari et une femme d'âge moyen originaires du Connecticut (Hank et Gwen) qui, la veille, avaient terriblement souffert aux mains d'un caricaturiste.

Elle sortit dans le soleil, ne sachant tout à coup pas trop quoi faire des heures à venir. Il y eut un moment d'hésitation avant qu'elle ne tourne à gauche. Si elle avait tourné à droite, pourtant, elle serait tombée sur l'homme qu'elle avait à l'esprit à cet instant même. Car Ulysses Temper se trouvait dans un café près du Ponte Vecchio, où il buvait un expresso et attendait que Cressy arrive sur sa moto Guzzi Falcone.

Evelyn traversa la Piazza dei Giudici, où se dressait jadis un *tiratoio*, l'un de ces vastes hangars dans lesquels la laine humide était étendue et mise à sécher. Evelyn ne vit jamais ce témoin perdu de la Renaissance, mais Constance l'avait aperçu enfant (elle lui avait consacré un poème) avant que le bâtiment ne soit détruit au milieu du XIXe siècle pour laisser la place à la Chambre de Commerce. L'escalier existait encore, cependant, celui qui menait du *tiratoio* au fleuve, où se déroulaient les opérations de lavage, de rinçage et de teinture. L'industrie de la laine avait donné sa richesse à Florence, elle employait un quart de la population au sommet de sa gloire. Les laveurs, les cardeurs, les peigneurs, les tisserands, les teinturiers, les fileurs. Tous payés une bouchée de pain, bien sûr, jusqu'à la grande révolte de 1378.

Evelyn prit à gauche la Via de' Benci.

Ils avaient été entassés dans des taudis bien connus sur ce qui était autrefois des terrains marécageux sordides. *Ici même,* pensa Evelyn. *À l'endroit même où je marche en ce moment.* Guère étonnant, donc, que les Franciscains – l'un des ordres mendiants nouvellement arrivés – aient choisi de s'installer là et d'y établir une église pour aider les pauvres. Alors, comme si elle guidait une balade à travers la ville, la basilique Santa Croce s'éleva sur sa droite. *Quel sens du rythme,* pensa-t-elle. Elle s'engagea sur la piazza, se faufila entre les voitures en stationnement et s'approcha de la statue de Dante. Elle avait toujours l'impression qu'il était content de la voir.

Elle trouva le magasin de fines herbes près de San Simone qui vendait de grandes quantités de sauge séchée et acheta un petit boisseau pour Dotty, qui aimait en brûler dans son atelier afin d'ouvrir le chemin à la muse.

Sur la Piazza Sant'Ambrogio, si elle avait eu davantage d'appétit, elle aurait acheté un sandwich au *lampredotto* (les longues files d'attente attestaient de la qualité), mais elle opta plutôt pour une poignée de pommes Francesca, minuscule variété ancienne au parfum absolument délicieux. En croqua aussitôt une sur le seuil d'un atelier où elle regarda un homme qui sculptait le corps d'un violon. Quittant le quartier, elle fit l'acquisition d'un bouton pour son cardigan auprès d'une mendiante. Il jurait avec les quatre autres, de couleur verte, mais il était saisissant.

Dotty rangeait son chevalet lorsque Evelyn tourna au coin de la rue.

— Quelqu'un a l'air heureux, dit-elle.

— Quelle matinée ! se réjouit Dotty. Sept études, je t'assure ! Dont quelques-unes assez bonnes. Et toi ?

— J'ai déambulé, surtout. Agréablement surprise par la vitesse de la reconstruction : la ville paraît merveilleusement intacte. J'ai acheté des cartes postales. Choisis celles que tu aimerais. Oh, et ceci…

Evelyn tendit le paquet de sauge. Dotty interrompit sa tâche.

— Tu es adorable ! dit-elle.

Evelyn regarda les statues qui occupaient les niches voisines et dit :

— *Le tre corone fiorentine* : les trois couronnes florentines. Les poètes, bien sûr. Dante ici, Pétrarque là-bas et Boccace. Qu'est-ce qu'il y a de bizarre chez Dante ?

— Est-ce une question piège, Lynny ?

— Pas du tout.

— Vas-y, dis-moi.

— Son nom est mal orthographié.

— De la négligence, dit Dotty.

— Et les lauriers sur sa tête.

— N'a-t-il jamais été poète lauréat ?

— Non. Boccace aurait voulu qu'il le soit. Pas Pétrarque.

— *Bastardo,* jugea Dotty, tendant le tabouret à Evelyn.

Elles s'avancèrent vers la Piazza della Signoria et Dotty dit :

— Tu ne devineras jamais qui j'ai vu.

— Qui ? demanda Evelyn.

— Hartley Ramsden et Margot Eates.

— Seigneur. Est-ce qu'ils t'ont reconnue ?

— Non, par chance. Oh, et Violet Trefusis était avec eux.

— Violet ? Avec Hartley et Margot ?

Dotty hocha la tête.

— Ça par exemple. C'est un coup de théâtre.

— Ils racontaient des stupidités et des billevesées à propos du crucifix de Cimabue. Si je ne m'étais pas concentrée sur le magnifique profil de la jeune femme de Norwich, je me serais sans doute jetée dans le fleuve.

Le déjeuner eut lieu à une table donnant sur la Loggia dei Lanzi et le Palazzo Vecchio. Il se composa de délicieux *spaghetti ai carciofi*, suivis par des tripes et des pommes de terre accompagnées d'une carafe de vin rouge, puis de *gelati* – chocolat et crème fraîche – avec l'expresso requis en conclusion.

Evelyn tourna son attention vers la table : la manière dont le soleil avait jeté sa lumière et poussé l'ombre sur les débris du repas. Le flacon de vin, le cendrier, les mégots de cigarette avec leur léger anneau de rouge à lèvres. Le vase rempli de grappes de glycine, la marque collante autour des tasses d'expresso, l'image adoucie par la brume de poussière tombant du treillis improvisé. Une histoire de déjeuner, oui ; mais une histoire d'elles-mêmes aussi.

Elles furent les dernières à partir. Evelyn posa quelques billets dans la soucoupe et se leva.

— *Andiamo, cara !*

— Oh, non ! dit Dotty. Ce sera bientôt l'heure du cocktail.

— Raison supplémentaire, riposta Evelyn. Allez, Dotty. Debout, debout, debout.

Dotty ramassa son chevalet et renversa deux arrangements floraux en partant.

— Continue à marcher, dit Evelyn. J'ai laissé un généreux pourboire.

Elles ne s'étaient pas beaucoup éloignées lorsqu'un petit enfant s'arrêta devant Evelyn et hurla :

— Pinocchio !

— Bonté divine, où ?! s'écria Evelyn horrifiée.

— Derrière toi ! dit Dotty comme dans un spectacle de guignol.

Evelyn se retourna. Le magasin avait un étalage du pantin sous différentes formes.

— Pas fan ? demanda Dotty alors qu'elles s'écartaient.

— Pas dans mon enfance, c'est certain, répondit Evelyn. Je le trouvais fou. Et quand il a tué le cricket parlant, j'ai été très affectée. Pour moi, c'était réduire la vérité au silence. Politiquement parlant, bien sûr.

— Bien sûr, dit Dotty.

— Et nous savons où cela mène.

— Quel âge avais-tu, ma chérie ?

— Neuf ans. Environ.

— Tu n'as jamais été une enfant, n'est-ce pas, Lynny ?

— Non, pas vraiment, Dotty. Je lisais les *Vies des artistes* de Vasari à cette époque.

Le fleuve apparut.

— Charmant petit film, n'empêche, hein ?

Evelyn s'arrêta.

— Tu ne l'as pas aimé ? dit Dotty.

— Non, pas du tout. Pinocchio est un garçon toscan pauvre et provincial, et il a été forcé de se débarrasser des vêtements de son identité pour porter les mêmes gants blancs que Mickey Mouse. Des gants blancs, Dotty. Parfois j'ai l'impression d'être la seule à remarquer ces choses-là.

— C'est que tu es la seule en effet.

Dotty prit son amie par le bras et la conduisit vers l'ouest en direction de leur *pensione.*

— As-tu vu de quelle manière cette femme là-bas me regardait ? demanda-t-elle.

— Oui.

— J'ai toujours ce je-ne-sais-quoi.

— Tu ne l'as jamais perdu.
— Je crois que si. Un petit peu.
— Pas longtemps, quand même.
— Non. Pas longtemps.

Minuit. Elles venaient d'éteindre la lumière. Le craquement d'une allumette et le visage de Dotty s'éclaira, jaune, dans l'obscurité. Elle se dressa sur son séant et tendit la main vers un cendrier.

— Je voulais te demander, Lynny. Tout à l'heure quand je t'attendais, je suis allée sous la Loggia dessiner les statues. De Jean Bologne, en particulier.

— Laquelle ? dit Evelyn. *Hercule* ou *L'enlèvement de la Sabine* ?

— *L'enlèvement.*

— L'une des grandes…

— N'est-ce pas ? Je me suis sentie émoustillée.

— Sensation escomptée.

— Je me suis posé la question. Mais ça m'a inquiétée.

Evelyn expliqua :

— Jean Bologne savait exactement ce qu'il faisait, Dotty. Il comprenait la danse érotique autant qu'il comprenait la réaction. La lutte entre le mortel et l'homme idéalisé. C'est comme s'il nous observait en train de la regarder. Une œuvre virtuose, vraiment. Mais le contexte est essentiel – et la chape sévère de la religion s'étendait de toutes parts. Cette statue, plus que tout, représente la liberté artistique de la Renaissance. La liberté de penser et de ressentir en dehors de l'Église. C'était seulement avec la reprise de la grande tradition classique – des sujets de l'Antiquité classique – que les artistes pouvaient se libérer des contraintes du christianisme et donc présenter des récits du bien et du mal. Sanglants et exaltants, saisissants et – oui – émoustillants.

À travers les ténèbres, Dotty tendit la cigarette à Evelyn. L'extrémité brillait, orange.

— Un point qui mérite d'être noté ici, je pense, compléta Evelyn. Sans Jean Bologne, Le Bernin n'aurait pas été Le Bernin.

— Ah bon ?

— Non. Et dans ce cas, où en serait-on ?

— Où en effet ? dit Dotty. N'y a-t-il rien que tu ne saches pas, Lynny ?

— Oh, des quantités de choses, tempéra Evelyn, écrasant la cigarette. Je suis plutôt ignorante en course automobile.

— Mais ce n'est pas une très grande perte ! Bonne nuit, ma chérie.

Le lendemain matin, les deux femmes se levèrent tôt. Dotty abandonna le chevalet ce jour-là au profit d'une vie plus mobile, avec tabouret et grand bloc à dessins. Elles empochèrent les deux derniers œufs durs en sortant et burent un café dans un établissement très animé de la Via dei Neri, plein de jeunes personnes chic. Evelyn hésitait à aller vers la Piazza del Carmine voir les fresques de Masaccio, mais finit par décider que non. Eût-elle écouté ce discret encouragement intérieur, cette envie d'aller vers le sud, elle serait entrée sur la Piazza Santo Spirito en même temps qu'Ulysses, qui se rendait à son atelier. Ils se seraient arrêtés, auraient posé l'un sur l'autre un regard incrédule, et elle aurait dit : C'est vous, n'est-ce pas ? et il aurait dit : Oui, c'est moi. Elle se serait approchée de lui et l'aurait étreint. Ils auraient été muets un instant de la manière dont le destin les avait à nouveau convoqués. Ils auraient marché bras dessus bras dessous en direction de chez Michele, se seraient assis et auraient commandé un café, et Ulysses, dans un italien timide, aurait expliqué à Michele qui était Evelyn, précisé qu'ils s'étaient rencontrés précédemment, déclaré qu'il n'avait jamais été aussi heureux de voir quelqu'un de sa vie. Elle aurait commenté sa compétence linguistique. Et en dernier lieu elle aurait demandé : Alors dites-moi, Ulysses, comment se porte le bon capitaine ?

Telle eût été la version des événements, Evelyn se fût-elle dirigée vers le sud.

Mais ce matin-là, elle alla acheter un journal, *La Repubblica*, au kiosque voisin. Elle prit le bus pour Fiesole. Les amandiers en fleurs l'accompagnèrent lorsqu'elle monta vers le couvent de San Francesco. Les églantines étaient roses et odorantes dans les buissons, la vue sur la vallée du Mugnone enthousiasmante. Elle s'assit et lut son journal près d'une oliveraie, mais la tenaillait sans cesse l'impression qu'elle aurait dû être ailleurs, voir quelqu'un d'autre.

Quand Evelyn revint à la colonnade, Dotty dessinait deux superbes hommes âgés – un couple de longue date, manifestement. Le portrait était d'une ressemblance époustouflante, quatre nuances de crayon sur du papier teinté. Ils ne réclamèrent pas de signature, pourtant lorsqu'ils prirent l'image roulée, l'un d'eux se pencha et chuchota : Nous savons qui vous êtes – merci.

Evelyn emmena Dotty déjeuner aux abords du palais Pitti, dans une petite trattoria proche de la Casa Giudi, ancien domicile des poètes Robert et Elizabeth Browning, où elles partagèrent une *bistecca*. Une promenade dans les jardins de Boboli s'avéra plus raisonnable qu'une nouvelle carafe de vin rouge comme occupation de l'après-midi.

Elles montèrent lentement à travers l'amphithéâtre, cette carrière d'antan qui avait fourni la pierre pour l'extraordinaire palais du Signor Pitti. Dépassèrent la fontaine de Neptune et gravirent les terrasses jusqu'au sommet. Et là, Florence révéla sa splendeur. La lumière dorée, annonciatrice du crépuscule, les couronna, et elles apparurent exaltées, heureuses. Evelyn s'assit, s'adossa contre un mur et ferma les yeux, et Dotty la représenta là, durant ce moment, dans un portrait aussi tendre et sensible que celui qui était accroché dans le restaurant où elles avaient ébauché leur projet de voyage en Italie.

De retour à la *pensione*, elles prirent un bain et dormirent. Pendant une heure, Evelyn regarda les rideaux en lin se gonfler et retomber et accorda sa respiration au rythme du tissu. Le son des trams à l'extérieur, les oiseaux, un éclat de rire venu d'en bas, et ses pensées allèrent aux gens qui ne vivaient plus, mais il ne s'agissait pas de nostalgie, c'était par amour du souvenir, amour des gens qui l'avaient faite telle qu'elle était. Le privilège et la liberté qu'ils lui avaient apportés. La beauté et la gratitude entrelacées pour toujours dans une étoffe soignée de noms bienveillants : Constance, Dotty, Thaddeus Collins, H. W., Gabriela, Livia, et bien sûr sa mère. Sa mère était le nœud qui empêchait le tissu de s'effilocher. Elle l'avait appris plus tard, et à ses dépens, trop tard pour dire véritablement merci. Une femme dont l'ascendance italienne était un contrepoint stupéfiant à la pâle société prompte aux jugements catégoriques qu'elle rencontra d'abord. Jusqu'au soir où elle fit la connaissance de H. W. Skinner, le plus grand non-conformiste qu'elle eût jamais vu, qui avait donné son cœur à d'innombrables femmes – ragot qu'elle aurait vraiment dû prendre au sérieux, parce qu'elle se retrouva avec un mari dont l'âme artistique lui échappa toujours, et dont elle ne fut jamais la muse non plus.

Elle était prisonnière d'une forme d'amour courtois, imposé par l'Église, alors que son corps réclamait des ailes. H. W. faisait l'offre quotidienne de plumes et de cire, mais elle ne pouvait y arriver, ne pouvait sauter. Car elle voyait uniquement tout ce qu'elle n'était pas.

Sa ressource, en définitive, fut l'argent. Elle donna aux autres la liberté qu'elle ne put jamais conquérir pour elle-même. Elle acheta à sa fille ce premier billet de train, porte d'accès à une palpitante vingt-deuxième année.

Evelyn se remémora le trajet entre la gare ferroviaire et la *pensione* Simi, au long de rues sombres fourmillantes de vie et d'odeurs, à travers des places du Trecento où elle vit des statues s'animer et où les cloches appelaient les morts du Moyen Âge à se lever. Partout une conspiration de la beauté. La ville rejeta sa cape et se présenta à elle, qui l'accueillit, le cœur battant et les yeux écarquillés, bouche bée. Elle vacilla gauchement du fiacre au vestibule de l'hôtel. Elle était incapable de parler. Non que la beauté en elle-même l'eût rendue muette de stupeur, mais plutôt la prise de conscience que, s'il existait une pareille beauté, l'opposé existait aussi. Et, dans ce court instant, elle s'était sentie l'opposé.

Evelyn sortit du lit et Dotty remua.

— Bonjour, ma chérie, dit-elle.

À quoi Evelyn répondit :

— Nous sommes encore le soir, Dotty.

Evelyn ouvrit le placard et mit une longue robe noire, ample, à manches trois-quarts, puis se pencha vers ses sandales de style grec. Elle retint ses cheveux avec des épingles et peignit ses lèvres en orange vif. Postée à la fenêtre, elle regarda la ville se mouvoir dans une élégance sombre. Le ciel ressemblait à un océan, les nuages à des vagues, et un immense calme s'était installé, le soleil déclinant telle une image de l'aube naissante.

Moins élégamment, derrière Evelyn, Dotty en sous-vêtements avait les jambes levées contre le mur.

— Regarde-moi ça, dit-elle en se tapant les cuisses. Qui pourrait résister ?

— Nous approchons de « l'heure où la mouche fait place au moustique », « *come la mosca cede a la zanzara* », dit Evelyn, et elle ferma les volets, plongeant la pièce dans le clair-obscur et la fraîcheur.

— C'est assez éloquent, dit Dotty.

— En effet. Dante, *L'Enfer*.

Dotty jeta un coup d'œil à la pendule :

— Nous approchons de l'heure où l'eau fait place au cocktail. *Come l'acqua cede a la cocktaila*, et, s'écartant du mur, elle rencontra de manière inattendue la pesanteur.

Elle tomba du lit avec un bruit sourd.

Le Harry's Bar était caché derrière le Palazzo Corsini. Il n'avait aucun rapport avec le célèbre établissement vénitien et avait été ouvert l'année précédente par un homme qui s'appelait Enrico, connu de ses amis anglophones sous le nom de Harry ou Henry. Enrico s'était occupé du bar de l'hôtel Excelsior pendant la guerre et avait vu Evelyn au plus bas. Alors, immobile sur le seuil, jetant un coup d'œil vers l'intérieur sombre, Evelyn se sentait nerveuse à la perspective d'une confrontation avec son passé.

Elle n'aurait pas dû s'inquiéter. Enrico la remarqua immédiatement, lui dit qu'elle n'avait pas changé du tout, lui tendit la main et baisa cérémonieusement la sienne.

— Je me demandais tant ce qui était arrivé à ma chère Miss Skinner, dit-il, conduisant Dotty et elle vers une table dans l'angle où elles avaient à la fois de l'intimité et vue sur la salle.

Il leur apporta ce qu'il avait toujours apporté à Evelyn.

— Des *biciclettas* ! s'écria Dotty. Tu es cachottière, Lynny !

Tchin-tchin ! Cliquetis de verres.

Evelyn raconta à Dotty qu'en 1944, elle avait dû attendre un mois avant de pouvoir entrer dans la ville avec le gouvernement militaire allié. Une fois sur place, elle avait fondu en larmes : les immeubles qui surplombaient auparavant le fleuve avaient disparu ; le quartier ancien, les tours médiévales, tous disparus. Son regard allait sans obstacle jusqu'à Orsanmichele et le Duomo, corridor ininterrompu qu'elle n'aurait jamais cru possible. Du jour au lendemain, ce qui constituait le cœur de la Florence de Dante avait été réduit à des montagnes de gravats fumants. Un acte de destruction qui visait uniquement à stopper l'avancée des Alliés et manqua son objectif, bien sûr.

— Il n'y avait aucune justification militaire à ce désastre, expliqua Evelyn.

Elle se souvenait des gens errant, incrédules, abasourdis par la violence infligée à leur douce ville.

Elle était aussitôt allée travailler au siège de la Surintendance, qui avait déménagé dans le palais Pitti. La Surintendance avait d'abord surveillé l'évacuation des œuvres d'art, et Evelyn dressait la liste des œuvres retrouvées, des œuvres pillées, des œuvres endommagées. Elle commença le rapatriement des statues et des tableaux vers leurs lieux sacrés. Il lui arrivait de collaborer avec l'historien de l'art Berenson et son groupe, mais en général elle se tenait à l'écart. À cette date, quelque chose avait atteint son être, son âme. La guerre l'avait rongée. Une lassitude dévorante dont elle ne parvenait pas à se délivrer. Les soirées se passaient à boire en silence à l'hôtel Excelsior, sous la garde d'Enrico, qui savait quand lui apporter un autre verre longtemps avant qu'elle ne sache elle-même qu'il lui en fallait un.

Dotty leur alluma une cigarette à toutes les deux et dit :

— Ce soldat que tu as rencontré.

— Ulysses ?

— Oui. Qu'y avait-il de particulier chez lui ?

Evelyn réfléchit un instant.

— Je ne sais pas. Je me suis souvent posé la question. Sa gentillesse ? La cicatrice sur sa lèvre ? Ses sourcils, son sourire ?

— Tu as l'air un peu amoureuse, ma chérie.

— Retiens cette idée, dit Evelyn, qui leva son verre et but. Deux ans après la mort de Gabriela, je m'occupais de ma tante Maria à Rome. Quand Maria est morte, j'ai eu l'impression que Gaby mourait une seconde fois. L'enthousiasme d'Ulysses pour la vie a été une panacée. Son optimisme, sa certitude qu'il n'allait pas mourir. Comme si tout ce qui comptait pour lui, il avait mystérieusement réussi à le protéger de la guerre. Comment était-ce possible ? Il était invincible, Dotty. D'une façon merveilleuse. J'avais échappé à Margaret et j'attendais au bord de la route. Qu'attendais-je ? La mort, je crois. Une issue, même définitive. Et alors, la vie a surgi. Ce moment positif, inestimable, avec un chef-d'œuvre de la Renaissance n'aurait rien été sans lui et le bon capitaine. Il y a eu la perfection du moment. Étais-je amoureuse de lui ? Peut-être un peu. Lorsque les tirs d'artillerie pleuvaient au-dessus de nous, et qu'il me tenait les mains et criait face au tumulte : Pas aujourd'hui, Evelyn ! Ça ne sera pas notre tour aujourd'hui. Sa confiance était irrésistible, Dotty. J'étais jeune à nouveau. Je me sentais redevenue jeune. Je lui en serai à jamais reconnaissante.

— Tu pourrais te lancer à sa recherche, suggéra Dotty.

— Pourquoi donc se souviendrait-il d'une vieille femme comme moi ?

— Parce que tu es inoubliable, Evelyn Skinner.

Le lendemain apporta le départ. Dotty consacra la matinée au dessin et, lorsque midi sonna, elle était épuisée ; elle rentra donc faire la sieste à la *pensione*. Evelyn laissa son amie endormie dans la chambre, un mot sur la coiffeuse avec une pomme en guise de presse-papiers. Evelyn avait bouclé sa valise et voulait contempler une dernière fois la ville avant le trajet en train jusqu'à l'étendue de Rome au cœur bruyant.

Elle sortit dans la lumière étincelante et mit ses lunettes de soleil. Elle ne se hâta pas vers sa destination, dévia, comme toujours, par des chemins de glycine couvrant les murs des villas privées ou la splendeur timide d'un magnolia prêt à fleurir. L'art et la vie entrelacés. La prédominance des fleurs bleu mauve dans la ville et ses alentours l'étonnait, fascinante succession de février à mai. Les violettes, la glycine, les iris... sans oublier les bleuets estivaux, qui avaient souvent été un noble lit pour elle et une elle, dans un pré retiré, dans une décennie retirée. Le bleu contrastant avec un mur ocre ou terre d'ombre brûlée, le bleu contrastant avec l'herbe luxuriante, avec un chemisier en lin blanc déboutonné et largement ouvert, un bleu d'une intensité si renversante, le souvenir trop facile à trouver dans le passé opaque. La chair et l'amour toujours à côté du bleu.

Un déploiement printanier si précoce.

Evelyn savait où ses pas la menaient. Avait toujours su où elle irait dès que le voyage avait été projeté – les deux soldats n'étant jamais loin de ses pensées. Elle se demandait parfois s'ils étaient vivants ou morts, et les établissait toujours dans la vie. Le contraire était inconcevable.

Dans la pénombre fraîche de l'église, l'encens lui picota le nez, et sa peau réagit à la baisse de la température. Sur sa droite, la chapelle Capponi et le tableau qui effaçait les années. Darnley disant : *Ulysses Temper, Miss Evelyn Skinner, je voudrais vous présenter la* Déposition *de Pontormo.*

— Est-ce que vous voulez entrer ?

Evelyn se retourna, surprise par la question qui lui était posée en anglais. Derrière elle se tenait une fillette portant une casquette de cheminot. Neuf ans ? Dix, peut-être ? Cheveux bruns, frange longue, et un visage adorable, intense, plein d'interrogations. Ses lunettes de soleil étaient accrochées au col de son T-shirt et elle tenait un rouleau de papier teinté qu'Evelyn connaissait très bien.

— Comment as-tu deviné que j'étais anglaise ? demanda Evelyn.

— Parce que vous n'avez pas fait le signe de croix quand vous êtes arrivée, répondit la fillette.

— Oh, bien vu !

— Alors qu'en dites-vous ? J'ai une clé.

— Quel heureux hasard, dit Evelyn. As-tu aussi un nom ?

— Tantôt la môme, tantôt Alys. Et vous ?

— Toujours Evelyn.

Alys jeta un coup d'œil à la ronde avant d'ouvrir la grille.

— Venez, dit-elle. Ne vous éloignez pas, et Evelyn obéit.

Elle alla vers le tableau et ferma les yeux.

— Vous ne le regardez même pas, dit Alys.

— Non, je le hume, dit Evelyn. Le bulbe olfactif transmet le message odorant à proximité de l'amygdale et de l'hippocampe, deux zones du cerveau associées à l'émotion et à la mémoire.

— Je ne savais pas ça, dit Alys.

Evelyn s'écarta du tableau et demanda :

— Viens-tu souvent ici, gardienne ?

— Quelquefois. Et vous ?

— Pas souvent, non. J'ai vu ce tableau pour la dernière fois pendant la guerre.

— Laquelle ?

— Touché, la môme.

— Je suis née à la fin de la guerre.

— Cette guerre-ci, alors. C'est à ce moment-là que je l'ai vu. Mais pas ici, ajouta-t-elle.

— Il n'y a pas si longtemps que ça, alors.

— Non. Pas si longtemps. Et qu'as-tu donc là ? dit Evelyn, sachant parfaitement ce que le rouleau de papier révélerait.

— Un portrait. Je l'ai fait faire ce matin.

Et Alys déroula le portrait. Elle le tint près de son visage.

— C'est moi, dit-elle.

— Oh, il n'y a aucun doute là-dessus.

Puis Evelyn la remarqua. Dans le coin droit. Une signature. La véritable signature de Dotty. Elle avait offert à l'enfant un cadeau de valeur.

— Je lui ai demandé de signer, dit Alys. Elle n'allait pas le faire. Et puis elle a accepté. Ce n'est peut-être pas son vrai nom.

— Oh, je suis certaine que si.

— Vous pensez qu'il vaut quelque chose ?

— Oh oui.

— Beaucoup ?

— Tu devrais sûrement le protéger.

— Je le ferai encadrer, alors.

— C'est l'idée, approuva Evelyn, et elle regarda sa montre.

— Il faut que vous alliez quelque part, Evelyn ?

— En effet. J'ai rendez-vous avec Rome.

— Maintenant ?

— Dans un moment.

— Je vais refermer, alors, dit Alys, et elle tira la grille et donna un tour de clé.

Elle posa la clé sur le bord des fonts baptismaux.

— J'aime bien le nuage.

Evelyn se figea.

— Ce nuage, et la môme montra le tableau derrière elles.

— Vraiment ? dit Evelyn. J'ai connu un jour quelqu'un qui aimait bien ce nuage, lui aussi.

Et elle regarda l'enfant, à la recherche d'une ressemblance avec le soldat de son passé. Elle chassa la pensée de sa tête. Impossible. Et elle ouvrit la lourde porte en bois et sortit dans la lumière. Elle remit ses lunettes de soleil ; la môme fit pareil. Elles marchèrent en direction du Ponte Vecchio, à enjambées identiques, et Evelyn dit combien la casquette de la môme lui plaisait.

— Je l'ai achetée après avoir vu *I Vitelloni* de Fellini.

— Est-ce que le film t'a plu ?

— Oh oui. Ça changeait agréablement du néoréalisme.

— Tu en avais assez ?

— Il a fait ce qu'il fallait faire.

— C'est-à-dire ?

— Transformer pour toujours les règles de la réalisation cinématographique. Je pense que *Le voleur de bicyclette* sera reconnu comme un très grand film, affirma Alys.

— Je pense que tu pourrais avoir raison, dit Evelyn.

— La séquence qui conclut *I Vitelloni,* vous savez, quand Moraldo est dans le train et que la caméra traverse les chambres de ses amis ? C'est comme ça, non ? Faire ses adieux. Tous les gens qu'on quitte.

— Est-ce que tu as dû faire tes adieux ?

— Juste une fois.

Un groupe de touristes qui lambinaient sur le pont les sépara momentanément et Alys fut obligée de les contourner à toutes jambes pour rattraper son retard.

— Êtes-vous très savante, Evelyn ?

— Plutôt.

— Vous en avez l'air.

— À cause du turban blanc, j'imagine.

— Pourquoi toutes les statues sont-elles des hommes ?

Evelyn rit.

— Ah oui, c'est problématique. Réponse courte ou longue ?

— À quelle heure est votre train ?

— Très juste. Courte, alors. Parce que des hommes les ont sculptées, moulées, façonnées. L'Italie de la Renaissance était un monde d'hommes et un monde pour les hommes. Un monde qui professait l'infériorité des femmes.

— Saperlipopette.

— Saperlipopette en effet.

Evelyn s'arrêta au milieu du pont.

— Viens par ici.

La môme s'approcha d'elle et regarda au-delà du fleuve en direction des collines sombres. Evelyn indiqua du doigt les édifices.

— Là, la Biblioteca. Une vitrine pour les hommes. Là, le Palazzo Vecchio, une vitrine pour les hommes. Là, l'Institut d'histoire de la science, une vitrine pour les hommes. Là-bas, le musée des Offices, une vitrine pour les hommes. L'histoire a effacé les invisibles, dit Evelyn. Et nous ne connaîtrons jamais la contribution des femmes à cette époque unique.

— Où étaient-elles alors ? demanda la môme.

Evelyn posa les yeux sur sa jeune élève.

— Quel âge as-tu ?

— Presque neuf ans. Mais il paraît que j'ai une grande maturité d'esprit malgré ma jeunesse de corps.

— Ah bon ? Eh bien, il paraît que chez moi c'est l'inverse.

La môme rit.

— Vous êtes drôle, dit-elle.

— Donc où étaient les femmes ? Eh bien, cela dépendait de la classe sociale. Principalement à l'intérieur, si tu étais riche et mariée. Un temps considérable dans la salle d'accouchement, avec l'espoir de produire des héritiers mâles. Une succession continuelle de grossesses de tes quinze ans à tes quarante ans. Autres exigences : tenir la maison, bien sûr ; s'occuper des domestiques ; coudre ; faire le pain ; allumer les cheminées. Telle était la vie d'une femme, petite môme. Ou le couvent – la seule carrière disponible pour une femme. Tel était le choix.

— Vous ne me ferez pas accepter cette vie, Evelyn.

— Non. Je n'essaie pas, si ? rit Evelyn.

— Les femmes ne peignaient-elles pas aussi ?

— Elles n'y étaient pas autorisées. On leur défendait énergiquement de participer aux arts et aux sciences. Sauf si, bien sûr, leur père était peintre ; dans ce cas, elles avaient accès aux matériaux et à un atelier. Mais en réalité, c'était seulement le couvent qui procurait un espace d'expression de soi. Les femmes créatives issues de bonnes familles florentines y entraient souvent dans cet objectif. Voici un nom pour toi, la môme : Plautilla Nelli. Elle a été la première femme peintre de la Renaissance et a eu beaucoup de succès. Elle dirigeait une école pour les artistes femmes. Elle ne pouvait pas vendre ses propres œuvres, mais le couvent s'en chargeait. C'était une radicale qui défiait les conventions de son époque. Et plus personne ne la connaît.

— Mais je la connais maintenant.

— Oui, tu la connais maintenant. Le pont qui existait là-bas, dit Evelyn, pointant le doigt.

— Le Ponte alle Grazie ?

— Eh bien, autrefois, il avait de petits lieux d'habitation et des oratoires qui reposaient sur des supports dominant le fleuve. Des ermitages solitaires pour le culte. Des nonnes dévotes appelées *le Murate* – les emmurées – passaient leur vie entière dans des pièces minuscules au-dedans de ces constructions sans jamais sortir.

— Jamais ? dit la môme.

— Jamais. Et elles priaient pour la ville. Et leur nourriture était livrée par de petites fenêtres qui n'étaient accessibles qu'à l'aide d'échelles placées dans le lit du fleuve. Le dimanche, elles recevaient la communion de la même manière. Toute leur vie emprisonnées – ou cloîtrées, selon le point de vue. Le pont a fini par être reconstruit et *le Murate* ont été transférées dans un couvent en 1424.

— Ça fait beaucoup d'informations à assimiler.

— N'est-ce pas ? Puis le couvent est devenu un établissement pénitentiaire. Ce qu'il est encore. Symbolique et légèrement ironique.

La môme resta silencieuse, à réfléchir.

— Nous ne connaîtrons jamais la vie intime vécue à l'intérieur de ces murs. Ce qui aurait pu être. Nous avons tellement plus de liberté que celles qui nous ont précédées. Et tu en auras tellement plus que moi.

Evelyn consulta une nouvelle fois sa montre.

— Ma chère enfant, il faut que je trouve un taxi. Mon train est à cinq heures.

— Serrons-nous la main et faisons nos adieux, d'accord ? dit la môme.

— D'accord.

Sur quoi Evelyn tendit la main.

— Oh, voici un autre nom pour toi : Artemisia Gentileschi. Elle te plairait. Pleine de rage. Merci, gentille gardienne. Ça a été très amusant. À la prochaine !

Et elle se retourna et s'éloigna.

— Evelyn ! cria la môme.

Evelyn s'arrêta.

— Le couvent ou le mariage ?

— Oh, le couvent ! répondit Evelyn.

— Moi aussi !

— Au revoir, la môme, dit Evelyn, et elle lui adressa un dernier signe de la main avant de se diriger vers un taxi en stationnement.

— Au revoir, Evelyn, dit la môme, et elle colla le tube de papier à son œil et regarda le taxi jusqu'à ce qu'il disparaisse.

Ulysses leva les yeux de son journal anglais, vieux d'une semaine, lorsqu'il entendit le bing bing bing de la course effrénée d'Alys sur les dalles. Il la regarda se frayer un chemin parmi des touristes qui montraient le perroquet au sommet de la statue de Cosimo R. Elle était hors d'haleine lorsqu'elle le rejoignit. Il l'attira contre lui et lui fit un bisou sur les cheveux. Ils sentaient la sueur et le soleil.

— Ça va ? dit-il, et elle hocha la tête et s'assit.

L'ombre gagnait la terrasse. Ulysses tendit son pull à la môme. Elle y enfouit le nez comme elle le faisait invariablement. Un jour, elle cesserait. Pour l'instant, il était à elle et elle était à lui. Michele sortit, posa deux bières sur la table et demanda des nouvelles de Cressy. Ulysses dit qu'il descendrait dans une minute.

La môme empoigna la bière d'Ulysses et la porta à ses lèvres. Elle n'aimait toujours pas ça, elle voulait seulement grandir vite. Elle déchira un morceau de pain en deux et le dévora. Elle voulait quitter l'école et rosser les garçons qui se moquaient d'elle. Elle voulait parler couramment l'italien, trouver un travail, prendre le train comme Evelyn et avoir derrière elle un nombre incalculable d'aventures et de soirées jusqu'à l'aube. Elle n'arrivait pas à s'imaginer vieille, mais elle pouvait s'imaginer sortie de la jeunesse.

Elle reposa le verre et s'essuya la bouche. Ulysses l'observait comme s'il pouvait lire dans ses pensées.

— Qu'est-ce que tu as là ? demanda-t-il.

Elle leva le tube de papier et dit :

— Je vais attendre Cressy pour le montrer. Ça vaut la peine d'attendre, ajouta-t-elle.

Cressy les appelant de loin. Ulysses lui tira une chaise et Cressy saisit sa bière avant de s'asseoir.

— Réparée, dit-il.

— Hé, Cressy…

— Il m'a fallu tout l'après-midi, mais…

La môme le poussa de la tête. C'était elle qui avait trouvé la vieille machine à expresso à levier au marché aux puces.

— Et ceci ? demanda Cressy, tapotant le tube de papier sur les genoux d'Alys.

— Elle n'a pas voulu me le montrer avant que tu descendes, dit Ulysses.

— Ceci, dit-elle, dénouant la ficelle et déroulant le papier, est mon portrait. Je n'ai pas eu à payer.

Cressy lança un sifflement.

— Eh bien, il est magnifique.

Ulysses fronça les sourcils.

— D Cunningham ?

— Il faudra qu'on le fasse encadrer, dit Cressy, le prenant des mains d'Alys et le roulant de nouveau avec soin.

— La célèbre Dorothy Cunningham ? dit Ulysses.

— Je ne sais pas si elle est célèbre, mais la signature est vraie, dit la môme. Une dame me l'a garanti...

— Dorothy Cunningham était ici ?

— Là-bas sous la colonnade.

— Quelle dame te l'a garanti ? demanda Ulysses.

— Quand j'étais dans l'église.

— Quelle église ?

— Ça fait une ribambelle de questions, dit la môme, feignant de boire la bière de Cressy.

Elle s'essuya la bouche.

— L'église où il y a le tableau rose et bleu. Celle dans laquelle on est entrés avec Pete. J'ai suivi une vieille dame à l'intérieur parce qu'elle avait l'air intéressante. Elle était habillée tout en blanc.

— Peut-être que c'était une nonne ? dit Cresson.

— Elle avait un turban blanc sur la tête.

— Alors peut-être pas, dit Cressy.

— Et je lui ai montré mon portrait. Ensuite elle a dit qu'elle devait y aller parce qu'elle avait rendez-vous avec Rome.

— Rendez-vous avec Rome ? dit Cresson. Inouï !

— Le train de cinq heures. Je lui ai dit que j'aimais bien le nuage. Et à ce moment-là Evelyn – c'était son prénom – Evelyn a dit...

Elle n'eut pas le temps de finir qu'Ulysses était déjà debout.

— Mangez sans moi ! cria-t-il tandis qu'il filait sur la place en direction du fleuve.

Le long du Lungarno Guicciardini, les gens s'arrêtèrent pour regarder. Il évita les voitures et les cyclistes et s'approcha dangereusement d'un tram sur le Ponte alla Carraia. Ses poumons menaçaient d'éclater, ses jambes le brûlaient.

— *Scusi, scusi !* cria-t-il.

Il traversa la Piazza Goldoni et remonta la Via dei Fossi. Déboucha sur la Piazza Santa Maria Novella, franchit les lignes de tram, évita les ouvriers, les gens ouvrant des yeux ronds, criant.

J'arrive, Evelyn, je sais que c'est vous.

Il monta quatre à quatre l'escalier de la gare et se plia en deux sous le tableau des départs, un vrai halètement de chien. Il vit le numéro du quai et se précipita, et les gens criaient et gesticulaient et le voilà un danger public. Au portillon du quai, il vit le train qui s'ébranlait lentement, et il implora de pouvoir passer, et le train accéléra, et Ulysses se remit à courir et ses jambes étaient très fatiguées, pourtant il réussit un dernier sprint et il crut qu'il l'atteindrait peut-être de justesse, qu'il pourrait peut-être de justesse…

Mais le quai se termina.

Et le train disparut.

Ulysses s'assit. Un policier le surveilla pendant qu'il essayait de reprendre haleine.

À bord du train, Dotty avait observé les événements par la vitre. Lorsque Evelyn la rejoignit, Dotty lui dit :

— Je viens de voir une scène extraordinaire. Un jeune homme courait pour attraper le train comme si sa vie en dépendait.

— L'amour, dit Evelyn.

— Quoi d'autre ? dit Dotty.

Evelyn se pencha devant son amie pour regarder dehors.

— Je ne vois rien.

— Trop tard, dit Dotty, et elle se cala dans le siège et déballa un sandwich à la mortadelle. Un morceau ?

— Non merci.

— Tu as l'air un peu triste et abandonnée, remarqua Dotty.

— J'ai l'impression d'avoir laissé quelque chose derrière moi, dit Evelyn. J'ai l'impression de ne pas être entière.

— Tu reviendras.

— Oui, je suppose.

Mais la perspective d'un futur retour ne put dissiper sa sensation de malaise. Elle tendit la main vers le sandwich à la mortadelle.

— Je vais peut-être en manger un morceau.

— Vas-y. Croque, l'invita Dotty. Il y a de l'artichaut dedans.

— Délicieux, dit Evelyn. Ça l'améliore vraiment, hein ?

Lorsqu'elle eut fini de mâcher, elle reprit :

— Je voulais te dire, j'ai rencontré la fillette que tu as dessinée.

Dotty éclata de rire.

— Casquette et frange brune ?

— Sacré personnage, dit Evelyn.

— Elle m'a plutôt charmée.

— Mais tu n'aimes pas les enfants, Dotty.

— Non, je sais. Mais elle ressemblait à une adulte dans de petits vêtements. Elle a dit qu'elle tenait une pension de famille.

— Une pension de famille ?

Evelyn mordit à nouveau dans le sandwich.

— Tu l'as signé, Dotty.

— Je sais. Mais j'étais obligée. Pour les frais d'entretien. Les pensions de famille coûtent cher, tu sais.

Un peu moins d'un an après, en janvier 1955, Evelyn projeta un autre voyage à Florence mais dut l'annuler à cause d'une mauvaise grippe. Elle perdit des journées au fond de son lit et fut grincheuse et contrariée.

Jem Gunnerslake lui rendit visite avec un bouquet de fleurs et Evelyn se réjouit de le voir. Il confirma que sa mère était Penelope, la critique de théâtre.

— Pourquoi ? demanda-t-il.

— Oh, pour rien, répondit Evelyn, qui brûlait de le dire à Dotty.

Il se planta devant une photo – rare rassemblement des Trois Vi, Virginia – Woolf –, Violet – Trefusis – et Vita – Sackville-West. Elles paraissaient malheureuses et intéressantes. Dotty était présente ce jour-là ; on la devine tenant un fusil de chasse dans l'arrière-plan. Floue, mais l'attitude correspond indéniablement à Dotty.

— J'aimerais revoir Miss Cunningham, dit Jem.

Evelyn sourit et pensa : *Quand elle saura qui est votre mère, vous la reverrez sans doute.*

Ce soir-là, Dotty vint préparer la soupe.

— Ce virus grippal ne m'aurait pas touchée si j'avais eu quarante-cinq ans, dit Evelyn.

— Il devait s'agir de la souche mâle, dit Dotty.

Evelyn rit puis toussa.

Dotty apporta la soupe et avoua qu'elle avait oublié d'y mettre les os à moelle.

— Elle est très savoureuse quand même, dit Evelyn.

— Tu dois être malade.

Dotty ouvrit son portfolio et sortit peinture après peinture.

— Je voulais te montrer ceci.

— La lumière, dit Evelyn.

— Toi, dit Dotty.

— Ton point de vue sur la ville.

— Et toi, insista Dotty.

Elle ajouta :

— Comment ces hommes auraient-ils pu ne pas réussir à l'époque ? La ville leur donnait tout, n'est-ce pas ? La ville était tout.

— Oh, oui ! Si Michel-Ange était né à Bologne, les choses auraient pu être fort différentes, dit Evelyn, soudain presque guérie.

En 1956, Evelyn retourna bel et bien à Florence, mais cette fois sans Dotty. Elle prit le train depuis Venise, bref répit dans la Biennale où son amie exposait les œuvres florentines. Elle passa une matinée à regarder les travaux de reconstruction du Ponte Santa Trinità et, de là, ses déambulations la conduisirent le long d'une rue étroite qui menait à la Piazza Santo Spirito. Le marché, encore en cours, était bruyant et enchanteur. Elle y entra par le nord, près de l'église. Elle n'aurait pu savoir que, par le sud, Ulysses s'en éloignait au volant avec la môme, même si l'image d'une camionnette Jowett Bradford s'imprima quelque peu sur sa rétine. Il allait livrer un globe dans une villa près de San Gimignano. Il n'y avait pas eu de marchandage sur le prix et le prix était demeuré élevé. C'était l'un de ses meilleurs globes. Evelyn déjeuna tôt chez Michele et, depuis sa table, remarqua même un vieil homme et un perroquet installés avec les vieilles femmes sur les bancs de pierre, à partager du vermouth. Elle ne porta aucun jugement sur un tel spectacle car Santo Spirito avait toujours été plus excentrique que les autres quartiers. Pourquoi donc ne séjournait-elle pas de ce côté ? pensa-t-elle. Des collègues logeaient au-dessus de l'Institut d'histoire de l'art allemand au Palazzo Guadagni, mais il avait toujours été trop masculin pour elle. *Et alors ?* se dit-elle. Quand elle reviendrait, elle essaierait peut-être. Un gros homme en tablier lui servit son expresso. Ils s'entretinrent librement des changements économiques locaux, qui étaient considérables. Si seulement elle avait eu l'idée de lui demander conseil au sujet d'une *pensione* proche et abordable. Mais elle n'y pensa pas. Il lui apporta l'addition et elle repartit d'un pas tranquille en direction de la gare. Elle prit le dernier train pour Venise et se rendit à une fête avec Dotty chez Peggy Guggenheim. Peggy avait l'œil. Elles parlèrent de Jackson Pollock. Evelyn lui indiqua où acheter les meilleures sardines en boîte et elle fut ravie.

— Tu es toujours la bienvenue ici, dit Peggy.

En 1958, Evelyn et Ulysses se croisèrent véritablement sur le Ponte Vecchio. (Ils en riraient plus tard.) Tous deux conversaient – Evelyn avec un jeune restaurateur d'art, et Ulysses avec Massimo. Evelyn admirait vers l'aval le Ponte Santa Trinità, qui avait été achevé l'année précédente. « Oh jour heureux », dit-elle, ou une phrase dans ce genre, même si la tête du Printemps resterait manquante trois ans encore. Une rumeur racontait qu'elle avait été volée ou kidnappée ou vendue à un millionnaire américain. La Parker Pen Company alla jusqu'à offrir trois mille dollars de récompense. Quelle histoire. Une équipe de dragage finirait par la retrouver dans le lit du fleuve.

Quant à Ulysses et Massimo, ils s'étaient arrêtés au milieu du pont et regardaient en amont, vers le Casentino. Massimo disait que la personne dont il était récemment tombé amoureux était en fait un homme. Il avait les mains dans les poches et attendait soit d'être plaint soit de perdre une amitié précieuse, parce que tels avaient généralement été les résultats d'aveux passés. « Il a intérêt à être bon envers toi », fut le seul commentaire d'Ulysses. Ils quittèrent le pont pour entamer une soirée de Negroni et de pitreries. Le soulagement, au fond.

— Ne te tracasse jamais avec moi pour des trucs comme ça, dit Ulysses.

Il fit la connaissance du bien-aimé deux mois plus tard. Un érudit américain assez âgé prénommé Phil. Paisible, sérieux, intéressant. Tout ce qu'on pouvait souhaiter chez un homme.

Evelyn et Ulysses dansèrent ainsi et danseraient ainsi durant des années. Seules leurs pensées marquaient la mesure. Un élégant pas de deux né d'une gigue au bord d'une route toscane. Il allait dans un musée et pensait à elle. Elle voyait un globe et pensait à lui. Elle alla dans un club de jazz avec Dotty et elles écoutèrent un pianiste dont elles crurent qu'il pourrait être le pianiste de saloon de la pièce dans le West End. Pas possible, si ? Il joua une chanson à propos de laquelle il précisa qu'il l'interprétait rarement. « La chanson de Cressy », l'appela-t-il.

Et, en décembre 1959, assise dans son appartement de Bloomsbury, Evelyn marqua une pause devant son carnet. Elle s'efforçait de rédiger une introduction à la peinture de natures mortes qui inclurait l'idée d'un espace féminin lorsqu'elle eut soudain froid. Elle se leva et ajouta une bûche dans le feu. Elle resserra son cardigan autour de ses épaules et le bouton orange qu'elle avait acheté cinq ans plus tôt à Sant'Ambrogio attira son attention. Il était frappant dans son altérité. Tout comme le souvenir d'une fillette de neuf ans, qu'on appelait tantôt Alys, tantôt la môme. Evelyn prit un verre de bordeaux et se tint face à la cheminée. *Certaines activités sont célébrées, d'autres rejetées comme modestes, humbles ou insignifiantes,* pensa-t-elle. *Alors qui donc en décide ? Les privilèges et le regard masculin, au bout du compte.*

Elle remplit à nouveau son verre et s'assit.

La vie de l'esprit par opposition à la vie du physique, écrivit-elle. Le sacré par opposition au profane. Le cultivé par opposition à l'inculte. Un monde où l'extérieur et l'intérieur sont en opposition constante.

Le monde de la cuisine domestique est un monde féminin (elle souligna ces mots). C'est un monde de routine, de corps et de fonctions corporelles. Un monde de sang, de carcasses, de boyaux et de servitude. Les hommes peuvent y entrer mais ils ne travaillent pas là et pourtant le travail est l'unique activité des femmes ici. De temps en temps, dans de tels tableaux, des objets masculins peuvent apparaître sur la table – pipes, montres, cartes – souvent dans une composition des plus ridicules, néanmoins ils réussissent dans ce qu'ils visent : annuler l'espace féminin. Le triomphe masculin sur l'insignifiance de la scène.

Evelyn but une gorgée. Elle continua d'écrire.

La puissance de la nature morte se trouve précisément dans cette insignifiance. Parce que c'est un monde de fiabilité. De mutualité entre les objets qui sont là et les gens qui n'y sont pas. Temps suspendu dans une absence fantomatique. Qui a préparé la nourriture ? Qui a vidé le poisson ? Qui a nettoyé la cuisine ? Telles sont les actions qui entretiennent la vie. Des objets représentant la vie ordinaire résident dans cet espace – des assiettes, des bols, des pots, des cruches, des couteaux à huîtres. La forme de ces objets est demeurée inchangée, de même que leur fonction. Ils sont devenus fixes et quelconques dans ce monde d'habitude et nous n'en faisons plus cas. Pourtant, à l'intérieur de ces formes, quelque chose de puissant est conservé : la continuité. La mémoire. La famille.

Evelyn posa son stylo. L'enfant n'aurait plus neuf ans maintenant, si ? Elle devait en avoir quatorze. Quatorze alors qu'une nouvelle décennie approchait. Merveilleux !

LA DOLCE VITA

1960

LA NOUVELLE DÉCENNIE reçut un chaleureux accueil. Adieu les années 1950 – qu'est-ce que vous nous avez apporté de bon ?

— Beaucoup de choses, à vrai dire, déclara Massimo, allumant une cigarette et se préparant à prononcer un discours bien informé. Permettez-moi de l'expliquer. Le pays est au cœur d'un miracle économique dû en grande partie au Plan Marshall (ou Programme de rétablissement européen, pour lui donner son véritable nom) et il y a un fort sentiment de soulagement et d'optimisme après la guerre et le fascisme.

— Je le perçois, dit Pete.

— Moi aussi, dit Cresson.

— La reconstruction est au plus haut et la migration massive a déplacé une tranche de la population du Sud rural défavorisé au Nord plus urbain et riche. Par conséquent, la prospérité s'est répandue dans la classe ouvrière et une nouvelle société de consommation s'épanouit. Fiat, Pirelli, Alfa Romeo, Vespa…

— Gucci, ajouta Ulysses.

— Gucci, répéta Massimo. Des noms qui ont porté l'Italie sur la scène mondiale. Désormais la mode est disponible pour les masses – et il montra l'étiquette de sa veste neuve de confection – ainsi que les réfrigérateurs et les machines à laver ; plus important encore, les tomates en boîte ont changé la vie des femmes comme jamais auparavant. Les voitures ont remplacé les charrettes et les ânes, les motos les bicyclettes. Quoi d'autre ?

— Les télévisions, dit Cresson.

— Ah oui, les télévisions, Cresson. Des télévisions partout ! Et la *pensione* Bertolini a même un téléphone et personne ne s'en préoccupe. Donc, une période favorable, dit Massimo, soufflant un long ruban de fumée.

Ils étaient assis en terrasse chez Michele, sous un grand store qui avait été accordé par le groupe Campari en raison des ventes de boissons invariablement élevées. Le café était bondé. Ulysses regarda Giulia apporter des assiettes porte-bonheur de lentilles et *cotechino.*

— Un toast, dit Claude, voulant imprimer sa marque sur la soirée. Bonjour les années 1960 ! Apportez-nous la même chose, s'il vous plaît !

Les hommes levèrent leurs verres.

— Bonjour les années 1960, la même chose, s'il vous plaît !

Là-bas sur les marches de l'église, la môme grattait une guitare. Bien sûr, on ne l'appelait plus la môme : elle était Alys, dans la totalité de ses quatorze ans et quatre mois. Beatnik avant de savoir ce que ce terme signifiait, avec sa casquette de cheminot, son pull irlandais et son jean raccourci. Elle fit signe à Pete et Cresson qui traversaient la place, Ulysses et Massimo en grande conversation derrière eux. Elle était devenue distante avec Ulysses et ne savait pas comment y remédier.

Du jour au lendemain, les choses avaient changé. Cette impression que les yeux du monde se moquaient d'elle – eh bien, elle l'avait en permanence maintenant, maintenant qu'elle voulait donner des baisers aux filles. Et elle se sentait un peu anormale, et l'Église n'aidait pas, ni les mômes à l'école avec leurs ragots et leurs sarcasmes. Elle avait laissé Guido toucher ses seins à peine formés uniquement pour étouffer les rumeurs. De retour à la maison ce soir-là, elle n'arrivait pas à regarder Ulysses et elle alla au lit sans manger. Peut-être que ç'avait été l'origine ? Le début de la distance. Un acte honteux ne peut jamais en atténuer un autre, mais comment aurait-elle pu le savoir ? Avec ses quatorze ans et quatre mois, et ses hormones et ses questions et pas encore le moindre signe de règles. Le public se tut, Alys sourit et les merlebleus chantèrent.

— Et voilà Peg, dit Cresson.

La première chanson s'appelait « La tour de Rotherhithe » ; Alys elle-même l'avait écrite. Pete l'avait aidée pour la musique, mais les paroles étaient son œuvre à elle. C'était l'histoire d'une femme qui essayait de ramener un homme de la guerre par son chant, de lui faire remonter la Tamise sur des mots d'amour. Mon doux promis notre fleuve, était le refrain – Mon doux promis notre fleuve viens approche viens suis ces mots que tu entends dans le vent, ils te guideront ils te guériront ils te nourriront pour toujours, reviens tout simplement et donne-moi l'empreinte de ta main. Le soldat ne réapparaissait jamais, et la tour tombait en ruines durant la paix.

— Il y a une sensibilité irlandaise, chuchota Pete.

Ulysses savait que la chanson parlait de Peg.

À cette date, Peg avait abandonné son travail et était partie habiter avec Ted dans la banlieue est. Ils avaient une grande demeure d'aspect gothique, équipée d'une allée gigantesque, près du terminus de la Central Line. Le genre bourgeoisie pleine de secrets, mais c'était Ted tout craché. Personne ne savait pourquoi Peg avait pris cette décision. Cresson surtout. Cresson y voyait un acte de sabordage et de désespoir. Il voulait qu'Ulysses retourne à Londres et la ramène à la maison.

— Et où est la maison, Cresson ?

— Ici avec nous.

— Je ne suis pas sûr qu'elle le considère ainsi, objecta Ulysses.

Ce fut leur première dispute et Alys dit :

— Vous voyez ? Elle sème la zizanie entre tout le monde, au bout du compte.

La remarque leur cloua le bec. Et pas d'une bonne manière.

Aucun pub ne disposait d'un piano dans le voisinage de Peg, alors elle cessa de chanter et ce filin de sécurité vital lui glissa entre les doigts. L'heure du cocktail arrivait chaque jour un peu plus tôt, et le vieux Ted – monsieur Assurances et monsieur Ennemi-du-risque – les agitait haut et les préparait sec. À l'olive, bien sûr, parce que Peg préférait au citron.

— Sois pas aussi vachard, disait-elle, et ils s'embrassaient, et elle lui mordait la lèvre jusqu'à la faire saigner comme il aimait.

Il vérifiait les factures et savait quand elle avait téléphoné en Italie.

— Il faut qu'on économise, déclara-t-il.

— Qu'on économise ? Depuis quand ?

— Depuis que tu as arrêté de travailler.

— Tu ne voulais pas que je travaille.

— Je n'ai jamais dit ça.

Oh Peg, murmura Claude quelque part dans l'espace-temps.

C'était Ulysses qui appelait dorénavant. Raison pour laquelle il avait fait installer le téléphone dans la *pensione.* Chaque fois que Peg disait, Pas de place assise, ça signifiait qu'il devait la rappeler un autre jour. Il ne lui avait pas parlé depuis des mois et les lettres qu'elle envoyait était un récit sans enthousiasme de ses journées. *J'ai fait un gâteau !*

— Quand est-ce que Peg a déjà fait un putain de gâteau ?

Pete était le dernier à employer des jurons, mais même sa retenue légendaire se trouva ébranlée par cette histoire.

Peg avait promis de revenir en visite à Florence après le premier Noël, mais elle ne le fit pas. Bien sûr, elle en parlait, mais Peg parlait de beaucoup de choses à cette date. Alys allait en Angleterre tous les ans ou presque, cependant, et même cela était une fichue période. Elle rentrait à la maison déprimée, maussade, et finit par révéler qu'elle n'aimait pas Ted.

— Pourquoi tu ne l'aimes pas ? demanda Ulysses.

— Parce que, répondit-elle.

— Il faut que tu m'en dises plus, insista Ulysses. Est-ce qu'il t'a fait quelque chose ?

— Non, ce n'est pas ça. C'est les choses qu'il dit.

— Quelles choses ?

— Il dit à Peg que je vaux mieux qu'elle.

Cresson pressa Ulysses de se montrer créatif et de réfléchir à une solution originale, ce qu'il fit donc. Il organisa pour Peg et Alys un séjour estival de deux semaines chez Col, sans Ted. Il savait que Ted n'exercerait pas de pression sur Col parce que Col le tuerait. Avertis-moi juste, dit Col.

En ce premier été, Col redevint le Col d'autrefois et mena la grande vie avec ses dames. Ginny et Alys furent inséparables et nagèrent dans le canal lorsque le mercure atteignit vingt-sept degrés et grommelèrent contre les garçons qui pointaient leurs sexes bandés vers elles. Mais ce fut chez Peg que le changement fut le plus visible. La présence de Ginny apaisa sa rage maternelle et la tension de sa mâchoire se relâcha. Pete joua du piano et Peg chanta de toutes ses tripes. Comme au bon vieux temps, dit Mrs Lovell devant son rôti du soir. Peg mentionna même Eddie au début d'une chanson, parce que c'est ce qui se passe quand une femme se sent en confiance. Ce que Peg adore, Peg le tient proche, dit Col, et Alys se sentit déroutée par cette phrase, car elle ne se sentait pas si proche. Alys devait y retourner en juillet mais, comme elle avait perdu la photo d'Eddie, elle avait peur de ce que Peg pourrait dire.

— Tu avais une photo d'Eddie ? demanda Ulysses. Depuis quand ?

— Depuis que je suis petite.

Le son des acclamations jaillies du public ramena Ulysses au présent. Pete se tourna vers lui et dit :

— Elle s'est bien débrouillée, Temps. Elle ne souffrira jamais de la faim. J'ai manqué de nourriture, mais elle n'en manquera pas.

Et il prit la cigarette d'Ulysses pour en tirer une vive bouffée.

Alys promena un regard ardent sur la foule, scrutant chaque visage jusqu'à ce que ses yeux se fixent sur la blonde Romy Peller, quinze ans de beauté au teint frais et Américaine pur jus. C'était la fille qu'Alys avait embrassée une heure plus tôt dans une embrasure de porte sombre qui sentait la pisse. Clair de lune et bouches liées par des fils de salive argent. Alys avait envie de dire je t'aime instantanément, mais la nuit ne faisait que commencer, et elle avait la vie entière devant elle.

Elles s'étaient rencontrées deux mois auparavant au cinéma. S'étaient assises l'une à côté de l'autre, bougeant à peine, respirant à peine. Romy avait une Vespa et Alys montait à l'arrière, tenait Romy bien fort par la taille et se penchait rien que pour sentir l'odeur de shampoing de ses cheveux. Le père de Romy, professeur d'université, avait pris une année sabbatique afin d'écrire un livre sur Henry James et tout ce que Romy avait à faire, c'était apprendre l'italien et embrasser des filles, deux activités pour lesquelles elle était douée. Les autres croyaient qu'elles étaient de simples amies, mais Cresson remarqua tout ce soir-là et suivit le regard brillant d'Alys vers un garçon qui s'écarta et révéla une fille.

Tiens, tiens, pensa-t-il. *Quelqu'un est amoureux.*

Mais tout le monde ne l'était-il pas alors que les années 1950 venaient de s'achever ? Même toi, Cresson ?

Les six dernières années avaient été les plus heureuses de son existence. Sa fréquentation rituelle de Signora Mimmi avait pris une couleur intime lorsqu'elle lui avait dit qu'elle se prénommait Paola. Ils dînaient ensemble une fois par semaine, soit chez lui, soit chez elle, et cuisinaient d'après *La science en cuisine et l'art de bien manger* de Pellegrino Artusi. Paola lui avait offert un exemplaire le Noël précédent et chaque tache, chaque éclaboussure d'huile sur une page était l'équivalent de traces de pas le long d'un rivage. Parfois, ils sautaient sur la moto Guzzi, roulaient dans les collines et déjeunaient à la terrasse d'un modeste *albergo.* Cresson dit à Paola qu'elle ressemblait à une star de cinéma avec ses lunettes de soleil et son foulard en soie, et Massimo la photographia et le portrait se retrouva dans le bar de Michele et les gens pensèrent que c'était Anna Magnani. Quelquefois, Paola parlait de son mari, mais ça ne dérangeait pas Cressy. Au fond, toute une vie s'était écoulée avant que Paola ne le projette hors de son axe.

— Je me demande, y a-t-il de la place dans ton cœur pour moi aussi ? disait-il.

Seul le soir, Cresson n'arrivait pas à croire qu'une personne d'une telle beauté veuille passer du temps avec lui. Cresson avait commencé à lâcher sa mère. Ou bien sa mère avait-elle commencé à le lâcher ? Peut-être parce qu'il était enfin entre de bonnes mains.

Alys cria :

— La prochaine chanson a été écrite par notre ami Pete !

Elle le montra d'un geste et les gens se tournèrent pour le regarder. Pete eut l'impression de se retrouver à la Haugthy Hen en 1956. Il avait été une petite célébrité cet été-là, une groupie l'avait même suivi depuis la station de métro. Pourtant, les années menant à la nouvelle décennie s'étaient avérées toujours aussi imprévisibles et diverses. Il avait décroché le rôle d'un hurlement dans un thriller du West End dont Col disait qu'il était fait pour lui, et c'était vrai à de nombreux égards. Un contrat dans les règles de la profession, en plus, donc le cachet était satisfaisant. La totalité du rôle de Pete, caché dans la coulisse, consistait à hurler après chaque meurtre lorsque la scène était plongée dans le noir. Tout se passa bien durant le premier mois, jusqu'au soir où Pete perdit sa concentration et s'affola. Il hurla soudain sans raison apparente et la comédienne vedette s'évanouit et finit avec un bras cassé parmi les fauteuils d'orchestre. Pete fut viré sur-le-champ. Col le trouva en train de jouer de la musique sur Piccadilly Circus.

— Fais comme si tu me connaissais pas, dit Pete.

— C'est toujours ce que je fais, répliqua Col.

Col dit à Ulysses que Pete était inemployable ces temps-ci. Non seulement sa réputation le précédait, mais elle s'accompagnait d'un T-shirt qui avait *Couillon* écrit sur le devant.

— La chanson s'appelle « La liberté de la route infinie », dit Alys.

C'est comme ça, le ciel est bas,
L'avenir sombre, mais loin de toi les décombres.
Parce que…
Maintenant tu connais le topo,
Des comptes de l'Empire, les bas et les hauts,
Bref, c'est du pipeau.
Tu n'en as jamais parlé.
À ma demande tu as rétorqué : Légende !
Tu n'en as jamais parlé.
Tu as rétorqué : Aux seuls riches la félicité.
Mais je l'ai vue resplendir là.
Oui je l'ai vue resplendir là.
Sur la route infinie.
Regarde – je connais la voie !
Oh, je connais la voie !
La liberté de la route infinie.
Ne doute pas de mon fardeau.
Va te faire foutre, voleur de temps,
Tu crois qu'il t'appartient,
Comment oses-tu me déposséder du mien ?

— Je n'ai jamais écrit « Va te faire foutre », chuchota Pete.

Ulysses sourit.

— Je sais, Pete.

La chute des héros sert à dompter
Les cœurs battants,
Un monde à part, méritant.
N'essaie pas et tu n'échoueras pas,
Le Saint Graal ignoble du despote,

Garder les gens à sa botte,
Bien en sécurité contre un mur croulant,
Pour pouvoir les achever.
Parce que je l'ai vue resplendir là !
Oui je l'ai vue resplendir là !

Tout le monde reprit le refrain en chœur. Cent – deux cents ? – voix, grisées par les mots de Pete, euphorisées par une nouvelle décennie de paix et de révolution et de faites l'amour pas la guerre, les gars. Massimo se tourna vers Pete et, par-dessus le vacarme, cria :

— La puissance de tes mots, Pete !

— Tu as du talent, ajouta Ulysses. Ne laisse jamais personne soutenir le contraire. Ni Col ni qui que ce soit. Tu m'entends ?

— Je t'entends, Temps, et Pete posa la main sur sa poitrine et dit : *Namaste.*

Après ce salut au divin, les trois hommes s'éloignèrent de la scène ecclésiastique et laissèrent Alys aux évocations de la jeunesse et de l'optimisme.

Ulysses aurait aimé rester davantage, mais le marché était deux chansons, pas plus. Alys était maintenant timide et mal à l'aise avec lui et il ne savait pas quand cela s'était insinué, mais l'impression qu'il la perdait était aiguë. Elle lui en racontait de moins en moins sur sa vie, alors dès qu'elle chantait et jouait de la guitare avec d'autres jeunes personnes sur la place, il saisissait l'occasion. Quelquefois, il se précipitait à la fenêtre et ouvrait tout grand les volets rien que pour en apprendre plus sur elle – ce qui l'intéressait, ce qui l'émouvait, ce qui la rendait furieuse. Récemment, il était beaucoup question d'amour. Il y avait tant de choses à suivre. Il voulait juste qu'elle termine l'école.

— Les pères et les filles, dit Cresson, comme s'il lisait dans la pensée d'Ulysses. Il y a tellement de…

— Tellement de quoi, Cresson ? demanda Ulysses.

— Aide-moi, Pete.

— T'aider à quoi ?

— À trouver un mot. Un mot qui décrive la gêne entre les pères et les filles.

Pete réfléchit.

— « Gêne » est bien, Cresson.

— Oui, mais ce n'est pas le mot exact, si, Pete ?

— « Réticence » ? suggéra Massimo.

— « Réticence » est mieux. Mais ce n'est pas le mot.

— Simplement, elle ne veut pas que tu saches des choses sur elle, dit Pete. Il y a un plaisir à préserver son intimité. Typique de l'adolescence. Tellement à déchiffrer.

— Oui, mais ce n'est pas un mot, si, Pete ? dit Cresson.

— Un plaisir à préserver son intimité ? dit Ulysses.

— Je ne crois pas avoir un jour connu cela, dit Massimo.

— Elle craint aussi de te décevoir, dit Pete. Avec les bêtises de Peg et tout ça.

— N'oubliez pas que je continue à chercher le mot juste, dit Cresson.

Mais ils ne trouvèrent jamais le mot de Cressy, et ils se séparèrent près du banc de pierre. Cresson attendit Paola ; Massimo se dirigea vers son étude pour téléphoner à Phil, qui était encore aux États-Unis. Des pétards éclatèrent et chahutèrent la nuit.

— Que dis-tu de se coucher tôt, Pete ? demanda Ulysses.

— J'ai cru que tu poserais jamais la question, Temps.

La porte d'entrée se referma derrière eux. Le bruit lourd de leurs pas, une montée lasse de l'escalier.

— J'aime vraiment ta veste, au fait, dit Ulysses.

— Cette vieillerie, Temps ? Je l'ai achetée à Varsovie.

Un visage s'avança par la porte entrebâillée sur leur gauche et les regarda de la tête aux pieds.

— Bonne année, dit la vieille *contessa,* qui n'avait jamais été si vieille que ça, seulement grincheuse au possible.

— Vous aussi, *contessa,* répondirent-ils.

Et Alys ? Sa nuit se termina là où elle avait commencé. Dans la même embrasure de porte humide mais avec le pouce de Romy dans sa bouche. Elle sentait le goût de sel des chips qu'elles venaient de manger. Le bord rêche d'un ongle.

— Suce-moi, dit Romy, et Alys le fit et elles se serrèrent tandis qu'un véhicule de *carabinieri* passait.

Alys jeta un coup d'œil à sa montre. Le temps lui avait été généreusement accordé, il fallait qu'elle rentre. Elles se séparèrent près du fleuve. L'une partit vers le nord, l'autre vers le sud.

À deux heures du matin, Alys pénétra dans le *palazzo* et referma doucement la porte sur le monde. Elle quitta ses chaussures, attentive à ne pas réveiller Cressy dont la porte de chambre était entrouverte. Sur le chemin de la cuisine, une lumière dans le séjour l'attira.

— Tu n'étais pas obligé d'attendre mon retour pour te coucher, dit-elle.

— J'étais obligé, dit Ulysses, levant la tête de son livre. Et je le serai toujours.

— Même quand j'aurai vingt ans ?

— Ouais.

— Cinquante ?

— Toujours.

Elle rit.

— Tu es incurable.

— Tu as l'air si heureuse, dit-il.

— Je vais peut-être aller au lit.

— D'accord.

Lorsqu'elle atteignit le seuil de la pièce, elle demanda :

— Qu'est-ce que tu as dit ?

— J'ai dit que tu ne pourrais jamais me décevoir, Alys. Je suis fier de chaque parcelle de toi. Chaque minuscule morceau de ton être. De tes pensées, de ta joie et de ta rage. De la manière dont tu chantes et progresses dans ce monde si souvent…

— J'aime une fille.

(Silence.)

— Fille chanceuse, à mon avis – ce monde si souvent paumé.

Ils se regardèrent et la distance diminua de moitié.

— Une nouvelle année, Alys. J'espère qu'elle sera digne de toi.

— Bonne nuit, Uly.

— Bonne nuit, la môme.

Janvier s'écoulait lentement et la révolution était reléguée au second plan. De la neige fondue arriva des collines et l'air devint piquant, avec une morsure froide. Les nuages restèrent bas et le moral faiblit. Les oranges sanguines étaient une denrée de base à la fin de chaque repas. Alys sécha l'école pour réchauffer Romy. Cresson apprit à faire des gnocchis – simple, en réalité, dit-il : des pommes de terre, de la farine et un usage habile des doigts. Pete attrapa le cafard après qu'Ulysses lui eut redemandé de venir habiter avec eux. Il resta dans sa chambre pendant une journée entière et Claude attendit à l'extérieur, picorant régulièrement dans un sachet de graines de tournesol. Ulysses commença un décalque pour une nouvelle série de fuseaux. Un globe de cinquante centimètres de diamètre, son plus ambitieux à ce jour. Et le 8 janvier à quatre heures de l'après-midi, le téléphone sonna. Ulysses décrocha et entendit l'opératrice.

— *Sì, sì,* dit-il.

Un silence suivit et…

— Peg ? C'est toi ?

Il posa son café et sortit une clope du paquet.

— Temps ? Je ne m'attendais pas à obtenir la communication.

(Grand silence.)

— 1960, Peg ! Où tu étais passée ?

— Ouais, ouais. Cresson, ça va ?

— La plus belle période de sa vie.

Peg alluma une cigarette.

— Alys ?

— Amoureuse.

— Oh merde, Tempy. C'est la putain de pire nouvelle que tu pouvais me donner.

— Peg, calme-toi.

— La laisse pas se faire foutre en cloque, je t'en supplie…

— Ça ne se produira pas.

— Comment tu le sais ?

— Je le sais.

— Te montre pas naïf avec moi. On croyait toutes qu'on…

— Peg. Arrête. C'est une fille. (Silence.) Elle est amoureuse d'une fille.

Peg se mit à rire.

— C'est la putain de meilleure nouvelle que j'entends depuis des années.

— Du calme, Peg. Sois gentille.

— Je sais. Je le serai. (Le souffle de Peg qui inhalait la fumée.) Ça alors, reprit-elle. C'est une première pour notre famille.

— Où est Ted ? demanda Ulysses.

— Il dort comme une souche. Il a fini tard hier. Je vais me chercher à boire. Tu restes au bout du fil ?

— Bien sûr.

Le son de ses pas qui s'éloignaient. La porte du frigo qui s'ouvrait et se refermait. Le cliquetis des glaçons. Peg qui revenait vers le téléphone.

— Tu es toujours là ? dit-elle.

— J'y suis.

— Une fille, hein ?

— Ouais.

Il tapota sa cigarette dans un cendrier.

— Bonne année, Peg.

— Tu crois qu'elle le sera ?

— Tu y as droit, exact ?

— Je peux pas me plaindre.

— Qu'est-ce que ça donne, l'Essex ?

— On a un grand jardin.

— Je savais pas du tout que tu en voulais un.

— J'en voulais pas.

Peg rit. (C'était la meilleure chose, l'entendre rire.)

— Tiens, tiens, dit Ulysses. Le voici. Le meilleur d'entre nous vient d'apparaître.

Pete entra dans la pièce, suivi de Claude. Ulysses couvrit le combiné.

— Ça va, Pete ?

— Beaucoup mieux, merci, Temps.

— C'est Peg, dit Ulysses, levant le téléphone.

— Allô Peg ? lança Pete.

Il se dirigea vers le piano et commença à jouer.

— Dis-lui que cette chanson est pour elle.

— Pete dit que cette chanson est pour toi, annonça Ulysses, et il approcha le combiné des touches.

À l'autre bout du fil, Peg se mit à chanter « I'm a Fool to Want You ».

Pete s'écria :

— Tu as toujours été une star, divine dame !

Peg resta en ligne durant toute la chanson. Ce qui dut lui coûter une fortune, mais ça valait le moindre penny juste pour que Peg soit de nouveau Peg. La chanson se termina par une fioriture de Pete. Et le tintement des glaçons dans un verre retourné. Ulysses replaça le combiné contre son oreille. Leur respiration à tous deux, ce souffle de fumeuse.

— T'es unique, Peg

— Faut que j'y aille, dit-elle, et ils raccrochèrent.

La dernière nuit de Pete au *palazzo* arriva bientôt. Il était tard et ils avaient l'estomac calé par les gnocchis de Cresson, qu'il avait servis avec de la sauge, du beurre, du fromage et une congère de parmesan dessus. Alys était partie chez Romy et Pete, assis au piano, traduisait ses pensées en musique. Des dizaines de bougies ajoutaient une dimension introspective à la soirée, qui avait débuté par une chanson de Johnny Mathis qu'ils avaient interprétée en chœur.

— Tu as quelquefois l'impression d'avoir déjà vécu ici, Temps ? dit Pete.

Ulysses leva la tête du canapé et demanda :

— Quand tu dis « ici », Pete, tu parles de l'existence terrestre ou…

— De cette ville, Florence.

— J'ai déjà vécu ici, affirma Cresson, qui était vautré par terre comme un animal tué sur une route. J'étais moine.

— Moine ?

— J'en suis presque sûr, mon gars.

— Tu ne m'avais jamais dit ça, Cresson.

— Je n'en étais pas sûr avant l'autre jour. Là-bas à San Marco, j'ai eu une intense sensation de déjà-vu. Dans l'une des cellules où Fra Angelico a peint son *Annonciation*. C'était comme si je l'observais en train de la réaliser.

— Tu l'aidais, Cresson ?

— Non, Pete. Je l'observais seulement. La lumière qui entrait à flots. La sainteté de son cœur. C'était absolument transcendant.

— Voilà un joli mot, Cresson.

— Hors d'atteinte de l'expérience physique humaine. Inexplicable, et pourtant serein.

Ulysses resservit du vin.

— Tu as déjà fait ce truc dans un miroir, Temps ?

— Quel truc dans un miroir, Pete ?

— Tu te regardes dans les yeux, fixement, jusqu'à ce que plus rien n'ait de sens et que ton esprit abandonne la réalité – ou le peu de prise que tu avais sur elle au début – et ce qui se révèle est toi-même dans une vie antérieure.

Ulysses le dévisagea. Il répondit :

— Non. Je n'ai jamais fait ça, Pete.

— Je l'ai fait une fois.

— Et ? demanda Cresson.

— J'étais une femme.

— Quel ravissement, dit Cresson.

— Comme un de ces portraits aux Offices. Des perles autour du cou. Un maquillage pâle. Un front haut. Très digne. Une robe rouge ornée qui tombait de mes épaules. J'avais de jolies épaules. Une raie dans les cheveux comme ceci – et Pete le leur montra.

— Il semble que tu étais riche, remarqua Cresson.

— Ça changeait.

— Seuls les gens fortunés se faisaient portraiturer. Les perles devaient être un cadeau de ton jules après un accouchement. Elles symbolisent la fertilité, expliqua Cresson. Tu avais sans doute des tas de mômes, Pete.

— C'est l'impression que ça me donnait, dit-il.

— Mais il le fallait, reprit Cresson. À cause du taux de mortalité infantile élevé. Et ceux que tu avais étaient aussitôt emmenés et confiés à une nourrice.

— Ça me paraît moche, commenta Pete.

— À juste titre. Mais les menstruations revenaient plus vite si la mère n'allaitait pas le bébé.

— Comment tu sais tout ça, Cresson ? demanda Ulysses.

— Je l'ai lu. La pression de la procréation était énorme. En particulier après la peste noire de 1348. Elle a anéanti la moitié de la population.

— J'avais l'air un peu stressé, en toute franchise, dit Pete. Je ne crois pas que c'était une bonne vie.

— En effet. Ça ne l'était pas pour une femme, confirma Cresson.

— Mais elle t'a fait tel que tu es maintenant, souligna Ulysses. Sensible. Intuitif. Profond.

— Merci, Temps. J'ai écrit une chanson sur le sujet à l'époque : « L'amour ne devrait pas venir avec une dot ». Une mélodie dans ce genre...

Et ses doigts se déplacèrent gracieusement sur les touches, et la fumée de sa clope irrita ses yeux injectés de sang.

Ulysses se leva pour ouvrir une autre bouteille de vin. Il se pencha et déposa un baiser sur la tête de Pete.

— Merci mille fois, dit Pete.

Claude poussa un cri perçant et déclara :

— Le monde entier est un théâtre, et tous, hommes et femmes, n'y sont que des acteurs ; ils ont leurs sorties et leurs entrées, et chacun dans sa vie a plusieurs rôles à jouer.

Ulysses, Pete et Cresson braquèrent leur regard sur l'oiseau.

— Où est-ce qu'il les pêche ? chuchota Cresson.

— Aucune idée, dit Ulysses.

— Il est peut-être Shakespeare.

— Quoi donc ? dit Ulysses.

Désignant Claude, Pete remua les lèvres en silence :

— Il – est – peut-être – Shakespeare.

— Ce perroquet ? dit Cresson. Le plus grand dramaturge qui ait jamais vécu ?

Pete haussa les épaules.

— Je n'affirme pas qu'il l'est, mais…

— Portez-moi, dit Claude.

Ils se tournèrent vers l'oiseau. Claude était étendu de manière louche sur un oreiller, une longue rémige – comme une plume à écrire – pointée dans leur direction.

— Portez-moi, répéta-t-il d'un air de légitimité.

Pete partit le lendemain. Le ciel était bleu, principalement, avec un soleil qui tirait des cartouches à blanc. Pete avait décidé de rentrer à Londres en stop, et Cresson lui avait donné du pain, du fromage et un inattendu bocal de câpres qui le réconforterait lors d'une soirée solitaire à venir. Pete comptait loger dans des auberges de jeunesse. Il disait que leur nombre avait doublé au cours de la décennie, manière d'inciter les jeunes gens à voyager et à entrer en contact avec d'autres nations. Manière de réparer le schisme que la guerre avait causé.

— On n'est pas si différents, assura-t-il.

Ils traversèrent la place ; des « au revoir ! » retentirent dans l'air. Cressy, Alys, Ulysses et Pete, et Claude dans les bras d'Ulysses comme exigé.

Ils longèrent les récents ajouts au voisinage, les nouveaux *tabacchi* et *trattoria* dont chacun avait l'impression qu'ils avaient toujours été là. Ils passèrent près de Betsy – coup d'œil affectueux vers elle – et de l'église puis remontèrent le *lungarno.* Pete sortit alors sa pancarte, où était simplement écrit *North/Nord.* Il alluma une cigarette et, une minute plus tard, une Fiat Millecento s'arrêta : un antiquaire en route pour Milan, un gars jovial.

Pete mit son fourre-tout à l'épaule.

— Viens ici, dit Ulysses.

Les deux hommes s'embrassèrent.

— Salut, Pete ! dit Alys.

— Salut, ma bichette.

— Reviens vite, fiston.

— Prends soin de toi, Cresson.

Pete qui marchait à grandes enjambées vers la voiture, tenant haut son fourre-tout. La manche qui retombait sur son bras mince et une traînée de fumée familière. Pete qui s'installait sur le siège du passager. La voiture qui s'éloignait en direction du nord. Et puis cette bulle étouffante, l'absencc.

Février apporta le murmure du printemps. Cresson prépara la *pensione* pour la nouvelle saison. Un peu de reprisage, une couche de peinture sur les portes – rien de difficile – et quelques plats supplémentaires au menu de la semaine. Trois ans que la salle à manger avait ouvert. Rarement plus de six pensionnaires autour de la table commune, donc tout à fait raisonnable. C'était ainsi que Des et Poppy avaient rencontré le couple australien Ray et Jane en 1957. Ce qui deviendrait une très longue amitié se noua devant un bol de *ribollita.*

— Qu'est-ce que la *ribollita,* en réalité ? demanda Jane.

— Une soupe de pain rassis, répondit Des.

— Je n'aurais jamais deviné, avoua Jane.

Ulysses attrapa Alys pour une soirée au cinéma avant que Romy ne s'empare subrepticement d'elle. *La dolce vita* de Fellini venait de sortir et Massimo les rejoignit, alors ce fut comme au bon vieux temps. Personne n'osa bouger lorsque le générique de fin s'acheva, et Alys déclara que le film était un chef-d'œuvre. Ils se retrouvèrent à une table chez Michele. Cresson dit quelque chose sur Anita Ekberg qui batifolait dans la fontaine de Trevi et tout le monde rit parce que « batifoler » n'était pas un mot que Cresson employait d'ordinaire. Giulia dit qu'elle voulait voir le film, mais Michele refusait, et Ulysses – tellement exalté par la soirée – dit à Giulia : Je vous emmènerai, et tous deux rougirent parce qu'ils n'avaient encore jamais frôlé d'aussi près la possibilité d'un rendez-vous. Cela ne se produirait pas, bien sûr, mais quel bonheur de l'imaginer. La conclusion idéale d'une soirée de rêve.

Alys revit le film avec Romy. Elle dit à Romy que c'était la trajectoire qu'elle avait toujours imaginée pour Fellini après avoir vu *I Vitelloni.* Romy ne fut pas très intéressée, au fond. Un petit défaut dans la cuirasse brillante de l'amour. Alys recouvrit la fissure et fit un croquis de Romy nue un après-midi une fois l'école terminée. Elle utilisa du fusain et de la craie blanche sur du papier noir et donna un aspect de statue à Romy.

En mars, les hirondelles revinrent.

Alys fut la première à les voir autour du campanile et Cresson observa :

— Elles arrivent tôt cette année.

— C'est ce que je pensais, dit Alys.

Mars vit aussi le retour des pensionnaires. La première à franchir le seuil fut Mrs Shields de Sunderland. Cette passionnée de Michel-Ange passait des heures à contempler le charme de David. Elle avait aussi un faible pour le chariot des boissons et, un certain soir, entama sérieusement une bouteille de Campari. Un groupe d'étudiants de Boston spécialisés en critique d'art occupa trois chambres durant deux semaines et n'émit que des critiques élogieuses, ce qui n'était pas toujours le cas. Bref, ce fut un solide prélude à la saison touristique et une manière aisée d'alimenter les coffres. Même Des se présenta. Il ne séjourna qu'une nuit, mais n'empêche. Il arriva de Milan après un séminaire d'industriels sur l'avenir des matières plastiques.

— Vous l'avez devant vous. C'est ce que je leur ai dit, raconta Des.

— Les affaires marchent, alors, Des ?

— Un mot : « téléphones ». Je suis une usine à fric, Temps. Vous en voulez un rouge ?

— Ça ira, Des.

— Fidèle au noir classique. Voilà qui me plaît. Un homme d'élégance.

Assis sur un banc de la Piazza dei Sapiti, Des et Ulysses buvaient du café.

— C'est donc ici que vous venez pour être seul, hein ? demanda Des. Vous vous êtes trouvé une femme ?

— Pas vraiment.

— Personne qui compte particulièrement ?

— Elles comptent toutes, Des. En majorité des visiteuses.

— Cette situation vous convient ?

— Je crois. Entre la môme et Peg, vous savez, et…

— Vous avez droit au bonheur, mon garçon. Je suis sûr qu'il existe une femme (ou un homme, soyons modernes) qui vous aimerait à son côté. J'ai appris à embrasser ma véritable masculinité grâce à mon épouse.

— Vous le lui avez dit ?

— Pas dans des termes aussi directs. Je lui achète des choses, plutôt. Vous avez besoin d'argent ?

— Non, on est tranquilles. Cresson a gagné une fortune pendant les Jeux olympiques de Londres. On continue à y puiser.

— Il avait parié sur quoi ?

— Fanny Blankers-Koen.

— Pas les quatre médailles d'or ?

Ulysses fit un signe de tête affirmatif.

— Un visionnaire, déclara Des.

Il prit une gorgée sonore de cappuccino. Un pigeon passa et lâcha des fientes.

— Maintenant, montrez-moi ces globes, dit Des.

Ulysses ouvrit la porte et une odeur d'humidité, de peinture et de colle assaillit leurs narines. Le sol était jonché de chutes de papier et de plâtre de Paris. Sur des fils tendus à travers la pièce, les fuseaux peints séchaient.

— Alors c'est l'endroit ? demanda Des. Où la magie se produit.

— Par ici, dit Ulysses, qui s'avança, alluma un groupe de bougies et planta le décor.

Six globes terrestres de trente-six centimètres de diamètre, tournant lentement sur leur axe, chacun monté sur un support en cuivre et en noyer. Tous peints différemment. Certains ayant un aspect très ancien. Il avait donné de la profondeur aux océans, de la clarté aux hauts-fonds et aux terres diverses nuances d'ocre et de marron.

— Époustouflant, dit Des. Et ils viennent de mes moules ?

— Rien n'aurait eu lieu sans vous, dit Ulysses.

— D'un composé artificiel de résine fortement toxique naît la beauté. Qui l'aurait cru ? J'en prendrai quatre.

— Des, vous n'êtes pas…

— Quatre. Un pour chacun de mes fils et moi. Je vous laisse choisir.

— Regardez sur quoi je travaille maintenant, dit Ulysses, et il ramena Des vers son bureau près de la fenêtre à l'entrée, où un globe en cours de peinture reposait sur un tas de chiffons tachés. Jusqu'à présent, je travaillais à partir des vieux cuivres de mon père. Tous de trente-six centimètres, tous datés. Celui-ci, au contraire, vient de ma propre gravure à l'eau-forte. La première que j'aie jamais faite. Seulement les contours des pays, et les lignes de longitude et de latitude.

— Aucun nom.

— Pas encore. Mais voyez : j'ajoute les noms à la main. À la plume et à l'encre. Et aussi un dessin ici et là.

— Un monstre marin, commenta Des en riant. Et des montagnes. Un kangourou. Ça me plaît.

— Oui. Et ces globes seront à jour en permanence, Des. Les noms corrects des pays, les frontières exactes.

— J'en prendrai deux.

— Des…

— Je les vendrai pour vous. Je vous introduirai dans des galeries. Hors de question qu'une saleté d'écolier les tripote. C'est de l'art, mon garçon. Il doit être estimé à sa juste valeur. Je fixerai le prix.

— En ce moment, je fais un décalque pour un globe de cinquante centimètres – dix-neuf pouces. Il est ici. Voici la carte que j'utilise.

— C'est comme ça que vous procédez ? Avec un quadrillage ?

— Ouais.

— Et aussi à l'envers ?

— J'ai presque terminé. J'en préparerai deux versions. Une avec les noms, une autre sans. Puis je reporterai le décalque sur le cuivre.

— Quel dévouement. Et le temps que ça prend. Rien de plus rapide ?

— La lithographie, un jour. Mais pour l'instant, un compagnon artiste, à San Niccolò ; un maître de l'intaille. Il a un bain d'acide assez grand pour graver le cuivre à l'eau-forte et une presse qui peut imprimer ce format-là.

— Vous avez besoin des moules ?

— Oui, Des.

— Considérez que c'est fait. Pouvez-vous aller au-delà de cinquante centimètres ?

— Soixante-cinq, peut-être.

— Je vous en expédierai deux de ce modèle. Si jamais vous vous ennuyez. Bon, qu'est-ce qu'il y a au menu ce soir ?

— *Bistecca,* épinards et haricots blancs.

Des se figea.

— *Bistecca* ? Vous ne pouvez pas servir une becquetance pareille, mon garçon. Je ne vous ai pas établi un plan de développement pour que les marges sur la nourriture soient aussi minuscules. Des aliments bon marché, avions-nous dit. *Brodo, brodo* et encore du fichu *brodo.* Et ne lésinez pas sur les tomates. Le steak, c'est pour l'Excelsior !

Ulysses se mit à rire.

— C'est pour vous, Des. Vous êtes le seul à dîner ce soir.

— Vraiment ?

— Nous mangeons ensemble. Vous, moi, Cresson et la môme.

— Et Massimo ?

— Il arrivera plus tard avec Phil.

— Ils vont bien ?

— Couci-couça. La distance et...

— L'envie de choses différentes ?

— C'est ça.

— Poppy et moi étions dans ce cas à une période. Je voulais une Bentley et elle voulait une Jaguar.

— Quelle solution vous avez trouvée ?

— Un compromis. On en a acheté chacun une. Il faut du fromage pour ce soir ?

Et avant qu'Ulysses n'ait le loisir de répondre, Des s'engouffra chez le *pizzicagnolo*, saluant la dame derrière le comptoir comme si elle était une amie perdue de vue depuis longtemps.

Des s'en alla et avril arriva. Apporta le soleil, la glycine en fleurs et le bermuda de Cresson. Premier jour officiel du printemps lorsque ces jolies jambes apparaissaient aux yeux du monde. Les *signore* du banc de pierre sifflaient chaque fois qu'il passait. Il feignait la timidité, mais au fond il aimait ça. Il se sentait un genre de beau parti, ce qu'il ne s'attendait pas à être à l'âge de soixante-seize ans. Et rien que pour voir ce regard admiratif en coin de Paola tandis qu'il se pavanait sur les dalles et remplissait de citrons et d'artichauts son sac en toile… était-ce là un petit mouvement de danse, Cressy ? Assurément !

Cresson s'installa sur la terrasse à côté de son *citrus aurantium*. Des grappes d'épaisses fleurs blanches parfumaient l'air de néroli et les feux d'artifice pascals du Duomo résonnaient faiblement par-delà le fleuve.

— Tu lis quoi ? demanda l'arbre.

Cresson leva son livre.

— Elizabeth Barrett Browning. *Aurora Leigh*.

— C'est bien ?

— Toutes les connotations m'échappent un peu, n'empêche que c'est absolument magnifique dans certains passages. Pas aussi accessible pour moi que le Constance Everly…

— Mais elle est ta référence, non ?

— Tu as raison. Mais écoute – et Cresson parcourut le texte – voici, dit-il. « Je ressentais le monde amputé d'une mère, / Je cherchais encore, tel un agneau bêlant... » Le monde amputé d'une mère, répéta-t-il. Ça, c'est une image.

— Éprouves-tu ce sentiment-là, mon vieux ?

— Non, pas moi, dit Cresson. Par contre, je crains qu'Alys ne l'ait.

Un après-midi, alors que l'air était chaud et chargé de pollen, Alys et Romy écoutaient de la musique dans la chambre de Romy. Elles ne portaient que leurs sous-vêtements, se tenaient enlacées par le cou et bougeaient avec lenteur en suivant la mesure. Les volets étaient ouverts, il y avait vue sur le fleuve où un pêcheur se démenait pour hisser à bord un silure de la taille d'un petit verrat. La serrure était fermée de l'intérieur et la musique était forte, mais pas au point que le père de Romy se plaigne de la progression médiocre dans l'écriture de son livre. Il alluma une cigarette et regarda par la fenêtre le fleuve vert. C'était l'emplacement qui l'avait persuadé de verser de coquettes arrhes tous ces mois auparavant. Il avait eu l'intention de venir seul, mais s'était retrouvé avec femme et fille sur les bras. Il sortit la feuille de papier de la machine à écrire et hurla en silence. Il recommença. Tac tac tac. *Je déteste ma Patty.* Il regarda fixement les mots. Il voulait écrire *Je déteste mon apathie.*

Sa femme Patty buvait sur la terrasse. Elle entendait le faible son de la musique, mais il ne la dérangeait pas ; elle imaginait que les filles devaient fumer et parler des garçons comme elle l'avait fait à leur âge. Elle s'installa sur la chaise longue et pensa à Marcello Mastroianni. Si elle avait été seule, elle aurait fait remonter un glaçon dans le creux de sa cuisse et l'aurait fourré à l'intérieur.

La musique se termina et Romy remit le saphir au début. Alys était dans une immobilité maladroite au milieu de la pièce.

— Lève les bras, dit Romy.

Alys obéit et son maillot de corps passa au-dessus de sa tête. Elle n'avait pas besoin de soutien-gorge mais regretta de ne pas en avoir un. Romy l'entraîna vers le lit et Alys voulut dire « Je t'aime » mais les événements s'enchaînèrent à une vitesse considérable. Romy glissa la main dans la petite culotte d'Alys, qui ne fut plus que terminaisons nerveuses et ne tarda pas à jouir et la sensation était extraordinaire. Alys s'apprêtait à rendre la politesse mais la mère de Romy, bourrée et seulette, frappa à la porte et demanda si elles aimeraient un petit quelque chose à manger.

— T'as quoi en stock ? cria Romy.

— De la ricotta. Oh, et puis du jambon.

Elles mangèrent donc de la ricotta et du jambon sur la terrasse avec la mère de Romy tandis que le crépuscule exhibait ses couleurs. La mère de Romy parla sans interruption durant le flamboiement. Alys se dit que Peg aurait sans doute fait pareil.

Alys s'en alla peu après. Elle et Romy se léchèrent pendant la descente du vieil ascenseur branlant et c'est à ce moment-là qu'Alys dit « Je t'aime ». Romy sourit. Alys marcha le long du quai, entrejambe humide et nauséabond à cause des activités qui avaient précédé. Elle regretta soudain que Romy n'ait pas dit « Je t'aime » à son tour et se demanda pourquoi elle ne l'avait pas fait. Claude fut le premier à la voir arriver sur la place. Il s'envola de la statue de Cosimo R. et se posa sur son bras.

— Je t'aime, Claude, dit-elle.

— Je t'aime aussi, répondit-il.

Tu vois ? pensa-t-elle. *Ce n'est pas bien difficile.*

Elle eut ses règles deux jours après et cacha son introversion derrière des paquets de produits hygiéniques. Son corps avait une vie autonome et elle ne pouvait que se cramponner et essayer d'apprécier la chevauchée. Ulysses lui demanda si elle voulait une bouillotte. Elle regrettait simplement de ne pas avoir quelqu'un à qui parler.

Une semaine plus tard, elles manigancèrent le projet de s'échapper à Fiesole. Elles mangeaient des glaces chez Vivoli et Romy venait de finir de parler d'une villa appartenant à des amis de son père. Il avait la clé parce qu'il était censé y jeter un œil de temps en temps, mais il ne le faisait jamais.

— Alors qu'est-ce que t'en penses ? dit Romy.

— Qu'est-ce que je pense de quoi ? dit Alys.

— T'es vraiment idiote par moments.

— Ah bon ?

— La clé. Libre à nous de la prendre, expliqua Romy. Je dirai que je suis chez toi et tu diras que tu es chez moi et on ira là-haut en Vespa. Deux nuits loin de cette maison de dingues où j'habite. Toi et moi, môminette. Ça te tente ? L'amour est un rêve radieux.

Romy atteignait là le suprême degré de la poésie. Comment Alys pouvait-elle refuser ?

Elle dit au revoir à Cresson et Ulysses un vendredi après l'école. Son petit sac à dos contenait un maillot de bain, un haut propre et une bouteille de vin qu'elle avait prise à la cave. Elle avait sa guitare en bandoulière et un pull noué autour de la taille. Elle leur laissa le numéro de téléphone du père et de la mère de Romy.

— À dimanche ! leur cria-t-elle.

Elle rejoignit Romy sur le quai près du pont. Joie intense en l'apercevant sur la Vespa. Alys monta à l'arrière et sentit le soleil dans les cheveux de Romy.

Il leur fallut peu de temps pour monter à Fiesole. L'air était frais en comparaison de la ville et Romy s'arrêta sur la place et elles choisirent des provisions à un étal de marché. Comme Romy ne savait pas s'il y avait du gaz dans la villa, elles achetèrent du pain, des beignets et du fromage parce qu'elles avaient souvent faim après s'être embrassées. Depuis la place principale, des routes de terre sinueuses les conduisirent loin de la civilisation et les plongèrent dans de très vieilles oliveraies et de hautes herbes. Enfin, Romy s'arrêta et consulta une carte tracée à la main. Elle coupa le moteur.

— C'est ici, dit-elle.

Elles empoignèrent leurs sacs et s'approchèrent d'une villa en pierre entourée de cyprès.

L'intérieur était frais et miteux, le mobilier modeste et florentin. De lourdes chaises en bois bien trop inconfortables pour y rester longtemps étaient dispersées à la périphérie de la pièce. Romy et Alys gagnèrent la cuisine dans le fond, ouvrirent des portes, poussèrent des volets, levèrent des châssis de fenêtres, et les rais de lumière qui entrèrent étaient brumeux et ravissants.

Alys sortit dans le jardin et continua sur la pelouse jusqu'à la lisière de la propriété. Elle pensait qu'une vue sur Florence s'offrait peut-être, mais non, c'était la campagne – collines onduleuses, vignobles, pins parasols et quelques villas privées ici et là – qui s'étendait à l'infini. *Tout cet espace*, se dit-elle. Il y avait une liberté à être tellement au-dessus de la ville, la claustrophobie des rues entièrement évanouie. Elle se sentit enhardie et quitta ses chaussures de tennis, l'herbe pleine de rosée sous

ses pieds. Elle retira son jean et le soleil lui caressa les jambes. Romy l'appela. Elle se retourna. Une terrasse à l'étage. Romy qui gesticulait :

— Là en haut ! cria-t-elle.

— J'arrive, répondit Alys.

Elles s'allongèrent nues sur les pierres chaudes de la terrasse, mangèrent des oranges et burent de l'eau. Elles se rapprochèrent de plus en plus l'une de l'autre. Alys se mit au-dessus, ses jambes entre celles de Romy, et la pierre frotta durement contre son coude, mais elle pensa que c'était un bien petit sacrifice. Sa bouche parfumée entoura le mamelon de Romy et sa main bougea entre les jambes de Romy. Elles n'étaient pas contraintes à la discrétion ici dans la verdure. Et elles rirent aux bruits qu'elles faisaient et jouèrent à hurler comme des loups.

La nuit tomba, fraîche. La villa était sombre. L'électricité était coupée et Romy ne trouva pas de lampe électrique. Ayant deux bougies à elles deux, elles rationnèrent la lumière. Elles burent du vin et fumèrent des cigarettes pour se tenir chaud ; les étoiles brillaient par millions et des points lumineux parsemaient les collines noires. De très rapides silhouettes voltigeaient à la limite de leur champ de vision et Alys dit que c'étaient des *pipistrelli*, des chauves-souris.

— Dégoûtant, dit Romy.

Alys rit.

— Elles sont gentilles. Elles dévorent les insectes qui veulent nous dévorer.

— Tu connais des tas de trucs, hein ?

Alys haussa les épaules.

— J'apprends juste des choses au fur et à mesure.

— Je parie que tu pourrais faire un feu à partir de zéro.

— Tu veux que j'en fasse un ?

— Non. Mais je savais que t'en étais capable. Tu ressembles à un garçon.

— Je ne suis pas un garçon.

Alys et Romy ne dirent plus grand-chose après ça. Alys prit sa guitare et gratta les cordes. Elle avait commencé à mettre un poème en musique et Pete disait que la mélodie était excellente. Romy se pencha soudain et l'embrassa. Alys pensa que c'était peut-être une manière de s'excuser, mais elle ne savait pas de quoi.

Elles allèrent se coucher lorsque la bougie s'éteignit. Les lits étaient humides, et elles restèrent habillées. Elles dormirent longtemps, profondément, et Alys se réveilla dans l'éclat de l'aube. Elle sortit sur la terrasse et vit le ciel embrasé. Rien d'autre n'importait et elle termina sa chanson.

Elles se dirigèrent tôt vers Fiesole pour déjeuner. Elles se garèrent sur la place principale. Romy arborait des vêtements élégants et semblait âgée de vingt et un ans au moins. Alys, en revanche, portait la même tenue que la veille, mais avait maintenant du rouge à lèvres. Elle avait demandé à Romy de l'appliquer, Romy l'avait donc maquillée et lui avait dit qu'elle avait l'air sexy. Alys demanda où elles allaient et Romy répondit dans l'un des restaurants préférés de sa mère.

— Par ici, indiqua-t-elle.

L'escalier descendait vers une terrasse plantée d'arbres et un serveur les installa à une table avec vue sur Florence.

— Est-ce qu'on a assez d'argent pour ça ? s'inquiéta Alys.

Et Romy répondit :

— On ne serait pas ici dans le cas contraire. On va prendre la totale. Pâtes, poisson, salade, dessert et café.

Romy but du vin mais Alys n'en voulut pas.

Romy se mit à bavarder avec la famille américaine derrière elles. Le fils s'appelait Chad et il était à la fac et Romy disait ouais ouais ouais et se touchait les cheveux. Alys se sentait mal à l'aise mais elle crut que c'était à cause du prix de la nourriture.

Soudain, une ouverture se fit pour elle dans la conversation et elle s'y engagea :

— Le Monte Ceceri, dit-elle.

Tout le monde se tourna pour la regarder.

— Tu en es sûre ? dit Chad.

— Certaine. Il est là-bas, et Alys pointa le doigt. L'endroit où Léonard de Vinci a testé la théorie du vol. Il a fait des croquis de ses idées dans des carnets, bien qu'aucune des machines n'ait jamais été construite de son vivant et, même si elles l'avaient été, elles n'auraient pas réussi. La plupart s'inspiraient de l'anatomie des oiseaux. Elles avaient des poulies et des tiges pour imiter le battement des ailes…

— Elle connaît tout, dit Romy, l'interrompant et riant.

— Pas tout, rectifia Alys, et elle se sentit gênée et passa la main sur sa bouche et enleva le peu de rouge à lèvres qui restait.

Romy paya l'addition et Alys dit qu'elle allait dessiner à l'amphithéâtre.

— Tu veux venir ?

Romy ne bougea pas.

— Je te rejoindrai là-bas, dit-elle.

Alys avait les lieux pour elle seule. Elle s'assit sur les marches et sortit de la poche arrière de son jean un petit carnet et un crayon. À ses pieds, des herbes en fleurs perçaient la pierre romaine. Elle commença à tracer et laissa la ligne devenir un capitule complexe. C'était étrange que Romy ne lui plaise pas. Ce qu'elles faisaient ensemble lui plaisait, mais elle était plus heureuse au lit avec Romy qu'à parler avec elle autour d'une table. Ou à se rendre avec elle dans un musée. Ou même au cinéma, ces temps-ci. Elle se demanda si la majorité des gens éprouvait cela vis-à-vis de la personne avec laquelle ils étaient. Peg l'éprouvait à coup sûr. Peg et Ted s'entendaient physiquement mais ils échangeaient des mots désagréables. Telles étaient les pensées d'Alys au moment où Romy descendit les marches. Romy se baissa et lui donna un baiser ; bon sang qu'elle était déconcertante. Elles remontèrent ensemble jusqu'à la Vespa sur la place. Romy dit à Alys de bien s'accrocher.

Ce soir-là, elles étaient allongées au lit, chacune imprégnée de l'odeur de l'autre, et Romy se tourna vers Alys pour demander :

— Est-ce que tu l'as trouvé mignon ?

— Qui ? dit Alys.

— Chad.

— Je ne sais pas.

— Vraiment ? Tu ne trouves pas qu'il est, comme qui dirait, l'homme parfait ?

Et Alys haussa les épaules car elle ignorait ce que Romy entendait par « l'homme parfait ».

— Je vais épouser quelqu'un comme lui, déclara Romy.

En six mots, la vie d'Alys changea.

Et là-bas à Florence, la vie de quelqu'un d'autre était sur le point de changer aussi, avec des conséquences inévitables pour les jeunes amantes. Le père de Romy venait d'introduire une nouvelle feuille de papier dans la machine à écrire lorsque le lustre du plafond lui tomba dessus. Il n'eut pas même le temps de crier. Ce fut une simple opération de poutres pourries plus pesanteur égalent accident devant se produire tôt ou tard.

Patty Peller était sur la terrasse, occupée à boire. Elle entendit un fracas et crut qu'il s'agissait d'un incident en bas sur le *lungarno.* Elle se pencha même par-dessus la balustrade pour regarder. Elle n'entra dans le bureau de son mari que pour voir s'il voulait un sandwich et, le temps que la police et l'ambulance arrivent, Reade Peller était immobilisé sous l'appareil d'éclairage décoratif depuis une heure au minimum. Il fallut trois hommes pour le soulever de son dos. Lorsque son visage fut enfin dégagé de l'Empire Aristocrat portative, les barres à caractères s'étaient enfoncées si profondément dans sa peau que sa joue était un désordre incongru de lettres et de chiffres. Sa femme s'apprêtait à suivre le brancard à l'intérieur de l'ambulance lorsqu'elle se rappela qu'elle avait une fille. Elle sortit du véhicule et passa la demi-heure suivante à chercher le numéro de téléphone que Romy avait griffonné. Elle alluma une cigarette et composa le numéro en question.

— Quoi ? dit Ulysses. Je croyais qu'elles étaient chez vous, Mrs Peller.

— Et je croyais qu'elles étaient chez vous, Mr Temper.

Comme vous pouvez l'imaginer, la conversation fut brève.

Pour la première fois de sa vie, Ulysses ne savait pas où se trouvait Alys. C'était le jeu de cache-cache dans l'allée de cyprès qui recommençait et il avait envie de hurler. Cresson lui dit :

— Le simple fait que tu ne la voies pas ne signifie pas qu'elle soit loin ou en danger.

Cresson le fit asseoir sur le canapé et déclara :

— Il faut examiner les choses en détail. Elle est amoureuse. Elle est partie de son plein gré. Tu te souviens de ce que Pete a dit ? Un plaisir à préserver son intimité. Elle a filé dans un hôtel…

— Un hôtel ?

— C'est ce que je pense.

— Et l'argent ?

— Elle en a sans doute piqué dans mon tiroir.

— Cresson, elle…

— Qu'est-ce que tu voulais faire à cet âge, hein ? Être seul. Avec Peg. Tu en inventais de toutes sortes.

Ulysses se leva.

— Je pars la chercher.

— Où ?

— N'importe où, Cresson.

— Vas-y. Je reste pour préparer le repas des pensionnaires.

Ulysses s'en alla et Cresson s'occupa du dîner. Il n'était pas aussi calme qu'il l'imaginait, car les pâtes étaient trop cuites et la *salsa al pomodoro* insuffisamment assaisonnée.

La nuit tomba.

Patty Peller était assise dans le vestibule de l'appartement, un grand verre d'alcool dans une main et le téléphone dans l'autre. Elle remercia le médecin et reposa le combiné. Le pronostic pour son mari était bon parce qu'il avait le crâne exceptionnellement dur. Elle aurait pu le leur dire elle-même. Elle fixa les yeux sur le téléphone, sur la console hideuse encombrée de photos, de billets de musée et de clés pour ceci et cela. Sa fille avait disparu, et elle avait l'impression que quelque chose d'évident était sous son nez – ce qui, bien sûr, était le cas. Un autre Negroni lui serait nécessaire pour arriver à comprendre.

Alys ne parvenait pas à dormir. Elle n'avait jamais été couchée auprès de quelqu'un jusque-là et pleuré en silence. C'était ce qu'elle faisait depuis une heure entière. Par honte d'avoir pensé que Romy voudrait passer sa vie avec elle alors qu'en réalité ce qu'elle voulait était un garçon comme Chad.

Elle sortit du lit et s'habilla. Elle prit son sac à dos et sa guitare et descendit l'escalier à pas feutrés. Elle faucha une boîte d'allumettes et la carte tracée à la main de Romy. Un léger cliquetis lorsque la porte se referma derrière elle.

L'air avait une âcreté nocturne et charriait des cris de hiboux. Elle ne savait pas de quel côté aller et des remous d'affolement la rendirent nauséeuse. Mais, une fois que ses yeux se furent habitués au noir, elle s'aperçut que la nuit était constellée d'étoiles et que la route de terre luisait, pâle, telles des miettes de pain entre les arbres. Elle porta sa guitare à la façon d'une matraque et se mit à marcher.

Dans l'obscurité, sa peur s'atténua, et le flot muet de la tristesse l'envahit. Elle ne comprenait pas comment leur amour pouvait finir avec un garçon. En serait-il toujours ainsi ? Elle se sentit à nouveau anormale et rata un embranchement et se retrouva face à un portail. Elle frotta une allumette et l'approcha de la carte. Ce fut à cet instant que Peg se dressa en elle, rebelle et lucide. Retourne par là et merde à tous ceux qui disent le contraire. Peg ouvrit la voie pendant le reste de la nuit, tête haute et cran d'arrêt affûté. « Et merde à cette foutue Romy Peller, dit Peg. Tu vaux mieux que dix comme elle. Tiens-toi à gauche à présent. Voilà. Tu y es presque. »

Cinq minutes plus tard, la piazza s'étendit devant elle. Des réverbères encore allumés et l'hôtel Villa Aurora éclairé. Alys entra et obtint à l'esbroufe l'autorisation de passer un coup de fil. C'était dur de garder son sang-froid maintenant qu'elle se savait sauvée.

Le téléphone sonna à la *pensione* et Cresson décrocha.

— Ne parlez pas si vite, Mrs Peller, dit-il. Quelles clés disparues ? Où ? Une villa à Fiesole ?

Cresson griffonna les indications sur un bloc-notes.

— Non, non, je vais y aller. Restez tranquillement au coin du feu. Non, pas au sens littéral, Mrs Peller, et Cresson raccrocha.

Il écrivit un mot pour Ulysses et empoigna son casque de motard. Claude annonça :

— Je t'accompagne, mon vieux.

Et Cresson répondit :

— J'apprécie.

Cresson était sur le seuil lorsque le téléphone se remit à sonner. Il revint à toutes jambes et décrocha.

— Mrs Peller, je... Alys ? C'est toi, ma chérie ?

Cresson écouta.

— Attends là où tu es et ne bouge pas. J'arrive.

Cresson enfourcha sa moto et mit le contact. Il baissa ses lunettes et Claude bondit dans le side-car. Cresson fila par la Via Mazzetta, tourna sec à gauche Via Maggio et encore à gauche sur le Lungarno Guicciardini. Il grilla un feu rouge et fonça sur le pont. Le long du Borgo Ognissanti, il se pencha vers le guidon, corps aérodynamique, bermuda gonflé, homme et machine unis dans le mouvement. Soudain, une sirène de police hurlante s'installa derrière lui. Claude se dressa hors du side-car pour voir ce qui se passait.

— Oh foutre de bougre, dit-il.

Cresson n'était pas d'humeur à s'expliquer avec un policier. Il dit à Claude de se cramponner pendant qu'il essayait de semer le flic. Vitesse maximale maintenant et quelques plumes bleues projetées dans le sillage. Cresson réussit à atteindre la Via il Prato avant d'être forcé de ralentir et enfin de s'arrêter. Cresson, pris de vertige après la poursuite, observa le policier dans son rétroviseur. L'éclat des gyrophares vibrait sur la chaussée.

— Qu'est-ce qu'on va faire ? dit Claude.

— Laisse-moi négocier, dit Cresson.

Le policier se planta devant Cresson et lui réclama ses papiers, et lorsque Cresson ôta ses lunettes et son casque, ce n'était pas l'homme que l'agent de police s'attendait à voir aux commandes d'une moto Guzzi Falcone. Et assurément pas avec un perroquet amazone à front bleu dans le side-car.

Avant que le policier ne puisse prononcer un mot supplémentaire, Cresson leva impatiemment la main et expliqua en italien que, si monsieur l'agent s'apprêtait à lui donner une contravention, pouvait-il l'établir rapidement, car il était pressé.

— Pourquoi pressé ? dit le policier.

— Une *emergenza*, dit Cresson.

— Quel genre d'*emergenza* ?

Cresson demeura silencieux.

— *Signore* ?

— Dis-lui ! cria Claude.

— Ma petite-fille. Elle s'est enfuie pour faire l'expérience des frissons naissants de l'amour (*le nascenti agitazioni dell'amore* – Cresson se remémora les mots d'un poème) et à présent l'amour s'est enfui loin d'elle. Elle est quelque part là-haut – et il montra les collines noires – à soigner un cœur brisé, à essayer de comprendre la complexité des émotions humaines. Pourquoi elle se retrouve diminuée alors qu'il n'y a pas si longtemps elle se sentait pareille à une conquérante. Et me voici à chercher quels mots peuvent donner de la valeur à l'expérience. Comment lui expliquer que l'amour, dont elle a la conviction qu'il sera à jamais improbable, brillera de nouveau un jour. Quels mots de consolation puis-je lui offrir ? Par quels mots puis-je lui assurer qu'une vie vécue sans l'objet de son amour demeure digne d'intérêt et continue de s'ouvrir devant elle ?

— Et ? dit le policier.

Claude se tourna vers Cresson d'un air d'espoir.

— Il n'y a pas de mots, monsieur l'agent. Il faut simplement que je la rejoigne et lui dise combien elle est aimée. Et combien elle le sera toujours.

Le policier se moucha.

— Quelle direction prenons-nous ?

— Nous ?

Le policier hocha la tête.

— Piazza Mino. Fiesole, dit Cresson.

— Suivez-moi, dit le policier.

Lorsque Cresson entra sur la place, Alys trouva l'escorte policière un peu excessive, mais dès lors les événements se succédèrent à toute allure. Elle se leva du trottoir et courut vers Cresson, et le policier sortit de son véhicule et courut vers elle. Lui parla de son premier amour, Giulietta, et pendant un moment il ne s'agit plus que de lui. S'étant épanché, il repartit avec un petit signe de la main et un « Ciao, Cressy ! ».

Cressy donna son mouchoir à Alys et dit :

— Tu ne crains plus rien à présent, ma bichette. Mais il faut que nous allions voir Romy, tu le sais. Il faut que nous l'informions de l'accident de son père.

— Je ne veux pas lui parler, déclara Alys, grimpant dans le side-car.

— Tu n'es pas obligée, répondit Cresson.

Et Claude affirma :

— L'amour véritable n'a jamais eu un cours facile.

— Tais-toi, Claude, répliqua Alys.

Romy était réveillée lorsque Cresson frappa à la porte. Il expliqua ce qui était arrivé à son père et elle dit :

— Je suppose que c'est la fin du livre, alors. Le monde ne pleurera pas.

Romy roula près de la moto Guzzi et Cresson la laissa à l'Ospedale Santa Maria Nuova où sa mère attendait. Romy fit un geste de la main mais Alys resta immobile.

— Je ne sais pas ce que j'ai pu lui trouver, dit-elle.

N'empêche, quoi qu'elle ait trouvé ou non à Romy Peller, Alys n'en sanglota pas moins durant une éternité dans sa chambre. Minuit. Une heure. Deux heures. Les aiguilles de la pendule tournaient au ralenti et à l'instant où Cresson et Ulysses croyaient que ses larmes avaient cessé, un nouveau flux l'entraînait vers un océan de désespoir. Ulysses entra avec un bol de *brodo di pollo* et Alys demanda si elle pouvait avoir juste un petit verre de vin pour l'accompagner.

— Non, répondit-il.

Cresson entra plus tard avec un chocolat chaud et Alys demanda si elle pouvait avoir une cigarette pour l'accompagner.

— Non, répondit Cresson.

Alys finit par s'endormir tout habillée et Cresson étendit des couvertures sur elle.

Ulysses la regarda dormir. Il essaya de réprimer la montée de l'émotion, mais celle-ci prit le dessus et il se détourna.

— Le soulagement, c'est tout, affirma-t-il.

— Je sais, je sais, dit Cresson.

Mais ils savaient l'un comme l'autre que c'était quelque chose de plus. Ensemble, ils virent le lever du soleil ce matin-là. Il n'y avait plus de fatigue en eux lorsque le jour se colora. Sur la terrasse, Ulysses dit :

— Je n'aurais rien pu faire de ceci sans toi, Cresson.

— C'était l'un de ces moments auxquels j'étais prédisposé.

— Non, Cresson, je parle de tout ceci – et il montra les alentours – et de tout ce qui concerne Alys.

Cresson ne sut que répondre. Tout cet amour à nouveau. Paola sortit sur sa terrasse et le salua de la main. Il la salua de même.

— Je préparerai le café aujourd'hui, dit Ulysses. Et le dîner. Toi, va égayer la vie de quelqu'un d'autre.

Il devait y avoir des répercussions, et elles ne tardèrent pas. La *pensione* occupa tout le temps libre de la môme ; les après-midi et soirées furent consacrées à la vaisselle, au ménage des chambres ou au changement des draps.

Romy vint à la *pensione* une semaine plus tard, à une heure où elle savait Alys à l'école.

— Pouvez-vous lui donner cette lettre, s'il vous plaît, Mr Temper ?

— Bien sûr, dit Ulysses. À propos, Romy, comment se porte ton père ?

— Pas mal, je crois, tout compte fait. On partira dès qu'il se sera habitué au corset orthopédique. C'est délicat en avion, paraît-il.

Alys lut la lettre ce soir-là.

Elle était tendre et éloquente, mais c'était surtout une lettre de remerciements. Ce qui étonna Alys. Les choses que Romy avait gardées en mémoire. Alys sensationnelle au billard dans le sous-sol du Gambrinus. L'animalerie derrière le Palazzo Vecchio, le projet d'acheter les oiseaux chanteurs et de les libérer. Les commentaires d'Alys sur la statue de David – c'était une statue de personnage avant tout, et pas de proportions physiques idéales, pas comme le Donatello. *J'ai le croquis que tu as fait sur la serviette en papier*, écrivait-elle. *Je le conserverai parce que je pense qu'il vaudra quelque chose un jour.*

Je ne sais pas pourquoi tu es partie au milieu de la nuit, écrivait Romy. *Je ne te le reproche pas. Je suis sûre que c'était en rapport avec moi. Sur une note positive, mes parents divorcent. J'irai peut-être vivre en communauté. Salut, Alys.* Et Romy concluait par : *Affectueusement.*

Romy et ses parents s'envolèrent pour les États-Unis un jour ou deux après la remise de la lettre.

Cresson confia à Ulysses :

— À mon avis, ce n'est pas la dernière fois que nous entendons parler de Romy Peller.

Et Ulysses répliqua :

— Oh nom de Dieu, Cresson, ne dis pas ça, je suis vanné.

— Je sais, fiston. Je sais.

L'été arriva dans un déploiement de chaleur. Les touristes étouffaient et la *pensione* se donnait un mal de chien. La photo d'Eddie qu'Alys avait perdue réapparut dans la cage de Claude à côté du miroir. Ulysses trouva qu'Eddie était beau, mais Claude soutint qu'il n'était pas si sexy. Ayant reçu les moules de Des, Ulysses commença son travail sur les globes de grande taille. Alys alla à Londres et, lorsqu'elle revint, tout ce qu'elle dit au sujet de Peg était qu'elle semblait plus petite. Col était content d'avoir Peg, Alys et Ginny de retour sous le même toit. Il avait subi un certain stress récemment car le secteur du pub avait été placé sous ordre d'expropriation. *Le conseil veut le démolir pour faire de la place pour une nouvelle cité ; même Nichols Square,* écrivit Col. La nouvelle petite amie de Col, Ingrid, avait un carlin nommé Lesley et Col ne le vit pas quand il se gara en marche arrière et il y eut une pagaille épouvantable. Ingrid dit qu'elle ne pourrait jamais se remettre d'une chose pareille, donc elle s'en alla. Ça ne dérangeait pas

Col d'être à nouveau célibataire, maintenant qu'il avait ses femmes à la maison. Col adorait avoir Peg près de lui. Tout ce dédain, toute cette dérision. Et Peg adorait être près de Col, en vérité – même si elle ne l'aurait pas avoué. Pete eut un coup de chance inattendu lorsqu'il décrocha un rôle dans une nouvelle comédie musicale du West End intitulée *Oliver !* Pete expliqua qu'elle était tirée d'un roman de Charles Dickens et Col dit, Ça ne prendra jamais. Pete apporta la partition au pub et ce fut le soir où Ted débarqua. S'assit vers la porte avec une pinte dont il ne but pas une goutte et observa les allées et venues de Peg. Comme la foutue Stasi, dit Pete. Personne ne vit Ted partir, bien sûr. Plus tard, Peg chanta « As Long As He Needs Me » et tout le monde eut la larme à l'œil. D'habitude, Peg tenait l'alcool en bride quand Alys était présente, mais durant cette soirée elle craqua. Dans le registre de la provocation blessante, sans rien ni personne d'intouchable. Dit à Alys, Détends-toi, la môme, et trouve-toi un garçon. Alys alla se coucher honteuse ce soir-là. Mais honteuse d'elle-même, pas de Peg.

Tôt le lendemain matin, Alys trouva sa mère vautrée dans l'arrière-salle. Elle avait pissé dans sa culotte, chose qu'Alys ne révélerait jamais à personne.

— Alys ? Autre chose ? dit Ulysses.

— Oh, dit Alys, se rappelant soudain. Mrs Lovell est morte.

— Mrs Lovell est morte ? dit Cresson. Comment ?

— De vieillesse. Elle a piqué du nez dans son rôti.

— Mais elle est plus jeune que moi, dit Cresson.

Il demeura silencieux le restant de la journée.

Ulysses demanda :

— Quand tu dis que Peg semblait plus petite…

— Oh, tu sais. Plus vieille, c'est tout.

Mi-août et ils avaient hâte d'être à Giglio.

Ils traversèrent la place tôt comme ils le faisaient toujours et Claude vola devant eux jusqu'à Betsy, quoiqu'il eût du mal à prendre de la hauteur en raison de sa bedaine. (Il faut que tu arrêtes de le porter, dit Cresson.) Betsy démarra au quart de tour et Ulysses se pencha et déposa un baiser sur le volant.

— Direction Porto Santo Stefano, Betsy !

Des tournesols entraperçus et une mer turquoise, et l'air chargé de sel et cette odeur herbacée. Les vitres étaient grandes ouvertes et les cheveux d'Alys flottaient librement. De temps en temps elle les retenait avec la main et son large sourire était celui de Peg. Ulysses la regarda dans le rétroviseur. Nulle part ailleurs que sur son visage le passage du temps n'était aussi manifeste. Sept années qui avaient filé en un clin d'œil. D'enfant à jeune femme. Il faut que tu la laisses partir, le refrain continuel.

Ils furent les derniers à monter sur le ferry. La sirène mugit et le navire s'avança vers le large, dans la douce et rafraîchissante brise contraire. Claude s'envola et les touristes levèrent leurs appareils photo. Clic ! Clic ! Clic ! Cressy rajusta son bermuda pour permettre au soleil d'atteindre ses cuisses. Alys but au goulot d'une bouteille et laissa des gouttelettes d'eau couler sur son menton. Ulysses silencieux et apaisé, le bord de ses oreilles déjà rouge.

Ulysses se tenait seul dans le *salotto.* Il entendait Massimo dans la cuisine en train de préparer le café sur le fourneau. La lumière de l'après-midi était brumeuse, des insectes voltigeaient avec les spores de diverses plantes dans une transe léthargique. Les rideaux en lin se gonflaient et retombaient, se gonflaient et retombaient, un rythme lent en harmonie avec la mer. Les dalles étaient fraîches sous ses pieds et il sentait des grains de sable entre ses orteils. Par les fenêtres, le froufrou familier des eucalyptus et le son des cigales.

Aux murs, les photos constituaient le meilleur des récits de leur vie. Sept années de sel, de vin et d'amitié. De rires et de colères. De possibilités et de souffrances. Chaque année ils gardaient tout cela enfoui en eux, jusqu'à ce qu'ils soient sur ce ferry et alors...

Ulysses se tourna. Massimo lui tendit une tasse à expresso. Massimo n'était plus avec Phil et, bien que la décision ait été la sienne, il était un peu rentré en lui-même, selon Cresson. Massimo appuya son menton sur l'épaule d'Ulysses et dit :

— Regarde comme j'étais mince là, Ulisse. Il y a seulement un an.

— Mais tu portes des rayures, Mass.

— Tu es gentil.

— Tu sais ce que Cresson m'a dit ?

— J'écoute.

— Qu'on pèse moins lourd à l'équateur qu'aux pôles.

— Alors je m'installe en Équateur ?

— Un choix parmi d'autres.

Massimo rit.

— Comment se sent Alys ?

— Un peu meurtrie. Et toi ?

— Pareil. Mais je me sens mieux maintenant que tu es là, et Massimo lui embrassa le dos.

— Tu voudrais aller la voir et lui parler, Mass ?

Alys était à quelques jours de ses quinze ans. Elle aurait dû faire la grasse matinée ou broyer du noir, pourtant le soleil la tira docilement du lit et l'envoya dans l'arrière-pays contempler son ascension intense depuis la ligne d'horizon à l'est. Elle descendit au pied des rochers de granit et nagea tandis que le jour s'installait.

Sur le ferry qui les avait amenés, Ulysses lui avait dit :

— On a besoin de savoir de quoi le cœur est capable, Alys.

— Sais-tu de quoi il est capable ?

— Je crois.

— Pourquoi tu n'es pas avec quelqu'un, Uly ? avait-elle demandé.

— Je ne peux pas répondre à ça. Pas même pour moi.

— C'est Peg ?

— Non, plus maintenant. On a eu notre moment et les moments passent. Apprends à les saisir, Alys.

Il n'avait jamais parlé de cette manière auparavant. Comme s'il savait ce qu'elle éprouvait et que les silences, le vernis calme qui le caractérisaient n'étaient pas du tout de la passivité, mais une réflexion discrète, la douleur cachée d'une chose taboue.

Alys retint sa respiration et plongea la tête sous l'eau. Au-dessous d'elle, les taches sombres des oursins. La distorsion de ses jambes qui battaient pour la maintenir à flot. Elles semblaient si pâles dans la lumière diffuse de l'aube.

— Hé, Alys ? (C'était Massimo.) Elle est comment ?

— Délectable, Massi.

(Un homme d'âge moyen qui volait brièvement.)

Massimo fit surface.

— Il y a un monde là-bas, Alys, dit-il. De gens comme nous. Échappe-toi de ce pays et va les trouver.

Déjeuner de la mi-août. Vingt-huit degrés à l'ombre et une lente économie de mouvement.

— On regarde l'appareil ! cria Massimo tandis qu'il mettait le retardateur et courait rejoindre les autres.

(Clic.) Immortalisés.

En partant de la gauche, Alys près de Massimo avec Ulysses sur la droite. Ils se tiennent enlacés par les épaules dans un geste de familiarité simple. Cresson est devant Ulysses, il a Claude dans les bras. Claude, allongé, tourne la tête de manière charmante du côté de l'appareil. Derrière eux, la terrasse est débordante de couleurs. Des géraniums bien sûr, mais aussi de la lavande, et des dahlias orange vif et rouges. On aperçoit une table à tréteaux avec des restes d'anchois frits, une abondance de tomates et des *fagioli* aux palourdes, menu élaboré et cuisiné par Ulysses. On entraperçoit au-dessus de l'épaule de Massimo deux bouteilles de vin blanc vivifiant du cépage local *ansonica*. Une des bouteilles est à moitié pleine. Au-dessus d'eux, la vigne est épaisse, bien établie et les raisins pendent. C'est l'endroit préféré de Claude pour se reposer. Il ne rêve plus de l'Amazonie, uniquement de Giglio. Il veut vivre ici éternellement mais n'a pas encore formulé cette perspective. Un lézard surgit pour un gros plan. Alys porte un short en denim coupé et une vieille chemise d'Ulysses. Elle a des lunettes de soleil, son visage est bronzé et elle paraît plus que son âge. Une affaire d'un an ou deux, mais cela suffit pour assurer le timide début de l'âge adulte. Pendant la nage dans ces eaux cristallines, une graine a été plantée : Alys quittera la maison dans deux ans. Elle étudiera l'art. Vivra à Londres. Elle aimera de nouveau de nombreuses fois. Et chaque fois sera aussi exaltante que la précédente, et chaque personne sera unique parce qu'elle aimera profondément et sera profondément aimée en retour. Elle a un large sourire parce qu'elle sent que quelque chose est en germination. Elle n'a pensé que onze fois à Romy depuis qu'elle est là. Cresson porte le bermuda sable que Paola lui a confectionné pour accentuer le joli galbe de ses jambes. Son polo est en Aertex – il ne jure que par ce tissu polyvalent. Il est pieds nus et ses ongles sont bien coupés. Chaque journée est un nouveau début, et Paola lui a dit qu'elle avait recommencé avec lui et Cresson a marché la tête haute ce jour-là. Cueilli des figues sans avoir besoin de grimper sur une caisse. Massimo se sent séduisant, drôle et intéressant auprès de ses amis et s'habille en conséquence : une chemise hawaïenne rouge et un short de tennis blanc très semblable à ceux portés par le grand Nicola Pietrangeli. Ses cuisses ont perdu leurs capitons compensateurs depuis sa rupture avec Phil et sont devenues fines et musclées. *Le chagrin d'amour me va bien,* pense-t-il. Il pourrait même s'en servir comme une façon de maîtriser son poids. Cette idée le fait rire. Un délice de rire guttural et spontané, un son rare chez lui. C'est ce qui engage Ulysses à se tourner au moment du déclic de l'obturateur. Ulysses porte un short blanc plutôt long et une chemise blanche par-dessus un maillot de corps, car une partie de pêche un après-midi lui a valu un coup de soleil sur les épaules. Il est pieds nus. Ses pieds sont cuivrés. Être photographié de profil signifie que la fossette dans sa joue est accentuée, et ses cheveux sont retombés sur son front. Oh, la manière dont il regarde Massimo ! Une grande et vieille histoire dans ce regard. Le rire, voyez-vous, a rappelé Darnley à Ulysses.

— Hé, Temps, l'entend-il dire. Je pensais… Après la guerre, nous pourrions…

— Nous pourrions quoi, mon capitaine ?

(Darnley allume une cigarette.)

— Nous pourrions simplement nous asseoir ici. Et contempler la mer. Ce serait suffisant, non ?

— Plus que suffisant, mon capitaine.

En octobre, Ulysses eut quarante ans. Peg envoya un télégramme qui disait : PUTAIN. QUARANTE. VIEUX. Ulysses s'acheta de lourdes lunettes à monture d'écaille, maintenant qu'il en avait besoin pour la lecture et le travail de minutie sur les globes. Il serait juste d'affirmer qu'il devenait un assez bel homme d'âge moyen.

Ce soir-là, leur petite bande alla voir *Ben Hur* à l'Odeon. Ressortit tout excitée par le spectacle en CinémaScope.

— Jamais rien vu de pareil.

— Et les costumes !

— D'habitude je n'aime pas Charlton Heston.

— Quoi, c'était Charlton Heston ?

— Tu plaisantes, Cressy !

— Mais cette course de chars…

— Je n'ai pas pu regarder, dit Massimo.

Le dîner avait lieu chez Michele ensuite. Une promenade nocturne depuis la Piazza della Repubblica sur l'autre rive et Giulia les reçut comme des rois. Leur apporta des *penne* et du lapin, des *bracioline* avec des haricots verts et un litre de Sangiovese. Le gâteau d'anniversaire d'Ulysses était un *castagnaccio*, son dessert à la châtaigne préféré. Même Michele quitta son comptoir pour une poignée de main. Ce qui se passa un peu plus tard aurait pu être gênant, et pourtant ni Ulysses ni Giulia ne put véritablement dire comment cela arriva, ce fut simplement qu'un espace tranquille et sombre s'ouvrit autour d'eux, où ne se tenait personne d'autre, et ils échangèrent un baiser. Nulle culpabilité. Nulle déploration du moment de folie, la joie pure sur leurs deux visages. Et cela resterait ce que c'était – un baiser – rien de plus. Mais se voir l'un l'autre après un acte d'intimité aussi tendre ajouta dès lors un certain rouge aux joues. Lorsqu'elle lui murmurait le plat du jour, il sentait son slip le serrer d'une manière qu'il ne connaissait plus depuis des années.

Et soudain, 1960 toucha à sa droite fin. Ulysses était sur la terrasse avec Massimo, attendant qu'une nouvelle année commence. Pete avait dû rester à Londres à cause d'*Oliver !* mais ça ne le dérangeait pas parce qu'il était bien payé et mettait l'argent de côté. Alys, dans la totalité de ses quinze ans et quatre mois, chantait sur les marches de l'église, environnée par une foule de jeunes personnes. Elle avait un micro cette fois ; perçant larsen, mais il faisait l'affaire. Et Cresson et Paola ? Ils étaient assis bras dessus bras dessous sur le banc, avec un verre d'une boisson chaude. Seulement eux, leur monde, leur amour.

Alys joua les premières mesures et le public se tut. Elle se pencha vers le micro et dit :

— Cette chanson s'appelle « La grâce et la fureur ».

C'EST LE COURS DES CHOSES

1962-1966

En 1962, l'été où elle eut dix-sept ans, Alys quitta Florence. Elle mit « Love Letters » de Kitty Lester, empoigna sa guitare et son sac à dos et dit adieu. Ulysses prit le train avec elle jusqu'à Milan. Glissa dans ses bagages une enveloppe de billets et un déjeuner préparé par Giulia. Pas si difficile de la laisser partir.

Elle alla habiter chez Col. Travailla au pub même si elle n'y était pas vraiment autorisée ; mais tout le monde la connaissait, y compris les flics qui traînaient dans l'arrière-salle. Elle constitua son portfolio et économisa pour ses études d'art, seul point fixe à l'horizon. Certains soirs, elle chanta avec Pete et quelque chose de nouveau se produisit alors, quelque chose à quoi elle n'avait jamais dû faire face jusque-là : les comparaisons avec sa mère. Les gens dirent qu'elle n'avait pas la beauté de Peg, mais qu'elle avait indéniablement sa voix. Elle en fut affectée, contrariée. Un peu de rage, un peu d'aigreur.

Alys était là lorsque la première phase de démolition débuta. Immobile avec Col et Gin Gin tandis que le boulet de démolition oscillait. Les villas gothiques sur la place disparurent d'abord. *Ils appellent ça élimination des quartiers insalubres, mais nous n'avons jamais été un quartier insalubre, si ?* écrivit-elle à Ulysses et Cresson dans sa première lettre pour l'Italie. *Col dit qu'il ne vendra pas le pub et qu'ils devront le traîner dehors dans un cercueil. Ginny pleure quand les murs s'écroulent parce qu'elle ne comprend pas et croit que c'est la guerre qui recommence. Devy est venu la voir hier et Col n'a rien dit. Il a d'autres chats à fouetter que de livrer cette bataille. Devy a apporté un gâteau et mis des bougies dessus pour rendre Col heureux. Ce n'était pas l'anniversaire de Col, n'empêche que ça l'a rendu heureux. Vous me manquez tous les deux. Affectueusement comme toujours.*

Au deuxième trimestre de l'année universitaire 1962-1963, Alys alla à la Wimbledon School of Art. Elle logeait en partie chez Col, en partie sur un sofa près de l'école. Elle vivait dans l'incertitude mais elle prit conscience que c'était probablement le cas depuis toujours. Elle eut des difficultés, initialement, avec la manière dont elle voyait les choses et dont cela s'exprimait sous forme de marques sur une page. Mais elle venait tous les jours et elle pratiquait son art et c'était important. Jusqu'à ce qu'elle voie des gens accomplir ce qu'elle espérait accomplir et elle voulait être généreuse et pourtant, parfois, elle craignait que leur réussite ne signifie aucune réussite pour elle. Elle était tellement impatiente que son œuvre s'affirme. Elle était entrée à l'école d'art avec l'espoir d'être découverte comme le prochain phénomène, mais vivait dans l'obscurité de l'indifférence. Le monde amputé d'une mère devint un monde peuplé de mères à qui elle essayait de plaire, et les coups de cœur pour des enseignantes devinrent des travaux dirigés de fusain et de parfum en soirée. De plus, elle lisait et relisait des mots de sagesse, et pourtant lorsqu'elle refermait le livre c'était toujours elle, inchangée, et la déception pouvait la clouer au lit durant des jours.

Mais, un soir de printemps, des amies l'invitèrent dans un amphithéâtre à Holborn. Après un excès de drogue et une erreur de bus, enfin elle s'engouffra par les portes, grimpa l'escalier au galop… Course arrêtée net par la voix reconnaissable entre toutes d'Evelyn Skinner venant de la grande salle. Elle se mit à rire.

— Oh, je ne suis absolument pas d'accord, disait Evelyn. Si la vie des femmes n'est pas documentée, comment diable pouvons-nous dire que nous avons le tableau complet ? Nous avons construit le récit. Ou, devrais-je dire, vous et vos prédécesseurs l'avez construit, Mr Dixon. Et chaque fois qu'il y a construction, il y a exclusion.

Les femmes dans l'assistance applaudirent. Alys monta en hâte au balcon, d'où elle vit la magnifique Evelyn Skinner sur l'estrade. Quatre-vingt-deux ans et florissante, manifestement. Paraissant dix ans de moins grâce à l'huile de foie de morue et à la nage en eau froide, et à de fréquents dîners au Quo Vadis avec Dotty Cunningham. Non qu'Alys ait su cela à l'époque. Tout ce que vit Alys fut la femme qui avait laissé sur elle une impression si durable.

Le balcon était enfumé et plein d'étudiants en art. Alys chercha ses amies du regard et aperçut Martha au premier rang, appuyée attentivement à la balustrade. Alys descendit vers elle.

— Pardon pardon, dit-elle alors qu'elle se glissait le long de la rangée.

Alys s'assit, et elle et Martha s'embrassèrent à la française.

(Alys raconterait tout cela dans une lettre à Cresson et Ulysses. L'apparence d'Evelyn : *élégante et imposante. Pantalon et chemisier en lin et un foulard éclatant. Oh, elle était merveilleuse !*)

Evelyn continua.

— Prenons l'exemple, dit-elle, de *Suzanne et les vieillards* d'Artemisia Gentileschi. Projeté sur l'écran derrière moi. Regardez bien. C'est une histoire biblique dans laquelle une jeune femme au bain est épiée par de vieux hommes qui essaient vainement de la forcer par le chantage à des relations sexuelles. Un thème répandu dans la peinture de la Renaissance et de la période baroque, surtout parce qu'elle offrait l'occasion de peindre des chairs féminines nues.

L'assistance rit.

— Riez si vous voulez, poursuivit Evelyn. Ce sont pourtant les choix dont nous discutons. Dans la version de Gentileschi derrière moi, nous avons le point de vue d'une femme. Et il est imprégné de malaise. Suzanne occupe le centre du tableau et son anxiété et sa détresse sont centrales dans l'œuvre. Il ne s'agit pas de badinage amoureux. Ces hommes sont lubriques, intrigants et menaçants tandis qu'elle est nue et vulnérable. Son corps est tordu. Ils la maltraitent. Et la peintre le sait parce que c'est sa propre expérience.

Hors du Conway Hall, la nuit avait fraîchi, une brume légère flottait dans la lumière des phares et des réverbères, et même dans l'éclat d'une allumette. Alys, debout sur le trottoir, fumait une cigarette. Ses amies s'agitaient autour d'elle, sautaient sur des scooters, se dirigeaient vers Soho.

— Tu viens ?

— Dans un moment, répondit Alys.

Une heure s'écoula, le froid s'était installé et Evelyn avait quitté les lieux par une sortie dérobée. Alys se détourna et s'en alla vers Soho. Le long de New Oxford Street, la sensation de monde amputé d'une mère la saisit avec une rare acuité. Elle trouva une cabine téléphonique dans une rue transversale et remplit l'appareil de pièces.

— Ted ? C'est Alys. Peg est là ? Non, je… je voudrais juste parler à Peg, s'il te plaît. (Putain, va la chercher, tu veux ?) Peg ? Ouais, ça va. Et toi. (Peg la voix un peu empâtée mais aimable.)

Alys s'appuya contre la paroi vitrée et raconta sa soirée à Peg. La conférence, Evelyn, sa longue attente. Peg sut s'y prendre au sujet de l'attente. Peg fut rassurante. Lui dit de s'acheter des frites et de rejoindre ses amies. Peg fut gentille avant que la réserve de pièces ne s'épuise.

Ulysses replia la lettre et dit :

— Bien, bien, bien.

Evelyn Skinner était de retour dans leur vie.

— Aujourd'hui est une bonne journée, Cresson, déclara-t-il, et il rangea la lettre dans l'enveloppe.

— Je vais chercher les cafés, dit Cresson.

En mai, un événement majeur se produisit. Un événement inopiné. Un événement qui ébranla les fondations de ce petit monde florentin.

Le Jardin de l'Iris, là-haut près de l'esplanade Michelangelo, avait ouvert depuis peu pour la saison ; Cresson et Paola étaient les premiers à franchir les portes ce jour-là. Une variété rare, crème et pêche, avait attiré l'attention de Paola et elle s'était agenouillée pour mieux la voir. Lorsque Cresson se retourna, il vit une foule de gens à l'endroit où elle se trouvait quelques instants plus tôt, et ils regardaient vers le sol.

Ce fut Cressy qui téléphona à Michele qui téléphona au meilleur ami dans le Latium qui l'annonça au frère et à la sœur, et ensuite la mort de Paola lui fut retirée. Son corps inhumé avec son mari à l'extérieur de Prato, comme Cresson savait qu'il le serait. Mais il s'assit tous les jours sur un banc de pierre et Giulia lui apporta du café et Michele lui apporta *La Nazione* à lire et les gens vinrent le voir, lui adressèrent des paroles consolatrices parce qu'ils savaient. Cressy et Paola, ils étaient hors du commun, n'est-ce pas ? Que les gens de la place comprennent était suffisant pour Cresson. Et il avait le Jardin de l'Iris, bien sûr. Le plus secret, le plus parfait des lieux de repos, grâce à son ouverture limitée à quatre semaines annuelles.

Cresson vieillit vite cet été-là, l'effet du chagrin – c'est ce qu'Ulysses dit lors d'un appel à Col, Pete, et Peg. Tous trois réunis autour du téléphone tard un soir de juillet.

— Qu'est-ce qu'on peut faire pour le vieux Roméo ? demanda Col.

Et Ulysses répondit :

— Être doux.

Ce qui cloua le bec de Col sans délai. Col présenta même ses excuses s'il avait été à côté de la plaque.

— Je vous tiendrai au courant, dit Ulysses.

— Et puis on inventera quelque chose, dit Peg. Dis-lui qu'il est mon rocher. Dis-lui, tu sais…

— Compte sur moi. Les mots sont de la poussière d'or, Peg ?

— Tu m'as comprise.

— Elle a dit ça ? demanda Cresson.

— Eh oui.

Cresson but son café ce matin-là. Mangea même aussi une pâtisserie. Les mots de Peg, voyez-vous – le vieux bonhomme l'adorait simplement. Il serait faux de dire que Cresson ne serait plus le même parce qu'il le serait, mais il avait besoin de temps. Donc Ulysses le remplaça pour la gestion de la *pensione.* Le café coulant dans les tasses à expresso dès que sonnaient les cloches de huit heures. Les pâtisseries dans les assiettes et un plateau devant chaque porte. Un petit toc ! toc ! Des pas qui s'éloignaient. La porte qui s'ouvrait. Une exclamation ravie. Ulysses assurait les changements aussi, emportait les draps pesants chez Manfredi. Alys envoya même un télégramme pour savoir si Ulysses voulait qu'elle rentre. *Demeure où tu es, mon ange, et épanouis-toi.* Il n'avait jamais écrit quelque chose d'aussi poétique de sa vie. Elle conserverait ce télégramme durant toute son existence.

Cresson restait sur la terrasse avec son oranger, environné de fleurs et de parfum. L'arbre parlait peu et ensemble ils regardaient le flamboiement odorant de l'aube, l'aveuglant éclat de midi, le mouvement du crépuscule. Cresson dormait beaucoup. Cresson rêvait sans cesse de papillons.

La scène : fin août. Une journée de transe sinistre, léthargique. La chaleur s'étendant sur la ville comme une putain de fournaise – les mots de Col. Les volets bien fermés contre la vapeur brûlante et la place sans vie sauf quelques pigeons dénutris et une poignée de touristes chez Michele introduisant à la fourchette des brins de spaghettis dans des bouches desséchées, regrettant de ne pas avoir plutôt commandé une salade. Quand tout à coup :

Une sirène d'ambulance, mugissante et hurlante, à vous crever les tympans. Un son qu'Ulysses n'avait pas entendu depuis dix ans.

— Qu'est-ce que… dit-il, se réveillant d'une sieste.

Il quitta le canapé et ouvrit tout grand les volets.

— Bon sang, ça alors, dit-il à Claude.

Claude s'envola vers la fenêtre et lâcha des fientes.

Ulysses enfila une chemise et dévala l'escalier. La vieille *contessa* l'attendait en bas.

— Il vous faut de nouveaux amis, dit-elle.

— Sì sì, je sais je sais, *contessa.*

À l'extérieur maintenant, sous le soleil, rentrant sa chemise dans son short et protégeant ses yeux de la lumière aveuglante. Il regarda l'ambulance verte apparaître sur le côté de la basilique. Col qui criait, jurait et martelait le tableau de bord et Pete qui se cramponnait tout juste à la porte arrière restante tandis que le véhicule cahotait sur les pierres inégales. Des volets s'ouvrirent brusquement de tous côtés de la place pour observer l'agitation. Soudain, la camionnette s'arrêta, et Pete fut expulsé tête la première. Le mugissement cessa et le silence épais ne fut troublé que par le son de deux enjoliveurs qui roulaient, menaçants, dans le caniveau.

Pete se traîna vers Ulysses et dit :

— Plus jamais ça.

— Qu'est-ce qui s'est passé, Pete ?

— On a perdu une des portes arrière avant d'arriver à Parme. Résultat, un carambolage sur une route importante. Col a filé et seule la présence d'esprit de Peg m'a empêché de finir sous une Alfa Romeo.

— Peg ?

— Ouais, dit Pete. Elle m'a retenu par les jambes jusqu'à ce que Col puisse se garer et aider à me ramener à l'intérieur.

— Peg est ici ?

— Ouais. Hé, Peg !

Pas exactement la présentation qu'elle avait espérée, mais bon. Peg sortit furtivement, jambes nues et talons d'abord, suivis d'une robe mi-longue à ceinture et à manches courtes de couleur émeraude. Les lunettes de soleil cachaient les dix années d'âge supplémentaires et la lumière soulignait les dix années de blondeur supplémentaires.

— Oh mon Dieu, dit Ulysses.

Clac clac clac sur les dalles elle s'avança. Hanches ondulantes, bras ondoyants. Le petit air de Peg, hein ? Et voilà qu'elle ressurgit, cette vibration dans les tripes d'Ulysses.

— Peg ? Qu'est-ce que…

— Les pires journées pourries de ma vie, Temps. Pas de questions. Surtout, surtout pas de questions.

Ulysses ouvrit les bras et la serra.

— Tu m'as manqué, chuchota-t-il.

— Ohé ! Personne s'intéresse jamais à moi ? dit Col. Je suis quoi ? De la crotte de bique ?

Pete fut pris de haut-le-cœur.

— Arrête de nous empoisonner, Col, dit Peg.

— Oh, c'est sympa.

— Ton haleine. Elle empoisonne, et Peg désigna la bouche de Col.

Il souffla dans ses mains et eut un mouvement de recul.

— Quelqu'un a une pastille de menthe ?

— Viens ici, dit Ulysses, l'étreignant avec vigueur.

— Voilà qui est mieux, dit Col.

Le son d'un loquet de porte les fit se tourner. C'était Cressy. Un peu somnolent et ahuri. Il les regarda chacun successivement et dit :

— Peg. Col. Pete.

— Il a pas perdu la mémoire, alors, dit Col.

— Boucle-la, Col, dit Peg.

— Qu'est-ce que vous faites tous ici ? demanda Cresson.

— On est ici pour toi, Cresson, dit Pete. On veut s'assurer que tu vas bien.

— Évidemment que je vais bien. (Cresson ému à présent. Oh, ces yeux humides.) Évidemment que ça va.

— Viens ici, dit Peg.

Cresson obéit parce que les bras de Peg étaient un bon endroit où se trouver. Cresson avait rapetissé.

— Tout va bien, dit Peg. Tout va bien.

Ils montèrent bruyamment l'escalier, reprirent leurs blagues et leurs jacasseries habituelles là où ils les avaient laissées la dernière fois. Ils franchirent l'entrée de la *pensione*, qui avait été envahie par un groupe d'historiens de l'art originaires de Royal Leamington Spa et Cresson dit qu'ils étaient une bande turbulente à cause d'avis divergents sur Léonard de Vinci et Raphaël. Le temps que Cresson introduise sa clé dans la serrure et les conduise dans le vestibule, ils s'étaient réparti les chambres et avaient décidé que Peg irait dans celle d'Alys, que Pete logerait avec Ulysses et personne ne voulut partager avec Col.

— Oh, c'est vraiment sympa, franchement, dit Col.

Il était étrange pour Peg de se tenir dans la chambre de sa fille après tant d'années. Un lit repoussé dans le coin, un chevalet et une table à dessin pour tout mobilier. Des boîtes de tomates abandonnées pleines de crayons, une bouteille de vin vide avec une bougie dans le goulot, et des tomettes en terre cuite éclaboussées de peinture qui faisaient plus granito dans le style désormais. La photo d'Eddie était collée au mur avec du ruban adhésif. Toujours cet ardent désir entre les jambes de Peg, oh putain où le temps avait-il filé ? Peg assez vieille pour être sa mère maintenant, l'histoire de leur amour comme déformée en quelque chose de bizarre. Vingt ans à aimer et à espérer l'avaient brisée et avaient permis à Ted de se glisser dans les fissures et il n'y avait pas de retour possible. *J'ai vendu mon âme, Eddie, et je sens cette vacuité tous les jours sans exception.*

Et maintenant notre môme, qui est adulte. Une école d'art ! Ton talent à toi, tu serais tellement fier, et elle te ressemble en plus, Eddie. Elle a mon sourire, à ce qu'ils disent, mais moi je ne vois que toi. Et parfois ça me fait mal de la regarder, avec sa peau lisse et les années qu'elle a devant elle, et j'ai envie de la gifler, Eddie, et c'est pour ça qu'il faut que je reste à distance, parce que parfois elle me rend amère et je ne veux pas être amère parce que ça désarçonne l'amour et je ne sais pas quoi faire. Donc c'est moi, Eddie. Celle que je suis devenue. Ma mère, au fond.

Elle s'éloigna. S'immobilisa face à un portrait d'Alys, un véritable dessin, crayon blanc capturant la lumière dans ses yeux, si féroce et intense, et Peg se rendit soudain compte à quel point la môme était petite quand elle l'avait laissée partir. Elle sentit une douleur dans son ventre, mais elle n'avait pas mangé alors c'était peut-être ça ? Elle baissa son visage vers les quelques vêtements suspendus à une barre. Elle ne connaissait pas l'odeur de sa fille, mais c'était la plus grande proximité avec elle qu'elle ait jamais éprouvée.

Peg s'assit sur le lit et regarda par l'embrasure de la porte. Du tumulte. Col essayait d'étancher le sang qui coulait de son nez, Pete tenait Claude d'un geste protecteur, Cresson disait à Col :

— Mais à quoi tu t'attendais ? En le faisant se sentir diminué de cette manière, ce perroquet ?

Le vieux Cressy. Comme il lui avait manqué. Comme il la connaissait bien, comme il savait l'apaiser ! Venir ici était son idée à elle. Elle laissait Col s'en attribuer le mérite, mais c'était elle parce qu'elle savait ce qui se passait quand les vagues frappent – ce mouvement vertigineux quand le lest glisse dans le vide et qu'on penche tellement qu'on croit qu'on va chavirer, qu'on va se noyer.

Tempy est entré dans la chambre. Ce sourire qu'il a, le même que quand il était jeune garçon. Un peu gêné, un peu tendre. Il s'assoit sur le lit à côté d'elle. Il lui prend la main et elle ne la retire pas. Elle pourrait lui dire n'importe quoi, et il lui pardonnerait et jamais ne la jugerait. *Mais qu'est-ce que tu veux dire, Peg ? Hein, Peg ? Que tu es fatiguée de vivre et dépassée ? Mais tu ne diras rien. Tu continueras à te pavaner, la poitrine pleine de fanfaronnade et aux lèvres le baratin « qui est partant pour un autre ? ».*

— Je sais que c'était ton idée, dit-il.

— Col est le héros.

— Je sais que c'était toi.

— Qu'est-ce qui se passe là dehors ?

— Col a été grossier avec Claude, alors Claude lui a volé dans la figure.

— Comment il va ?

— Col ou Cresson ?

— Cresson.

— Mieux depuis que tu es arrivée. Combien de temps tu resteras, Peg ?

— Jusqu'à ce qu'on puisse enlever les stabilisateurs.

— Merci.

— Tu as bonne mine. (Elle passe la main sur sa joue et son menton.) Tu es devenu toi-même, je me trompe ? Quoi ? Tu me regardes comme si tu voulais savoir quelque chose.

— Comment tu as réussi à lui échapper ?

— Pas ce sujet, Temps.

— Je m'inquiète pour toi.

— Et je m'inquiète pour toi. C'est ce qu'on fait, non ?

— Il te frappe ?

— Surveille ton langage. C'est censé être un jour heureux. Alors change ce foutu disque.

— Tiens, et il sort ses lunettes de sa poche et les met avec timidité. Il faut que j'en porte dorénavant. Quand je travaille ou que je lis.

— Elles te vont bien.

— Tu trouves ?

— Tu les portes au lit ?

Il rougit et les enlève. La main de Peg sur sa jambe.

— Pas ici, Peg. C'est la…

— Je sais, je sais.

Ce soir-là, Peg rejoignit Ulysses dans la cuisine et l'aida à préparer le dîner pour les pensionnaires. Col, Pete et Cresson partirent avant eux chez Michele. Peg les entendait dans l'escalier. Col disant quelque chose sur Lesley qu'il avait écrasée et Cresson demandant :

— Pas Lesley Greenaway ?

Et Col répondit :

— Non, Lesley le carlin. Le carlin d'Ingrid.

— Quel carlin ? dit Cresson.

— Nom de Dieu, dit Col. Juste quand je commençais à te plaindre.

Peg riait à présent.

— Quoi ? dit Ulysses.

— Eux, simplement, dit-elle.

Comme s'ils n'avaient jamais été séparés les uns des autres.

Peg suivit facilement les instructions. Première fois qu'elle se servait d'un pilon et d'un mortier, première fois aussi qu'elle préparait du pesto, et elle dit trouver ça apaisant. Ensuite, elle devint serveuse pour la soirée, fit se tourner quelques têtes lorsqu'elle interrompit une conversation sur le marbre de Carrare. Elle aurait même droit à un commentaire dans le livre d'or, mais il faudrait arracher la page.

— Qu'est-ce qui cloche chez les gens ? dirait Cresson. Écrire une chose pareille pour que le monde entier la voie.

Juste avant dix heures, néanmoins, Ulysses souffla les bougies et éteignit les lampes. Il pensait qu'ils allaient descendre chez Michele, mais Peg lui prit la main et le ramena à l'étage dans sa chambre à lui.

— Peg ?

Elle le renversa sur le lit.

Par la fenêtre, un ciel marbré de noir et bleu, une lune jouant à cache-cache, les étoiles, les lumières des habitations et le rire de Col montant de la terrasse du café de Michele.

— Mets-les, dit-elle, fouillant dans la poche de son pantalon et en tirant ses lunettes.

Elle le déboutonna, ôta sa robe et le chevaucha. Durant un moment ils ne bougèrent pas. Un lent rock pelvien jusqu'à ce que ça devienne insupportable. Elle lui plaqua les deux mains sur la bouche pour arrêter ses gémissements.

À dix heures et demie, ils descendirent sur la place. Peg appela Cresson et le visage du vieux bonhomme s'éclaira en la voyant. Peg s'assit à côté de lui et lui prit la main tandis qu'Ulysses saisissait un tabouret à la table voisine et s'asseyait à côté de Pete. Il versa le restant de vin et dit :

— Qu'est-ce qu'on interrompt, Cressy ?

— Eh bien, je m'apprêtais à leur parler de ma nouvelle vision.

— C'est quoi, cette fois ? dit Col.

— L'Angleterre gagnera la Coupe du monde en 1966.

— Tu rêves, dit Col. Ils sont nuls. Ils l'ont toujours été, ils le seront toujours.

— Mais il y a plus, dit Ulysses, levant son verre. Voici le coup de génie.

Col se tourna vers Cresson.

— Alors, monsieur Génie ?

— Un triplé de Geoff Hurst.

— M. Deux-pieds-gauches ? M. Geoff « je n'ai jamais joué pour l'Angleterre » Hurst ?

— Il jouera en février, dit Cresson. Et il sera sélectionné. C'est ce qui m'est venu et c'est le pari. L'Angleterre gagne mais avec un triplé de Geoff Hurst. Tout sur le noir.

— Je suis partant, dit Pete.

— Il faudra que tu mises à Londres pour moi, Pete, parce qu'ils n'aiment pas ce genre de chose ici. Je te donnerai une valise à double fond spécialement adaptée pour rapporter l'argent.

Pete se tapota le nez.

— Merci Cresson.

— Tu ne t'approcheras pas de Tubs, j'espère ? dit Col.

— Je pensais à Soho Sid.

— Soho Sid ? railla Col. Il a encore un secteur ?

— Plutôt grand, dit Pete. Il se planque près du Mandrake.

— J'aimc bien Sid, dit Peg.

— Je voudrais au moins dix contre un, dit Cresson.

— Dix contre un ! dit Col. Il croit que c'est l'histoire de Blankers-Koen qui recommence. La foudre ne frappe pas deux fois, Signor Cresswell !

— Mais ça se produit, non ? dit Pete. Alan Beantree.

— Alan ?

— Beantree, répéta Pete. Vous vous souvenez de lui. Il promenait son chien. Frappé par la foudre en août 1939. Quand il a été rétabli, il montrait son pied à tout le monde.

— Son pied ?

— Par où la foudre était ressortie. Un an plus tard, il promenait son chien et ça s'est reproduit.

— Mort ?

— J'espère, dit Ulysses. Parce qu'ils l'ont enterré à côté de mon père et ma mère.

— Mais de quoi vous parlez ? dit Col.

— De la foudre qui ne frappe pas deux fois, dit Pete. Je soutiens qu'elle le fait. Parce qu'elle l'a fait.

— Mais en toute justice, Pete, dit Cresson, les deux coups de foudre étaient différents.

— Bordel, dit Col.

— Le premier coup de foudre qui a touché Alan Beantree était un éclair oblique. Quand le courant se déplace d'un objet haut – un arbre, dans ce cas – vers la victime. Alan Beantree a servi de court-circuit pour une partie de l'énergie de la décharge électrique.

— Qu'est-ce qui est arrivé au chien ? demanda Peg.

— Cendres.

— Mort ?

— Non, le chien s'appelait Cendres.

— Dieu me vienne en aide, Temps, dit Col.

— Il s'est enfui, dit Pete. Il a trouvé une nouvelle famille à Bow.

— Et le deuxième, reprit Cresson, était un coup de foudre direct. Dans un espace dégagé. Alan Beantree n'avait même pas atteint l'arbre. Foudroyé dans la fleur de l'âge, voilà ce qu'il a été.

— Cresson, il avait soixante-dix ans ! s'exclama Peg.

— Un foudroiement direct, le plus dangereux de tous, continua Cresson. Duquel on ne revient pas. Qui est partant pour une autre carafe de rouge ?

— Moi, dirent-ils tous.

Peg fit un clin d'œil à Ulysses. « Cresson va se tirer d'affaire », voilà ce que disait ce clin d'œil. Ulysses pressa sa jambe contre celle de Peg sous la table, leur petite décharge d'énergie à eux. Giulia s'en aperçut lorsqu'elle apporta le vin : tellement d'électricité statique que les peignes dans ses cheveux se soulevèrent presque.

— Quelqu'un est heureux, dit-elle en dialecte avant de s'éloigner.

Au fil des jours, l'entrain de Cressy redressa la tête au-dessus des remparts et c'était un spectacle magnifique. Ulysses lui demanda d'emmener tout le monde en balade afin qu'il puisse s'occuper du ménage, et Peg voulut aider Ulysses, mais bien sûr c'était Peg que Cresson voulait près de lui. Pete préférait déambuler seul et composer une chanson ou deux.

— Je sens la muse ici même en ce moment même, affirma-t-il.

— C'est juste un frisson qui te parcourt, dit Col.

Donc, avec Col sur le siège arrière et Peg dans le side-car, Cresson mit le paquet. Et toutes ces expériences qu'il avait eues avec Paola, non plus en sommeil mais vivantes. Il fonça jusqu'au cimetière des Anglais, situé Piazzale Donatello : un monticule vert entouré par une circulation suffocante, mais Cresson appelait l'endroit un mirage.

Sous un soleil de septembre, les grands cyprès projetaient des ombres géométriques sur les morts, et des roses rouges comme des poings serrés se découpaient contre les monuments en marbre blanc. La main appuyée sur sa tombe, Cresson récita « Comment je t'aime » d'Elizabeth Barrett Browning. Léger nœud dans la gorge vers la fin connue à la perfection. Du Cressy classique. Il attendait que Col le ridiculise, mais celui-ci n'en fit rien et dit au contraire que c'était une interprétation profondément émouvante. Col n'employait jamais de tels mots, et même les sourcils de Peg estimèrent que ça valait la peine de s'arquer.

Marchant le long d'un sentier ombragé, Col dit qu'il s'inquiétait de la démolition qui saccageait les rangées de maisons mitoyennes. Chacun d'eux savait que Col était son pub et sans le pub... eh bien, c'était inutile d'y penser. Et à cet instant Cresson dit :

— Qu'est-ce que mon cerisier va devenir, Col ?

Et Col répondit :

— Je me ligoterai à lui, si nécessaire. Je peux être ce genre d'homme.

Or, le lendemain, Cresson avait prévu une excursion dans le Chianti mais oublié d'en parler à qui que ce soit. Il avait espéré qu'Ulysses les conduirait au milieu des vignobles dans Betsy, mais lorsque le matin arriva Ulysses était parti. Peg prenait le soleil sur la terrasse.

— Tu as vu quelque chose, Col ? demanda-t-elle.

Col scrutait la place au télescope.

— Rien, dit-il. Il a fichu le camp.

— Tu l'as vu ? demanda Peg à Pete, qui venait de rentrer de sa promenade.

— Non, Peg. Mais Betsy n'est plus là.

— Betsy n'est plus là ? dit Cresson. Alors c'est sûrement ça. Ça se produit chaque année à la même période. Il est parti pour la journée.

— Parti où ? demanda Col.

Cresson haussa les épaules.

— Il disparaît, quelquefois jusqu'au lendemain.

— Ma parole ! dit Col. Il a une nana. Putain, c'est pas trop tôt.

Et il alluma une cigarette.

Peg restait silencieuse.

— Je ne suis pas sûr que ce soit une relation avec une femme, dit Cresson.

— J'aimerais penser que ça en est une, dit Pete. Chaque année, tu dis, Cresson ?

Cresson hocha la tête.

— Je ne crois pas avoir entendu parler d'un engagement plus fort, observa Pete.

Et il écrivit même une chanson à ce sujet plus tard dans la journée. « Voilà 364 jours », s'intitulait-elle. Il l'écrivit vite et l'avait terminée lorsque Ulysses franchit le seuil au cours de la soirée.

— Hé, Temps, écoute ça !

Ulysses posa son Borsalino sur le porte-chapeaux et entra dans le séjour. Une douce mélodie, avec un doux refrain sur une vie entière vécue en une journée. Pete abandonna la référence évidente à un éphémère.

Peg demanda :

— Où es-tu allé, mon chou ?

Elle le dit façon coup de coude et clin d'œil plein d'insinuations, mais Ulysses n'était pas d'humeur. Il alla se coucher tôt ce soir-là. « Contemplatif » fut le mot qu'employa Cressy pour le décrire.

Peg appela Pete dans la cuisine et demanda s'ils pouvaient échanger leurs chambres, et Pete très accommodant répondit :

— Bien sûr. Ulysses est un gars charmant avec qui dormir.

Peg entra dans la chambre sur la pointe des pieds, quitta sa robe et rejoignit Ulysses dans le lit.

— Je veux juste être tranquille, vraiment, Peg.

Et, dans les bras l'un de l'autre, ils écoutèrent les voix céder aux cloches, et les cloches céder à l'oubli.

Peg dit :

— Tu as une nana, Temps ?

Et Ulysses répondit :

— Je n'en ai pas.

Ils s'écartèrent l'un de l'autre pour dormir, mais les plantes de leurs pieds se touchèrent toute la nuit.

Peg, Col et Pete partirent le lendemain. Malgré les protestations, ils prirent tous leurs places assignées dans la camionnette. Cresson avait fixé un solide panneau de bois à l'arrière en guise de porte et Col avait promis à Pete qu'ils s'arrêteraient à Soutigny sur le chemin du retour.

— Bordel, y a quoi à Soutigny ? dit-il.

Claude descendit de la statue et se soulagea sur le pare-brise. Pete leva la valise spécialement adaptée et la tapota d'un air entendu. Personne ne supporta de regarder Ulysses et Peg se dire au revoir.

— Fin prêts ? cria Col.

— Démarre, dit Peg.

L'ambulance se ranima dans un soubresaut et mugit.

— Au revoir, Temps !

— Au revoir, Peg !

— Bon débarras ! cria la *contessa.*

Et ils disparurent.

Aussi longtemps qu'il vivrait, Cresson n'oublierait jamais leur venue pour lui. Tout cet amour à nouveau. Cresson pensait qu'il en avait eu plus que sa part et cela, pour lui, était aussi mauvais que ne pas en avoir du tout. Mais l'arbre dit :

— Ça ne peut pas arriver. L'amour est le chemin.

Et ses feuilles frémirent alors qu'une brise soufflait des collines au sud.

— Ils commencent les vendanges à un endroit ou un autre, dit-il.

— Ah bon ? dit Cresson.

— Et les hirondelles s'alignent pour partir.

— Elles me manqueront, dit Cresson.

— C'est le cours des choses.

Sergio Leone entra au galop à l'Odeon en 1964. C'était le début de la Trilogie du dollar. Sortant de *Pour une poignée de dollars*, Massimo dit :

— Pour moi, Ennio Morricone a complètement redéfini la bande sonore cinématographique.

Cresson et Ulysses furent totalement d'accord.

Massimo dit la même chose un an plus tard après avoir vu *Et pour quelques dollars de plus*.

Col donna des nouvelles régulières de Geoff Hurst et l'espionna sur le terrain d'entraînement. Col acquit une petite réputation, pas bonne du tout, et Peg lui conseilla de se débarrasser des jumelles. Col dit que Hurst n'arrivait pas à la cheville de Jimmy Greaves et son reflux gastrique recommença. Il rejeta la responsabilité sur Cresson et sa manie de parier. En octobre, Alys et Pete furent arrêtés devant l'ambassade américaine à Grosvenor Square pendant une manifestation contre la guerre du Vietnam. Alys fabriqua les banderoles qui disaient : LE MILITARISME EST PAREIL AU RACISME. Ils furent libérés sans poursuites ce soir-là parce que Col connaissait le brigadier du commissariat. Il les attendait à l'extérieur.

— C'est un moment difficile, même pour toi, Pete.

— Merci, dit Pete.

Geoff Hurst intégra bel et bien l'équipe d'Angleterre qui jouerait la Coupe du monde, mais Col dit qu'il resterait sur le banc des remplaçants à moins qu'il arrive quelque chose à Greavesy.

Il arriva quelque chose à Greavesy. Une blessure à la jambe l'empêcha de disputer le quart de finale.

— Pourquoi tu avais des doutes ? dit Cresson.

— Je me sens patraque, dit Col.

— Alors mets-toi au lit.

— Jusqu'à quand ?

— Jusqu'à la finale, et Cresson raccrocha.

Le 30 juillet 1966 eut lieu la finale, et ce fut le jour où l'histoire s'écrivit.

Devant chez Michele, le soleil resplendissait sur le store Campari dont le rouge s'était atténué en une attrayante teinte rose. Des spectateurs s'étaient rassemblés face à un petit écran noir et blanc installé en équilibre précaire à l'extérieur. L'atmosphère était électrique. Littéralement. À une boisson renversée du désastre.

Ce fut depuis cette position privilégiée que Cresson, Massimo et Ulysses virent calmement l'Angleterre remporter la Coupe du monde et, chose plus importante, Geoff Hurst réaliser son triplé. Ils fêtèrent discrètement et modestement la victoire sur la terrasse ce soir-là. Burent un vin de catégorie légèrement meilleure.

— Il n'y a qu'un seul et unique Geoff Hurst ! chantait un gros homme vieillissant, torse nu, dans un pub quelque part dans l'est de Londres. Un seul et unique Geoff Hurst ! Il n'y en a qu'un !

Soho Sid paya de bonne grâce. Il avait déjà fait fortune, alors que lui importait ? Ils apprirent ensuite que le pari l'avait tellement intrigué qu'il avait misé de manière identique auprès de Tubby Folgate, aussi incroyable que ça puisse paraître, donc Sid était peinard et Tubby de retour à ses manières cuisantes.

Il fallut une heure à Col pour obtenir une communication téléphonique avec l'Italie ce soir-là.

— Combien on a gagné ? demanda Ulysses.

— Une putain de fortune, répondit Col, déballant une pastille de menthe.

Le groupe avait mis en commun l'argent pour le pari et, trois jours plus tard, Pete partagea les gains en conséquence et chacun reçut une très belle somme, merci beaucoup. Col veilla sur la part de Peg à cause de Ted. Peg avait son billet pour ailleurs, enfin, mais il lui restait à déterminer où aller.

Alys revint à Florence cet été-là. L'été de ses vingt et un ans.

Elle n'avait peut-être pas la beauté de Peg, mais elle avait quelque chose de plus. Elle lisait des ouvrages ésotériques et communiait avec la nature comme Cresson le faisait depuis des années. Elle avait pris de l'acide une fois mais ce serait la seule. Elle avait vu Bob Dylan jouer au Royal Albert Hall et pensé qu'il était fantastique. Elle avait eu des quantités de relations amoureuses, y compris avec des hommes, pourtant elle préférerait toujours les femmes parce qu'embrasser les femmes bouleversait son âme. Son parcours en école d'art avait été infructueux, néanmoins il lui avait donné du temps pour se renseigner et essayer. Elle laissa la peinture et se décida pour le dessin, et elle était brillante sur le plan technique, mais elle ne savait pas ce qu'elle voulait dire.

Elle traversa le hall de la gare Santa Maria Novella suivie d'un porteur chargé de ses bagages. Elle avait une frange haute et les cheveux noués, un jean pattes d'éléphant et un chemisier d'étamine blanche, les perles requises autour du cou et un suçon sur l'épaule fait par la femme avec qui elle avait partagé le compartiment à couchettes. Une guitare dans la main gauche et la valise à double fond contenant les billets dans la droite. Elle vit Ulysses un peu plus loin et son cœur bondit.

— Uly ! cria-t-elle.

Comme il lui avait manqué !

LES ANGES DE LA BOUE

1966-1968

L'AUTOMNE REVINT et apporta des journées plus courtes, des nuits qui tombaient tôt et six semaines de pluie continuelle due à une forte dépression au-dessus de la Méditerranée. L'Italie du Nord était inondée.

Début du mois de novembre, et Ulysses regardait le déluge par la fenêtre de son atelier. Il sentait l'humidité monter du sol. C'était presque le crépuscule, la place était lugubre et privée de vie. Le lendemain était férié, jour où la ville fêtait la victoire du pays sur l'Autriche lors de la Première Guerre mondiale. Les gens étaient déjà partis pour le week-end et Alys avait emmené Cresson à Rome en raison du vif intérêt du vieux bonhomme pour les poètes romantiques. Il n'y avait pas de pensionnaires, Ulysses était donc seul pour la première fois depuis des années – situation inconfortable. Il avait prévu de retrouver Massimo dans la soirée, un rassemblement de l'industrie britannique, quelque chose en rapport avec les folles années 1960 et Londres. La pluie rendait la perspective de sortie nocturne peu attrayante.

Le globe de cinquante centimètres de diamètre devant lui était son meilleur jusque-là. Il était déjà vendu à une famille vieille de plusieurs siècles, caractéristique assez fréquente dans une ville telle que celle-ci. Ulysses ajoutait de menus détails, c'était tout maintenant, pinceau dans une main, chiffon dans l'autre. Petite touche ici, petite touche là, en veillant à ne pas abuser. Un menuisier voisin fabriquait le support, une base indépendante en chêne avec un méridien en cuivre. Se séparer de ce globe serait un déchirement.

Il écrasa sa cigarette et décida de s'arrêter là. Il ouvrit la porte et vida les charbons ardents des *scaldini* dans le caniveau, puis il mit son chapeau et son imper et éteignit les lampes. Il n'y avait que le son de la pluie.

Tandis qu'il arrivait sur la Via Maggio, les odeurs et l'éclat des *alimentari* le convainquirent d'entrer. Il se chargea de fromage, de viande et de pâtes, et de deux bouteilles de vin particulières. Le temps qu'il rejoigne la place, il était trempé.

Il prit une longue douche. S'étendit sur le lit et écouta le tambourinement de la pluie contre les volets. L'enseigne au néon rouge du café de Michele vibrait dans l'obscurité et « Don't Worry Baby » des Beach Boys s'échappait à faible volume du juke-box. Si ç'avait été quelqu'un d'autre que Massimo, il aurait décommandé. C'était le genre de soirée où s'installer sur le canapé avec un verre de grappa et un grand perroquet pour compagnie.

Il revêtit un costume, noua sans la serrer une cravate sombre, écarta les chaussures en faveur des bottes en caoutchouc. Il empoigna un parapluie et sortit dans la nuit fouettée par la tempête. Le long du Lungarno Guicciardini, le tonnerre gronda sur les collines. Les rues étaient submergées et les taxis et les bus bondés qui passaient projetaient des gerbes d'eau. Des parapluies noirs encombraient les trottoirs étroits et les drapeaux vert blanc rouge, hissés à la hâte pour le jour férié, ruisselaient.

Mais c'était le fleuve dont la transformation était la plus spectaculaire. Les plaines herbeuses où les pêcheurs se tenaient avaient été avalées par le courant gonflé. Traversant le Ponte Santa Trinità, Ulysses entendait les flots rugir sous les arches de pierre à une très faible distance. Comment un cours d'eau vert au murmure si doux avait-il pu devenir cela ?

Massimo attendait Ulysses devant le Palazzo Strozzi et, après avoir commenté son élégance vestimentaire – « et pourquoi pas des bottes en caoutchouc, Ulisse ? » – il dit qu'il avait déjà jeté un coup d'œil au rassemblement, où régnait un ennui abyssal, même si le vin, comme espéré, était bon.

— Je suggère donc que nous allions dîner.

La suggestion était Zia Chiara, située derrière la Piazza Santa Croce. Ce petit restaurant était à vrai dire une pièce domestique, avec trois tables de deux seulement, sans aucune carte. On mangeait ce que Zia Chiara avait préparé ce soir-là pour sa famille à l'étage. Ulysses savait que la nourriture y était exceptionnelle. La soirée, enfin, prenait son essor.

Le vent s'était calmé, et ils accomplirent le trajet vers l'est au pas de course. Ils arrivèrent à la porte de Zia Chiara relativement secs et de bonne humeur. Aux murs, des photos, certaines sépias, certaines décolorées, de la vie à la ferme avant l'installation de la famille dans le Nord urbanisé. Un crucifix également, bien sûr, et une photo signée par une star de cinéma bien-aimée : *Zia Chiara. Personne ne fait mieux. Amitiés, Sophia Loren.*

Ils s'assirent près d'un chat qui, apparemment indifférent à l'incursion nocturne dans son foyer, effectua une toilette complète avant de se coucher sur les genoux de Massimo. Un pichet de vin rouge et une corbeille de *pane casalingo* furent posés sur la table et, durant une heure, Chiara les oublia.

La conversation s'orienta aussitôt vers le pèlerinage de Cressy et Alys à Rome. Ulysses dit que Cresson voulait voir où était mort le poète Keats, dit que ça l'aiderait à se représenter la ville à travers les yeux d'une personne de vingt-cinq ans.

— J'étais fiancé quand j'avais vingt-cinq ans, dit Massimo.

— Vraiment ?

— À Annunziata Berlingo. Après ma rupture des fiançailles, elle a épousé un Frescobaldi.

— Quel rebond !

— Il n'appartenait pas à la branche principale. Un simple rameau. Tu penses qu'ils iront aux studios Cinecittà ?

— Si Alys arrive à ses fins.

— N'importe quel souvenir serait apprécié.

Ulysses rit.

— Elle le sait.

Massimo servit le vin et dit :

— À propos, ma mère a un admirateur.

— Ta mère, un admirateur ?

— Je sais, je sais. Nous l'avons mise à la maison de retraite par sûreté. Elle est comme une adolescente. Très amoureuse. Mais que peut-on y faire ?

Le temps que le bœuf arrive, ils avaient largement entamé le vin et relégué au passé les perturbations atmosphériques.

— La pluie ? Quelle pluie ? dit Massimo.

À un moment, Ulysses pensa à mentionner la hauteur et la puissance du fleuve. Massimo dit que c'était sans doute l'eau de fonte du Monte Falterona. Ou peut-être qu'ils avaient ouvert les vannes des barrages pour diminuer la pression. Massimo se leva.

— En parlant de diminuer la pression, dit-il, et la *signora* lui indiqua le fond de la pièce.

Ils payèrent l'addition et échangèrent avec leur hôtesse des souhaits d'heureuse *festa* puis les deux hommes laissèrent la vieille femme dans un fauteuil à reposer ses yeux, tandis que le frère aîné descendait l'escalier en quête d'une lamelle de fromage.

La Piazza Santa Croce était silencieuse, quelques voitures garées, mais aucun flâneur cette nuit-là. Au coin de la Via de' Benci, ils s'étreignirent et convinrent de se retrouver le samedi pour une nouvelle projection de *Huit et demi* au Rex. Massimo partit vers le nord, Ulysses vers le sud, le fleuve bruyant lorsqu'il s'en rapprocha.

Il le traversa par le Ponte Vecchio. Le pont tremblait sous ses pieds, l'Arno s'écrasant contre les vieilles pierres que Taddeo Gaddi avait posées en 1345, plaquant de l'eau contre le parapet. Le disque de la lune était caché par des nuages dans une nuit sans étoiles.

Autour du Palazzo Pitti, la ville était déserte. Ulysses coupa par la Via dello Sprone et atteignit la Piazza dei Sapiti. Il remarqua de l'eau qui bouillonnait hors des minces fentes le long des caniveaux. Il lança un regard à son atelier, au globe suspendu dans l'obscurité, vulnérable et pur. Cresson disait qu'il avait saisi l'essence de la planète elle-même.

À son arrivée Piazza Santo Spirito, tout était calme. Les volets des immeubles étaient fermés, comme attendu ; une lumière ou deux, mais il connaissait les insomniaques. De l'eau montait des caniveaux ici aussi. Il entra dans son immeuble mais ne regagna pas tout de suite l'appartement. Ce fut ce doute au creux du ventre qui le poussa à se diriger vers la cave.

Au pied des marches en pierre, il eut de l'eau jusqu'aux chevilles, et une forte odeur d'égout ne l'étonna pas. La lumière au plafond vacilla, sans s'éteindre.

Les sacs de charbon du dessus étaient encore secs, ils furent donc les premiers à quitter la cave. Et les caisses que la vieille *contessa* lui avait demandé de stocker. Puis des cagettes de fromage et des caisses de vin pour la *pensione*, des bocaux de *passata* faite maison, des bouteilles d'huile, des bouteilles d'eau minérale San Pellegrino, tout ce qui n'était pas abîmé, tout ce qu'il pouvait sécher avec un linge, tout cela fut mis au rez-de-chaussée. Et chaque fois qu'il redescendait, il avait la sensation que l'eau montait. Le vélo fut le dernier sauvé, roues dégoulinantes. Ulysses était tendu et exténué, son meilleur costume trempé. À deux heures du matin, il alla chez Michele.

Michele par la fenêtre de l'étage supérieur :

— Hé, *soldato* ! En voilà une heure où déranger les gens !

— C'est les caves, Michele.

— C'est toujours les foutues caves !

Mais Michele descendit. Sa nuit serait longue.

Ulysses prépara du café et se changea. Il allait et venait avec un sentiment d'effroi et crut d'abord qu'il s'agissait d'Alys et de Cressy. Il sortit respirer sur la terrasse. La pluie s'était atténuée en bruine et la ville était prisonnière d'une brume à la fois torpide et sinistre. Cinq heures le séparaient encore de l'aube. *Qu'est-ce que c'est ?* se demanda-t-il. L'agitation lui rappelait la guerre, l'ennemi invisible qui guettait. Il ne dormirait pas, il le savait. Il termina le restant de café et décida de s'atteler à la tâche de remonter le charbon, les caisses et autres ; ça semblait être la chose la plus sensée à faire. Il prit une lampe électrique et sortit dans l'escalier.

À quatre heures et demie, la *contessa* ouvrit sa porte.

— Vous volez mes affaires maintenant, Signor Temper ?

— La cave est inondée, *contessa*, et il déposa devant elle les ultimes caisses. Elles sont à prendre ou à laisser, dit-il. (Il n'était pas d'humeur à endurer sa rancœur.)

— *Grazie, graz...*

Mais il avait disparu.

Il referma doucement la porte derrière lui et s'avança dans la nuit. Des lumières brillaient chez Michele et il voyait le gros homme au comptoir en train de boire un expresso. Il tourna à gauche Via Maggio, la lueur de sa lampe le conduisant près du fleuve.

Il l'entendit avant même d'être proche : le son était assourdissant. Un torrent noir terrifiant, presque aussi haut que le sommet des parapets, moussait, mugissait et lançait de l'écume dans le vent. Soudain, un énorme chêne charrié depuis le Casentino percuta le mur face à lui, projetant des nuées de gouttelettes. Ulysses tomba à terre, cœur battant la chamade à cette folle confrontation avec la nature. La lampe s'éteignit.

Il se releva. Le fleuve cascadait maintenant par-dessus le mur du quai et des vagues noires tourbillonnaient et revenaient sur elles-mêmes. Ulysses tapa la lampe contre sa jambe et un faisceau de lumière éclaira les briques. De petites fissures avaient commencé d'apparaître, d'où jaillissait de l'eau.

Ulysses fit demi-tour et partit en courant, le Borgo San Jacopo déjà inondé lorsqu'il passa. Un hurlement de sirène inquiétant au loin.

Michele parlait à un groupe d'hommes dans le bar et, avant qu'Ulysses ne puisse leur dire ce qu'il avait vu, Michele le héla.

— Tout tombe en panne, *soldato* ! L'électricité, le téléphone ; il faut tirer le plus d'eau possible tant qu'il y a encore de la pression.

Ulysses entra dans le couloir et monta les marches deux par deux.

Il frappa à la porte de la *contessa.*

— Encore vous, dit-elle.

— *Contessa.* Remplissez d'eau tous les récipients que vous avez. Les jattes. La baignoire. Tout.

— Vous me faites peur, Signor Temper.

— N'ayez pas peur. Faites-le simplement, *contessa.*

— Que se passe-t-il ?

— Je ne sais pas.

De retour à l'intérieur, il saisit le combiné du téléphone pour alerter Massimo, mais la ligne était coupée. Baignoire, pots, casseroles, il remplit tout ce qui était capable de contenir de l'eau ; puis il descendit faire de même dans la *pensione.*

Dévala de nouveau l'escalier mais, cette fois, sortit par la porte principale. Un hélicoptère piqua au-dessus de lui. La lumière de sa lampe ouvrait un chemin au fil des rues inondées. Le temps qu'il atteigne la Piazza dei Sapiti, les lieux étaient déjà sous soixante centimètres d'eau. Un faisceau de lumière par la fenêtre révéla des feuilles de papier et des moules en plastique miroitant à la surface noire mouvante. La porte en bois avait gonflé et un coup d'épaule fut nécessaire pour l'ouvrir. Dans l'atelier, l'eau et l'odeur de peinture et d'égout montaient de minute en minute. La pluie s'était interrompue, et il devait prendre le globe immédiatement. Il fourra la lampe dans sa poche, souleva la sphère gigantesque et entreprit de reculer vers la porte. Alors seulement il remarqua les cuivres de son père emballés par deux sur une étagère haute. Merde. Il était absolument trop tard.

L'obscurité tout autour de lui. Un rare chuchotis de lune. Ses bottes étaient gorgées d'eau, lourdes comme la pierre, ses jambes luttaient contre le courant, l'eau lui arrivait désormais à la taille. Il souleva davantage le globe, heureux que la pluie qui aurait détruit son œuvre se soit arrêtée. Il déboucha sur la Via Maggio et l'eau le tira avec la puissance de la boue.

Un éclair.

Il pivota. (Clic.) Immortalisé.

Le photographe fit un geste de la main et, pataugeant, s'éloigna en direction du Palazzo Pitti.

Ulysses tourna à droite. La rue se teintait des couleurs de l'aube et l'ondulation du sol rendait l'eau moins profonde et son pas plus ferme. Il était sur la place, il touchait au but, ses bras cuisaient de porter le globe mais la maison n'était plus qu'à quelques mètres. Le globe beau à pleurer dans la lumière violette du matin. Michele lui cria quelque chose depuis la fenêtre du haut. Ulysses leva les yeux et hocha la tête. Soudain, une féroce lame marron se dressa derrière lui et le jeta dans le déluge. Il sentit le moment où le globe lui fut arraché des mains, l'impact lorsqu'il fut plaqué dans la fontaine, le grondement à ses oreilles. Il s'agrippa au rebord de toutes ses forces restantes pendant que l'eau fonçait vers la Via San' Agostino. Mais l'effort était trop violent et il dut lâcher prise. Entraîné à travers la place jusqu'à la statue où il s'immobilisa. Lorsque l'eau se calma et baissa, il se remit debout. Il regarda autour de lui, mais le globe avait disparu. Il eut à peine le temps de pénétrer dans l'immeuble et de refermer la porte avant qu'une autre lame écumante ne balaie la place. Il s'assit dans l'escalier, hors d'haleine, étourdi, tremblant. La *contessa* au-dessus, qui l'appelait. La lente montée vers le dernier étage.

Avant midi, le maire Bargellini avait accédé à un micro de radio et annoncé à la ville que l'eau était arrivée sur la Piazza del Duomo. Que, dans certains quartiers, elle avait atteint le deuxième étage des immeubles. Il dit à chacun de rester calme et demanda à ceux qui possédaient des barques ou des canoës de les apporter au Palazzo Vecchio.

Ulysses s'était changé depuis peu de temps lorsqu'on frappa à la porte. La vieille *contessa* devait avoir écouté aussi l'annonce radiophonique parce qu'elle se tenait sur le seuil et dit :

— Signor Temper, je n'ai pas d'électricité. Pas de lumière. Je n'ai pas de gaz. J'ai froid et je n'ai pas d'eau, et maintenant l'*idiota* parle d'inondations. Pourquoi ne les a-t-il pas empêchées ?

Ulysses l'invita à entrer et l'installa près du fourneau à charbon.

— J'avais du charbon auparavant, mais on m'a obligée à prendre le gaz et maintenant je n'ai rien.

C'était un déjeuner simple de spaghettis et *passata* et la *contessa* suivit le moindre mouvement d'Ulysses dans la cuisine. Il ajouta deux saucisses qui restaient, une poignée d'olives noires et une pincée de piment. Il ouvrit l'une des bonnes bouteilles de vin et elle dit :

— Très agréable en effet.

Dans la radio à transistors, une émission mit en garde contre l'eau polluée de la ville.

— Pour combien de temps à présent ? dit la *contessa.*

Il égoutta les pâtes mais garda l'eau salée pour les toilettes.

— Pourquoi les toilettes ? demanda la *contessa.*

— Parce qu'on ne peut pas tirer la chasse, répondit-il.

— *O mio Dio.* Exactement comme pendant la guerre.

Ils mangèrent et ne dirent pas grand-chose ensuite. Lorsqu'elle eut terminé, la *contessa* le complimenta sur sa cuisine.

— Un soupçon de sel en plus, peut-être, dit-elle.

— Peut-être, convint-il.

Il posa la cafetière sur le fourneau. La *contessa* déclara :

— C'est le meilleur modèle de cafetière. Il ne vous déçoit jamais. À la différence du maire.

Ulysses emporta son café sur la terrasse avec Claude. La fontaine était devenue une île et il fallait maintenant une barque pour aller à l'église. Avant que la lumière ne décline, l'eau coula, putride, chargée d'une mousse jaune scintillante, et il y eut une forte puanteur de fioul. Des bidons d'essence rouges dansaient à la surface, intrusion de couleur terriblement incongrue. Une voiture fit irruption sur la place et heurta les volets de métal du *tabacchi*.

Partout aux alentours, les rues étroites étaient noyées, le cortile en dessous submergé. Tous ces ateliers, tous ces gagne-pain, tous ces magiciens du rez-de-chaussée qui réparaient les chaises, rendaient les chaussures confortables, sculptaient des merveilles et fabriquaient des cadres en or. Des tableaux commencèrent à flotter sur la marée, un magasin d'antiquités ou une galerie saccagée par l'assaut. Des angelots visibles un instant puis la toile sombra.

Dès cinq heures de l'après-midi, la ville fut dans le noir. Ulysses et la *contessa* s'assirent près du fourneau et écoutèrent le bulletin d'informations italien à la lueur d'une bougie. La Toscane entière avait subi des inondations. Florence était coupée de Rome au sud jusqu'à Bologne au nord tant pour le réseau routier et les lignes ferroviaires que pour les liaisons téléphoniques.

— Il faut que quelqu'un aille jeter un coup d'œil en bas, dit la *contessa*. Mais je n'ai pas les bonnes chaussures.

Ulysses alluma la lampe de poche et descendit l'escalier. Il entra dans la *pensione* et ouvrit le buffet où Cresson rangeait les cartons de bougies. Il ne remonta pas immédiatement, continua sa descente jusqu'au niveau de l'eau. Un mètre, un mètre vingt peut-être, loin au-dessous du palier de la *contessa,* au moins pourrait-il lui apporter ce réconfort. Il s'assit sur la pierre. L'odeur entêtante de pétrole et d'égout, le son de débris cognant contre les portes d'entrée pareil au laborieux fracas d'un navire qui sombre lentement. Il pensa à Massimo mais savait que celui-ci habitait en hauteur. Se demanda quand Cresson et Alys pourraient revenir. Il avait besoin de savoir que tous étaient en sécurité parce qu'il n'était rien sans eux. La lampe vacilla. Il la tapa contre sa main et un faible rayon rasa la surface. Une carpe fila loin de cette clarté inopportune. Et l'eau monta encore.

La nuit demeura noire. Pas d'étoiles mais de légères spirales de fumée. Des hélicoptères projetaient de la lumière sur les toits assombris, le halètement cadencé des pales des rotors résonnait dans l'air. Ulysses tint le parapluie au-dessus de la tête de la *contessa* pendant qu'elle observait au télescope. Elle dit qu'elle avait été terrorisée durant la guerre.

— Terrorisée comme maintenant, dit-elle.

Elle dit que peu de gens avaient apprécié Arturo Bernadini, mais qu'elle l'aimait bien. Elle dit que c'était un homme qui méritait d'être sauvé. Elle dit qu'elle avait regardé Ulysses grimper sur le toit toutes ces années auparavant. Elle pensait qu'il était courageux. Étrange, mais courageux.

— Et vous étiez si jeune. Je crois que les hélicoptères secourent des gens sur les toits, ajouta-t-elle. Peut-être qu'ils ont besoin de vous là-haut également.

Ils s'installèrent dans le *salotto.* Un chandelier, une bouteille de grappa près de la main d'une vieille femme et un perroquet qui chantait des airs de spectacles.

— Est-ce qu'il fait souvent cela ? demanda la *contessa.*

Ulysses haussa les épaules.

— Quel est ce bruit ? demanda-t-elle.

— Où ?

— De ce côté-là, dit-elle, tendant le bras.

Ulysses se leva et ouvrit les volets. Michele à sa fenêtre avec une bougie. Des noms lancés à travers la place.

— Signor, Signora Bruni ? appela-t-il. Signor Carrai ?

Des lueurs tremblotantes apparurent dans les ténèbres.

— *Sì. Qui !*

— Tout va bien, Signor Buonarroti ?

— *Sì sì.*

— Signor Conti ?

— *Sì. Qui !*

Une autre bougie.

— Signor Moretti ?

L'une après l'autre, les bougies brillèrent aux fenêtres, étoiles humaines dans une nuit humide.

Alors Ulysses l'entendit. Pas *soldato* cette fois, ni Signor Temper, mais Ulisse.

Il leva sa bougie et cria :

— Je suis ici, je vais bien !

Il ajouta que la *contessa* était avec lui. Qu'elle allait bien elle aussi.

Un brusque appel à travers la place :

— Je suis Signor Lami et je n'ai pas de bougies !

— Où êtes-vous, *signore* ?

— Côté ouest. Dernier étage. Cinquième immeuble en partant de chez Michele.

— Agitez quelque chose de blanc, cria Ulysses.

Il attendit un peu.

— Je vous vois ! cria-t-il. Ouvrez vos deux fenêtres, *signore*, et continuez votre geste !

Ulysses se tourna vers Claude.

— Viens, Claudy, et il le souleva. Là-bas, dit-il. Tu vois le blanc à la fenêtre ? Suis mon doigt, Claude. Là ?

Claude poussa un cri perçant.

— Brave oiseau.

Ulysses prit une bougie dans le carton et la tint devant lui.

— Cette bougie doit parvenir jusque là-bas. Tu crois pouvoir t'en charger, Claude ?

À ce stade, la *contessa* suivait les événements avec avidité.

— *Che straordinario !* ne cessait-elle de murmurer. *Che straordinario !*

— Tu crois pouvoir y arriver, Claude ?

Claude poussa un cri perçant.

Ulysses plaça la bougie avec précaution dans le bec de l'oiseau et positionna le perroquet au-delà de la fenêtre.

— Là-bas, chuchota-t-il. Tout droit.

Puis il cria :

— Continuez votre geste, Signor Lami ! Et reculez quand vous verrez le perroquet !

À Claude :

— Allez, vas-y !

Grand courant d'air.

Un éclat bleu et jaune dans l'obscurité et quelle vision ce fut ! Le poids de la bougie provoqua une perte d'altitude brutale et la *contessa* étouffa une exclamation alors que les plumes de la poitrine de Claude frôlaient le lac noir, mais ensuite il s'éleva. Oh comme il s'éleva magnifiquement ! Il fit deux fois le tour de la place, le temps de déterminer la trajectoire de vol et la zone d'atterrissage : trois mètres… deux mètres… Redresse, redresse… Diminue ta vitesse…

— Tu peux y arriver, chuchota Ulysses.

— Tu peux y arriver, chuchota la *contessa*.

Ulysses cria à Signor Lami de s'écarter et soudain Claude disparut par la fenêtre ouverte. Il y eut un bruit de verre cassé. Des secondes angoissantes s'écoulèrent.

— Vous êtes sûr que l'homme a ouvert la fenêtre ? dit la *contessa.*

(Il l'avait bel et bien ouverte. C'était simplement qu'il avait été si surpris par l'apparition d'un perroquet aussi énorme qu'il avait lâché une bouteille de vin.)

— Regardez ! s'écria la vieille *contessa.* Il a réussi !

En effet. Là où régnait jusqu'alors l'obscurité, il y avait de la lumière.

Claude s'élança de nouveau dehors. Il vola haut, à la hauteur du campanile, et il plana au point d'équilibre, le souffle d'air un son discret et très ancien, entendu pour la première fois à l'intérieur de son œuf. L'appel à se libérer. La coquille brisée en éclats. Cette première goulée d'air indescriptible. Oh, quel bonheur de voler ! Il se percha sur la tête de Cosimo R. à la dérive dans la mer de l'Arno, où il resterait témoin de la nuit, veillant sur son peuple jusqu'à ce que la terre ressurgisse du tourbillon primordial qui avait jadis donné naissance à la vie elle-même. Ils lui érigeraient peut-être même une statue. Voilà qui serait quelque chose, non ?

Bulletin d'informations de vingt-deux heures :

Florence est un lac. Trois mètres d'eau sur la Piazza del Duomo. Des familles appellent depuis les fenêtres des étages. Tout l'après-midi des hélicoptères ont secouru par les toits des gens bloqués. Les femmes et les enfants uniquement. Les hommes sont restés sur les toits. Pise a subi le déluge de plein fouet dans sa plaine et demandé de l'aide à Florence. Florence ne peut même pas s'aider elle-même.

Ulysses éteignit la radio.

— Nous avons une longue nuit devant nous, dit la *contessa.*

(À cet instant, Ulysses comprit que la femme n'avait aucune intention de rentrer chez elle.)

— Vous pouvez rester ici si vous le souhaitez, *contessa.*

— J'aimerais bien, Signor Temper. Dans la chambre d'amis, bien sûr.

Et avant de s'endormir, elle dit que quelqu'un devait rester éveillé, au cas où. Ulysses promit de monter la garde toute la nuit.

À minuit, sans fermer la porte à clé, il descendit l'escalier. La lumière de sa lampe lui montra que l'eau était en train de baisser, et il sut qu'ils s'en étaient tirés à bon compte. Trois mètres Piazza del Duomo…

Dans sa chambre, il ouvrit les volets. La pluie avait cessé. Il se coucha et s'endormit aussitôt.

Sept heures du matin. Lever de soleil flamboyant. Le beau chuintement des pneus de voitures. Ulysses se leva et regarda par la fenêtre la dévastation. Une Madone couverte de boue se dressait au milieu de la place. Sa main cassée pointée vers le ciel.

Les uns après les autres, au matin du 5 novembre, les gens sortirent de chez eux, abasourdis par l'horreur qui les attendait. L'eau s'en était allée, mais avait laissé derrière elle l'inimaginable : une épaisse couche de boue noire nauséabonde qui recouvrait tout. Une composition grasse de fioul domestique, de terre et d'eaux usées, un ruban puant qui marquait les immeubles au niveau maximum atteint par le flot, une ligne irrégulière qui monterait et baisserait tout au long des rues de la ville. Les volets métalliques des magasins et des restaurants étaient soit tordus soit arrachés, les intérieurs détruits. Deux voitures s'étaient retournées près de la fontaine et, aux portes de la basilique, la moto Guzzi Falcone de Cressy gisait sur le côté. Les bancs de pierre, porteurs de mémoire, étaient devenus porteurs de gadoue. Les dalles avaient été descellées, les vitres brisées, et dans le bourbier avaient été engloutis l'intime et le quotidien. Les chaussures de la boutique du cordonnier jonchaient le paysage noir, donnant l'impression que des corps épars reposaient non loin en dessous. Cette vie-là ne reviendrait jamais à la normale.

Tous les objets qui ne pouvaient être sauvés dans les logements, magasins ou cafés au rez-de-chaussée commencèrent d'apparaître sur la place : un landau, un accordéon, des coussins, une petite voiture, des boîtes de conserve, des chaises, des vêtements, des radios, un téléviseur, des valises, des tableaux, des lettres. Cela vous brisait le cœur, mais vous deviez vous y résoudre, vous deviez les mettre dans l'empilement avec le reste. Même si c'était un juke-box.

Michele essayait en vain de traîner l'appareil hors du bar. Il leva la tête à l'arrivée d'Ulysses.

— *Che disastro*, dit-il.

Ulysses empoigna un angle et aida au transport de l'appareil sur la place. À l'intérieur du bar, la laisse d'inondation dépassait un mètre. Les bouteilles d'alcool sur les étagères les plus hautes, le téléphone public et la très ancienne machine à café qui avait fait le voyage depuis le Sud étaient les seules choses que la boue n'avait pas endommagées.

Ulysses prit des chaises, les transporta dehors et les déposa dans la pile. Giulia hésitait sur le seuil de la cuisine.

— Je ne ferai cela qu'une fois, Ulisse, dit-elle, en larmes.

Il la suivit dans la cuisine, où la laisse d'inondation était encore plus haute. La fange recouvrait tout, il flottait une odeur puissante et infecte.

— Par où commencer ? s'écria Giulia. Dis-moi où ? Pas même d'eau pour nettoyer le...

Et Ulysses eut envie de la serrer contre lui mais Michele surgit et lança des mots durs à propos de ses larmes.

— Ulisse. Aide-moi, ordonna-t-il. On emporte tout dehors. L'armoire frigorifique d'abord.

Massimo trouva Ulysses sur la place. Les deux hommes s'étreignirent le temps nécessaire pour échanger mille paroles silencieuses.

— Comment c'est de ton côté du fleuve ? dit Ulysses.

— Terrible.

Et Massimo relata ce qu'il avait vu et entendu :

— Les quais ont été détruits. La Biblioteca Nazionale reste totalement isolée et inondée. Santa Croce, personne ne peut y entrer. Rue après rue de voitures retournées, de bétail mort. Les portes du Baptistère ont été arrachées à leurs cadres – le maire et une équipe de télévision sont là-bas en ce moment – et des panneaux des Portes du Paradis ont disparu.

— *Madonna Mia*, chuchota Giulia, et elle regagna l'intérieur du bar.

— Personne ne sait combien sont morts, dit Massimo.

Les hommes levèrent les yeux vers un hélicoptère.

— Vous avez entendu qu'ils libèrent tous les prisonniers des *Murate* ? dit Michele. Et à présent, le pillage commence !

Ulysses s'avança pour aider Giulia à porter une table dehors.

— Tu es allé à ton atelier, Ulisse ? demanda Massimo.

— Pas encore.

Michele se tourna.

— Tu fais ça mais tu n'es pas allé là-bas ? Emmenez-le immédiatement, Signor Buontalenti.

Les trottoirs étaient glissants de boue nauséabonde – *il fango* – et chaque pas était lent et périlleux. Les gens, sortis dans la rue, entreprenaient le récurage. Pire que la guerre, disaient-ils. Visages endurcis, le frottement des balais, le raclement de râteaux en bois, une tâche impossible sans eau ni détergents, mais il faut qu'on fasse quelque chose, disaient-ils. La fromagerie, la poissonnerie, la boucherie, toutes disparues. Les marchandises s'abîmant sur la chaussée. La mercerie, le magasin de jouets, le magasin de vélos, disparus, disparus.

Lorsqu'ils atteignirent la Piazza dei Sapiti, les rues étroites avaient tant canalisé l'eau que sa vélocité avait ravagé la petite place avec une violence paroxystique. La porte de l'atelier d'Ulysses était entrebâillée ; à l'intérieur, les murs étaient noircis. Le tourbillon avait aspiré ses globes, naguère le trésor des étagères du haut, les vieux livres de cartes géographiques qu'il collectionnait depuis son arrivée dans la ville, les moules de Des, les outils, les cuivres de son père...

Dehors, une femme gémissait, J'ai tout perdu, j'ai tout perdu.

Ulysses avait le vertige. Les lieux empestaient. La voix de la femme montait, affolée.

— Ulisse ?

Ulysses sentit la main de Massimo contre son dos. Il chercha des cigarettes dans sa veste.

— Pas ici, dit Massimo avec douceur. C'est imprégné de fioul, Ulisse.

Ulysses sortit en vacillant et vomit.

Près du fleuve, ils marchèrent avec des groupes de Florentins silencieux. L'eau avait baissé de quatre mètres cinquante mais continuait de couler à une vitesse folle vers la mer. Sur le Ponte Vecchio, des troncs d'arbres pointaient dans toutes les directions, de longs amas de feuilles et de branches s'accrochaient comme de gigantesques nids. Les magasins de bijoux et d'orfèvrerie avaient été mis sens dessus dessous et les propriétaires se retrouvaient à chercher dans la boue le scintillement d'un objet de valeur. Les quais devant la bibliothèque avaient été détruits et d'énormes bancs de boue bloquaient l'entrée.

Du côté nord, ils aperçurent pour la première fois des barques et des canoës manœuvrés à l'aide de perches, des seaux descendant depuis les fenêtres des étages pour recevoir de la nourriture, de l'eau, tout ce qui pourrait rendre les heures à venir supportables. Les deux hommes furent obligés de rebrousser chemin. Une autre rue révéla des matelas et des vêtements noircis séchant et durcissant sous l'action du soleil et du vent. Une animalerie pleine d'oiseaux chanteurs encagés, noyés. *La fine del mondo,* disait un homme. La fin du monde.

Sur la place Santa Croce, ils s'arrêtèrent à l'endroit où ils se trouvaient l'avant-veille seulement. Des voitures étaient empilées les unes sur les autres, moitié dans l'eau, moitié dans la boue, et la laisse d'inondation était nette sur la statue de Dante. Trois mètres, réellement ? Impensable. Ici habitaient surtout des gens pauvres et vieux, dans des sous-sols et au rez-de-chaussée.

— Viens, dit Massimo.

Et ils traversèrent l'étendue nauséabonde, glissante et irrégulière, se tenant l'un à l'autre pour ne pas perdre l'équilibre, mais chacune de leurs tentatives pour s'approcher du restaurant de Zia Chiara échoua. Il y avait une succession de rues sous l'eau et les *carabinieri* les forcèrent à reculer, disant que les fondations étaient touchées et les murs sur le point de s'écrouler. Massimo demanda à un homme s'il savait où étaient allés Zia Chiara et ses frères, mais l'homme haussa les épaules. Personne ne savait quoi que ce soit, semblait-il. Personne ne savait même comment il mangerait ce jour-là.

La lumière déclina vers quatre heures et le nettoyage cessa. Ulysses et Massimo déposèrent bottes et vêtements boueux sur le palier du dernier étage. Ils se lavèrent sur la terrasse en puisant dans une cuvette d'eau de pluie et laissèrent le fond souillé près du réservoir des toilettes. Peu après six heures, on frappa à la porte.

— Je n'arrive pas trop tôt, si ? dit la vieille *contessa.*

Ils mangèrent ce qu'il restait de viande froide et de spaghettis avec de l'huile, de l'ail et du piment. La *contessa* complimenta Massimo sur l'harmonie de saveurs qu'il avait obtenue.

— Un soupçon de *pepperoncino* en plus, peut-être ?

— Peut-être, convint-il.

Ulysses se leva et posa la cafetière sur le fourneau.

L'air nocturne était glacial et apportait le mugissement des véhicules de pompiers et des ambulances de la Misericordia. La *contessa* dit que Rome se lavait les mains de Florence et, dans une volte-face remarquable, affirma que le maire Bargellini était le seul à se soucier de la ville.

— Et la Casa del Popolo, dit Ulysses.

— Qu'est-ce que vous savez de ces communistes ? lança-t-elle.

— Je sais qu'ils distribuent de la nourriture et des médicaments.

— Et n'oubliez pas les boulangers de Fiesole, dit Massimo. Ils fournissent du pain aux pauvres.

— Oui, c'est vrai, les boulangers sont des gens bien, dit-elle. Un boulanger, je lui confierais mes reins. Mais où sont les bulldozers ? Où est l'armée ? Rome s'imagine que nous pouvons nettoyer un glissement de terrain avec une cuillère.

La *contessa* finit son café et déclara qu'elle était fatiguée. Elle prit le bras d'Ulysses et il la reconduisit à son appartement. Il mit peu de temps mais, dans l'intervalle, Massimo s'était endormi sur le canapé. Une immense fatigue tenace s'accrochait à tout. Il ramena des couvertures sur Massimo et ferma les volets.

Ulysses était étendu dans son lit. Sa lassitude était passée à présent. Des heures lentes s'annonçaient, à écouter le désespoir d'une ville, frigorifiée, abandonnée et ensevelie dans la boue. *Peut-être que les gens ne savent pas*, pensa-t-il. *Peut-être que personne ne sait vraiment à quel point nous avons besoin d'aide.*

Mais les gens savaient. Le monde écoutait bel et bien et, longtemps avant que ses pensées ne s'apaisent, des volontaires de tous pays se mobilisaient. Des experts en restauration des œuvres d'art, et des centaines d'étudiants qui avaient l'intime conviction de pouvoir changer le monde. Jusqu'à un homme de Manchester, frémissant au souvenir d'ébats amoureux dans un *palazzo* de la Renaissance.

Des se pencha au-dessus de la table et éteignit la radio.

— Il faut que je fasse quelque chose, Poppy.

— Je sais, Des. Tu es ce genre d'homme.

— Je vais me rendre en Toscane dans une Land Rover. Apporter des choses indispensables, montrer que je ne suis pas indifférent. Tu viendras ?

— Pas cette fois, Des. (Ils attendaient le premier de leurs petits-enfants.) Mais pourquoi ne passerais-tu pas par Londres pour prendre Pete Piano ? Tu as tellement hâte de le connaître.

— Excellente idée. Je pourrais me mettre en route d'ici deux jours.

— Tu as besoin d'une Land Rover, Des.

— J'en achèterai une.

Et à Bristol, Jem Gunnerslake, qui avait maintenant trente ans et étudiait la médecine comme Evelyn Skinner l'avait un jour prédit, posa son *Observer* hebdomadaire et appela son université pour dire qu'il lui fallait dix jours de congé en raison d'une crise familiale. Il sauta dans le train avec une veste K-Way, des caoutchoucs et une tenue de rechange. Depuis le ferry, il regarda l'Angleterre s'éloigner. Il se rendait à Florence pour sauver l'art. Il était jusqu'au bout des ongles un homme des années 1960, l'idéal pacifiste vibrait dans ses valvules pulmonaires et aortiques. Et il avait un large sourire maintenant que ses dents étaient réparées.

Ulysses se réveilla au matin d'une journée de premières : les premiers camions apportèrent de l'eau dans la ville, destinée au nettoyage et pas à la consommation, mais c'était déjà quelque chose. La première série de jeunes gens se rassembla devant la Biblioteca et forma une chaîne humaine pour évacuer la boue qui bloquait l'entrée. Les premiers télégrammes commencèrent à être transmis, et Ulysses en reçut un de Rome, qui avait été envoyé la veille. On le lui tendit alors qu'il sortait des pelletées de boue du cortile.

ROUTES IMPRATICABLES NOUVEL ESSAI DEMAIN DE RETOUR BIENTÔT ON T'AIME

Les larmes montèrent à cet instant. Il se détourna du groupe parce qu'il ne pouvait les retenir.

Cet après-midi-là, ayant roulé non loin derrière un autobus affrété par les moines de Grottaferrata, Betsy arriva sur la place Santo Spirito, boueuse et défraîchie. Alys, contre le pare-brise, essayait d'absorber le désastre sous ses yeux. Ulysses les vit en premier et oh, le visage qu'il eut – le visage qu'elle eut. (Clic.) Immortalisés. Il se trouvait devant le café avec Michele, Giulia et la vieille *contessa*, qui dit :

— Pas trop tôt. J'espère qu'ils apportent des vivres.

Bien sûr qu'ils en apportaient. Du vin et aussi de l'eau, et ce serait la première fois depuis des jours que quelqu'un mangerait des œufs ou du pain ou boirait du lait. Alys sortit de la camionnette et Ulysses se dirigea vers elle. Les bras autour de lui, elle murmura :

— S'il t'était arrivé quelque chose...

— Qu'est-ce que ce juke-box fait là-bas, Michele ? demanda Cresson. Rentrez-le au chaud, je le nettoierai et le réparerai en un clin d'œil.

Et Giulia dit :

— Pouvez-vous faire la même chose pour mon cœur, Signor Cresson ?

Alys attendait à la gare ferroviaire. Couverte de boue des pieds à la tête, elle portait un jean, un pull et une tunique. Avait les cheveux relevés, des lunettes de soleil et une cigarette aux lèvres. Massimo la qualifiait d'incarnation du cool. En allongeant la double voyelle, bien sûr.

C'était la troisième fois en trois jours qu'elle venait là et, malgré le froid de l'après-midi, cela lui plaisait. Un contact direct avec le monde extérieur, entre les trains qui arrivaient et partaient, les journaux et l'occasion de s'approvisionner en cigarettes. Étant demeuré au-dessus de l'inondation, le lieu conservait un air de normalité. Si on réussissait à ignorer les sols maculés de boue, bien sûr, et les affiches qui recommandaient à la population de TOUJOURS FAIRE BOUILLIR L'EAU en raison du danger latent de typhoïde et de choléra. Une puanteur de gasoil s'échappait du groupe électrogène qui assurait l'éclairage du bureau des télégrammes. Alys alluma une autre cigarette et regarda un train entrer en gare.

Des centaines d'étudiants arrivaient quotidiennement et la ville avait des difficultés à les loger. Les auberges de jeunesse et les dortoirs débordaient ; les wagons-lits et wagons vides dans le dépôt ferroviaire étaient désormais réquisitionnés. Cresson et Ulysses avaient décidé d'ouvrir la *pensione* à quiconque ayant besoin d'un hébergement et jusqu'à présent c'était une réussite. Certains mômes avaient même pris l'initiative d'aider Michele et Giulia à nettoyer le bar. Alys observa une jeune femme qui passait devant elle. Ne cacha pas le fait qu'elle ne pouvait détacher son regard d'elle. C'était facile de flirter quand on avait des chambres à offrir. Mais la femme continua son chemin en hâte et prit un homme par la taille. *Ah, on ne peut pas gagner à tous les coups,* pensa Alys, et elle tira sur sa cigarette. Alors elle le remarqua. Un peu perdu, un peu plus âgé que les autres. Joli sourire.

— Excusez-moi ! dit-elle, courant vers lui.

Il s'arrêta.

— Moi ?

— Vous êtes venu pour nettoyer ?

— En effet.

— Vous avez besoin d'un endroit où loger ?

— Oui. Je crois, en fait.

— Je suis Alys, et elle lui tendit la main.

— Jem. Jem Gunnerslake.

— Suivez-moi, Jem.

Ils quittèrent le hall de la gare, descendirent les marches jusqu'à la place recouverte de fange. Des voitures souillées et d'énormes monceaux de détritus s'accumulant dehors. La laisse d'inondation à un mètre quatre-vingts.

— Bon sang, dit Jem.

— Attention où vous posez les pieds, l'avertit Alys. On ne le voit pas, mais beaucoup de pavés sont arrachés.

— Est-ce que c'était pire que ça ?

— Dur à dire. Près du fleuve, c'est toujours aussi terrible. À Santa Croce. Gavinana, San Niccolò. Les caves restent inondées parce qu'il n'y a pas assez de pompes, et vous verrez des milliers de voitures comme celles-ci. L'armée est là pour pelleter cette fange mais sinon, la situation est quasi inchangée pour l'instant.

Jem se frotta le nez.

— Le chlore. Je commence à m'y habituer. Ils en ont déversé partout dans la ville.

— J'ai vu les affiches.

— Les centres de vaccination sont ouverts à présent. Il vous faut un vaccin, Jem ?

— C'est bon, et il se tapota le bras.

Traversant la place Santa Maria Novella, Alys dit – et elle montra l'église :

— Si vous avez besoin de bougies, vous pouvez en acheter à un prêtre là-bas pour cent lires pièce.

— Est-ce qu'il m'en faut ?

— Pas dans l'immédiat, nous en avons des quantités. Mais elles sont toujours bienvenues.

— Et si je veux passer un coup de téléphone ?

— Impossible. Uniquement les télégrammes. Au bureau de poste central pour l'international. Mais préparez-vous à faire la queue pendant des heures. On n'a pas d'éclairage, pas de chauffage, pas d'eau pour le moment. On vide un seau dans la cuvette des toilettes deux fois par jour, quand on part au travail et avant d'aller se coucher. Sauf si c'est vraiment nécessaire. Vous savez.

— D'accord.

— Vous aurez une serviette et un bol d'eau froide, le matin et le soir, pour vous laver. Tous les vêtements boueux et les bottes sont à déposer sur le palier. Pain et confiture au petit déjeuner. Du thé la plupart du temps, du café parfois si on peut s'en procurer. Du lait parfois.

— Si on peut s'en procurer.

Elle sourit.

— Une assiette de pâtes le soir. Il y a aussi une cantine à l'Accademia si vous préférez manger là-bas. Informez-nous le matin, simplement. Vous aurez peut-être une chambre pour vous seul une nuit, ou bien vous devrez partager avec d'autres. Ça vous rebute ?

— Les autopsies me rebutent.

Alys éclata de rire.

— À gauche ici, indiqua-t-elle. Je vous propose la balade touristique.

— C'est combien ? dit Jem.

— La balade ?

— La chambre.

— C'est gratuit, Jem Gunnerslake. Le cadeau que vous fait la ville. En échange des centaines d'heures éreintantes que vous fournirez.

— Comment ça fonctionne ? demanda-t-il, et il glissa en essayant de la rattraper. Je veux dire, comment débute le travail ? Est-ce qu'il suffit d'aller sur place ?

— Vous pourriez. Mais il y a un bureau aux Offices qui envoie les gens là où on a besoin d'eux.

— Dans quels endroits, en général ?

— Ça dépend. Il pourrait s'agir d'un hôpital – le Duomo droit devant, Jem Gunnerslake ! – ou d'apporter à manger aux vieilles personnes. Mais dans l'immédiat, c'est surtout la Biblioteca. C'est plutôt horrible à l'intérieur. Six mètres et demi de boue dans les niveaux du bas et de l'eau jusqu'à la taille. C'est là que se trouvent les livres. Pas de groupes électrogènes, uniquement des lampes de poche et des bougies à la lueur desquelles travailler. Nous sommes des centaines, Jem. À nous faire passer des seaux de boue ou des livres les uns aux autres. La boue va dehors, les livres en haut pour le rinçage et le séchage.

— Et ensuite ?

— Ensuite ils sont emportés au Forte Belvedere. Pour le début de la restauration.

— Très bien.

— Les sculptures vont au Palazzo Davanzati, les peintures sur toile à l'Accademia et les tableaux sur bois sont envoyés à l'orangerie du Palazzo Pitti. À ce jour, dix-huit églises et quinze musées sont dévastés.

— Vous en savez beaucoup.

— On a l'occasion d'en apprendre beaucoup. Tous ceux avec qui on travaille ont connu d'autres endroits. En fait, j'ai passé ma première journée aux Offices.

— À nettoyer des chefs-d'œuvre ?

— Non. Ils ont été déplacés, heureusement. On ne nous confiait que les tableaux jugés mineurs.

— Mineurs dans quelle mesure ?

— La femme à côté de moi a découvert un Vélasquez.

— Pas croyable !

— Les Offices ne savaient même pas que le tableau était dans leur sous-sol. C'est le problème de cette ville, Jem. Personne ne sait où est quoi.

Ce soir-là à la *pensione*, les paliers et rampes des étages supérieurs étaient jonchés de bottes et de vêtements maculés de boue. À l'intérieur, le couloir était un fouillis de manteaux, de pulls et d'écharpes, les chambres semblables à des dortoirs, les lits jumeaux maintenant séparés complétés par un lit de camp pour faire trois couchages. Il y avait des traînées boueuses sur le sol de la salle de bains. La radio, que quelqu'un avait laissée allumée, émettait de la friture et parfois une mélodie.

Au dernier étage, le fourneau à charbon produisait chaleur et vapeur, et la table du dîner était dressée.

— Tout le monde, je vous présente Jem ! Voici Alicia, Tom, Aldo, James, Carole…

Jem hochant la tête, disant « Bonsoir, bonsoir », mais il ne se souviendrait jamais de leurs prénoms. (Trop nerveux.) Alys dit :

— Assieds-toi à côté de moi, Jem.

— Merci, répondit-il.

À sept heures, Ulysses et Cresson apportèrent des plats de pâtes, du pain et de la salade. Toujours une acclamation lorsqu'ils entraient, et vous auriez vu l'expression sur le visage de Cressy ! Grand enthousiasme pour Cressy à chaque fois.

Cinq minutes plus tard, on frappa à la porte :

— Je n'arrive pas trop tôt, si ?

La vieille *contessa* entra et ajouta :

— Vous êtes tous encore ici, alors.

— Jolie fourrure, dit une jeune femme prénommée Niamh.

— J'ai tué la bête moi-même, répondit la *contessa.*

Lorsque dix heures sonnèrent, il n'y avait plus que des restes de bougies parmi les reliefs du dîner. Les étudiants, fatigués, les joues rougies, s'étalaient sur les chaises, les canapés et le plancher, resserraient leur écharpe autour de leur cou. Des cigarettes se consumaient dans les cendriers, étaient portées aux lèvres durant les récits. Le vin était terminé.

Sur la terrasse, une lampe à pétrole tremblotait. Le long d'une corde à linge s'alignaient serviettes, vêtements et chiffons, et Ulysses, Cresson et la vieille *contessa* se pelotonnaient contre le froid mordant. La conversation venue de l'intérieur s'échappait par bribes dans l'air tranquille.

— Les jeunes ont apporté à la ville quelque chose d'intrinsèque, observa Cresson.

— Les morpions, dit la vieille *contessa*.

— Je pensais à l'énergie et à l'espoir, dit Cresson.

Arrivant à leurs oreilles :

— Tu fais quoi dans la vie, Jem ?

— J'étudie. La médecine.

— Tu pourrais jeter un coup d'œil à mon pied ?

(Rires.)

— Quoi ?

— Ça fait des jours que j'ai mal !

— Je parie qu'on te demande sans arrêt, Jem ?

— Pas sans arrêt, et je regarderai avec plaisir. Même si je me spécialise en gynécologie.

(Rires.)

Alys gratta sa guitare et la conversation cessa. Mesures introductives familières de ce qui deviendrait l'hymne de la période. « God Only Knows » chanté encore et encore, des voix se déployant à travers la nuit constellée d'étoiles. Et ne me dites pas que ceux qui écoutaient ne sentaient pas un petit nœud dans la gorge. Les soldats patrouillant les rues, les insomniaques et les cœurs agités lançant des prières vers le ciel. Une mélodie pure soulevée par la lueur envoûtante d'une lampe à pétrole. Pete aurait dit : La vie ne peut rien offrir de mieux.

Le lendemain matin était glacial. Les mômes partirent tôt en direction du fleuve, Ulysses et Cresson s'attelèrent au nettoyage des bancs de pierre. Jusque-là, normalité complète. Mais soudain, au milieu de cette routine, surgit une Land Rover flambant neuve, chargée à ras bords.

— Oh, j'ai la berlue, dit Cresson.

Même Claude quitta la statue de Cosimo R. pour jeter un coup d'œil.

La Land Rover s'immobilisa dans un dérapage. Des sortit de derrière le volant et ajusta ses gants de conduite.

— Des ! s'écrièrent Ulysses et Cresson.

— Bonjour mon garçon. Bonjour mon vieil ami Cresson. J'ai dû faire du cent soixante tout le long.

— Et Pete ! Comment donc vous deux…

— Longue histoire, dit Des.

Pete tomba dans les bras d'Ulysses.

— Oh, le trajet a été charmant, Temps. Pas le moindre drame.

— Qu'est-ce que vous faites ici tous les deux ? demanda Ulysses.

— Nous sommes l'équipe concertée d'aide aux victimes de la catastrophe, répondit Des. Vous ne pouvez pas compter sur ce président à Rome.

— Des l'a rencontré un jour dans une conférence, l'interrompit Pete.

— Un vrai branleur, dit Des. Alors nous voici.

Et il se dirigea vers l'arrière du véhicule, dont il ouvrit tout grand les portes.

— J'ai des pompes de cale manuelles, des masques à gaz, des tenues pour temps de pluie, des bottes en caoutchouc, des cuissardes, des lampes à pétrole, des bougies, des couvertures, des chaussettes de laine, des transistors et des batteries, de la crème hydratante pour les dames, du lait en poudre, de l'onguent contre le piétin, du détergent, des éponges, des pelles, des balais… quoi d'autre, Pete ?

— Du désinfectant.

— Des litres de désinfectant, reprit Des. Des trousses à pharmacie, et autant de nourriture et d'eau minérale que nous avons pu en trouver. Exact, Pete ?

Pete fit un signe affirmatif du pouce. Pete n'avait jamais semblé aussi heureux.

— Mais je m'en veux que nous n'ayons pas pu obtenir les vaccins, ajouta Des à voix basse.

— Quels vaccins ? dit Ulysses.

— Contre la typhoïde et le tétanos, chuchota Des. Notre contact a été arrêté à la frontière.

— Désolé de l'apprendre, Des.

— Bien, Ulysses, mon garçon. Serait-il possible de boire…

— Un café avec une goutte de grappa ?

— Le genre d'homme que j'aime, approuva Des. Guidez-nous, camarade.

Pete logea avec Ulysses et Des eut la chambre d'amis pour lui seul.

— Les petites nouveautés me plaisent, dit-il à Cresson. La céramique est vraiment la solution.

Plus tard, ils se relayèrent pour pomper l'eau de la cave – ces cuissardes sont déjà amorties, dit Des – et Cresson s'attaqua au juke-box maintenant qu'il avait du véritable détachant industriel.

De l'autre côté du fleuve, Alys et Jem descendirent l'escalier de la bibliothèque pour gagner les enfers ténébreux où l'air était toxique et les masques à gaz nécessaires. L'eau s'en était allée, mais la boue autour d'eux demeurait très épaisse. Ils s'arrêtèrent à leurs places assignées ; Alys encouragea Jem de la main. Le premier seau arriva, et puis le deuxième et le troisième, à toute vitesse. Un livre maintenant noirci par la fange. Livre après livre après livre, le patrimoine écrit de la civilisation occidentale. Et parfois, à travers la boue, une lueur d'or ou une lueur de bleu suspendait leur respiration. Il les rendait humbles, ce timide aperçu d'un sacré très ancien.

— Merde alors ! dit Des.

— Bon sang, Temps, dit Pete.

C'était deux jours plus tard, et les hommes étaient sur la Piazza dei Sapiti, où les débris pourrissants de l'inondation s'élevaient à un mètre cinquante de hauteur. Une masse nauséabonde de meubles, de globes cassés, de livres, de vêtements.

— J'ai réussi à sauver deux moules, dit Ulysses.

— La supériorité du plastique, dit Des. Indestructible.

— C'est calamiteux, dit Pete. Ils évacuent la boue et il en apparaît davantage.

— Sisyphéen, dit Des. Mais les gens sont opiniâtres. Si l'évolution nous a enseigné quelque chose...

— Déjà des milliers de sans-logis, dit Ulysses. Vieux pour beaucoup d'entre eux.

— Les gardiens de l'histoire, dit Pete.

— Tous ces artisans disparus.

— Ça change les choses, n'est-ce pas ? dit Des. L'âme de la communauté s'en va. Vous avez besoin d'argent, les gars ?

— Non, tout baigne, Des, merci. Cresson a eu un autre petit moment.

— Quoi donc, cette fois ?

— La Coupe du monde, répondit Pete. Non seulement la victoire, mais...

— Le triplé de Geoff Hurst ? devina Des.

Les deux hommes hochèrent la tête.

— Un visionnaire, déclara Des.

À cet instant, le visionnaire en personne arriva. Cuissardes flambant neuves jusque sous les aisselles. Yeux brillants, bouche tremblante d'excitation. Manifestement, Cresson avait quelque chose d'important à leur annoncer.

— J'ai quelque chose d'important à vous annoncer, dit-il. On peut à nouveau tirer la chasse d'eau.

— Petit bienfait, commenta Pete.

— Et… dit Cresson, leur faisant signe de le suivre.

Ils se tinrent sur la berge du fleuve, revenu à son niveau normal mais plein de déchets – un vrai dépotoir dans lequel les gens avaient balancé des épaves de voitures et des matelas fichus. Mais ce n'était pas ce que Cresson voulait qu'ils voient.

— Regardez, dit-il. Là-bas !

Une longue file de lourds camions entraient dans la ville, transportant chacun soit une grue soit un tracteur soit un groupe électrogène, et des clameurs jaillissaient autour d'eux. Le grondement et le fracas métallique lorsque la première épave fut remorquée.

La nuit vint, froide et piquante. Cresson assis à la table de la salle à manger, au milieu des bougies et des étudiants, entouré de sa cour.

— De fait, j'appellerais ça un petit *miracolo*, disait-il. Le premier afflux d'eau a projeté la moto Guzzi hors du tumulte ; elle a atterri sur les marches de l'église, par conséquent elle n'a pas subi l'assaut du mazout et de la boue qui devait se produire ensuite. Pour quelle raison, je vous le demande ?

— Dieu est un passionné de motos ? dit Ulysses, débarrassant les assiettes.

Massimo, près de la fenêtre, observait Cresson et les étudiants.

— Alys, qui est le jeune homme en pull vert ? dit-il.

— C'est Jem. Il est arrivé il y a quelques jours. Il est charmant. Je travaille avec lui à la bibliothèque. Tu veux que je te présente ?

— Non. Si, vas-y. Oui. Non, Alys, non. Je…

— Jem ?

Jem se détourna de la tablée et sourit. Alys l'appela d'un geste.

— Voici Massimo. Massimo, je te présente Jem.

Sur le canapé, la vieille *contessa* regardait Claude droit dans les yeux, et Claude la regardait pareillement. Le premier qui clignerait des paupières.

Sur le seuil, Pete et Des. Des repartirait le lendemain pour une conférence au sujet de la durabilité du plastique, il emporterait même l'un des moules maculés de bitume. Pete, en revanche, avait décidé de rester.

— Ça vous ennuie, Des ? dit Pete.

— Est-ce que ça m'ennuie ? Bien sûr que non. Si je n'étais pas un des principaux conférenciers, je resterais moi aussi. Mais vous me manquerez, cher copilote, je peux vous l'assurer.

— Temps !

Ulysses sortit de la cuisine.

— Tout va bien, Pete ?

— J'ai réfléchi, Temps. Je ne rentre pas en Angleterre. Pas avec Des. Je ne rentre pas du tout. Comment ça te semble ?

— Ça me semble drôlement bien, Pete. Comment ça te semble, à toi ?

— Un peu idiot, si je suis complètement honnête. Je n'ai aucune idée ce que je vais faire.

— Tu feras ce que tu as toujours fait, répondit Ulysses, jetant un regard vers le piano.

Pete se courba, doigts agiles sur les touches, la fumée de cigarette irritant ses yeux injectés de sang.

— Cette chanson s'appelle « *Angeli del fango* », dit-il. Anges de la boue.

C'était une ballade à propos des jeunes femmes et hommes qui étaient venus dans la ville. À propos du bien qui naît du besoin, à propos de l'amour sous toutes ses formes, de la gentillesse et du soin mutuel, et seul le troisième vers parlait de l'art, mais même celui-ci évoquait le paradoxe du sens. C'était du Pete classique. Vous emmenait dans une direction, vous ramenait, puis portait le coup de poing. Il s'écarta des touches et fit craquer ses jointures. Le doux parfum de la drogue flotta depuis la terrasse.

— Salut, salut. Marrakech qui recommence, dit-il.

Et voilà. Il se coucha tôt. Les étudiants allumèrent leurs lampes de poche et descendirent l'escalier jusqu'à la *pensione* pour dormir. Des annonça qu'il allait se coucher aussi et tendit à Ulysses une enveloppe qu'il lui demanda de remettre à Michele et Giulia.

— Est-ce qu'elle contient ce que je crois ? dit Ulysses.

— Oui, confirma Des. De l'argent pour une cuisine neuve et tout ce qu'il leur faudra d'autre. Un mot à l'intérieur explique l'ensemble. Si je ne peux pas faire un geste pour les gens dans le besoin, à quoi ça sert d'être riche ? Bonne nuit, mon garçon.

— À demain matin, Des.

Ne resta plus que Jem près de l'étagère à livres, yeux baissés, absorbé. Dans ses mains, un volume recouvert d'une toile bordeaux. Il leva la tête et cita :

— *De vieilles femmes éclairent les portes cochères,*
Verrouillent les grilles avec grande méticulosité,
Et avec cette même maternelle lumière,
Pour la nuit, elles ferment la cité.
Mais comme un enfant peu désireux de dormir
La ville sort du repos dans un soupir...

Massimo applaudit – avec un léger excès d'enthousiasme.

— *Toute chose* de Constance Everly, dit Cresson.

— Oui, dit Jem, et il montra le livre de poésie. J'ai acheté le recueil *Nulle chose* à ma vieille enseignante en histoire de l'art, Evelyn Skinner. Elle et Constance étaient de grandes amies. C'est l'une des raisons pour lesquelles je suis ici, je suppose. À cause d'Evelyn. Bref, dit-il. Il est tard. Et je parle tr...

— Oh non, s'écria Alys. Ne bouge pas d'ici, Jem Gunnerslake.

— Constance Everly ? dit Cresson.

— Evelyn Skinner ? dit Ulysses.

— Oui, dit Jem.

— Je crois que tu dois te rasseoir et nous raconter tout ce que tu sais, dit Cresson.

Massimo alla chercher une bouteille d'*amaro* et Jem raconta comme attendu.

Or...

À mille six cents kilomètres de distance, Evelyn Skinner était assise dans son appartement de Bloomsbury, la jambe calée sur un tabouret, sa cheville droite enveloppée dans de la glace. Elle avait mal aux oreilles depuis vingt-quatre heures, même si les deux afflictions ne lui semblaient pas liées. Elle suivait avec avidité les nouvelles de l'inondation, peut-être un peu trop avidement, parce que ça l'avait distraite et, quelques jours auparavant, alors qu'elle grimpait sur le rivage du Kenwood Ladies' Pond à Hampstead, elle avait glissé. Une entorse bête, rien de plus, et sur le moment elle avait éprouvé une joie immense due à la soudaine découverte qu'à l'âge de quatre-vingt-six ans elle pouvait faire le grand écart. Les recommandations étaient l'immobilité et le respect de l'avis médical.

Dimanche après-midi et Dotty lui tendit un grand gin tonic.

— À prendre avec un analgésique, dit Dotty. Oh, et tiens, ajouta-t-elle, repensant subitement au journal. Les inondations à Florence sont en page cinq, précisa-t-elle, tendant l'*Observer* à Evelyn.

Evelyn lut à voix haute :

— « Florence s'efforce de sauvegarder son passé. » Bon, c'est ce qu'elle a toujours fait. Oh mon Dieu non ! Le crucifix de Cimabue est irrécupérable, disent-ils.

— Est-ce important ?

— Oh pardieu oui. Il l'est vraiment, Dotty. C'est un lien essentiel entre la civilisation byzantine et la Renaissance. Sans Cimabue, il n'y aurait pas eu Giotto.

— Et sans Giotto ? demanda Dotty.

— Autant tout abandonner.

Evelyn baissa les yeux et continua sa lecture à voix haute :

— L'armée utilise des lance-flammes pour détruire les carcasses de chevaux, la *Cène* d'Andrea del Sarto à San Salvi est très endommagée. Les prisonniers des *Murate*, qui avaient été libérés provisoirement, se sont enfuis.

— On aurait fait pareil à leur place, non ? dit Dotty. Ce n'est guère une information.

— Et des hommes-grenouilles sont entrés dans les égouts pour les nettoyer.

— Ils méritent une somme fabuleuse pour ça.

— Le professeur Carlo Ragghianti, je cite, « croit que l'aide de l'étranger à Florence dévastée contribuera plus que tout le reste à ranimer le courage de ses citoyens pour les longs efforts qui les attendent ».

Dotty se leva et dit :

— Tu voudrais des olives ?

— Pourquoi pas ? répondit Evelyn, et elle tourna la page.

Aussitôt, elle rappela Dotty, qui revint à toute vitesse.

— Qu'y a-t-il, ma chérie ?

Evelyn lui tendit le journal : la photo d'un homme, de l'eau jusqu'à la taille dans Florence inondée, tenant bien haut un gros globe. La légende disait : *Atlas sortant de l'inondation.*

— Ce n'est pas Atlas, dit Evelyn, tremblante. C'est...

— Ton soldat, n'est-ce pas ?

Evelyn hocha la tête.

— Je l'ai retrouvé, Dotty.

Cinq jours plus tard, elles traversaient l'aéroport de Rome. La charmante dame de l'agence Thomas Cook leur avait suggéré de prendre l'avion, en raison des dégâts causés par l'inondation aux lignes ferroviaires, puis un bus jusqu'à Florence.

— Un bus ? avait dit Dotty, comme si elle n'avait jamais emprunté ce moyen de transport – c'était bel et bien le cas.

Dotty était habillée pour un mois à la mer, mais Evelyn incontestablement équipée pour la boue. Elle portait des caoutchoucs et un imperméable d'équitation, qui n'était plus de première jeunesse et n'avait jamais approché de cheval. Dotty dit qu'elle dégageait une forte odeur de caoutchouc. Ce qui n'était pas totalement repoussant, ajouta-t-elle.

Un taxi les emmena à la gare routière, où un porteur de bagages aimable et serviable les conduisit jusqu'à un endroit où déjeuner : le Giuseppe Verdi, équivalent italien d'un snack-bar. Il y avait un monde fou, ce qui était bon signe, et une seule table libre.

Dès qu'elle ouvrit la bouche, Evelyn redevint italienne. Son offensive de charme ouvrit la porte d'un serveur maussade, derrière laquelle se trouvait une quantité de plats faits maison, dont aucun ne figurait sur l'ardoise. Finalement, Evelyn et Dotty choisirent toutes deux les *spaghetti alla carbonara,* du pain et une carafe de vin : du blanc, de la cuvée maison.

Evelyn regarda autour d'elle et soupira.

— Tu es à la maison, dit Dotty.

— Nous sommes à la maison, rectifia Evelyn. Toutes ces années que nous avons passées chez la tante Maria.

— Nous étions assez coquines. Tu crois qu'elle savait ?

— Bien sûr qu'elle savait ! Elle me l'a confié – *Ah, grazie,* dit Evelyn comme le vin arrivait – me l'a confié avant de mourir. Elle m'a dit : Je prie pour que tu trouves celle qui te convient. Elle a bien employé le féminin.

— Oh, Maria l'élégante, dit Dotty, et elle servit le vin. Buvons.

Elles levèrent leurs verres.

— Aux retrouvailles avec Ulysses, dirent-elles.

Le vin était gouleyant et vivifiant, la *carbonara* délicieuse.

— Totalement authentique, déclara Evelyn.

— En quelle manière ? demanda Dotty.

— Pas la moindre goutte de crème.

— Pas de crème ? Mais c'est si crémeux !

— La texture crémeuse, expliqua Evelyn, vient essentiellement du jaune mêlé à un soupçon de blanc d'œuf. Complété par du fromage, à la fois du parmesan et du pec…

— Il me semblait bien que c'était du pecorino ! s'exclama Dotty. Et le bacon est-il du bacon ou un autre tour de passe-passe ?

— Ce n'est pas du bacon, ma chérie, mais du *guanciale.* De la joue de porc.

— Du *guanciale,* répéta Dotty. Comme l'Italie m'a manqué ! Un délicat croustillant, puis un goût de sel et d'huile envahit la bouche.

— Le seul assaisonnement, dit Evelyn, est sans doute du poivre moulu. Et l'ensemble est lié par un peu d'eau de cuisson des pâtes.

— Ça alors !

Elles peinèrent à parcourir le terminus avec leurs bagages jusqu'au moment où une jeune femme américaine leur apporta de l'aide.

Dans la file d'attente pour monter à bord, Dotty s'exclama :

— Ma parole, c'est une aventure !

Et la jeune femme dit :

— N'êtes-vous encore jamais allée à Florence, Miss Cunningham ?

Sur quoi Evelyn clarifia :

— Elle parle de prendre le bus.

Un quart d'heure plus tard, Dotty dit :

— Plus jamais ça.

Le bus n'avait même pas quitté Rome.

Il entra dans la gare Santa Maria Novella juste avant que les cloches de cinq heures ne sonnent, et le crépuscule était déjà bien installé. Evelyn et Dotty descendirent les marches et récupérèrent leurs bagages. L'odeur de gasoil et d'égout dominait l'air et donnait une tonalité sombre à ce rendez-vous.

— Oh bonté divine. Que t'est-il arrivé, *Firenze, amore mio* ? dit Evelyn.

— Il règne une atmosphère médiévale, dit Dotty. Brutale, violente et, oui, suspecte.

Elles progressèrent avec précaution sur la pente qui menait à la place lugubre éclairée par d'aveuglantes lampes à arc. Elles dirent au revoir à la jeune femme américaine et la virent manquer s'étaler dans le fioul.

— Je nous imagine mal avancer dans cette substance, observa Dotty.

Par chance, l'un des seuls taxis restants qui avaient l'autorisation exceptionnelle de pénétrer dans la ville passa à ce moment-là. Dotty leva la main.

— Oh, bien vu ! dit Evelyn.

Elle donna l'adresse et elles grimpèrent à l'intérieur.

Le taxi prit le chemin le plus long jusqu'au fleuve à cause des nombreuses voies impraticables. Ni réverbères, ni publicités au néon, rien que le faisceau des phares saisissait la vague ondulante de la destruction. Un brasero ici et là autour duquel se chauffaient des soldats et des sans-logis.

À cinq heures et demie, Evelyn et Dotty arrivèrent devant la *pensione* Picci et ne s'aperçurent qu'à cet instant que le petit hôtel avait été construit sur une partie légèrement plus haute du *lungarno*, ce qui l'avait sauvé, au bout du compte. Enzo les attendait dehors, tenant une lampe à pétrole.

— Mon cher Enzo ! Vous avez reçu le télégramme, dit Evelyn, et Enzo dit que c'était l'événement le plus marquant de la semaine.

— Vous êtes mes seules pensionnaires, précisa-t-il avec son accent florentin guttural.

Il prit leurs bagages et les conduisit à l'intérieur. Pendant que tous trois montaient l'escalier, il expliqua les petits miracles qui s'étaient produits chaque jour, les progrès qu'avait fait la ville. L'électricité et l'eau courante étaient désormais rétablies.

— Et même si le dîner sera un peu rudimentaire, je ne vous laisserai pas mourir de faim, dit-il.

— Comment les gens s'en sortent-ils ? demanda Evelyn.

(Encore une volée de marches à gravir.)

— Ah, les gens ! (Gros soupir.) Ils souffrent et ils endurent. Il y a des milliers de commerces en ruine. Des milliers de familles qui vivent dans des casernes. Vingt mille sur la liste de l'aide aux victimes. Mais nous continuons, nous l'avons toujours fait. Nous continuons à nettoyer et, quand nous y pensons, nous continuons à chanter. Et, un jour, nous triompherons à nouveau. Nous y voici, annonça-t-il. Votre chambre, *signore*. Exactement comme vous l'aviez quittée.

Ils entrèrent ; dans l'angle, un radiateur électrique émettait une lueur orange. Enzo posa les valises sur un meuble *ad hoc*.

— Une dernière chose, dit-il, et il s'en alla.

Cinq minutes après, il frappa à la porte et tendit à Evelyn une bouteille de *spumante* d'une fraîcheur parfaite.

— Parce que je sais que vous avez le choix, dit-il.

Lorsqu'il eut refermé la porte, Dotty se jeta sur le lit, inconsolable.

— Ces gens, Lynny.

— Je sais, ma chérie.

Le lendemain matin, les deux femmes sortirent prudemment sous un ciel gris et bas. Le plus gros des débris avait été évacué – jeté dans le fleuve, de toute évidence, dit Dotty –, mais un nouvel afflux de boue et de fioul s'était produit après le nettoyage des caves à l'aide des pompes. La ville se trouvait à nouveau sous une épaisse couche marron instable et nauséabonde.

Des tentes de la Croix-Rouge avaient surgi sur diverses places, ainsi que des tables à tréteaux et des bancs. Les braseros et les sirènes des ambulances et des pompiers infligeaient leur présence permanente.

Le long de l'Arno, les quais et parapets étaient en reconstruction, et le vrombissement des tracteurs et des pelleteuses faisaient trembler le sol. Plus loin du fleuve, des magasins commençaient à réapparaître, quoique timidement et avec peu de stock. Un *fruttivendolo* leur vendit des clémentines et des poires.

Elles s'arrêtèrent dans un café qui n'avait rouvert que le matin même, et le propriétaire leur montra la laisse d'inondation : un mètre quatre-vingts. De manière inquiétante, il les installa sous celle-ci, et leur apporta des cappuccinos et des pâtisseries. Evelyn consulta la *Nazione*.

— Treize mille œuvres d'art endommagées ou perdues. Absolument aucun espoir pour le crucifix de Cimabue. Des millions de livres toujours sous la boue. Et ma chère église de San Firenze a terriblement souffert, déplora-t-elle.

— Y a-t-il la moindre bonne nouvelle ? s'enquit Dotty.

Evelyn lut plusieurs pages en diagonale.

— Oh, oui, en voici quelques-unes. Les fresques de la Cappela Brancacci sont indemnes. Les fresques de Giotto à Santa Croce sont hors de danger pour l'instant, même si l'eau monte à travers les murs et que le sel menace de faire tomber la peinture. Crois-tu que nous puissions nous diriger de ce côté-là, Dotty ?

— À condition d'aller lentement, je pense que nous pourrions avoir une petite chance.

Il leur fallut deux heures pour atteindre Santa Croce. Essayant la plupart du temps de marcher dans les traces faites par les voitures et les pieds d'autres gens, Evelyn surtout fut épuisée par l'effort. Elle eut un double coup au cœur à la vue des rues étroites encore pleines d'eau et des façades branlantes des bâtiments soutenues par des échafaudages en bois. Lorsqu'elles arrivèrent sur la place, hormis l'enlèvement des voitures, les progrès réalisés en quinze jours leur semblèrent faibles. La place demeurait un marécage en décomposition.

Seule l'inondation de 1333 était comparable à cette tragédie, affirma Evelyn.

Elle s'écarta au passage d'un bulldozer. Elle s'appuya contre le mur et se demanda ce qu'elle faisait ici. À quoi pouvait bien être utile une femme de quatre-vingt-six ans dans une ville qui avait besoin d'énergie et de bras robustes et, oui, d'un solide équilibre ?

— Courage, Lynny, lui dit Dotty, comme si elle lisait dans ses pensées. Pas de conclusions hâtives.

Et elles se détournèrent, Dotty ouvrant le chemin vers les Offices. Dehors, sur la piazza, étaient affalés des dizaines de jeunes gens maculés de boue. Certains portaient des colliers de perles, tous avaient les yeux las et vitreux, le visage strié de terre. Evelyn se réjouit en les voyant. Des cheveux longs, des cheveux courts, des barbes, des hippies, des femmes en jupe, en short ou en pantalon, un air de fatigue léthargique et un petit peu d'amour, la chaleur d'un brasero, la circulation de bouteilles de vin offertes – témoignage de gratitude d'un Florentin – et les chansons des Beatles, des Beach Boys, de Bob Dylan et de Joan Baez sortant d'un frêle transistor qui avait un jour été neuf et propre.

— La majorité des hommes ressemblent à Allen Ginsberg, dit Dotty.

— Ils sont l'avenir.

— Dieu nous vienne en aide.

Mais les étudiants qui faisaient un cursus en histoire de l'art reconnurent immédiatement Dotty et les installèrent, Evelyn et elle, à une table de repas improvisée. Elles partagèrent leurs clémentines et leurs poires et les étudiants partagèrent leur vin. Une jeune femme demanda si elles étaient là pour aider au travail de restauration et Dotty répondit :

— Oh, oui. Et aussi pour cela, ajouta-t-elle, invitant Evelyn à montrer la photo de journal où figurait Ulysses.

Il y eut de nombreux commentaires sur la puissance de l'eau, l'effort sur le visage de l'homme et la beauté du globe, mais non, personne ne savait qui il était ni ne l'avait vu dans les environs.

— Ça valait la peine d'essayer, chuchota Dotty.

Si seulement elles avaient su qu'à six cents mètres de là, sous terre, Jem Gunnerslake faisait passer des livres à une jeune femme jadis surnommée la môme et maintenant appelée Alys. Mais ces révélations devraient encore attendre. Pour l'heure, un air de contentement flottait sur la scène.

Des journées s'écoulèrent. Gel, brume, obscurité, ciel bleu, soleil.

Evelyn montra la photo d'Ulysses à des commerçants, des étudiants, elle la montra même à un groupe de *carabinieri* devant le Duomo. Un homme croyait avoir entendu parler d'un fabricant de globes à San Frediano et Evelyn s'y rendit mais en pure perte. Ce trajet l'exténua et sa cheville, trop sollicitée, flancha. Elle dut rester deux jours à la *pensione*, la jambe levée.

— Nous sommes tout près, je le sens, dit Dotty, réconfortante.

Mais Evelyn en était moins sûre. Elle dormait beaucoup, ce qui ne lui ressemblait absolument pas.

Des fonds internationaux commencèrent d'arriver en quantité pour sauver l'art endommagé de la ville, et Dotty attrapa le virus du volontariat et offrit une œuvre aux Artistes pour Florence. Elle envoya un télégramme à Joyce, la propriétaire de la galerie, pour savoir si le grand tableau intitulé *Ce n'est toujours que le début* restait disponible. (Le télégramme reçu en réponse fut affirmatif.) Evelyn persuada Dotty de faire ce qu'elle aurait fait elle-même, c'est-à-dire retourner à Santa Croce et se rendre utile.

Dotty rejoignit une file d'étudiants dans la basilique et, là, reconnut Mr Hempel du Victoria and Albert Museum, qui la reconnut au même instant. Ils s'étaient rencontrés à un gala de charité pour une cause ou une autre. Il était restaurateur de sculptures, et il la mit au travail sans délai sur les monuments de marbre. Des couches de solvant puis des couches de talc pour chasser le fioul de la pierre. Tâche d'un ennui abyssal, et une journée parut aussi longue qu'un mois à Dotty, mais outre que lui avait été confié le mémorial de Dante – elle brûlait de le dire à Evelyn ! – elle travaillait aussi à côté d'une jeune femme de Stockholm vraiment adorable.

— Pourriez-vous me tenir ceci, Dotty, s'il vous plaît ?

— Je le peux assurément, Inga.

Et puis…

Un matin que décembre était imminent, le ciel d'un bleu intense, et qu'un gel vif apportait de la clarté d'esprit, Evelyn s'appuya au mur de sa chambre, se tint sur une jambe et mit tout son poids sur sa cheville. Un petit bond ; aucune douleur. Elle était requinquée. *En avant, ma chérie.*

Elle retourna dans le café récemment rouvert, s'assit sous la ligne d'inondation avec un double expresso. La caféine tambourinait comme un pivert dans sa poitrine. Sur la table devant elle était posée la photo d'Ulysses. Elle avait l'impression que quelque chose était sous son nez, quelque chose de cruellement familier qui restait pourtant insaisissable ; elle n'arrivait pas à mettre le doigt dessus. Une ombre se profila sur la photo et, levant les yeux, Evelyn vit le propriétaire.

— *Chi è ?* demanda-t-il.

— Un ami, répondit Evelyn. Mais je ne sais pas où il se trouve. Je sais qu'il est ici, à Florence. Quelque part. Mais où ? Telle est la question.

L'homme prit la coupure de journal. Au bout d'un instant, il dit :

— Il Palazzo di Bianca Cappello.

— Pardon ? dit Evelyn.

— Via Maggio. Vous voyez ? Regardez ici, cet angle. Le motif est très net.

— Oh bonté divine, c'est ça ! Voilà pourquoi j'avais cette sensation d'être en terrain connu. Merci, merci, mon cher monsieur.

Evelyn renoua son écharpe, termina son café et s'en alla.

Elle traversa le Ponte Santa Trinità, s'arrêta quelques minutes pour observer les sapeurs en contrebas qui évacuaient les débris accumulés dans le lit du fleuve. Le triste spectacle d'un piano éventré hissé dans l'air, le chant de mort de ses cordes intensément plaintif.

Sur l'autre rive maintenant, elle eut soin de regarder à gauche et à droite. Dépassa le Borgo San Jacopo, s'engagea dans la Via Maggio. Elle ralentit. Prit son temps pour examiner les visages, pour scruter les petites ruelles parce qu'elle savait qu'elle était tout près. Elle se planta face au Palazzo di Bianca Cappello et consulta la photo : sans aucun doute possible, celle-ci avait été prise à cet endroit même, en cette heure fatidique.

Une femme qui nettoie sa fromagerie s'immobilise à côté d'Evelyn, désigne la photo et dit :

— Signor Temper.

— *Sì*, Signor Temper, dit Evelyn. *Dove ?*

La femme tend le doigt.

— Santo Spirito, dit-elle.

Bien sûr, Santo Spirito ! pense Evelyn.

Elle reprend sa route. Tourne à droite, longe la basilique, et demeure attentive en s'avançant sur les dalles, toujours suspendant son pas, toujours regardant. Elle est si proche désormais qu'elle le sent. Elle voit un vieil homme en train de récurer un juke-box, un grand perroquet amazone à front bleu au sommet d'une statue. Et puis…

Lui. En train de nettoyer un banc de pierre.

Elle se rapproche.

— Ulysses ? dit-elle.

Il lève la tête. Il sourit.

— C'est vous, n'est-ce pas ? dit-elle.

— Bonjour Evelyn.

Vingt-deux ans et par où commencer ?

Certains pourraient répondre : là où on en était resté.

— Alors dites-moi, Ulysses, comment se porte le bon capitaine ? demanda Evelyn.

Et ce fut le silence qui l'alerta. Cette longue inspiration uniforme.

Autour de la table de la cuisine d'un vieux *palazzo*, Ulysses raconta son histoire. Première fois que Cresson l'entendait en partie et il en fut assez ému, à vrai dire. Darnley, Arturo, Peg, la môme prénommée Alys, l'héritage, le déménagement en Italie, la *pensione*, le portrait que Dotty avait fait d'Alys, une course effrénée vers un train.

— Donc c'était vous ? dit Evelyn.

— Oui. Mais comment savez-vous que c'était moi ?

Evelyn qui riait maintenant.

— Dotty Cunningham vous a vu depuis le train, dit-elle.

— Dotty Cunningham ? dit Ulysses.

— Ma plus vieille amie. Elle est ici avec moi en ce moment.

Et ils purent à peine croire que de si nombreux chemins avaient mené soit à lui soit à elle. Et pour Evelyn, il y eut autant de tristesse que de joie à apprendre combien ils avaient été près l'un de l'autre, à portée de la main, si seulement – le caractère précieux du temps, voyez-vous.

Ils entendirent la porte d'entrée s'ouvrir.

— Viens, Alys ! appela Ulysses.

— Oh mon Dieu, dit Alys.

— Bonjour, la môme, dit Evelyn.

— Miss Skinner ? dit Jem.

— Jem Gunnerslake ? dit Evelyn.

Il est juste d'affirmer que ces retrouvailles avaient une dimension de farce assez marquée.

Deux jours plus tard, Evelyn et Dotty s'installèrent dans la chambre d'amis. C'était la meilleure chambre et le parfum de Des y flottait encore.

— De l'ambre, n'est-ce pas ? dit Evelyn.

— Avec un soupçon de cédrat, dit Dotty.

— Luxueux, ajoutèrent-elles.

La première soirée de Dotty et d'Evelyn se transforma en double célébration car l'eau du robinet fut enfin déclarée potable dans la ville. Cela signifiait des bains et des douches à volonté, bien qu'à l'eau froide. Les étudiants resplendissaient et Pete dit qu'ils avaient une délicieuse odeur de frais et de propre comme le linge en été. Il était au piano, la tête baissée, comme toujours, un pot-pourri d'airs de spectacles pour chauffer l'ambiance. Jem, Alys et Massimo l'accompagnaient à la voix, et Claude fit une petite démonstration de voltige asymétrique.

Dotty se tourna vers Evelyn et lui dit :

— Je me trompe peut-être, mais penses-tu que Pete soit l'homme qui interprétait un pianiste de saloon qui buvait trop, il y a toutes ces années dans le West End ? Un petit rôle néanmoins très visible.

— Je crois que tu as raison, dit Evelyn.

— J'ai l'impression d'avoir absorbé un hallucinogène, Lynny.

— Comme c'est charmant, dit Evelyn.

Soudain, on frappa à la porte.

— J'y vais ! cria Ulysses.

— Je n'arrive pas trop tôt, si ? dit la vieille *contessa,* faisant irruption.

Ulysses lui avait acheté un fourneau électrique, mais elle lui trouvait tous les défauts imaginables et finit par le fuir en faveur des repas et de la compagnie à la *pensione.* Mais qui pouvait le lui reprocher ?

— Nous vous avons installée à votre place habituelle, *contessa,* dit Ulysses. Et nous avons deux pensionnaires de plus.

— Deux de plus ? Vous voulez concurrencer saint François ?

Ils furent seize à dîner ce soir-là. Le vin abondait, les assiettes de *tagliatelle al tartufo* et le pain abondaient, les conversations abondaient. Pete informant Cresson de la nouvelle petite amie de Col, June.

— Pas June Woeful ?

— C'est bien elle, dit Pete.

— Ça ne durera pas, dit Cresson.

— Il a besoin de quelqu'un de plus âgé, dit Ulysses.

— De plus âgé que Woeful ?

— De plus âgé que lui, dit Ulysses.

— Je préfère toujours quelqu'un de plus âgé, dit Pete.

— Qu'est-ce qu'il dit ? demanda la vieille *contessa.*

— Pete dit qu'il préfère une femme plus âgée, lui traduisit Alys.

— Je ne suis pas sur le marché, dit la vieille *contessa.*

Massimo parlait à Jem d'Ernest Hemingway et Dotty dit qu'elle l'avait rencontré à une occasion dans un bar.

— Il ne cessait de radoter sur une histoire en six mots, dit-elle. Quel raseur. Tellement masculin.

Jem lui dit que sa mère évoquait toujours avec une grande tendresse le week-end où Dotty lui avait enseigné la peinture.

— Ah, la divine Penelope, dit Dotty. Penses-tu qu'elle apprécierait une suite ?

— Incorrigible, chuchota Evelyn.

Un couteau tapota contre une cuillère. Les conversations cessèrent et Ulysses se leva. Il exprima de la gratitude, surtout. Pour le fait qu'ils étaient tous rassemblés à ce moment dans le temps. Souligna combien cela avait de l'importance, continuerait d'en avoir au cours des années.

— Une vraie valeur, affirma-t-il.

Ils étaient donc là, jeunes, vieux et certains entre deux âges, ombres et lueur des bougies, immobiles, verres levés.

— À ce moment, dit Ulysses, regardant Evelyn.

Elle sourit.

— À ce moment, dirent-ils tous.

À l'approche de Noël, les étudiants commencèrent à partir. Jem se dirigeait vers la gare avec Alys lorsqu'il aperçut Massimo dans le hall. Massimo n'était pas là pour dire au revoir mais pour persuader Jem de rester.

— Jusqu'à la rentrée de janvier, pas plus.

Jem ne fut pas difficile à convaincre. Il trouvait que Massimo était un bel homme et l'interlocuteur le plus agréable du monde. (Il a réellement dit ça ? Réellement, garantit Alys.)

Tous trois retraversant la place.

— Eh bien ça alors... dit Cresson, regardant avec son télescope depuis la terrasse. Jem est revenu.

— Ça ne m'étonne pas, dit Evelyn. Nous sommes tous revenus.

— Vous restez avec nous pour Noël, Dotty ? demanda Ulysses.

— Je serai là, Temps. À récurer Dante près de ma muse suédoise.

De la musique arrivait de l'autre pièce. C'était Pete et sa « Complainte pour le Vietnam ». On se tut pour écouter Pete.

La veille de Noël, le pape dit la messe de minuit au Duomo mais le groupe de la *pensione* n'était pas là. Ils sortaient du cinéma. Dernier épisode de la Trilogie du dollar. *Le bon, la brute et le truand.*

— Cet Ennio Morricone, dit Massimo.

— Je pense qu'il a complètement redéfini la bande sonore cinématographique, dit Jem.

Ulysses et Pete riant.

— Faits l'un pour l'autre, chuchota Cresson.

Une lente flânerie nocturne pour regagner la rive opposée. L'eau noire et docile et les lumières de la ville palpitant avec douceur dans le miroir de la surface.

— Heureuse, Lynny ?

Evelyn hocha la tête.

— Et toi ?

— Je ne voudrais être nulle part ailleurs.

Un souper chez Michele tout juste rouvert. Nina Simone dans le juke-box et une photo de Des à la place d'honneur contre le mur au-dessus de la machine à café. Tournée générale de *biciclette* et huit pour les *spaghetti alle vongole*, s'il vous plaît. La basilique se vida et les gens se rassemblèrent sur la place pour les douze coups de minuit. Alys retraversant les dalles avec sa guitare.

— Comme au bon vieux temps, dit Giulia, et sa main effleura celle d'Ulysses.

Léger, mais toujours ce frémissement.

Le premier anniversaire de l'inondation ramena tout le monde, comme promis. Même Des revint avec Poppy.

— Parmi les meilleurs jours de ma vie, dit-il.

Et ne diraient-ils pas tous cela, avec le temps ? La perte partagée devint le lien partagé. Ils furent des milliers à descendre en procession, à la lueur des cierges, depuis l'église de San Miniato al Monte jusqu'au Ponte alle Grazie. Ce fut exceptionnel, vraiment. On savait désormais qu'à Florence, trente-trois personnes avaient péri, cinquante mille familles perdu leur logement, quinze mille voitures été détruites, six mille commerces été anéantis, et que le vaste mouvement de la population des artisans avait commencé. Les eaux de crue s'étaient déversées à la vitesse de soixante-cinq kilomètres heure et avaient laissé six cent mille tonnes de boue, soit une tonne par habitant. Mille cinq cents œuvres d'art avaient été détruites ou irrémédiablement abîmées ; un tiers de la collection de la bibliothèque nationale était endommagé. Pour beaucoup de ces pièces, le travail de restauration prendrait vingt ans, plus longtemps encore pour certaines autres. Et la cause ? Des enquêtes sur les lâchers d'eau massifs effectués par le barrage de Levane comme de La Penna aboutirent à un rejet des responsabilités ; ce serait durant des années un sujet de discorde. Dans cette division inexplicable naquirent de nombreuses conspirations.

Mais tout le monde contestait tout désormais. Grèves et manifestations éclataient aux quatre coins du pays et les étudiants occupaient les universités. Adieu l'autoritarisme, bonjour les droits civiques. Une nouvelle idéologie s'affirmait et les jeunes ne reculaient devant rien : la famille, l'Église, le communisme, le fascisme. Tout ce que l'on pouvait imaginer, ils le mettaient en doute. Le divorce et l'avortement réapparurent à l'ordre du jour et la droite catholique regimba.

Sur une note plus légère, le café de Michele fit l'acquisition d'un piano. Il coûta le reste de la somme offerte par Des, mais l'autre possibilité était un billard et Giulia s'y opposa fermement, en particulier lorsqu'elle sut que Pete s'installait pour de bon.

JE N'AIME RIEN DANS LE MONDE AUTANT QUE TOI

1968-1979

PETE COMMENÇA SA NOUVELLE VIE professionnelle chez Michele début 1968. Massimo le photographia pour ses images publicitaires et ces premières affiches reflètent une présence tourmentée du génie. Un léger flou dû à la fumée de clope, mais elles firent l'affaire. Il trouva des concerts dans des clubs en sous-sol et divers hôtels, et quantité de femmes plus âgées se battaient pour être à son bras.

— Elles sont l'avenir, dit-il.

Massimo s'offrit une année sabbatique à Londres pour être avec Jem, qui était désormais interne à University College Hospital. Il demeurait inquiet de la différence d'âge, mais la vieille *contessa* le rassura en disant : Tant qu'il y a de l'herbe sur le terrain... Col continuait de se méfier des équipes de démolition et fit plus ample connaissance avec le cerisier de Cressy et l'arbre lui dit : Pourquoi avoir mis aussi longtemps ? – chose qu'une femme lui dirait dans un avenir assez proche. Ted acheta une nouvelle voiture et Ted prit une maîtresse et Peg apprit à conduire pendant qu'il s'absentait. Mais cette histoire-là est pour un autre jour. Alys débuta dans la fabrication de globes et se révéla hors pair et Ulysses en fut ravi. Lui et elle buvant le café ensemble sur la Piazza dei Sapiti. La vie n'aurait pu être plus délicieuse. Dès mars, Cresson remit son bermuda, ce qui suscita autant d'enthousiasme que le retour des hirondelles – chose sur laquelle on pouvait compter dans un monde sans cesse en proie au tumulte. Il se préparait pour le premier vol en orbite d'Apollo autour de la Lune et réfléchissait à de grandes idées le jour où Martin Luther King fut assassiné. Il hurla et les oiseaux s'enfuirent du campanile.

Tandis que le monde brûlait, enrageait et pleurait, un moment de calme se déroulait au terminal des ferries de Folkestone.

Le temps était doux et stable, le ciel bleu azur et très inhabituel pour avril. Des goélands piquaient dans l'air propice et salé. Dotty referma le coffre de sa Sunbeam Alpine. Evelyn empoigna sa valise, la soupesa.

— Pas trop lourde ? dit Dotty.

— Pas du tout, répondit Evelyn. Je pense que je pourrais la porter seule s'il y avait pénurie de porteurs.

— Alors tu as tout ?

— Oui.

— Je pourrai t'envoyer ce dont tu auras besoin.

— Merci, Dotty.

— Une cigarette en vitesse ?

— Allons-y, dit Evelyn.

Elles se calèrent contre le coffre de la voiture. Dotty alluma son briquet.

La décision d'emménager à Florence n'était pas aussi déchirante pour Evelyn qu'elle l'avait imaginé. Ses séjours dans la ville étaient devenus plus fréquents, leur durée plus longue. Dotty s'épanouissait dans une véritable relation avec une (quelque peu) lesbienne (quelque peu) plus âgée (quelque peu) disponible et elle semblait heureuse. Son allergie à certaines peintures s'était apaisée miraculeusement et elle avait retrouvé le blanc de titane. En fait, c'était Dotty qui avait finalement convaincu Evelyn de quitter Londres. Dotty qui voyait l'attrait de Florence, la famille toute prête, l'affection, les souvenirs.

— Je vais me languir de toi, dit Dotty.

— Ne te languis pas, dit Evelyn. Viens me voir, plutôt. Emmène Hannah.

— Helena.

— Oh mon Dieu. Oui. Helena. Je n'arrive pas à suivre.

— C'est comme si la guerre recommençait. Retour à ta vie d'espionnage et d'intrigues.

— Absurdités !

— Je regrette que tu ne fasses pas le trajet en avion. La distance paraît si longue.

— Je sais. Mais ce sera probablement la toute dernière fois que je prendrai ce train, Dotty...

— Le charme du chemin de fer.

— Tant d'objets de réflexion. Tant à se remémorer.

— Seule manière de voyager, vraiment.

— Oh, oui. Dotty, les clés ! s'écria Evelyn.

— Je les ai, et Dotty les agita devant elle.

— J'ai dit à Jem de te contacter si jamais lui et Massimo avaient besoin d'un pied-à-terre à Londres. Et tu n'as rien à faire du côté des Badley dans le Kent, ils sont sages comme des images. Ils loueront la maison jusqu'à l'épuisement. Donc tout est en ordre. Tu n'as rien à faire hormis peindre. Et être brillante.

— D'accord, dit Dotty.

— Et ne meurs pas avant moi, ajouta Evelyn. Je ne suis pas sûre que je pourrais le supporter.

— Alors je m'abstiendrai, dit Dotty. Et tu sais que c'est toi que j'aime le plus. Parmi toutes les autres. Depuis toujours. Et à jamais.

— Je sais.

Dotty regarda sa montre.

— Il est l'heure ? demanda Evelyn.

— Malheureusement.

— Nous disons-nous au revoir ici ?

— C'est sans doute mieux, dit Dotty.

— Et après, je suivrai ces gens, là en bas. Et je ne me retournerai pas.

— Oh, non, ne te retourne pas.

Dotty lui tomba soudain dans les bras.

— Ne pleure pas, dit Evelyn.

— Ne pleure pas, toi, répliqua Dotty.

— Je l'ai dit en premier.

Ainsi commença le dernier chapitre de la vie tellement diverse d'Evelyn Skinner. Quatre-vingt-sept ans et en paraissant au bas mot dix de moins, elle se tint sur le pont et regarda l'Angleterre s'éloigner. Nul regret, nul pincement au cœur, prête à repartir à zéro. Elle ouvrit grand les bras et cria :

— *Incipit vita nova !*

Elle s'était laissé un temps confortable entre la gare du Nord et la gare de Lyon, et le taxi la déposa au bistrot du quartier Jules avec deux heures devant elle. Un emplacement parfait sous la marquise et un déjeuner tardif composé de coquilles Saint-Jacques, de pain, de salade et d'un verre de vin, exactement ce qu'il fallait en vue de la longue nuit à venir. Elle écrivit une carte à Dotty tandis qu'un subtil changement de lumière causait une réfraction à travers son ballon de vin. Elle dessina ce qu'elle avait mangé. Un adorable petit croquis. Dotty le mettrait dans sa cuisine près de la cafetière.

Le crépuscule fut tranquille et Evelyn dormit à poings fermés comme elle le faisait toujours en train, vaguement consciente de sa compagne au-dessus, qui s'agitait, se retournait et se plaignait d'un dénommé Antoine. Elle se réveilla seulement lorsque le jour filtra par les stores. Un coup d'œil aux montagnes et les années se rembobinèrent.

Voyager en avion était magnifique, mais traverser la majesté inviolable des Alpes était incomparable. Elle aperçut son reflet dans la vitre et se rendit compte qu'elle était maintenant plus vieille que sa mère quand elle était morte ; plus vieille que son père lui aussi. Elle les avait tous dépassés en âge. Quel phénomène étrange. Comme s'il n'y avait eu qu'elle, Evelyn Skinner, née d'un coquillage.

À sa descente du train à la gare Santa Maria Novella, elle portait un ensemble pantalon rouille pâle, un foulard de soie éclatant (Hermès de la première heure) et d'immenses lunettes de soleil en écaille. Elle se tint immobile dans un rayon de soleil à la fois brumeux et soporifique. Le genre d'image qui aurait fait se précipiter Dotty vers son chevalet. Et elle s'exclama, comme à son invariable habitude :

— *Firenze ! Amore mio !*

— Evelyn ! cria Ulysses, accourant dans le hall.

— Mon garçon chéri.

— Vous êtes à la maison, dit-il.

Evelyn rejoignit immédiatement Cresson dans la cuisine de la *pensione* et ce qui aurait jadis été considéré comme une amitié insolite devint une amitié en or. Cresson dit qu'il avait l'impression d'être avec Pellegrino Artusi en personne quand il était avec Evelyn ; les raviolis sortaient tout droit des pages du livre. Cresson parla de Paola et Evelyn dit qu'elle lui semblait la plus prodigieuse des femmes et Cresson confirma :

— Elle l'était, elle l'était. Pendant une période j'ai été l'homme le plus heureux de la terre.

Cresson et Evelyn étaient ensemble sur le banc de pierre le jour où ils apprirent que Bobby Kennedy avait été assassiné. Cresson dit qu'il craignait pour l'humanité et, main dans la main, ils revinrent en silence vers l'appartement.

Cresson se mit au lit et Evelyn s'installa sur le canapé où elle commença une lettre à Dotty sur la fin de la bonté. *Tant de violence pour le mois de juin. Nous avions le meilleur et je ne suis pas certaine que nous reverrons son pareil. Quelle cruauté dans l'aperçu de ce qui aurait pu être,* écrivit-elle.

La porte d'entrée s'ouvrit.

— Evelyn ! Evelyn !

C'était Alys. La même expression adorable, intense, sur son visage que le jour où elles s'étaient rencontrées.

— Vous avez entendu ? dit-elle.

— J'ai entendu, répondit Evelyn. Viens, et elle souleva le bras et Alys s'assit dessous.

Pete arriva ensuite :

— Je ne suis pas du genre à dire des grossièretés, Evelyn, mais putain ça fait chier.

— Venez ici, dit Evelyn, et elle souleva son autre bras.

À l'âge de quatre-vingt-sept ans, Evelyn Skinner devint une mère inattendue. Un rôle qui lui seyait beaucoup plus qu'elle l'avait jamais imaginé.

L'agitation et le chagrin assombrirent tout durant cette année-là et la première orbite de l'homme autour de la Lune ne réussit pas à porter l'âme de Cressy vers les hauteurs vertigineuses auxquelles la science et l'exploit l'élevaient souvent.

Malgré la tonalité morne dans l'air, le réveillon de Noël chez Michele eut lieu. « Une fête de la camaraderie, ni plus ni moins » – ce fut en ces termes qu'Ulysses le décrivit. Il se mit à une fenêtre donnant sur la place et Giulia s'approcha et lui dit :

— Combien de temps Cressy va-t-il rester là dehors, Ulisse ?

Et Ulysses haussa les épaules.

— Jusqu'à ce qu'il trouve ce qu'il cherche.

Un vieil homme debout sur un banc avec un télescope pointé vers la Lune. Dans la posture immobile, emplie de défi, qu'il avait adoptée, il y avait une prière pour le monde.

Et de même qu'il regardait en direction du ciel, un homme regardait en direction de la Terre.

Depuis un petit hublot d'*Apollo 8*, à quatre cent deux mille kilomètres de la Terre, William Anders mit une pellicule couleur dans son appareil Hasselblad et prit une photo.

(Clic.)

Ici serait l'espoir, Cressy.

(Clic.)

Ici serait ta prière exaucée. Une simple image de ce que la Lune voit :

Nous.

« Une sphère bleue marbrée, amplifiée par l'horizon lunaire, belle, précieuse et vulnérable, flottant dans les ténèbres éternelles auxquelles nous ferons tous face. » Ce fut en ces termes qu'Evelyn la décrivit tandis qu'elle contemplait la couverture du magazine *Life* de Cressy. Cresson trouva qu'Evelyn avait quelque chose des poètes en elle, mais n'était-ce pas vrai de chacun en cette année, Cresson ? La perte et l'amour. Les seuls ingrédients nécessaires.

Donc 1969 était en route. Dernière année de la décennie. Il vaudrait mieux que tu aies quelque chose de bon en réserve, sinon – Ouais, d'accord.

À Londres, janvier vomissait sa neige fondue et la sonnerie du téléphone réveilla Col. Il sortit du lit en se plaignant.

— Putain, qu'est-ce que…

C'était l'hôpital. Le reflux gastrique se mit à cracher comme le Vésuve.

Col téléphona à Mrs Kaur, fut devant son épicerie en une demi-heure et lui confia Ginny.

— Merci, dit-il. Vraiment, merci.

Mrs Kaur avait une présence apaisante.

— Je vous ramènerai Ginny demain, dit-elle. Et je prierai pour Peg. Et soyez prudent au volant, Mr Formiloe.

Col se gara dans l'enceinte de Whipps Cross Hospital sirène hurlante, martelant le tableau de bord et semant la confusion parmi les conducteurs d'ambulances authentiques, dehors en train de fumer.

Le long des couloirs, il sentait ses émotions bouillonner. Un tel mélange, toute sa peur et sa souffrance, en tant que garçon et en tant qu'homme. Peg avait dit au médecin qu'il était son parent le plus proche. Personne n'avait jamais fait ça pour lui, pas même Agnes dans les tout débuts.

À l'accueil, il demanda Peggy Temper.

— Peggy Holloway, je veux dire, corrigea-t-il.

(Il ne s'était jamais habitué à ce changement de nom, comme il ne s'était jamais habitué à ce mariage.)

— Par ici, dit l'infirmière-chef.

Les jambes en coton à présent.

— Deuxième à gauche, dit l'infirmière-chef. Allez-y, Mr Formiloe. Entrez, soyez courageux.

Col inspira profondément puis écarta le rideau.

— Oh Peg, dit-il, et il s'assit.

Il lui prit la main, mais elle ne se réveilla pas. Il repoussa ses cheveux avec douceur. Meurtrie et commotionnée, mais en un seul morceau, Dieu merci. L'infirmière-chef dit qu'elle était un miracle ambulant.

— Dites-moi quelque chose que je ne sais pas, rétorqua Col.

— Mr Holloway ?

Un policier regardant depuis l'autre côté du rideau.

— Non. Je suis Mr Formiloe. Un ami. Un vieil ami. Bien avant que le connard qu'elle a épousé débarque.

Le policier tâcha de ne pas sourire.

— Alors, c'était à cause de la boisson, hein ? dit Col.

— Non.

— Non ? (Col se sentit tellement minable durant cet instant. Son dédain facile vis-à-vis de Peg et de ses manières de noceuse.)

— Pas un milligramme d'alcool, dit le policier. Le verglas et la malchance. La voiture est fichue.

— Elle est où ?

— Leyton. Mrs Holloway roulait vers l'ouest.

Elle roulait vers moi, pensa Col.

— Elle partait de chez elle, semble-t-il, continua le policier. Il y avait des valises à l'arrière.

— Vous les avez ?

— Dans notre véhicule.

— Je descends tout de suite, dit Col.

Il plaça la dernière valise dans l'ambulance et referma la porte. Il donna ses coordonnées au policier avant de lui serrer la main. Des sirènes fendirent l'air et des véhicules de secours arrivèrent en trombe. Des lumières bleues balayèrent le visage de Col. Il alluma une cigarette. *Alors tu l'as fait, Peg. Tu as foutu le camp. Je t'amènerai là où tu as besoin d'aller, où que ça se trouve.* Et il jeta sa cigarette et retourna à l'intérieur. Ne fut pas assez rapide pour saisir l'expression sur le visage de la jeune infirmière, néanmoins, lorsqu'il écarta le rideau et...

— Ça va, Col ?

C'était Ted.

Col sentit l'acide bouillonner et sa main se plaqua sur son ventre.

— Vous êtes un peu pâle, Col. Vous devriez consulter un médecin. (Ted rit.) Maintenant, dites-moi quelles chances il y avait que ceci se produise ? Un gars que je connais rendait visite à sa vieille mère hospitalisée. Il s'est trouvé de sortir d'ici au moment même où Peg entrait. À sa place, vous auriez téléphoné au mari, non ? Au moins pour savoir ce qui se passait. Le mari ne savait pas ce qui se passait, mais ce coup de fil lui a donné l'impression que Dieu était de son côté.

Col un peu ahuri.

— Bref, comme vous le voyez – et Ted s'assit sur le lit – maintenant je suis là. Votre aide n'est plus nécessaire.

Col sentant la main lui picoter. Le souffle précipité à présent, tout ce sang qui bouillait dans ses veines. Et, dans le geste le plus rapide de son existence, Col cravata Ted et lui tint un objet tranchant contre la gorge.

— Je le jure devant Dieu, dit-il, la seule chose qui me retient d'enfoncer ces ciseaux, c'est que vous auriez une assistance médicale immédiate. Maintenant, foutez le camp. (Une petite entaille à l'oreille de Ted avant que Col ne le lâche.)

— Ouille ! glapit Ted, qui approcha la main et vit du sang. Vous ne savez pas à qui vous cherchez des noises, dit-il. Je connais des gens.

— Vous connaissez des gens, hein, Ted ? Des gens qui ont besoin de gens ? Allez au diable, lança Col. Et restez-y.

Col veilla Peg le restant de la nuit. Et lorsque l'infirmière-chef le chassa, il veilla ailleurs. Demeura ainsi toute la nuit. Bougea. Veilla. Bougea. Veilla. Clopes et thé. Il entendit une infirmière dire à une collègue qu'il était le petit ami. Léger rire ensuite. Fut un temps où il aurait adoré entendre ça. Aujourd'hui, il s'agissait d'autre chose.

Au petit matin, une infirmière le trouva et l'informa que Peg était réveillée.

Col regarda par le rideau.

— Ça va, ma belle ? dit-il.

Peg se détourna.

Elle ne dit pas un mot dans l'ambulance sur le trajet du retour. Elle s'appuya contre la vitre, un air absent dans ses yeux bleus. Aucune réaction lorsque Col lui pressa la main.

— Bientôt arrivés, dit-il.

Il la conduisit dans le pub. Elle longea les doseurs d'alcool, pareille à une somnambule. Monta l'escalier, enleva ses chaussures et s'assit sur le lit.

— Tu veux un chocolat chaud ?

Col attendant le sarcasme. J'ai quel âge, Col ? Neuf ans ? Mais il ne vint pas. Peg eut besoin d'aide pour retirer son cardigan. Quitta sa jupe et se glissa sous les couvertures. Ne dit rien et détourna le regard.

Col entendit la porte du fond s'ouvrir au rez-de-chaussée. La voix de Mrs Kaur et Ginny qui montait les marches au pas de course. Col fonça vers la porte pour retenir Ginny.

— Peg s'est abîmée la figure, ma chérie. Peg est triste.

— Je vais guérir Peg, dit Ginny. J'ai guéri Claude. Je guéris les gens.

Ginny entra sur la pointe des pieds. Elle s'assit sur le lit et frotta le dos de Peggy.

— Je t'adore, Peggy. Je t'adore vraiment, Peggy. Et jamais ça changera, Peggy.

Le visage de Peg se chiffonna. Peg attira un oreiller contre son visage et sanglota.

Col sortit de la pièce.

La cuisine sentait le curry.

Au fourneau se tenait Mrs Kaur, dans un tablier apporté de chez elle.

— J'ai pensé que vous auriez besoin de nourriture après une nuit aussi longue, Mr Formiloe.

Col n'avait encore jamais mangé de curry. Mais il en avait senti de nombreuses fois le parfum sur Ginny.

— *Sarson ka saag*, dit Mrs Kaur. *Dal makhana.* Et *roti.*

Col répéta les mots.

Lorsqu'il mangea, Col dit quelque chose au sujet de la profusion de saveurs.

— Et pas de viande ?

— Pas de viande, Mr Formiloe.

— Ça alors. Est-ce qu'il y a un rapport avec – vous savez, votre...

— Vie de sikh ?

Col hocha la tête.

— Non. Nous avons le choix. Je choisis de ne pas en manger.

Lorsqu'ils eurent terminé, Col proposa une cigarette à Mrs Kaur. Lui proposa également un whisky.

— Je ne fume pas et je ne bois pas, Mr Formiloe.

— Pourquoi ?

Elle rit à cette question. Il rit aussi, même s'il ne plaisantait pas.

— Ça vous ennuie si...

— Non, non. Allez-y, dit-elle.

Il avait conscience de se sentir très à l'aise avec elle et lui raconta ce qu'il avait fait à Ted dans la chambre d'hôpital.

— L'action non violente est la seule voie, déclara Mrs Kaur.

— J'en suis loin, dit-il. Ma femme avait peur de moi.

— Lui donniez-vous des raisons de vous craindre ?

— Je ne l'ai jamais frappée.

— Ce n'est pas ce que je vous demandais.

— Oui, elle avait des raisons.

— Je n'ai pas peur de vous, Mr Formiloe. Donc là-dessus au moins il y a du progrès.

Col but son whisky. Puis il dit :

— Il faut que j'amène Peg chez Cresson et Temps pour quelque temps. Vous pensez que vous pourriez vous charger à nouveau de Ginny, Mrs Kaur ?

— C'est toujours un plaisir.

— Et je trouverai quelqu'un pour tenir le pub.

— Je peux m'occuper du pub, affirma Mrs Kaur.

— Vous ?

— M'occuper du pub et de Ginny, les deux, oui.

— Vous pourriez tout prendre en charge ?

Mrs Kaur le regarda fixement.

— Je suis veuve depuis vingt-cinq ans, Mr Formiloe, répondit-elle. Dans un endroit qui n'est pas mon pays. J'ai une épicerie florissante. J'en possède une aussi à Leeds et je cherche à en ouvrir une autre à Southall. Je soutiens ma famille au Punjab. Je prie. J'accueille des gens comme moi qui sont venus dans ce pays pour aider les gens comme vous. Dans la tradition du *langar*, j'offre souvent à dîner à trente personnes. Je ne bois pas d'alcool mais je ne juge pas non plus ceux qui en boivent. Un pub, Mr Formiloe, je peux m'en charger.

Col pensa qu'elle était magnifique. Il lui donna le double des clés et se dirigea vers le téléphone.

Dieu seul sait comment Col y arriva, mais il atteignit l'Italie en quelques jours. Pied au plancher tout le trajet, l'ambulance un vrai tapecul qui filait à cent kilomètres heure. Peg se taisait la majorité du temps, tête protégée par un oreiller contre la vitre, à regarder le paysage. Le mouvement du soleil, des nuages et des oiseaux la fascinait, et elle poussait parfois un profond soupir et Col demandait :

— Ça va, Peg ?

Et Peg répondait :

— Ouais, ça va, Col.

Et vers seize heures, l'ambulance des années 1930 entra pour la dernière fois sur la place, hurlante et mugissante, le capot fumant. Col coupa le moteur et la camionnette s'arrêta en douceur, définitivement.

— Nous y voici, dit Col.

À travers le pare-brise, Peg voyait Cresson et Temps qui l'attendaient. Dans une attitude solennelle, les mains réunies et la tête légèrement penchée. Comme s'ils attendaient un corbillard. Et là, debout derrière eux, Alys. Une brève collision de regards avant que Peg ne détourne les yeux.

— Prête ? demanda Col.

— Accorde-moi une minute, dit Peg.

— Bien sûr, dit-il, et il sortit du véhicule et s'étira.

Peg entendit Ulysses dire, Ça va, Col ? et elle regarda les deux hommes s'embrasser.

Elle aurait pu demeurer dans cette camionnette le reste de la journée, simplement à regarder le monde circuler. Sans participer, sans commenter, sans s'intéresser, distante. Cresson disait toujours qu'elle les rejoindrait, au bout du compte. Cresson et ses lignes de Ley. Peg sortit son poudrier et regarda dans le miroir. Elle entreprit de farder les ecchymoses, de se préparer au lever de rideau sur le spectacle Peggy, mais elle remarqua soudain qu'Alys était retournée à l'intérieur et elle rangea le poudrier. Spectacle annulé en raison d'un événement inopiné. Elle ouvrit la portière et sortit, chancelante.

Elle cligna des paupières dans la lumière vive d'un après-midi de février. Les bras d'Ulysses l'accueillirent et ses doux yeux tristes, et il n'y eut pas le clac clac clac du petit air de Peggy, seulement les chaussures à la main et les bas sur les dalles, et cette ondulation des hanches parce qu'il en était ainsi. Oh, il sentait si bon, si suave. Cresson était ému et s'approcha d'elle, mais Peg l'arrêta net et dit :

— Ne t'avise pas de t'attendrir, vieux bonhomme. Je n'ai pas la force pour toi en plus de moi en ce moment.

Ces mots donnèrent un coup de fouet magistral à Cresson.

— Appuie-toi sur moi, Peg, et je te conduirai, dit-il.

Col et Ulysses allèrent chercher les valises.

— Tu as bonne mine, Col – dernière chose que Peg entendit alors qu'elle montait l'escalier.

Peg alla droit vers sa chambre. Couchée dans le lit, elle les écouta tous à l'extérieur, les pas de loup et la discrétion quand ils passaient devant sa porte. Des heures gouvernées par les cloches et le changement de la lumière et elle dormit.

Une fois, elle perçut fugitivement Alys sur le seuil. Mais elle ne bougea pas, trop honteuse pour lui adresser un signe. Ce tiraillement contradictoire dans leurs entrailles qui ne les lâchait jamais. Et les hommes ne se montraient pas. Se tenaient à l'écart et elle se demanda quel petit génie avait provoqué cela. Temps, bien sûr. Elle l'entendait presque dire : Peg a besoin des femmes pour l'instant, pas de nous. Et ajouter : ni même de toi, Pete.

Elle émergea et sombra, émergea et sombra, et c'étaient les ténèbres qu'elle recherchait. Fini les pilules et pourtant la douleur était bien ancrée. Ted, le jeu dont elle croyait connaître les règles. Elle se fatigua et il devint plus méchant. Elle rapetissa et il s'enrichit. Regarda un jour autour de lui et il était le seul dans la pièce. Dors, Peg, dors.

Alys s'assit par terre dans la chambre maternelle, un carnet à dessins sur les genoux. Son observation était silencieuse et le bruit d'un crayon se déplaçant sur la page était léger. Peg n'aurait pas donné son accord à cette séance dans la vie éveillée, mais c'était ce dont Alys avait besoin, non pas Peg, car dans l'espace entre l'artiste et le modèle pouvaient naître la compréhension, le pardon et peut-être l'amour.

Peg entendit la porte s'ouvrir. C'était la vieille femme. Imposante et pragmatique. Gentille et rassurante. Elle lui apporta à manger, s'assit avec elle, lui fit même sa toilette. Seulement les bras, le visage et les pieds, mais dans un acte si pur et généreux que les larmes de Peg coulèrent, et la vieille femme prononça de bonnes paroles qui sonnaient aussi juste que ces cloches très anciennes.

Le cinquième jour, Peg sortit. Tôt avant le marché. Elle dévala l'escalier et déambula dans la ville, pareille à un fantôme. Elle prit le fleuve comme repère, comme toujours, et marcha vers l'est.

La marche révéla la douleur de la solitude qui avait été centrale non seulement durant son existence, mais aussi durant celles de sa mère et de la mère de sa mère. Pas d'éducation, pas d'argent, uniquement les hommes. Un cycle de répétitions si ridicule qu'une musique d'orgue de Barbarie et quelques chevaux en plastique auraient suffi à en faire cette attraction foraine prévisible.

Sa beauté était sa ressource. Depuis toujours. Personne ne parlait du moment où elle se fanerait comme ce serait forcément le cas. Tous ces livres qu'elle n'avait jamais lus. Tous ces musées qu'elle avait dénigrés comme intello-soûlants. Cresson disait qu'un effort était nécessaire pour tourner une page. Ça exige de la patience et de l'attention, Peg. Ça exige un élan de grâce pour dire je ne sais pas.

Le sexe, en revanche, était le domaine où elle excellait. Elle pouvait faire d'un garçon de vingt ans un homme, d'un peine-à-jouir un chaud lapin. Sa mère était une buveuse incapable de s'arrêter. Sa mère avait des petits amis incapables de s'arrêter. Croyait que son père était Bill mais découvrit trop tard que c'était George. Dur à faire oublier. La rue la trouva dehors près du canal, les yeux impassibles, la bouche pleine de fanfaronnades et une clope entre les lèvres qu'elle avait obtenue d'un honnête batelier.

— Emmenez-moi, lui avait-elle demandé.

— Quand tu auras l'âge, lui avait-il répondu.

Vous voyez ? Honnête. Des hommes qui attendent.

Et Eddie ? Tandis que les nuages s'amoncelaient dans le ciel et que le matin s'assombrissait, elle prit conscience que Londres pendant la guerre avait été l'étoile de ce spectacle fatidique. L'amour et le sexe venaient vite et dansaient avec la proximité de la mort et mon Dieu qu'est-ce que ça rendait la vie merveilleuse. La rendait étourdissante et immédiate. Ils s'accrochaient l'un à l'autre parce que l'essence de la vie elle-même leur avait été révélée : aussi simple qu'une orangeraie californienne avec le son des abeilles, et les fleurs, et la chaleur aussi enivrante que l'existence elle-même. Eddie la regardait toujours comme si l'avenir était mûr. Ted la regardait comme si le fruit était tombé.

Peg s'assit et retira ses chaussures. Ses pieds étaient teintés de mauve. Elle les frictionna et ils semblèrent ne plus lui appartenir. Et, dans la boue sur la berge alors que la pluie se mettait à tomber, elle pleura tout. Sa mère, Ted, Eddie, Alys. L'inévitabilité absolue de tout. L'aller simple vers ceci. Elle versa tant de larmes.

Ce fut Evelyn qui la trouva. Les cheveux collés sur le front et la bouche ouverte dans une douleur silencieuse.

— Nous retrouverons votre âme, Peg, et nous vous la rapporterons.

Et elle enveloppa Peg dans un imperméable qui sentait le caoutchouc, qui avait des clémentines dans les poches.

La dernière soirée de Col se déroula chez Michele, et personne ne s'attendait à ce que Peg arrive. Mais elle entra, se cramponnant au bras d'Evelyn. Rouge à lèvres en place et une pointe d'ostentation, et une clameur la salua. Qui rappela des souvenirs à Peg et elle parut surprise, mais ce fut comme une injection de sang droit au cœur. Tout cet amour, aurait dit Cresson. On ne peut pas feindre ça, Peg. Alys fit se pousser untel et untel, Peg s'installa entre Cresson et Ulysses, les deux hommes lui prirent chacun une main et y déposèrent un baiser. Rien de plus dit après cela. Peg fut traitée comme la Peg de jadis et la soirée resta tournée vers l'avenir.

Col lança une clope à Peg, Ulysses servit le vin et Pete se dirigea vers le piano parce qu'il sentait l'imminence d'une interprétation impromptue de « Bewitched, Bothered and Bewildered ». Laquelle imposa le silence au restaurant, et lorsque retentit le dernier vers tout le monde fredonnait. *L'une de ces fameuses soirées*, Evelyn écrivit à Dotty. *L'aspect obsédant du dévouement. Difficile à décrire.*

Il était temps de commander et Giulia se tint face à Ulysses, stylo en suspens, souriante.

— *Polpettone* pour tous ? dit Ulysses.

— Oui ! répondirent-ils en chœur.

— C'est quoi, *polpettone* ? demanda Col.

— Du pain de viande, dit Cresson.

— Pas de viande pour moi, dit Col.

Éclat de rire général.

— Non, je suis sérieux, insista Col. Pas de viande.

— Tu es malade ? dit Pete.

— Pourquoi il faut que je sois malade pour arrêter de manger de la viande ?

— Parce que tu manges uniquement de la viande, répondit Ulysses.

— Parfois à peine sortie du papier d'emballage, ajouta Cresson.

— Une fois. Ça s'est produit une seule fois. En tout cas, j'ai vu la lumière, dit Col.

— Comment elle s'appelle ?

— Commence pas, Temps.

— J'ai connu un homme qui a arrêté de manger de la viande, déclara Cresson.

— Oh, c'est reparti, dit Col.

— Benny Fedora, continua Cresson.

— C'était pas ce siffleur au marché ?

— Lui-même, mais patience, Pete. Benny Fedora était un grand carnivore. Benny Fedora...

— On connaît son foutu nom, Cresson ! dit Col. Benny Fedora Benny Fedora...

— Eh bien, il a arrêté de manger de la viande après un rêve, enchaîna Cresson.

— Quel rêve ? demanda Alys.

— Il mangeait sa propre jambe et c'était tellement réel qu'il s'est réveillé et qu'il a vomi.

— On s'apprête à manger ! protesta Col. Qui veut entendre parler de vomir et de bouffer sa propre jambe ?

— Je dis juste ce qu'il m'a raconté, dit Cresson.

Col finit son vin et en reprit. Ulysses se tourna vers Peg et lui lança un clin d'œil. Tellement bon de la voir rire.

— Donc il a renoncé à la viande, dit Pete. Et puis ?

— Ses dents sont tombées.

— Nom de Dieu, dit Col.

— Parce qu'il n'en avait plus besoin.

— C'est donc pour ça qu'il pouvait siffler, dit Pete.

— Quand il avait des dents, aucune note. Après, comme un oiseau chanteur, expliqua Cresson.

— Bordel de merde, dit Col.

Dans un anglais hésitant, Giulia demanda :

— Vous aimez le *sformato ai carciofi* à la place, Signor Formiloe ?

— Oh, oui. Le *sformato* m'a l'air très bien, dit Col. *Grazie, signora.*

— Tu ne sais même pas ce que c'est, dit Cresson.

— Tant que c'est pas une jambe, ça me convient.

Le lendemain matin, Col regarda son ambulance se faire remorquer en direction d'un dépôt de ferraille à l'extérieur de Prato.

— Il y a de pires endroits où finir, dit Ulysses.

— Rideau sur tous ces souvenirs, hein ? dit Col. La non-violence est la seule voie, Temps.

— Je suis d'accord avec toi là-dessus.

— Viens, je tuerais père et mère pour un café.

Peg avait payé à Col son billet de retour en avion. Bien sûr, ils avaient tous leur argent du pari Geoff Hurst, mais Peg voulait faire un geste. Montrer à Col à quel point il comptait pour elle. À quel point il avait été présent quand elle avait eu besoin de lui. Elle essaya de lui dire quelque chose, mais il l'interrompit : Pas la peine, dit-il. Son parent le plus proche signifiait tout pour lui.

Ulysses emmena Col à Rome dans Betsy. En chemin, il se tourna et dit :

— Mrs Kaur ?

— Qui d'autre le sait ?

— Juste Peg et moi.

— Que ça reste entre vous, dit Col. Cette fois-ci, c'est important. Je crois que ma vie en dépend.

Le printemps vit les pensionnaires revenir. La capacité d'accueil était réduite à deux chambres, puisqu'il y avait Pete et Peg, mais cette situation plaisait à Cresson, il la trouvait raisonnable. Une Miss Banderhorn se présenta avec son amie Miss Coleridge – elles étaient originaires du Kansas – et un duo père fils, les Sweephill, arriva d'Exeter. Les unes comme les autres demandèrent que les plats ne soient pas épicés.

Alys était seule dans l'atelier d'Ulysses, plume à la main, radio allumée. Elle mettait la touche finale à un globe qui ne représentait que les villes vieilles de plus de mille ans : des noms très anciens qui devenaient les voies commerciales très anciennes. Ses globes étaient exclusivement des objets d'art et Dotty avait déjà alerté Joyce, la propriétaire de la galerie. Le globe précédent avait été illuminé par des chemins de pèlerinage et de cette étude étaient nés des croquis complexes d'un pont vu sous tous les angles. Et sur ce pont, fixés à des supports dominant le fleuve, les ermitages solitaires pour le culte – le monde qu'Evelyn avait décrit jadis. Des lattes de bois. Des butées. Une échelle. Gros plan sur une fenêtre et la femme à l'intérieur. Et Alys en vint à comprendre pourquoi des femmes cherchaient ainsi refuge sur un pont et elle dessina leur jeunesse, leur douleur, leur vieillissement. Leur existence et leur valeur incarnées par une vierge qui accouchait d'un enfant. Elle dessina les vies qu'elles avaient abandonnées dans l'étude microscopique d'une fleur, d'un vase, d'une tasse, d'une assiette, d'un morceau d'étoffe – dentelle complexe et subtile – des draps raccommodés sur un lit, un carnet à dessins dans un coin, une fine boucle de cheveux de bébé cachée entre deux pages. Inlassablement, elle dessina les détails de ces vies non détaillées. De ces femmes oubliées qui en avaient peut-être voulu tellement plus à une époque.

Elle posa la plume et s'étira le cou. Elle fut interloquée de voir Peg la fixer des yeux à travers la vitre. Elle ouvrit la porte.

— Tu avais l'air tellement tranquille, lui dit Peg. Je ne voulais pas te déranger. Je venais voir si tu voulais un café. Temps a dit qu'ils en faisaient de bons par ici. (Peg nerveuse et parlant trop.) Ça doit te faire bizarre que je sois là. Et je ne veux pas me mettre en travers de ta route. C'est surtout ce que je voulais te dire.

— Depuis vingt ans, je veux que tu te mettes en travers de ma route, dit Alys.

Peg ne sut pas quoi dire. Peg ne savait pas si Alys se montrait gentille ou blessante, alors elle hocha la tête et s'en alla. Ulysses dit qu'Alys se montrait gentille. Peg retourna la voir et s'excusa. Elles burent un café ensemble et il y eut des silences gênés, mais c'était un début.

Juillet apporta la chaleur en quantité. Les répulsifs anti-moustiques brûlaient continuellement et le groupe d'Anglais chercha un répit dans une piscine à Poggetto. (Il te faut un nouveau maillot de bain, Pete. Merci, Peg, il me gratte un peu.) Juillet vit aussi l'homme marcher sur la Lune. Vingt-sept heures de retransmission télévisée ininterrompue chez Michele rendirent Pete et Cresson timbrés. Ils s'endormirent face à la lumière noir et blanc scintillante et Claude monta la garde. Cresson essaya de marcher comme si la pesanteur ne s'exerçait pas et Peg dit qu'il donnait l'impression d'avoir les couilles tordues.

Le soir venu, il n'y avait plus une table disponible chez Michele. Un tas d'Américains en ville qui buvaient jusqu'à la dernière goutte leur ferveur patriotique. Pete devint maître supérieur de l'ambiance, se déplaça vers le fameux tabouret de velours et offrit un feu d'artifice musical sur le thème de la lune.

« Fly Me to the Moon », « Old Devil Moon », « Blue Moon », « It's Only a Paper Moon », et puis bien sûr… « Moon River ».

Il joua une longue introduction, regarda sans arrêt du côté de Peg comme pour dire, Allez, Peg, au moins en souvenir du bon vieux temps. Finalement, Peg se leva. Assez timide, assez peu sûre d'elle. Des lustres qu'elle ne s'était pas tenue près d'un piano, et on le voyait sur son visage, en tout cas ceux qui la connaissaient le voyaient. Et on compatissait et on l'aimait dans ce moment comme jamais auparavant. Pete plissa les yeux vers elle, un sourire clope au bec, son admiration visible par tous. Peg lança un clin d'œil et la magie opéra. Évidente. Peg l'interprète, en un claquement de doigts. C'était inscrit dans son ADN, voilà ce que disait Cresson.

Et de retour à Londres, tandis que le pied de Neil Armstrong touchait la surface lunaire pour la première fois, Col fit un pas de géant personnel lorsqu'il invita en bonne et due forme Mrs Kamya Kaur à sortir avec lui.

— Pourquoi avoir mis aussi longtemps ? dit-elle.

Automne en Italie, et le Nord du pays fut secoué par des grèves supplémentaires dans les usines et les centres industriels. Les étudiants continuaient à manifester et les affrontements avec la police étaient fréquents. Communisme, marxisme, fascisme luttant tous pour une place autour de la table politique, et Massimo écrivit que ça dérivait vers quelque chose de très inquiétant, cette alliance contre nature d'abattement et d'agitation sociale. Ulysses se languissait de son ami et n'hésitait pas à le lui dire. Il lui parla dans sa lettre de la vie sur la place. *Les châtaignes, les truffes, les foies de volaille et des particules de fécondité moelleuse flottent dans le souffle chaud et parfumé de la saison. Les vendanges ont commencé et la schiacciata all'uva est de retour à la boulangerie. Certaines choses ne changent jamais, Dieu merci.*

La deuxième semaine de septembre, Ulysses disparut pour la journée comme il le faisait toujours. Peg dit qu'ils devraient le suivre et Evelyn dit qu'elle n'était pas sûre que ce soit une bonne idée, alors Peg rétorqua : C'est juste une blague, putain ! Première fois qu'Evelyn entrapercevait l'agressivité de Peg.

À la mi-octobre, les hirondelles n'étaient toujours pas parties. Mais pourquoi le feraient-elles ? dit Cresson.

Pasta alla Genovese en utilisant des *trenette.* C'était une spécialité de Cressy. Peg prépara le pesto et suivit le moindre geste de Cresson. Les fenêtres étaient ouvertes et Peg aimait que la radio soit allumée, même si elle la mettait à faible volume. Elle chantait des phrases anglaises par-dessus les paroles italiennes – elle les inventait, tout simplement – et se trémoussait du fourneau à l'évier, robe d'intérieur déboutonnée, pieds nus.

— Quoi ? dit-elle.

— Je regarde, c'est tout, répondit Cresson.

— Tu as l'air de vouloir dire quelque chose, mon vieux.

— Tu es belle.

— Commence pas, et Peg se détourna pour couper le pain.

— On s'est bien amusés, hein, Peg ? Et tu te sens bien maintenant, pas vrai ? À l'intérieur de toi. Et dans cet endroit.

— Je me sens bien, Cresson.

Peg lui prit le visage et lui fit un bisou sur le nez.

— Tu es mon rocher. Tu l'as toujours été, tu le seras toujours.

Plus tard, quand les pensionnaires se furent retirés, quand la vaisselle fut lavée et rangée, Peg et Cresson mangèrent de la crème glacée sur la terrasse, uniquement eux deux, debout, pendant que le soleil se couchait, rouge et or, et que Gianni Morandi chantait « Scende la pioggia » à la radio. Ils dansèrent et, lorsque la nuit devint noire et que les lumières s'éteignirent les unes après les autres sur les collines, Peg alla se coucher. Cresson lui donna son recueil de Constance Everly pour lui tenir compagnie.

— Je n'ai jamais lu de poésie jusqu'à présent, dit-elle. Et si je n'y comprends rien ?

— Tu comprendras, assura-t-il. Tu comprendras.

Toc, toc.

Alys leva les yeux de sa table de travail.

— Tu vas te promener, Cressy ? Tu voudrais que je t'accompagne ?

— Pas ce soir, ma chérie. Je voulais juste te souhaiter bonne nuit au cas où tu dormirais quand je reviendrai.

Alys se leva et l'embrassa.

— Qu'est-ce que c'est ?

— Tiens – et il lui donna la couverture de son magazine *Life*, sur laquelle figurait le portrait de la Terre qu'avait réalisé William Anders. On peut résoudre la majorité des problèmes en contemplant cette image.

Alys sourit.

— Tu crois ?

— Attends, tu verras.

Cresson se profila sur le seuil du *salotto* :

— Je me disais, Evelyn. Et si nous allions à Assise ?

— Oh, oui ! Le mois prochain. Assise est un spectacle inoubliable.

— Vous et moi sur la moto Guzzi.

— De quoi rendre Dotty jalouse !

— Bonne nuit, Evelyn.

— Bonne nuit, mon cher Cressy. Ne restez pas trop tard dehors.

Dans le vestibule, Cresson mit son chapeau et rectifia l'angle face au miroir.

— À tout à l'heure, dit Claude.

Le son feutré de la porte qui se refermait derrière lui. Cresson dehors dans l'air nocturne avec ses bouffées d'égout. Il aimait tant cette odeur ! Il marcha en direction des bancs de pierre, le néon du café de Michele dans sa vision périphérique, la musique de Pete au piano, le doux murmure des derniers dîneurs, le cliquetis des couverts, ses oreilles alertes à tous ces bruits.

— Cressy !

Ulysses accourant sur la place.

— Où tu vas ? demanda-t-il, reprenant haleine.

— Nulle part et partout, répondit Cressy.

— Tu as envie que je t'accompagne ?

— Pas ce soir, fiston. Oh, j'y pense : Peg est au lit avec Constance Everly.

— Il n'y a rien qui puisse encore m'étonner, Cresson.

Il faisait sombre sous les arbres et les fantômes qui prenaient leurs aises à travers la place provoquèrent un haussement de sourcils sardonique sur les traits doux et consentants de Cressy. Une dimension fellinienne saturait le tableau nocturne : à sa gauche un ivrogne transportant un gros poisson, à sa droite une nonne dans un habit étrange, et face à lui une église rayonnante aux formes parfaites.

Cresson ne se sentait plus fatigué. Il voyageait sur la grand-route de la mémoire. Et si nous ajoutions une petite extase pour faire bonne mesure, Cresson ? Quelle vie !

À trois heures du matin, Ulysses se réveilla, le cœur battant et un fort sentiment de mauvais augure comme la prise de conscience progressive d'une fumée. Il enfila un T-shirt et un pantalon et s'avança pieds nus dans l'appartement. Un éclair bleu dans la pénombre. Chut, dit-il à Claude, qui se posa sur son épaule. Il jeta un coup d'œil dans la cuisine, le *salotto*, et tout semblait normal. Il écouta à la porte d'Alys et perçut sa respiration régulière. Il se dirigea vers la porte d'Evelyn et entendit le même souffle calme de dormeuse. La porte de Cressy était entrebâillée. Une légère poussée révéla que la chambre était vide et le lit intact.

Sur la place, la moto Guzzi était à l'endroit où Cresson l'avait laissée et Ulysses regretta que le vieux bonhomme ne l'ait pas enfourchée sur un coup de tête. Il lança Claude dans la nuit – Retrouve Cresson, lui dit-il, et l'oiseau s'envola.

Ulysses suivit la Via Maggio et tourna sur la Piazza dei Sapiti. Il passa devant le palais Pitti, s'approcha du Ponte Vecchio et se dirigea vers l'est le long du fleuve. Voyait presque les traces de pas du vieil homme luire dans l'obscurité. Il appela Cressy, explora les coins sombres à la lumière de sa lampe électrique, mais la ville était presque déserte hormis un chien qui aboyait et des amants qui s'étreignaient en cachette, rien d'inhabituel. Le fleuve était calme, éclairé par les réverbères et la faible lueur d'un bord de ciel. Ulysses se mit à courir.

Sur tout le trajet jusqu'à San Niccolò, il le sentit, et ses jambes faiblirent et son souffle se fit court, pourtant il devait conserver ses moyens pour tout ce qui l'attendait. Il alluma une cigarette et revint sur ses pas.

Il appela de nouveau Cresson et son appel sonna plutôt comme une plainte, et puis soudain, sur le Lungarno Torrigiani, il l'entendit : un petit cri perçant. Il se figea. Claude ? Il s'approcha de l'église luthérienne, le faisceau de sa lampe électrique devant lui. Des ombres, des buissons, et là contre le mur près du portique, la silhouette tassée d'un corps avec un perroquet qui montait la garde. Ulysses se précipita vers Cresson et chercha son pouls. Mais la chaleur l'avait quitté ; son visage était en paix. Ulysses s'assit à côté de lui et s'inclina vers lui une dernière fois. Il prit Claude sur ses genoux et sentit instantanément que quelque chose n'allait pas.

— Hé, mon p'tit gars, qu'est-ce qui t'arrive ?

Claude respirant avec difficulté.

— Qu'est-ce qu'il y a ? dit Ulysses.

La voix de Claude était à peine audible.

— Éteins-toi, éteins-toi, courte flamme, chuchota-t-il.

— Tu veux partir avec Cresson ?

Claude cligna des paupières.

— La vie n'est qu'une ombre en marche, Ulysses.

— Je sais, dit Ulysses, le tenant contre sa poitrine. Je sais, je sais.

— Et je n'aime rien dans le monde... autant... que toi.

Ulysses regarda le soleil se lever et le fleuve resplendir d'or et il ne se souvint pas de grand-chose ensuite. Ce fut Pete qui le trouva. Pete avait eu un pressentiment, lui aussi. Pete rentra et annonça ce qu'il fallait annoncer.

Les femmes se réunirent. Une réflexion sans heurts pour savoir quoi faire exactement. Un adieu anglais, voilà ce que reçut Cressy. Pas de messe d'enterrement, pas de cercueil ouvert, mais un crématorium et un rassemblement chez Michele ensuite. Un avis de décès accroché à l'immeuble informa la place des dispositions mais ce fut principalement la vieille *contessa* qui répandit la nouvelle. Elle la communiqua avec tendresse, parce qu'elle avait pour le vieux gars des sentiments qu'elle avait toujours tenus secrets. Ce fut la vieille *contessa* qui emmena Ulysses acheter des chrysanthèmes au marché. Le regarda décorer la porte de la *pensione*, le regarda remplir de fleurs d'oranger le side-car de la moto Guzzi.

— Attention délicate, dit-elle. Du Cressy classique, ajouta-t-elle en anglais.

Massimo s'empressa de rentrer, bien sûr. Il prit le premier avion et fut étonné de voir Ulysses qui l'attendait à l'aéroport.

— Je vais bien, je vais bien, affirma Ulysses.

Et Massimo répliqua :

— Non, tu ne vas pas bien, Ulisse, maintenant arrête-toi.

Ce qui anéantit Ulysses, en quelque sorte, et il dut se garer et laisser Massimo conduire.

Des et Poppy revinrent eux aussi.

— Je croyais que le vieux Cresson vivrait éternellement. Je croyais qu'il était en plastique.

Pete joua « La chanson de Cressy » et ne la jouerait plus jamais. Puis il disparut avec une bouteille de whisky et Alys le retrouva dans la cave.

— Je me sens en sécurité là en bas, expliqua-t-il.

Col ne revint pas car il ne pouvait pas faire face. Organisa une commémoration au pub pour Cresson et une foule énorme se présenta. Déborda sur le trottoir malgré la pluie. Col apprit par cœur le poème que Cresson avait récité dans le cimetière des Anglais et Col se pinta et pour finir pleura comme un veau.

— Si ce n'est pas maintenant, alors quand ? dit Mrs Kaur.

Peg ne but pas une goutte. Peg chanta « Someone to Watch Over Me » puis s'assit dehors sur la place et écrivit une lettre. L'idée d'Evelyn. *Cher Cresson,* en préambule. Tous ces souvenirs, tous ces remerciements. Lorsqu'elle eut terminé, elle revint au café de Michele et, se servant du guide de conversation de Cressy, elle commanda un verre de pétillant et une assiette de jambon. Elle s'assit seule, but et mangea. Elle regarda les phrases qu'il avait soulignées dans le guide. Ce qui avait été important pour lui dans ces premiers jours. *Un timbre pour une lettre à destination de l'Angleterre, s'il vous plaît.*

L'hiver arriva et apporta le vide.

Ulysses pouvait à peine soulever la tête de l'oreiller, tant le poids de la perte était lourd. Il rentra en lui-même aussi loin qu'il le put. 1970 et une nouvelle décennie. Salut les années 1960 ! Qu'est-ce que vous nous avez apporté de bon ?

Coucou ? Il y a quelqu'un ?

Ulysses ne bougeait pas et se laissait submerger. Evelyn s'asseyait près de lui et faisait la lecture à voix haute jusqu'à ce qu'il s'endorme.

Et puis mars s'installa. La tiédeur couronnait l'air et le changement de nature était perceptible dans le vent et c'était stimulant, impossible de le nier. Le jaune gagna les pièces et les premiers pensionnaires arrivèrent à l'étage en dessous. La voix d'Alys disant : Bonjour, bonjour, vous êtes les bienvenus !

Ulysses était couché sur son lit, l'esprit vagabond, lorsque soudain des battements d'ailes et un gazouillis aigu attirèrent son attention. Il ouvrit les yeux et il lui fallut un moment pour y voir clair. Deux hirondelles entraient et sortaient par l'ouverture des volets, de la boue et des brindilles dans le bec. Au coin de la chambre, il y avait un début de nid. Ulysses regarda, fasciné, et entendit Cressy dire : Et ici s'achève un voyage épique ponctué d'épreuves et de tribulations que nous ne connaissons pas. Ces deux-là sont venues de la vallée du Nil, je pense. Vraiment, Cresson ? Oui, je crois. Ce n'est qu'une impression et je peux me tromper, mais... elles ont parcouru trois cents kilomètres par jour, Temps. Navigation magnifique. À une vitesse de trente, trente-cinq kilomètres heure, même si on a enregistré jusqu'à cinquante-cinq kilomètres heure. Elles ont survécu à la faim, aux tempêtes et au pur épuisement dans l'unique objectif d'être ici. Et d'élire domicile. Voilà qui rappelle quelque chose, non ?

Ulysses appela Peg. Peg se tint sur le seuil et sourit comme une enfant. Rare de voir Peg comme ça. Elle se déchaussa et vint s'allonger contre son dos. Et, ensemble, ils regardèrent les hirondelles.

Quand il renoua avec les globes, ce qu'il fit début avril, Ulysses plaça Cressy au cœur de l'Italie. Mit un *i* à la fin de son nom au lieu d'un *y* ; ce serait la marque des éditions postérieures à 1970. Il y avait quelque chose de perceptible dans tous ces globes. La manière dont la tristesse nourrissait la beauté. Il y avait une majesté en eux, quelque chose de délicat, de précieux et de saisissant. Comme l'image que William Anders avait prise depuis l'espace. Ils seraient les meilleurs d'Ulysses.

Ils se mirent en route un bel après-midi de juin. Toute une palabre pour savoir quoi mettre aux pieds – des chaussures confortables, pratiques et avec une semelle qui adhère, dit Pete. Massimo et Ulysses prirent les sacs à dos et Pete – « la paire de mains la plus sûre » – porta l'urne. Peg et Alys avaient les couvertures et l'unique préoccupation d'Evelyn était de ne pas mourir par excès d'efforts.

— Si je n'y arrive pas, dit-elle, ne me ressuscitez pas, mais poussez-moi dans le précipice comme un rocher.

Dans un convoi formé par Betsy et la moto Guzzi, ils montèrent à Settignano et se garèrent sur la grand-place. Comme l'après-midi penchait vers le soir, ils marchèrent en direction du *cimitero*, longeant l'oliveraie palpitante, puis ils s'avancèrent sur la très ancienne voie des tailleurs de pierre. Evelyn avait été chargée de trouver le bon endroit pour Cresson l'amateur de faits et elle l'avait superbement honoré. Chacun de leurs pas était historique. Chacun de leurs pas était pour lui. Suivant les traces de ceux qui avaient sculpté la *pietra serena* à la Renaissance. Combien cela lui aurait plu ! Et, bien sûr, la promenade au cœur des arbres les conduisit au Monte Ceceri, où Léonard de Vinci avait rêvé et réfléchi à l'idée de voler.

— Nous y sommes, dit Ulysses.

La forêt était devenue une cathédrale. Sous des colonnes de lumière, Evelyn, Peg et Alys s'étendirent sur la couverture, tête au centre, en étoile à trois branches. Pete palpa son pouls et déclara qu'il n'y en avait pas.

— C'est possible, ça, Temps ?

— Je ne crois pas, Pete.

Massimo et Ulysses s'assirent côte à côte, débouchèrent le vin et distribuèrent les verres. Le vin était encore frais, délicieusement, et il les revigora. Pete ouvrit l'urne et, pendant qu'Evelyn récitait du Constance Everly, ils répandirent tour à tour les cendres de Cressy sur le sol forestier.

Ils burent le vin et se sentirent heureux que Cresson ait marché parmi eux.

— Quelle chance nous avons eue ! s'exclama Ulysses.

Lui et Alys racontèrent à nouveau l'histoire de Fanny Blankers-Koen et le stratagème qu'avait employé Cresson pour introduire clandestinement Claude et l'argent sur le ferry, en 1953. Succéda un hommage impromptu d'Evelyn, petit salut à Claude et à ses tendances shakespeariennes :

— *Mais ton éternel été ne pourra se faner*

Ni perdre possession de sa beauté

Ni la mort se vanter que tu erres dans son ombre

Dans l'éternité du poème tu grandis avec le temps.

Si des hommes (et des femmes, ajouta-t-elle) *respirent et leurs yeux voient*

Ceci est vivant ceci te donne la vie.

Evelyn leva son verre en l'honneur de la forêt, et chacun d'eux fit de même. Pete jura qu'il y avait un silence de remerciement dans les feuilles, et Ulysses affirma l'entendre lui aussi.

Le retour à pied fut lent et sans incident. Pendant un court moment, ils se tinrent tous la main. C'était l'idée d'Alys et elle tint la main de Peg.

Et ils laissèrent Cresson là-haut, à son devenir d'arbre.

Les années 1971 à 1974 furent hétérogènes, tout bien considéré, et l'absence de Cressy cruellement ressentie. L'extrême-droite et l'extrême-gauche politiques essayaient de transformer le pays à l'image de leur propre utopie, et les assassinats et les attentats à la bombe faisaient les gros titres des journaux. Les douces âmes de la *pensione* étaient silencieusement ébranlées, en particulier Ulysses.

— Nous continuons de vivre dans le sillage de la Révolution française, de Hitler et de Mussolini, dit Evelyn. Il suffit de gratter le vernis en surface et le mal redresse la tête. Il a été vaincu mais n'est jamais parti. Nous devons nous en accommoder, Ulysses.

Dans ce climat d'insurrection, Peg commença sa carrière de chanteuse professionnelle. Il n'échappa à personne qu'elle divorça d'avec Ted au même moment. Elle se joignit à Pete dans les hôtels et les clubs, et ils remportèrent un succès immédiat avec un répertoire affûté au cours des décennies. Ils étaient un duo de pros qui pouvaient s'accorder à l'instinct musical de l'autre. On les appelait Temper Fine – rien de plus que leurs noms de famille réunis.

Pete, à voix basse dans le micro, dit :

— Mesdames et messieurs, je vous présente Peggy Temper.

Dotty et Evelyn se tenaient dans le fond et applaudirent bruyamment. Lente baisse de la lumière avant le premier titre tandis que le soleil orange se couchait sur l'Arno embrasé. Dotty se pencha vers Evelyn et chuchota :

— Dans une autre vie, Lynny, elle et moi…

— Oh, ne te laisse pas leurrer, dit Evelyn. Elle te mangerait au petit déjeuner.

— Si seulement, soupira Dotty.

1972 vit *Roma* de Fellini venir à Florence. Evelyn fut enchantée par l'hommage du réalisateur à une ville qu'elle connaissait si bien, et Pete déclara qu'il donnerait son pied gauche et une oreille pour être dans un film de Fellini.

— Tu as vraiment réfléchi à la question, Pete, je ne me trompe pas ? dit Massimo, et Pete confirma.

Et, par une fort étrange tournure des événements, qui avait Cressy marqué dessus, une photo de promotion de Pete se retrouva au bureau de casting pour *Amarcord* et il fut propulsé vers le plateau 5 des studios Cinecittà. Massimo supplia Pete de l'emmener, mais Pete n'avait pas l'autorisation d'amener un ami – même s'il demanda, Dieu le bénisse. Pete eut un petit rôle néanmoins très visible, et l'expérience cinématographique dans sa totalité le changea. Il fut traité comme une star pour la journée. C'est parfois tout ce qu'il faut.

— Cette veste est ravissante, dit Ulysses.

— L'une de celles de Marcello Mastroianni, dit Pete.

— Elle te va à merveille.

— Merci, Temps.

Ce fut aussi l'année où Massimo s'installa à la *pensione* après le décès de sa mère. Il avait l'argent pour un appartement, mais il ne voulait qu'on le surveille quand Jem venait en visite, donc :

— Tu veux vraiment ? dit Ulysses. Ici avec nous ?

— Ça t'ennuie ?

— Si ça m'ennuie ? Tu es sérieux ?

— Est-ce que tu l'es ?

(La conversation continua ainsi pendant un moment.)

Massimo prit le relais pour préparer le dîner de temps à autre et sa cuisine figura même dans le livre d'or : *Bravo pour les succulentes tomates farcies au riz,* signé le faim gourmet. (Il y avait une faute d'orthographe, mais très charmante et appropriée.)

Et à Londres, Col se ligota au cerisier lorsque les bulldozers arrivèrent. La *Hackney Gazette* se passionna pour l'incident et signala que Col avait assuré : « L'action non violente est la seule voie. » L'équipe de démolition trancha les liens de Col, le cerisier finit à l'arrière d'une benne et Col passa une nuit en taule après avoir donné un coup de poing à un policier. Mrs Kaur et Ginny l'attendaient lorsqu'il sortit. Mrs Kaur dit qu'elle était fière de lui et Col marcha comme un roi ce jour-là.

Ils étaient donc là : un après-midi froid sur la place Santo Spirito début 1973.

Ulysses, Massimo et Evelyn buvaient grappa et café à la terrasse de Michele. Le marché s'était fini tôt et Evelyn parlait aux deux hommes de l'été où elle avait rencontré Katharine Hepburn au Kenwood Ladies' Pond à Hampstead lorsque, dans cette rêverie, surgit Pete. Il avait participé avec Peg et Alys à une manifestation pour le droit à l'avortement et son T-shirt peint à la main prônant le choix des femmes était tendu à craquer par-dessus son manteau en peau de mouton.

Il s'immobilisa devant eux, essayant de reprendre son souffle.

— Vous n'allez pas croire qui on vient de voir, dit-il, haletant.

— Annonce, dit Ulysses.

— Romy Peller.

— Pas possible !

Pete expliqua que Peg, Alys et lui revenaient par le Piazzale degli Uffizi lorsqu'ils avaient été témoins d'un accident.

— Quel genre d'accident ? demanda Massimo.

— Une Vespa est rentrée dans une statue vivante. Quel risque il y a qu'une telle chose se produise ?

— Élevé, si on n'aime pas le mime, dit Evelyn.

Ulysses rit.

— La statue vivante n'a même pas crié, dit Pete. Tant l'attention et le dévouement à son art étaient complets.

— Romy conduisait la Vespa ? demanda Ulysses.

— Non, Temps. Romy est la statue vivante.

— Romy, une statue vivante ? Je n'y crois pas.

— Alys n'arrivait pas à y croire non plus. Elle était là, penchée pour porter les premiers secours à ce sosie de Jean Seberg au visage blanc, quand soudain : « Bonjour Alys, c'est Romy. » Alys a failli chier dans son froc. Pardon, Evelyn.

— Nous l'avons tous fait, Pete.

— Elle a étudié à l'École Jacques Lecoq, dit Pete.

— Comment tu sais ça ?

— Elle nous l'a raconté.

— Je croyais qu'elle venait de se faire renverser, dit Evelyn.

— Oui, mais pas gravement. Un choc émotionnel, surtout. Le conducteur de la Vespa s'en est plus mal tiré. À ce qu'il semble, il a dû choisir entre percuter un groupe de touristes et percuter une statue. Alors il a percuté la statue. On aurait fait pareil à sa place, non ? La surprise qu'il a eue quand la statue a parlé. Il est tombé en arrière et s'est cogné la tête contre les dalles. Aïe, dit Pete.

— Et les voici qui arrivent, dit Massimo.

Alys et Peg apparurent sur le côté de l'église, bras serrés autour d'un drap au visage blanc qui claudiquait.

Evelyn avait hâte d'expliquer tout ça à Dotty.

Dès qu'elle s'assit dans le *salotto*, Romy retrouva son naturel charmant et animé. Même si elle n'était plus une adolescente mais une femme approchant de la trentaine, tout comme Alys. Peg dit qu'elle trouvait que Romy parlait beaucoup pour une artiste de mime.

— Comment vont ta mère et ton père, Romy ? demanda Ulysses.

— Oh bonté divine, Mr Temper ! Leurs vies ont totalement changé après Florence. Mon père n'a pas écrit son livre sur Henry James, mais au bout du compte il a écrit un bestseller sous le pseudonyme de Dante Pelloni. Un thriller sentimental sur un homme qui va en Italie à la recherche de l'amour, mais dont la femme essaie de l'assassiner avec l'aide d'un maçon de la ville.

— Je l'ai lu ! s'écria Evelyn. J'ai tellement ri quand le lustre lui est tombé dessus !

— Les droits ont été achetés pour un film, dit Romy. Ali MacGraw pourrait interpréter ma mère.

— Et comment va ta mère ? demanda Ulysses.

— Vraiment bien. Elle est directrice du marketing dans une société de boissons. Elle sort avec un ami d'Onassis.

Romy Peller était la bouffée d'*aria fresca* dont ils avaient tous besoin : contrepoint joyeux et un peu cinglé au chagrin qui avait assombri les deux années précédentes. Elle montra à Pete le numéro du mime coincé dans une cage de verre et Pete passa la semaine qui suivit à essayer de s'échapper d'une chose qu'il ne voyait pas, mais selon Col c'était l'histoire de sa vie de toute façon, alors qu'est-ce qu'il y avait de nouveau ?

Et, dans un merveilleux rebondissement, Romy Peller tomba éperdument amoureuse d'Alys. Elles se précipitèrent au lit ensemble dans une chambre meublée près de l'Accademia. Elles avaient un passé, elles étaient à l'aise et le sexe fut génial.

— Alors tu en penses quoi ? dit Romy. (Elle venait de demander à Alys si elles ne devraient pas réessayer.)

— Toi et moi, môminette. L'amour est un rêve radieux ? dit Alys.

— Oh mon Dieu ! s'exclama Romy. Je t'en supplie, me dis pas que j'ai prononcé des phrases pareilles un jour.

— Tu les as prononcées.

Romy eut envie de rentrer sous terre et alluma une cigarette. Elle souffla un long ruban de fumée.

— Et en réponse à ma question ?

— Oui, d'accord, dit Alys. Mais allons-y lentement.

Romy rit car Romy ne savait pas ce que signifiait le mot « lenteur ». Mais elle encouragea Alys à prendre sa guitare et à chanter sur les marches de l'église ce soir-là. Alys chanta « La liberté de la route infinie » et Massimo désigna Pete et tout le monde applaudit. Elle chanta aussi « La tour de Rotherhithe », une chanson que Peg n'avait jamais entendue jusque-là. Et, retraversant la place, Peg demanda à Ulysses quand Alys l'avait écrite et il répondit quand elle avait quatorze ans. Cela désarçonna Peg. Que la môme ait compris la profondeur de sa souffrance si longtemps auparavant. Peg pensait que c'était la plus belle chanson qu'elle avait jamais entendue. Elle écrivit un mot avec cette simple phrase et le glissa sous la porte de la chambre d'Alys. Elles n'en parleraient ni l'une ni l'autre pendant des années.

Environ une semaine plus tard, Ulysses dit à Alys que Romy était la bienvenue si elle souhaitait s'installer à la *pensione*, mais Alys répliqua putain hors de question.

— Oh, dit Ulysses, qui appréciait plutôt Romy.

— Je veux dire, pas encore, reprit Alys. Pour la première fois de mon existence, Uly, tout est chouette et stable. Je veux maintenir ça.

Lorsque *Amarcord* sortit enfin au vieux Rex en 1973, la rudesse du chagrin s'était émoussée et tout le monde se sentait d'attaque pour l'événement. Peg n'était pas seulement tirée à quatre épingles mais à douze. Pete avait la tête haute, ce qui constituait un rare exemple sur le plan anatomique, et ce court moment où il apparut à l'écran – oh, quelle fierté ils éprouvèrent ! – visage sortant du noir, plein d'intention, plein de désir. Il dit qu'il avait eu une phrase de texte mais qu'ils l'avaient coupée au montage, et Alys dit :

— Qu'est-ce qu'une phrase de texte quand on peut tout exprimer dans un regard ? Demande à Romy.

Pete se tourna vers Romy, qui approuva, et Pete sembla satisfait. Il recommença même à recevoir des lettres de fans. Dieu sait comment ces gens avaient su où il habitait, mais ça se passe ainsi dans l'industrie du spectacle. Rien n'est sacré.

Juin 1975 et le soleil de la fin de l'après-midi entrait à flots dans la pièce. La platine fonctionnait à plein volume. Disque double de Van McCoy & the Soul City Symphony jouant « The Hustle » pendant que Peg et Ulysses baisaient – en souvenir du passé – contre le mur de sa chambre. Le flic flac de la peau transpirante complétait le rythme disco tandis que la mélodie prenait des proportions épiques et euphoriques avec l'envolée de la trompette. Peg jouit bruyamment, Ulysses à sa suite. Il la porta jusqu'au lit et ils s'écroulèrent sur le matelas.

— Putain t'es épatant, Tempy, dit Peg, respirant fort.

Le réveil sonna.

— Et ponctuel, en plus, ajouta-t-elle. Je te dis merci. (Toujours le suprême degré du romantisme.)

Un taxi les emmena, Pete et elle, au bar de l'hôtel Excelsior. Une clientèle invariablement convenable ; ils se délectaient de leurs soirées là-bas. Cafetans Gucci, rouge à lèvres orange, vestes sport, sandales d'hommes et l'argent qui tintait dans la caisse. Les bases de la soirée seraient : « Someone to Watch Over Me », « But Not For Me », « Stormy Weather », « I've Never Been in Love Before », « You Don't Know

What Love Is », « Time After Time », « That's All », « Everything Must Change », « Always on My Mind », « Being Alive ».

Le gagne-pain musical, comme l'appelait Pete. Ils pouvaient interpréter ce répertoire les yeux fermés, et Pete ne s'en privait pas. Peg avait établi une règle : les verres qu'on leur offrait ne devaient arriver que pendant la deuxième partie. Celle-ci se composait souvent d'airs de spectacles ; c'était à ce moment-là que Pete montait d'un cran, que son expérience théâtrale rayonnait et que chacune des chansons soulevait un tonnerre d'applaudissements, public debout.

Donc, ce soir-là ils étaient au milieu de leur concert et Peg n'avait jamais été aussi excellente. L'un de ces soirs dont les gens se souviennent. Elle avait remarqué un type au bar qui l'observait, mais ce n'était pas inhabituel en soi. Pourtant, celui-ci n'avait pas des yeux de biche ni ne cachait son alliance, et il ne projetait pas le fantasme de sa jeunesse sur elle comme les hommes le faisaient si souvent. Il semblait intéressé par son talent de chanteuse, ce de façon sincère, et il y avait chez lui une intensité qui aurait pu être perturbante.

Il ne commanda pas de verre pour elle et Peg en fut étonnée. Entre deux titres, elle dit à Pete :

— Tu vois ce gars au bar ?

— Une aura mélancolique ?

— Ouais, c'est lui.

— Tu le connais ? demanda Pete.

— Jamais vu jusqu'à présent, répondit Peg.

— Écoute, il a l'air de te connaître.

(Dernière chanson.)

— Un immense merci à vous tous, et bonne nuit.

Peg et Pete saluèrent ensemble, et l'homme se leva simplement et sortit. *Bizarre,* pensa Peg.

Après avoir rangé leur matériel, elle et Pete buvaient tranquillement un verre, la ville illuminée derrière eux. Tantôt ils commentaient le concert et ce qu'ils auraient pu faire encore mieux, tantôt ils promenaient leurs regards sur le fleuve et commentaient le chemin qu'ils avaient parcouru.

— Peg ?

Peggy se retourna. C'était l'homme du bar.

Pete termina son verre en hâte et se leva.

— Je vais y aller, dit-il.

— Non, reste, lui dit Peg.

Pete se rassit et regretta d'avoir fini son verre aussi vite.

— Peggy Temper ?

Un Américain, manifestement.

— Ouais, c'est moi.

Peg discerna une ressemblance troublante avec Eddie chez cet homme. Bien sûr il avait des cheveux gris, mais exactement comme elle sous sa blondeur, et il y avait quelque chose en lui...

— S'est-on déjà croisés ? demanda-t-elle.

— Il y a trente ans, lâcha-t-il.

— Peg était une ado à cette époque, dit Pete.

— Tais-toi, Pete, rétorqua Peg en riant.

— Je suis Glen. Glen Mollan.

Peg tendit la main.

— Enchantée, Glen.

Alors, l'homme marqua un silence comme s'il ne savait pas comment continuer. Il dit :

— Eddie était mon meilleur ami.

L'air quitta subitement la pièce alors qu'un tourbillon les ramenait à l'été 1944. Le soir où Peg et Eddie s'étaient rencontrés au dancing de Soho, Glen Mollan était présent aussi. Il avait un charme particulier ; il ne rentra certainement pas seul cette nuit-là. Lui et Eddie étaient souvent pris pour des frères. C'était Glen qui avait remarqué Peg en premier. Poussa Eddie du coude en disant, Regarde-la, et les deux hommes sifflèrent tout bas. Mais Glen avait déjà payé un verre à une jeune femme au bar, alors que pouvait-il faire ? Elle est pour toi, Eddie. Eddie mit sa main devant sa bouche et huma son haleine.

Les yeux d'Eddie se fixèrent sur les yeux de Peggie. Une collision d'étoiles continuelle, perpétuelle, éternelle.

Peg fila aux toilettes. Pete frappant à la porte.

— Peggy ? Ça va là-dedans ?

— Ça va, Pete. Mon ventre, c'est tout.

— Je t'attends. Je te quitterai pas du regard.

— La chiasse, Pete. Laisse-moi une minute, chéri.

— Oh oui. Désolé, Peg.

Un bruit de chasse d'eau.

Peg ouvrit la porte et Pete se précipita vers elle et la prit dans ses bras.

Glen les attendait à la table et il se leva lorsqu'ils entrèrent. Pete fut soulagé de voir trois verres sur le plateau. Il s'assit sur le siège le plus éloigné de Glen.

— Voulez-vous en savoir un peu ou beaucoup ? demanda Glen.

— Racontez-moi tout, répondit Peg.

Eddie Clayton, le beau gosse américain de Peg, était mort en France six mois après leur rencontre. Il ne s'appelait pas officiellement Eddie Clayton, mais Henry Edward Claydon. Surnommé Eddie. Marié jeune, mais malheureux dans son ménage. Il avait prévu de divorcer, d'épouser Peg et de l'emmener aux États-Unis, cela au moins était vrai. Il avait même parlé de son projet à ses parents. Ils étaient bienveillants. Ils soutiendraient tout ce que leur fils aurait besoin de faire. Peg n'était pas un secret, Peg était réelle.

— Alors il m'aimait vraiment.

Ce furent les premiers mots qui sortirent de la bouche de Peg.

Glen répondit :

— Il était fou de vous.

— Comment est-il mort ? dit Peg.

— Deux Jeep qui roulaient à toute vitesse. Celle d'Eddie a heurté une souche d'arbre et s'est retournée.

Peg eut un vertige. Toutes ces années. Toutes ces années à attendre. Toutes ces années à attendre d'être délivrée. Pete lui saisit la main et elle ne la retira pas.

Glen dit :

— Je suis désolé de…

— Non, je…

Mais les mots se dérobèrent. Le cliquetis des glaçons. La déglutition sonore. L'éclat d'une allumette. Pete proposa ses cigarettes. Et tous trois restèrent assis en silence.

— Je n'étais pas censé être ici, reprit Glen. J'aurais dû quitter Milan hier. Mais il y a eu un changement de date, et je ne voulais pas passer le week-end là-bas, donc je suis venu…

— Eddie a une môme, dit Peg. Elle s'appelle Alys et elle lui ressemble. Et elle est intelligente, talentueuse et féroce. Dites-leur.

— Je leur dirai.

— Tenez, dit-elle, et elle ouvrit son sac à main.

Clope aux lèvres, clignant des paupières, fouillant jusqu'à ce qu'elle trouve son portefeuille. Les mains tremblantes, elle sortit la photo de sa fille et la tendit.

— Donnez-leur ça, dit-elle.

Glen hocha la tête et regarda la photo.

— Bon sang. Elle est vraiment tout le portrait d'Eddie, dit-il.

Peg et Pete rentrèrent en longeant l'Arno. Peg, chaussures à la main, s'appuyait sur Pete et Pete était solide. Les réverbères adoucissaient le noir de la nuit. Peg entraîna Pete sur le Ponte Santa Trinità ; immobiles contre le parapet, ils regardèrent l'eau. Une lanterne attira leur attention. Tout un monde sur ce rivage herbeux tandis qu'un homme versait du liquide d'une bouteille Thermos et vérifiait ses lignes de pêche.

— Je sais pas quoi dire, Peg, et Pete se mit à pleurer.

— Hé, dit-elle, l'amenant à elle. Hé, tout va bien. Je vais bien, Pete. Regarde-moi.

Pete la regarda.

— Allez, sèche ces larmes, bougre d'idiot.

Pete se moucha et s'essuya le visage. Peg reprit :

— Il allait revenir me chercher, Pete. Je crois que c'est tout ce que j'ai toujours voulu savoir.

Une heure du matin et Pete ouvrit la porte de la *pensione.* Peg entra et Pete dit :

— Je vais chercher Temps.

— D'accord.

Elle s'assit sur le canapé et regarda ses mains. Passa son pouce sur les plis, inspecta le petit défaut dans sa ligne de vie…

— Peg ?

Ulysses sur le seuil, tout ébouriffé et ensommeillé. Elle lui fit signe et il vint s'asseoir à côté d'elle. Mit son bras autour d'elle.

— Ça va ? dit-il, et elle hocha la tête.

— Je t'assure, insista-t-elle, et il l'attira plus près.

Evelyn aida Pete à apporter le cacao et Massimo apparut avec des couvertures et les vieux murs chuchotèrent : voici ta famille, Peg. Ulysses réveilla Alys, qui arriva et s'étendit par terre pendant que Peg lui disait tout ce que Glen avait expliqué. Alys, stoïque comme toujours, absorba ce récit comme un bulletin météo. Peg pleura, mais pas sur elle-même. Si on lui avait demandé sur qui, elle n'aurait pas su répondre. Peut-être simplement sur un jeune homme qui n'était jamais devenu vieux, cette invariable et sempiternelle, invariable et sempiternelle histoire de guerre. Alys s'approcha de sa mère et la serra dans ses bras. Pour la toute première fois. On pourrait sans doute dire que c'est ce qu'Eddie leur donna cette nuit-là.

Et là, tandis que le soleil perçait à travers les volets, le fantôme d'Eddie Clayton fut enfin porté en terre.

L'air avait une tiédeur de septembre et Evelyn avait pris sa position de début de soirée sur le banc de pierre. Elle était en chemisier blanc à manches courtes et pantalon de lin marine, lunettes de soleil requises sur le nez. Son eau de Cologne, fraîche et citronnée, était fréquemment l'objet de vifs éloges. Elle aurait aimé que la canne ne soit pas une nécessité, mais celle-ci était également utile pour indiquer des choses intéressantes. Par exemple cette fleur près de son pied.

— Evelyn ?

Elle leva les yeux. C'était Ulysses.

— Asseyez-vous, dit-elle, tapotant le banc. Regardez, dit-elle, et elle indiqua la petite fleur jaune près de sa chaussure. Imaginez l'effort qu'il a fallu pour surgir entre ces dalles du XVe siècle et dire : Me voici ! Regardez-moi ! Alors que tout le monde veut regarder l'église, le palais là-bas ou la statue. La nature est un immense cadeau, Ulysses. Avec l'art, mon esprit interagit d'une manière très différente, sur laquelle pèse souvent l'histoire ou l'analyse. Et pourtant ici – cette minuscule fleur jaune ne demande rien de plus que d'être appréciée.

(Comme il l'adorait !)

Clac clac clac ! sur les dalles elle s'avança. Chemisier gris pâle et pantalon pattes d'éléphant violet, lunettes de soleil, rouge à lèvres orange et cigarette encore éteinte à la main.

Peg s'assit avec un bruit sourd.

— Vous êtes divinement habillée.

— Merci, Evelyn, dit Peg, et elle alluma sa cigarette. Regarde-les tous qui nous observent, Temps.

Ulysses se tourna.

Depuis le café de Michele les scrutaient la vieille *contessa*, Giulia, le prêtre, Clara la boulangère, Gloria Cardinale qui vendait de la mercerie et bien sûr Signor Malfatti, qui tenait une roue de fromage. Se demandant tous si Peg et Ulysses redeviendraient un couple maintenant qu'il y avait de la place.

Mais Peg et Ulysses savaient que leur moment était passé. Le savaient depuis la mort de Cressy, depuis qu'ils s'étaient allongés sur le lit ensemble et avaient regardé les hirondelles. Tout avait changé alors. Le fait qu'ils s'étaient hissés mutuellement sur l'autre rive, sains et saufs, était essentiel et impérissable.

— Vous ne pouvez pas reprocher aux gens de vouloir une histoire qui finit bien, dit Evelyn.

— Notre histoire finit bien, affirma Ulysses. Pas vrai, Peg ?

— Exact, Tempy.

Un Klaxon de taxi strident et Pete qui agitait le bras et appelait à travers la place.

Peg se leva et ôta la cendre tombée sur son pantalon.

— Faut que j'y aille, dit-elle. Vous serez là tous les deux à l'Excelsior plus tard ?

— Je ne voudrais pas manquer ça, dit Evelyn.

— Quand est-ce que tu vois Glen Mollan ? demanda Ulysses.

— Dans une heure. Un café en vitesse avant le concert.

— Nerveuse ?

— Un peu.

— Ça va rouler, dit Ulysses. Tu es splendide, Peggy.

— Et souvenez-vous, dit Evelyn. Ce n'est qu'un café. Vous n'avez pas obligation de tomber amoureuse de cet homme.

— Ha, ha ! dit Peg. Elle est drôle.

Un an plus tard, Peg et Glen Mollan tombaient amoureux l'un de l'autre.

— Alors, que je comprenne bien, dit Des. Durant tout ce temps, Eddie était mort. Son meilleur pote, Glen – par un heureux concours de circonstances – a rencontré Peg à l'Excelsior et aujourd'hui Peg et Glen sont ensemble.

— C'est à peu près ça, confirma Ulysses.

Des secoua la tête, incrédule.

— On ne pourrait pas l'écrire, hein ?

En ce jour des Morts, les deux hommes étaient au Monte Ceceri, assis près d'un jeune arbre de belle apparence qui avait un bouquet de fleurs calé contre le tronc.

Ulysses sourit.

— Pete dit que ça lui a tout l'air d'un coup de Cresson.

— Pete a peut-être trouvé quelque chose, dit Des. Comment il est, ce Glen, alors ?

— Vraiment sympathique. Je l'ai croisé deux ou trois fois. Il est des nôtres, Des.

(Glen Mollan l'était véritablement. Un curieux mélange de Col, Pete et Ulysses, dit la vieille *contessa*

– MAIS un physique d'idole du public féminin, ajouta-t-elle, désobligeante.)

— C'est tout ce que j'ai besoin de savoir, mon garçon. Que notre Peg est dans de bonnes mains respectueuses.

— C'est ce qu'on veut tous, Des.

Des sortit de sa poche un sachet en papier et se mit à jeter des graines de tournesol par terre.

— Claude n'est pas ici, Des.

— Ah bon ?

— Non. À Giglio.

— Je supposais qu'il était avec Cresson.

— On l'a dispersé sous la vigne où il se tenait toujours. Pete a dit qu'un paquet de vingt clopes donnait plus de cendres. Mais on était tous là. Même Dotty est revenue.

— Avec Helena ?

— Non. Avec Penelope.

— La mère de Jem ?

— Elle-même.

— Ma parole ! dit Des. Les gens ne se sont pas ennuyés.

Ulysses alluma une cigarette.

— Vous aimez être grand-père, Des ?

— Je déteste. Quand vos mômes se marient, ça ouvre un autre patrimoine héréditaire entier. Plein de petits chenapans. Tenez, dit-il. Un mot pour vous : « hypoallergénique ». Mon plastique est en train de révolutionner le monde médical. Qui savait que l'Angleterre était aussi malade ? Vous avez besoin d'argent ?

— Non, tout va bien, mais merci.

— Bon, vous me direz.

Et, comme le crépuscule chuchotait son intention, les deux hommes se levèrent, et Des chassa des feuilles accrochées à son nouveau pantalon de velours rouge.

— Evelyn est déjà centenaire, mon garçon ?

— Dans trois ans. Mais elle compte tirer sa révérence à quatre-vingt-dix-neuf. On fera une grande fête. Elle ne veut pas d'un télégramme de la reine. Elle est absolument catégorique là-dessus, en réalité, donc elle abrégera.

— Pas royaliste, alors ?

— Elle pense qu'une bouteille de champagne conviendra mieux, je crois. Ou un titre de chevalier.

— Une appréciation de la vie tellement lucide. Quelle femme ! Le jour où je déciderai d'arrêter, je serai au volant avec Poppy à côté de moi et je précipiterai notre Land Rover du haut d'une falaise.

— Poppy est au courant de ça ?

— Pas encore, dit Des.

— Il vaudrait mieux l'avertir.

— Euh, oui, sans doute.

1978 et l'avortement fut enfin légalisé en Italie. Une étape capitale pour le droit des femmes à disposer de leur corps. Alys était plus circonspecte : elle parla d'un début. À Londres, Col se tint au premier rang d'une foule avec Ginny et Mrs Kaur et regarda la démolition de son pub. Mrs Kaur l'avait aidé à capituler devant une situation sur laquelle il avait peu d'emprise. Par conséquent, il n'y eut pas de reflux gastrique quand le premier boulet de démolition frappa. Un grand rire, en revanche, lorsque l'enseigne du pub vola et s'abattit sur un conseiller.

— Tête de nœud ! cria Col.

Col acheta un pub de l'autre côté de Kingsland Road, ce qui était comme Tombouctou pour lui, déclara-t-il. Mrs Kaur dit qu'il se montrait excessivement dramatique. Ginny dit aussi qu'il exagérait. Devy approuva.

Col acheta un camping-car Volkswagen et se plongea dans le *seva* – ce qu'il appelait le service désintéressé à des fins purement altruistes pour l'amélioration de la communauté. *Tu offres les boissons, alors, Col ?* écrivit Ulysses. *Ha, ha ! Vachement !* écrivit Col en réponse. Et, après une réunion d'affaires à Milan, Glen Mollan descendit à Florence et demanda Peg en mariage.

— Qu'est-ce que tu as répondu ? demanda Alys.

— J'ai dit pas encore, et Peg servit le vin.

Le soir était chaud, l'air enfumé et la nuit ne tomberaient que plusieurs heures plus tard. Elles étaient à la terrasse de Michele, environnées de touristes. Pete jouait du piano à l'intérieur ; à une table voisine, Ulysses, Massimo et la vieille *contessa* discutaient de la durée d'affinage idéale pour le Parmigiano Reggiano. Sur le banc de pierre, Evelyn écrivait une lettre à Dotty et, là-bas près de la statue, se tenait Romy – en statue.

— Je ne suis pas sûre de vouloir aller quelque part, dit Peg. Je ne suis pas sûre de vouloir que ma vie change davantage. Et je ne suis pas sûre de vouloir te laisser.

Sur quoi elle alluma une cigarette.

— Je ne suis plus une môme, répondit Alys.

— Mais tu en étais une. Et je n'étais pas là. Donc pour l'instant je ne bouge pas. Et Glen peut me rendre visite.

— Ça maintiendra la fraîcheur de la relation.

— C'est ce que j'ai pensé, dit Peg.

Alys sourit jusqu'aux oreilles. Et dans ce sourire il y avait mille paroles.

— Tiens, ajouta Peg. Avant que j'oublie. Je croyais l'avoir perdue.

Et elle tendit la broche camée qu'Eddie lui avait offerte des années auparavant. Celle qui lui avait coûté une chambre d'hôtel et l'avait propulsée sous la voûte d'une voie ferrée où Alys avait peut-être été conçue. Bizarre comme les choses se passent.

Alys se mit à rire :

— Vraiment ? Ça s'est déroulé de cette manière ?

— Ouais. Quel putain d'héritage je t'ai donné. Sois gentille avec Romy, Alys. Je sais comment elle te regarde. C'est fort, ce genre de chose. Attention à ce que tu en fais.

C'était octobre 1979. Evelyn Skinner regardait par la fenêtre, observait le temps dans le changement de la lumière et de l'ombre. La lumière du jour embellit et le clair de lune mystifie ; tel était le prologue pour chaque nouvel arrivage d'étudiants. Elle avait, quelques instants plus tôt, eu quatre-vingt-dix-neuf ans mais en paraissait dix de moins, ce qu'elle attribuait à l'huile de foie de morue, à la nage en eau froide et à l'amour reçu. Même si les années l'avaient privée de plusieurs centimètres, sa posture assise demeurait ferme et droite. Elle entendit Ulysses frapper et entrer dans sa chambre, et son visage rayonna en le voyant. Il lui tendit l'un des verres de *frizzantino* qu'il avait dans la main.

— Cela aurait suffi, vous savez, dit-elle.

— Je sais.

— Vous, moi, ceci – et elle indiqua la place inondée par le crépuscule au-dehors. « Oh ! qu'il est beau le coucher du soleil, quand l'incandescence du ciel descend sur une terre comme la tienne, ô toi, le paradis des exilés, Italie !... »

— Dante ?

— Shelley, dit-elle, et ils trinquèrent.

— Bon anniversaire. À votre longue et extraordinaire vie.

Elle but une gorgée et déclara :

— Vous êtes devenu votre prénom, en fin de compte. Il vous a fallu longtemps pour revenir de la guerre, mais vous avez réussi, Ulysses. À propos, je vous ai laissé l'appartement de Bloomsbury.

— Ce n'est pas nécessaire.

— Londres vous refera peut-être signe. Ou alors donnez-le à Alys. Dotty a le Kent. Elle a horreur de la campagne, mais elle verra la plaisanterie. Et elle finira par chérir le lieu. Tout le reste est secondaire. Et je veux que mes cendres soient dispersées sur l'Arno, comme Constance.

— D'accord, dit-il. Autre chose ?

— Je crois que c'est tout ce que vous avez besoin de savoir.

— Très bien.

— J'ai l'impression que vous voulez me poser une question.

— C'est quelque chose que Dotty…

— Oh, ne l'écoutez pas !

— Étiez-vous réellement espionne ?

— Bien sûr ! Elle le découvrira quand les Archives nationales divulgueront les documents. Avec un peu de chance, elle ne sera pas en train de conduire ou de manipuler de lourds appareils à ce moment-là.

Ulysses jeta un coup d'œil à sa montre.

— Vous allez me dire qu'ils m'attendent tous en haut, affirma Evelyn.

— Pas tous, dit-il en riant. Jem est en chemin. Des, Poppy et Col sont entrés il y a une heure. Ils sont la surprise.

— Et Dotty et Penelope ? demanda Evelyn.

Mais avant qu'Ulysses n'ait le temps de répondre, un sifflement perça l'air. Evelyn se tourna… et vit Dotty, appuyée contre l'embrasure de la porte, les bras croisés, la tête inclinée d'un petit air effronté. Evelyn poussa un cri de joie.

— Bonjour, ma Lynny chérie, et Dotty se précipita pour l'embrasser.

Elle prit le verre d'Ulysses et dit :

— Désolée, Temps. Ça ne vous ennuie pas, hein ?

— Allez-y, dit-il, et Dotty but le mousseux d'une traite.

Elle redonna le verre vide à Ulysses.

— Pen et moi, dit-elle, nous venons d'avoir notre première dispute dans le taxi.

— Seigneur ! À quel sujet ? demanda Evelyn.

— Tu ne devineras jamais – Dotty se tourna soudain vers Ulysses.

— C'est bon, c'est bon, dit-il. Je m'en vais.

— Surprise ! crièrent-ils tous dans le *salotto.*

Evelyn étouffa théâtralement une exclamation.

— Des. Poppy. Col ! Que faites-vous tous là ?

— Tu lui as dit, constata Col.

— Je lui ai dit, confirma Ulysses, et il y eut un éclat de rire général.

Massimo et Jem arrivèrent avec des assiettes de *crostini* – foies de volaille, anchois, tomates – et les posèrent au milieu de la table entre les bougies. On resservit du *frizzantino* et Ulysses fit sauter un autre bouchon pour ceux qui avaient très envie de rouge. Il présenta une bouteille à Evelyn et elle lut l'étiquette : *Carruades de Lafite. Pauillac.*

— Était-ce celui du capitaine Darnley ?

— Oui, dit Ulysses. Des a mis la main sur une caisse. Pas de 1902 parce que celui de 1929 était meilleur. Exact, Des ?

— Quoi, mon garçon ?

— Le vin. 1929 meilleur millésime que 1902 ?

— Carrément mieux. Cinq cents livres la bouteille.

Tout le monde se figea.

— Des, tu as recommencé, dit Poppy.

— Quoi, ma chérie ? dit Des.

— L'histoire de l'argent.

— Deux mots, répondit Des. Seringues jetables.

— Ah, dirent-ils, et Pete demanda à Massimo de mettre une bouteille de côté pour pouvoir la vendre plus tard.

La sonnette tinta et Alys sortit. Au bout de quelques instants, la vieille *contessa* entra à pas traînants et dit :

— J'ai trouvé cet homme qui errait dehors.

Sur quoi...

— Glen Mollan ! dirent-ils lorsqu'il apparut.

— Merde, qu'est-ce que tu fous ici ? lança Peg (toujours d'un romantisme suprême).

— Je n'ai encore jamais rencontré quelqu'un qui a quatre-vingt-dix-neuf ans, Peg ! Comment aurais-je pu manquer l'événement ?

— Jolie veste, Glen, dit Ulysses, et Glen dit :

— Cette vieillerie, Temps ? Je l'ai achetée à La Nouvelle-Orléans.

Sur ce, ils s'attablèrent. Durant des heures. Autour de raviolis à la châtaigne et à la ricotta. Autour de *peposo* pour les carnivores et des célèbres tomates farcies au riz de Massimo pour Col.

— Végétarien, Col ? demanda Des.

— Ça fait dix ans, répondit Col.

— Qu'est-ce qui a motivé ce changement ? demanda Penelope.

— L'intestin ? suggéra Des.

— La plus incroyable des femmes, dit Ulysses.

— Et les saveurs élaborées de la cuisine indienne, ajouta Col. Rien de tel que les oignons qui caramélisent dans le ghee, les piments verts, le gingembre, l'ail et le curcuma pour me faire venir l'eau à la bouche et les larmes aux yeux – ça marche à chaque fois.

Massimo arriva derrière lui et lui fit un baiser sur la tête.

— Tu cuisines pour nous demain soir, mon ami, dit-il.

— Prochaine étape, il va se mettre au yoga, dit Romy.

— J'en fais déjà, dit Col.

— Moi aussi, dit Pete. Ça améliore mon humeur.

Et ce fut le signal pour que Pete se lève et joue sa nouvelle chanson intitulée « Quatre-vingt-dix-neuf, un succès bœuf ». Elle était entraînante et drôle pour Pete, et les Beach Boys n'étaient pas loin.

Soudain, Romy se baissa et fouilla dans son sac. Elle en sortit l'exemplaire de Cresson d'*Avec vue sur l'Arno* et dit :

— Je lis ça, Evelyn.

— Dieu du ciel ! s'écria Dotty. Qu'est-ce que tout le monde trouve à ce fichu bouquin ?

— Il est formidable, dit Jem.

— Mais les gens sont vraiment peu sympathiques, dit Dotty. Demandez-lui.

Et elle désigna Evelyn.

— Elle y était.

— Vous étiez… ? commença Glen Mollan, mais Dotty l'interrompit.

— Des snobs mesquins, dit-elle. Une qualité anglaise endémique, la conviction que seule la bourgeoisie éduquée connaît les secrets de l'art.

— Mais ils en viennent à aimer à la fin, dit Jem.

— Cela suffit-il ? rétorqua Dotty.

— Oui ! dirent-ils en chœur.

— Vas-y, Lynny, reprit Dotty. Raconte-leur en détail.

— Oui, racontez-nous ! dirent-ils en chœur.

— Avons-nous le temps ? demanda Evelyn.

— Nous avons tout notre temps, dit Ulysses.

Et, faisant le tour de la table, il remplit à nouveau les verres.

Evelyn se cala contre son dossier et but une gorgée de vin. Elle ferma les yeux et l'énorme poids de l'âge fit place à la légèreté de la jeunesse.

— Eh bien, dit-elle…

TOUT SUR EVELYN

C'ÉTAIT LE MOIS D'OCTOBRE. Et l'année 1901. Evelyn était à une semaine de son vingt et unième anniversaire lorsqu'elle sortit pour la première fois de la gare Santa Maria Novella et s'exclama : *Firenze ! Amore mio !*

Le lent trajet depuis le lac de Côme s'était déroulé sous un ciel nuageux impénitent, mais ici le soleil brillait avec un éclat exceptionnel. Une forte odeur de chevaux flottait dans l'air. Des omnibus attendaient de transporter les touristes vers les hôtels, et maintenant le son des cloches !

Pour évoquer sa mise, elle était vêtue comme n'importe quelle jeune Anglaise moderne de l'époque pouvait l'être. Elle avait fui le corset en faveur d'une silhouette naturaliste. Une longue jupe de lin foncé complétait un chemisier au ton assorti. Son chapeau à brides, elle l'avait à la main. Sa démarche était devenue dégingandée en raison d'une brusque poussée de croissance, mais cette gaucherie s'effacerait au cours des années suivantes. Comme atouts, néanmoins, elle avait l'air de bonne éducation (le côté maternel) et l'attitude bohème (le côté paternel) pour excuser toutes les imprudences qu'elle pourrait commettre dans sa vie. Et elles seraient nombreuses.

Elle se retourna pour vérifier que le porteur tenait toujours sa malle. Derrière elle se hâtait le couple de jeunes mariés qu'elle avait rencontré dans le train. C'étaient les Lugg, Hugh et Miranda, et ils venaient en Italie pour la première fois. Hugh s'élevait dans la hiérarchie d'une banque privée ; il était le modèle d'un certain type d'Anglais qui, hors de son pays, détestait tout ce qui était étranger. Il traînait sa nouvelle épouse comme s'il s'était agi d'une couverture mouillée. Le visage blême et les grands yeux tourmentés de la femme révélaient un tempérament lymphatique inadapté à un régime alimentaire d'Europe continentale. Ils voyageaient depuis dix jours déjà, et ils avaient même eu droit à des tripes. Le simple mot suffisait à précipiter Miranda Lugg vers une fenêtre ouverte. Elle serrait dans ses bras une petite pharmacie portative, préparée et remplie de médicaments indispensables par Messieurs Burroughs, Wellcome & Co, Holborn Viaduct, Londres. Son haleine dégageait une faible odeur de camphre et d'indigestion.

Un tram passa avec fracas et Evelyn se tourna pour le regarder. Des enfants criaient et s'accrochaient à la plateforme arrière.

— Vous n'avez pas pu m'entendre, Miss Skinner, dit Mr Lugg. Voulez-vous que nous allions ensemble à la pension Simi ?

— Oh, oui, répondit Evelyn, et elle donna une généreuse gratification au porteur (Beaucoup trop, dit Hugh Lugg) et s'avança vers un cocher qui paraissait s'ennuyer.

Dans un italien hésitant mais charmant, elle dit :

— Nous aimerions aller à la *pensione* Simi, 2 Lungarno delle Grazie, s'il vous plaît.

Ils serpentèrent dans des rues étroites où résonnaient les appels des hommes qui vendaient des marchandises. Des sacs étaient chargés sur des charrettes à bras, des paniers abaissés depuis des fenêtres jusqu'aux colporteurs. Vin, légumes, fruits, poulets vivants.

— Regarde, un poulet !

Mais Mrs Lugg, recroquevillée derrière son mouchoir et assaillie d'une nausée causée par la puanteur, refusa de regarder un poulet qui piaulait. C'était à la fois la civilisation humaine et le manque de civilisation. *Tellement différent du Kent*, pensa Evelyn.

Le cheval prit à gauche et soudain l'Arno et les ponts furent visibles.

— Ça alors, murmura Evelyn tandis que leur fiacre longeait l'eau verte.

Un jeune homme à vélo roulait à côté d'eux, zigzaguant, riant.

— Éloigne-le, dit Mrs Lugg.

— Ouste, *niente, niente*, dit Mr Lugg, ayant mémorisé le conseil du Baedeker sur la façon de traiter les mendiants importuns.

— Il ne mendie pas, Mr Lugg, intervint Evelyn.

— Que fait-il dans ce cas, Miss Skinner ?

Evelyn se retourna vers le cycliste et sourit.

— Il jouit de la vie !

Lorsque le fiacre s'arrêta enfin devant la *pensione* Simi, le cheval lâcha un torrent de crottin fétide qui provoqua la course de Mr et Mrs Lugg vers l'entrée du bâtiment. Puis les malles furent transportées à l'intérieur et Evelyn entendit la sonnette de la réception tinter impatiemment. Elle s'empressa à la suite des bagages, désireuse de découvrir ce qui serait son logis pendant vingt-huit jours.

Evelyn tourna en direction du salon où son regard fut arrêté par des meubles Empire en acajou et un lustre hideux. La reine Victoria était encore au mur, prise en sandwich entre deux gravures tachées d'Hogarth. Deux vieilles femmes silencieuses et un clergyman à moustache blanche levèrent les yeux du sofa sans la saluer. *Une pièce mélancolique*, songea-t-elle. Plus semblable à un funérarium qu'à l'authentique pension de famille italienne pleine de *conversazione* qu'elle espérait. Le piano dans le coin avait acquis une épaisse couche de poussière en guise d'isolant.

Evelyn arriva à la réception au moment précis où la patronne dévalait l'escalier.

— *Scusi, scusi.* Mon énergie est restée en plan contre un dossier de chaise, dit-elle avec un gros accent populaire londonien.

(Et une patronne cockney, de surcroît !)

— Bienvenue au pays.

Evelyn se demanda si le mot renvoyait à l'Italie ou à l'Angleterre.

Sa chambre était beaucoup plus agréable – beaucoup plus italienne, à y réfléchir – que les pièces du rez-de-chaussée. Elle effleura de la main le couvre-lit exquis puis se dirigea vers la fenêtre et ouvrit tout grand les volets. La lumière de l'après-midi finissant inonda le sol carrelé de rouge et se posa, chaude, sur ses pieds. En bas, des trams roulaient bruyamment sur le *lungarno* et le fleuve clapotait contre les murs en pierre. Les cyprès se découpaient, noirs, dans la vapeur dorée du ciel.

— J'ai une belle vue, soupira-t-elle.

Lorsqu'elle pénétra dans le salon plus tard ce soir-là, Evelyn ne fut pas étonnée de constater que la boisson servie était du xérès, non pas un vermouth au quinquina ou les amers d'un rouge éclatant associés à l'heure de l'*aperitivo*.

Les vieilles femmes silencieuses qu'elle avait remarquées à son arrivée étaient assises côte à côte sur le même sofa, en tête à tête avec le même clergyman. Les examinant avec plus d'attention, Evelyn s'aperçut qu'elles étaient jumelles et avaient une mine perplexe identique.

— Ce sont les sœurs Brown, dit tout à coup près d'elle une femme corpulente d'âge moyen. Leur garde-robe s'éloigne rarement du brun, conformément à leur nom, on ne peut donc pas les oublier. Celle de gauche s'appelle Bernadette, l'autre Barbara. Nous pouvons supposer que quelqu'un dans leur famille avait le sens de l'humour. Le clergyman est le révérend Hyndesight. Il est protestant et il a d'ailleurs tendance à protester. L'homme en discussion passionnée avec le Russe est Mr Collins. Il défendra n'importe quelle cause. C'est un socialiste. Et je suis Miss Constance Everly. Je vous ai remarquée lorsque vous êtes entrée tout à l'heure et je me suis dit : cette jeune femme pourrait encore nous sauver. Comme vous le voyez – elle se tourna vers la pièce –, ce n'est pas le groupe le plus animé qu'on ait rencontré à la *pensione* Simi. La mort plane au-dessus du chintz, Miss...

— Oh. Skinner. Evelyn Skinner.

Elles se serrèrent la main.

— Vous êtes la bienvenue, Miss Skinner. Charmant de vous avoir parmi nous.

Sur quoi, la première règle de vie du lieu – scruter un pensionnaire durant un jour ou deux avant de converser – fut promptement abandonnée.

Une envahissante bouffée de crucifères trop cuites rassembla soudain tout le monde pour le dîner.

— Le massacre des Innocents, entonna Miss Everly tandis qu'elle levait bien haut le bras et menait les troupes vers le champ de bataille dans la pièce voisine.

À la table de la salle à manger, Evelyn constata que d'invisibles tranchées avaient été tracées et elle fut heureuse de se retrouver en face de Miss Everly et à côté du socialiste. Le révérend se plaça en bout de table (bien sûr) et Evelyn se réjouit du fait que le bénédicité, si bénédicité il y eut, fût dit en silence. Les sœurs Brown tinrent à s'asseoir en face des Lugg et les Lugg furent très contents d'être à une table avec des Anglais uniquement. Evelyn jeta un coup d'œil à l'autre table et ne put déterminer si les quatre personnes qui continuaient d'attendre leur soupe étaient endormies ou mortes.

Le révérend servit le vin et, une fois la soupe débarrassée, Evelyn s'essuya la bouche avec la serviette et répondit à la question qui occupait la tablée.

— J'ai une belle vue, affirma-t-elle d'un ton vigoureux.

— Pas moi, dit Mr Collins. J'ai vue sur le cortile.

— J'ai une belle vue moi aussi, dit Miss Everly. Comme il sied à mon statut.

— Miss Everly est poète, expliqua Mr Collins.

— Vraiment ? demanda Evelyn.

— Pour ma pénitence.

— Résultat de péchés innombrables.

— Mr Collins !

— Selon vos propres vers, Miss Everly.

— Vous m'avez donc lue, Mr Collins ?

— Comment aurais-je pu ne pas vous lire ?

— Miss Skinner ? dit Miss Everly. Faites-moi l'honneur de me raconter ce que vous avez vu lorsque vous avez regardé pour la première fois par la fenêtre de votre chambre. Soyez énergique et audacieuse. Ne cachez rien, et Miss Everly ferma les yeux, prête à recevoir la bénédiction descriptive (son expression).

Mr Collins se pencha vers Evelyn et murmura :

— Elle demande la même chose à chacun à son arrivée. Faites un beau récit.

Evelyn s'éclaircit la voix. Puis elle dit :

— J'ai vu un rameur solitaire s'ouvrir une route à travers l'Arno. Les collines s'assombrissaient et une brume fantomatique couronnait les cyprès autour de San Miniato. Les murs ocre semblaient plus dorés alors que le soleil s'adoucissait. Des lumières apparaissaient d'un bout à l'autre de la ville et prenaient place à la surface du fleuve. Le rameur glissait dans ce spectacle de lumière. Des gouttes d'eau ruisselaient du plat de ses rames et, durant un instant, je fus dans l'une de ces gouttes. Tombant dans les vertes profondeurs crépusculaires de l'histoire.

— Vous avez réduit l'assemblée au silence, observa le révérend.

Les vieilles jumelles applaudirent.

La dame poète rit :

— Elle est déjà éprise ! La fièvre de Firenze vous a saisie ! Oh, ma chère Miss Skinner, il n'y aura pas de retour en arrière. Vous mourrez avec ces lumières dans vos yeux. Miss Skinner a changé le regard en amour ! La première règle de l'art. Le regard changé en amour ! Oh, bienvenue, ma chère petite ! Bienvenue !

Mr Collins se leva et remplit à nouveau les verres à vin.

— Révérend Hyndesight ? dit-il. Quels délices vous attendent de l'autre côté des volets ? Vue sur l'Arno ou le cortile ?

— Le cortile, répondit le révérend, désirant s'écarter de ce sujet.

— Cordes à linge et sous-vêtements trempés pour nous, n'est-ce pas, mon révérend ? dit Mr Collins.

— Vraiment, Mr Collins ! s'écrièrent à l'unisson les vieilles jumelles.

— Il le fait exprès, dit Miss Everly. Il aime scandaliser.

— J'aime repositionner.

— Mot de malfaiteur, dit Miss Everly.

— Et qu'est-ce que cela signifie donc ? voulut savoir le révérend.

— C'est un monde en mutation, se contenta de dire Mr Collins.

Evelyn l'aperçut qui lançait un regard vers le portrait de la reine Victoria.

— Dehors les vieux, chuchota-t-il à Evelyn en haussant les sourcils.

— Mr Collins est philosophe, dit Miss Everly.

— Soi-disant, souligna le révérend en s'adressant aux jeunes mariés, qu'il comptait prendre sous sa grande aile chaste.

— Humaniste, dit Mr Collins.

— Humoriste, dit Miss Everly.

Evelyn les regardait tour à tour, suivant la conversation et inscrivant dans sa mémoire qui disait quoi et de quelle manière. Anglais jusqu'au bout des ongles, voilà ce qu'ils étaient, et ils exprimaient une bonhomie excessive comme les passagers sans gilet de sauvetage d'un navire en train de couler.

Elle aimait énormément Miss Everly, et elle aimait bien aussi Mr Collins, car il lui rappelait son père – quand celui-ci était plus jeune, bien sûr. Mais elle était encore plus intriguée par la domestique qui attendait dans l'angle de la pièce et la dévisageait. Elle ne savait pas pour quelle raison le cœur lui cognait à si grands coups et pensa d'abord que c'était peut-être la soupe.

— Miss Skinner, vous êtes absolument écarlate ! dit indiscrètement Miss Everly. Avez-vous trop chaud ?

— Non. Je...

— Est-ce le vin...

— Peut-être une légère fièvre...

— La longueur du voyage...

— Non, démentit Miss Skinner, je suis… je suis extrêmement heureuse. C'est tout. De faire votre connaissance à tous. Et d'être ici à ce moment dans le temps.

Des sentiments réciproques furent répandus comme des perles de sucre et, au beau milieu, le révérend Hyndesight fit une annonce inopportune.

— Je prononcerai un sermon à l'église anglicane Saint-Mark ce dimanche, si certains d'entre vous sont intéressés. Certains sont-ils intéressés ? s'obstina-t-il.

Par bonheur, à cet instant la domestique apporta le ragoût, ce qui leur évita de répondre.

— Encore du ragoût de bœuf, dit Mr Collins.

— Nous supposons que c'est du bœuf, dit Miss Everly. Mais, pour ma part, je n'ai pas vu le vieux concierge depuis quelque temps.

— Miss Everly, vraiment ! s'écria le révérend.

— Sur la brèche une fois de plus, chers amis, dit Mr Collins, prenant sa cuillère.

À moins qu'il n'eût besoin de sa fourchette ? Voire d'un couteau ? Et les autres pensionnaires se rallièrent à son exemple. Tous, sauf la jeune épouse qu'Evelyn avait rencontrée dans le train. La *signora* cockney lui avait préparé un repas sur mesure : œuf à la coque et petites crêpes. Quelque chose de reconnaissable et, plus important, de constipant.

Le lendemain, Evelyn dormit tard et rata les pruneaux du petit déjeuner.

À l'extérieur de la pension, un mélange de soleil et de nuages l'accueillit ; la température, néanmoins, restait douce. Loin de se dépêcher pour rejoindre le révérend et sa bande de joyeux drilles, elle s'écarta et regarda la vie passer. Des cloches tintaient tandis que des attelages de chevaux roulaient avec des sacs de linge venus des hôtels. Celui qui sortait de la *pensione* Simi avait un jeune homme en équilibre précaire sur un tas gigantesque. Il la salua de la main, elle le salua de même.

— C'est Matteo, dit Mr Collins, arrivé derrière elle.

Evelyn se retourna et sourit. C'était charmant que Mr Collins connaisse le prénom du jeune homme. Mais, bien sûr, il était socialiste.

— Et où allez-vous aujourd'hui, Mr Collins ?

— Me faire raser. Les barbiers italiens sont imbattables, Miss Skinner. Nous nous reverrons au dîner !

Et elle le regarda courir à la suite de la charrette de linge.

Elle traversa la rue et s'appuya contre le quai. Le fleuve était bas, les *renaioli* faisaient une pause. Du crépuscule à l'aube, ces hommes extrayaient du fond de l'eau des pelletées de sédiments qu'ils jetaient dans des charrettes ou des bateaux en attente. Quatre d'entre eux étaient maintenant assis à fumer. Chapeaux inclinés vers l'arrière, manches de chemise retroussées haut. Miss Everly disait que le sable résultait de l'érosion des édifices en pierre le long de la berge aux périodes d'inondation et qu'il serait réutilisé dans la construction future. Rien n'était jamais perdu, disait-elle. L'Arno était pareil au Gange, la source de la vie. À la fois donneur et preneur. Égout et poissonnier. Miss Everly savait tout sur la ville.

Au milieu du Ponte Vecchio, l'attention d'Evelyn fut attirée par la masse noire de la vallée du Casentino, que la brume enveloppait en partie. C'était une terre d'épaisses forêts d'arbres noirs, de pourceaux, de légendes et d'ermites cachés ; elle avait jadis servi de refuge à un Dante exilé. Depuis sa cime au mont Falterona gargouillaient les eaux de l'Arno. Evelyn réfléchit au lieu saint de La Verna, la montagne déserte donnée à François d'Assise, où il avait reçu ses stigmates et la grâce divine.

Il y avait des choses auxquelles elle ne croyait pas et des choses auxquelles elle croyait. Les saints entraient dans la seconde catégorie.

Elle continua vers le nord en direction de la Piazza del Duomo et, lorsqu'elle arriva, le soleil perça entre les nuages sombres et les cloches sonnèrent dans le campanile en marbre de Giotto. Elle retint son chapeau à brides et leva la tête vers la coupole, ce repère infaillible, perpétuellement entrevu dans la ville entière. Dès l'âge de six ans et le jour où elle avait feuilleté pour la première fois le carnet à dessins de son père, elle...

Soudain, une petite jument noisette, tête dissimulée dans un grand sac d'avoine, déféqua bruyamment. Deux dames anglaises, qui passaient à cet instant, furent éclaboussées de façon intolérable. Leurs cris étaient stridents et le moment d'hommage d'Evelyn fut gâché.

Sans se laisser décourager, elle parcourut le voisinage et tomba sur une merveilleuse librairie d'occasion où elle choisit un exemplaire des *Fenêtres de la Casa Guidi* d'Elizabeth Barrett Browning. Miss Everly avait dit qu'elle emmènerait Evelyn visiter la Casa Guidi la semaine suivante. Et, à l'instant où elle payait, Evelyn remarqua un mince volume recouvert d'une toile bordeaux écrit par une certaine Constance Everly. Sur le dos, en lettres dorées défraîchies, le titre italien : *Niente* (*Nulle chose*). Vraiment, tous les chemins mènent à la poésie !

Evelyn s'installa à la terrasse d'un café de la Piazza Vittorio Emanuele et, comme elle n'arrivait pas à décider lequel des livres ouvrir en premier, embrassa le passe-temps d'Europe continentale qui consiste à observer les gens. Les femmes, surtout, faut-il préciser. Les comparaisons évidentes jaillissaient – chevelure plus belle, silhouette plus belle, sourire plus beau – mais il y avait aussi quelque chose d'autre, lié à la domestique qui ne cessait de surgir dans le cours de sa journée. Cette intrusion n'était pas gênante et, en vérité, Evelyn avait hâte que ce soit l'heure du dîner.

Ce soir-là, le révérend se plaignait d'avoir payé une demi-*lira* pour voir une abondance de mauvais art dans un *palazzo* dont il avait oublié le nom.

— Du baroque ! lança-t-il d'un ton désapprobateur. L'art du mauvais goût.

— Le révérend croit que l'art florentin s'est arrêté à la fin du XVIe siècle, dit Mr Collins.

— Qu'est-ce que vous dites ? l'interrogea le révérend.

— Vous croyez qu'il n'y a eu aucun art de bonne qualité après le XVIe siècle, dit Mr Collins, haussant la voix.

— Il avait atteint son zénith, c'est tout ce que j'affirme. La ville avait changé.

— Donc ni de Rubens, ni de Vélasquez, ni d'Artemisia…

— Ni d'écoute, Mr Collins.

— Mon père est le peintre H. W. Skinner, annonça Evelyn.

— Oh, je le savais ! s'écria Miss Everly. Je percevais la ressemblance. J'ai vu sa récente exposition à l'Académie royale.

— Moi aussi, dit Mr Collins.

— Une chance que je connaisse son œuvre ? demanda le révérend Hyndesight.

— J'en doute, mon révérend. Beaucoup de nus. Et pas tous pudiques.

— Il a peint des paysages, également, tempéra Evelyn.

— Et des nus dans des paysages.

— Comment s'appelait ce tableau ?

— *D'après Titien.*

— Il a été très influencé par les post-impressionnistes, ai-je lu, dit fièrement Mr Lugg.

— C'est vrai, dit Evelyn. En particulier Cézanne. Je l'ai rencontré.

— *Vénus endormie.* C'est ce tableau-là, dit Miss Everly.

— Vous l'avez rencontré, vraiment ? demanda Mrs Lugg.

— Et comment était-il ? demanda Mr Collins.

— Titien ? demanda le révérend, perdu.

— Cézanne, clarifia Mr Collins.

— Français, dit Evelyn, et tout le monde fit Ah, comme s'il s'agissait d'une description suffisante.

Evelyn s'appuya contre son dossier et pensa : *Quelle tablée animée nous formons.*

Elle regarda les autres pensionnaires, qui étaient silencieux et toujours en train de manger laborieusement leur soupe. Elle se demanda comment ils s'en sortiraient, si jamais ils se trouvaient dans l'obligation de mâcher.

Lorsque le dîner toucha à sa fin naturelle, la domestique entreprit de débarrasser. Elle se faufila derrière Evelyn, qui sentit la poussée de son corps et une légère odeur de transpiration lorsqu'elle se pencha par-dessus son épaule. Evelyn ne pouvait détacher ses yeux d'elle. Et, comme la main de la domestique se déplaçait pour rassembler les assiettes les plus éloignées, la lueur d'une bougie éclaira les poils noirs sur son bras et Evelyn eut un petit vertige. Un verre vide se renversa et Evelyn fit un geste instinctif dans sa direction, la domestique fit de même et leurs mains se touchèrent une seconde, et elles échangèrent un regard.

— *Vi chiedo scusa,* dit la domestique avec un clin d'œil furtif à Evelyn.

Evelyn essaya de cacher son sourire, en vain.

— Partagez vos pensées, Miss Skinner, dit le révérend.

— Euh, dit Evelyn, cherchant à gagner du temps. C'est mon anniversaire la semaine prochaine. Suis-je autorisée à le dire, ou bien était-ce…

— Vous l'êtes en effet, assura Miss Everly.

— Je vais avoir vingt et un ans, poursuivit Evelyn.

— Vingt et un !

— Peut-être que la *signora* pourrait préparer un rôti, dit le révérend.

— Un rôti ? dit Evelyn. J'espérais quelque chose d'un peu plus authentique. Peut-être une sortie dans une trattoria pleine d'habitués.

Le gargouillement d'un estomac londonien délicat manifesta son opposition.

— Je connais l'endroit idéal, déclara Mr Collins. Via de' Tornabuoni. Cuisine ouverte, fourneau à charbon de bois alimenté à la main. Des étincelles qui volent partout.

Mr Lugg dit que son épouse et lui ne pourraient pas venir si les charmes douteux d'un menu italien illisible devaient l'emporter sur la sécurité de la nourriture anglaise.

— L'état physique de mon épouse nécessite que nous restions en territoire connu, expliqua-t-il.

Evelyn dit qu'elle comprenait.

(La phrase, cependant, fit le tour de la pièce à la vitesse d'une épidémie de choléra et l'état physique de Mrs Lugg fut, bien sûr, interprété comme synonyme de grossesse.)

Dans les jours qui suivirent, les questions furent posées tout bas :

— Comment vous portez-vous, Mrs Lugg ? Quelques nausées ?

— Quelques-unes, confirma la jeune mariée qui ne se doutait de rien.

— Mais vous devez être ravie, non ?

(Cette remarque la déconcerta.)

— Première fois ?

— Non, j'ai eu une petite crise à Venise.

Plus tard, allongée dans sa chambre, Evelyn se retrouva fébrile et bouleversée par les événements de la soirée. L'attirance qu'elle avait pour la domestique, l'attirance que la domestique avait pour elle. La vie se déroulait à un rythme extraordinaire. Des voix demeuraient audibles dans la pièce au rez-de-chaussée. Un faible murmure et un éclat de rire. Elle savait qu'à un certain moment, après son départ de la table, la conversation avait fatalement eu pour thème les maîtresses de son père et le prétendu « arrangement » dans le mariage de ses parents. Et en effet, elle distingua des pas sur le palier, les mots « maîtresse » et « l'argent est du côté maternel ». Elle se retourna et tâcha de dormir.

Le lendemain. Pluie. Une odeur de feu de bois se glissa sous la porte de la chambre d'Evelyn lorsque la première cheminée fut allumée dans le salon au-dessous.

Dans une lettre à son père, Evelyn écrivit :

Mon père chéri,

Un orage très spectaculaire m'a réveillée la nuit passée. Des éclairs déchiraient le ciel et, au matin, l'Arno était un torrent déchaîné. Je crains que les ramasseurs de sable ne puissent pas travailler aujourd'hui. Ils vont me manquer. Mes pensées se tournent vers la grande inondation de 1333...

Evelyn posa son crayon. Elle avait peu de choses à dire sur la grande inondation de 1333. Elle se leva du bureau. Le ciel était d'un gris violet marbré, même si le soleil essayait de percer. Elle ouvrit la fenêtre et tendit la main. La pluie s'était arrêtée. Il n'y avait pas un instant à perdre. Elle mit son chapeau à brides et rajusta sa jupe. À fond de train dans l'escalier, droit dans les bras de la domestique. Du linge amortit leur chute, le rire atténua leur gêne. Elles étaient si proches, ç'aurait été impoli de ne pas échanger un baiser, mais...

— *Perdonatemi...*

— Non mille excuses, c'est moi qui suis désolée...

— En voilà un capharnaüm ! dit la *signora* cockney, traversant le palier d'un pas énergique.

— Tout est ma faute, *signora,* dit Evelyn. Je ne regardais pas où j'allais.

— Un peu de bienséance, ma chère, dit la *signora,* qui avança prestement vers l'armoire à linge.

Les deux jeunes femmes étaient silencieuses. Elles regardèrent la *signora* sortir et, en son absence, bougèrent gracieusement. Elles accentuèrent leur poignée de main par une pression accrue. Elles échangèrent leurs prénoms (Livia, Evelyn) et se dirent au revoir. Evelyn s'arrêta à la porte et se retourna. Elle redit au revoir. Elle se précipita dehors. Elle éprouvait une sensation de vertige, une griserie et le bonheur le plus intense qu'elle avait jamais ressenti de toute sa vie. Elle se dirigea vers les Offices, sachant qu'elle était au seuil de l'aventure la plus palpitante qui puisse exister.

— Miss Skinner ?

(C'était Miss Everly.)

— Bonjour, dit Evelyn.

— Vous avez une mine absolument rayonnante. La ville nous inspire toutes sortes de...

— Pouah, dit Evelyn en se bouchant le nez.

— Ah, oui, dit Miss Everly. L'odeur de Florence. Les eaux usées et la détérioration. Ce sont les *pozzi neri,* agités par la pluie. De vastes récipients qui débordent au-dessous de nous. Soudain la présence de ces matières s'exhale. Mais on ne vient pas en Italie chercher des suavités, on vient y chercher la vie. La passion ! Et où allez-vous, Miss Skinner, en cette belle journée ?

— Ici. Aux Offices.

— Oh ciel ! Moi également. Aimeriez-vous de la compagnie ? Et une guide très enthousiaste ?

— J'en serais ravie, répondit Evelyn.

Comme elles s'approchaient de l'entrée du musée, la brise souleva le coin d'un pagne humide, les avertissant de la présence d'une statue vivante à demi-nue.

— Je croyais sincèrement que c'était une statue, dit Evelyn. Qui est-ce censé être ? chuchota-t-elle.

— Michel-Ange.

— Comment le savez-vous ?

— L'attitude. Assez bizarre. Et aussi le tondo à ses pieds. Une médiocre imitation de la sainte famille. Une timbale aurait été plus appropriée pour recueillir la monnaie, à mon avis.

— Dois-je lui donner une *lira*, Miss Everly ?

— Certainement pas ! Restez-en aux piécettes, Miss Skinner. Deux ou trois *centesimi*, tout au plus. Ce n'est pas comme s'il faisait quelque chose.

Et elles s'empressèrent de pénétrer dans l'édifice.

Au bas de l'escalier, Miss Everly dit :

— Vous allez voir quantité d'Annonciations, Miss Skinner. De nombreuses Adorations des Mages, Dépositions de Croix et, oh oui, Flagellations du Christ, ne les oublions pas. Et nous allons voir beaucoup d'extase aujourd'hui, de nature non spirituelle pour certaines. Mais je sais que vous êtes une femme du monde.

— Oui, oui, j'en suis une, répondit Evelyn.

— Bien, dit Miss Everly, qui tint sa jupe et ajouta : j'espère que vous avez de bons genoux, Miss Skinner ?

— Oh, oui, confirma Evelyn, ôtant son chapeau. Les genoux de ma mère. Italiens et robustes. Les siens ne manquaient pas une fête de saint.

— Merveilleux. *Avanti*, alors ! Lançons-nous dans la montée.

La conversation fut suspendue jusqu'au dernier étage, où Miss Everly proposa qu'elles se dirigent sur-le-champ vers la *tribuna*.

Le long du corridor, elles passèrent devant un nombre incalculable d'Apollon, de Cérès, de Tibère et d'autres antiquités romaines variées, mais Miss Everly se contentait de signaler une anomalie ou une expression faciale – « Plein d'indécision, ce visage. Ne pourrait pas commander une *bistecca*, encore moins une armée » – et lorsqu'elles tombèrent sur *Hercule tuant le centaure Nessus*, Miss Everly affirma que le Jean Bologne dans la Loggia dei Lanzi était très, très supérieur.

— Par ici ! indiqua-t-elle. Ah ! La *Vierge à l'enfant* de Masaccio Quelle fragilité. Quelle – Ooh ! Filippo Lippi. Encore une *Vierge à l'enfant*. Mais avec deux anges cette fois, en guise de variation. Botticelli était son élève, Miss Skinner. Voyez-vous l'influence ?

— Je...

(Mais c'était une question rhétorique.)

— Bien, venez ! dit Miss Everly. Il y a de charmantes chevelures dans la salle Botticelli.

Et dans la salle Botticelli elles se rendirent.

Elles reculèrent, examinant un tableau.

— Alors ?

— Elle a un air d'ennui, dit Evelyn. Ce doit être difficile d'être une Vierge.

— Complètement ingrat, dit Miss Everly. Néanmoins, elle est le prototype de toutes les femmes italiennes.

Maintenant – la grenade, Miss Skinner, est le symbole de… ?

— La vie éternelle ? La résurrection ?

— Exact. C'est aussi le fruit de nombreuses légendes, sur quoi Miss Everly regarda autour d'elle et baissa la voix. La mythologie grecque, continua-t-elle, dit que la grenade est venue du sang de la blessure d'Acdestis au…

Evelyn se pencha vers elle.

— De sa blessure où, Miss Everly ?

Miss Everly regarda de nouveau autour d'elle et dit :

— Au pénis, Miss Skinner.

(Stupéfaction d'un groupe de visiteurs à proximité.)

— Acdestis était un jeune dieu lascif. Violent et assez désagréable, dont les organes génitaux furent attachés par le bon vieux Bacchus. En conséquence, symbole de fertilité. Et vous n'apprendrez pas cela dans un Baedeker. Par ici, ma chère ! dit-elle en avançant à vive allure. Je ne vais pas trop vite pour vous, si ?

— Oh, non, pas du tout, dit Evelyn.

— Une autre *Annunciazione* ! dit Miss Everly. Bonjour Gabriel, bonjour Marie. Ah, nous voici arrivées. La *tribuna. Scusate, Americani, scusate.* (Ils accaparent quelque peu l'espace.) Les bijoux les plus importants de la collection des Médicis, Miss Skinner. Un prodigieux dôme incrusté de milliers de coquillages précieux, murmurants de rivages lointains, de négoce et de commerce. Un sol de marbre, la grande cape de velours rouge des murs. Combien de poèmes, combien de déclarations d'amour, combien d'engagements à perfectionner son âme une telle pièce a-t-elle suscités ? Où la gratitude et la beauté vont ensemble. C'est ainsi que nous devenons plus riches, Miss Skinner.

La configuration close du lieu les envoya dans des directions opposées, et Evelyn fut contente d'avoir un moment pour elle. La vue de tant de chair féminine avait un effet très positif sur son corps, mais étourdissant sur son esprit. Il y avait ici deux Vénus pour lui enflammer le cœur : le dos incliné de la *Vénus* de Carracci, le haut de deux fesses rebondies émergeant d'un vêtement tombé. En revanche, le cupidon qui montrait sa langue lui causa une légère impression de gêne et elle s'écarta.

Miss Everly revint à côté d'elle pour regarder la *Vénus d'Urbino* de Titien. Elle dit :

— Un panneau coulissant la recouvrait jadis pour cacher sa nudité. Quelle perte c'était.

Evelyn se félicita que ce panneau ne soit plus là.

Dans le corridor oriental, elles tombèrent sur un cours de peinture.

— Rien à voir ici hormis un enthousiasme puéril, dit Miss Everly alors qu'elle entraînait Evelyn tambour battant loin d'un Rubens.

Elles dépassèrent un groupe d'Américains qui lambinaient en murmurant à propos du « Cara-vaG-iio » et Miss Everly chuchota « Pro-nonK-iation » tandis qu'elle se faufilait devant eux.

— Depuis Henry James, ils croient que les lieux leur appartiennent.

Puis elle conduisit Evelyn dans une salle et, avec un ample geste du bras, dit :

— Caravaggio !

Comme si elle avait découvert l'artiste elle-même.

— Que sentez-vous, Miss Skinner ?

Evelyn se demanda s'il y avait une bonne réponse.

— De l'horreur. De la beauté.

— En effet. Et ici, regardez – suivez le récit de la lumière vers cette scène au-delà. Oh non, oh non ! s'écria Miss Everly, interrompue soudain par un Américain à quelque distance sur sa gauche. Ce que dit cet homme n'est pas juste du tout. Caravage est sorti du maniérisme et revenu droit dans le classicisme réformé, plein de rage et de drame. Il était une gifle pour ses pairs. Voyez ici... Ombres, douleur, ténèbres, lumière. Répétez, Miss Skinner.

— Ombres, douleur, ténèbres, lumière.

— Exact, dit Miss Everly et elles filèrent dans la salle suivante, le mantra stupéfiant un touriste voisin, qui chercha la référence dans son Baedeker tout écorné.

Lorsque la fatigue et le déjeuner les surprirent, elles se reposèrent près d'une fenêtre ouverte et promenèrent leurs regards avec abandon sur la ville.

— Ce ne pourrait être que Florence, n'est-ce pas ? dit Miss Everly. Terre d'ombre brûlée, ocre, crème. Volets marron, gris. L'Arno toujours vert. Telle est la palette de Florence.

— C'est mon premier séjour dans cette ville, Miss Everly. Il y a tellement à voir, je me demande si j'aurai assez de temps et...

Miss Everly leva la main.

— Vous reviendrez, ma chère demoiselle. Nous revenons tous.

— Vous rappelez-vous votre premier séjour ?

— Si je me le rappelle ! Comme Saül tombant de son cheval et devenant Paul. J'en ai été changée. La ville m'a parlé dans une langue que je ne comprenais pas, et pourtant – elle plaqua une main sur sa poitrine – je savais exactement ce qu'elle me disait.

— Quoi donc ?

Miss Everly leva quatre doigts.

— Elle a dit : Je. Vais. Vous. Étonner. (Lorsqu'elle dit le « vous », elle pressa doucement son doigt sur le cœur d'Evelyn.) Ouvrez-vous. Des choses se produisent ici, à condition que vous le leur permettiez. Des choses merveilleuses, Miss Skinner. Quand vous vous y attendez le moins. Êtes-vous prête, ma chère, à ce que des choses se produisent ?

— Oh oui, répondit Evelyn. Je n'ai jamais été aussi prête.

— « Chérissez le corps et l'âme suivra. »

— Avez-vous écrit cela ?

— Hélas non. Les Grecs, sans doute. Ça ressemble aux Grecs.

Leur dernière escale fut une salle dédiée à la sculpture.

— Nul artiste de qualité ici, affirma Miss Everly.

Certes, c'était une pièce de sortie, mais ce fut dans cette salle que l'émotion submergea Evelyn. La voix de Miss Everly dans l'arrière-plan :

— Peut-être Cléopâtre. Ou bien Ariane ? Il pourrait même s'agir de Sappho... Curieux bras, néanmoins.

Mais Evelyn ne se souciait ni du bras, ni de qui l'avait sculpté, ni de l'identité du sujet. C'était la plus belle des femmes, prostrée et nue, et il n'en fallait pas plus. Le fracas de la mer retentit à l'intérieur de ses oreilles. Les seins pointant hors des plis de marbre – les mamelons si réels – pour l'unique effet irrésistible de donner à Evelyn la sensation d'être vivante. Éveillée. Animée. Et vraie.

— Miss Skinner ! Vous êtes d'une pâleur extrême. Écartez-vous, écartez-vous ! *Scusate, Americani,* s'il vous plaît *scusate* ! Poussez-vous immédiatement, je vous prie. Venez, prenez mon bras, Miss Skinner. Suivez-moi. C'est la beauté. C'est toute cette beauté. Nous Anglais sommes à la merci de la muse. Je suis restée alitée plusieurs jours après avoir posé pour la première fois les yeux sur le Del Sarto.

Et elle entraîna Evelyn jusqu'à un siège et un verre d'eau réparateur. Elles gardèrent le silence. Le moment était trop capital.

Ce soir-là, Evelyn évita le dîner. De petits mots rédigés par Miss Everly furent glissés sous sa porte, et elle se délecta de lire l'amusant faux pas des Lugg dans la prononciation du nom d'un comte allemand.

Puis, alors qu'elle se préparait à dormir, quelqu'un frappa et, allant ouvrir, elle se trouva nez à nez avec Livia la domestique. Une cuvette d'eau fraîche dans les mains. Livia passa devant elle et posa la cuvette sur la commode ; se tourna et lui sourit.

— Vous anniversaire bientôt, dit-elle dans un mauvais anglais teinté d'un accent cockney inattendu.

— Oui, confirma Evelyn. Bientôt.

Soir de l'anniversaire d'Evelyn : le vermouth était la boisson servie. Du vermouth ! Imaginez ! Miss Everly porta un toast à ses vingt et un ans – tout en vers, bien sûr – avant de la conduire dans la salle à manger, dans un décor exquis de bougies et de senteurs. Des brins de romarin, légèrement écrasés, étaient entortillés autour des cadres des tableaux et entrelacés aux dossiers de chaises, les petites fleurs bleues formant un complément parfait aux bouquets de violettes disposés au centre de la table. Le parfum était grisant et majestueux.

Evelyn s'assit et Livia sortit de la cuisine et sourit. Elle vint derrière Evelyn, lui déplia sa serviette et la lui posa sur les genoux, assez lentement et sensuellement. Elle fit pareil pour Miss Everly, mais sans le plaisir tactile supplémentaire. D'autres pensionnaires entrèrent et s'extasièrent devant leur soirée de *bellezza* et d'authenticité italienne. Le révérend Hyndesight, bouleversé, dit le bénédicité avant de s'asseoir et Mr Collins tonitrua : Eh bien voilà qui est mieux ! et prit son siège en face d'Evelyn. Il empoigna la bouteille de vin et remplit les verres alentour.

Le temps que le lapin, les haricots blancs et les feuilles amères soient dans les assiettes, deux conversations se déroulaient de chaque côté d'Evelyn et elle avait du mal à suivre l'une comme l'autre.

Sur sa gauche, Miss Everly se régalait d'un vif débat avec un Américain qui étudiait Henry James : l'effet qu'il avait sur la ville de Florence et l'effet que la ville de Florence avait sur lui. Miss Everly l'exécra dès le début.

— Oh non ! s'exclama-t-elle. Je ne suis absolument pas d'accord. Les querelles intestines entre les guelfes et les gibelins étaient, au fond, une lutte entre le pape et l'empereur. À Florence, une guerre interfamiliale autorisée pour le pouvoir. D'une inutilité complète. Et qui a entraîné le bannissement de mon cher Dante adoré. Il ne s'en est jamais remis. Et, en toute franchise, moi non plus.

Sur sa droite, le révérend venait de lui poser une question :

— Miss Skinner ? Pouvez-vous en trouver un ? Un élément de transformation ?

Evelyn réfléchit quelques instants. Livia la frôla en passant, ce qui provoqua une étincelle dans ses circuits neuronaux et fit vaciller les bougies une seconde.

— *Il calore è un elemento di trasformazione*, dit Evelyn, regardant Livia qui avait commencé à débarrasser la table. La chaleur est un élément de transformation.

— La chaleur ? Tellement intéressant. Vous le dites de manière très positive, observa Mr Lugg. La chaleur me transforme plutôt en loque haletante. Par conséquent, nous voyageons pendant les mois d'automne et d'hiver. J'ai dû refuser un poste en Inde à cause de la chaleur.

— Pas uniquement à cause de la chaleur, mon chéri, dit Mrs Lugg.

— Non, non, non. Pas uniquement.

Et ils regardèrent avec espoir leurs voisins de table, cherchant un reflet de leurs propres préjugés et sectarisme.

— Oh, c'est assez charmant, dit soudain Miss Everly, délaissant le nouveau pensionnaire et se joignant à leur conversation. En termes simples, Miss Skinner, vous prônez la nécessité de porter moins de vêtements ?

— Oui, affirma Evelyn. Moins il y en, mieux c'est. Quel peut être le résultat sur le corps ? Le changement de poids. La légèreté sur l'âme, pourrait-on dire. La facilité de mouvement. Se défaire d'un fardeau : cela, pour moi, transforme.

— Nous nous souvenons du corset rigide, dirent les sœurs Brown. Quand nous avons cessé d'en porter, notre colonne vertébrale n'avait aucune force et nous sommes tombées.

— De l'os devenu aspic, dit Mr Collins.

Miss Everly reprit :

— C'est un fait saisissant, la manière dont la chaleur d'un soleil européen nous encourage, nous voyageurs, à nous débarrasser du tweed anglais et à adopter les lins des climats plus cléments. Plus les vêtements sont légers, plus l'impulsion est légère, plus le corps, plus l'esprit sont légers. En outre, ici j'éprouve le besoin de porter un pantalon, ajouta-t-elle.

— Seigneur ! dirent les jumelles identiques. Un pantalon ?

— Un pantalon en effet, Miss et Miss Brown. La solide sensation d'enveloppement autour de la partie la plus intime de mon anatomie m'apporterait une grande liberté.

Evelyn s'aperçut que l'autre tablée avait arrêté de boire sa soupe et les observait.

— Pourquoi ce besoin de pantalon, Miss Everly ? demanda Mr Lugg.

— J'ai besoin d'arpenter le pavé, Mr Lugg. De marcher comme un homme pourrait le faire. Avec tous les avantages. Ici, je n'ai pas besoin d'être une femme. Je souhaite repousser le regard masculin. Parcourir la ville avec l'aisance d'un homme. Je veux considérer la ville à travers les yeux d'un homme. Un poète, vous voyez, est un *selkie.*

— Un quoi ? dit Barbara Brown.

— Un être de métamorphoses, expliqua Miss Everly, tantôt phoque, tantôt homme. Je suis là pour sonder les profondeurs cachées de l'océan, les marées furieuses des émotions, puis pour émerger dans toute mon humanité, dans toute mon humilité, pour raconter en quelques vers la myriade d'histoires que j'ai rencontrées, les mondes dans lesquels j'ai voyagé, les batailles livrées comme Ulysses.

— N'a-t-elle pas dit qu'elle était un phoque ? demanda l'une des jumelles Brown.

— Pas un véritable phoque, rectifia Evelyn.

— Alors pourquoi l'a-t-elle dit ?

Par chance, la conversation prit fin brutalement lorsqu'un gros gentleman à la table voisine s'étrangla avec un morceau de lapin. Mr Collins fut le premier debout.

— Écartez-vous, écartez-vous.

Il se planta derrière le gentleman, qui avait viré au bleu, plaqua les deux mains sous son sternum puis exerça une poussée vigoureuse contre le diaphragme. La viande incriminée jaillit de sa bouche et frappa la reine Victoria entre les deux yeux.

Le silence s'installa dans la salle à manger. Un silence morbide. Evelyn se demanda si son anniversaire allait se terminer là. Miranda Lugg, faisant erreur sur l'incident comme à son habitude, dit d'une voix très forte au gentleman :

— Vous me dégoûtez.

On pouvait le dire, l'incident presque fatal ébranla ce qui avait été jusqu'alors une soirée fort guillerette. Mais dans le petit espace qui s'était ouvert, les sœurs Brown tentèrent leur chance et suggérèrent un interlude musical. Elles proposèrent de jouer un duo qu'elles avaient écrit ensemble quand la première guerre de l'opium exerçait son empire.

— Joyeux, commenta Mr Collins.

— Je connais les jumelles Brown depuis de nombreuses années, Mr Collins, et je peux affirmer sans crainte qu'il n'existe pas de plus beau duo, dit le révérend. Nous avons une chance incroyable. Miss Everly ? Après vous.

Miss Everly gémit et but un verre de vin entier.

Evelyn attendit que la salle à manger se vide.

— Ne venez-vous pas, Miss Skinner ? demanda Mr Collins.

— Dans une minute, Mr Collins. Je...

— N'en dites pas plus, Miss Skinner, et il lui adressa ce sourire qu'il avait récemment adopté envers elle et quitta la pièce.

Evelyn se tint avec gêne près de la table, un peu échauffée, un peu ivre, un brin de romarin enroulé autour de ses doigts. Elle avait résolu d'entrer dans la cuisine et de se présenter lorsque Livia en sortit. Elles demeurèrent immobiles, se regardant les yeux dans les yeux. Une note lascive indéniablement ressentie. Evelyn hésita.

— Je... commença-t-elle. *Io...* recommença-t-elle en italien. Je n'ai jamais reçu un tel cadeau. Merci, Livia.

(Oh, quel plaisir c'était de prononcer son prénom !) Pour tout ceci. Que je n'oublierai jamais. Dont je parlerai jusqu'au jour où je serai vieille et décrépite.

Livia rit.

— C'est vrai, vous savez. Je m'en souviendrai de toute éternité, dit Evelyn. Parce que quand j'aime quelque chose, je l'aime beaucoup et ne veux pas le laisser. Je ne veux pas que ceci se termine, déclara-t-elle.

Et elle se rapprocha. Se rapprocha encore.

Livia rit.

— Rien ne doit se terminer, dit-elle et, se penchant vers la table, elle prit une violette et la tendit à Evelyn. Pour vous, dit-elle.

Evelyn se précipita dans le salon et vit qu'une place avait été gardée entre Mr Collins et Miss Everly.

— Vous êtes rayonnante, dit Miss Everly.

— J'ai un peu chaud, simplement, dit Evelyn.

— Mais la chaleur est un élément de transformation, n'est-ce pas ? dit Mr Collins, arquant les sourcils.

Minuit. Evelyn âgée de vingt et un ans et une minute. Les lumières d'un tramway dansèrent un instant dans sa chambre. Elle déplia son mouchoir et là, au milieu du carré de tissu blanc, se trouvait la violette. Elle ouvrit son Baedeker et la pressa entre les pages. Elle s'inclina et y déposa un baiser. Elle était loin de se douter qu'il suffirait de deux jours pour que ce baiser progresse du Baedeker aux lèvres.

C'était l'après-midi. Evelyn, dans sa chambre, amollie par le déjeuner. Attirée à la fenêtre par le son d'un violon. Et là, Livia qui marchait dehors. Evelyn dévala l'escalier. Chapeau mal attaché, boutons mal fermés, cheveux en bataille.

— Impossible de m'arrêter, Miss Everly !

— Envolez-vous, ma douce petite !

Dans la rue à présent, courant le long de l'Arno, tenant sa jupe des deux mains, se faufilant entre les charrettes à bras, les garçons des blanchisseries, les filles du trottoir, les chiens, les prêtres, les nonnes, les lavandières, les touristes, sans cesser de l'appeler…

Livia s'arrêta. Se retourna. Et sourit.

Elles suivirent le fleuve en direction de l'est et s'éloignèrent des ramasseurs de sable jusqu'à un lieu de solitude satisfaisant. Elles descendirent sur la rive dans l'ombre d'un pont et, timidement, se firent face. Les mains touchèrent les joues, les doigts les lèvres, et là elles s'embrassèrent parce que les yeux de la ville n'étaient pas sur elles. Ce fut leur premier baiser. Evelyn retint son chapeau que la brise essayait de soulever. Des cloches, faibles, annoncèrent l'heure. Mais quelle heure ? Le temps s'était suspendu. Quelque part dans l'air, le discret lancer d'un appât fouetta l'eau et provoqua des ondulations à leurs pieds.

Dans le temps qu'il leur fallut pour rentrer à la *pensione* Simi, le plus extraordinaire des changements s'était produit à l'intérieur de ces vieux murs prompts à juger : celui de l'amour qui les avait précédées. Il s'était introduit et avait répandu de la bienveillance, de la joie. Le mobilier en acajou pesant acquit un style italien et les *h* aspirés de la *signora* cockney, aussi rares qu'une apparition mariale, se manifestèrent contre toute attente. Le ragoût avait une nouvelle fois été supprimé du menu du soir et même le révérend Hyndesight pratiqua la compassion en incluant Mr Collins dans une future sortie à l'opéra. Et Miss Everly ? En termes simples, elle écrivit son meilleur poème depuis des années. Le ciel, lui aussi, fut touché par la tendresse de cette délicieuse étreinte. Le soleil retrouva de l'énergie et, devant son ardeur, l'automne mal assuré céda du terrain ; les étoiles brillèrent d'un éclat plus vif et la pleine lune alla jusqu'à se déclarer de miel.

L'amour resplendit ce jour-là. Et lorsque la lumière inonda la Piazza Santa Croce, l'on aurait presque pu croire que Dante sourit en entendant une jeune femme prénommée Evelyn chuchoter à une autre jeune femme prénommée Livia :

— « Tu es mon maître et mon auteur. »

La rapide progression des baisers à un niveau supérieur eut lieu le soir où le révérend organisa une sortie au Teatro Verdi pour assister à une représentation de *La vestale* de Spontini.

— J'ai appris que ça vaut Covent Garden, affirma-t-il un matin au petit déjeuner.

Evelyn savait que la sortie tomberait le soir de congé de Livia, toutes deux décidèrent donc qu'Evelyn partirait à la fin du deuxième acte et que Livia l'attendrait quelque part non loin de là. Dans l'obscurité. Le subterfuge était assez théâtral, quel besoin de l'opéra ?

L'orchestre s'accorda et Evelyn se glissa le long de la troisième rangée où Miss Everly lui faisait des signes enthousiastes. Mr Collins n'était pas encore arrivé non plus et son siège vide provoquait l'ire du révérend, assis dans la première rangée en compagnie des Lugg, des sœurs Brown et du couple d'Américains qu'il avait sauvés à San Lorenzo alors qu'une bande de chats harets les acculait. Le public était très turbulent et n'avait rien de commun avec Covent Garden. Et puis surgit Mr Collins, tout troublé et étonnamment beau.

— Pardon, pardon, pardon, dit-il tandis qu'il avançait vers son siège.

— Vous êtes en retard, dit le révérend Hyndesight.

La brusquerie de sa dernière syllabe fut le signal de l'extinction des lampes à gaz et l'ouverture commença. Miss Everly saisit la main d'Evelyn et les femmes succombèrent à la musique.

Après le premier acte, Evelyn et Miss Everly suivirent la foule jusqu'au café et acceptèrent le verre de champagne que leur offrait un Allemand corpulent qui parlait bien anglais. Miss Everly pensait que la soprano était rudement bonne et Evelyn approuva, puis se pencha à son oreille et murmura :

— Je vais feindre un mal de tête et sortir à la fin du deuxième acte, Miss Everly.

— Oh, merveilleux ! s'écria Miss Everly. Un rendez-vous amoureux clandestin ?

Evelyn sourit.

— Laissez-moi faire, reprit Miss Everly. Je m'en charge.

Donc, lorsque l'acte deux se termina et qu'Evelyn se leva, Miss Everly déclara :

— Elle a un mal de tête épouvantable. Qui lui fend le crâne. Nous ne la verrons peut-être pas pendant plusieurs jours, mon révérend.

L'air nocturne était frais et Evelyn, baissant la tête, se fraya un passage parmi les cochers en attente et leurs commentaires lubriques et se précipita vers son rendez-vous. Elle n'avait pas parcouru beaucoup de chemin lorsque le rendez-vous vint à sa rencontre et l'entraîna dans une ruelle sombre.

Une bouche chaude sur la sienne, un vaste mur contre son dos. Des pas, quelque part, les poussèrent davantage dans l'obscurité. Un chien aboya. Un homme chantait à une fenêtre en hauteur. Un souffle chaud sur son cou, dans son oreille, l'imprudence de la situation la rendirent courageuse. Elle glissa la main dans le corsage de Livia et sur son sein. Livia attrapa le bas de la jupe d'Evelyn et la releva. La main de Livia pénétra dans sa culotte et bientôt Evelyn sentit des doigts lisses se couler en elle. Le bruit d'un attelage qui passait. Et puis la seule sensation de plaisir tandis qu'une main se plaquait sur sa bouche et que son corps devenait liquide.

Au mépris de l'Église, des classes sociales et des convenances, le sexe entre les jeunes amantes triompha. Elles décidèrent qu'il leur faudrait un voile protecteur sous lequel cacher leur amour, et elles en trouvèrent vite un qu'elles appelèrent « cours d'italien ».

Toutes les matinées ou après-midi où Livia était libre devinrent le cadre de cette étude. En dehors, des frôlements d'épaules et des regards pleins de désir étaient l'étincelle pour ce lit de passion expérimental. Evelyn se révéla excellente linguiste.

— N'est-elle pas une adorable petite ? dit Miss Everly alors que Livia passait un matin, les bras chargés de linge.

Evelyn rougit. Une heure avant, elles s'étaient pelotées dans l'armoire.

— Elle est rudement bonne pédagogue, dit Evelyn. Elle m'a déjà présenté les modaux. « Pouvoir » et « devoir ».

— N'oublions pas « vouloir », compléta Miss Everly.

Entre des baisers silencieux, des récitations de conjugaisons s'élevaient souvent de la chambre d'Evelyn. Quelquefois, la *signora* cockney s'arrêtait pour écouter, se remémorant ses propres années intrépides d'apprentissage. Le révérend admirait au passage « l'enthousiasme et la diligence de Miss Skinner ». Et Mr Collins ? Il ne pouvait que secouer la tête et sourire. Comme s'il était complice d'une plaisanterie qu'il n'avait aucune intention de partager avec les non-initiés.

Dans la chambre, le cahier d'Evelyn avait rejoint corsages, bas et sous-vêtements posés à l'écart. Face à face sur le lit, poitrine nue, les deux jeunes femmes échangeaient des baisers, une brise légère qui soufflait par les volets jouant sur leur peau. Et pendant tout ce temps Evelyn avait soin de dire à voix haute :

— L'omnibus doit passer à dix heures. L'omnibus devait passer à dix heures. L'omnibus aurait dû passer à dix heures...

Quelques jours plus tard, Evelyn acheta des cartes postales chez Alinari avec l'intention de retourner les écrire à la *pensione*. Mais la matinée rejeta soudain sa cape grise, révélant un ensemble d'une magnificence éclatante, et, instantanément dynamisée, Evelyn partit se promener dans la ville qu'elle connaissait de mieux en mieux. Elle s'arrêtait pour humer une orange, ou un bouquet de basilic, ou bien pour converser avec la personne qui tenait la caisse. Sur la Piazza della Signoria, des touristes s'étaient rassemblés à un bar en terrasse et elle décida de faire de même. Un tour rapide des statues puis elle reviendrait s'installer à une table pour rédiger ses cartes postales. Un attelage passa devant elle et elle prit garde à ne pas le suivre de trop près.

La lumière était belle. De pâles ombres chuchotaient. Le soleil brillait sur les trèfles plus haut : courage, tempérance, justice et prudence. Les quatre vertus cardinales.

Une brise l'accompagna dans la Loggia dei Lanzi telle une présence fantomatique et la conduisit à *L'enlèvement de la Sabine* sculpté par Jean Bologne. La statue la stupéfia. La captiva. Suscita en elle une honte et une euphorie égales.

Son regard se posa sur le pied, la courbe, le talon arrondi, la main qui appuyait sur les fesses de la femme, la chair qui cédait. Mais ce n'était pas de la chair, si ? C'était du marbre. Elle sortit son carnet et fit un simple croquis. Pas de hachures nécessaires, uniquement des lignes qui traduisaient la fluidité du mouvement, reliaient l'érotisme à l'horreur. Cette exécution de génie.

On lui indiqua une table où elle commanda un vermouth au quinquina. Elle ressentait une grande liberté à être assise dehors. Elle roula les manches de son chemisier, sa peau olive comme celle de sa mère. Elle allait commencer une carte pour son père, mais jugea préférable de faire un brouillon dans son carnet avant d'inscrire des mots au dos du Duomo. Elle porta de nouveau son regard sur la statue de la Sabine.

— Miss Skinner ?

Evelyn se retourna. Le soleil flamboyant l'éblouit. Elle mit sa main en visière.

— Oh, Mr Collins.

— Puis-je ?

— Je vous en prie.

Mr Collins s'assit et fit signe au serveur – un vermouth au quinquina pour lui aussi.

— Je viens de visiter les Offices avec Miss Everly. Quelle guide formidable ! Je ne regarderai plus jamais une grenade de la même façon.

Evelyn rit.

— Elle a dit que vous vous étiez presque évanouie dans l'une des salles de sculptures…

— L'a-t-elle raconté à tout le monde ?

— Non. À moi seulement, dit Mr Collins. Grazie, *signore*, dit-il tandis que le serveur posait la boisson devant lui.

— Miss Everly était-elle inquiète ? demanda Evelyn.

— Pas du tout. Elle a pensé qu'il vous était arrivé quelque chose de merveilleux, je crois.

— Comme quoi ?

— Elle n'a pas précisé. Vous la connaissez. Elle prend cette expression comme si – oh, vous savez. Comme si un secret avait été dévoilé, dit Mr Collins, et il l'observa intensément. Quelque chose vous est-il arrivé, Miss Skinner ?

— Je n'en suis pas sûre, répondit-elle.

— Seigneur ! Ce n'est pas l'amour, dites-moi ?

— Bien sûr que non, rétorqua Evelyn avec humeur.

Un accès d'humeur suffisant pour que Mr Collins tende le bras vers son quinquina, sourie et change de sujet.

— Un toast, dit-il.

Ils levèrent leurs verres.

— *Incipit vita nova.*

— Ainsi commence une vie nouvelle, dit Evelyn.

Ils trinquèrent.

— Les gens pensent-ils que Miss Everly est bonne poète ? demanda Evelyn.

Une ride apparut entre les sourcils de Mr Collins.

— Je crois que les pensionnaires la trouvent légèrement ridicule, dit-il.

— Je pense qu'elle est intelligente.

— Moi aussi. Et je pense qu'elle est réfléchie et stimulante pour l'esprit. Drôle, en plus. Est-elle bonne poète ? Oui. Il y a de l'humanité dans son œuvre. Et du non-conformisme. Mais elle ne connaîtra pas la gloire.

— Pourquoi ?

— Parce que le monde ne sait pas quoi faire d'elle.

— Mais je veux que le monde sache !

— Vous êtes une romantique, Miss Skinner.

— Je crierai son nom depuis les plus hautes cimes !

Mr Collins prit son verre et but. (Le bruit du glaçon heurtant le bord.)

— « Les grands poètes n'ont pas été reconnus / Et puis le temps en a fait des vieillards chenus. » Tout le monde ne peut pas être Elizabeth Barrett Browning. Constance le sait. Et le fait qu'elle ne le soit pas ne rend pas ses efforts insignifiants. D'ici quarante, cinquante ans, elle aura peut-être ses lauriers. Mais, pour ma part, je me délecte de son esprit.

Evelyn observa la douceur sur son visage tandis qu'il parlait. L'admiration avait remplacé le brio et le cynisme qu'il manifestait dans la salle à manger. Cet homme-ci lui plut davantage que sa version du soir.

Mr Collins baissa les yeux vers les cartes postales.

— H. W. ?

— Mon pè…

— Bien sûr, bien sûr, votre père.

— Il aime que je l'appelle H. W. au lieu de père, parce que père lui donne le sentiment d'être vieux. Il a une maîtresse plutôt jeune en ce moment. S'il vous plaît, ne le répétez pas, Mr Collins. Nous sommes une famille non conformiste.

Et Evelyn saisit son verre.

— David. Le Ponte Vecchio. Le Duomo. Et qui seront les heureux destinataires, en dehors de votre père ?

— Je ne sais pas encore vraiment. Ce que j'ai envie de dire ne tiendra pas sur une carte postale.

— Qu'avez-vous envie de dire ?

— Oh, tellement de choses ! Est-ce mal d'admirer la beauté quand elle est le sujet d'une telle horreur ?

— La Sabine ?

— Oui.

Mr Collins réfléchit un instant. Il répondit :

— L'œuvre est autant érotique que calculée. Le mâle savoure la terreur de la Sabine. L'artiste savoure notre malaise de spectateurs. (Le bruit du glaçon alors qu'il mélangeait sa boisson.) Imaginez, Miss Skinner, imaginez que Jean Bologne est avec nous à cette table. Que fait-il, à votre avis ?

— Il boit ?

— Quoi d'autre ?

— Il nous écoute. Il apprécie d'être le point de mire.

— Très certainement. Quoi d'autre ?

— À vous de me le dire, Mr Collins.

— Il sourit, je pense. Parce qu'il comprend la réaction. Cette statue était vue par tous, Miss Skinner. Le boulanger, le boucher, le fabricant de bougeoirs et Cosme Ier. Elle aurait peut-être été moins scandaleuse, plus acceptable, à l'intérieur d'un musée. Mais elle a été commandée pour une place publique. Cet homme savait ce qu'il faisait. Une sculpture sans endroit fixe d'où la regarder, afin que l'on puisse se mouvoir autour, participer à l'horreur, participer à l'action, participer à la danse. Il sait le grand dilemme auquel il nous soumet, Miss Skinner. Il nous montre ce qu'il y a en nous-mêmes.

Mr Collins alluma une cigarette et fit signe au serveur d'apporter deux nouveaux verres. Evelyn ne protesta pas.

— L'Église n'a pas de langue pour décrire les variations de notre humanité. Pour cela, nous devons nous tourner vers Freud. La psychanalyse est la voie à suivre. Avez-vous lu *L'Interprétation des rêves* ?

— Non, Mr Collins.

— Je crois que vous trouveriez ce livre fascinant. Un jour, l'Église perdra son emprise sur la société, et quelle société nous serons alors !

Il regarda Evelyn et pencha la tête.

— Je crois que vous et moi sommes assez semblables, Miss Skinner.

Evelyn se demanda s'il voulait dire socialiste.

— Puis-je ? dit Evelyn, tendant la main vers une cigarette.

C'était sa première, qui causa chez elle griserie et perspicacité.

— Aujourd'hui une cigarette, demain le droit de vote ! s'exclama-t-elle.

— C'est très audacieux à vous, dit Mr Collins.

Il leva son verre.

— Et qu'est-ce que la vie réserve à Miss Skinner quand elle rentrera en Angleterre ?

— Elle continuera à travailler pour sa tante dans la galerie d'art de Cork Street.

— Il me semble, dit Mr Collins, regardant son croquis de la statue, que son père lui a transmis beaucoup de talent. Peut-être existe-t-il une autre piste à explorer ?

— Je suis médiocre, Mr Collins. Mon père a été et est encore mon plus grand défenseur mais le talent, la ténacité, je ne les ai pas. Et je ne déplore pas cette perte car elle m'a libérée. J'ai vu mon père parer les coups…

— Mais votre père a réussi !

— Pas à ses yeux. Il n'est pas Cézanne. Tous les artistes sont torturés par tout ce qu'ils ne sont pas et par l'art qui n'est pas le leur. C'est une grande solitude, Mr Collins. Mais je crois pouvoir être une enseignante mémorable.

— Mémorable ? Vous vous trahissez.

— Qui ne veut pas qu'on se souvienne de lui ?

— Moi, pour ma part.

Evelyn finit son verre.

— Je ne vous crois pas, affirma-t-elle.

Ils s'approchèrent de la fontaine de Neptune et s'arrêtèrent derrière le dieu blanc.

— Merveilleuses *chiappe*, dit Mr Collins.

Evelyn haussa les sourcils d'un air interrogateur.

— Fesses, Miss Skinner.

— Elles sont vraiment le moteur !

Mr Collins rit. Evelyn rougit. Le vermouth l'avait rendue spirituelle.

Sur la place, des fiacres manœuvraient dans un sens et dans l'autre. Des chevaux mangeaient, au repos, débarrassés des couvertures rouge vif qu'ils portaient sur le dos. Le mouvement habituel des touristes anglais, inattentifs à la vie autour d'eux, cherchant des réponses dans leurs guides.

Ils s'en allèrent par le Piazzale degli Uffizi, longèrent l'Arno jusqu'à la *pensione* Simi. La lumière était jaune – une explosion de fin d'été – et une attention paisible couronnait l'air. Mr Collins offrit le bras à Evelyn, qui l'accepta.

— Vous semblez très sûre de votre avenir, dit-il.

— En effet.

— Un mariage ? Des enfants ?

— Le simple fait qu'on le puisse ne signifie pas qu'on le doive, Mr Collins.

Il hocha la tête.

Elle n'avait jamais fait une déclaration plus vraie de toute sa vie. Elle eut la sensation de porter le pantalon métaphorique de Miss Everly.

Ils s'arrêtèrent à proximité de la *pensione* Simi.

— Entrons-nous stratégiquement ? demanda Mr Collins. Moi d'abord, puis vous ? Pour éviter les commérages.

— Entrons ensemble et provoquons-les, voulez-vous ?

Ils montèrent les marches du perron, passèrent devant la réception et s'avancèrent au milieu des regards soudain braqués sur eux.

Deux soirs plus tard, le ragoût anglais fut de retour au menu du dîner, à la grande joie des Lugg.

— Dieu nous a tous réunis à cette table, dit le révérend Hyndesight, prenant sa voix de chaire.

— Et le chemin de fer du Gothard, murmura Mr Collins.

Il attaquait un morceau de viande grise qu'il soupçonnait d'être du cheval.

— Les Dominicains ou les Franciscains, Miss Skinner ? demanda le révérend.

— Oh, les Franciscains, sans aucun doute, répondit Evelyn. Saint François était une âme douce. Plein d'angoisse, si sincère. Les Franciscains ont combattu l'hérésie par l'amour et je suis, pour ma part, une admiratrice de l'amour.

(Livia était dans son champ de vision.)

— Bravo ! dit le révérend.

— Et parmi tous les saints catholiques du Moyen Âge, c'est celui qui a décrit la nature comme l'œuvre de Dieu. *La Creazione*, dit-elle, et elle but son vin. En outre, *Domini canes* signifie les chiens du Seigneur. Voilà d'où vient leur nom. J'ai toujours trouvé cela assez troublant.

— Ciel, est-ce vrai ? dit l'une des sœurs Brown. Je ne vais pas fermer l'œil de la nuit.

— Cette simple pensée me fait trembler, dit l'autre.

— Ils ont toujours été une bande de militants, dit Mr Collins. Traquant les hérétiques à la torche. J'aurais été le premier exposé à la flamme.

— Si seulement, dit le révérend à voix basse.

— Et, de tous les gens imaginables, ils ont pris Dante en grippe, dit Miss Everly. Ils ont établi les conditions d'une littérature autoritaire, exclu les textes vernaculaires. Et ce Savonarole. Encourageant l'autodafé des nus et des portraits de femmes à cause de la tentation induite. Les hommes ne peuvent-ils pas se contrôler, mon révérend ?

— Ne me regardez pas, dit le clergyman.

— Nous avions autrefois un jardinier qui nous poursuivait avec des cisailles, dit l'une des sœurs Brown.

— Bonté divine ! s'exclama Miss Everly.

— Et quelle église appartient aux chiens ? demanda Mrs Lugg.

— Santa Maria Novella, notamment, l'informa Evelyn. Elle a une atmosphère plutôt solennelle. J'ai entendu quelqu'un dire qu'on aurait parlé de visage impassible s'il s'était agi d'une personne.

— Un lieu à éviter, alors, dit l'une des sœurs.

— Mais non, vous ne devez pas l'éviter ! s'écria Miss Everly. Vous devez y aller. Il faut que vous voyiez les chapelles Rucellai, Gondi et Strozzi !

— Il le faut en effet, approuva Mr Collins.

— Alors nous irons, dit Barbara.

— Simplement, ne bâillez pas.

— Bâiller ?

Et Mr Collins fit un mime comique sur des chiens fantômes entrant dans une bouche grande ouverte.

— Mr Collins ! dit le révérend, un sourire transparaissant dans sa réprimande.

— Nous allons à Santa Croce demain matin, dit Barbara.

— Oh, commença la poétesse, la grâce et l'humanité de Giotto…

— La lumière du matin est le meilleur moment où voir les fresques, l'interrompit le révérend. Je vous conseillerais aussi de prendre vos jumelles de théâtre. À droite du maître-autel se trouve la chapelle Bardi, où vous découvrirez les fresques qui constituent le cycle de saint François.

— « Cette vue ne présente que peu d'intérêt, à moins que vous ne compreniez les relations qui unissaient Giotto à saint François et saint François à l'humanité », dit Mr Lugg, lisant un extrait des *Matins à Florence* de Ruskin. Pourriez-vous nous clarifier ces relations, mon révérend ?

— Oui, je le peux, Mr Lugg. Et je peux le faire en un mot : « dévotion ».

Les sœurs Brown soupirèrent.

— Ce délicieux et adorable saint prêchait de travailler sans argent et d'embrasser la pauvreté. De travailler sans plaisir et d'embrasser la chasteté. De travailler selon les instructions et d'embrasser l'obéissance.

— Ça semble atroce, dit Mr Collins, renonçant au morceau de viande. Et que vous réserve la journée de demain, Miss Skinner ?

— Ma journée sera centrée sur un cours d'italien, répondit Evelyn.

— Vous êtes passionnée, nota Mr Collins.

— Les possessifs, dit Evelyn.

— Le mien est le vôtre et le vôtre est le mien ? dit Mr Collins.

— Quelque chose comme ça.

Toutefois, lorsque le cours arriva le lendemain matin, ce fut plutôt : je suis tienne et tu es mienne.

Les deux jeunes femmes s'allongèrent sur le lit, entièrement habillées, les yeux dans les yeux. Elles avaient peu de temps ensemble car Livia avait une cagette de poulets à plumer ; Evelyn, entre leurs soupirs, entendait chaque grain tomber à l'intérieur du maudit sablier. Lorsque Livia se leva pour partir, Evelyn se sentit tourmentée et quitta la chambre quelques minutes après.

Si on l'avait cherchée, on l'aurait trouvée de l'autre côté du Ponte Vecchio, assise à la terrasse d'un café près de l'église Santa Felicità. La rive sud du fleuve était un autre monde, comme Miss Everly l'avait affirmé. Un quartier médiéval aux rues étroites et aux tours élancées, l'architecture défensive de l'époque pour les riches et puissants. *Ici, je pourrai être seule*, pensait Evelyn. *Anonyme parmi les ébénistes, les selliers et les chapeliers.*

Sa boisson arriva et le tintement du glaçon la tira de sa rêverie. Elle prit son stylo et écrivit.

Cher H. W. – puis-je t'appeler père aujourd'hui ? Cela t'ennuie-t-il ? J'éprouve en ce moment le besoin d'une oreille paternelle.

Tu m'as jadis parlé d'une affliction. J'étais très jeune, je m'en souviens, mais me sentais adulte du fait que tu t'étais confié à moi, soulignant la complexité et les paradoxes du cœur humain, avant de m'expliquer la séparation qui devait se produire entre toi et mère. Rétrospectivement, je vois combien j'étais mûre pour une fillette de neuf ans.

Evelyn leva son verre et but le vermouth. Le soleil lui fit plisser les yeux.

Je suis en proie à l'affliction moi aussi.

Quand je la vois franchir le seuil d'une pièce, arriver à l'angle ou apparaître dans l'escalier, les muscles de mes jambes sont soumis à un genre d'atrophie et il me faut toute ma volonté pour demeurer debout. Cela donne l'impression que je suis malade ; il n'en est rien, je ne me suis jamais sentie aussi bien.

Le monde est net. Il se découpe si nettement que mes yeux voient toute chose – à vrai dire, au-delà de toute chose, si l'on peut suspendre la logique de cette phrase. Si tu me montres la peinture d'un compotier contenant des cédrats, des figues, des prunes et des poires, je peux décrire la femme qui a cueilli ces fruits sur l'arbre, la décrire avec une telle tendresse que je distingue mon reflet dans son iris, comme une bougie, unique source de lumière. Montre-moi la peinture d'une raie ruisselante d'eau de mer sur une table de cuisine et je te parlerai de l'homme qui l'a capturée.

Cette paire de faisans ? Je peux te décrire le trajet du paysan du lit au champ jusqu'à un fusil prêt à tirer. Une moitié de coquille Saint-Jacques ? La main qui l'a ouverte.

Est-ce l'imagination ? Est-ce ce qui te pousse à peindre ? Est-ce l'héritage que tu m'as légué ?

Il a toujours été très difficile de savoir – de localiser avec précision – où commence l'histoire unique de chacun. Commence-t-elle vraiment au moment de sa naissance, ou bien avec ceux qui sont venus avant lui ? Instillant, distillant dans ses veines la vie vécue, la vie non vécue, les regrets, les joies, aussi naturellement, aussi douteusement pourrait-on dire, qu'ils transmettent une certaine démarche (de toi à moi) ou un froncement de sourcils (de toi à moi) ou des cheveux châtain terne (de mère à moi). S'il en est ainsi, alors mon histoire commence avec toi.

Ce que je veux dire, c'est que tu m'as transmis ton affliction et la puissance qui l'accompagne. Ce dont je parle est bien sûr…

— L'amour, dit Miss Everly.

Une ombre se profila sur la page d'Evelyn.

— Pardon ? dit Evelyn, cachant ce qu'elle écrivait et levant la tête.

— C'est seulement dans l'expérience de l'amour que nous savons ce que cela signifie d'être humain. J'ai réfléchi à cette phrase aujourd'hui pendant que je marchais dans San Frediano, dit Miss Everly. La pauvreté y est aiguë. Une vie d'épreuves, pour l'essentiel, et pourtant – puis-je ?

— Oh, je vous en prie, Miss Everly. Je suis tellement contente de vous voir.

Miss Everly s'assit face à Evelyn et sortit son étui à cigarettes.

Evelyn referma son carnet.

Miss Everly plaça une cigarette entre ses lèvres et dit :

— Je suis revenue par la Piazza Santo Spirito et entrée dans la basilique. Des rayons de lumière tranchaient la nef. J'ai vu une jeune femme se jeter à terre devant l'autel. La scène était aussi spectaculaire que n'importe quel Caravage. Qu'est-ce qui avait pu causer un tel désespoir ? Que sommes-nous sans amour ?

— Dans l'attente, dit Evelyn.

Miss Everly sourit. Elle appuya son menton sur sa main. Ses yeux résolument fixés sur le visage d'Evelyn, scrutateurs.

— Dans l'attente, répéta-t-elle. Et êtes-vous dans l'attente, ma chère ?

— Non, répondit Evelyn. Je ne le suis plus.

Miss Everly suggéra une promenade vers l'est et une montée à San Miniato al Monte, qui offrait le plus beau panorama de la ville. Elle dit qu'un changement de perspective – physique, bien sûr – apporterait un sens des proportions à l'assaut de sagacité et de considération passionnée dont elles faisaient toutes deux l'expérience. Elle dit qu'elles pourraient aussi passer dans un merveilleux *forno* et s'approvisionner en pâtisseries.

De grands cyprès se dressaient de chaque côté du sentier. L'air frais, humide compensait la chaleur pénible de l'ascension. Le visage de Miss Everly était rouge et luisant, et elle s'arrêta contre un mur moussu pour respirer profondément à l'ombre des pins parasols.

— Je connaissais quelqu'un qui faisait ce chemin à genoux, et il n'était même pas catholique, dit-elle.

— Fichtre, dit Evelyn.

— En réalité, nous sommes très près de l'endroit où il est mort. Venez.

Elles évitèrent le Piazzale Michelangelo et les rassemblements de touristes, continuèrent à grimper en direction du monastère et de l'église.

— Nous serons changées par cette expérience, dit Miss Everly. C'est la dévotion à son summum. Sans dimension religieuse, bien sûr.

— Bien sûr, approuva Evelyn en souriant.

Elle se sentait déjà changée.

Le panorama était aussi beau que Miss Everly l'avait annoncé. Evelyn crut que Miss Everly cherchait encore à reprendre haleine mais le timbre de son souffle exprimait beaucoup plus l'émotion ; peut-être même versait-elle des larmes. Evelyn détourna discrètement les yeux.

Dans un geste imprévu et assez tendre, Miss Everly prit le bras d'Evelyn et dit :

— On le voit toujours : le dessin. Le périmètre définitif des remparts communs d'Arnolfo di Cambio pour ceinturer la ville. Suivez mon doigt, Miss Skinner. Là-bas, là-bas, plus bas… Une ville clôturée était son rêve. Son *insieme.* Ce que les Italiens appellent une unité. Bien sûr, c'était un chef-d'œuvre de défense, et pourtant bien davantage. Cela a façonné la ville, fait d'elle une descendante directe de Rome. Les habitants en ont tiré la conviction que son destin était glorieux. Il a créé une ville connaissable, Miss Skinner. Et connaissable elle est demeurée. C'est ainsi que la ville devient à jamais une part de nous-mêmes. Ne nous lâche jamais. Nous ramène maintes et maintes fois.

Puis le silence. Le vent dans les cyprès. Le chant des oiseaux. Evelyn déballant des pâtisseries raffinées.

— Aimeriez-vous une *sfoglia* maintenant ? dit-elle, proposant à Miss Everly l'un des chaussons fourrés de crème achetés tout spécialement pour la montée.

— Quelle excellente idée ! Entrons dans le cimetière et adoucissons un peu la mort.

Elles passèrent devant l'église, devant un moine qui se dirigeait vers le campanile, puis elles pénétrèrent dans le cimetière.

— Venez, dit Miss Everly, allons nous asseoir à côté de ces *amorini* là-bas. Je crois qu'ils sont en manque de compagnie mortelle et de bavardages.

Elles s'assirent sur un petit mur au bout d'une crypte ornée.

— Voudriez-vous une photographie sur votre tombe, vous aussi, Miss Everly ?

— Moi ? Oh non. Mes cendres dans l'Arno, s'il vous plaît. De la nourriture pour les poissons. Et appelez-moi Constance, je vous en supplie.

Evelyn accepta. Mais à condition que Constance l'appelle Evelyn.

Evelyn se tapota les lèvres avec un mouchoir et dit :

— L'autre soir, je vous ai entendue parler à Mrs Lugg d'une nonne qui était artiste.

— Ah oui. Sœur Plautilla.

— C'est elle.

— Vasari a écrit à son sujet. Elle devait donc être importante pour lui.

— Mrs Lugg semblait assez dédaigneuse à son égard.

— Eh bien, remontez la rivière jusqu'à sa source et vous trouverez le mari.

Evelyn sourit.

— Vous disiez que sœur Plautilla était prolifique, reprit-elle.

— Oh, je vous le confirme. Elle est tombée dans l'oubli en raison de son sexe. Vieille histoire usée, je le crains, ma chère. Je suis l'une des rares personnes à avoir vu son tableau de la Cène, qui était une première. Pour une femme, j'entends. Le plus grand tableau du monde peint par une artiste femme des temps anciens. Presque aussi grand qu'un Léonard de Vinci. Dans l'angle supérieur gauche, il y a sa signature et les mots : *orate pro pictura* – priez pour la dame peintre. Une simple déclaration de qui elle était.

— Où puis-je le voir, Constance ?

— Vous ne pouvez pas. Selon la rumeur, il est toujours quelque part dans le monastère à Santa Maria Novella. Dans le réfectoire, peut-être ? En dehors de cela, je ne sais vraiment rien.

— C'est affreux.

— N'est-ce pas ? Si nous ne savons pas où se trouvent toutes ses œuvres, quel espoir pour les autres ?

— Y en avait-il d'autres ?

— Oh oui ! Pour les femmes éduquées, l'alternative était claire et difficile. Soit le mariage et aucune expression créative. Soit le couvent et l'expression créative. Donc les femmes entraient au couvent afin de peindre. Tel était le sacrifice. Mais quand les femmes n'ont-elles pas fait de sacrifices pour vivre selon leur goût ? Nous n'embrasserons pas toutes les hommes, le mariage, la maternité. Et il ne le faut pas nécessairement. Nous n'avons qu'une vie, ma chère Evelyn, qu'une vie, et nous devons bien l'employer.

Nuit à la *pensione* Simi, et c'était le dernier dîner ensemble pour le groupe des Anglais. Ou, comme Miss Everly aimait l'appeler, « notre *Ultima Cena* ».

Deux conversations distinctes se déroulaient à la table, comme d'habitude, et lorsque le soir fut arrivé sur les hauteurs du plateau de fromages, Miss Everly se pencha en direction de Mrs Lugg et demanda :

— Vous sentez-vous mieux, ma chère ?

— Oui, en effet, Miss Everly.

— La cuisine européenne ne plaît pas à tout le monde. L'on doit se préparer à une aventure.

— C'est ce qu'on m'a expliqué, dit Mrs Lugg.

— J'ai pensé à vous quand j'ai écrit cette petite ode.

— Permettez-moi de l'entendre aussi, Miss Everly, dit Evelyn, se penchant à son tour.

Miss Everly déclama :

Manger des morceaux que l'on jetterait aux immondices
Exige d'avoir une grande confiance… et de l'estomac.
Pied de porc pour celui-ci, zampone pour celui-là,
Autrement dit : un délice !
Pourtant, même moi, à la cervelle je ne touche pas.

Mrs Lugg sentit quelque chose lui monter dans la gorge. Elle se tint le ventre.

— Bravo, Miss Everly ! dit Evelyn. Très drôle.

— Juste une petite bêtise. Chèvre ! dit Miss Everly, levant un plateau malodorant de *formaggio di capra.* Quelqu'un veut du bleu de chèvre ?

— La culture et la décence, dit le révérend, remplissant à nouveau les verres de vin.

— La culture et la décence ne commencent ni ne finissent aux falaises blanches de Douvres, dit Mr Collins.

— Vous n'êtes pas patriote, manifestement, dit le révérend.

— Aucun rapport avec le patriotisme. Je crois à l'unité du monde. Je crois au pouvoir des gens qui œuvrent ensemble.

— Balivernes, dit le révérend. Socialiste, marmonna-t-il aux vieilles jumelles qui se transformaient l'une en l'autre devant les yeux d'Evelyn.

— Nous serons en guerre un jour contre vos frères européens, comme vous les appelez, Mr Collins. C'est inévitable, dit Mr Lugg. Ils ne sont pas comme nous. Mais ils veulent ce que nous avons.

— Et ne voulons-nous pas ce qu'ils ont, Mr Lugg ? Michel-Ange ? Dante ? La beauté ? Du vin sur une terrasse inondée de soleil ? Des villas nichées dans les collines qui se vendent pour une bouchée de pain ?

Mr Lugg ignora Mr Collins et tendit le bras vers le plateau de fromages.

— Si, mais combattrez-vous ? dit le révérend, ramenant la conversation à l'impérialisme britannique. Simple question.

— Pour quelle cause ? demanda Mr Collins.

— La cause n'est pas pertinente.

— La cause est pertinente.

— Donner une bonne leçon à une autre nation, alors, dit le révérend.

— Une nation n'est pas une personne. Donc je ne combattrai pas.

— Hum, dit le révérend.

Le bruit d'une petite cuillère contre un verre et Mr Lugg se mit debout.

— Notre dernière soirée avec vous tous, dit-il. Vous avez tous été tellement gentils avec nous…

— Absurdités !

— Avec mon épouse en particulier. Merci à chacun de vous, et il leva son verre. Néanmoins, nous avons très peu découvert la ville durant cette période éprouvante. Pour notre ultime journée demain, que recommanderiez-vous, mon révérend ?

Le révérend réfléchit à la question posée. Il exploita le silence et l'attention.

— Je pense que vous devriez emmener votre épouse au sommet du Duomo, déclara-t-il.

Evelyn empoigna sa serviette et se couvrit la bouche. Mr Collins se mit à ricaner. Miss Everly s'affaira avec le fromage.

— Croyez-vous que monter au Duomo lui plaira ? demanda le révérend.

— Monter au Duomo plaît à tout le monde, dit Mr Collins. D'après mon expérience.

— Enfin une chose sur laquelle nous sommes d'accord, se félicita le révérend. Magnifique !

Evelyn se leva.

— Veuillez m'excuser, dit-elle, et elle sortit de la pièce.

— Saviez-vous que, chaque fois qu'il quittait Florence, Ghirlandaio se plaignait de la nostalgie du Duomo ? dit le révérend à Mr Lugg.

— Vraiment ? Comme c'est touchant.

Evelyn se dirigea vers le salon et s'effondra sur un canapé. Un nuage de poussière flotta. En face, elle remarqua qu'un portrait du roi Édouard était subrepticement apparu dans une confrontation avec l'ancienne reine. Une toux sonore. Evelyn regarda vers la porte. Mr Collins se trouvait là, tenant deux verres de vin et affichant un petit sourire narquois.

— Miss Skinner ?

— Ne dites pas un mot, Mr Collins.

— Je...

— Non.

— Je vous ai apporté votre vin, dit-il. Puis-je ?

Et il s'assit à côté d'elle.

— Arrêtez de me regarder, s'il vous plaît, Mr Collins.

— Comment pouvez-vous savoir ?

— Je le sais.

Elle se tourna soudain vers lui.

— J'ai quelque chose d'important à vous dire.

Mr Collins se pencha vers elle.

— Faites, dit-il.

— Pardonnez-moi mon effronterie, mais - Evelyn changea de position - je vous aime bien, Mr Collins.

— Et je vous aime bien aussi.

— Mais je ne suis pas amoureuse de vous.

— Je sais que vous ne l'êtes pas.

— Vous le savez ?

— Vous êtes amoureuse de Livia, la domestique.

— Je vous demande pard… ?

— Tout va bien, Miss Skinner, personne d'autre ne le sait.

— Mais comment…

— Parce que je suis amoureux de Matteo, le garçon de la blanchisserie. Vous voyez, Miss Skinner, pendant que vous regardiez la poitrine, je regardais les *chiappe.*

— Oh, Mr Collins !

— Thaddeus, je vous en supplie.

Et il lui fit un baiser sur la main.

— Écrivez-moi, Evelyn, dit-il. Sinon je vous en garderai rancune à tout jamais.

— Ils sont ici ! annonça Miss Everly d'une voix tonitruante, conduisant le groupe dans le salon. Oh non, Mrs Lugg, dit-elle. Il s'agit uniquement du temps. La graine éphémère du temps. Le battement sourd du balancier, le nœud coulant du temps. Mmm, le nœud coulant du temps.

Elle fouilla dans sa poche, en tira un carnet et griffonna frénétiquement.

On discuta beaucoup de ce qui devait suivre et Mr Collins prévint avec habileté la suggestion d'un autre duo des vieilles jumelles. Il proposa plutôt que

Miss Everly lise de la poésie. Ses poèmes à elle, de préférence, précisa-t-il.

— Vraiment, Mr Collins ! s'écria Miss Everly, mais elle était ravie, bien sûr.

Cependant...

L'insécurité traquant l'artiste n'était jamais loin et, dans un mouvement preste, Miss Everly fut dépouillée de toute confiance et succès. Au lieu de lire ses propres œuvres, elle décida de conclure son séjour par une lecture des *Fenêtres de la Casa Guidi* d'Elizabeth Barrett Browning. (Nous avons eu une vague amitié autrefois. Comment cela, vague ? J'avais dix ans.)

— La totalité des mille neuf cent quatre-vingt-dix-neuf vers, Miss Everly ?

— Serait-ce un problème, mon révérend ?

— Je pensais aux sœurs Brown.

— Ne tiendront-elles pas jusqu'au bout ?

Miss Everly ne prit pas le risque. Elle lut durant une heure, temps largement suffisant pour susciter des salves d'applaudissements. L'horloge de parquet sonna minuit par onze coups de gong, et les gens se dirent au revoir, bonne nuit et bon voyage et gravirent l'escalier jusqu'à leurs chambres. Evelyn regarda autour d'elle et se dit qu'ils lui manqueraient tous. Même le révérend Hyndesight, qu'elle ne révérait pourtant pas.

De la poussière flottait dans le sillage des départs. Il ne restait plus qu'Evelyn et Miss Everly à présent, face à face et se tenant les mains.

— Constance.

— Ma chère Evelyn.

— Vous allez me manquer.

— Vous allez me manquer aussi.

— J'ai envie de pleurer, dit Evelyn.

— Alors pleurez, chère petite. Cette pièce a besoin que l'émotion s'y épanche. La lèvre supérieure pincée est tissée dans ses étoffes.

— Je ne me suis jamais autant amusée avec quelqu'un, dit Evelyn.

Instant auquel Livia entra et attira leur attention.

— Excepté... ? dit Miss Everly.

Evelyn rougit et les deux femmes rirent.

— Cultivez-le, dit Miss Everly. J'ai fait ainsi à votre âge. L'amour est la découverte la plus merveilleuse dans le panthéon de l'existence humaine.

Le lendemain, le révérend partit pour Arezzo avec les vieilles sœurs jumelles, les Lugg sortirent tôt en direction du Duomo afin d'éviter les mendiants, et ils s'en allèrent tous dans un convoi de fiacres.

Miss Everly se rendait au sud, à destination de Naples, en quête de misère et d'inspiration. Et Mr Collins se rendait au nord, à destination de Venise, en quête d'une idylle et d'un gondolier. (Il trouverait les deux et vivrait une vie courte mais euphorique au bord du Grand Canal.)

Evelyn les salua depuis le perron.

— Bonne chance, Thaddeus ! cria-t-elle.

— Bonne chance à vous aussi ! cria-t-il en réponse.

— Écrivez bien, Constance ! lança-t-elle.

— Assurément ! Et n'oubliez pas de m'écrire aussi, ma chère, répliqua Miss Everly depuis son fiacre.

Le bruit des sabots des chevaux sur les pavés, la rotation des roues. Au revoir, au revoir !

Ils s'éloignèrent. Et elle fut seule.

Et la *pensione* Simi redevint ce qu'elle était : un havre morne pour la bourgeoisie anglaise qui se plaignait de toute chose étrangère. Evelyn regarda le nouveau contingent arriver. Un voyageur de commerce américain, un gros Allemand qui souffrait de la goutte et un marchand de fromages italien démonstratif. *Nous sommes un début de farce*, pensa-t-elle.

Lorsque le jeune homme et sa mère se présentèrent à la réception, Evelyn était à Florence depuis quatorze jours. Une vie entière pour une drosophile. Evelyn les avait remarqués alors qu'elle descendait l'escalier, parce que la mère énonçait clairement à la *signora* cockney :

— Alice Clara Forster et fils.

— Forster. Oui. Une chambre… avec vue sur l'Arno.

Le jeune homme rougit lorsque Evelyn passa. Il était grand et dégingandé dans des vêtements de tweed qui lui allaient mal. Il avait un visage doux, non sans ressemblance avec une taupe.

Deux jours plus tard, assise dans le salon, Evelyn écrivait à son père.

Mon très cher H. W.,

Les Italiens font de nombreuses choses très bien, le thé mis à part. Le thé est la seule boisson que je prends à la pensione Simi. Il définit quelque peu ma nationalité. En effet, quand je bois du vin, du vermouth ou des amers d'un rouge éclatant, la cape de mon anglicité tombe pour révéler une jeune femme au tempérament européen saisissant. Je gesticule, je discute, je débats librement, mon appétit est vif. J'examine les œuvres d'art avec un œil aiguisé par l'éveil du corps au lieu d'un œil brouillé par les mots pesants de la critique masculine. Père, j'aimerais revoir M. Paul Cézanne. Je pense que je pourrais parler beaucoup plus avec lui depuis mes voyages jusqu'ici…

(Une toux.)

Evelyn leva la tête et sourit au jeune homme.

— Voyagez-vous seule, Miss Skinner ?

— Oui, répondit-elle. Cela fait-il jaser ?

— Un petit peu.

— J'en suis rudement contente.

Il rit.

— Puis-je ?

— Je vous en prie, dit-elle, et il s'assit dans le fauteuil en face d'elle.

Il croisa maladroitement les jambes, la heurtant dans l'opération.

— Pardonnez-moi, murmura-t-il.

— *Di niente,* répondit Evelyn. Avez-vous échappé à votre mère ?

— Provisoirement. Elle avait un de ses maux de tête chroniques. Je voudrais être le genre d'homme propre à la réconforter. Elle estime que je suis totalement incapable.

— Et l'êtes-vous ?

— Oui. J'ai égaré d'innombrables cartes et manqué des trains. Je manque toujours quelque chose.

Evelyn pensa qu'il lui manquait seulement un homme à embrasser.

— J'essaie d'apprendre l'italien, dit-il, sortant un guide de poche.

— Êtes-vous en bonne voie ?

— Pas du tout. Échec complet, dit-il, et il frotta sa chaussette.

Un jeune bourgeois anglais ordinaire, pensa Evelyn. Intelligent, sans aucun doute. Mais avec un corps et une tête qui ne s'étaient pas encore rencontrés.

Forster leva les yeux et dit :

— Je vous trouve très courageuse.

— Moi ?

— De voyager sans chaperon ?

— Je ne suis pas courageuse, dit Evelyn, je suis simplement prête à l'aventure. C'est vous qui êtes courageux.

— Moi ? Oh non, non...

— De voyager avec votre mère.

Il s'empourpra et sourit.

— Oui, dit-il, un peu troublé.

— Combien de temps cela fait-il maintenant ? demanda Evelyn.

— Oh. Trois semaines environ. Plus que cinquante à venir.

— Oh ciel.

— Nous arrivons du lac de Côme. Nous n'étions censés rester qu'une nuit à Cadenabbia, mais nous y sommes demeurés dix jours. Mère a pensé que j'avais besoin de l'air montagnard. C'était si attrayant, Miss Skinner. Très peu d'incidents. Un porte-monnaie perdu et retrouvé, une puce et un millepatte trouvés. Mais j'étais paré contre les puces. Mon ami Dent m'avait parlé de l'ammoniaque. Qui règle le problème. Elles n'aiment pas ça. Bien entendu, qui aime ça ? Moi pas.

Un tram électrique passa dans un fracas.

Forster indiqua la fenêtre de la tête.

— Ce bruit me tient éveillé la nuit, dit-il. Vous aussi ?

— Non. Ce n'est pas cela qui me tient éveillée, dit Evelyn, apercevant soudain Livia sur le seuil. Vous nc semblez pas vous amuser, Mr Forster, si ?

— Jusqu'à présent, l'Italie est une excursion assez timide pour moi, Miss Skinner. Un peu décevante. Je suis monté à la cathédrale de Monza et j'ai essuyé les crachats des gens en haut du clocher. Ce qui n'est pas très agréable. Mère dit que je suis « lamentablement malchanceux ». Elle pense que si nous allions à Pise, ce serait bien ma veine que la tour penchée s'écroule sur moi.

Evelyn rit.

— Mère et moi n'avons été entourés que d'Anglais, d'âge moyen surtout. Ils nous ont observés, la plupart d'entre eux se demandant s'ils devaient nous compter parmi les gens bien.

— Mr Forster, je vous compte parmi les gens bien, sans aucune hésitation !

— Merci, Miss Skinner. Je vous suis reconnaissant. Dans un hôtel, la moitié des pensionnaires jouaient au poker solitaire et les autres dormaient.

Evelyn promena un regard autour d'eux.

— Pas de changement ici, alors, dit-elle.

— Nous pourrions être en Angleterre, dit-il, scrutant la moquette à motifs, les portraits de la reine Victoria et du nouveau roi non encore sacré, l'aquarelle grossière et déprimante de la Tamise. J'ai mangé des pruneaux au petit déjeuner, ajouta-t-il. Des pruneaux !

Evelyn rit.

— *Morgan ! Morgan !*

— Mère, chuchota-t-il.

— Vous avez été découvert, dit Evelyn.

— En effet. Il vaut mieux que j'y aille, dit-il, dépliant ses jambes pour se mettre debout.

— J'espère que vous trouverez ce que vous cherchez.

— Merci, Miss Skinner. Le savoir est un grand libérateur. Bonne journée à vous.

Le lendemain de leur rencontre, Evelyn l'observa dans le salon en buvant une tasse de thé. Il était innocent à de multiples égards, intensément naïf et infortuné. Il avait de longues mains fines de pianiste ; de nombreux pensionnaires avaient commenté la beauté de son jeu. Et il était là, perdu dans Beethoven. À la fin du morceau, Evelyn applaudit (tapota la porcelaine avec sa cuillère, plutôt) et cette marque d'admiration parut le mettre au comble du malaise.

— Si un jour vous vivez comme vous jouez… lui dit-elle.

Il quitta le piano et son corps se désunit.

— J'ai perdu mon Baedeker, dit-il.

— Empruntez le mien, dit-elle.

— Si seulement je pouvais perdre ma mère, ajouta-t-il.

— *Andiamo*, lança-t-elle, et il la suivit dans la salle à manger où le Baedeker était posé près d'une théière et d'une assiette de sablés.

Ce fut à cet instant – quelle splendeur – que Livia arriva de la cuisine et fut arrêtée net par une flèche en plein cœur. (Evelyn baissa son arc.)

— N'en aurez-vous pas besoin ? demanda Forster, feuillant le Baedeker.

— Non, j'ai tout ce dont j'ai besoin ici, dit Evelyn, contemplant son amante avec adoration.

Soudain, Forster trouva la violette pressée entre les pages.

— Qu'est-ce que c'est ? dit-il, la haussant vers la lumière.

— Une violette / *Una viola*, répondirent à l'unisson Evelyn et Livia.

Le regard de Forster alla de la première jeune femme à la deuxième. Elles se tenaient dans la même position, une main sur la hanche, l'autre sur le front.

— Il y a parfois une magie dans l'identité des attitudes, dit-il.

Il remit la violette entre les pages et manqua le moment où les deux jeunes femmes se prirent la main tandis que l'une passait devant l'autre.

— Et vous êtes certaine que tout ira bien pour vous aujourd'hui, Miss Skinner, sans votre guide ? demanda-t-il.

— Oh oui, affirma Evelyn. Je m'apprête à me retirer pour mon cours d'italien, qui durera une grande partie de l'après-midi.

Elle lui souhaita une bonne journée, et il s'inclina et lâcha le Baedeker sur l'assiette de sablés, qui s'éparpillèrent par terre.

— *Morgan ! Morgan !*

Il sortit de la pièce et entra dans le vestibule. Il s'arrêta un instant près de l'escalier et leva un regard interrogateur, les restes du parfum d'Evelyn flottant dans l'air. Il secoua la tête, chassa toute idée insensée qui pouvait y naître et courut à grandes foulées vaincues en direction de l'impérieuse voix de sa mère. Elle parlait d'un carré imperméable.

Dans la chambre deux étages au-dessus de la réception, Livia était nue, bras et jambes écartés, sur le lit d'Evelyn. Celle-ci remontait entre ses jambes, profitant d'un cours de prononciation italienne.

Evelyn lui fit un baiser sur la cheville.

— *Caviglia,* dit Livia.

Sur le mollet.

— *Polpaccio.*

Un baiser sur le genou.

— *Ginocchio.* (Elle eut un fou rire. Chatouilleuse.)

Evelyn lui lécha la cuisse.

— *Coscia.*

Dernière étape, pensa Evelyn, et elle s'approcha de la jonction des jambes. Livia gémit doucement.

— *La mia passera.*

« *Mi piace la tua passera* » furent les derniers mots que prononça Evelyn avant que sa bouche et sa langue ne se consacrent à une occupation beaucoup plus agréable que parler.

Quelques soirs plus tard, tandis qu'il suivait Evelyn dans la salle à manger, Forster dit :

— Vos progrès en italien sont fulgurants, Miss Skinner, je dois le reconnaître.

— J'ai une bonne oreille, Mr Forster. Et je pratique beaucoup.

— Seule ? demanda-t-il.

— Oh oui, parfois. Livia la domestique est d'une aide précieuse pour le vocabulaire de base. Je me trouve bien meilleure quand je pratique avec elle.

— C'est ce qu'il me faudrait, je pense. Quelqu'un avec qui pratiquer.

— Oh, je le pense aussi, dit Evelyn. C'est bien plus drôle. Et vous verrez l'Italie sous un jour très différent. Tout un monde nouveau s'ouvrira.

— Je réussirais même peut-être à jeter mon Baedeker.

— Ne serait-ce pas remarquable ?

Lorsqu'ils arrivèrent à la table, un morceau de papier était glissé sous le couvert d'Evelyn.

— Croyez-vous qu'il pourrait s'agir d'un billet doux ? demanda Forster.

— Je ne sais vraiment pas, dit Evelyn, dépliant le papier.

— Qu'y a-t-il dessus ? demanda Forster avec ardeur.

— Un point d'interrogation, dit Evelyn, lui montrant le mot.

— Que signifie-t-il, selon vous ?

— Je n'en ai aucune idée.

— Pensez-vous qu'il soit sinistre ?

— Non. Je pense plutôt qu'il pourrait présager la grande question elle-même.

— Comme dans : pourquoi sommes-nous ici ?

— Exactement.

— De toute évidence, pas à la *pensione* Simi…

— Non, en effet.

— Mais le destin.

Evelyn sourit.

— Je pense que vous avez raison.

— *Morgan ! Morgan !*

— Oh misère. Mère, chuchota-t-il, et il quitta la salle à manger pour le salon.

Evelyn regarda le point d'interrogation. Que me demandes-tu ? Quelque chose à propos de l'amour ?

Le voyageur de commerce américain toussa.

— Miss Skinner ? Vous êtes dans un monde à vous. J'ai dit : Miss Skinner souhaiterait-elle partager du *vino rosso* ?

— Oui, ce serait charmant, dit Evelyn en réponse à sa question.

Elle regarda vers l'angle de la pièce, mais la beauté avait disparu dans la cuisine.

À trois jours du départ d'Evelyn, les silences pesants avaient progressé avec l'avenir et la peur de l'absence qui planaient. Livia et elle se tenaient enlacées plus longtemps chaque fois qu'elles le pouvaient, fatiguées du sexe et de la récitation des conjugaisons. L'impossibilité d'un amour plus durable intensifiait les minutes et les heures d'une manière que la liberté n'aurait jamais pu offrir. Il n'y eut pas de promesses. Il ne fut pas question d'un retour d'Evelyn. En vérité, il ne fut pas question de grand-chose sinon du bel ordinaire du présent.

Evelyn allait sortir lorsqu'elle remarqua Forster dans le salon : il écrivait dans un bloc-notes en équilibre sur son genou. Elle ne dit rien, l'observa simplement – le pauvre homme avait si peu de temps pour lui, elle ne voulait pas le déranger. Il avait les joues en feu et elle espéra qu'il écrivait quelque chose de croustillant. Il leva les yeux une seconde et sourit.

— Miss Skinner.

— Mr Forster.

— Ma mère a une crise de lumbago, je bénéficie donc d'un sursis à l'exécution.

— Aimeriez-vous venir avec moi ? Je m'apprêtais à...

Evelyn n'avait pas fini sa phrase qu'il était déjà debout. Il se mit à se tapoter çà et là d'un air affolé.

— Avez-vous perdu quelque chose, Mr Forster ?

— Sans doute, mais je ne sais pas encore quoi. Baedeker ou non ? ajouta-t-il.

— Pas de Baedeker, répondit-elle solennellement, et ils se dirigèrent vers la porte.

L'extérieur était un baptême de soleil. Forster gonfla ses poumons – sembla intensément heureux – et traversa la rue sans regarder ; seule la présence d'esprit d'un cycliste empêcha un après-midi à l'*ospedale*.

— Ouf ! soupira Forster. Vous voyez de quoi je parle ?

Il regarda Evelyn. Elle lui prit le bras et l'entraîna dans la petite chapelle de la Madonna delle Grazie.

— Nous allons allumer un cierge, Mr Forster.

— Cela me protégera-t-il ?

— Des millions d'autres ont essayé. Pourquoi pas nous ?

— La foi est un peu une loterie clandestine, non ? dit-il alors qu'il enflammait une mèche. Que devrais-je demander ?

— Une longue vie ?

— Oui, très bien. Et pour ma mère aussi. Lui faut-il un cierge à elle, d'après vous ?

— Je ne suis pas une grande connaisseuse, Mr Forster, mais je pense qu'un seul suffira.

Le son des pièces qui tombaient au fond du tronc se répercuta dans l'édifice.

— Ma mère soutient que les Anglais ont des défauts et que nous ne devons pas les mentionner hors du pays au cas où les étrangers nous perceraient à jour.

Evelyn rit.

— Je crois que notre secret est éventé. Les étrangers savent comment nous sommes. Assez horribles, je crois. Nous devons nous efforcer d'être différents.

— Je pourrais m'efforcer de donner de plus gros pourboires. Les porteurs maugréent toujours devant mes gratifications. Je suis sûr que c'est la raison pour laquelle mes bagages disparaissent.

— Ce serait un début, dit Evelyn, et elle se volatilisa dans une boulangerie sur sa gauche.

Lorsqu'elle ressortit, Forster s'écria :

— J'ai cru vous avoir perdue à tout jamais ! Un tour de passe-passe entre la rue et *il fornaio.* Mais vous revoici ! Et j'en suis très content.

Evelyn lui tendit un beignet enveloppé dans du papier.

— *Bombolone alla crema,* Mr Forster. Une amie poète me les a fait découvrir. Elle a dit qu'ils sont le véritable élixir de la vie. Une panacée.

Forster porta le beignet à sa bouche. Il ferma les yeux et une goutte de crème perla au coin de ses lèvres.

— Miss Skinner, votre amie a raison. Je ne doute pas que ce petit gâteau crémeux puisse préserver indéfiniment la vie.

Il s'immobilisa, les bras grands ouverts.

— Aucune douleur du tout, Miss Skinner. Aucune douleur. Et je crois aussi que mon italien s'est amélioré.

Près du Palazzo Strozzi, Evelyn convainquit Forster de se faire raser. (Ce soir-là, il proclamerait le génie naturel des barbiers italiens et ses joues bien exfoliées s'empourpreraient.)

Ils revinrent sur leurs pas, traversèrent le Ponte Vecchio jusqu'à la Chiesa di Santa Felicità et s'arrêtèrent à un café pour l'apéritif. Ils se mirent à l'abri avant que la pluie ne commence et regardèrent un fiacre de touristes passer.

— Deux vermouths au quinquina, dit Evelyn au serveur.

Puis elle s'adressa à Forster :

— Comment peut-on ne pas aimer l'Italie ?

Il réfléchit une minute.

— Disons qu'entre l'Italie et moi, l'étreinte amoureuse est lente à arriver, Miss Skinner, mais que nous nous sommes tout de même installés sur le canapé.

— Je pense que c'est un pays où des choses se produisent.

— Des choses, Miss Skinner ?

L'amour ! brûlait-elle de hurler. *Où l'amour se produit.*

— Oui, dit-elle. Des choses.

— Vous êtes mystérieuse.

— La vie ne l'est-elle pas ?

Il médita là-dessus. Il reprit :

— À la vérité, je ne me sens chez moi qu'à Cambridge. La vie universitaire. Je m'y sens protégé.

Le serveur posa les boissons devant eux.

— Tchin-tchin ! dirent-ils tous deux, et ils trinquèrent.

— Connaissez-vous R. H. Hobart Cust, l'historien de l'art ? dit Forster. Auteur d'un ouvrage sur les maîtres des pavements de Sienne, publié cette année.

Evelyn secoua la tête.

— Non, je ne le connais pas.

— Il a un appartement Via de' Bardi et il remplit ses pièces de jeunes hommes aux opinions tranchées pour les entendre parler d'art. J'y suis allé il y a deux jours.

— Comment était-ce ?

— La réception était agréable, la discussion sur l'art ennuyeuse et les hommes affreux.

— Oh là là, dit Evelyn.

— Mais Cust m'a enfin trouvé un professeur d'italien. Un prêtre, imaginez. Je l'ai vu hier. *L'ho visto ieri.* Nous avons parlé du vin, de l'huile et de la vue intermittente. Oh, et des œufs.

— Ça semble… prometteur ?

— J'imagine que si je tenais un restaurant dans les Apennins, je le penserais aussi. Mère a dit qu'il paraissait du genre à avoir des puces. Elle m'a examiné à mon retour.

— Et ?

— Aucune puce, ai-je la joie de vous annoncer. Et votre journée d'hier ?

— *Le Printemps* de Botticelli à l'Accademia.

Forster but une gorgée et dit :

— Le peintre Roger Fry aimait lécher la poussière de ce tableau chaque fois que le gardien regardait ailleurs.

— Vraiment ? dit Evelyn.

Elle eut envie de savoir pourquoi Roger Fry faisait cela. Mais, ne voulant pas apparaître sans expérience, elle préféra dire :

— Ah, c'est pour cela que Flore a l'air si propre.

Forster éclata de rire.

— Oh, très amusant.

Ils regardèrent une série de tableaux être transportés depuis un atelier de restaurateur jusqu'au palais Pitti.

— Je me demande souvent, Mr Forster, quand je vois des tableaux transportés de cette manière, s'il y a dans ces bras un Léonard de Vinci, un Artemisia Gentileschi ou peut-être un Rubens.

— Oh Seigneur, pas un Rubens. Je n'apprécie pas beaucoup Rubens.

— Ah non ?

— Bien trop prude pour moi. Ses nus ont l'air absent, comme s'ils avaient perdu leurs vêtements par négligence et qu'ils éprouvaient le besoin d'aller les chercher.

Evelyn sourit.

— Mais avoir un chef-d'œuvre dans mes bras. Je le tiendrais avec autant de délicatesse qu'un enfant.

— J'aurais peur de le lâcher.

— Vous le lâcheriez en effet, n'est-ce pas ?

— Oui. Quatre cents ans de génie détruits par moi le brise-tout.

Il frémit comme s'il n'était pas en train d'imaginer le pire mais de revivre une humiliation.

— Mère doit s'être réveillée de sa sieste à cette heure et s'armer de courage pour le dîner. Engloutir le charbon de bois tout en conversant.

— La nourriture est assez épouvantable, n'est-ce pas ? dit Evelyn. En dehors de la *pensione* Simi, la nourriture est la vie. C'est une célébration. Mais à l'intérieur, c'est...

— Le troisième cercle de l'Enfer de Dante ! Notre punition pour le péché de gourmandise commis ! dit Forster. « Au milieu du chemin de notre vie, je me retrouvai à la *pensione* Simi, la voie droite étant perdue. »

— Vous êtes drôle, Mr Forster.

— Ah bon ?

— Oui. D'une compagnie merveilleuse.

— Je dois avouer que je ne me suis jamais considéré ainsi.

Ils payèrent l'addition, se levèrent et marchèrent en direction du pont.

— Mais avez-vous remarqué, dit Evelyn, comme même les plus pauvres donnent l'impression de bien manger ? Ils s'y connaissent en légumes. Vous devriez les voir au marché.

— Nous avons eu tendance à éviter les marchés, Miss Skinner, à cause des mendiants. Lorsque je les chasse, ils se moquent de moi. Mère pense que je suis très inefficace. Devant Santissima Annunziata, une âme miséreuse s'est jetée à plat ventre sur mes chaussures. J'ai été obligé de vider mes poches dans sa sébile pour qu'elle me libère.

— Alors qu'aimez-vous manger, Mr Forster ?

Forster réfléchit longuement et intensément.

— Les betteraves, répondit-il. J'aime vraiment les betteraves.

Et il sourit, et son visage s'illumina, ses yeux brillèrent, et les cloches se mirent à sonner dans le crépuscule imminent. Par-dessus les toits rouges, devant les volets verts et gris, les façades ocre et les bijoutiers sur le pont, loin vers les sombres, sombres collines et distances au-delà.

— Vous verrai-je demain, Miss Skinner ?

— Je crois que non, Mr Forster. Dernier cours d'italien.

— Ah. Eh bien, *buona fortuna* pour celui-ci.

Ils ne dirent rien de plus durant le trajet de retour. Forster jetant des regards vers les hommes, Evelyn vers les femmes. Leur respectabilité bourgeoise anglaise un complément parfait à leurs désirs cachés.

— Viens dans la mienne…

Livia n'avait eu à le dire qu'une fois pour que la barque d'Evelyn change de cap. Elles prenaient un risque, mais elles étaient jeunes et amoureuses et à la veille de la séparation et si ce n'était pas maintenant, alors quand ? La porte s'ouvrit sur un escalier raide plein d'odeurs d'immondices et de cuisine. La montée discrète vers le deuxième étage, jupes relevées, l'alibi d'un dictionnaire d'italien calé au creux du bras d'Evelyn.

Cette gêne momentanée lorsqu'elles entrèrent dans la chambre de Livia. Le lieu était modeste mais propre, comme Evelyn s'y attendait, mais il y avait une suffocation sous-jacente dans cet espace, une existence confinée de peu d'occasions. Livia remplit un verre d'eau et le lui tendit. Elles se sourirent. Aucune parole n'avait encore été prononcée. Evelyn emporta le verre jusqu'à la fenêtre et, par les volets, aperçut Santa Croce et la statue de Dante. La privation d'air qu'elle avait précédemment ressentie, Evelyn comprit soudain que c'était la sienne. La disparité entre leurs existences toujours plus manifeste. Elle resta près de la fenêtre pour se concentrer sur sa respiration. Lorsqu'elle se retourna, Livia s'était déshabillée sur le lit étroit. Il y avait là une égalité. Dans l'abandon des vêtements. Evelyn posa son verre. Elle aima Livia encore davantage.

Evelyn se réveilla la première. Des rayons de lumière de l'après-midi filtraient par les volets et elle mit plusieurs secondes à se rendre compte que ce n'était pas sa chambre. Sur le sol, des robes, culottes et chemises. Une cuvette d'eau sale qui semblait givrée de poussière, les chiffons qu'elles avaient utilisés pour se laver mutuellement, la trace argentée du désir délaissé. Des pelures d'orange en spirale, aussi. Un dictionnaire d'italien. Un quignon de pain, maintenant dur comme la pierre. Elle vit tous ces objets telle une composition picturale. La lumière tombant sur la cuvette racontait la plus grande histoire.

Evelyn regarda la longue ligne de nudité pâle à côté d'elle, et se perdit dans ce moment. L'existence était vaine sans elle, sans la vie qu'elle représentait. Evelyn ne saurait jamais expliquer sa gratitude sans que celle-ci ne paraisse condescendante et futile. Livia remua. Evelyn embrassa son sourire. Je t'aime je t'aime je t'aime encore et encore, jusqu'à ce que les mots deviennent un chant monophonique singulier.

Ce dernier après-midi, elles s'extirpèrent des draps et empruntèrent un tram bondé de San Marco à Fiesole. Elles se placèrent à l'arrière, sur la plateforme balayée par le vent, retenant leurs chapeaux et riant avec les enfants alors que les roues grinçaient. Que le tram trépidait, stoppait, peinait dans l'ascension.

À Fiesole, le temps était beau et doux, mais elles s'emmitouflèrent dans leurs châles quand l'automne surgit des Apennins en subites bourrasques. Elles marchèrent bras dessus bras dessous vers un endroit où le panorama sur Florence et la plaine de l'Arno était éblouissant. La lumière de l'après-midi dorait la vallée, les toits rutilaient. Et, bien sûr, ce dôme.

Elles descendirent parmi les oliviers et les figuiers, parmi de hautes herbes où elles se tinrent la main et ramassèrent des bogues sous un alignement inattendu de châtaigniers. Elles achetèrent des *gelati* à une charrette et suivirent un sentier jusqu'à l'amphithéâtre romain, où elles s'assirent et se donnèrent à savourer la crème glacée au chocolat et, parce que c'était tranquille et qu'elles étaient seules, elles se réchauffèrent les lèvres par des baisers, leurs poches pleines de châtaignes. Dans l'air flottait une légère senteur de thym et de romarin. Evelyn se leva et avança vers le milieu de la scène, où elle récita l'un des poèmes de Constance. Il y était question de découverte, d'étonnement et de pardon. Et durant tout ce temps Livia regarda, sourit, applaudit. Puis il plut – mais le soleil brillait toujours – et elles cherchèrent avec ardeur un arc-en-ciel, mais ç'aurait été trop parfait, trop irréel pour une dernière journée d'amour. Elles parlèrent librement. De quoi ? Du goût d'une pâtisserie, de cette femme-ci, de cet homme-là ; de ces choses quotidiennes banales, quelconques.

Pendant le trajet de retour, le tram était plein à craquer, les gens se plaignaient et Evelyn et Livia se serraient étroitement, front contre front, sein contre sein, dans une félicité à mille lieues des plaintes. Les roues grinçaient, les wagons trépidaient, et les hommes bondissaient en s'accrochant à l'extérieur, l'autre main sur leur chapeau, car le vent et la vitesse emportaient tout ce qui n'était pas attaché.

À San Marco, les gens descendirent, hors d'haleine et ébranlés comme s'ils avaient essuyé le courroux divin. Evelyn proposa de boire un verre sur une place, et elles se promenèrent bras dessus bras dessous, les yeux voilés par le soleil et la tristesse.

Elles se turent lorsque le compte à rebours du crépuscule commença. Evelyn regarda Livia allumer une cigarette. Sa manière de plisser les yeux lorsque le vent changea de direction et ramena la fumée vers elle.

— Quoi ? dit Livia.

— Je compte tes taches de rousseur.

— Pourquoi ? demanda Livia.

— Parce que personne d'autre ne le fera, répondit Evelyn.

Elles convinrent de se dire adieu sur un pont. Le crépuscule finit par les rejoindre. Les lumières qui se reflétaient dans l'Arno les rejoignirent. Le dôme de San Frediano les observait. Dans un océan de membres nus enlacés, elles s'étaient auparavant fait leurs adieux.

Mais ici, elles se serrèrent la main.

Et sourirent.

En remerciement.

Il était convenu que Livia partirait la première et elle le fit.

Elle ne se retourna pas.

Ce soir-là, Evelyn se rendit au Teatro Verdi. À peine un quart de la salle était rempli et elle sentait son chagrin exposé. Le public trouva le premier acte de *Boccaccio* très drôle et rappela trois fois le trio comique. Mais Evelyn ne le trouva pas drôle. Assise dans le noir, elle se demanda ce qu'elle faisait là.

Elle regagna la *pensione* Simi juste avant le couvre-feu et remarqua Forster dans le salon, occupé à écrire une lettre.

— Mr Forster. Comment allez-vous ?

— Pas très bien. Je n'ai pas voulu aller me coucher directement par crainte de m'effondrer.

Evelyn s'assit en face de lui.

— Les oreilles ont dû vous tinter, Miss Skinner. J'écrivais à votre sujet à mon cher ami Dent[1].

— De bonnes choses ? dit Evelyn.

— Non, pas du tout ! Au contraire : comment vous m'avez dévoyé l'autre jour. Mon premier beignet toscan. Mon premier barbier italien. Que pourrais-je apprendre d'autre de vous, Miss Skinner, si nous avions le temps ?

Quoi d'autre ? pensa Evelyn.

Ils devinrent timides un instant. Ou silencieux. Peut-être les deux.

— Comment s'est déroulé votre cours cet après-midi ? demanda-t-il.

— Oh, soupira Evelyn. Nous avons révisé les temps du passé. Et effleuré le futur.

— Et comment est le futur ?

— Épineux. Je crois que nous allons en rester au passé.

— Vous avez l'air triste.

---

1. Edward Joseph Dent ne recevrait jamais cette lettre sur le temps passé par Forster avec Miss Evelyn Skinner. En raison de la négligence du service postal italien, ce récit plus fervent de la vie à la *pensione* Simi a été éliminé.

— Oui, dit-elle. Je suis rentrée à pied du Teatro Verdi ce soir.

— Toute seule ?

— Oui.

— N'avez-vous pas eu peur ?

— Non. J'ai été enchantée. De vieilles femmes avec des bougies éclairaient les portes cochères et tiraient les grilles. C'est comme si elles fermaient la ville pour la nuit. La mettaient au lit tel un enfant. J'ai trouvé cela plutôt doux. Je pense que vous seriez de mon avis. Il y a une paix. Et des fantômes...

Forster frissonna.

— Et quelque chose d'ancien et de permanent. Et je sens que ce sera toujours ici. Un lieu où revenir maintes et maintes fois.

— Et reviendrez-vous ?

— Oh oui. Rien ne m'en empêchera. Je me suis découverte moi-même ici, Mr Forster. C'est une chose à laquelle il est difficile de renoncer.

— Mère et moi partons pour la campagne demain, dit Forster.

— Et je pars pour Rome chez ma tante Maria.

— Ce soir est notre adieu, alors.

Et Forster se leva. Evelyn également. Ils se serrèrent la main.

— Bonne chance, Mr Forster. Je vois de bonnes choses pour vous.

— Vraiment ?

— Des choses merveilleuses. Et n'oubliez pas : chérissez le corps, et l'âme suivra.

— Qui a dit cela ?

— Les Grecs, sans doute.

— Eh bien, bonne nuit à présent, Miss Skinner. Ce fut un immense plaisir. Excellent séjour chez votre tante. Pensez à moi. Avec mère. Oh, et méfiez-vous au Panthéon. J'ai entendu dire que c'est assez glissant après une averse[1].

Le lendemain, sous des nuages de pluie bas, un trajet solitaire en fiacre jusqu'à la gare et pas de cycliste zigzaguant. Evelyn se demanda si Livia viendrait lui dire au revoir, mais non. Elle perdit son livre de poésie dans le train pour Rome et eut du mal à paraître joyeuse lorsque Maria l'accueillit à la gare.

— Tu as changé, dit sa tante. Et ton italien ! Quelle aisance. Quelle maturité.

Evelyn fondit en larmes.

Deux étés plus tard, Evelyn revint à Florence, espérant reprendre là où Livia et elle s'étaient arrêtées.

Ce serait un approfondissement de la passion, imaginait-elle. Plus comme époux et épouse – épouse et épouse ? – mais cela nécessiterait une maison, un emploi, une vie commune d'engagement. Elles le pourraient, d'autres l'avaient fait. Une vie secrète, mais non moins épanouie.

Des lettres d'amour, elles en avaient échangé. Codées, bien sûr. Les lettres s'étaient mises à fluctuer au fil des mois jusqu'à cesser. Mais Evelyn croyait quand même que l'amour pouvait tout conquérir.

Lorsqu'elle arriva à la *pensione* Simi, elle constata que Livia n'était pas là. Aucune lettre n'avait été laissée pour elle – néanmoins, avec le recul du temps, elle finit par soupçonner qu'il y en avait sans doute eu. Livia avait disparu des mois auparavant et personne ne pouvait

1. Pendant un séjour à Rome en janvier 1902, Morgan Forster glissa et se foula une cheville et, plus tard, se cassa le bras sur les marches de Saint-Pierre. Pas du Panthéon.

dire précisément où elle était allée. La *signora* cockney se montrait d'une discrétion totale. Peut-être que Livia était remontée dans le Nord, peut-être qu'elle était partie travailler pour une famille riche, peut-être qu'elle était mariée, avait un enfant... Peut-être peut-être peut-être. Evelyn séjourna une semaine avant de poursuivre son chemin. Elle quitta rarement sa chambre.

Elle choisit de ne pas revenir à Florence pendant quelques années. Elle crut que le monde allait s'arrêter de tourner, mais non. Crut que sa capacité à aimer demeurerait déçue, mais non. Elle fit allégeance à Rome et s'alita certains jours, comme Keats. Ne mourut pas (son appétit était bien trop robuste) et se fortifia et embellit jusqu'au moment où le chagrin s'atténua. Livia devint un souvenir. Livia devint un objet d'art.

Il y eut d'autres femmes pour Evelyn, bien sûr. Il y eut la suffragette de l'Est londonien qui lui montra que briser des fenêtres était un merveilleux amuse-bouche avant le sexe. Il y eut aussi une passade avec l'une des trois Vi dont il résulta une ecchymose et un poème médiocre.

Et il y eut, bien sûr, Gabriela. Belle Gaby Cortez chérie.

Et Forster ? Evelyn ne lui reparlerait pas. Ils évoluaient dans un même univers, gravitant autour du soleil qu'était Virginia Woolf. Mais les cieux conspirèrent pour les tenir séparés et laisser intact ce qu'ils avaient été : un chapitre de jeunesse parfait.

Evelyn l'aperçut, néanmoins, environ dix ans après, dans la région des lacs italiens. Il portait alors une moustache, petite créature en hibernation sous son nez. Il conversait avec un bel homme à la peau hâlée, qui arborait une moustache identique. Evelyn pensa qu'ils étaient amants – à tort, se révélerait-il – donc elle ne l'aborda pas, et ils se croisèrent à distance. Elle s'assit sur un banc qui offrait une vue sublime sur le lac de Côme. Et, de là, elle le regarda s'éloigner.

Donc, le temps guérit. En général. Parfois avec négligence. Et dans des moments où l'on ne se méfie pas, la douleur surgit et rappelle tout ce qui manque. Le pivot de ce qui aurait pu être. Mais ensuite elle passe. À l'hiver succède le printemps et les hirondelles reviennent. La proximité d'une nouvelle peau revient dans les draps. La beauté fait ce qu'il faut. Le travail épanouit et la conversation inspire. La solitude se change en un simple dimanche. Des vêtements épars. Des compotiers vides. Des fruits pourrissants. Le temps qui passe. Le tableau de la vie qui subsiste dans toute sa beauté et sa complexité.

Evelyn et Ulysses sortirent sur la place sombre alors que la première lampe s'allumait dans le café de Michele. Le gros homme debout derrière le comptoir buvant son premier expresso de la journée.

Evelyn prit le bras d'Ulysses et ils s'avancèrent sur les dalles en direction de Betsy, laissant derrière eux une *pensione* calme et paisible.

Massimo profondément endormi, une lettre de Jem posée sur sa poitrine.

Pete qui se retournait et rêvait de son ancienne vie sur la scène.

Alys et Romy enlacées d'une façon qu'elles pouvaient rarement se permettre en plein jour.

Peg saine et sauve dans son corps et son âme.

Ni Ulysses ni Evelyn ne remarquèrent la vieille *contessa* immobile à sa fenêtre, pas plus que l'éclat bleu spectral qui filait autour de la statue de Cosimo R.

Ils roulèrent vers l'est et rencontrèrent le soleil. L'aube embrasée fit s'arrêter Ulysses, fit s'interrompre les vendangeurs pendant que le ciel flamboyait, rose, violet et or, devant des yeux émerveillés.

Cinq heures plus tard, ils arrivèrent au cimetière militaire de la crête de Coriano, situé dans une vallée verdoyante entre Rimini et San Martino. Evelyn n'en fut pas étonnée, car elle se doutait depuis longtemps de l'endroit où Ulysses disparaissait chaque année. Ils restèrent assis un moment. Le seul son était celui du moteur qui refroidissait et, à travers les grilles, ils voyaient les rangées de pierres tombales blanches. Ulysses pressa la main d'Evelyn et dit :

— Allons-y, voulez-vous ?

Ils marchèrent sur l'herbe. Le cimetière était magnifiquement entretenu, les plants de lavande attiraient les abeilles et ce petit réconfort du labeur allégea le murmure du chagrin. Les martinets, qui n'étaient pas encore partis, fonçaient joyeusement au-dessus d'eux.

Ulysses savait où trouver le capitaine Darnley, bien sûr, et il ne lui fallut qu'une poignée de secondes pour annoncer :

— Par ici, Evelyn. Le voici.

Ils se tinrent côte à côte. De petits chuchotements, mais pas de prières.

Ulysses dit que le temps se rembobinait pour lui chaque fois qu'il venait ici. C'est ainsi qu'il le décrivit, en tout cas. Depuis le moment où Darnley tomba. L'emmenant à toute vitesse vers un hôpital de campagne à Ancône, deux autres blessés à l'arrière, conduisant d'une seule main, l'autre plaquée sur la lésion.

— Une période tourbillonnante, Evelyn. Les églises, les fresques. La Sicile. Cette première poignée de main dans le désert.

Tous ces moments, toutes ces années lui appartenaient maintenant. Il lui appartenait de s'en souvenir ou de les oublier. Voilà ce que dit Ulysses.

— Donc je choisis de me souvenir. Le meilleur homme du monde. Et les moindres détails à son sujet sont vifs. Et il est jeune. Et il rit.

REMERCIEMENTS

Je voudrais remercier mon éditrice Helen Garnons-Williams pour son intelligence et sa maestria discrètes. Ç'a été une joie absolue de mener à bien ce livre avec vous.

Un énorme remerciement à la merveilleuse équipe dévouée de 4th Estate pour son difficile travail de présentation au monde de mon roman : Kishani Widyaratna, Olivia Marsden, Naomi Mantin, Jordan Mulligan, Katy Archer.

Amber Burlinson, merci de me faire réfléchir à deux fois. Voire à trois.

Sally Kim, vous savez à quel point j'aime travailler avec vous et votre équipe chez G.P. Putnam's Sons. Merci pour votre œil aiguisé et vos réactions enthousiastes.

Robert Caskie, vous êtes vraiment tout ce que je pourrais souhaiter chez un agent et ami. Le mot « rêvé » vient à l'esprit.

Mon immense gratitude à Arts Council England, grâce auquel j'ai eu la chance de séjourner à Florence. Une expérience dont est née cette histoire et qui m'a changé comme écrivaine.

Merci, comme toujours, à la British Library.

Merci à Peter Bellerby, fabricant de globes extraordinaire, de m'avoir expliqué comment on s'y prend.

Merci à vous, libraires indépendants, pour votre merveilleux soutien et toutes vos actions qui rendent le monde meilleur.

Merci à Jagir, Suresh et Lohri Ji. Et merci à Cristina Betto.

Mes sincères remerciements au King's College de Cambridge et à la Society of Authors qui m'ont accordé l'autorisation d'employer les mots mémorables d'E. M. Forster.

À mes amis et collègues en Italie qui ont joué un rôle si important dans la réalisation de ce livre. Merci à tout le monde au Palazzo Guadagni, mon second chez-moi. Tara Riey, merci pour votre amitié et le joyeux accueil qui m'attendait chaque fois que je descendais d'un avion. Merci Jane Ireland pour le déjeuner qui a attiré mon attention sur Eve Borsook. Merci Monica Capuani d'avoir trouvé les réponses qui ont calmé mes peurs. Merci Emiko Davis de m'avoir guidée avec une telle rigueur à travers les nombreuses chausse-trappes de l'histoire de la nourriture italienne. Et de m'avoir en outre appris à cuisiner. Stella Rudolph, merci de m'avoir donné Evelyn. Je vous serai éternellement reconnaissante pour le temps que nous avons passé ensemble. *Alla prossima puntata*, Stella.

Mon affection et ma gratitude à Sharon, David, Mel et Stix, Andrew, Madelaine, Joy, Rachel, Elvira, Ola, Urtema, Vanessa et Andrew, Dan et Clare, Lewis et Debbie, Sarit et Itamar, Fred, Leila, Sarah T et Maman. Vous avez tous participé à ce livre et m'avez aidée à traverser une année qu'aucun de nous n'oubliera.

Et, bien sûr, Patsy, toujours.

RÉFÉRENCES DES ŒUVRES CITÉES

Page 83. « La miséricorde ne se commande pas » : William Shakespeare, *Le marchand de Venise*, traduction de Jean-Michel Déprats, Gallimard, 2010

Page 134. « Le clair est noir, le noir est clair. Planons dans le mauvais air » : William Shakespeare, *Macbeth*, traduction de Jean-Michel Déprats, Gallimard, 2002

Page 185. « Nous sommes de l'étoffe dont les rêves sont faits » : William Shakespeare, *La Tempête*, traduction d'André Markowicz, Les Solitaires intempestifs, 2004

Page 211. « Et elle est cockney par-dessus le marché ! » : E. M. Forster, *Avec vue sur l'Arno*, traduction de Charles Mauron, Robert-Laffont, 1947

Page 303. « L'heure où la mouche fait place au moustique » : Dante, *La Divine Comédie - L'Enfer*, traduction de Jacqueline Risset, Flammarion, 1985

Page 344. « Le monde entier est un théâtre, et tous, hommes et femmes, n'y sont que des acteurs ; ils ont leurs sorties et leurs entrées, et chacun dans sa vie a plusieurs rôles à jouer » : William Shakespeare, *Comme il vous plaira*, traduction de Jean-Michel Déprats, Gallimard, 2016

Page 353. « Je ressentais le monde amputé d'une mère, / Je cherchais encore, tel un agneau bêlant » : Elizabeth Barrett Browning, *Aurora Leigh*, traduction de Jean-Charles Perquin, Classiques Garnier, 2020

Page 366. « L'amour véritable n'a jamais eu un cours facile » : William Shakespeare, *Le songe d'une nuit d'été*, traduction de Jean-Michel Déprats, Gallimard, 2003

Page 397. « Comment je t'aime » : Elizabeth Barrett Browning, *Sonnet 43* in *Sonnets portugais*, traduction de Lauraine Jungelson, Gallimard, 1994

Pages 463 et 492. « Je n'aime rien dans le monde autant que toi » : William Shakespeare, *Beaucoup de bruit pour rien*, traduction d'André Markowicz, Les Solitaires intempestifs, 2015

Page 492. « Éteins-toi, éteins-toi, courte flamme » : William Shakespeare, *Macbeth*, traduction de Jean-Michel Déprats, Gallimard, 2002

Page 492. « La vie n'est qu'une ombre en marche » : William Shakespeare, *Macbeth*, traduction de Jean-Michel Déprats, Gallimard, 2002

Page 497. « Mais ton éternel été ne pourra se faner (...) Ceci est vivant ceci te donne la vie » : William Shakespeare, *Sonnet 18* in *Sonnets*, traduction de Frédéric Boyer, POL, 2010

Page 516. « Oh ! qu'il est beau le coucher du soleil, quand l'incandescence du ciel descend sur une terre comme la tienne, ô toi, le paradis des exilés, Italie !... » : Shelley, *Julien et Maddolo* in *Œuvres poétiques complètes*, traduction de Félix Rabbe, P.V. Stock, 1907

Page 541. « Mais on ne vient pas en Italie chercher des suavités, on vient y chercher la vie » : E. M. Forster, *Avec vue sur l'Arno*, traduction de Charles Mauron, Robert-Laffont, 1947

Page 554. « Tu es mon maître et mon auteur » : Dante, *La Divine Comédie - L'Enfer*, traduction de Jacqueline Risset, Flammarion, 1985

Page 560. « Les grands poètes n'ont pas été reconnus / Et puis le temps en a fait des vieillards chenus » : Elizabeth Barrett Browning, *Aurora Leigh*, traduction de Jean-Charles Perquin, Classiques Garnier, 2020

Page 566. « Cette vue ne présente que peu d'intérêt, à moins que vous ne compreniez les relations qui unissaient Giotto à saint François et saint François à l'humanité » : John Ruskin, *Les matins à Florence*, traduction d'Eugénie Nypels, H. Laurens, 1908

Page 591. « Au milieu du chemin de notre vie, je me retrouvai à la *pensione* Simi, la voie droite étant perdue », variation sur « Au milieu du chemin de notre vie, je me retrouvai par une forêt obscure, la voie droite étant perdue » : Dante, *La Divine Comédie - L'Enfer*, traduction de Jacqueline Risset, Flammarion, 1985

On peut noter quantité de clins d'œil au roman d'E. M. Forster, *Avec vue sur l'Arno*, par exemple la présence d'un clergyman et de deux sœurs âgées à la pension de famille florentine, le fait d'avoir « une belle vue » ou d'être compté parmi « les gens bien », le rôle des violettes, la mention d'un « carré imperméable », la découverte d'un papier portant un point d'interrogation énigmatique.

Cet ouvrage a été imprimé en utilisant des papiers composés de fibres naturelles, renouvelables, recyclables et fabriquées à partir de bois issus de forêts qui adoptent un système d'aménagement durable. En outre, les fournisseurs de papier s'inscrivent dans une démarche de certification environnementale reconnue.

Achevé d'imprimer en avril 2024
par CPI Bussière
À Saint-Amand-Montrond (18)
Dépôt légal : mai 2024
N° d'impression : 2076768

Imprimé en France